河南文艺出版社

系列长篇小说

乾隆皇帝

日落长河

二月河　著

内 容 简 介

《日落长河》是系列长篇小说《乾隆皇帝》的第三卷。

乾隆一面撤将换相,倾其国力,企图在继续惩讨大小金川的战事中,以重惩莎罗奔的全胜结局,来挽回体面;一面派刘统勋、刘墉父子企图在殄灭女教主"一枝花"的斗争中,安定国内局面。他根据孔子的仁政思想,重用傅恒、刘统勋、阿桂、纪昀等人,继续推行以宽为政繁劳经济的政策,以此努力开创封建社会的鼎盛局面。可是由于他战略指导思想错误,加之讷相无能,金川战事一败再败,以高恒为代表的宫廷内外朝野上下的腐败势力,同土地兼并,贫富不均等封建社会的内部矛盾助澜推波,愈演愈烈。乾隆虽宵旰勤政,严厉惩腐,可无力挽救乾隆盛世落入江河日下的尴尬局面。作品情节奇异诡谲,乾隆南巡与"一枝花"相遇,二人曼幻扑朔的离奇情节,更增添作品的醉人色彩。

系列长篇小说 乾隆皇帝 日落长河

二月河 著

河南文艺出版社出版发行

河南第二新华印刷厂印刷

新 华 书 店 经 销

开本 850×1168 毫米 1/32 印张 18

字数 447000   印数 1—100000 册

1996 年 11 月第 1 版 1999 年 3 月第 1 次印刷

ISBN 7−80623−021−1/I·11

定价 26.80 元

作者

　　二月河：本名凌解放，一九四五年生
于山西省昔阳县。一九六八年入伍，一九
七八年转业到南阳市工作，现为南阳市
文联主席、中国作家协会会员、中国《红
楼梦》学会河南理事。近年来，创作出版
有系列长篇小说《康熙大帝》、《雍正皇
帝》。

目 录

一　急事功再促金川役
畏严诏将相乱提调

　　春三月,中原大地已是万木葱茏,川西北甘孜阿坝一带还是一派寒荒阴霾的冬景。从玉门关外瀚海般大沙漠穿行而过的白毛风乘高而下,将沼泽地裸露在黄汤泥水外面的埠地冻结在一层硬壳,就像脓肿的疮痂,星罗棋布或大或小似断似连地横亘在潦水中,绵绵蜒蜒伸向无边的尽头。绛红色的云在广袤的天穹上缓缓移动,时而将冻雨漫漫霭霭洒落下来,时而又撒下细盐一样的雪粒,风卷冻雨,吹打得芦苇菅草白茅都波伏在"痂"上簌簌颤栗。即使无风无雪,这里也是晴日无多,东南大川裹上来的湿热气和川北的寒风交汇在这里,又是整日的大雾,弥弥漫漫,覆盖在无垠的水草沼泽地上,把小树、高埠、丘陵、水塘、泥潭、纵横交错缓缓滚移的河溪……都拥抱在它的神秘纱幕之中。潮湿得连鸟都懒得飞。人只要在这样的雾中穿行一个时辰,所有的衣装都会像在水里浸过,粘湿得通体不适,冷得沁骨透心。

　　因为大小金川战事绵密,断断续续将近二十年,川西川北官军和金川土司莎罗奔部卒两军对垒,隔着这数百里大泥淖时有交战,附近以贩运盐粮茶马为生的汉人和土著回民藏民逃的逃迁的迁,刷经寺东西横亘三百余里,除了兵营还是兵营。东倒西歪的村舍里乌烟瘴气,到处堆着柴炭和满是泥浆的粮车,满街的驴、骡、驼、马粪被大兵们的牛皮靴子踩揉在泥浆里,稀粥样浑淌流。梭磨河里泡着几百条乌篷船,也是运粮用的,眼下是枯水季节,即不能上行也不能下行,上千的船夫民工被困在这里,只得在岸上搭起密密麻麻的窝棚,起灶支锅过日子。倒是这"窝棚屯"的川中船家,儿啼女叫涮衣洗菜的,给这一片充满杀机的大军营盘带来一丝人间烟火气。

亭午雾散时分,一队官兵约五十余骑,自西向东驰来,满身都是泥浆的马,驮着一个个浑身精湿蓬头垢面的戈什哈,在四尺余宽的"驿道"上狂奔,浆水四溅,进得道旁牛皮帐上都是,连远处兵士刚刚晾晒出来的被褥上都是。马队过去,立即招来兵士们一片责骂声:

"龟儿子穷烧个啥子哟! 老子就这一条干被子啰!"一个秃子正在驿道旁支晾被褥的杆子,号褂子上溅了麻麻花花一片泥汁子,连嘴里也迸进去一滴,他"呸"地唾了一口,骂道:"先人板板的,粮库里吃饱了撑的,跑那么慌赶死啵! ——杆子要倒! 鬼儿子们卖什么呆? 快来帮着支稳了! 血祖宗的,这是个什么鬼地方。天黑地冻得像石板,老爷儿(太阳)一出来又要化成一摊臭泥!"

几个在帐篷里说笑打诨的兵忙跑出来,撮着碎石块塞揎那歪斜欲倒的晾衣杆。一个矮个子仰着脸,嚷着鼻子龇牙咧嘴笑道:"秃子老五早就想喝粮库里存的酒了,不成想先吃一口尿泥汁儿,滋味怎么样啊?"秃子拂落着身上的泥点子,恨恨说道:"格老子的,老子吃不上,讷亲儿子也未必吃得上! 早晚叫莎罗奔端了狗日的粮库,大家都吃不上! 真是奇哉怪也,张军门带老了兵,偏偏不叫带,讷亲个臭书生,只晓得板着个屃脸训人,他会打仗?"他的话音一落,立即引起一阵共鸣:

"秃子老五这话地道!"

"先头在小金川,窝在烂泥塘里,还差点叫人家端了老营中军。如今移到北路,还是他娘的睡烂泥塘帐棚……我连做梦都想着睡个干崩崩儿的窝棚!"

"夺大金川,夺大金川,夺了两次了,几百里烂草泥潭地,粮食上不去,夺了也得退回来! 死在烂泥地里的人比他妈打仗死的多十倍!"

"要是我们张大帅还掌事儿,我们哪能这么窝囊呢?张大帅攻苗那阵子,七十二洞苗蛮王反起……"

秃子老五用脚踹着木杆根儿,冷笑一声说道:"你说的那是当年!猫老了就要避鼠!小金川一仗不是张广泗指挥?我瞧着是人家莎罗奔给朝延留面子,不然连他也叫活捉了去!"矮子尖着嗓门,生怕别人抢了话头似地叫道:"那都怪讷亲在里头搅的,他要不管军务,张军门一个婆婆当家,出不了小金川那场乱子!"一个络腮胡子当即冷冷顶上,说道:"张军门是个活周瑜,最没器量,越老越混蛋!我兄弟就在中军给他做饭,小金川打败仗,就是姓张的瞎摆活不叫阿桂军门的主意,还妒忌,先派人家带一群守库的爷孙兵深入孤地到刮耳崖,事后又妒人家桂爷,怕揭出他的短来,又想杀人灭口!这种德行,谁敢跟着他?谁愿给他卖命?"他朝帐外望了望,小声道:"祁管带查营来了,龟儿子是张广泗的亲兵下来的,咱们进帐子,唱歌!"于是几个人一个接一个溜进帐蓬。顷刻各个帐蓬此伏彼起,响起兵士们五音不全的破锣嗓门儿:

圣略宣,皇威毶,风行电激物震荡。
物震荡,声灵驰,靡坚不破高不摧!
襄西域,版图廓,二万余里我疆索。
两金川,敢抗千,自作不靖适自残……
春风吹绕入桃关……奏凯还,虎臣黑士皆腾欢……

那一行骑兵当然理会不到兵士们这番议论,此刻已经驰到刷经寺的梵塔前。为首的两个军官在山门前的转经轮前滚鞍下马,将鞭子和缰绳扔给随从的戈什哈,便见中军门官迎上来禀道:"讷经略相公和张军门两个人正商议事情,请海兰察军门和兆惠军门到候见厅暂息听令!"

"是！"那位叫海兰察的青年军官行军礼平臂在胸答应一声，却不举步，回身对身边另一位军官笑道："和甫，候见厅这会子准坐满了，那都是些烟虫，我怕闻那股子烟臭味。你要去你先去，这会子外面干爽，太阳底下晾晾，衣服干透了我就进去。"兆惠道："我也嫌那屋里气闷，你自己不愿的事叫我去干！我也在外头晾晾！"二人说罢相视一笑。

这两个军官年纪都在三十二三上下，个头也差不多，又都喜欢穿黑甲披红袍。乍一看，有点像孪生兄弟。因为二人平时相处得好，打仗、出差形影不离，一个灶里搅马勺，又同住一个大帐蓬，管着征剿大军的粮库，一正一副两个总粮管带，又都是副将衔，一样的爱兵如命，所以军中有"红袍双星将"之称。但其实二人门第出身、性情相貌都很有不同之处。兆惠是长孤脸，面色苍白清癯，一对眼窝微微下陷，峭峻的面孔上极少表情，压得重重的两道扫帚眉下，一双瞳仁漆黑，偶尔眼波滚移闪烁一下，晶莹得荧光宝石，却是一闪即逝。海兰察身材比兆惠略胖，双眉剔出，有点像鹰的双翅向上插去。略带紫铜色的面庞一点也不出众，还配着一只不讨人喜欢的蒜头鼻子，却是个喜天哈地的性子。此刻二人站在刷经寺外转经轮石阶前，由着融融的阳光晒着，兆惠一脸安详闭目向阳，海兰察却像只猴子般踢踏不宁，一会踹踹脚，用手抠弄靴子上的泥斑，一会又脱下袍子又抖又搓，来回不停快步走着，笑嘻嘻拨转那一排经轮，问兆惠："这曲里拐弯的字，我他娘一个也不识得！兆哥，你去过蒙古，给咱说说！"

"那不是蒙文，是藏文六大名王真言。"兆惠腮上的肌肉不易觉察地抽动了一下，仿佛从很深的遐想中憬醒过来，一字一板地说道："唵、嘛、呢、吧、弥、吽——"他又绷紧了嘴唇，被阳光刺得眯缝成一条线的眼睛里晶莹闪烁着微光，微睨着湛青的天空不言语。海兰察顺着他的目光看去，只见郁郁苍苍的山峦，枯黄的老树丛草间蒸蔚着淡青色的岚气，刷经寺前大纛上明黄镶边，宝蓝色的帅旗仿佛被

雾湿了没有干透,平平地下垂着,上边也写着六个尺幅大字:

抚远招讨使讷

　　时而被风吹动,懒洋洋地翕张一下,像一个午困方起的人打呵欠,反而使这荒寒寂寥的空山更增几分落寞。兆惠见他久久出神,凑近了,用手指捅了他胁下一下,笑问:"喂,怎么了,又在老僧入定? 告诉你,六大真言我知道。没吃过猪肉也见过猪走,哪个庙里没有呢? 那个'吽'字念成'轰',你倒错得别致!"海兰察这才转过脸,一笑说道:"怪不得上回你把孙嘉淦的名字念成孙嘉金——'吽'字是念'牛'的么?"

　　海兰察瞪着眼想了想,拍掌笑道:"是了! 上回勒敏说笑话,雍正爷那时候北京去了个红衣喇嘛,把个探花给咒死过去,念的也是六字真言,救醒了问他:'你听见什么?'他笑着说'别的没听见,只听他说:俺把你哄!'这可不是对景儿了,再不会记错的了!"他龇牙咧嘴,唏溜着鼻子,统手跺脚没一刻安静,又道:"你怎么那么重的心事? 这面旗什么鸟看头,老盯着作么?"

　　"我是担心大粮库。"兆惠深深透了一口气,"我们的大粮库离着小金川太近了,中间只有一百多里草地。从成都运来一百斤粮要耗十五斤,要被莎罗奔抢走,一反一正就是三十斤,这个仗就没法打了。"他细白的手指交叉地握在一起,不安地搓动着,指关节都发出咯咯的微响,加上他阴郁苍白的脸色,竟使海兰察不自禁打了个寒颤。海兰察敛起嘻笑,低着头想了想,抿着嘴沉吟片刻,说道:"成都的粮也都是两江湖广调来的,不过不从军费里支项罢了。阿桂原来在这里,我们还可不操这个心,现在他是远走高飞了,坐镇古北口的建牙将军,撂下我们来应付——"他看了看门可罗雀的刷经寺山门,"——这两个日娘鸟撮的活宝!"

　　他说的"两个活宝"自然是指讷亲和张广泗。张广泗原是雍正朝抚远大将军年羹尧麾下的一员大将，因脾性倔强暴躁与主将不和，改拨四川总督岳钟麒指挥。年羹尧青海一役，击败罗布藏丹增，二十余万准葛尔蒙古兵溃乱，散处各地据守。雍正皇帝下诏由岳钟麒率部殄灭，张广泗由松蟠带两千人马策应岳钟麒的主力，攻州陷府一路向北，竟是如入无人之境，一路擒敌三万，又在青海北鱼卡解了中军之围。自此起家，晋封为云贵提督。雍正季年，诏令云贵改土归流。两省苗人揭竿而起，糜烂不可收拾，村村起火树树冒烟，两省政令不出省垣，雍正一怒之下撤掉了军机大臣兼云贵总督鄂尔泰的职衔，由张广泗出任总督。张广泗以五千孤军，三月连下七十多个苗寨，不到一年半便荡平两省叛苗，生擒判苗拥立的假王。以此赫赫功勋，张广泗晋位侯爵，节制云贵两广川鄂六省驻军。以此威势，有清开国以来，除了年羹尧再没有第二人。人们私地赠号"天下兵马大元帅"。

　　这样一个打了一辈子胜仗的大将军，来到川西藏羌之地却连连大败亏输。乾隆登基以来，为打通入藏道路，先派大学士庆复进击盘踞上下瞻对的斑滚部落，上下瞻对只是个弹丸之地，比不上内地大一点的村子，庆复竟打了两年，耗资百万，只落了两座空"城"，还要大军镇守，斑滚潜入金川，撩拨藏民反叛，倒使战火蔓延川西，几乎殃及青海。乾隆赫然震怒，封了庆复祖父遏必隆的刀，赐庆复自尽，由张广泗主掌军事，进驻金川地域，以十五万精兵三路夹击，不损叛藏莎罗奔一根毫毛，只探明了庆复假冒军功的劣迹，中了诱敌之计，被围困在小金川，几乎全军覆没。庆复被赐自尽，张广泗也落个"戴罪立功"的处分，在营"帮办军务"。那讷亲来得更有意思。他是乾隆的首辅宰相，军机处"第一宣力大臣"，康熙孝诚皇后嫡亲的侄孙儿，位置还在权势炙手可热的当今国舅傅恒之上。好端端一个太平宰相天璜贵胄，会突发异想要立功封侯，自动请缨来平金川。帮办军务的张广泗跑到成都养"病"，下面这群丘八爷都是他带了几十年的骄兵悍将，哪里瞧得起这位白面书生？在刷经寺大营几次会议,都是讷亲唱独角戏,军爷们恭敬执礼到十二分,却不是哼哼哈哈就是叫苦连天,粮草军饷车马辎重诸事天天和主帅扯皮,竟是指挥不动,千请万请亲自到成都搬这"老帅"回营。两个人,一个是心雄万夫腹无良谋,一个是败军之将愣充诸葛。军中小大将官无不私下戏称"两个活宝"。

听海兰察说话,兆惠仰着脸出了半日神,这才转脸笑道:"小声些儿罢!没看这是什么地方儿?上回会议,你在厅里叫哦,跟谁说过张广泗是张士贵的嫡亲灰孙子?张大帅是眼里揉得沙子的?叫马光祖私地问我几次,你都说了两位主将些什么话,瓣屁股招风,为口孽得罪他们,值吗?"

"我看你是在黑龙江叫人整怕了。"海兰察一哂,说道:"他们两个这副熊样子,还不叫人背后说两句?你说马光祖问你,他何尝没问过我你的不是呢?——带兵靠恩义,这两样他们都没有。打了败仗又怕下头把丑底子都抖落出来,弄些眼线防贼似的防着我们!"

"他们现在是山高皇帝远,手里又有权。一个蔡京,一个高俅,一朝权在手,便把令来行。他们日子不好过,得防着寻下头的不是。"

"蔡京高俅管谁筋疼!"海兰察一脚将一块鹅卵石踢得老远,"老子不是林冲,没得娘子给他占!蔡师爷前儿见我,说粮库要搬过来。说是阿桂的条陈——粮库离着莎罗奔太近了,皇上不放心,下了三道密谕——挪到这边当然不错,只离着这两个混蛋近了,事多,恶心!"兆惠道:"我估着这次会议就是说这事。咱们两个你从乌里雅苏台来,我从黑龙江来,后娘怀里不好撒娇儿,小心着点罢!"

正说着,山门里飞也似跑出一个中军,边跑边喊:"相爷军门已经升座议事,你们怎么还不进去?快快!"不到面前便趔身返回。两个人对视一眼,一边答应"是!"一溜小跑进了山门。向西一箭之地,已见候见厅前戈什哈马弁亲兵雁阵般站列门前两侧,个个手按腰刀目不斜视,钉子一样直立不动,一派肃杀景象。海兰察和兆惠在门口定了定神,大声报道:"抚远招讨大军门麾下总粮管带兆惠、海兰察晋见!"

屋子里一片死寂,没有人答话,过了好一阵子,才听讷亲略带嘶哑的声音,阴沉沉吩咐:"进来!"

"是!"

两个人齐声答应,几乎同时跨进屋里。这是刷经寺喇嘛平日诵念晚课的经房,因为山墙宽阔,四间房足有寻常六七间房大,中间房檩间还支着红漆镀金木柱,地下漫铺着一色水磨青砖,只为防潮,窗子砌得很小,屋里显得幽暗阴沉,乍从大亮白日的外边进来,黑得像钻进地洞里。良久,二人的眼睛才渐渐适应,只见东西两侧的经柜前都设有座椅,一溜两行的将佐个个双手柱剑端然肃坐,木雕泥塑般纹丝不动,北边供佛处设着硕大无朋的供台,酥油灯碗堆叠在一处,空的地方摆了足有丈许方圆的一个大沙盘,沙盘前讷亲居中而坐,九蟒五爪袍子外罩着簇新的仙鹤补服,项上端正挂着的蜜蜡朝珠在窗下幽幽闪光,珊瑚顶戴后还插着一枝翠森森的孔雀花翎。身后还挺立着一位五品校尉,双手捧一柄明黄流苏的九龙宝剑,上面搭着绣缎龙明黄袱子,在暗中熠熠生光,仿佛在炫耀它至高无上的威权——这就是所谓"天子剑"了。

兆、海二人行罢礼,讷亲却没有立刻让他们就座。一张长长的脸毫无表情,苍白得几乎没有血色的面孔上一双三角眼压在蝌蚪眉下,深邃得古井一样,直直地盯着两个迟到的将军,半晌才道:"你们来迟了,坐下吧!"在众目睽睽下,两个人径自走到左侧旁两个空座跟前,兆惠不言声恬然自若入座,海兰察背转面向侧边熟人伸舌头扮个鬼脸,却一本正经转过脸来,这才仔细打量坐在讷亲右边的大将军张广泗,恰张广泗也转过脸,二人四目相对,都避开了去。他却甚不安生,又用目光搜寻大军督粮参议道勒敏,却见勒敏的座位是紧挨着讷亲,不与诸将同列,正呆呆地想心事。与勒敏并列坐着还有个三品文官,黑矮精瘦,麻脸上一双椒豆一样的小眼睛十分精神,却不认的。正思量着,"这个家伙是做什么的?"讷亲轻咳一声,说话了。

"诸位!"讷亲挺了一下微驼的背,脸上透出一丝血色,不疾不徐说道:"金川之役自上下瞻对斑滚脱逃算起,已经打了整整十三年,至今为止,敌我仍旧是对峙局面。皇上虽高居九重,自从委我为经略大臣,几乎三日一诏五日一命,垂询进军情形。但事到如今,我军还仅只是对大小金川造了个合围形势。两军数次接战都因中间隔了一百余里的草地沼泽,不能为久战之计。讷亲身为经略大臣、忝在高位尸居素餐,领军以来半年有余,未有寸功建树。中夜推枕、扪心徘徊,真是愧惶不能自己!上无以对主上宵旰焦虑,体念元元之情,下愧对三军将士跋涉泥途、激切用命之心。劳军糜饷师志而无功。这样下去,不但朝廷不能容,就是我们自己,又何以对君父百姓?"他说到这里,轻轻叹息一声,指着勒敏身边那位官员,说道:"这位是刚从北京赶来传旨的李侍尧李大人。他来,给我们带了六十五万两的军饷,还有犒赏三军的三十万斤风干牛肉。没有开始计议军事前,先请李大人训示!"

将军们不禁面面相觑:在座的军将统帅,职位高的官居极品,至不济的也是统兵三品参将,这个小小道员有什么资格在这场合训话?

"兄弟是代天训示!"李侍尧稳几而坐亢声说道。他仿佛患天花痊愈不久,脸上的麻子脱痂嫩肉在窗下泛着光,声音又尖又亮,还带着金属一样丝丝颤音:"本来,兄弟是奉旨去云南主理铜政司,可临陛辞时皇上在乾清宫亲自召见,天语谆谆叮咛,整整说了两个半时辰,命兄弟前来劳军。"

"奉旨劳军,用什么'劳'? 六十五万银子是从户部钱度那里调出来,从湖广藩库直运金川,都由兄弟一手经办。一切衙门都不能经办此事。怕的是那些黑心胥吏短称少两克扣了'火耗'。我从北京走时带了三个师爷,现在带到这里只剩下一个……"

他说到这里，军将们已经有人在窃窃私议：

"这鬼崽子，怎么这么啰嗦……"

"喂——老王，你在兵部当过差，知道他是哪里选出来的么？"

"……别小看了，是傅六爷荐出来的！"

"怪不得这般大模大样！"

"哼！孤假虎威……"

霎时，他们的议论就被李侍尧的话震住了："另外两个，我在汉阳码头请了湖广巡抚的王命旗牌当众正法了——银箱装船，他们趁乱，竟往自己船上装了一箱！"

李侍尧眼中闪着狠毒的光，声气却是依然如故："这似乎是题外的话了。皇上说，金川莎罗奔男女老少一共算起还不到七万人，前后两次兴军征伐，我军伤亡已经三万，屡战屡败，耗资二百余万两，没有寸步之功……皇上说着落泪，我也哭伏在地，主忧臣辱、主辱臣死，侍尧受主知遇之恩，岂敢因私枉公？！因此，六十五万银子一两不少，三天后运到军中。三十万斤牛肉，是我从铜政司厘金里调出来额外孝敬各位将军的。以此为限，若踏不平大小金川，生擒不了莎罗奔，对西川蛮地若做不到犁庭扫穴，我另送诸位老兄每人一口棺材！"说罢起身一揖坐下，神态平静如故。候见厅里鸦雀无声，静得连一根针落地也能听见。

"嗯，这个——侍尧在人方才讲的，都是圣谕里的。没有向诸位宣读谕旨，是旨意专对讷相和我讲的。"张广泗清清嗓子，眯缝着眼幽幽说道："小金川之役，庆复刚愎自用，不听谏劝深入孤地，招致大败。我为副帅，也难辞其咎。我是带了几十年兵的老行伍，吃了这么大的亏，也真羞辱难当，气得大病一场。我们做臣子的，讲究的就是个文死谏，武死战。这一阵打不赢，且不说天威不测君恩难负，我自己也臊死。兄弟们，金川只是个弹丸之地，我军七倍于敌，将其团团围困，反而折腾得自己人仰马翻，不愧么？也实在是赢得起，输不起了！大家都是和我一块刀枪箭雨断城炮灰里滚出来的人了,好歹这次争口气,成全我这把老骨头,也成全了你们自己……"他用抑郁的,近乎央求的目光扫视大家一眼,绷住了嘴,像要穿透墙壁一样遥视着前方。

他的口气虽然平静,在座的军将一多半都是跟他二十余年的,无论在青海,纵横万里黄沙戈壁,还是在云贵险山恶水间,和强蒙强苗对阵,好种机敏果决,指挥若定的刚毅,那种领先破阵,叱咤三军的气势,似乎都在小金川一战惨败中烟消云散了。他从来也没有这样侃侃恳恳,以平等的口气和属下讲过话,更不用说话语里还带着凄凉和无奈的恳求!听着他说话,看看他额前白了一多半的短发,将军们面上不动声色,心里都是一沉。正没奈何处,讷亲又转头问勒敏:"勒大人,你要不要讲几句话?"

"不敢!"勒敏在椅中一欠身,说道:"军务上的事学生不懂,不能混插言。我奉天子诏命,总管大军粮秣。军中但一日缺粮,都是我的干系。已经飞递文书给两江总督尹继善,特选三千石精米速运来金川,打了胜仗,让兄弟们好生打打牙祭。虽然大金川一战失利,但哀兵必胜,这次好生筹措,趁春早时间道路好走,雨季前打好这一仗!别的没得说的。"说完站起身,微笑着双手抱拳,团团一揖,轻轻将搭在肩上的辫子理到身后,又复坐下。他是破落旗人,潦倒京师读书,居然一举身登龙门魁天下,殿试状元,放着花团锦簇似的文官前程不走,自动请缨军前效力。这份志气深得乾隆爱重,几年间连连超迁,已加了右副都御史的衔。又不归招讨大营建制管辖,所以从庆复到讷亲、张广泗都对他礼敬有加。

讷亲待勒敏说完,温和地向他和李侍尧点点头,对身边的张广泗道:"昨晚我们商议了一夜,你和大家说说,看各位将军有什么高见。"张广泗只一笑,说道:"讷相,说好了的嘛!还是你主持!我以下诸将唯命是从!""那好。"讷亲转脸过来,稍稍提高了嗓门,说道:"我们检讨小金川失利,犯了孤军深入,后援不继的兵家大忌。南路攻小金川,一路沼泽三百余里,进兵路上陷进泥淖死的兵士就有八百多人。用竹竿插在泥潭上的标记,藏民夜里稍一移动,又要重新再试再标,中军深入腹地,阿桂又深入刮耳崖,达维、小金川和刮耳崖被莎罗奔段段分割,首尾不能相顾。莎罗奔部人都是土著,地形熟悉,又不怕瘴气,兵士能单兵作战吃苦耐熬,所以我们吃了大亏。"他站起身来,从戈什哈手中接过一根杆棒,吩咐"撤座,"用杆棒指着沙盘,说道:"大家请看!"

"扎!"

几十名军将齐应一声纷纷起身,顿时马刺佩剑碰得叮当作响。在大沙盘前围成一个半月形,听讷亲布置指挥。

"大家来看这木图!"讷亲变得有些兴奋,颊上泛出潮红,眼睛也闪烁生光,用杆棒指着沙盘朗声说道:"这里是刷经寺,这里是我们的松岗粮库,这里就是大金川。我已传将令勒龙的南路军进驻黑卡,康定曹国祯部也占领了丹巴。敌人不能西逃甘孜,也无路亡命云贵。这是大形势。"他顿了一下,声音柔和中带着点嘶哑,又道:"我军两次攻取大金川,都因为粮食供应不上去,大金川和松岗之间一百多里草地成了天然屏障,其中关键锁钥就是我们始终没有占领下寨。下寨在大金川和松岗之间,打下了它,就等于有了过草地的桥。所以,这次要用最精锐的侯英部,两万人强攻下寨。南路军和西路军一律按兵不动。这样,莎罗奔必定向刮耳崖逃窜。我已几次派人侦探刮耳崖,地形虽然险要,但只要截断丹溪,他的老窝就要断水。这是比断粮还要厉害的一着。莎罗奔若不退刮耳崖,就在这百里方圆成了流寇,十几万大军合围之下,也只有束手就擒——大家以为如何?"

众人一时都没有言语,这个筹划来身挑剔不出什么毛病。他们都是打了几十年仗的,每次战前布置何尝不都是头头是道?但一交战,每次都有意想不到的变故,使人措手不及。南路军和西路军离着中军最近的也有一百余里地,中间金川山向水势纵横交错,蜿蜒盘曲,像迷魂阵一样。莎罗奔虽是藏人,但其实心思狡狯细密,远虑近图想得周到,通汉语习兵法,不是个容易对付的对手。讷亲几个人仅仅一夜就想出这样的殄灭方略,众人都觉得心中没有底。怔了半日,讷亲见无人发言,便道:"大家没有意见,我和张军门就要发令行动了!"话音刚落,便听有人说:

"我有几句愚见!"

众人一齐转头,看发言的竟是张广泗和讷亲最得力的心腹,右军统领马光祖。马光祖也是一张麻脸,不过三十多岁,微高的颧骨上方一双三角眼,和眼白比起来,瞳仁略嫌小了一点,鼻子左侧还长着一颗聪明痣,说起话来唇上小胡子一翘一翘,甚是干脆利落:"我们帅营设在北路的只有四万兵。用两万去攻下寨,剩余的还要护粮,护路,护大营,内里就空了。藏兵如果乘虚抄了我们的后营,掐断粮道,又怎样应付?"他刚说完,张广泗冷冷问道:"他们走哪条路来抄我们后营?"马光祖便垂下头,叉手说道:"标下不知道,只是想到了说说。"讷亲道:"说说也很好,集思广益嘛!谁还有什么话?"

"这样打,我们只能操一半胜算。"兆惠在人们的沉默中款款说道:"这个方略我挑不出瑕疵,但它只是我们的算盘。知己不知彼。莎罗奔是怎样想,我们不甚了了。"

"你是说,我们该去问问莎罗奔?"讷亲一哂,揶揄道。

"毋须去问。大金川城里有多少驻军,下寨有多少驻军,小金川和刮耳崖的兵力又怎样布置,还有其他地方有没有暗伏的驻军,都要侦探明白。可行则行,不可行再作筹划。"

"那要多少时日?"

"不管多少时日,弄不清敌情贸然动手,只有一半指望,这不是我兆惠说的,是孙子讲的!"

"运用之妙,存乎一心,是岳武穆的话!"

"我知道中堂大人的心。但莎罗奔也有'一心',他是个雄杰,不是草奔土匪。"

张广泗见讷亲语塞,接口说道:"皇上已经为金川的事龙颜震怒,屡下严旨立即进兵。这慢君之罪谁来承当?"说完,鹰隼一样的眼死盯着兆惠。

兆惠咽了一口唾液,在张广泗威严的目光逼视下,他似乎迟疑了一下,旋即恢复了平静,说道:"标下承当不起。但大帅方才还讲,我军赢得输不得。将在外,君命有所不受。依我之见,我强敌弱,应该命令南路、西路两军向小金川缓缓进军,我中军从北路南压。莎罗奔虽然狡狯,兵力毕竟太少,哪一路他也惹不起,哪一路也不能出奇制胜。虽然慢,却能稳操胜局。"他话没说完,大家已经纷纷议论起来。

"这话对!三路军十三万人马一齐压进金川。莎罗奔满部落也就不到七万,又没有援兵退路,我们就是豆腐渣,也能撑破他老母猪肚皮!"

"单进一路,确实容易让他分路击破。"

"我说呀,还是多派细作,混到金川摸清他的底细!"

"不行,他们的人混我们这边容易,汉人装藏人根本不像。他姥姥的,上次我了派二十个,只有两个回来,还叫人家割了耳朵!"

海兰察最爱热闹,听屋里人们放松议论,他却与众不同,只在人群中挤来挤去,捅捅这个胳肢窝,拍拍那个人屁股,逗得人无缘无故失声而笑,他却是一脸正容,右翼副将廖学敏正在发言,"护住我们粮道,放胆——"突然胁下被扒了几下,他最不耐痒痒,顿时格格格笑个不住,大家都知是海兰察捣鬼,于是更加放肆哄笑起来,议论中夹着骂声笑声,搅得会场乱哄哄的。

"都回座位上去!"讷亲听这七嘈八嘈的议论,头涨得老大,命道:"一个一个接着说话!"张广泗脸板得铁青,待诸将归座,指着海兰察道:"这是议论军机大事,你敢起哄!你活够了么?"

海兰察在椅中一躬身,似笑非笑说道:"卑职不敢!我是想叫他们让开点,我也说几句。"

"你说!"

"护住粮食,我们就立于不败之地。"海兰察道:"粮道、粮食护好。我看可以三军齐压,看似笨,却是稳沉持重。放着南路西路七八万人不用,我们在这边和莎罗奔玩家家,捉迷藏,很难讨得好处。"

"你是说——"讷亲的脸一下了涨红了,"你是说我们在玩忽军机?"

"天时、地利、人和"海兰察震慑了一下,立刻又变得满不在乎,"地利不是我们的,我们和莎罗奔就算都'人和',也只占一半胜算。这个仗不能出奇制胜,只能恃强凌弱,扬长避短。所以兆惠说的还是有道理。卑职岂敢说中堂和军门'玩忽',是你叫我们议的嘛!"

讷亲无声透了一口气,他作相臣多年,涵养气度人所罕及。并不在乎海兰察和兆惠的言语态度。他是计较二人说话的内容,这样以来,等于全盘推倒了他和张广泗苦心孤诣商定的计划。面子且不说,乾隆那边就无法交待!刹那间,他心里划过乾隆附在廷寄谕旨里专给自己的密谕:

> 尔欲蹈庆复之覆辙耶?入川以来,计时已一岁又四月十三日矣,未见尺寸之功,芥微之获,不知尔日复一日何所事事?乃前奏连连索饷,后奏又请赐尚方宝剑,复奏必得张广泗入营弹压诸将。今粮饷已足,宝剑已赐,张广泗亦奉严旨前赴行在,仍无进军消息!朝议沸腾,交章论奏弹劾尔畏敌误国,志大才疏。朕日望捷音,夜思绯徊,外遏众议,中心焦焚不能自己,思之曷胜愤懑!不意尔乃如此辜恩溺职!即速进矣,不然,锁拿问罪之旨将至矣,联即欲保全,奈国法何,奈军法何?!

那谕旨朱砂蘸得极浓,殷红字迹斑斑,血一样刺心醒目,又写得极端楷,显是再三思虑稳重思定而后书。唯其如此,比之愤怒之下的潦草狂书更使人胆寒……他的心颤栗了一下,又目视张广泗。

　　张广泗紧绷着脸，用略带呆滞的目光斜睨一下勒敏和李侍尧，钱粮已足，他们本该返回成都，却都滞留在刷经寺，又不干预军务，显见是奉了密旨察看军情。他自己也有一份朱批密谕，也是恭正端书，却甚是简短：

　　　　尔之首级至今在项，乃朕董念前功，曲意保全，力拂众议之故。收敛些刚愎，努力辅佐讷亲，则前罪可恕，后功可继，令名可保。成全讷亲，即是自全之道，朕无心多嘱，尔其自爱。

有此圣旨他才勉强到军中帮办军务，也只能唯讷亲之命是从。眼下众将意见，虽然显见是万全万安之策，但要重新布置西南两路军马，绕道往返传令，移动、联络、粮秣供应，事繁日久，若在雨季前不能会师，这一战又成吉凶未卜前途不测之局。还要背上违旨罪名……他看了一眼沉吟不语的讷亲，打定了注意：你是主师，我已经"参赞"过了，还是你来拿主意！

　　"大家都是忠诚谋国。不过，玉泉山水好，难解近渴。"讷亲左右思量，自己的布置天衣无缝，咬着细碎的白牙笑道："过了春旱，这个仗就更不好打。天时地我们占着，大家齐心合力，就占了人和。打下下寨，地利就是敌我共险，我们攻下大金川站稳，再令西南两路同时进兵，这样，联络会战就便捷得多了。就这样定了。诸将听令！"

　　将军们"刷"地一齐站起身来。

　　"由我亲率马光祖部、蔡英部两万人马，三日内集结松岗，然后进击。限三日内，松岗粮库的被服军资粮油菜蔬全部转运刷经寺大营，仍由兆惠、海兰察部护理。驻黄河口的两千绿营兵向大金川佯动，牵掣莎罗奔兵力，原驻三段地的方维清进驻黄河口，防止莎罗奔乘虚攻我大营……"他眉棱骨低低压着，用自信的目光扫视众人，待众人一一答应听命，正要说话，兆惠却道："松岗库内除军用被服辎重，仅粮食就有五千多石，我只有不到四千人，三日之内无论如何也办不下这个差使!"海兰察接口便道:"情愿随讷相前去下寨打仗!"

讷亲脸上闪过一丝不快,说道:"被服辎重可以不动,其余的人一律运粮!"兆惠毫不介怀立刻说道:"谁来护粮?"张广泗道:"用中军护营的五百骑兵!"海兰察一哂,双手一禀说道:"标下也愿随讷相前阵杀敌!"讷亲厌恶地看了看这两位青年,愈看愈觉面目可憎,再不想和他们啰唆,冷冰冰说道:"可以。你们随大军行动,中军大营和松岗粮库由廖化清接管,听张广泗节制!"

"扎!"

将军们齐应一声躬身退出。偌大的候见厅里只剩下讷亲、张广泗、勒敏和李侍尧四个人。勒、李二人知道两个人还要计议军务,也就起身告辞。李侍尧笑道:"我和勒兄不能插问军事,是皇上特谕,请二位鉴谅。明日饷钱押到,我就要到贵州。勒敏兄也要回成都督粮。兆惠、海兰察他们年轻气盛,但有粮饷,我军立于不败之地,这话十分中肯,盼二位大人留意。如还用钱,请发函云南铜政司我那里,一定鼎力相助!"说罢二人一揖别去。讷亲见张广泗神情恍忽,一副若有所思的样子,因问道:"平湖,你似乎心事很重?"

"兆惠和海兰察精明啊!五百骑兵护这粮道,我思虑不周,万一有失,就要累及全局。"

"平湖太多虑了。"讷亲笑道:"莎罗奔没有那么大的兵力,他也不是神仙!这样,三段地的两千驻军不再向黄河口,调到中军听你指挥。"

二　计无成算讷相败阵
　　批亢捣虚莎帅逞豪

　　清兵费尽全力，调集两万人马用了将近四天。在松岗集结一天，海吃大嚼了几餐，马光祖率五千人向下寨西北运动，堵住通往甘孜道路，蔡英率八千人淌草地，截断大金川和下寨联络，迎击来援之敌。讷亲亲率七千余名中军正面攻击。三门无敌大将军炮对着土寨门不住地轰击了半个时辰，炸得城门成了一片废墟，方才举红旗命兵士冲击。

　　讷亲不禁大喜，当即挥令廖化清带两千名军士从城门缺口进击。可煞作怪的是，大炮轰击时城中毫无动静，一待兵士攻击，堞雉上立刻旗帜招展，中间还挂着"大清金川宣慰使莎"的大帅旗，无数藏兵手持弓箭机弩，射得飞蝗激雨一般。廖化清也真是悍勇，甩掉了甲胄打了赤膊，一手举盾，一手提大宽边刀，大呼："哪个婊子养的敢退一步，老子牺牲了他狗日的！"喝令"快冲"！几千人斗志愈昂，大发一声喊"杀呀"！领头的二百多人便冲进城门缺口，城周的一千多人冒着箭雨，人力架起木梯，挥刀登梯而上。

　　眼见就要得手，突然城上"呼呼啪啪"，到处响起火枪声，已经攻上城的几十个兵猝不及防，被守城藏兵刀劈斧剁，卸得一块一块扔下来。攻城的清兵被霰弹打得哭爹叫娘，退潮的水一样狼奔豕突回营。廖化清呼喝不禁，正要挥刀杀人，一团黑雾一样的霰弹打来，左胸左臂被鸟铳打得蜂窝一般，他大叫一声"奶奶的！"嗵咚一声倒在泥水里。与此同时，攻进城里的一二百人也发出一片呼救声,只有一二十个兵士带箭逃回本营,气喘吁吁向讪亲报说:"讪讪讪——相! 城门里布的都是泥潭,弟兄们都陷进去了——快想办法,快,快救!"说着说着,城里的呼救声也就没了,只留下一片可怖的寂静。

"今天收兵,明日再说!"讪亲蓦地一阵心悸,出了一身冷汗,强捺着惊慌命道:"受伤的兵连夜送回刷经寺,廖化清也送回去,如果伤势重,就送成都!"因见海兰察和兆惠都蹲在湿漉的草地上察看廖化清的伤势,讪亲心里突然泛上一股厌憎之情,因命:"廖化清受伤,所部兵丁由你两个带!"说罢回头便走。

兆惠怀里抱着奄奄一息的廖化清,海兰察端着一碗盐水,用生白布揩试着伤口上的血污泥渍,廖化清晕迷中口中兀自喃喃谵语:"先人板板的……这仗怎么弄的? 讪相,得换个打法……"两个人都正凄惶,见讪亲看都不看廖化清一眼拔脚就走,心中都是大怒! 兆惠颊上肌肉急速抽搐了几下,没吱声。海兰察咬着牙骂道:"日他血疙瘩奶奶! 骡子病了主人还要看看呢!"

"海兰察你说什么?"

正走路的讪亲听见海兰察骂娘,却不甚清楚,止步回头问道。海兰察梗着脖子道:"我说日他血疙瘩奶奶的——"他突然觉得兆惠在腿上捅了一下,改口接着产道:"——我们非要从城门打么?"他已换了一副无可奈何的苦笑脸。

"晚上再议!"讪亲情知他说假话,却也无可发作,答了一句,掉转头便去了。兆惠小声道:"他盯上我们两个了,起了报复心,小心着点……"海兰察"呸"地唾了一口,说道:"以后的事谁料得定? 现在他还得用我们!"

夜幕降临了。月亮像半个被撕开的烧饼,在缓缓移动的云层中半隐半现,把大草地映得一片苍暗,广袤的穹窿罩着一摊一摊的泥浆潦水,还有略略起伏的草埠一直向远处无边的黑暗中延伸去。

随着微风荡来荡去暮霭似的轻雾,略略带着腐草烂根的腥臭味。暗云、月色和轻雾包围着星星点点亮着烛光的清兵营盘,随着流荡的雾,本来就昏暗不明的烛光也若隐若现,很像夏日坟地里的团团磷火。草地的夜本来就荒寒凄迷,偶尔传来巡逻打更的锣声,伴着的笃笃的梆声,反而更显现它的苍凉。

　　在讷亲中军大帐南边约一里之遥,默默行走着十几个藏人,穿着一色油乎乎脏兮兮的羊皮袍,被泡胀了的羊皮靴子在泥水中嗞咕嗞咕地发出古怪的响声,有时停下来,少顷又接着走路。

　　领头的藏人个头很高,他的皮袍似乎小了一点,紧绷绷裹在壮得公牛一样的身躯上,袍子下摆勉强盖住了膝。藏人多是肤色黑红,可在如此朦胧的月色下,根本看不出来,只是那偶尔一抹月光洒落下来,才模模糊糊能看到他方脸上浓重的眉,略带平直的鼻子和方阔的嘴。这就是统领大小金川方圆数百里,率领七万藏民的金川大土司,公然与官军扯旗对垒的莎罗奔。他身后紧跟着自己的老管家桑措,还有个喇嘛仁错活佛,都是年过花甲了,步履仍十分健捷。喇嘛身后,还站着一个娇小玲珑的中年妇人,宽大的皮袍套在身上,也显着不合体。她叫朵云,自小和莎罗奔青梅竹马,却阴差阳错嫁了莎罗奔的哥哥色勒奔。在一场可怕的决斗中弟弟杀死了哥哥。她现在是莎罗奔的妻子。此刻她瑟缩在皮袍里,亦步亦趋地跟在丈夫身后。莎罗奔发觉她仿佛有点步履艰难。站住脚,用藏语问道:"朵云,你怎么了,哪里不舒服?"

　　"故扎,"朵云凝睇着一片连一片的"磷火",怯怯地说道:"敌人太多了。我……我有点怕!"

　　莎罗奔走近了她。一双粗大的手握了握她的双肩,久久才叹息一声,沉重地说道:"恶狼面前,最忌的就是怕,这是老故扎常说的话。"他松开了她,对仁错活佛和一众卫队说道:"我们不要再往前走了,就在这里歇息计议。"

　　"故扎,"站在身边的桑措,苍老地咳一声,说道:"是不是请夫人带着孩子离开金川,旺堆那里可以藏身的。"莎罗奔摇摇头,说道:"敌人强大,占了天时,我们要占地利人和。送走妻子,我就会失去兄弟父老的尊敬。我的妻子儿女要和我一起,打到最后一兵一卒! 朵云,你说对不对?"朵云单手护胸垂下了头,她的声音多少有点发颤,"是的! 我的故扎。你这话我已经告诉了我们的两只小鹰。"说完,便背转脸试泪。

莎罗奔望着大片相连的清营,觉得自己的眼泪就要涌了出来,忙收摄心神,口气变得斩荆截铁:"我们没有别的出路,只有集中我们的全部兵力,打败迎头这个讷亲。他们攻下寨,其实是想在大金川久占,然后调南路和西路的官军攻取刮耳崖和小金川,逼我们东逃或者在这几百里包围圈中钻山林流亡。我原来听探报,南路和西路都向小金川推进,真是十分担心。要知道,他们的总兵力比我们全族人口还要多出三分之一呀……""故扎!"仁错活佛手捻法珠,沉吟着说道:"达赖剌嘛来信,说请兵势大难敌,我们可以举族迁到藏地,他划五百里草场给我们。"

"不行。"莎罗奔说道,"敌人没有我们熟悉道路,从金川逃出去是不难的。但要绕乾宁山,再翻夹金山,要攻取上上瞻对,再走几千里山路,一路上有多大的伤耗? 青海到拉萨的道路比我们还要近,岗干巴部落迁到西藏,八万人只有四千人活出来,这和全族拼死一战有什么分别?"见大家沉默,莎罗奔果决地主产道:"逃亡一计绝不可行。投降,自己捆了自己,屈辱地到他大营里乞求活命,这是乾隆博格达所要的。那即使活着,也像死——不,比死了还要难受——不但我们自己,连我们的子孙也要蒙羞受辱! 还是我在小金川战前的话,只有一个'打'字,打赢了再言和!"

正说着,远处叽叽叽叽一阵急促的脚步声渐渐近来,似乎有人在泥地里快跑。众人回头惊觉地看着,直到跟关才看清,是专管传信的小奴隶嘎巴。嘎巴一路快跑,喘得上气不接下氯,好久才定住神,报道:"大故扎莎帅,活佛! 小金川那边来信,说汉狗子们的兵开到丹巴和黑卡就驻扎了下来,在那里筑木寨。还有,三段地的两千兵开到黄河口,已经扎了营盘,不知为什么又向刷经寺开去。"说完,向莎罗奔和众人躬身一礼,趔转身跑步又去了。

"主人,"桑措老管家在旁说道:"这样看来,我们应该回小金川。把下寨和大金川烧掉,留给这里给清兵。先打他的西路,缴获些粮食。再和北路军在金川周旋。我们的老人、女人和孩子都在饿肚子……"仁错却道:"这是一时的权宜之计。下寨和大金川落入讷亲手中,全局就乱了。即使打下丹巴,也还是个逃亡。调我们全军,在这里就和讷亲决一死战。打烂了蛇头,蛇身子好办。"

莎罗奔一直在静静地听,他眯缝着眼,瞳仁幽幽闪烁着,忽然一个念头涌上心来,仰头哈哈大笑。众人都被他笑得一愣,朵云正要问,莎罗奔笑指刷经寺,说道:"西路军南路军移防逼近,真的是吓了我一跳,三路齐进金川地,虽然笨,我们势单力薄,确实无法应付。这个讷亲,我看比庆复一点也不高明。他的兵力都在这里了,刷经寺到松岗一路还在运粮,也要护粮的军队。他是笨人下棋,死不顾家啊!"说着,转身对一个随从头目吩咐:"你现在就去,传令下寨我们的守军,四更天之前全部撤到这边的潦清寨。大金川的七千藏兵也撤出来,到潦清四千、罗渭寨三千。我要——"他狞笑一声,"抄断他的粮道,包围刷经寺,看他是回救不回?"

众人听了个个喜颜悦色。仁错笑道:"莎帅这着棋走得狠!讷亲敢倾力来攻下寨,是料着潦清和罗渭到刷经寺都是泥浆深潭,没有路可以奔袭他的老营。他们忘了我们是藏人,忘了这草滩泥地有我们自己的路!这样打,攻下刷经寺也不是难事。"桑措也变得兴高采烈,呵呵笑着说道:"这样好!他们正往刷经寺运粮,粮食我们也有了!"

"围刷经寺,不要攻下来。"莎罗奔舒眉笑道:"待讷亲回师,潦清的四千人可以截杀一阵,把他们分成两段。先围魏救赵,再围城打援。对,就这么办!"桑措惋惜地说道:"这样我们就捉不到讷亲和张广泗了。”

　　仁错活佛思量着，说道：“故扎，你虑得真远，还要留着讲和的余地，什么围魏呀打援呀，汉人的东西怎么知道那么许多？”

　　“我在内地闯过世面，懂汉语能读书，是跟着汉狗子学的。”莎罗奔格格笑着，“人家是宰相、大将军，我活捉过来，乾隆的面子怎么下得来？”他高兴得回身，双手猛地举起朵云，笑道：“我看你不必再为孩子担心了。这仗打赢后，你去北京，见见岳钟麒老爷子，想办法和朝廷讲和！”说完，放下爱妻，已是敛去笑容，“我们到潦清去——把小金川捉到的汉狗子清兵全部捆送下寨。明日叫他们自己打自己！”

　　讷亲当晚一夜计议，尽管百不情愿，还是采纳了海兰察的建议，从下寨南边选一段稍低一点的寨墙攻击。但这以来，就得挪动那四门重逾千斤的“无敌大将军”炮。这样的泥草地，炮车根本不能派用场，于是现扎木排，挽了绳子，每门炮用一百个人拖，生拉硬扯，人人累得屁滚尿流，总算午前将炮位安置停当。刚好这时松岗运来了李侍尧送来的牛肉干，讷亲下令“每人一斤，吃饱厮杀。”军士们大嚼一顿，待讷亲红旗指挥令下，立时间响起石破天惊般的炮声，顷刻间寨南硝烟滚滚，撼得草地都簌簌发抖。

　　这里的寨墙比寨门薄得多，只轰了二十几炮便坍出了两丈来宽的大豁口。兆惠和海兰察掣剑在手，齐声大叫“冲进寨子，后退者斩——杀呀！”兵士们“嗷”声怪叫，持刀挺予，出窝黄蜂一般冲上去。海兰察和兆惠都是一身大红袍，右手提剑左手握盾，紧随着兵士直奔寨墙，冲锋的兵士们昨天被箭雨吓怕了，也都眼望着堞雉脚底下跑，绊得筋斗流水的也就不少。

　　人人都预备着挨箭，不挨箭反而更加警惕。十几个冲到豁口的兵士一身煞劲，看看城上无人，倒莫名其妙地站住了脚步，小心翼翼提刀蹑脚儿东张西望，弄得后边的人也惊疑不定。海兰察大

骂"操你们祖宗的,为什么不杀进去?"说着和兆惠一前一后上了寨
墙。两个人睁圆了眼看,只见蜿蜿蜒蜒的土塞墙顶,垛口后是踩得
光溜溜的通路,果然寂无一人,微风下只见通道边的枯草,不胜寂
寞地瑟瑟抖动。寨门里一排排土房草屋,被拆得七零八落,一条条
巷弄满地都是碎木条、破门板、羊粪和骆驼毛。除了几声狗吠,连
半个人影儿也不见,生生的是一座死城。兆惠和海兰察正在发愣,
讷亲已经传话询问:"寨里什么情形?"

"敌人连夜撤了!"

兆惠喃喃说道。一种不祥的预感突然袭来,竟不自禁打了个
激凌寒战,转脸对军士们喝道:"统统进城搜索! 愣什么? 这是座
空城!"一把扯了海兰察回中营来见讷亲。

"撤了!"讷亲听海兰察禀告,"敌人走光了,屌毛没见一根。"虽
然恼他无礼,但此时不是计较时分,皱着眉头百般搜索枯肠:寨四
周凡是干燥一点的地方都驻的官军,除了寨西南一片漫荡荡的大
泥潭,围得真似铁桶般滴水不漏。莎罗奔的部众从哪里溜出去的
呢? 昨日拼死抵挡恶战,又为什么突然撤得无影无踪? 讷亲脸上
布了一层严霜,本来就长的脸拉得更长,眼神却带着一丝迷惘,沉
吟道:"莫非他们插了翅膀? 是不是退回大金川据城死守呢?"兆惠
指着汪着浅水的泥潭,说道:"讷相,他们一定是从那里逃出去的,
这里泥潭里有路,只有本地土著人知道!"讷亲尚未说话,海兰察却
一下子灵醒过来,以手加额轻声惊呼:"天爷! 泥淖里有路……莎
罗奔该不会是去掏我们刷经寺老营的呢?"

这句话正中兆惠心思,脸上立刻变了颜色,讷亲原地兜了两
圈,冷笑一声道:"恐怕他没有那个胆子,也没有那个识见! 我军暂
时按兵察看动静,派到大金川的探子也就要到了。"兆惠向讷亲一
躬身,语气沉重而又诚挚,说道:"中堂,潦清离刷经寺只有二十里
地,中间隔着沼津,我们没有设防。假若泥潭水泽里有路,敌人偷
袭我们中军帅帐,张大帅情势不堪设想。我军后路被断、粮草不

断,那就危殆万分。"

"临变不乱,不要风声鹤唳自惊自怪!"讷亲被他们说得发毛,又恼恨他们危言耸听,强自镇定着叱道:"亏了你们还是老行伍! 现在第一要务仍是弄清敌人去向!"他低头想了想,命道:"海兰察带左营二三四棚三千人马速回松岗。粮食出了差错,休怪我无情!"

海兰察领命去了不多时,大金川方向飞骑来报,说:"大金川增强巡逻,城外二里地都有藏兵守护,我们的侦探骑兵不能近前查看。"讷亲问道:"城里有什么动静? 昨日半夜到黎明,有没有藏兵大队人马进城?"那探子道:"我们混进去的探子一个也没有出来,大约里边也戒严了。四更多时,听见城里有些骚动,有骆驼叫声和人声,他们的兵巡罗得严,不能走近……"

"看来,下寨的兵是缩回大金川了。"讷亲一颗心顿时放下,透了一口粗气,一哂说道:"我们就驻守下寨。他要守大金川,我就令西南两路并进合围。要是在大金川只是虚晃一枪,我就立刻围攻大金川。莎罗奔不是土行孙,能地遁走了么?"因见进寨搜索的清兵出来报信,便问"里边有何情形"? "回中堂,里边没有河。"那兵士听不懂他文绉绉的宰相言语,"藏人老小都走得干干净净,搜出来二百多个人,都是我们的人,都饿得半死不活,捆着放在空屋子里。问他们话,他们说都是蒙眼眼押进去的,连自己在什么地方也不晓得。"

讷亲格格一笑:"莎罗奔不是等闲之辈,圣上没有看错了他。还送我偌大一份人情,留着讲和这一手!"喝命"收兵进寨,左右翼的军士在寨外加筑木栅!"还要命人召回海兰察时,却见松岗方向几个兵士淌着泥浆死命地奔过来,个个都滚得泥猴似的,一边跑一边口中大叫大嚷"快,快报……中堂……莎罗奔的兵,兵……围了刷、刷经寺……"讷亲心里"轰"地一声,立时头涨得老大,周围的天、地、水、草,丛丛的灌木,寨子地垛楼立时旋转起来,踉跄一步才站稳了,只觉心中突突乱跳,竭力想镇定下来,却哪里能够?

"围刷经寺的有多少人?"兆惠是久历风险,多经战阵的人,心中也是一震,脸色变得愈加苍白,急问道:"他们走的哪条道?"

"回大人,他,他——"那兵士兀自喘息不定,喘着气回道,"走哪条道张大帅的人没说,海……海大人说兴许是从潦清渡泥潭摸过去的。——围刷经寺多少人也说不清,报信的说多得很,有一万多人!是中了几箭才逃出刷——"

"别说无用的!"兆惠断喝一声,"海兰察现在哪里?"那兵士此时才略稳住神,说道:"海大人现在正收拢运粮的人回松岗,运粮道叫莎罗奔堆断了一半。丢了几百车粮食,扛粮护粮的兄弟们也死了好几十……"

兆惠没有再问,一切都已明白,是遭了莎罗奔暗渡陈仓之计,只是敌人行动如此诡秘迅速,干得这样干净利落,却是他万没有料及的。兆惠低头思量一阵,见讷亲仍旧团团乱转,口中念念有词:"这怎么办?这……如何是好……"因道,"中堂,不要急,要想办法!"

"什么办法?你有什么办法?"

"回兵三千,和海兰察会合去救刷经寺。下寨留一千守军,我们还有一万余军士,开进大金川——他抄我后路,我端他老窠!"

"合兵也只有六千人,再援救刷经寺,要多少时辰?刷经寺只有两千人,敌人一万军士包围,怎么抵挡?丢了老营,死了张广泗,朝延那边怎样交待?"

"中堂的意思怎么办?"

"这里留三千人驻守,不占大金川。"讷亲已渐次镇定下来,"派一千人去潦清断莎罗奔后路,其余的全部回援刷经寺。张广泗危急,我们不救,谁都担不起这个罪!"

刷经寺只剩下了三十多个。除了张广泗无恙,他的三百名亲兵,和外围的两千军士全部"殉国"。余下这些兵士保着他退到寺后经堂大佛殿,也都人人身带刀伤箭孔,浑身都是血污,却半点不敢松懈，提着血淋淋的刀站在滴水檐下，预备着最后一搏。

张广泗头发蓬乱，满脸憔悴地坐在经堂东侧的椅子上，眼睛直直地盯着地下的青砖，似乎在寻找着什么，外边藏兵叽里嘎啦的叫喊声、传令声清晰地传进大殿，他竟是充耳不闻。他摘下腰间的宝剑，抽出半尺许、寒光闪闪的剑芒刺目，仍旧是那样的锋利。这是褒扬他青海战功，废正御乾清门，当着多少文武官员当面赠赐，曾招来过多少欣羡妒忌的目光呐？这柄盘龙镶玉的宝剑，多年来刻不离身，杀过不知多少敌人，也用它诛戮过逃将，它自身就是一种骄傲和自豪，也记载着他的功勋和忧患。如今……他小心地抽出来，用白手绢轻轻地揩拭着，缓缓站起身来，望着已经冲入内院列队待攻的藏兵，突然间爆发一阵令人毛骨悚然的狂笑："哈哈哈哈……我杀人无数，无数人杀我，何憾之有？想不到张广泗命毕于此——"手中的剑闪过一道雪亮的弧光，就向项左抹去。

"大帅！"他的师爷吴雄鸿一直站在身边，张广泗抽剑时他已警觉万分，见他横剑自尽，急抢一步双手紧紧攥住张广泗的手臂，扑通一声长跪在地，已是声泪俱下："大帅，留下青山！留下……青山……松岗离这里不远，又有骑兵，这个大佛殿敌人不敢纵火……再顶一时待援……你一轻生，顷刻之间敌人就占了刷经寺……"张广泗长叹一声泪如雨下，缓缓收回了宝剑。

正凄惶无奈，外面一个戈什哈一步跨进来，大声禀道："大帅，莎罗奔已经进了天井院，要请大帅出去说话！"

"不见，叫他打进来！"

"张大帅何必拒人千里之外？"院外天井中间站着的莎罗奔隔门笑道。"我也大帅老相识了，何妨一见呢？"

张广泗理了理发辫，将朝冠朝珠戴了，也不佩剑，稳了稳神踱出殿外，站在檐下，正好与莎罗奔对面相望。

"张大帅受惊了！"莎罗奔面带微笑，摊手一躬，说道："莎罗奔此举无礼，是迫不得已。你我在此情此景下见面，实非我之所愿。

大帅看去老了点,气色还好,比前年胖了许多。"

张广泗已将生死置之度外,气度反而从容不迫。他盯着莎罗奔高大的身躯,移时才道:"你进殿来谈!"莎罗奔笑道:"身系金川十万父老安危,我不能身犯险地。"张广泗冷笑道:"我身为朝延极品大员,岂有欺人之理?"

"我被大人骗得聪明了些。"莎罗奔操一口纯熟的汉话,彬彬有礼又是一躬,"我说您胖了,就是指您食言而肥。"他从怀里抖出一张纸,问道:"这是在大金川和庆复、您还有郑文焕军门签的和约,上面有您的亲笔签字,头一条就是不得无故再剿金川,您食言了没有?"

张广泗顿时语塞。勉强应对,干笑一声道:"所谓此一时彼一时。你这样满院刀枪相逼,大丈夫唯死而已,岂有屈于你贱奴淫威之下之理!"说罢回身便走。

"张大帅!"莎罗奔额前红筋暴起,见张广泗回头,声音暗哑深沉地笑道:"进殿和院中有何分别? 外边我有一万藏兵,个个与你仇深似海。其实我一挥手,这院中的兵顷刻之间就能将你们都剁成肉泥!"他缓和了一下口气,"你,我知道不怕死。但你既忠于博格达汗,就该为君父颜面着想。三军败溃,主将被擒杀,难道不怕乾隆老子蒙羞?"张广泗没有想到,这个小小宣尉使竟有如此胸怀和深谋远虑,活命的希翼刹那间也是一动,遂转过身来,说道:"就这样谈,你有什么章程? 说!"

张广泗到这份上还拉架子扯硬弓,莎罗奔见他这色厉内荏的样子,嘴一咧几乎笑出声来,忙又敛了,正容说道:"我的兵可以立即退出刷经寺半里之遥。这里的粮食要全部运走——你不要发怒,我们缺粮,都因你们背信弃义违约来攻的缘故。第二,收缴你和你的卫队手中武器,不准跨出刷经寺一步!"张广泗哼了一声:"缴我的械? 你想活捉我张广泗?"

"好! 看在故人份上,我们不缴械!"莎罗奔大笑,挥手道:"把粮食搬出寺,叫潦清能动的藏民都过来往回运!——我们撤出刷经寺!"说罢又一躬,说道"孟浪"前呼后出拥去了。

莎罗奔一行出得刷经寺,但见到处都是扛粮的兵士,熙熙攘攘挨挨擦擦,人人手里拿着牛肉,肩上扛着米袋往清水潭方向走。莎罗奔见人群如此乱哄哄,不禁皱起眉头,吩咐身边一个藏兵,说道:"传我的令,所有的藏兵都把米袋就地放下!——叫叶丹卡过来!"那藏兵一边跑一边传令,又喊"故扎老爷传叫叶丹卡!"一时便见一个中年汉子擦着满头大汗一路小跑过来。他还没有站稳,脸上已重重挨了莎罗奔两记耳光。

"谁叫你的兵也运粮的?"莎罗奔红着眼,恶狠狠吼道:"立刻列队向西进发!汉狗子的主力肯定已经向松岗运动!大敌当前,是捣腾这些烂东西的时候么?!这里留五百人围困刷经寺,把这里清兵的帐蓬、柴炭、灶火炊具,全部烧掉砸毁!"叶丹卡忙答应一声,跑到转经轮前呼喝指挥调度。莎罗奔用袖子揩着满头油汗,对身边的桑措说道:"仁错活佛就要带人过来运粮了。叶丹卡的兵由我带着向西,和罗渭我军汇合。你有年纪的人了,就留在这里听活佛指挥,记住,围寺第一,夺粮第二!——潦清的兵叶丹卡怎么带的,像没有头羊的羊群。现在敌人只是被我们打懵了,不能等他们整好,要在半路上打散他们!"

说话间藏兵已整好行伍,叶丹卡扯着嗓子训斥一顿,小跑过来向莎罗奔请示,莎罗奔指着西边的运粮军道,大声说道:"罗渭我们的人已经截断了讷产亲到刷经寺的援兵。下寨他们两千、松岗三千,讷亲的中军六千人,里边只有一个骑兵还能打,正在拼命向刷经寺冲。敌人虽然比我们稍多一点,但他们已经乱了营,官找不到兵,兵认不得官。我们要趁乱打过去!兄弟们,带上牛肉边吃边走,敌人饿着肚子在泥滩里爬了一夜,他们不禁打!"因见人牵过马,知道是从张广泗营里缴的,一笑上马扬鞭指道:

"走!"

讷亲连夜退兵，没有走到枫岗便遭到罗渭三千藏兵的强袭。深夜处在黑暗中，又全然无备，顷刻间就炸了营。那些藏兵个个骁勇异常，呼喝大叫号角呼应，前堵后追、中间割切，打得官军乱成一锅粥。可怜这些官军，被藏兵紧紧赶杀，陷在这草地路上，路上标识被拔得干干净净，又不敢乱跑。几个月没吃到青菜的官军，一小半得了鸡视眼，竟假瞎子一般，由着藏兵砍瓜切菜般宰剁。讷亲的三百名亲兵见大队人马被杀乱了阵，簇拥起讷亲便向南走，要逃回下寨。但见昏暗的星月微茫之下，到处黑影幢幢，叱呼声、喊杀声、招呼声、惨叫声、兵器相遇相激声此起彼伏，混成一片。满泥地里到处都是横七竖八的官军尸体，带辫子的人头在泥产乐里被人踢来踢去……再往南走，厮杀得愈加凶烈，冲一处，被堵一处，似乎漫野都是藏兵，处处都是刀枪剑树。众人一看不对，又架着讷亲向北蹚。幸得一个传令兵熟悉道路地形，做好做歹，摄弄着讷亲停驻在一块长着子孙槐灌木的小高埠上。讷亲惊魂未定，又见一股人马黑地里杀来，顿时，浑身一阵发凉，腿一软就要下坐，却被两个亲兵死死架往，讷亲这才细听这队人马呼喊近来，却是汉语：

"讷中堂！讷中堂在那里——我们是兆惠的兵！"

讷亲这才三魂收聚七魄入窍，觉得裆下异常不舒意，隔裤子摸摸，知道不好意思的，口中命道："叫兆惠过来，我在这里！"手下兵士便齐块呐喊："讷中堂在这里——传兆军门！"一时便见兆惠带着几个人提刀涉水过来。兆惠边走边叫："讷中堂，不要慌！我来了！"讷亲不等他到眼前便急急问道："你还有多少人？还有多少人？"

"我的兵死了七百多，还有不到一千人。"兆惠仰面看天，像是极力在寻找着哪颗星星，口中却道："现在最要紧的是把我们的人聚拢起来……这样打，不到天亮就完了……现在还不到丑时！"讷亲只在地下干转圈子，口中喃喃而语："这怎么好？这怎么办……"

兆惠见这位矜持傲慢的"相爷"如此脓包，暗地苦笑一下，发令道:"所有的人齐声高喊:兆惠在这里,官军靠拢过来——往后传!"

"兆惠在这里,官军靠拢过来——往后传!"

一千余人扯嗓子齐声高呼,立时压倒了杂乱鼎沸的战场喧闹。

这一着果然见效。正在乱中拼死挣扎的官军三十一群,五十一伙,从南北两路边杀边冲,向这边渐渐靠拢过来。讷亲这时才完全镇定下来,忙着叫亲兵"传棚长游击以上的官佐,各自集合自己部下军士,然后过来听令!"

……

草地上又一个黎明来临。太阳像往日一样,懒洋洋从远处地平线上爬出来,隐在稀薄的云层里,有点像一只没有煮熟的蛋黄,将草地上的潦水照得发亮。从四更天起一阵号角响后,藏兵便退出战场。来得突兀,去得也倏然,一时三刻便消失得无影远踪。此刻映着淡漠的阳光看这一夜恶战的疆场,真是惨不忍睹。从高埠向北二里,绵延向南没有尽头,清兵的尸体像割倒的田里的谷捆儿,有的地方断断续续稀稀落落,横七竖八摞着,有的地方挤成堆,垛成垛,斜躺着的、仰卧着的、半拄着刀僵跪着的、背靠背坐着的,什么样儿千奇百怪的都有。绛红色的泥浆地上停着被砸得稀烂的粮车、一包一包没有被敌人来及带走的粮食被半浸在泥水里、带着血污的号令旗被挑在一枝梭标上,被晓风吹得一掀一动……

"讷相,"兆惠的目光从战场上收回来,对闷坐发呆的讷亲说道:"我们清点了,连伤号在内,还有两千七百九十四个人。我估约,撤回下寨的不会少于一千人,路熟的兵也许从北路逃回松岗的也会有一点。下一步怎么办,请中堂示下!"讷亲呆着发红的眼,半响才道:"藏兵一来偷袭,我就派人命海兰察来接应救援,他竟敢畏战不前隔岸观火!——现在不知他理论这些,我最担心的是张广泗,不知怎的,我觉得他已经出事了——"他一下子站起身来,"——不行,我们得赶紧增援刷经寺!"

兆惠没言声。

"赶紧集合队伍!"

"不行。"兆惠从唇间嘣出两个字来,许久才指指横躺得满地的兵士道:"他们饿着肚子打了一夜,现在根本不能再战。我们现在要到松岗,先让兵士吃饱才能说别的——海兰察不来援,我估着是张大帅那边出事他去救援,或者我们的信根本没有传到松岗。昨夜那情形,海兰察来又如何? 他不是笨人,肯定救刷经寺去了!"兆惠这一提醒,讷亲才觉得自己也是肚里空空如也。琢磨着兆惠的言语,怎么听都像在骂自己是"笨人",想起下寨兆惠的建议,不禁又羞又恼,加上肚中饥荒,更是气不打一处来。但此时除了兆惠无人可用,忍了又忍,只得把怒气强往肚里咽,遂强笑道:"好,依你!"正要发令整队,兆惠遥指北方,脸上绽出笑容,说道:"中堂! 海兰察的兵,都扛着东西,给我们接济吃的来了!"

讷亲顺着他手指方向看,果见一大队兵士迤迤蜿蜒近来。却没有马匹,人人肩上鼓鼓囊囊扛着布袋……他的眼睛一亮,随即黯淡下来,变得异常冷漠。只说了句:"海兰察也来了,好安逸呀,还骑着马!"

三　兵败穷极落荒松岗库
恩将仇报谋杀功高将

海兰察也已看见讷亲和兆惠在瞭自己,远远便下了马,一边向这边走来,口中吩咐,"给这里弟兄们分肉——"便过来给讷亲施礼。他也是两眼通红,熬得脸发瘀,左臂上不知中箭还是刀伤,缠着绷带,粗得袖子都放不下来。待给讷亲行过礼,兆惠刚问了句"你的胳膊——"便被讷亲打断了,"松岗那边怎么样?张广泗现在哪里?刷经寺呢?"

"讷相,"兆惠板下了脸,咬着牙,强忍着肚里的无名火,说道:"你不看看海兰察带着伤?他也是打了一夜?"

讷亲腾地红了脸,过来要看海兰察的伤势,海兰察却护住了。他和兆惠不同,天性里带着佻脱,再生气也面带微笑。讷亲碰了软钉子,讪讪地缩回手,咽着唾沫道:"未及关照你……我是心里急着大局。"

"大局已定,莎罗奔已赢!"海兰察苦笑道:"昨夜刷经寺已经沦入敌手。我点库中一千骑兵一千步军连夜去救,在刷经寺西三十里铺和潦清的藏兵接战,打了一阵,他们人实在太多,几次都冲不过去。中午,莎罗奔亲自出阵喊话,说刷经寺已经落入他手。我不相信,又向前冲杀一阵,看见刷经寺里真的挂满了藏兵的鹰旗,率兵后退,他们倒没有阻挡追杀,待到离松岗四五里,又遭伏击,是狙击中堂的藏兵从北路截过去的。大约没有接到莎罗奔的将令。倒是这一阵打得凶险,我们的马都被砍伤了,步行一路杀回松岗……"他眼中迸出泪花，"妈的个屄！——我！海兰察几时吃过这亏！"

讷亲皱眉听着，没有理会他骂娘，说道："莎罗奔都讲些什么？松岗周围已经被他们占领，你们怎么能赤手空拳到这里来？""他说张广泗没有死，也没有降，已经落入他手，"海兰察伤心地抹着眼泪，"还说……没有想到讷相……这么不禁打……原来准备会兵在松岗再堵截讷相的，实在可怜您……就免了，还说要放路让张广泗逃回松岗，说松岗里留的粮食够我们吃一阵子……还说等您回松岗，要和您见见……还说——""够了！"讷亲烦躁地打断海兰察的话。他总觉得这个海兰察顽劣无礼，和兆惠一样瞧不起自己，一口一个的"还说"，似乎在复述莎罗奔的话，都带着他自己刻骨的挖苦。讷亲见兵士送来牛肉，一把推开了，说道："这是莎罗奔给我的嗟来之食，我不吃！这样的话，我要收兵回下寨，命西路军南路军齐进金川，在这里合兵再战！"

"您打断的就是他这句话。"海兰察道，"他说，刷经寺到成都六百里粮道，他管三百，四川巡抚管三百。由他的兵给我们运粮，每人每天四两。别说被藏兵围困，一个耗子也走不出去传令，就是传到，等援兵到，饿也饿死我们了！"他用舌头舔舔嘴唇，指着牛肉道："这不是'借'来之食，是李侍尧运来的。您还是将就用点吧……"

讷亲早已饥肠辘辘，看看那肉，有点勉强地拈起一块。

……讷亲带着不到三千残兵败将，跟跄返回松岗，已是半夜时分。恰这夜月色明亮，银辉遍地。举目望去，黑沉沉乌鸦鸦的松岗下边从东寨门向北，牛皮帐篷一座挨一座望不到边，都是一色簇新。在水银泻地般的月光下泛着淡青色的光，像是突然冒出的一大片石砌的坟场。想了想，讷亲料知是莎罗奔笑纳了从青河刚运到刷经寺，未及分发更换的新帐篷，只叹了一口气，却什么也说不出来。不远处巡逻的藏兵见大队人马开到寨门前，举起牛角号"呜"地长鸣一声，藏营四周立刻便相互呼应，一个老藏人带着四五个随从，高腰皮靴踩得吱吱作响走过来，用半生不熟的汉话说道：

"我叫桑措的。奉莎罗奔大故扎,大清莎罗奔金川宣慰使的命令,向天使致意。"

桑措说着双手平举,空着手,像是献哈达的样子深深躬下身子,许久才又站直了,说道:"我们已经放行,请张老爷子到了松岗。故扎说,嗯,这个的,穷什么的不追的,狡兔三窟的,还有网开两面有好生之德的。所以善请讷大人安心进寨。我们的兵现在不攻松岗,在外头守株待兔的。"海兰察听听桑措的话,有点乱用成语,想着莎罗奔说话时的神气,背转脸偷笑了一下,却见老桑措又一躬身,说道:"我是故扎派来谈和的,请问是现在随您进寨,还是明天再见?"

"你不够和我谈约的资格。"讷亲冷冰冰说道:"回去告诉莎罗奔,叫他带兵攻寨子,没有什么好谈的。"说罢回身便要走。却听桑措身后一个沉缓的声音道:"中堂留步——我就是莎罗奔。今日的事,情不得已。谈也由中堂,不谈也由中堂,谈与不谈是另一回事,您带的这些兵要全部留在寨外。帐蓬、食物都由我们供应!"

讷亲不禁一惊,浑身上下打了个寒颤:这莎罗奔真不是等闲之辈,这点子残兵还不许进寨,下寨的兵就更不用说了。想着,海兰察在旁骂道:"操你姥姥的老桑措!怎么言而无信?说好放我们的人进寨的。"

"回海军门的话。"老桑措却听不懂他的粗话,毕恭毕敬说道:"我并没有操你姥姥!这三千人已经平安到这里,他们驻寨南,我们驻寨东,打与不打,看谈判结果的。这怎么能算操你姥姥的?"话音刚落,讷亲的几个亲兵都忍俊不禁嘿嘿偷笑。藏兵里不知谁叽里咕噜翻译一阵,也是"轰"地爆发一阵哗笑。

莎罗奔摆了摆手,冷峻地说道:"海军门,我佩服你的勇敢,在刷经寺东亲眼见你在重围中砍伤我二十多弟兄,我们藏人佩服这样的英雄。和谈不成要打,我必放你一条生路——讷中堂,你现在连下寨在内,只有不到七千兵,能打仗的不到四千。我可以实言相告,我军总兵力三万,这里就有两万。一声令下,下寨和松岗今夜就可到我手——我的传令用号角,不知比你快多少。侥幸逃出来,谁能出这大草地? 我劝你还是好好谈,给博达汗(乾隆)留点情面的好!"

"既然无意与朝延为敌,谈也无妨。"讷亲听得十二分绝望,吞下一口苦水,尽力保持着冷静,缓缓说道:"我现在就听听你的章程。"

"这才对了。我喜欢爽快。"莎罗奔胸有成竹,说道:"第一,西路军退回贵州、南路军退回广西。之后,北路军您这一路,我礼送回四川。第二,朝延不得追究我抗拒征剿之罪;第三,派员区划金川我管辖范围,以防再冲冲突。我方可以答应,仍旧听受四川巡抚政令节制,每年照常完粮纳贡上表称臣;归还战俘,掩埋死者;派员赴阙谢罪请封;礼送大人离境,我亲自设酒相送。就是这些。"

讷亲听听,没有一条没有道理,也没有一条自己擅能作主的。格格一笑说道:"我要是不答应呢?""那你就只能长留在这里,由我供应。"莎罗奔也是一笑,"不管哪路兵,敢妄入金川,或者想突围,大人和张军门只有玉碎在此。"他顿了顿,"……至于以后,那要看天意。我只是个宣慰使,比不上朝延一个州县官大。和大人同归于尽,也没什么不值得的。以今夜为限,大人不谈,明日我或许提出更苛刻的条件。"讷亲思量着,知道这人言出必行,沉默一会儿说道:"可以谈。你明天派能作主的人进来说话。不过,我带这些兵要跟我进寨!"

"可以——放行!"

莎罗奔说完,一掉身子便去了。讷亲当即催马进寨,只见腾空了的大粮库里挤挤捱捱住的都是兵,粮库外边也临时搭了草棚、毡帐,无数破衣烂衫的兵士或蹲或站、没头没脸往嘴里扒饭,见他和兆惠、海兰察一行进来,只让条路,连个行礼的都没有。讷亲无心计较,只见吴雄鸿过来,忙问道:"大帅呢?"

"在粮库帐房——游击以上弁佑还有二十一个,都在议事厅集合,等着讷相……"

"我先见见广泗。"

"要不要稍歇息一下,吃过饭洗漱过再——"

"不要。"

讷亲头也不回,边走边说:"兆惠和海兰察休息一下,然后到议事厅。今晚要会议军政。"说着,和吴雄鸿一道去了帐房。

张广泗颓坐在东壁一张安乐椅上。零乱不堪的屋子只有两榀、破帐本子、散了珠的算盘子儿。瓦砚、烂笔头都丢在地下,一片狼藉不堪。张广泗的身躯仿佛缩得很小,两只枯瘦的手支着膝,头深埋在臂间,一头蓬乱的苍发都在丝丝颤抖,完全是个垮掉的人。听着有人进来,他连动都没动。

"平湖公",讷亲小心地走到他跟前轻声叫道。见他不应,讷亲叹息一声,说道:"大家心情一样,现在我不怨你,你也不要怨我。从军政两头,都要有个计较,还要向朝延有个交待。"

张广泗抬起了头,脸色苍白得像月光下的窗户纸,仿佛不认识讷亲似的,用呆滞的目光盯着他,许久才道:"军事……军事还有什么议的? 你……和我都是罪人,等着朝延来锁拿就是了……"讷亲看了吴雄鸿一眼,说道:"吴师爷,把门关上,你到外边守着,不要人打扰。"回坐了旁边又一个安乐椅,隔几侧身说道:"这一仗是失利了,北路军已经瘫痪,这我知道。但军事的事,我想了许久,并不是毫无指望。假如西南两路推进金川,我们能固守,莎罗奔仍旧难逃厄运。现在最难的是将令传不过去,金川并没有多少藏兵,他的老窠要被捣,立时战局就要翻转过来。"

"这我都想到了。"张广泗叹道:"莎罗奔恐怕也想到了,所以才放我到松岗。这真是个人物! 你该思量,绕首成都,再到川西南传这个将令,就是没有阻难,也得一个月。这两路军知道我们被困,敢不敢来救? 他们要是索饷,四川藩库供应不供应? 别看这些武官,扯皮的本领大着呢!"讷亲点点头,说道:"四川藩台金辉是我的门生,我垮了,他也要失势,不能不勉力成全。一个月就一个月,让送粮来的民夫悄悄带出将令,由金辉发过去。总之我们不能坐以待毙嘛!"张广泗道:"莎罗奔难对付,更难的是无法向圣上交待。天威不测啊!……"

讷亲缓缓站起身来,萤虫一样的豆油灯幽幽地照着他颀长的身子,他深深地思索着,踱着方步,眼神暗得像深不见底的古井。良久,说道:"我军失陷刷经寺,可以请罪;北军占领下寨,可以报功。只要最后打赢,仍旧是无罪有功! 这要看文章怎么写。"

"怎么写?"张广泗眼中放出光来。须臾又道:"海兰察和兆惠恐怕不肯替你我瞒着。"讷亲咬咬牙,硬着心肠说道:"刷经寺被困,海兰察救援不力,使莎罗奔佯攻得逞。兆惠是随中军行动的护军将领,不能预防敌人偷袭,致使我军伤亡惨重。都是可杀之罪……"

在外边守风的吴雄鸿,听他二人计议怎样恩将仇报杀人灭口,浑身汗毛直炸,一阵一阵颤栗。他跟张广泗多年,张广泗刚愎跋扈是有的,但待下罚重赏也厚,坏心术的事不多见。这个讷亲冷峭寡言,但素来温文尔雅,待下礼遇丝毫不苟——怎想到事到急处,两个人都如此阴险狠毒? 吴雄鸿恐惧得不能自持,屋里讷亲轻咳一声,竟吓得他一阵哆嗦。正恐惧间却听张广泗道:

"吴老夫子进来,商量一下写折子。"

……

天近五鼓时,一个黑影倏地闪进了兆惠、海兰察合住的帐蓬。轻微的毡帘响动,立即惊动了二人。几乎同时,海兰察和兆惠都睁开了眼,不言声四目炯炯盯着来人动作。黑影进来在门口站了一下,似乎在适应帐里的黑暗,接着便蹑手蹑脚向两个板床中间茶几走去,摸索着端起杯子,窸窸窣窣向下塞了一件什么东西。海兰察见他要走,"嗯"地一声坐起来,双手钳子般握住那人手臂,低喝一声:

"什么人？奶奶的，敢打我的主意！"

"别，别……别动手！我、我、我……是吴、吴雄鸿！"

"吴什么玩艺？老子不认的！"

"就就……就是吴师爷！"

兆惠一下子晃亮了火折子，海兰察也丢开了手，都愣了神，看着几乎被海兰察噭瘫了的师爷。海兰察平日和他挺熟稔的，不禁笑道："你这么鬼鬼祟祟的，还是个读书人！我还以为哪个饿兵进来摸索牛肉吃呢！"吴雄鸿的脸兀自煞白，用嘴努努茶儿，兆惠走过去，从茶杯下抽出一张纸，只见上面歪歪斜斜八个字：

恩将报以仇速作计

兆惠便问"左手写的？"

"什么玩艺？"

海兰察见兆惠变了颜色，接过他手中纸条，只看了一眼，心里也"轰"地一声，立刻弼弼急跳，遂急问道："到底是怎么回事？"吴雄鸿不敢久待，只拣要紧的说了个约略。又要过纸条，在灯上燃着，看着它烧尽，用一种难以形容的古怪眼光看着呆若木鸡的兆惠和海兰察，说道："我得赶紧走，你们好自为之——信不信由你们！"说着一闪便出了帐。

兆惠和海兰察木雕泥塑般站着。许久，才像作了一场噩梦醒来，转脸四目一对，都是火花一闪。二人都是天分极高的人，顷刻间便意识到自己命在须臾之间。

"怪不得夜里布置军务，讷闪一句不提你我，也不检讨刷经寺之败。"兆惠凄冷地一笑，"原来要拿我二人开刀！"

"他现在还不能动我们，"海兰察咬着嘴唇，紧张地思量着说道，"松岗的兵都是我们带出来的，出死力救他们，兵士们都知道，他怕哗变！"兆惠点点头，他已经恢复了镇静，闷声说道："我们现在

不能逃，那样他就更有口实，这里形势凶险，他不敢动我们。一待
莎罗奔兵退，就要下手了——我们现在不是没差使吗？天亮和那
个桑措会谈，我们两个要个差使，管刷经寺到松岗这段路和藏兵交
接粮食的事。这样，我们行动手脚就放开了，在刷经寺寻逃路，比
这里容易得多！""光我们两个逃不行，我有十几个弟兄，都在大粮
库当分库佐领。"海兰察手捏下巴，沉吟着道："要让他们知道点影
子，到时候策应一下。万一不成，也有人报告朝廷——杀人可恕，
情理难容！他们就这样报我们的救命之恩！"

兆惠佩服地看一眼永远带着稚气的海兰察，在与兵士交往这
一条上，他确实自知不如。海兰察做到副将衔，什么马夫、伙头、哨
伍长之类的狐朋狗友还有一大帮，和士们一块吃偷来的狗肉……
他秉性严重，不苟言笑，临急时才晓得鸡鸣狗盗之辈也大有用处。
兆惠心里嗟叹着，回答海兰察道："大利大害面前，没有情理仁义可
言。他们的身家性命、攻名利禄比我们的命要紧得多！"

讷亲和张广泗的"报捷"奏折递到北京，恰是五月端午。当时
在军机处值差的是文华殿大学士、刑凉尚书刘统勋。一见是报捷
的奏章，粗粗浏览一遍，便起身径到永巷口，却见养心殿廊下侍候
的太监王耻抱着一堆东西出来，因问道："皇上这会子在养心殿还
是在乾清宫？"

"万岁爷和娘娘刚刚启动銮驾，先祭天坛，再到先农坛籍耕，午
时才得回来呢！"

乾隆身边十三个大太监。贴身的五个，卜孝、卜义、卜礼、卜智
和卜信在内殿侍候起居；外廊八个，王孝、王悌、王忠、王信、王礼、
王义、王廉、王耻专管内外奔走，随行传呼一应事务。这位王耻排
在最末，却因伶俐解人，言语乖巧，上下殿勤奉迎周到，倒最得乾隆
任用。当下王耻答着刘统勋的话，笑得两眼挤成一条缝，又道："主
子、主子娘娘惦记着当值的军机大臣，说过端阳节的，算不小的节

气,即不能回家,叫赏的米粽、蒸糕、雄黄酒、芷术酒糟。主子娘娘听说是您刘延清大人当值。说您素来心脾不受用,又要添了苏合香酒,加赐一碟子宫点——怕着米粽您克化不了——还有槟榔包儿麝香袋,紫金活络丹,就赏了这大一包叫我送过来。我的爷!张老相国当了四十年宰相,也没有这个体面呢!”

刘统勋听乾隆不在大内,原本回身要走的,见说这话,忙又躬身站定,聆听着,心里一阵阵发热。待王耻说完,颤着手抖下马蹄袖跪地谢恩,说道:“刘统勋何德何能?受主子主子娘娘如此厚恩!只合拼了这把老骨头报效君恩……”起身又道:“烦请公公把赏赐物件送军机处。我去一趟傅相府,回头就进去给皇上请安奏事。”说罢,径自出景运门,从东华门出中,向侍卫处借了一匹马,也不带从人,加鞭直奔鲜花深处胡同西街,来见军机大臣傅恒。

待到傅恒门首,踏石下马,刘统勋掏出怀表看时,刚到巳时正牌。他是常来走动的大臣,门政老王头早已迎出来,呵腰打千儿行礼,吩咐“给爷的马遛遛,喂点料水!”。对刘统勋道:“老奴才陪爷进去。我们老爷夜来还说起来着,延清老爷公子中了进士,得便儿要设个席面贺贺……”刘统勋听他絮絮叨叨,随着往西花厅而来,是时万里晴爽,骄阳似火,但见满院修篁森森浓绿似染,夹道花篱斑驳陆离,洁净得纤尘不染的卵石甬道,被树影花荫遮得几乎不见阳光,石上苔藓茵茵如毯。偌大府邸绿瓦粉墙、亭榭阁房俱都隐在烟柳老木婆娑之中。刘统勋刚从骄阳蒸地里奔马而来,一身燥汗顿时化尽。一路进来,逶迤行间,但闻树荫间鸟声啾啾,草中虫鸣唧唧,月季、石榴,还有多少不知名的花香清芬弥漫,真是说不出的适意受用。刘统勋心中不禁慨叹:到底是侯门国戚、簪缨世勋之家,穷措大寒窗十年,就是做到极品之官,哪里讨这份富贵?正自胡思乱想,一个总角小童带着个人从月洞门迎了出来,一见面便笑道:

“延清公,总有一个月没见面了吧?你好稀客!”

刘统勋从遐想中回过神来，才见是傅恒，只见他穿着月白实地纱袍，套着件玫瑰紫要绸巴图鲁背心，脚蹬黑市布千层底软鞋，剃得黢青的头后甩一条油光水滑的辫子，三十六七的人了，仍旧双眸如星需似冠玉，英气中带着儒雅，令人一见忘俗。刘统勋见他行礼，忙着拱手还礼，笑道："六爷好逍遥！部里事繁，我们又不同值，见面自然就少了……六爷的养生之道得便也给我传授传授，您是越出落越年轻了，看去好像还是个不到三十岁的翩翩佳公子呢!？"

"我的养生之道你学不来!"傅恒一把扯了刘统勋联袂而入，吩咐老王头"福康安带你儿子吃过早点就出去了，看回来没有，叫他到花园射靶子练布库，然后照例回书房读书!"这才又对刘统勋笑说："你是个苦行僧把式，除了公务一无所好，又整日价批公文下火签，拿人捉贼坐堂断案，和汪洋大盗贼匪叛逆打交道，一肚皮的焦躁，怎么能学我呢？你来得正好，和亲王五爷、庄老亲王还有一帮子朋友，都趁着过节放假来我这讨酒吃呢！咱们索性一乐子!"

他这一说，刘统勋便止住了步，半晌才道："我是有事来领教呢！讷相发来奏捷折子，军事我又不懂，怕皇上问话难回……"傅恒笑道："皇上这会子还在天坛，籍耕下来怕要午过了，回来总得进了膳才能见你吧？这不是军情有变的急报，你甭犯嘀咕，且松泛一时，一点事也误不了你的……"说着便听西花厅里云拍铿然，一个男声捏着嗓子唱：

　　　脸霞宜笑，几度惜春宵。窣锦银泥，十二青楼拂袖招。杏花梢，暖破寒消……

一个喋声喋气的男腔假嗓子插问："樱桃姐，你看陌上游郎，好不娇俊!"那位捏着嗓子的又唱：

　　　贪看宝鞭年少，眼色轻撩。

假嗓门儿又道："樱桃,怎的又说那年少?"便听接着又唱:

　　　　琐香奁玉燕金虫,淡翠眉峰只自描!

刘统勋一脚跨进去,立时便怔住了:原来里边满屋子坐得挤挤捱捱,牙板鼓箫俱全,正唱着《紫箫记》。扮六娘的是恂郡王允禵的长世子弘春,二十七贝子弘皓扮"小玉",二人正当少年,倒也粉黛樱唇窈窕翩翩。再看青衣"樱桃",居然便是弘皓的父亲庄亲王允禄本人!也是一身戏妆,翠珰步摇云鬟宝钗,干瘪的嘴唇上涂着胭脂,满是枯皱纹的瘦脸打了厚厚的官粉,也在那里"眉蹙春山、眼横秋波",当儿子的"丫头"。方才捏着嗓子唱的,就是"她"了。见他二人进来,众人一笑停戏。旁观的钱度、阿桂、纪昀、高恒都是部院大臣或外任大员,纷纷起身和刘统勋见礼。允禄一边摘"耳环"一边笑问:"延清公,又不演《铡美案》,你这黑老包来作么事?——你听见我唱得怎么样?"

　　"端的是歌有裂石之音!"刘统勋道:"闻声不如见面,见了面真是颜如天魔临凡!"说罢紧盯着允禄。半响"扑哧"一笑,又道:"王爷这一扮,还真像软玉温香呢!不过您别眨眼,一眨眼脸上的粉就掉渣儿了。"

　　这一说立时引来一阵哄堂大笑。排场的总管是和亲王弘昼,掌乐的几位是弘澹、弘㻞、弘晈、弘闻,都是近枝龙子凤孙,弃了鼓板笙箫,嘻天哈地茂掌大笑。一众清客相公也都前仰后合,嘻笑着凑趣儿:"王爷扮起来就是菩萨,怎么说是'天魔'?"立即有人接话:"没听《金刚经》里说,一切世界天人阿修罗,皆应恭敬作礼围绕,以诸华香而散其处?阿修罗就是'天魔',是绝美仙葩!"一个清客笑得打跌,说道:"我家老爷子爱扮《牡丹亭》里的小春香。那天扮好了问我'像不像',我说'神似形不是,细看叫人毛骨悚然!'气得老爷子啪地赏我一记耳光……"

"来来，"允禄笑得满脸开花，"粉渣"儿脱落得一道一道儿，亲手端一盘鲜藕递给刘统勋一块，"延清，这是我南边庄子里新出的，六百里加紧给我送了二十斤，又清又脆又甜，几乎没有渣儿，我贡给皇上十斤，这点咱们分用。你尝尝！那些粽子、包子、玻璃肉都是荤的，苦行僧一用就犯戒，葡萄呀西瓜呀这些你倒合用的。""谢庄王爷！"刘统勋接过轻咬一口，笑道："果然是好！我其实也不忌讳吃肉，只是有心疾，一吃就头晕心跳。太医吩咐素食，不许抽烟，所以连烟也戒了。"坐在窗前的一个黑大个子笑道："这正好！你不吃素的，人都叫我纪昀'纪肉鼎'、'纪大烟锅子'。你要有学生送肉送烟，千万代我都笑纳了。至嘱至嘱！"他也是文华殿学士，位分虽略低一点，却是乾隆最器重的文臣，生得五大三粗，写起文章却是锦心绣口，此刻双手油淋淋的掇着一个约三斤多的红烧肘子，正在大快朵颐，说话都呜呜咿咿含混不清。

刘统勋随众落座，一边笑道："六爷方才说我是苦行僧，细想真的的。这边是丝竹弦歌，天魔曼舞，我那边是竹板敲扑，血肉横飞。忙了部里跑大内，哪得个闲功夫？方才在军机处看奏稿文牍还看得头昏心悸，这会子心绪一下子就好起来了——总有十年没看戏了罢。""所以名臣难当，你是名臣么！"弘春含着一枚橄榄，满面春风笑道，"主子爷那天把皇子皇孙们都叫去，就拿你发作我们，说你是盛朝中流砥柱，还举了孙嘉淦和史贻直。说我们都是绣花枕头，酒囊饭袋！可见成人不自在，自在不成人，半点不错的。我听人家说，家贫有竹难食肉，家富食肉不栽竹。怎得个两全，怎得个两全也！"他说着，又上了戏腔道白。

"世上不公道的事多了。竹君子、松大夫，屈了梅花无称呼，哪得事事周全呢？"纪昀用手巾揩着油腻，心满意足地舔着嘴唇笑道："最好是贫家扎网去张兔，富家买笋掘阿堵。这么着都有了。"钱度没听明白，问道："晓岚都说些什么呀？猪啊兔啊的，还有什么阿

堵,满合辙押韵的,只听不清爽。"纪昀剔着牙嘻笑,说产"'阿堵'即
是贵姓。我说的是笋烧肉,贫富各宜雅俗共美!"允禄还在想着唱
戏,因道:"刘延清搅了我的戏,罚雄黄酒一杯,听我唱一曲。"又捏
着嗓子唱道:

> 翠亭亭,别是清虚境,潋潋云花映……半空中,楼阁丹青,
> 趁着斜阳影。珠箔有人迎……

刘统勋瞧着眼前繁华热闹场景,忽然想起讷亲张广泗诸人还
在烟瘴潦中打仗,不由心里一沉。纪昀从外解手回来,见他怔怔
地,问道:"你好像有心事?"刘统勋不愿打大家的兴,笑道:"我不大
懂戏,没头没尾的又听不明白。倒是词牌调儿偶尔还听听——你
们只管乐子,甭管我,一会儿我就得走了。"他原是随口敷衍,不料
却挠着了弘昼痒处,把手中的象板递给弘春,说道:"拿着——你们
几个奏《望江南》!延清可是个大忙人,好不容易来一趟子。他要
听什么,咱们下海的先尽着他。我唱词儿算是一绝呢!"刘统勋只
好皱眉一笑,笙箫丝弦声一起,听这位亲王唱道:

> 江南雨,风送满长川。碧瓦烟昏沉柳岸,红绡香润入梅
> 关,飘洒正潇然。朝与暮,长在楚峰前。寒夜愁敧金带枕,春
> 江深闭木兰船,烟渚远相连……

"好好好!"纪昀鼓掌起身大笑,"不过都是前人之作,没有新意
儿!那年五爷'活出丧',尊府门政纪纲王秃子,一边'哭'一边念念
有词,我在旁边听,竟天然的是《望江南》词牌!此刻唱出来岂不得
趣?"

大家听了都是粲然一笑。这位和亲王待人,最是机敏干练随
和旷达的,处理却常不循情理,另有一份乖张荒唐。活脱脱精细健

壮的个人,已经四次给自己办丧事,充了"死人"却据案大嚼供果。纪昀指的主就这事了。当下弘昼便笑道:"那个杀才癫痫狗头,还哭出《望江南》来了?你唱你唱!真的是好,回去我赏他!"纪昀清了清嗓子,像模似样地枯皱了脸,学着哭丧模样稽颡捶胸顿足,欲哭似笑地唱道:

> 我的爷。"死"得好懵懂……生死薄(儿)上没注名,阎王急叫判官禀:正在吃香供——呃儿……我的爷,'死'得忒张慌!里宾外客都不接,装裹买幡自家忙……呃儿! ——没处敲竹杠……

他学着哭灵作派,丢涕擤鼻"哭"得有情有致,众人无不听得哈哈大笑。刘统勋心里有事的人,笑了一阵,对傅恒使个眼色,道声"得罪"辞出西花厅。傅恒便也跟着出来,带着他到小书房坐定。

"六爷,"刘统勋一坐下便从袖中抽出那份奏章,递给傅恒,"你看看讷相和张广泗的折了。我总觉得不对劲儿,可又不懂军事。皇上现在先农坛,待会子下来,立马就得奏上去,怕问起来回不出话去,所以偷空出来讨个教。"傅恒笑着接过来,一边说"你出来走走也好,乐一乐子,这会子气色就比来时好些——"一头就看奏章。看着,傅恒的神情变得严肃起来,一边全神贯注盯着折本,缓缓起身从书柜顶上取下一卷地图,一只手熟练地展开了,一时看折本,一时眯着眼看地图。良久,手软歘地放下了折本,只是沉吟不语。刘统勋觉得天渐渐热起来,揩汗问道:"如何?"

傅恒目光离开了地图,望着院外刺目的阳光地,手指轻点地图,笃定地说道:"假的!打了大败仗了!"刘统勋还要细问,傅恒却道:"不是三言两语说得清的。我递牌子一道进去,一路说吧!"遂又叫过小王头吩咐:"小七子,好生招呼客人。"便和刘统勋一同出府。

四　孝乾隆承颜钟粹宫
聪察君闻捷反惊心

　　傅恒在马上口说手比，一条一条向刘统勋譬说奏折讳败邀功的欺饰之处，如同亲历目睹。听得刘统勋心里一阵阵发焦。五月端阳毒日头将午时分照得大地一片腊白，暑气蒸蔚上来，更觉燥热难当。待到西华门首，两个人都已前襟后背湿透。一路进大内，命太监请乾隆接见，刘统勋犹自疑信参半，说道："听着有理。太危言耸听了吧？我军还占着松岗和下寨呢！"

　　"大本营都没了，"傅恒站在石狮子荫下，仔细理着汗湿的发辫，苦笑道："刷经寺是运粮屯军最冲要的地方。讷亲不是三岁孩子，怎敢轻易弃守？"

　　……

　　"看看他写折子的纸、墨就知道了。有用这种记帐用的麻纸、臭墨写报捷折子的么？"

　　"你是说……"

　　"我说他们败得一塌糊涂，是仓皇逃到松岗去的，连奏折本子都没带上！"

　　刘统勋想着官军大败，困守松岗的惨景，又想乾隆为筹粮调饷连黜湖广十二个州县官，日盼鹊噪夜卜灯花巴望捷报的心情，热辣辣一片心，倾这么一桶冰水，该有多么伤情……想着，自己的心也是一缩，顿了几下，急跳着要出腔子似的，忙从怀中取出药酒，对瓶嘴儿喝了一大口，便见卜智一路小跑过来，嘴吁吁请安行礼，笑道：

"二位爷来得正好！主子在钟粹宫主子娘娘那呢！丰台花园子贡来蟠桃，这么大个，红尖儿绷鲜的带着绿叶儿——"他咽了口水"——娘娘说刘统勋当值，叫进去赏用，万岁爷说，拢共就这么一篓，叫傅恒也来吧——可可儿的您二位就递牌子请见……"傅恒不待他再往下唠叨，向刘统勋一让，二人便同入永巷。到钟粹宫垂花门前，又有皇后富察氏的掌宫太监秦媚媚接引进去。

这里却又是一番热闹。北房皇后正寝丹墀上横排一溜长几，分列坐着贵妃钮祜禄氏、那拉氏、惇妃汪氏、陈氏、惠氏、嫣红、英英等，几位嫔也自有位置。剩余答应，常在一应低等媵御十几人，也都明珠翠珰穿戴齐整，把头儿花盆底鞋侍候在廊下，却是没有座位。正中一席，中间一张安乐椅，斜坐着鬓发苍苍体态慈祥一位老人家，即是当今太后"老佛爷"了。太后东侧一边坐着富察氏皇后，西侧的乾隆皇帝，却没有坐，原来正在击鼓传花游戏耍子，乾隆输了，被罚着唱曲儿。见他二人进来行礼，乾隆摆手示意起身，笑着道："老佛爷，傅恒和刘统勋进来了，儿子更唱不出来了，饶我，罚酒一杯如何？"

"你是皇帝，本罚不得的。"太后笑道："可这是你自定制度，世法平等！即不能唱，说个笑话儿我听，也是你一片孝心。"

"好，儿子就献丑了。"乾隆仰脸想了想，"前明年间内宦专权，有个小太监新得用，奉旨出去采办。他在外省名声不大，官员们都不来趋奉，临回京前作了一首诗。嗯——这样写的——"他顿了一下，念道：

> 地动山摇奉旨来，
> 文武百官不理咱。
> 有朝一日回京去，
> 人生何处不相逢！

太后听了，问道："这是什么诗?""是啊，"乾隆说道："回京有人奉承说'真好诗!'他谦逊说'算不上太好——叶韵而已!'"刘统勋和傅恒鹄立东廊下，听乾隆的笑话，起初也罢了，愈想愈耐不住，都缩着脖子背脸笑得打颤。余下嫔妃，也是有的笑不可遏，有的嚼不出味来，陪着呆笑。太后道："我老了，懒得动心思，这笑话儿太深，再换一个说说!"

"是!"乾隆陪笑道，"说三个活死人，张三李四王二麻子——"这一说太后便笑，说道："我就耐烦听这样的!"乾隆忙双手举怀奉上，"这就是儿子的虔心到了，母亲饮一小口!"

太后呷一小口，指着傅恒和刘统勋道："别叫他们干站着，桃子一人赏两个，再取点点心果子，乐一会子再说话办事去!"站在富察氏身后的宫女睐娘忙答应着，吩咐小苏拉太监张罗。

"——三个活死人住店打通铺。张三觉得腿痒，就拼命挠，挠得押甲上血乎乎的，仍旧不解痒……"乾隆接着说道，"挠到天明，才看见挠的不是自己的腿，李四一条腿被挠得血淋淋的，还在呼呼大睡……"他没说完，太后已笑得前俯后仰，手里瓜子儿撒了一地，咳着问，"那王二麻子呢?"乾隆道："王二麻子半夜尿憋得起来解手，偏那夜下雨，房檐往下滴水，他就以为没尿完，一直站到天明……"

众人一发哄堂，东倒西歪地都笑倒了，傅恒心里惦着事，跟着笑一阵，偷眼看刘统勋，恰刘统勋目光也闪过来，只一对眼，彼此明白，傅恒因睐娘是自己府里荐来的，如今在钟粹宫是最得用的，便笑着给睐娘递眼色。偏被太后一眼看见，指着傅恒笑道："你两个嘀咕什么，又挤眉弄眼的? 罚说笑话儿，一人一个——然后跟你们主子办正经事去!"乾隆笑道："统勋是咱们大清的包孝肃，说笑话儿太难为他了，不如罚他大口吃了两个桃子。您看——赏他的东西，恭谨得一点一点咬着进，这不也是雅罚? ——傅恒说一个吧!"

乾隆说罢，安顿坐了下去，见刘统勋虽略吃得快了点，仍是不

肯放肆张口,想说句什么,又咽了回去。睐娘递茶过来,小声在乾
隆耳边说道:"万岁爷,两位大人像是有要紧事,主子娘娘说叫奴才
禀知了……"此刻天时正热,睐娘薄纱单褂,体气幽香若馥似麝,说
话吹气如兰,乾隆不禁心里一荡,咳了一声定住神,听傅恒说笑。

"奴才也不大会说笑话儿。今儿老佛爷主子主子娘娘欢喜,当
得巴结承欢。"傅恒笑道:"康熙朝名相索额图,其实是个怕老婆的
——"见众人都笑,顿了一下接着说道,"他在南书房当值,天天要
进去见康熙爷。偏这一天午觉起来,不知为什么事两口子犯生分,
夫人使鸡毛掸子赶得相国爷走投无路,就钻了床底下去。夫人兀
自探着身子打,一边打一边问:

'你个狗娘养的,出来不出来!'

'老母狗',索相说,'男子汉大丈夫,说不出来就不出来!'

'你出来!'

'我不出来!'

内延里还在等着索相去理事,到未末时牌还不见他来,高士奇
便知他在家又'出事'了,命人去唤,'就说得去见主子呢!'那人飞
骑赶到索府,见家人都捂嘴葫芦笑,隔窗儿就喊'索相,别误了见主
子!'"

傅恒说到这里,满院人已都笑得控背躬腰,太后捂着胸口问
道:"他敢情是出来没有?"

"说话间索额图已经出来。"傅恒正容说道:"一头一脸都是灰
……拍打着出滴水檐下,梗着脖子一路下阶,一头恨恨说:'哼!鸱
嚣么? 有万岁爷给我作主,我怕谁?!'"

在众人大笑声中,乾隆起身,带着傅恒刘统勋出了钟粹宫。乾
隆兀立在垂花门前,双眉压得低低的,眼睛适应着被阳光映得刺目
的永巷。随着心里起伏的思绪,觉得一阵阵发烦:整整一个冬天,
长江以北的山东、山西、直隶几乎没有一场透雨、一场大雪,许多地

方旱得寸草不生。入春以来却又黄水泛滥，豫东到淮南淮北决溃，冲得一塌糊涂，芜湖一带尽成泽国，连清江的河漕督署衙门都泡进水里。甘陕倒是一冬好大雪，但去秋歉收，家无隔宿粮的穷民百姓嗷嗷待哺。四面八方的饥民背井离乡扶老携幼，涌入湖广和江南趁食，弄得两江总督金铁和湖广巡抚哈攀龙三日一折叫苦不迭。派户部尚书鄂善去江南赈济，回奏说苏北、南京已经传瘟，有的地方义仓形同虚设，没有银子、粮食、药物，饥民啸聚，邪教乘势传布，"将有不堪深言之事"。因此乾隆拜天坛祈年岁成，回宫又请太后去钟粹宫佛堂随喜，原是一腔心事疏散疏散的意思。击鼓传花，也为的有一份"解秽"心肠……

"万岁爷！"守在垂花门前的随行侍卫巴特尔见乾隆出神，上前一躬身说道："外头的太阳——毒的！身子骨——要紧的！"

巴特尔是乾隆秋狝木兰，用一块奇秀琥珀向科尔沁王换来的蒙古有罪奴隶，憨直悍勇诚忠不二，由马僮改为三等侍卫，又进二等，还不到二十岁。他的汉话还说不好，艰涩僵硬地说这么两句也很吃力，乾隆不禁一笑，说道："太阳'毒的'么？到承乾宫去，那里'凉的'！——叫养心殿王焉送过大衣裳，朕该更衣了。"说罢也不叫乘舆，径自下阶，沿永巷向北，绕坤宁殿后趱往东，路南朝北第一座殿，便是承乾宫了。

这里已是"东宫"，历朝天子都不轻易在这里接见大臣的，乾隆七年之后，夏秋时却常常启用。刘统勋还是第一次来，觉得满新鲜。也不晓得为什么特地选这里召见说话。傅恒却知道为什么，原来，这座宫里有乾隆一段化解不开的情结，住的又是不久才从圆明园迁入宫里的两个爱妃——嫣红和英英……傅恒想着，偷地一笑，忙又仰起脸，装作什么也没想，随乾隆趋步而入。

这座宫果然是凉快，因为坐南朝北，阳光和热风都透不进来，北边的殿宇都很低，又临着御花园，紫禁城北海子那边带着湿气的凉风敞然而入，扑怀迎面。从焦热的太阳地乍进来，几个人都是心神一爽。嫣红和英英都去了钟粹宫太后那里,宫里留着的太监宫女见他们一行进来,"嗯"地跑下一片。

"起来侍候着。"乾隆一摆手,吩咐道:"给你们傅六爷和延清大人搬座儿,倒茶——你们坐吧。"

两个人斜签着身子半坐在椅子上,接过茶都没有敢吃。他们都是常常面君奏对的,但今天坐的椅子和乾隆一样高,觉得心里有些忐忑,都稍稍伏低了腰身。正思量着如何开口,乾隆声音闷闷地一笑,说道:"入门休问荣枯事,但见容颜便得知——过了元宵节,除了尹继善在广州奏来的折子,没有好消息儿。朕已经惯了,听拆烂污折子。你们只情说起。"

"这封折子是讷亲和张广泗奏来的,倒是报的我军大捷。"傅恒双手将折本捧给乾隆,沉吟着说道,"请主子先御览一过,奴圹们有些想头容再细奏。"

"嗯——用这样的纸写折子?"乾隆接过折本说道。但也就是这一句话,他没有再说什么,仔细看那洋洋洒洒数千言的折本。

刘统勋从来没有捱乾隆这么近坐过,此刻渐渐定住了心,偷眼打量乾隆,只见他穿一件蓝芝地纱袍,套着石青直地纱纳绣洋金金龙褂,项上的伽桶香朝珠油润润的,映着窗外的光熠熠闪亮,一双脚蹬着青缎凉里皂靴,回蟠在椅子腿间,全身压在肘上伏在桌面上一动不动,蹙额皱眉全神贯注地凝视那份折子,一条梳得很仔细的发辫在项下搭了半个圈,又从项后垂下去。已经年过不惑的人了,看去还是那么顾秀,冠玉一样的面庞上毫不见皱纹,立坐行走,都显得十分精神。如果不是唇上那绺浓密得漆染一样的髭须,还有眉棱上几根微微翘起的寿眉,换个地方,凭谁看也是个不到三十岁的英武青年。刘统勋不禁暗自掂掇,这主儿每日要披阅七八万字奏折,还要接见大臣,骑射布库样样不误,吟诗弄赋间棋书自娱,亏他怎么打熬得这么好的筋骨?又想到方才见的那群容色艳丽花枝招展的嫔御,哪个不是伐性之斧……正自胡思乱想,乾隆已看完了

折子,问道:

"刘统勋,你发什么呆?"

"啊!啊……主子!"刘统勋忙将思路从不该想的收摄到该想的地方,陪笑道:'奴才是走神了,瞧主子这么好的身子骨儿,想着自己好福气……"

乾隆点点头,仰望着殿顶的藻井,似乎在想什么事情,又随口问:"你儿子今年中了进士,是第几名呢?"

"回万岁的话,二甲第二十四名。"

"叫刘墉?"

"是!"

"是不是个黑大个子、说话带点嗡声的那个!"

刘统勋有点迷惑地看一眼满脸茫然的傅恒,他不知道乾隆离开金川的折奏,突然问起这离题万里的事是什么用意,怔着答道:"那正是犬子,何敢劳动圣问!"

"朕缺人才呀!"乾隆喟叹一声,从肺腑里长长透了一口气,语气变得暗哑阴沉"——文的武的,都缺!"他双手在椅把手上一撑,缓缓站起身来,悠悠地在殿中踱了两圈,倏地转过身来问道:"傅老六,嗯? 是不是这样?"

傅恒正大睁着眼看他,猝不及防遭这一问,身上一颤:他知道乾隆已经看"懂"了这份假捷报折子,因离座一躬,正要答话,见乾隆捺手示意,忙又归座欠身说道:"回万岁爷的话,天下之大,人才代有层出。朝廷缺人才,是辅臣之责。而今文恬武戏,贪风渐炽,吏治又见不靖,这都因奴才办事不力,主上圣明,臣罪难逭!"

"不要这样说,一人是一本帐。"乾隆不胜感叹,悠着步子款款说道:"但你这话也是题中应有之义。大凡太平日久,君王易生骄奢之情,臣子易生怠堕之心。文恬武戏,这个话说得好! ——可朕万没想到,情况何止于此呢? 现在的河工银子比圣祖时增加了四倍有余,每天还哭穷,河漕照样决溃、淤塞! 一层一层的官儿,各按职分瓜分银子,割朝延,刮百姓肥自己!一层一层往上哄!文的如此,武的更是越来越不中用,怕死爱钱打败仗,打了败仗还欺君!"他用手指无力地点点那份奏折,"你们必是看出了这个东西的蹊跷,讷亲,他当了庆复第二,连写折子用的折本都留在刷经寺,让莎罗奔用了去登厕!"他突然涨红了脸,一把抓起折子撕得粉碎,"呼"地一击案厉声道:"这两个混蛋——误国——混蛋!"

傅恒和刘统勋几乎同时从椅中弹立起来,匍匐在地。几个太监吓得脸雪白,爬跪到案前收拾碎纸屑,被乾隆一脚踢倒了一个,吼道:"滚出去!谁叫你们献勤来着?!"傅恒见乾隆气得浑身乱颤,膝行趋前连连叩头,说道:"皇上,且息……雷霆之怒……听奴奴奴才奏……"他喘息了一下,说话才流畅了些,"现在说讷亲失事,还是猜想。奴才以性命身家担保,讷亲决不敢步庆复后辙,与莎罗奔私订和约。何况松岗还在我手,下寨也是极要紧的军事冲要。如果没有再战余地,讷亲和张广泗也不敢写这样的折子……您少宁耐些,等一等儿。奴才料着川抚金辉,不日之内也会有折子奏来,那时才能知道前线实况……"

"金辉?"乾隆冷笑一声,压着气说道:"他是讷亲取中的得意高足。十二年从县令迁升到封疆大使。这正是他报恩的时候,敢情不帮着老师来哄弄朕?"

刘统勋也向前膝行一步,叩头道"臣以为,如果讷亲败得不可收拾,金辉也未必敢为他瞒饰。如果尚有胜望,进延亦不必计较讷亲小败之愆。前有庆复之事,已经轰劝朝野,朝延体面是要紧的……"

盛怒中的乾隆冷静了下来,从袖中抽出一把湘妃竹素纸扇子,慢慢摇着坐回椅上。乾隆想,他一即位便向上天立下宏誓大愿,"以圣祖之法为法,作千古完人,"但圣祖在位六十一年,圣文神武膜烈治化,几乎没杀过二品以上的大员。自己才即位不到二十年,已经显戮了五六个封疆大吏和一个大学士。如果穷追眼下这事,讷亲这个"第一宣力大臣"自也难逃活命。这一条"刑戮大臣"史笔便和康熙没法比。讷亲自小在东官便随了他,位分、亲情都是无人可比,口诏朱批,不知多少次夸奖讷亲"第一","有古大臣之风"、"忠君爱国之情皎然域中化外",现在要杀这忠君爱国的古大臣,自己的体面也真挂不住……他咽了一口又苦又涩的口水,问道:

"朕以为刘统勋的话也不无道理,傅恒,你懂军事,说说看,讷亲还能不能扳回局面?"

傅恒在地下碰了碰头。他根本不信讷亲还有再战能力,更遑论"扳回局面"。如果还能打,情理上应该先收复刷经寺,然后再上折子报功请罪,何必请旨"调四川绿营维持粮道"? 如今前线情势模糊,单凭一封漫天撒谎的折子,怎么回奏这个难题? 踌躇着,傅恒缓缓斟酌字句说道:"这要看讷亲目下的兵力士气。粮道已经断了,讷亲还能在松岗固守,奴才想不懂这事。果真在下寨歼敌数千,莎罗奔还能据守刷经寺,这也是想不懂的事。松岗若无敌军围困,下寨又在我手,并没有后顾之忧,为什么不率大本营回救刷经寺,反而要调四川绿营? 奴才这一条也想不懂……"

他连着三个"想不懂",听得乾隆心里又焦躁起来,问道:"依着你该怎么办?"

"回万岁! 傅恒已是得了主意,一顿首接着道:"现在调四川绿营使不得,因为绿营兵都在川东川南驻防,调动不能迅速也无密可保。设如松岗我军被困,不等大兵聚合,讷亲就要全军覆没,整个四川糜烂也未可知,所以皇上可以手诏讷亲张广泗,略斥其伪情,令其相机收复刷经寺,其余措置亦依势定夺,不必絮絮请旨。总之以歼敌为上,'全军'第一……主子,金川离这里几千里,断然不可直接指挥的!"

他没有说完,乾隆已是心里雪亮,傅恒说得中肯,情势极可能比自己想的还要坏得多,他沉默许久,说道:"就这样办吧。你代朕起草这份谕旨。金辉、勒敏和李侍尧,未必都肯替他们瞒着——朕料他们都要有密折奏进的。"

　　傅恒到殿角草拟诏谕去了。乾隆因见刘统勋还伏跪在地下，呷了一口茶，淡淡说道："延清起来，还坐着吧。这里头没有你的责任。你没有当军机大臣，并不为德才不足，是刑部太离不开你。听说还是每日只睡不到两个半时辰？原来朕看好你的身子骨，却不知道有心疾。增半个时辰吧，睡三个时辰。朕要派几个太监到你府里侍候。"

　　"皇上！"刘统勋听乾隆这般体贴温存，心里一烘一热，泪水直在眼眶中打转转，唏嘘了一下，强笑道："臣是世受国恩的，已经侍候了两辈子主子。皇上这样待臣，就是磨成粉，报得了么？如今盛世，人口比康熙爷时多出一倍不止，奸民宵小之徒也多，治安是极要紧的。吏治渐渐也有颓势，冤狱也不可掉以轻心。臣执掌国家刑典，一个不留心，或奸人漏网，或枉杀了好人，岂不辜负了皇上的心？臣恨不得不吃饭，不睡觉，可还有做不完的差使。又怕胥吏下属哄了臣去，略大点的事，不敢放手。臣知道这样儿是毛病，可也没有办法。"

　　"所以人才要紧，要加意留心！"

　　"人才在发现，在用。"刘统勋深长叹息一声，"这只说对了一半。以臣见识，还是要正教化。人才从教化中出来，出来的人才仍要教他知道守大节。前山西巡抚诺敏，那么能干的人，为了银子变成了贪官，萨哈谅、喀尔钦也都极有才度，也贪贿，结果触了刑网。还有卢焯，治河谁有能似他的？也是贪钱，军流出去了……如今上下各衙门，都是银子淌海水似的进出，已经不似康熙爷雍正爷时候了，多少人才都叫银子给蚀坏了！"

　　他这番娓娓而谈，言语虽不古雅，确实洞悉时弊直透中窍。乾隆越想越有道理，却不愿在臣下面前善听善纳，沉思默想许久，说道："你写个折子来朕看。"因见傅恒已经写好稿子呈来，便接过来看，只见上面一笔钟王小楷写道：

　　松岗奏悉。二卿以此纸张入于御览，何其俭约乃尔！卿
等挥师攻取下寨，朕初心甚慰之；然观后文，乃如刷经寺沦入
敌手，复转董忧，且亦疑思不定矣！胜负军家常事，乃庆复讳
败欺君，自蹈不测，前辙犹在，后师致忘？既据卿奏，据刷经寺
为莎罗奔小股跳踉，即可相机回军击之，所请调绿营援军不必
亦不允。京师距金川数千里之遥，屡以琐屑军务请示，是欲为
透过于君父朝延耶？果居此心，则欺君之罪何逭？尔讷亲受
朕不次之恩，誓立令状存档在案；张广泗系戴罪办差之人。自
当精白纯志，慰君父于庙堂九重，倘有讳饰，即当引罪，时尚不
迟。不然，朕不尔赦矣！总之以歼敌为上，全军为上，早日使
金川铸剑为犁，是朕之愿也。"

乾隆看了，咬着牙苦笑道："和臣子闹客气，朕还是第一遭。叫军机
处誊清用玺，六百里加紧发给他们吧！"一转眼见王耻抱着衣冠站
在殿角，乾隆问道："你怎么这早晚才来？哭丧着个脸，又是为什
么？"说罢站起来更衣。

　　"奴才早来了，主子正在大震天威，唬得尿了裤子，没敢就来给
主子更衣。"王耻忙换了一脸谀笑，上来替乾隆整理，摘下朝珠，除
下洋金金龙褂，换了件石青直地纱褂，替乾隆系着束金带大马尾纽
带，嘟嘟哝哝诉说："……不过奴才心里有委屈也是真的。钟粹宫
赵明哲他们赶着喊奴才的绰号，主子娘娘宫里的丫头都笑……"乾
隆见他还要加瑞罩，摆手示意不用，问道："你的绰号？叫什么？"
"忒难听了，主子！"王耻一脸苦相，"孝悌忠信礼义廉耻，我排老八，
不知哪个促狭鬼，给奴才起个号叫'王八耻'！"

　　乾隆一怔，随即爆发出一阵大笑："真好绰号！你是个贱奴，也
不委屈了你！"傅恒和刘统勋先还硬撑住不笑，想想毕竟难忍，索性
也陪着大笑起来，方才议事时那种抑郁沉闷的气氛顿时缓和了不

少。因见两人起身要辞，乾隆笑着说道：“这必是皇后知道朕生气，叫这杀才变着法儿逗乐子的。你们不要忙着走，朕还有话交待。”

“是！”

“一个吏治，一个官员亏空，还有河工、漕运，其实是连在一起的。”乾隆笑了一阵，精神好了许多，沉思着说道：“金川胜败固然要紧，毕竟不关全局。比起来，政治还是根本。傅恒统筹一下六部九卿，还有各地督抚方面大员，各上条陈。好建议朝廷取中了的，要考功司记档，奖励。江北几省遭水旱灾的，要户部查实，拿出赈济办法。传疫的地方要府县官征集医药，防着蔓延。宁可多花点钱，买个平安，但也要防着些黑心官员上下插手中饱私囊。”

傅恒听完，忙道：“是！奴才回去就办。”

“刘统勋再兼个左都御史的差使吧。”乾隆顺着自己的思路说道：“朕不担心你怠惰差使，却担心你太过琐细。嗯……刘墉明天引见，他是新进士，授官不宜破格，就派在刑部，挂名谳狱司主事，帮办部务，可以为你分点劳。是你下属又是你儿子，能多照料你一点。”

刘统勋躬身一礼，正容说道：“臣顶得下来。国家有回避常例，刘墉不宜留在臣部，主事是正六品，他是二甲进士，秩位也定得高了。皇上爱臣，还是要爱之以道，示以至公之情。臣已写信给家中，内子这就奉母来京，两个寡居妹子也随同一处来，还有一个妾，家里侍候的人足够用的了……至于刘墉犬子，才力尽有的，心胸高却少历练，还是应该随众分发外省作州县官，凭他自己能耐努力巴结差使。”

“很好，这样对刘墉也好！”乾隆听着这话，心情更加舒展，款款起身来，“这是正大至公之理，朕成全你！且跪安吧——明儿叫刘墉由吏部引见，朕自然有话给他训诲。”

傅恒和刘统勋躬身却步退出去了，偌大殿中只留下乾隆和十几个鹄立如偶的太监宫女，乾隆独自兀坐，想着金川情势，也不知

现在折腾得怎样，又想着金铼密折，奏"一枝花"在苏北一带传教施
药蛊惑人心，难民不赈济调理，极容易出大事……一时又想吏治，
官员们不但借办差胡吃海喝、巧立名目挖国库银两，更可恨的，不
少同年、同乡官员横连勾结关税官司，草菅人命，冤狱愈来愈多
……想着，乾隆又是一阵犯躁，觉得这殿里也不似方才那样凉爽
了。因起身出来，径自踱向西配殿。王耻跟久了他的，知道他的脾
性，只带几个小苏拉太监跟到殿门口便肃立侍候，由乾隆独自进
去。

　　这是谁也不许进来的禁地。里边原来住的是雍正身边一个低
等嫔御叫锦霞的。和当阿哥的乾隆有过一段旖旎缠绵，被太后发
觉后赐绫缢死。多少年过去了，殿宇再修丹垩一新，殿门也改了朝
北，西配殿内一切陈设还是锦霞临终的老样子。乾隆每有心思不
定、神昏倦乏时总爱到这里坐坐，竟是常有奇效。这在宫里已是人
人皆知的秘密了。

　　"锦霞，锦霞……朕又来看你了……"乾隆在临清砖漫铺的殿
中踽踽踱步，浏览着壁上一幅幅晦暗的仕女图、字画，又盯着牙床
上褪了色的幔帐，抚着小卷案上断了弦的古琴。他的目光变得愈
来愈柔和，还带着一丝迷惘，游移着又看隔栅上挂的一幅字：

　　　乍见又天涯，离恨分愁一倍赊。生怕东风栏梦住，瞒化。
　　侵晓偷随燕到家。重忆小窗纱，宝幔沉沉玉篆斜。月又无聊
　　人又睡，寒些。门掩红梨一树花……

这是他在小书房和纪昀谈议编纂《四库全书》时，特命纪昀写的。
宋纸、宋墨、特制的湖笔和端砚，都是稀世之物，用来写这词，乾隆
忘不了纪昀当地惊喜诧异的神情……嘴角掠过一丝苦笑"是朕对
不起你。你是清白的……但你已经成神，自然知道朕的心……你
托梦给朕，说已经转世，还要侍候朕……朕看遍宫掖，没有一个像

你的,是还没有选进来么? 啊,朕这就要南巡了,上天有灵,能有缘遇到你转世之身……"

　　方自凄惶祷告间,忽然听院中脚步杂沓,仿佛间闻到笑语声。乾隆掀开窗帷,隔玻璃窗向外望去,只见嫣红英英前导,钮祜禄氏,那拉氏,汪氏陈氏一班人簇拥着太后下銮舆,踏着甬道正在进殿,又听太后颤巍巍的声气问:"皇帝在哪里?"

五　多情帝娱情戏宫娥
慈严父慈严教慧子

　　乾隆忙挑帘出来,对守在门口的王耻说道:"桌椅茶几上都落了尘,进去打扫一下——出来把门锁好……"便忙忙奔正殿而来,已是换了笑脸。至西拐角处,不防一个宫女也左顾右盼趱过来,恰恰二人撞个满怀,乾隆定神见是睐娘,要笑,又忍住了,说道:"你踩了朕的脚!"

　　"主子,是奴婢不好!"

　　睐娘早已见是乾隆,又羞又臊又有点怕,忙跪了谢罪,嘤声说道:"是老佛爷叫寻万岁爷过去的。奴婢忒性急了的……"乾隆这才细打量她,只见她穿一件银红纱褂,慈绿梅花滚边裤,一头浓密的青丝梳理得光可鉴人,鬐梢直拖到地下,通红了脸躲避着他的目光,口中喃喃絮絮,却听不清说的什么。

　　"这是一株亭亭玉樱桃嘛!快别怕,别怕……"乾隆见她娇羞赧颜,晕生双颊,新夏衣单,露着项下一抹腻指白玉,隆起的前胸随着喘吁微微抖动,忍不住心中一荡,蹲身下来,手指抚着她右前额下小指盖大一块疤痕,笑着温声道:"是朕踩了你的脚尖,疼不疼?这块疤你进宫时朕就见过的,是老清泰家打的罢?掩在发里,几乎看不见了……"放下手时,有意无意间在她胸前一碰,触电般地缩回了手。

　　睐娘更觉不好意思的,这样和皇帝觌面相对,心里更是紧张。但皇帝问话不能不答,这是棠儿再三叮嘱的"规矩",她只偏转了脸,糯米细牙咬着下唇,鬓边已是渗出细汗,怯怯的声气说道:"是奴婢不老成,主子没踩了我……"乾隆已是酥倒了半边,又伸手触了触她软软的郛胸,刚说了句:"是朕不老成——"听后边脚步声,知道是王耻等人过来,便稍稍提提嗓子说道:"既说踩疼了,且起来侍候差使吧!"又抚抚她头发,说声"傻丫头",径自从容往正殿而去。睐娘心头突突乱跳,浑身都软瘫了,满心里一片空白,木头一样跪了足有一刻,才挣起身来。

乾隆沿着超手游廊趋步正殿,远远便听殿中笑语喧闹,便知皇后没来,一干后妃正在和太后逗乐子。到殿门口,听那拉氏的声气正在说:"天热,天热不碍的。我们奉了老佛爷,叫他们造大大的一座楼船,走在运河上又凉爽又风光,一路看景致,还能在船上演戏听曲儿,吃现摘的瓜果,那是多么惬意——好我的老佛爷哩,您还没享过这个福呢!您要不去,皇上哪肯带我们这群没脚蟹呢?"她正说着,见乾隆跨进殿来,便住了口,妃嫔媵御们也都各归班位,齐齐跪下请安。乾隆说声:"罢了,起来吧!"便上前给母亲行礼。

"皇帝起来!"

太后满面是笑,在正中椅上略一抬手,说道:"她们正闹我呢!上回你说要南巡,下来就炸窝儿了。李卫给先帝爷呈送画江南园子的画儿,这个借了那个借,兴头着要买这、要吃那,聒噪得人耳根不得清净——你游到哪里去了?大五月端儿的,朝里都放假一日,还不该松泛松泛身子?方才在钟粹宫,前头说张廷玉的儿子要进来请安,我替你挡回去了。听说又在这头和傅恒怄气儿。好歹有事明儿再说不成么?"

"太后老佛爷,傅恒他们怎么敢和儿子怄气?是说事儿听恼了。"乾隆笑了笑,又叹口气,把讷亲折子上的事约略说了,又道:"儿子为这事着急,还在等着他们有密折奏进来。心里闷,在这宫院里走几步。"

听乾隆说是讷亲在金川失事,满殿宫人顿时色变,连太后也是一怔。讷亲的曾福额亦都就是她的从叔祖,贵妃钮祜禄氏的父亲,和讷亲共一个祖父,其实是并不远的亲戚,素来进宫请安都不回避的,眷属更是往来弥密。如今讷亲损兵折将困守松岗这份凶险且不论,将来追究罪名,太后和贵妃脸上都无光彩。顿了许久,太后才问道:

"你预备怎么处置?"

"现在军情不明,还说不到处置讷亲的事。儿子已下旨命他收复刷经寺。"

"张广泗呢?"

"张广泗是奉旨襄助讷亲,戴罪立功的人。也要视军情结果再定。王法无亲,差使办砸了,无论是谁,都要按规矩办理。"

"……"

太后喁嚅了一下没有再问。乾隆也觉得方才对话太僵滞,换了笑脸温声说道:"老佛爷的心思儿子再明白不过。早年在雍和宫读书,儿子就和讷亲一处厮守,他国语① 学得好,常常一道儿去海子边看日出日落,对国语。我两人的唱和诗词都集成了一大本……"他的语调变得十分沉重:"他做到军机大臣,不为着昔年藩邸里和儿子的私情,是他办差勤苦用心、清廉公忠。但儿子与他这份多年私交,也是耿耿难忘……母亲!怎样处置他,是日后的事,只告诉母亲一句,治这么大天下,管亿万斯百姓,不能因私废公,更不能没有制度规矩。儿子盼他平安的心和母亲是一样的……"太后听了默然良久,无声叹息一下,苦笑着说道:"娘家人出事,我和钮祜禄氏也没什么体面。大家盼他平安吧!明儿我们都去大觉寺进香,求神佛保佑早日平定金川,讷亲旗开得胜……"

"人有一念,天必从之。母亲这样最好!"乾隆眼见太后郁郁不乐,虽然自己心里也是不快,仍打起精神,满面笑容抚慰:"今儿大

_____

① 乾隆所说的国语,即满语。

节下，我们娘母子不说这些了，还说南巡的事。金铢那边已经递了折子，南京、苏、杭、扬州的行宫都打整好了。那景致母后一去准会迷住了。汉人说'上有天堂，下有苏杭'那是半点不假，真是此景只应天上有！都丹垩粉饰得一崭儿亲……"他突然想起，为修行宫，内务府竟花去了五百万两银子，比当初造行宫用银子还多出一倍。不知多少蠼蟟官儿从中大捞一手……顿时大扫了兴头。因见太后面带微笑，惺松着眼勉强在听，便道："老佛爷……乏了，儿子侍候您回宫去吧……"

　　傅恒自承乾宫退出来，没有立即回府。径与刘统勋同至军机处商计列款条陈的事。皇帝交待的旨意多，刘统勋是个极认真的人，傅恒在这些事上也从不马虎。把乾隆随口指示的圣谕，一条一条分列归口，工部、户部、刑部、吏部、兵部、礼部当该承当的，都推敲了文字，写出征集条陈策论的方略和奖励办法，直到宫门下锁，一声递一声"小心灯火——下千两！"的吆呼声传起，傅恒才离开军机处。可远远回头看时，窗上仍然映着刘统勋一杯茶、一枝笔、一动不动地伏在案上的身影。

　　傅恒一肚子心事回到府邸，下轿时府里府外已是一片灯火辉耀。十几个道台知府在门政候见厅里正等得发急，听一声"老爷回府了"的高叫，都一窝蜂拥出来，噼里啪啦马蹄袖子打得一片响，乱哄哄都来请安。傅恒尽自烦噪，看了看，都是预先写信约过的，而且里头没有一个是自己门下奴才或门生，发不得脾气，遂强笑道："叫诸位老兄久等了！原说今日放假，可以好生谈谈，万岁爷召见议事，这早晚才得回来。今晚兄弟还有奉旨急办的事，不敢委屈老兄们久等。且请回步，明晚再来，实在得罪了。"又问："用过晚饭了没有？"这些人哪敢说"没吃"？胡乱答应着都说："我们吃过了，请中堂自便……"打千儿辞了出去。傅恒虚送两步便踅回身来，一边向西花厅走，一边吩咐老王头："叫你媳妇儿进去禀夫人，我回来了。今晚要在书房里熬夜,福康安福灵安福隆安做完夜课,不必过来请安。"

"是,老爷!"老王头跟在后头答应着,又问"爷还没吃饭的吧?"

"我在军机处大伙堂吃了一点,随便预备一点夜宵就成。"

"是!老奴才这就交待大厨房……"

傅恒在月洞门口站住了脚,回头笑道:"这不用你来办,这是小七儿的差使。我书房里的小厮来福儿他们办也成——告诉家下人,不必跟着我熬夜。"老王头陪笑道:"老爷这话奴才可要驳回的了。太老爷在世,就是会客筵宴到四更,老爷在书房瞌睡得打盹儿钓鱼,何尝敢先睡了?主子不歇下,家里奴才更没有个自己就挺尸的理。依着奴才见识,三爷大爷二爷念书到亥正歇下,跟他们的丫头小子随着。其余外房奴才还是要随应侍候着……"傅恒生怕他再唠叨,见是话缝儿,失笑道:"成!这是道理,就依着你。"老王头才返身龙龙钟钟去了。傅恒自进书房,一封接一封给各省督抚、将军、提督写信。

信很容易写,只是复述乾隆的旨意,要求各人根据旨意和自己的差份向乾隆奏报吏情军情,提出建议条陈。但十八行省督抚就有二十多人,加上外任带兵将军,也有五六十封。来福儿在旁磨墨,磨了一砚又一砚,傅恒写了二十多封,已听见远处隐隐传来鸡鸣声,他突然觉得手困头昏,停下了手中的笔,从碟子里拈了一块点心,机械地在口中嚼着。来福儿道:"老爷,您实在该歇歇儿了。三爷(福康安)的字都是仿您的练出来的,也常代您缮折子写信。请三爷来,您就坐着说,他写。岂不省点精神气力?"

"好吧……"傅恒站起身来,"叫人把他喊来。"说罢傅恒摇着发酸的右臂踱出书房,站在滴水檐下深深舒展了一下,吸一口微带寒意的空气,说声"好香!"顿时觉得心思爽明了许多,也不回屋里,就在书房前长满青苔的地下悠悠散步。

天气晴朗得一丝云也没有,黯得藏青色的天空显得格外寂寥空阔,疏密不等的星星那么遥远,在银河中和银河两岸拓展,绵远地延伸向无边的尽头,不时神秘地闪烁着。清亮得水洗过一样的月牙清晰得像剪纸,高高地悬在中天,周围还有一圈淡紫色的晕,若有若无地围拢着它。轻柔的月光朦朦胧胧洒落下来,所有的树木、女墙、女墙上爬满了牵牛何首乌藤,还有半隐在柳树中的亭角,檐下的铁马都像模模糊糊涂了一层淡青色的霜,一动不动地浸在媚妩得柔纱似的月色中。一切都在似幽似明中无声地沐浴着,浓烈的石榴花香和各色清寒的花香阵阵袭来,涤洗得傅恒一腔浊气全无。

“老爷,您叫儿子?”

身后传来儿子福康安的声气。傅恒“嗯”了一声,半晌才回转身来。月光太淡了,影影绰绰只见他穿着浅色袍子,外套着巴图鲁背心,也看不清什么颜色,才十五六岁年纪,个头比傅恒还要略高一点,顾身玉立的在月影里,既亭秀又毫不纤弱。这是傅恒的第三个儿子,他是正房太太棠儿的嫡子,极聪明,生得英气勃勃,令人一见忘俗,只是内里心性瞧着略嫌刚硬了些,待人接物却是徇徇儒雅。傅恒和棠儿都极爱他的。傅恒用柔和的目光凝视了他移时,已是端起了父亲身分,问道:“已经睡下了?”

“回老爷,儿子亥末就回房去了,不敢违父亲的命。”

“这早晚叫你,不犯困吧?”

“不困!儿子的体气比哥哥弟弟们都结实。”

傅恒背着手回身走向书房,却不忙口授信件,从书架上信手抽出一本书,吩咐小厮:“再掌一枝烛来!”对跟进来的儿子说道:“这是《震川先生集》第十七卷。”随后翻开了,指定一篇《项脊轩志》说道:“大约一千字吧。背!”福康安原听是叫自己来写信,没有想到父亲会先出这么个题目,答声“是”,双手接过书来,蹙眉凝瞩移时,把书双手捧还给傅恒。傅恒早就听说福康安有过目不忘之才,没有料到竟敏捷如此。他轻咳一声掩饰过自己的悦色,把卷稳坐在安乐椅中盯着福康安不言语。福康安在父亲的凝视下多少有点不安，抿了抿嘴唇背诵道：

> 　　项脊轩，旧南阁子也。室仅方丈，可容一人居。百年老屋，尘泥渗漉，雨泽下注，每移案，顾视无可置者，又北向，不能得日，日过午已昏……又杂植兰桂竹木于庭，旧时栏楯，亦遂增胜。借书满架，偃仰啸歌，冥然兀坐，万籁有声，而庭阶寂寂，小鸟时来啄食，人至不去。三五夜，明月半墙，桂影斑驳风移影动，珊珊可爱……

他几乎毫不间滞，琅琅背诵如珠走玉盘，俯仰之间神采照人。傅恒双手扶着椅背，兴奋得似乎要站起来，眼中放着欢喜的光，又突然意识到自己是"严父"，又安适矜持地坐稳了，端茶啜唏着听：

> 　　……其后六年，吾妻死，室坏不修。其后二年，余久卧病无聊，乃使人复葺南阁子，其制稍异于前，然自后余多在外，不常居。
> 　　庭有楷杷树，吾妻死之年所手植也。今已修修如盖矣。

"背的倒也罢了。"傅恒脸上毫无表情。"最后一句背错了，是'亭亭如盖'。什么'修修'？瞎杜撰！"福康安陪笑道：'阿玛教训的是！不过，我见父亲常用'水亭居士'的号，儿子不敢不避讳。"傅恒沉默了一会儿，说道："过目成诵算不得什么稀罕。听说你在谢家园子和几位阿哥世子爷会文，还坐了榜首？我告诉你，炫才露智就已经失了君子本性。三国里的张松，王安石的儿子王雱，千言万言过目不忘，还有雍正爷手里的刘墨林，不是年命不永，就是身罹奇祸，不该引以为戒的么？"

福康安眼皮动了动，想偷看父亲一眼，没敢。唐相李泌、明相张居正、本朝的高士奇、张廷玉年轻时都是一目十行随口背诵,并没有什么"奇祸"。特特地叫背,背出来却又训斥,他真难服气。心里反驳着父亲,口中却道:"阿玛金玉良言,儿子铭记在心了!""你不要把阿玛想得那么刻薄。"傅恒说道:"这篇文章不是归有光的上乘之作。里头有个教人随分乐道的意思,这就该嚼味一下,自己知道自己是'陷阱之蛙'就少些张狂——去,桌子边坐着,我说,你写!"福康安忙一躬,稳稳重重坐了桌旁援笔濡墨,静听傅恒口授。

"用端楷写——"傅恒又交待一句,半躺在安乐椅上,用手抚着略微发烫的脑门,斟酌着说道:"嗯,元长吾兄,久违清雅,思念呕切……"

这是给尹继善的信,先转述了乾隆的话,要整饬财政吏治、维纲纪、敦教化,朝廷将有大举措,尹继善是砥柱名臣,当率为百官之先都恳恳切切说了,却迟疑着没有收煞。福康安只好悬腕执笔等着。傅恒又道:

> 另告兄,金川军事又复失利,皇上天威震怒,讷亲如不能自为取胜,恐有蹈床复辙之忧。此事弟尚待金辉消息。不知金辉与江督金铁有亲戚否?前数日面圣,皇上微露欲调兄返江南之意,现军情有变,或连带人事有所更张,朝廷倚重处正多,亟当料理现任事务,以免临时举措不及。

他顿了一顿,凝视着蜡烛悠悠跳动的光苗,沉滞地又补几句:

> 广里(即广州)现有洋教堂三处,系特旨恩允来华贸易洋人礼拜之用;近闻颇有中国人为其煽惑入教者,即当查明置之于法,此事非细,当从防微杜渐处着心。切要。皇上特留意邪教动势,"一枝花"孽寇亦有乘天变传疫蠢动情事,原有南巡顺带处置之意,迁延未能成行。金铁于此不能切心实意办理,圣

心有所不满也。

说完，见福康安也停住了笔，便要过信来，果见逼肖自己平日书法，似乎更工整些，遂满意地点点头，说道："还有一封是给你阿桂叔叔的信，前面意思一样，言语你自己变通。皇上日前有调他军机处当差的意思，又虑他资格浅。现在求才不拘格，或有指望。还有云贵将军、甘肃巡抚、提督、福建水师提督……没有到的还有十几位，只转述旨意，温存问候就可。给金铁的信、河道总督的信另附我的话：运河新造桥梁，都要高出水面两丈以上，拆旧换新，也是一个章程，所有口气，都要留有余地。明白么？"

"明白。"福康安忙应道，又问："阿玛，桥为甚的要造那么高呢？费工费料，车马行人也不方便……"

傅恒站起身来，疲倦的眼神中带着一丝忧郁，说道："御驾总要南巡的，桥低了龙舟过不去，仍旧要拆的。你早已是侍卫了，慢慢的要学会虑事当差，一丁点的事虑不到，就要劳民伤财，上下不讨好。写吧，儿子。我累了，出去疏散疏散，回来还要一封一封都再看过，再交驿传发下去……"他平日对儿子们绝少假以辞色，从来都是一副冷面孔，动辄就是一顿呵斥，此刻累得装不出模样，温语絮絮，竟有点似棠儿平日口气。福康安心里一阵发热，几乎眼泪就要出来，凝瞩着父亲，用略带哽咽的声气说道："阿玛放心，您的叮嘱儿子记……住了。今儿您歇息不成了，疏散疏散又该上朝去了。儿子给您烧好参汤送去。"

"好，你好生做吧！"傅恒没有留心儿子情感的微妙变化，甚至也没有留心自己的心绪，深深打了个呵欠，跨出书房。几个长随一夜守护侍候，除了端茶送水，都目不交睫兀坐在廊下春凳上，不能打瞌睡也不敢闲嗑牙，只可一碗接一碗喝酽茶解困，吃尽了苦头，见傅恒出来，都是心头一松。"呼"地站起身来，齐声道："老爷早安！"随即打下千儿去。傅恒看看天色，东方已经露出薄曦，满园竹树花木已渐渐显出苍翠本色,不禁失笑道:"这正是我平日起身时辰。你们守了一夜,也都乏透了。告诉小七子,放一天的假,各人赏二两银子——小七子呢? 怎么一夜都不见他来?"

一个长随过来禀道:"老爷,我们王管家出了差错。他家老爷子昨晚叫他顶砖罚跪。这会子只怕还在东院大柳树底下跪着呢!"傅恒听了一怔,还要问时,远远见几个丫头挑着小玻璃灯逶迤过来,便知是棠儿来了,遂迎了过去。几个丫头见他过来,忙都蹲身福礼。傅恒笑着对棠儿道:"起得忒早了,草上露水把裤脚都打湿了。康儿偶尔熬一夜,你就这么蛇蛇蝎蝎老婆子架势——他结实着呢!"

棠儿看了看自己裤脚。她是个十分讲究修饰的女人,上身穿着玉色大裰,玄色宁绸镶边,绣着金线梅花,蜜合色裤脚也是掐金挖云滚边儿,一双天足蹬着绣花冲呢鞋子。见丈夫打量自己,棠儿解了葱黄斗蓬递给丫头,笑道:"你不说我还没觉得呢! 这还不怨你? 西轩子外头甬道上那么深的草,一根也不许铲! 康儿我晓得不碍的。你一天连午觉睡不到三个时辰,打这么个通宵又立马要上朝,我倒有点放心不下。康儿呢? 我进去瞧瞧……"

"他还在替我忙,你不要搅他。"傅恒站在渐渐清亮的草地上,适意地呼吸着清晨拂晓清冽的空气,显得格外精神,他甩着双臂吩咐家人:"都散了罢,我和太太在园子里悠悠步儿。"说着便向海子边徐步走去。棠儿毕竟还到窗前窥了儿子一眼,这才趟着露水到丈夫身边。

夫妻两个很久没有这样一处闲适地游幽散步了,海子沿岸大柳树垂丝如雨,远看蔚蔚蕴蕴黛色迷蒙,眼前细观是一片片新绿,油嫩得橡淌下来的瀑布。他们在剪绒似的芳草地下漫步,一时谁也没有说话。只有青蛙跳塘,偶尔几声"咕咚",柳荫深处各色鸟儿啾啾喋喋的呼应,打破这黎明前清新的寂静。许久,棠儿才道:"昨儿进去,见着娘娘了么?"

"唔。"傅恒恍惚间,心不在焉地答应了一声。

"明儿是娘娘圣诞。栓保家的去江西,采办的窑器,还有些西洋货,都在朝阳门码头卸了船,我们庄子送来的活牲口,今儿也就到了,你该过过目的。"

"唔?唔……"傅恒憬悟了一下,笑道:"我在听鸟叫呢!——看过礼单了。娘娘是我一母同胞姐姐,再不会计较礼厚礼薄的。"

棠儿走近了他,一边替他摘掉头发上一片柳叶,嗔道:"人家说话,你听鸟叫——变着法儿骂人!庄亲王、履亲王、怡亲王、果亲王几位福晋,还有几位宗亲贝子夫人这几天都来打听。我们的礼送得太简,叫人瞧寒碜不说,他们也比着往下减,怕娘娘委屈——总得比着贵妃他们高一截儿才好吧?"傅恒这才听明白了,摘下一片柳叶,嚼吮着那苦味,问道:"我们的礼一共值多少银子?"棠儿略一默谋,笑道:"也就三四千两吧。另有一樽钧窑大瓷观音,还没核价……"

"不能超过三千两。"傅恒用不容置疑的口吻说道,"你再裁度裁度,凡有的西洋货、金银器皿一概不进。最好贡进去的都是我们自己庄子里出来的,你明白么?"棠儿被他斩钉截铁的口气弄得一愣,随即笑道:"你这是怎么了?唬我一跳!这都是正出正人的银子,又不是贼脏,值得这么正言厉色的?"傅恒也觉口气太硬,怔了一下,笑道:"皇上又要整饬吏治。谁这时候比阔,没准就撞到网里。自己姐姐,就是一文不送,她只有体恤周全我们的。忘了娴主儿生辰,高恒送一樽金佛进去?皇上见了,指头弹弹佛像,说'人血人膏铸出来,也会有这样的声音?'吓得娴主儿赶紧转送了慈宁宫老佛爷那去。白填还进去,还落得心里惊怕,何苦呢?"

一席话说得棠儿暗自宾服,口中却不肯让人,见四周无人,用手指顶了傅恒额角一下,嗔笑道:"省得了,我的爷——不耽误你当名臣!"傅恒也笑。因问:"小七子犯了什么事,听说老王头叫他顶砖头跪了一夜?"棠儿道:"那是他们的家务。昨儿给几个哥儿分石榴,都放在书房里。老王头的小孙子——就是上个月爬毛桃树掉下来那个猴崽子——隔窗偷了一个，叫隆哥儿瞧见，甩了他一巴掌。那小子把少主子顶了个仰面朝天。刚好小七子赶来，打了儿子一顿，又给隆哥儿磕头赔罪。这事已经过去了，谁知老王头听说了，就罚儿子顶砖。算是他的家教呢！"说罢抿嘴儿笑，又道："老王头比你家教还严呢！"

"这怎么么？那孩子才六七岁，打过了还不饶老子！"傅恒心头一震，已是敛去了笑容，趔转身便走，一边对跟上来的棠儿道："我们是皇上的奴才，他们是我们的奴才。张廷玉说过，君视臣如手足，臣视君如父兄；君视臣如草芥，臣视君如仇寇——有分、有缘、有情、有理在里头。不要一味只是个干道理——我瞧瞧去！"棠儿也加快了脚步随上来。

王七儿的家在傅府东下院，他们是傅家世仆，现又是全府管家，成家之后便分了小院子，独门独户立灶。傅恒赶到仪门口，老王头正指挥着长随家仆们摘灯熄烛洒扫甬道，见他二人一前一后过来，一齐丢下手中活计家什垂手而立。老王头便颤巍巍过来打千儿，说道："请老爷太太安！"

"你个老货！"傅恒笑道："我说呢，一夜也不见小七子，原来竟跪了一夜规矩——带我到你院里去！"说罢便向北，又往东趄，走过一带葡萄架搭起门洞，周匝牵牛花攀篱芭墙，便是老王头的院子了。傅恒一进院便惊住了：只见小七子直挺挺跪在平素吃饭的石桌边，桌上放着小碟子，还剩着些点心果子。小七子媳妇蹲在丈夫身边，用小匙喂丈夫喝水，那个惹祸的小毛猴子还有两个姐姐都可在十岁八岁间，一边一个站在小七子身边，用小手轻轻挡着父亲头上那块砖。看见爷爷带着家主主母进院，那小猴"哇"地一声号啕大哭，爬跪到傅恒脚前，双手抱住他的腿，一边哭一边哀乞："老爷，呜……我再不敢了，我长大了……爷爷听您的话，叫饶了阿爸吧……"他小小年纪，嘶声恸哭，傅恒心里一酸，泪水夺眶而出。棠儿也是心里猛地一沉，竟亲自上前搬掉了小七子头顶那块青砖。

　　"老爷太太恩典了,饶了你,怎么连头也不磕?"老王头的声音也有些发哽,却仍旧脸色铁青,训斥儿子道:"就挺得栓驴橛子似的!"小七子双泪齐流,双手撑着,趴伏在地下碰了三下头——原来顶了一夜砖,脖子腰身都僵了,一时活泛不起来。"罢了吧,老王头。"棠儿说道:"杀人不过头落地。毛猴儿还是个吃屎娃娃,不懂事开导他几巴掌就是了,就忍得这门狠心!"

　　老王头长叹一声,已是老泪纵横,躬身说道:"这是主子的慈悲。成人不自在,自在不成人。得自小叫他懂得名分规矩。老爷一夜一夜地熬,不是为了当个名臣? 我们当奴才的,自然也要思量着当个'名奴'不是?"傅恒还是头一回听说"名奴"这词,要笑,心里发热,又笑不出来。却听老王头又道:"我们老爷是总揽天下的宰相,管着文武百官,打过黑查山,又几次打山东响马,吓得贼人一听老爷的名儿就散窝儿,老爷是个文武双全的大英雄!当奴才的得给主子长脸……"

　　"长得满精灵嘛!"傅恒没有理会老王头的长篇大论,俯下身摸着小猴子的总角小辫,问小七子:"几岁了? 起了大名没有?"小七子控背躬身,脸上泪痕未尽,陪笑道:"已经掉狗牙,八岁了,每日拧绳搅劲没一刻安静,都叫他小猴子,没有官名。"傅恒端详着小猴子,笑道:"就叫——吉保吧! 越是精灵,去掉撒野这一条,就越是这样的奴才,你爷爷侍候了老太爷又侍候我,你爹侍候我又侍候三个少爷,轮到你,是我儿子手里使唤的。好生做,将来有官作!"摸着头上鼓起的一个包,又问:"这是怎的了,是你爹打的,还是自己碰的了?"

　　小吉保用肮脏的小手摸着额角一块青斑,忽悠忽悠的眼睛盯着傅恒,呐呐说道:"这是爹夜个儿打的……还有这里——您摸的这个包是叫蜇驴蜂给蜇的……"

　　"蜇驴蜂?"

　　"真的! 我去那边花圃子里捉蝴蝶,叫什么蜇了一下,好疼好疼的……姐姐说那是叫蜇驴蜂给蜇着了！”

傅恒仔细一想，不禁哈哈大笑：“蜇驴蜂！真起得好名字……你姐姐风趣！”众人听了都不禁失笑，棠儿更笑得弯倒了腰，连老王头也不禁莞尔。傅恒拍拍小吉保的头，站起身来兀自笑容未敛，说道：“好小子，伶俐！往后就在你三个爷的书房里磨墨捧砚，给你一份月例！日后长大，好给你小主子卖命！”又对棠儿道：“赏他点紫金活络丹，拔拔毒，就消肿了。”说着就掏出怀表来看。

棠儿知道他要上朝，回头瞥见福康安捧着一叠子书信站在院外甬道上等候，因吩咐道：“小七子今儿歇一天吧。老王叫他们备轿。吉保就跟你们三爷，呆会叫人过去嗑头——他着实还小，不要拘管他，要容得他出错儿——老王听着了？”

“是……”

“去吧！”

这边傅恒便出府上轿。迤逦打着径至西华门外，照例在大石狮子旁落轿，哈腰下来。此时天方平明，西华门外散散落落东一群西一伙，都是外任官等着进见。有论属相攀同年的、有叙乡情的，各聚一处说话。看见傅恒下轿，大多不敢近前厮见。傅恒因见昨晚到自己府的十几个官员也遥遥站着，眼巴巴瞧自己，只微笑着向他们点点头，正要递牌子进门，见刘统勋脚步蹒跚走在前面，后头跟着十数人，却都是各部院的尚书侍郎，还有军机大章京纪昀也摇摇摆摆跟在里头。傅恒便跨了几步，一手拉刘统勋，一手拉纪昀，说道：“辛苦！昨晚在军机处会议的？也是一夜没睡吧！”

“我哪敢夜里召人进大内。”刘统勋笑道：“皇上昨晚也在军机处听政听到半夜，后来又独见纪晓岚，说到四更天才回去。”傅恒笑视纪昀，说道：“久违，恭喜了！”

纪昀噗的一声笑了，说道：“我何喜之有呢？再说，三天前我还登门聒噪，怎么能叫‘久违’？”傅恒笑道：“你补文华殿大学士，授礼部尚书的票拟都出来了，还不是喜？一日三秋，三日就是九秋，还算不上'久违'?"

　　三人不禁都笑了,只是在这禁苑门口,不能肆声儿,都颇为节制。刘统勋因见儿子刘墉穿着一身簇新的官服袍褂,恭敬地站在远处注目这边,说声"我先走一步"便下阶而去。纪昀笑道:"刘墉如要单独引见,延清要交待儿子几句。他一肚子钢常,毕竟也有舔犊之情啊!"

　　"你进位大学士,毕竟可喜。"傅恒笑着小声道:"听说他们闹着要吃你喜酒,你可仔细,不要叼登招风,小心着御史!阿桂他们要调回来,晚些日子我弄一席,几个知已朋友小酌一番,比那个虚热闹强。"纪昀笑道:"多承中堂关照。客我还是要请,不过不敢请六爷,这些日子给皇上抄诗写字,挣了主子些赏钱,不妨的,六爷您瞧着,管教那干子臭御史弄不住我。"傅恒素知他机警,说道:"用自己的钱请客,没什么大不了的事,我不过白嘱咐一句。"

　　纪昀道:"时辰到了,您请驾吧。我回去吃点饭,就又进来了。"说罢自去了。

六　争名争利老相搁车
忧时忧事傅恒划筹

　　傅恒一进军机处，当值太监立即抱来尺来厚一摞奏折，又搬过四五个密折匣子。还有十几封密缄的信。傅恒一边命"冲酽酽的茶来，越酽越好！"一边忙着先看密折匣子，又看奏折目录，都没有金辉、李侍尧和勒敏的。倒是有尹继善和金𫓧各人一个黄封密折奏事匣子，便另放了一边。接着倒手儿拣看那些信。忽然眼睛一亮，他看见了勒敏的信，接着又是金辉的，隔了两封，"侍尧谨拜傅中堂亲拆"的信也赫然在目。俱都是火漆加印的密函。他小心地用剪子剪开金辉的信，刚抽出来，军机天章京叙伦进来，说道："六爷，刘墉，还有十几个分发外任的县令已经进来。请示在哪里等候引见——钱度也进来了，说为修圆明园拨银子的事，昨儿进来见延清中堂，没有谈成，也要请六爷裁度。"

　　"告诉钱度在隔壁等我，我看几封信再见。其余引见的人在乾清门外天街上等。待纪昀进来带他们面圣。"傅恒从容不迫地展着信纸，像是想起了什么，又问："没听延清公跟我说起钱度。即进来了，又为什么没谈成呢？"

　　叙伦笑笑，坐了自己桌前拣看奏章，回答道："我也不大清爽，听太监们说延清待他很冷淡，只说事忙，叫他见六爷说话。"

　　"延清不赞同修园子，他就那么个冷人儿。"傅恒说着，便看金辉的信。叙伦也不再言语,低首伏案,阅看奏章写节略①单子。

金辉的信写得驳杂,要紧处又十分含糊,前面大段大段写的川东春旱,怎样从湖广调拨粮食饲料稻种,堵水灌田。又说一件宗族械斗伤死人命案,臬司审断不明,请傅恒暂时不要把刑部谳定判决上奏。连篇累牍看得令人头晕目眩。傅恒索性走马观花,专门找有关金川军事的消息。直到信末,金辉才说到这事。

> 金川战局不明。刷经寺仍由莎罗奔据守。讷中堂张广泗另由刷经寺北辟一粮道,我军粮食尚无匮乏,唯菜蔬因迂道输送,闻民工回报,至松岗则十九糜烂矣。讷相屡屡致信,谓宜调川军绿营攻略刷经寺。然所有驻防川军系兵部节制,卑职无权指挥,且不奉旨亦不敢兴动本省驻军。据讷相函,下寨重镇尚在我手,是可望之局。目前僵持胶着,莎罗奔难以久持。卑职唯当谨守职分,按例输粮,且于军务生疏,不敢妄议。但觉莎罗奔亦实非易与之敌耳。容后再报。

"纯粹扯淡,在这里观望风色!"傅恒恨恨一把将信推了出去,又看勒敏的。勒敏的信很短,但却毫无遮饰:

> 我大军营内情势不得了然。几次欲赴松岗,中道俱为藏兵围堵而回。然屡次兴问金抚,辄云大胜之下或有小败。因无兵丁自松岗来,难以探听实情。焦虑愤忧无由可述。职甚疑我军已无再战之力,且有与莎氏暗成谅解之情。然无证据,谨禀以闻。

看着这信,傅恒便情知大事不妙,急折李侍尧信,守门太监进来说

---

① 奏章文字量大,为方便皇帝御览,一般奏议要写内容简介,谓之"节略"。

道:"大同知府郝永贵——"

傅恒一肚皮焦火,呼地一拍案,厉声道:"什么好永贵歹永贵?出去!"舒了一口粗气,看李侍尧的信,更是惊人:

> 傅相密勿:兆惠海兰察夜奔我行在,言我军于下寨、松岗、刷经寺三处败溃,仅存兵力三分之一,唯事日望金辉相救,言及我军惨败之状,兆海二人痛中哭失声,闻之令人毛骨悚然,凄惶不可卒闻。据二人称,讷亲欲讳败诿过,竟尔丧心病狂,密谋杀人灭口搪塞责任,故设计逃脱,是又一庆复阿桂再现矣。此事则太过不近情理,卑职未敢深信,彼二人即俗赴阙叩阍陈情,因彼均系在职武弁,非卑职所能节制,已借付川资令其自便,今接讷亲将令,查拿兆惠海兰察,卑职亦自知堕不测之中,亦甚忐忑。圣上原有旨令卑职取道金川赴铜政行在,今实处进退给谷之境,思之惶惶无以宁处。中堂,我之提携恩师也,不敢不据实陈告,俟另有信息,即当星驰再报。李侍尧叩。

三封参照着看完,傅恒心里已是雪亮。勒敏是个谨慎人,金辉和讷亲缤缘千丝万缕,李侍尧是自己一手栽培提拨起来的。各人利害不同,说话分寸也就有异,都用书信,也就是留有进退余地。但无论如何,金川败得比自己想的还要惨重,似乎没有疑义。傅恒整理着信件,吩咐太监:"把密折匣子递进去——告诉王耻,我要立即请见万岁爷!"说罢拂身下炕,对叙伦道:"金川的讷亲吃了败仗。留意陕甘川云贵的折子,凡涉金川军务的,一律原件奏进,不写节略。"

"又败了!"叙伦手一哆嗦,停住了笔,张大了口盯傅恒时,傅恒已经甩帘出去。一出门,却见那位大同知府郝永贵站在大金缸前,显见仍在等着自己。傅恒此时心情,恨不得劈脸捆他一掌,但他已多年相臣,养得心中一片和气城府,竟上前拍拍郝永贵肩头,笑道:"我知道老兄急,我这里有更急的事——你不就是想个道台当么?

这得要吏部荐上来。没有'卓异'考语,我不便直接插手。大同是
茶马交易之地。你在——中秋节吧,中秋节前给我征一千匹军马,
我就保你升官。"郝永贵已听说傅恒生气,在外边等着挨训,听这话
真有点受宠若惊,忙不迭打躬哈腰,说道:"谢六爷栽培提携!学生
一定给您征齐,再另选二十匹好的给六爷……"

傅恒待他话音一落,点点头便走了。路过军机处耳房,钱度已
迎了出来,笑道:"六爷要进去?修园子的款项,六部里攻我攻得厉
害,史贻直躺在病床上还参了一本,说我是个阿谀奉君的小人
——"他没说完傅恒便打断了他,勉强笑道:"现在可没功夫说园子
的事。你不要走,就在这等着,我下来还有话说,也不定叫你也进
去的。"因见王耻一路小跑过来,叫道:"皇上叫傅恒进去!"傅恒忙
应一声"是!"拔脚便去了。

其时刚过端午,连着多日响晴无雨,辰牌时分,地下已晒得焦
热滚烫。傅恒进养心殿大院,已汗湿了内衣。报名跨进殿里,更觉
闷热难当,就在东暖阁外叩头请安了,才见张廷玉正坐在炕边椅上
正和乾隆说话。旁边小杌子上还坐着个四十多岁的中年人,广额
瘦颊身材清癯,却穿着一身灰府绸袍子,外头套着件黑缎子马褂。
傅恒心想,这里怎么还会跑出个缙绅来?诧异间乾隆已经说话:
"傅恒来了,起来,起来会到卢焯旁边。"

"是!谢主子赏坐。"

傅恒磕头起身,哈腰到木杌子旁,果然见是卢焯。二人过去是
极稔熟的朋友,卢焯因贪贿收受三万银子,已经被刘统勋送到法
场,却因富察皇后撞乾清宫请赦免死军流。傅恒略一转念,便知是
特赦回来要起用他治水的,却不料几年乌里雅苏台军流生涯,竟把
个生龙活虎般的卢焯折腾得如此憔悴,但此时却不能交谈。二人
只一目光交会点头致意,傅恒便坐了下去,心里盘算着如何回乾隆
的话。却听乾隆对张廷玉道:

"朕这些日子忙,没有多见面。不要一见面就说扫兴话。衡臣

老相,你是三朝元老,先帝遗命你配享太庙。从祀元臣,还要归田终老?"

张廷玉已经七十四岁的人了,气色精神却都还好。只是体格峭瘦,牙齿也有点跑风,言语却甚敏捷流利,在太师椅上听乾隆说话,满脸核桃壳似的皱纹都一动不动,一双雪白的寿眉压得低低的,看不出什么眼神,听完乾隆说话,在椅中一欠身说道:"老臣现在还兼管着吏部差使,但精神实在已经不济了。七十悬车,古今通义。宋代明代配享太庙的老臣,也有乞休得请的。可以援例办理。"

"你是顾问大臣嘛。"乾隆穿着全挂子朝服,热得顺颊汗流,旁边就放着扇子,却不肯拿起来扇一扇,盘膝端坐如对大宾,说道:"不是这样说。《易》经云'见几而作',人和人异时异地,各有不同缘分。如果七十必定'悬车',为什么还有'八十权朝'的典章。武候'鞠躬尽瘁'又怎么说?"

傅恒至此已经明白二人对话的内容。张廷玉急于退休,固然有"全身终荣"的意思,但他的儿子们都是奉旨专门照料他的。他不退,儿子们就别指望升官。乾隆不许他退,却是因为清以来宰相荣终于位的还不曾有过。他要作礼尊体贪勋臣的圣主,二人心思是不同的。话既说到这份上,张廷玉早该谢恩退下去了,可他仍纹丝不动,如一块僵石。傅恒不禁暗自叹息:"衡臣已老得冥顽了……"果然张廷玉又接口道:"诸葛亮受任于乱世。臣是优游太平盛世,不可同日而语。"

乾隆满心急着许多公务,偏生这老头子来夹缠不清,耐着性子咽口唾液,盯视张廷玉良久,冷冷说道:"衡臣老相说的又不对了。既然以身许国,任天下之重,不能以老迈艰臣自诿。更不能以天下承平自逸。"他的口气一转,变得异常诚挚温馨:"皇祖皇孝是怎样待你的? 朕也从不拿你当奴才。管着吏部,其实吏部大小事都不让他们烦你。只挂个名儿,朕也只是遇到难决的大事才顾问一下。你也要多替朕想想,可不可以负了这片成全苦心? 朕不忍你退,你就不要退了!"见张廷玉还要说话,乾隆挪身下炕,抚着张廷玉肩头说道:"不要再辩了,好么? 朕要你作个荣始荣终的楷模,给现在出力的臣子奴才们立个榜样。且回去,安心养息。朕今日写诗赐你!"

做好做歹哄弄着,张廷玉总算离座谢恩。由两个太监搀扶着,颤巍巍辞出殿去。乾隆望着他的背影,长长透了一口气,回头自失地笑道:"作人难,作完人难于上青天,谁能体念朕这片心呢! ——你们的事听着必定更烦心——朕先打发张衡臣几首诗……"说着,却见纪昀进来,因笑道:"你来得正好。免礼,就在设笔砚的那张几边坐下,朕作诗,你记来来斟酌。"

"主子爷这么好的雅兴!"纪昀到底还是叩了头,坐了靠隔栅子旁的几旁。摇笔在手。傅恒和卢焯也目不转睛地端坐静待。乾隆却不急着吟,双手抖了抖汗湿了的领口,对守在暖阁旁的卜仁说道:"张廷玉已经退出去了。给朕拧一把凉毛巾来,还有他们三个——这殿里都热得蒸笼一样了。"因取过炕案上的扇子,轻轻摇着悠悠踱步。

三个人这才知道,这热天儿乾隆衣冠整齐盘膝危坐,汗湿重衣却不肯用扇子,原为的是端肃尊重这位三朝元老! 他们用浸凉如冰的湿毛巾揩着手,觉得丝丝清爽阵阵入心,都不敢放肆擦脸,略一揩试便放下,仍旧注目乾隆,乾隆沉吟着伸出三个指头,说:"赐衡臣诗三章。"因漫声咏道:

　　　际会当盛当,俯仰念君恩。
　　　谨慎调元元,精白理阳阴。

这是第一首了,纪昀忙走笔疾书。乾隆又吟:

　　　焚膏继晷时,殚精竭方寸。
　　　湘竹亮清节,焦桐舒琴韵。

"这是第二首。"乾隆一笑说道,又诵第三首:

> 嘉尔事三朝,台辅四十春。
> 股肱莫言老,期颐慰朕心。

他话音落,纪昀已经住笔,用口吹了吹,双手捧给乾隆。乾隆审视一遍,在炕桌上平摊了,索过笔,在敬空纸边写了一行字:

　　乾隆亲制谨赐勤宣三等伯

押了"圆明居士"随身小玺,满意地说道:"很好。叫王耻这会子就送过去——你们觉得怎样?"

三个人都是聆听,尽自乾隆诵得铿锵劲节声如金石,细忖韵味,无论如何都是下乘之作,哪里说得上好?但皇帝自说"很好"只好随声附和。刘统勋道:"臣不会作诗,但听人念的多了。汉乐府十九首所谓'徘徊蹊路侧,恨恨不能辞',觉得皇上的诗似乎还要强些。"纪昀笑道:"皇上的诗清雅堂正,如对佳肴美酒,韵正味醇,情深词茂,琅琅似精金美玉。纪昀几时能学到皇上一成,也就不枉了做一场翰林文士了!"傅恒生怕纪昀将好话说完了,忙也接口称颂:"不但清雅,而且是典雅堂皇,正气磅礴之中又寓着春风拂心。奴才偶尔也涂鸦几首,比起来就觉得轻浮佻脱……"

他们都是一肚子腹非,可这念头既不敢想更不能说,七嘴八舌挖空心思捧场,把乾隆的诗说得天上少有、地下无双,好似李白再世杜甫重生。乾隆尽知这是奉迎,素来却也为自己的诗自雄,因笑道:"大家说得言过其实了。朕自己心中有数。歌诗合为事而作,朕万几宸翰勤政之余写一写,聊为自娱而已。傅恒——现在说正经差使——纪昀也坐过这边,虽和你的差使干系不大,从根子上说也没有两样。"

纪昀原在隔栅子旁侍立,忙答应一声"是",坐下傅恒下首。乾隆升炕盘膝坐下,神情已变得肃穆庄重,叹息一声说道:"说到政务,就没有那么松快了。朕昨晚一夜也不曾好睡。想来想去,金川之战怕是败得比朕想的还要惨……"说到这里,他顿住了,端茶啜了一口,像噙着一口苦药,皱眉说道:"娄山关总兵有密折,他拿住了几十个抢劫粮库的贼,一问,都是金川被打散的败兵……没想到莎罗奔一个小小土司竟如此难弄!——傅恒,你心里要有个数。预备去金川掌管军务。朕原想让阿桂去的,前头已经派了庆复、讷亲、阿桂资望相差太远,怕镇不住。调来军机处行走,且为朕参谋咨询吧!"

"皇上圣明!"傅恒不知怎的,忽然心头一阵伤感,在杌子上一躬身说道:"奴才没有接到奏报王师败绩的正式折子,但金辉、勒敏和李侍尧都来了信。说法不一,败得很惨似乎无疑。奴才已经屡次请旨出征金川,反复思臣,君父有忧臣子不解,即非忠臣;只要主上下旨,奴才立刻前赴杀敌,现在奴才是忧戈待命——奴才不想立军令状,主子给奴才调兵之权,调岳钟麒为副,一年为期,送一颗人头回北京,不是莎罗奔的,便是奴才顶上这颗!"他说着,抖着手从袖中抽出那三封信,躬着身子双手呈上,声音中哽咽不能自控。"奴才读这些信,心中真是悲苦难言。讷亲欺君的事如若坐实,是社稷之耻、君父之辱,奴才是他朋友,也觉羞颜难当!"

他语言颤抖,容色惨淡,竟是如泣如诉,饶是刘统勋心如铁石,纪昀乐天诙谐,也都听得心中起栗,又不知信中都写了些什么,都睁大了眼,痴呆地看着乾隆。

大约因为有预感,心里有准备,乾隆的神态比昨日镇静得多,只是面色有点苍白。看信却是看得十分认真,也是将三封信并排摊开,参照比较着读。三个人在旁正襟危坐,却不敢看他,都把目光凝瞩在御座后边的条幅字画上。偌大养心殿,静得只能听见殿角自鸣钟沙沙的走动声。傅恒觉得自己的心缩得紧紧的,连气也透不出来,偷瞟一眼乾隆,却见乾隆皱眉沉思,不像是雷霆大怒即将发作的模样,遂悄悄换了一口气,却见王耻步履囊囊回来缴旨,抑着公鸭嗓子躬身说道:"主子,赐张廷玉的诗已经送去。张廷玉的二儿子张若澄随奴才进来谢恩。还有派去奉天的军机大臣汪由敦也奉旨回来了,递牌子请见呢!"

"不见!"

乾隆脱口说道。他极力压抑着自己的失望、沮丧和愤怒,几乎同时就改变了主意,咬着牙强笑道:"汪由敦才上任不久,他是军机大臣,该进来一处议议的——叫张若澄也一并进来吧。"他把信折叠起,想了想,提起朱笔在上面一封批一行小字"以下三封函已经御览,仍交傅恒存"递给傅恒,说道:"本来经朕看过要缴皇史宬的。且存你那里吧,可以参酌军务……"因见汪由敦和张若澄进来便不言声,待二人行过礼,问道:"由敦,一路辛苦了,身子骨儿还挺得来?"

"臣犬马之躯,何敢当圣躬垂问。"汪由敦忙笑道:"奉天将军康克已、提督张勇,还有驻奉天的简亲王喇拨、果亲王诚诺、东亲王永信、睿亲王都罗送臣到十里亭。托臣代为请安,另送方物贡献求臣代转——这是他们的请安折子和贡单,请皇上过目。"说着,将一叠黄绫封面的折本捧递上去。

乾隆"嗯"了一声,抚了抚那些折本,说道:"故宫修缮差使办得好,皇陵培土植树,周围的护墙也都起来了,康克已和张勇前几日都有折子进来,着实夸奖你勤谨廉重,耐烦不畏苦,他们底下私嘱你的,不有什么话说?"汪由敦道:"几位王爷只是仰谢天恩,没有别的话。张勇私下里跟臣说,东北没有野战。罗刹国在外兴安岭偷猎偷人参,康克已派了一营兵就赶走了他们。他心里有点发急,说两代父子受恩,厮杀汉不打仗,没法图报。叫臣看金川战事用不用着他,得便儿跟皇上撞撞木钟。"乾隆问道:"张勇是张玉祥的小儿子吧?"

"回皇上,他排行第四,下面还有个弟弟。"

"张玉祥怎么样?还能走动不能?"

"他已经快九十岁了,还能骑马,就是口啐,一说就是一两个时辰,插话都插不上。夸他的马、夸自己的身子骨儿,骂儿子们不中用……"

傅恒是见过这位功高勋重的老将军的,想着他须发雪白,指手画脚咄咄而言的样子。嘴角掠过一丝笑意,忙又敛了。却听乾隆说道:"盛京是我朝龙兴之地,又近罗刹国。朕历来十分留意的,最怕中原奢靡风气染了那里。看来尚武精进的志气还是没有磨倒。想撞木钟出战的将军,中原连一个也没有——你是专管盛京营务军事的军机大臣,写信告诉张勇,叫他着意练兵,国家有的是用他的地方。你坐下——若澄,你是代父进来谢恩的?"

"是!"

张若澄不防话题陡然转到自己这边。略一怔,忙叩头道:"皇上赐诗嘉慰老臣。张廷玉率阖府老小望阙叩谢隆恩,遣不肖代父给万岁爷叩头。"

"他精神还好吗?回去进餐了没有?"

"家父见过主子,精神颇好,午饭比平日还略多吃了点。和子弟辈说,主上优渥隆眷之恩,都靠着儿孙辈努力报效了!"张若澄说完,又复连连叩头。乾隆漫不经心地听着,用手指醮了茶水在案上画着什么字,不冷不热说道:"张廷玉和张玉祥一样,都是圣祖爷手里使出来的。延玉没有野战功劳,能封到伯爵,很不容易。当初世宗爷封他,朕还小,在旁边学习听政。隆科多说文臣封爵无例可循,世宗爷挡了回去,说'张良也没有野战功劳。运筹帷幄之中,决胜千里之外。张廷玉公忠勤能,佐朕郭文教化,功劳不可泯没。'这话至今言犹在耳呐——你且跪安顺,好好侍奉他,叫他也好生自珍保重……"

　　张若澄退出去了。几个臣子都还在咀嚼乾隆这番话，一句一句地听，都是温馨和熙的抚慰，但串连到一处，都觉得意深不可测。他们都是千选万挑出来的人中英杰，天分极高城府又都格外深。品味着这种冷竣的警告，都打心底泛起一阵寒意。只汪由敦不知前后首尾，又耐不住岑寂，在杌子上躬身笑道："张廷玉真是有福，际会圣主盛朝协理政务几十年，善始荣终。臣在奉天就见到重申张廷玉配享太庙的谕旨，心里感奋得不得了。臣是个武将出身，得蒙拔擢跟了圣明主子，也要努力有为——"说到这里，突然觉得傅恒暗地拉了一下自己衣角，他也是机警过人的人，略一顿，已是改了口气，"也要作一个张玉祥、张廷玉这样的臣子！"纪昀刘统勋先听着，都暗自为汪由敦担心，听他突然夹进去一个"张玉祥"，驴唇不对马嘴地收住，都觉意外。看看乾隆，并没有不预之色，才都略觉放心。

　　"傅恒，你拉汪由敦做什么？"乾隆早已一眼看见，一哂说道："朕心里再烦恼，也还是清明在躬，汪由敦不知前情，率性说话，朕再不至于怪罪他的。"

　　傅恒万没想到这点小手脚也被看穿，又臊又怕，涨得满脸通红，忙起身谢罪道："皇上洞鉴万里，奴才的小心思难逃圣明烛照……"汪由敦兀自不明白"不知前情"意指云何，急速转念头用目光询问刘统勋。刘统勋和纪昀却都咬着牙，漠然注视地下清亮如镜的金砖。

　　"朕是何等之累！"乾隆长舒了一口气，目光望着殿顶的藻井，好像寻找着什么，又孩子似的无可奈何地垂下了头，"你们不论职分大小，或管一部，或理一事，甚或总揽全局，也还有个'赞襄'。天下事，无论官绅士农工商，山川河流土地，大担子还是压在朕一人身上。昨日祭天坛，祭文起首就是'总理河山臣弘历'，朕听礼部官员朗诵，觉得竟无一字虚设！"他呷了一口茶，俯仰一动，平抑着心中如潮的思绪，又道："承平是好事，承平日久，人心懈怠，百姓富了还想富，穷的巴望富，官员的心不在官差上，都扑到了银子上，这里的烦难几人能知几人能晓？文官爱钱，武官怕死，都爱钱都怕死，有了钱还要刮，刮百姓刮朝廷，人心都被钱蚀透了，俊才变成庸才，庸才变成蠢才，变成猪狗！昨天的话，想起来字字惊心……"

他盘膝坐得太久，欠动一下身子，自失地一哂，说道："上下瞻对，金川两征，花银子一千多万，折三四员上将，还杀一个宰相，再派一个首辅，居然照例再来一遍！花在黄河漕运上的钱比圣祖爷高出两倍，仍旧泛滥、淤塞，还有奇的，安徽芜湖道吴文堂，藩库里领了赈灾救命的银子，先放高利贷，居然先收利息，只拿着利息去放赈！德州还有个县令皮忠君，这么好的姓名，从盐茶道衙门借银子与人合伙贩瓷器，运河里翻船赔了，又从山东藩库借出银子，放高利贷，也用利息还国家亏空。军政、民政、财政这么拆烂污，做臣子的不替君父分忧，一趟一趟登殿奏本，算计着要身后配享太庙，答应了还不饶，还要朕写字据为证颁发天下！真不知道张廷玉怎么想的。朕若不愿他进太庙，就是进去了，朕难道撤不出他来？！"他不屑地一笑，对纪昀道："晓岚，你草拟给张廷玉的旨意！"

四个人早已听得惊心动魄，背若瓦剌坐不安席。纪昀答应一声"是！"忙趋身到案前，提笔，手兀自微微颤抖。

"这样写——"乾隆脸上毫无表情，声音枯燥得像干透了的劈柴。"昨日面朕，观尔身体尚属健泰，精神亦复矍铄，虽以一己私名哓哓于君父之前，尚有可原之情。朕体念老臣，款存体面，既许配享之典，且赐诗以纪此盛。而乃不知感激朕优渥隆眷爱养元臣之恩，惜咫尺之遥，不肯亲躬来谢，侮慢蔑君至于此极！朕能予之，卿独思之，朕不能夺之耶！——派……王礼去给他宣旨！"

傅恒刘统勋汪由敦听着这道旨意，都如平空一声焦雷，个个吓得面如土色。张廷玉弱冠入幄参赞机枢五十年，为相四十年，忧谗畏讥勤慎小心，公忠廉正朝野皆知。从来皇帝诏书，臣下口碑都是褒扬奖赞，待垂老之年，为争"配享太庙"这个身后名分，一个筋斗竟折到这个份上。兔死狐悲物伤其类，身历其境才品出味道。在

死一般的岑寂中，汪由敦衣掌一阵窸窣，离座伏身叩头，说道："臣
请万岁收回成命！"

"嗯？"

"请皇上为张廷玉稍存体面。"

"他不为朕留体面，且是他自己不给自己留体面。"

傅恒和刘统勋再也坐不住了，一齐离座连连磕头。刘统勋道：
"总其张廷玉一生，大节尚切，且是圣祖、世宗到今上三世首辅。如
今年老昏愦，心智紊乱，求名慢君有罪，求皇上如天之仁，念其微
劳，召见诘责令其知改。这道诏谕一下，恐伤先帝知人之明。"傅恒
自幼就在张府往来，更有一份亲情，泥首叩地已是淌出泪来，期期
艾艾说道："刘统勋汪由敦说的，奴才也有同感。皇上自包容四海
之量，不必计较张廷玉这点区区私意……"

乾隆任他三人涕泣请命，仍旧端坐默然。他心里也隐隐作疼，
一样的元老，一样的年迈，张玉祥怎么就没这丑态？朝延这么多繁
缛政务，他为相几十年，且是在职职官，不肯出一言分忧，一味缠着
归田养老，归田养老又要配享太庙，不是倚老卖老是甚么？

"皇上……"纪昀听他们的说话，知道都没说到乾隆心思上，打
着主意上前，将旨稿呈给乾隆，提着袍角从容跪下，叩头说道："容
臣奏言。记得那年臣扈从圣驾秋弥木兰，当时张廷玉已屡次请旨
归养。臣曾问圣上何以不许。圣上当时叹息，说我朝自顺治爷起，
宰相首辅荣终令名的没有。皇上要为千古完人，为后世子孙树立
风标。有一张廷玉体面事小，全皇上这一愿心那就关乎大体，他老
了，老变小，有点阴微见识，皇上包容了他，既慰了百官的心，也更
显了皇上的吞吐之志。臣以为皇上今日是政务丛繁、心绪烦乱，这
道旨意且不发，皇上明日仍旧要发，再行传旨如何？"

他如簧之舌娓娓而言，处处都替乾隆自己打算，又显着堂皇正
大。乾隆听着听着，脸上颜色已经霁和，将旨稿拈起来看了看，苦
笑着揉成一团，说道："大家都说可恕，朕也不为已甚。张廷玉，唉

……朕自幼就敬重他的,他也真有人所不及的长处,怎么老了老了,一变性儿就这模样儿呢?"他挪身下炕,要水来嗽了嗽口,又吩咐"再取些冰来,太热了",一边踱着步子轻轻挥扇,众人知道关口已过,都暗自透了一口气。

"军务上的事不能再等了。"乾隆命他们重新归座,悠着步子说道:"傅恒和兵部户部的郎官会议一下,照着李侍尧信件上说的军情,重新布置安排,奏朕知道后再实施。朕已经想透了,最坏无非败得片甲不归而已。就算朝廷在那里练把式失手。细务不能议,你有什么想法说说看。"

这是傅恒呕心呖血反复思量了不知多少遍的事,早已胸有成竹,从粮饷草料、车马辎重,到大帅营设置,各路兵马调动号令传递,预备增援行伍人力位置,还有对莎罗奔实力估计,莎罗奔的心态和应付朝延再征的几种办法都有详明估量,足说了有半个时辰。纪昀等人听他如此精细打算,都暗自钦服,忧惜讷亲毫无成算。乾隆听得不时频频点头,心里转念:原来若派傅恒去,何至有如此惨败?想道,傅恒已说到煞尾。"皇上说练兵,最是圣明。金川敌军不同于'一枝花',莎罗奔只是想争一个土司位置,没有政治大图谋,而且地处一隅,胜败都不关乎全局。他们全族也就七八万,反复征讨厮杀,还能有多少?杀人一万,自损三千,他自己也知道终归打不赢,所以始终留着讲和余地。讷亲现在能守在金川,依赖的并不是自己还能打,而是皇上如天威福!"

他说到这里,看了乾隆一眼,从乾隆的目光中得到鼓励,一顿首又道:"一是粮食,二是避瘴药物,三是扎稳军盘,十几万大军齐头并进,不要分散兵力。金川就像三块石头中的鸡蛋,顷刻破碎瓦解!——即使不战,卡断了粮、酥油、糌粑、盐,还有药物,一年之内,莎罗奔就没有再战之兵!"他眼中闪着狠毒的光,咬着牙道:"练兵也不能一败再败,讷亲庆复丧师辱国,这个耻不能不雪。一是一定要犁庭扫穴,彻底打赢,二是莎罗奔面缚投诚,听圣主发落,三是打完仗后设流官政府治理,这样,才能一劳永逸!"

"很好!"乾隆被他说得怦然心动,目光熠熠闪烁,"朕多日郁郁,被这席话洗去不少。"他走近了傅恒,又道:"你预备着出兵放马,朕给你预备一个侯爵位置!"他长吁了一口气,仿佛要吐尽胸中郁郁闷气,缓沉了口气,"延清和汪由敦召集都察院和户部会议,清查各省藩库亏空。还有海关、盐政、茶马政,凡过手钱粮的,都要清理。但要内紧外松,不要让人觉得改了'以宽为政'的大宗旨。查到三千两以上的贪官,一定要正法一批,'宽'也有边有岸,过了限反而要严,手硬一点!"

"是!"

"朕已委卢焯为河道总督。"乾隆顺着自己的思路说道:"延清会议完,和卢焯一道去清河,查一查历年治河银子去向和使用情形。也和清理吏治一例处置。还有几处灾民聚集地,延清也要去看看粮药赈济情形。你儿子刘墉,叫他去德州、芜湖,专门查办皮忠君、吴文堂两案。朕要看看他的风骨才力。军政、民政、法司、财政要打理整饬一遍!"

四个人听得心头扑扑直跳,激动得涨红了脸,一齐叩头道:"臣凛遵圣命!"纪昀改不掉的诙谐,撑手仰面答问:"主子,还有文政呢!"

"修四库全书,文政更要紧。"乾隆咬牙笑道,几乎是从齿缝里迸出来的话说道,"一网打尽天下英雄,是朕给你的专差。这件事回头召你细论。"

"是!"

"跪安罢!"

"扎!"

七　龙马精神勤政多情
盛年勋贵闻鸡欲舞

　　乾隆当晚回养心殿,已是酉正时牌。从卯初起身办事,整整折腾了七个半时辰,除了奏牍公务,接见外官,会议政宫,中间还夹缠了为张廷玉争配享生气。当时在场提着精神,还不觉得怎样,这时候静下来,却又心中起潮,万绪纷乱。一时心里想讷亲的事,一时又想黄淮漕运,又念及尹继善,不知接到自己的朱批谕旨没有,转思阿桂也该到了京了吧?想到张廷玉轻慢,喋喋不休述说圣祖先帝对他的恩宠,那副以元臣自居的模样,真是面目可憎;忽而又想德州的案子"盐政衙门就在那里,会不会和高恒有瓜葛舞弊的事",忽而又思及傅恒等人的庭对,由傅恒又想起棠儿,"不知康儿长多高了"……心里一阵热,一阵凉,一阵气恼,一阵温馨,且时有感奋激动……七劳八素的竟有些收摄不住。正在丹墀下出神,卜孝在身后禀道:

　　"主子爷,晚膳是在配殿里进,还是在东阁子里进?"

　　"唔?唔……"乾隆这才回过神来,甩着双臂松泛一下身子,便见王智端着绿头牌子银盘过来,看了看,随意翻了英英的牌子,口中说道:"不用传膳了,想一口清淡的用。叫淳主儿到这小伙房给朕预备夜宵。"因就天井里除了万丝生丝冠、瑞罩、褂子,就地练一趟布库,又打一趟太极拳,打出一身透汗,心里反而清爽了不少。收拾着,见汪氏挽着个竹蔑小盘筐,站在东厢檐下痴看,乾隆笑问:"这伙房里还少了菜蔬,巴巴地从你宫里带过来?"

　　惇妃汪氏是打扮了过来的，上身藕荷色坎肩套着玉白衬衫，下身是忽黄水泄百褶裙，半露水红绣梅撒花鞋，"把子头"去了，散打个髻儿，扎着红绒结，乌鸦鸦一头浓发梳得光可鉴影，刀裁鬓角配着鹅蛋脸，水杏眼，真有点出水芙蓉清姿绰约模样儿。见乾隆问话，盯着自己审视，汪氏有点不好意思，蹲福儿轻盈施礼，说道："这里菜蔬虽多，得现整治，怕主子肚饿，带了点点心，还有点时新样儿的菜……"

　　"好好！"乾隆又打量她一眼，要了扇子摇着，一头拾级上阶，一头说，"把点心进上来。朕一边进，一边看折子。你下厨去吧！"说着进殿，便叫："卜义，东阁里暗，再加一枝烛。端一小盆子冰放在炕上——殿里太闷了。"他看了看炕卷案地垛着的奏牍，似乎有点不情愿地迟疑了一下，还是上了炕，叹息一声，一手扯过一份奏章，一手提起了朱笔。

　　连着看了几份，都是外省巡抚奏报年成丰欠的折子。乾隆虽然关注，却并不特别留意，只特别留意了甘肃、陕西和两江的。甘肃、陕西去冬连着大雪，三月又一场透雨，入四月以来雨水虽少，地里底墒不错，却奏称如若不遭风灾，夏收可望九成。两江有的州府遭了水患，但苏、常、湖、无锡、江宁都是"大熟"，顿时放下了心。只在几份折子上批"知道了"，想了想又在甘肃的折子上批道："所奏饲草柴炭已着山西平价拨往矣！此类事系尔一方父母分内差使。早当未雨绸缪，乃烦朕你为劳心，皆系卿平素不留意处。彼地回民居处为各省最多，回汉杂处，习俗不同，易生嫌隙械斗，在善于调处也。"写完，又拈过金𬭁的折子，细细看了，上面写道：

　　　　赈济灾民一事卿料理甚善，凡事预则立，不预则废，此之谓也。朕即将南巡，一切供张，国家皆有制度。切告尔之下属官吏，凡有借朕出行大事靡费，扰民邀宠者，朕必严加治罪。已有旨调尹继善重返江督之任。俟彼到任，即行公务交接，尔

> 已进阶光禄寺正卿，亦不必来京，在南京候驾即可。卿之调任，以卿资重年迈故，非有其他，忽有萦怀自疑之意——另问，金辉与汝有亲戚否？彼平日节守如何？另折密陈以闻。

他翻翻那些折本，见有尹继善的一份请安折子，便抽了过来，在敬空上写道：

> 前奏悉。近闻南京等处亦有吸鸦片烟者。卿办理甚善，凡泊来鸦片，均由海关依药物重税收入，勿使轻入民间。今西洋船只来天朝贸易较之乾隆初年四十余倍，广州生齿亦增十倍有余，中外混杂，华夷共处，日久易生事端，且易为洋教所乘，潜延滋漫，其害曷可胜言！英吉利国既有开设商馆之请，何妨因势利导，允其开馆，仍以"市舶提举司"监管羁縻。广州所有贸易商贾士民，则应申前旨，严禁匪人与外夷交通，凡与洋人私地贸易，或擅入洋教者，概行正法，以防微杜渐。

乾隆写到这里，似乎想起什么，在看过的奏章中翻了一阵，抽出尹继善的原折，枯着眉头凝视了一会儿，那上面写的是驰禁丝绸出口请示：

> 前因内地丝斤绸缎等物价直渐昂，因定出洋之禁，以裕民用。今行之日久，而内地丝价仍未见减，且有更贵者。可见生齿日繁，民殷众富，取多用宠。此物情自然之势，非尽出洋之故……

即在请安折子上又回一句：

> 前奏请驰禁丝绸出口折所言者是。即行驰禁。即着户部

核定每船允带斤数,然头蚕湖丝缎匹等项,仍严行查禁,不得影射夹带滋弊。卿虽赴江宁再督两江,然广州贸易实仍相关相连,勿以离任忽急。切嘱!

写完看表,已近亥初时牌,忽然想起还没用晚膳。因见汪氏垂手站在隔栅子屏前,遂笑着下炕,问道:"给朕预备好晚膳了?倒冷落了你——来,给朕揉揉这只右手脖儿……"便把手伸过去,顺带间在她耸起的胸前轻轻抚摸了一下。殿中太监们这些事上特会意的,卜孝一个眼风,都悄没声退了外殿。

"主子这话奴婢可当不起。"汪氏微红了脸,一双腻脂牙玉般的小手捧着乾隆的手,轻轻按捏着乾隆的右手,半扶半将到饭桌前,乾隆坐着,她便跪在旁边,揉着,口中笑道:"比起爷办的正经事,奴婢连个草节儿也算不上……您看这桌子菜,东边是脆皮糖醋王瓜,西边是凉拌小豆芽——掐了头去了心的,半点豆腥味也不得有——南边干爆红虾,北边木耳清拌里脊,中间的菜是黄的,只怕主子也未必用过,要用着对了主子脾味,奴婢可要讨个赏呢!"

乾隆看那盘菜,码得齐齐整整,木梳齿儿一般细,像粉丝,却透着浅黄,像荖兰丝,却又半透明,上面漉着椒油,灯下看去格外鲜嫩清爽。他轻轻抽出手,伸箸夹了几根送入口中品味,一边笑道:"这桌菜有名堂的,青红皂白黄,五行各按其位,也真亏你挖空心思……这味菜是葫芦?是……鸡子拌制的粉丝,也没这么脆的……是荀瓜?荀瓜不带为粘粉嚼口……"

"方子且不说是什么。"汪氏在旁,用小勺给乾隆盛了一碗熬得粘乎乎的小米白果粥,捧放在乾隆面前桌上,又将一个象眼小馒首递给乾隆,笑道:"主子用着好就得,不必管它是什么。"乾隆笑着又吃一口,说道:"子曰'必也正名乎'。——用着好,看着好,嗅着好,那是不必说的。"汪氏见乾隆胃口大开,连吃了三个馒首,各味小菜都尝了,一边忙着侍候小栗,陪笑说道:"这就是我的虔心到了——

这是我们家乡的,叫搅瓜——蒸熟了切开,用筷子就瓜皮里一阵搅,自然就成了丝儿,凉开水湃过一拌就是。我在我殿后试着种了几年,今年才结出三个,专门预备着给主子开胃口的……"

乾隆吃得热汗淋漓,她在旁边打扇递巾,送牙签,倒漱口水忙个不了,口中莺啭燕呢陪笑说话,伏侍得乾隆周身舒坦。因见奏媚媚过来,便笑道:"你侍候得朕如意,自然也教你满意。不过今儿已翻了别人牌子,明儿罢,明儿晚朕准让你心魂舒意……娘娘那里朕还得去一趟,你陪朕去吧?"

"奴婢该当的陪主子。"汪氏压低了嗓子,几乎是在说悄悄话,"……主子答应的,可别忘了。上回也这么说,那拉贵主儿给主子梳梳辫了,就撂开手了。我……刚落过红……"

"好!这次不忘了!"乾隆说着便出殿,对趁着小步赶出来的汪氏笑道:"这合着一句诗:'落红不是无情物,化作春泥更护花。'走吧!"

富察皇后的正寝在储秀宫正殿。娴贵妃那拉氏住西偏殿北头,惠妃钮祜禄氏原住南头,因已身怀六甲,西南角夏天不透风,怕热着了,富察氏皇后便命她挪至正殿西暖阁,那边靠海子,一溜蝉翼纱窗打开,稍有点风,屋里就没有一点暑气。乾隆进了储秀宫的广亮门,但见满院寂静,各窗灯烛闪烁倩影幢幢,只有正殿廊下侍立着十几个守夜太监,还有几个粗使宫女提着小木桶往各房送热水,也是蹑手蹑脚,几乎不闻声息。秦媚媚跟在乾隆身后,抢出一步便要进殿禀知皇后,乾隆笑着摆手制止了他,轻手轻脚上了丹墀,亲手推开门进了正殿大门。

睐娘等五六个宫女因皇后已经歇下,宫门也已下钥,料着不会再有人来,都脱得只剩下一件小衣,躲在东暖阁门前殿角洗脚抹身,不防皇帝会突然无声无息驾临。没处躲又来不及穿衣,又没法见礼,煌煌烛下,个个羞赧难堪无地自容,睐娘更是臊得满面红晕,把脚从盆子里急的抽出来，随着众人跪在地上。

　　乾隆满脸是笑，指指内殿示意她们不要聒噪请安，却不急着进去，也不叫起，站在灯下观赏着低声笑道："好一幅群美沐浴图——露父母清白玉体，有什么不好意思的？"他特意走近了睐娘，凝视着她牙琢似的脖项，赤裸的双臂和汉玉雕磨似的大腿。睐娘上身只穿着件薄得透光的月白市布背心，鸡头乳上两个殷红的乳豆都隔衣隐隐可见。睐娘见乾隆这样看自己，心头弼弼急跳冲得耳鸣，伸手想掩胸前才想到根本无物可掩，只好两手交叉护住双乳，低首闭目，口中喃喃呢呢，自己也不知说的什么。

　　"这不算失礼。"乾隆笑着收回他温存中带几分挑逗的目光，说道："即然不好意思的，起来更衣去吧！"说着便进了内殿。此时皇后已得知乾隆驾到，早已穿好衣裳，随着乾隆款款而来，她便敛衽一礼，笑道："万岁不是翻了英英的牌子呢么？怎么又——"说到这里，觉得失口，反不好意思，脸一红辍茶不语。乾隆极少见皇后这样娇羞容颜的，皇后天生丽质，才三十出头的少妇，此刻灯下晕红笑靥，慵妆妩媚，那种风情竟是见所未见，乾隆不由得心里一荡，挨身坐了床边便将皇后揽在怀里，小声道："朕今晚是走桃花运了，你平日太端庄，今晚这样太难得了。先和你'敦伦'一番，再说英英不迟……"抱着她肩头做嘴儿摩乳头便压下去……阁里的太监宫女见状早已悄悄退了出去。

　　一时完事，皇后兀自娇吁细细，搂着乾隆小声道："……别忙着起身——就怕委屈了英英……皇上还真知晓臣妾的心理，——听我说……两个儿子都没养住，真有点不甘心……"乾隆抚摸着她的头发，用手指揩着她额前的细汗，说道："你还年轻，又这么性善，皇天菩萨都会保佑你的。想这个——了"乾隆强拉着她的手摸自己的下身"叫秦媚媚去请朕来——睐娘吧，叫睐娘去请——朕当然是先尽着你……"皇后见他起身，也自慢慢起来，掩着被乾隆揉搓得一片麻酥的胸脯，"哧"地一笑。

"你笑什么?"

"不是笑,我有点怕。"

"怕?"

"怕眯妮子劫了'皇钢'。"皇后半倚大迎枕上打趣一句,又道:"您知道,我在枕席之欢上头有限的,就刚才那一阵,这会子觉得有点胀呢……恕我懒一懒不起身了。"她放缓了声气,已变得庄重端肃。"一个女人到宫里,又有福跟了主子当妃嫔,世上人想着和神仙也不差甚么,却不知这宫里头三六九等,各自也有说不尽的烦难。有头有面的皇贵妃、贵妃、妃、嫔、贵人、答应、常在也有几十个。熬得出熬不出,全看她在皇上跟前得意不得意,身后的靠山要看她生了阿哥没有,至不济也得生个公主,到老有个依凭,有个走动门槛不是?我主着六宫,听的多了,见的多了,有时想想也真可怜这些人。我不用猜,这会子那拉氏准在殿外'散步'儿,英英——并连嫣红也巴巴儿在等着你。巴的固然是皇上心爱,更为的观音娘娘送子来——更要紧的一层儿,皇上不可用情太滥,你的身子就是铁的,能打多少钉儿呢?"说罢叹息一声,看着摇曳的烛光不言语。

乾隆见她感伤,不禁莞尔。上前拉起她的手,轻轻拍着笑道:"好了好了……你的意思至明白不过,我不再沾花惹草了不成?你一片善心,观音要送子,自然先给你送的。""那就是大家的福气。"皇后也是一笑,说道:"我不过白说说,其实女人算什么,皇上才是最当紧的。眯娘这孩子我倒看好她。一者是受难收进来的,没娘家可奔;二者素来忠心耿耿服侍我。我怕她日后落了没下梢;三者我叫人拿她八字出去给人推过,有宜男命,也是极贵的格。平素留心看,皇上也甚体恤怜爱她。回头开了脸,索性就作'答应'吧……"说罢便叫"眯娘进来!"乾隆喜得伏下身吻了一下她前额,小声道:"我哪有那么猴急的,说办就办了,改日再正经办——你真好!"听眯娘挑帘声,便站直了身子,干咳一声没言语。

"皇上要去承乾宫。"皇后叫她来,原本立时当面说明的,此时也觉欠庄重，因改口说道："你陪着过去，那桌上一叠子描花样子给你嫣红主儿带过去——白日她说想要，原说给她的，后来竟忘了。"

三更半夜忽然派这差使，任谁听听也是"借口""陪着"才是真意，睐娘立时就明白了，腾地靺红了脸，挽颈弄巾跐脚尖儿，答声"是"，一步一跟在乾隆后边出殿。乾隆看时，果见那拉氏从西壁月影里盈盈过来请安行礼，不禁一笑，温声说道："露水都下来了，还在这里站地赏月？回去吧，看凉着了。"那拉氏背着月光，看不清什么神色，只轻轻说道："主子也当心点天凉……"说罢便不情愿地趄身踽踽返回。

乾隆一边移步，望着那拉氏的背影，心里也替她难过，她是临幸最多的贵妃，隔三差五的总翻她牌子，无奈舒运不济，生了两个阿哥都出痘儿死了，好容易养住一个女儿，不到三岁也一命呜呼，连个病因也不知道……正想得没情绪，身边提灯引导的睐娘怯块怯气说道："万岁爷，您出神了，该拐弯了……"乾隆一笑，忙折身向北，瞟一眼后边跟着的太监，问道："睐娘，你猜朕在想什么？"

"奴婢可不敢乱猜，主子想的当然是天下大事……"

"你猜的并不错，天家本来就没有小事。皇后前后养两个阿哥，头一个两岁就去了，端慧太子才九岁，也出痘儿薨了。那拉氏的两个儿子也没养住，现在只有大阿哥和三阿哥两个，比起圣祖爷……"

这话睐娘觉得实在难答，但又不能不答，嗫嚅半晌，睐娘才道："子息都是天定的，主子娘娘、钮主儿、那拉主儿、陈主儿、汪主儿她们都还年轻。主子这么圣明仁德，正当壮年，不犯着愁这个的。"

又沉默一会儿，乾隆笑问："你这会子在想什么？"

"什么也没想……奴婢今晚挺奇怪的。"

"奇怪？"

"是啊！万岁爷往常夜里也来，主子娘娘总要送出殿的，今儿——"

"今儿躺着没起来,是么?"

"嗯。"

乾隆不禁呵呵大笑,一手搂住了睐娘肩头,笑不可遏地小声说道:"傻小妮子,她是怕……流……"

"流……流什么?"

乾隆"嘻"地一笑,在她腮上轻轻一吻,悄语道:"这是关碍社稷江山的大事,也是人伦大事……"睐娘在黑夜中仰着烫滚的脸膛问道:"……什么人伦大事?越说我越糊涂了?!"乾隆小声道:"皇后说要进你当嫔呢。到那一天朕不教你自会知道。"因见承乾宫处几盏宫灯闪着出来,知道是迎接自己了,便松开了睐娘。睐娘已是头晕身软,几乎连步子都迈不动了。

阿桂又迟了五五天才抵达北京。他是单身汉,早年父母双亡,只有几个远房亲戚,在他不得意时情面上甚薄,发迹之后又远离北京,套不上亲厚,又没有自己的府邸,因就住了西便门内的驿馆。看看天色已向晚,想清清静静安歇一晚,明日面君之后,再见傅恒、钱度这些朋友。因此,只命人送一个禀帖进军机处,胡乱用了几口晚饭,便带着几个师爷出门散步。

离开北京几年,这里的景致已又是一变。驿馆东边红果园一带,不知成了哪家王公府邸,倚着凸凹不平的地势修起了一道女墙,西南边的白云观周匝原是一片荒凉的乱葬坟,如今鳞次栉比纵横交错都建起了居民,植满了槐、榆、柳、杨和各色庭院杂树,偶尔风动,还能隐约听见观中大铎铃悦耳的撞击声。自白云观向西北,清梵寺的松柏老桧乌桕楸树依然还是老样子。乌沉沉黑森森的,传来阵阵暮鼓声。此时金乌西坠,倦鸟归窠。晚霞烧得像腌透了的咸鸡蛋黄儿,殷红似血,熏热的大地和所有的草树、房舍、西便门高大的堞雉和半隐在茂林修竹中的殿宇飞檐翘翅都镀上了一层暗红色的光,远处的垛楼和清梵寺上空盘旋着的乌鸦,翩翩舞动忽起忽落,像是在弥漫着紫蔼的晚霞中沐浴嬉戏。乍从砂日蔽日白草荒砂的口外回到这盎然生机的内地,望着袅袅炊烟,听着里弄小巷中人声犬吠和孩子们大喊大叫的追逐嬉闹声,真有恍若隔世之感。蓦然间,他又想起曹霑,每次去曹家,都和勒敏、钱度经过西南这条小路。现在这条路子已湮没在一片蕴蕴蔼蔼的枫林中,中间还亘了一湾新开的池塘……他只抄了半部《石头记》,听说下余的半部也写出来了,不知傅六爷抄了没有?曹雪芹旷世奇才终生不遇潦倒而殁,自己一个名不见经传的旗下小吏,反而一再际遇,开府建牙位尊荣宠。人生,这是从何说起?

跟着他身边的是他的头号幕宾尤琳,自陕州狱暴一直就跟着他当师爷的。尤琳见这位年轻的主帅一直沉吟不语,在旁笑问:"佳木军门,是在想着明日奏对的事么?"

"奏对的事好说。"阿桂回过神来,嘻笑道:"我是在想,皇上会不会叫我重返金川。金川的兵又打烂了摊子,全部换我带出来的兵,恐怕不能恩准——调动用钱太多了——不换兵,他们都怕了莎罗奔,士气是个事情。"尤琳笑道:"金川的事,西南两路军并没有受损。不至于全军士气不扬。北路军要整顿一下,全部换川军顶上去。当初跟着您深入刮耳崖的三个人补到军中充哨队棚长,一下子就带起来了。不过据我看,傅六爷一直都在争这个差使,皇上调你回京,是想留在身边咨询军事,未必叫你出兵放马。"阿桂笑道:"六爷英雄心肠,我不扫了他兴头。我不和六爷争差使。打仗,有的是机会。"

尤琳是跟了阿桂十几年的人,对他的心思再明白不过。入值军机大臣,先就有了宰辅身份,一味只是打仗,顶多是个上柱国将军,熬到底也显不出文治本领。"不和六爷争",就是这个意思。想着,笑道:"我的见识,东翁还是要争一争,争得恰如其分最好。皇上决心已定,你争一争,连四川巡抚的位子也争过来,这个仗更好打;皇上决心不定,你更要争,不要落了'畏战'的名儿。要知道,四川打完仗，民政上的事也是朝野关心的。"

"好！见得透！"阿桂手按宝剑哈哈大笑，顾盼之间英姿焕发，"今晚你给我再拟一封请缨折子，要激切些儿。骂讷亲、骂庆复不妨狠些，把我的忠心写透——这里我给你透个底儿，我要带兵，你们几位师爷还要跟我，从军功里保出来；我要进军机，你们现成的举人，拔贡殿试，走文进士的路子。只要忠心报国，我决然不肯教你们吃亏。"尤琳笑道："青蝇之飞不过数武，附这骥尾可达千里。大树底下好乘凉，我们自然要照依牌头。"

二人正说着话，猛听得西方一声沉雷，煞是有人在坛子里放响一枚雷子炮仗，虽然不很响，却震得人心里一撼。接着一阵凉风习习卷地而来，还带着微微的雨腥味。众人向西望去，只见楼云翻滚峥嵘而起，殷红的晚霞不知什么时候已经消失殆尽，一层又一层的云，或淡蓝、或微褐、或绛红、或铅灰，仿佛被什么无形的力在推动着，交替重叠着袅袅升腾，已闭合了半边蓝天。只刹那间，已将大地、园亭、房屋笼罩在晦暗的暮色中。乌云中闪电时隐时现，但雷声却不甚响亮，像碾在石桥上的车轮，愈滚愈近。

"雨来了。"阿桂仰面朝天，张开双臂，尽情让凉风鼓着热汗浸淫身子，说道："真爽快！"尤琳却道："这云狰狞可怖，我看像是冰雹。军门，咱们回驿馆去！"说话不及，驿丞也远远地跑着过来，一边跑，一边高叫"军门老爷——内延纪中堂来拜，请大人回驾……"说着喘吁吁近来，陪笑又是一躬，"满驿站的人都出来寻爷了，再没想到爷会转到这块儿……"

阿桂没等他说完，转身便走。此时已是乌云漫天，只剩下东边地平线上一竿高的青天，暝暝的晦色几乎连路也看不清楚。突然一个明闪，照得通天彻地明亮，几乎同时，像谁摔碎了一口瓷缸价一声焦雷，震得大地簌簌发抖，噼里啪啦的冰雹已铺天盖地砸落下来。玉米籽大小的雹子在斜刮横卷的风中密不分个地打在人们的脖子上、脸上，时或竟是迎面扑来，袭得满脸刺疼。那驿丞"妈呀"

叫了一声,掉头撒丫子就跑了。阿桂回头看看自己的戈什哈,仍是行伍不乱,手按腰刀紧紧卫随自己,满意地舔舔嘴唇,却见自己最小的亲兵叫做和珅的赶上来,说道:"军门老爷,您没戴大帽子,这雹子打得人生疼的,标下这顶略小些,戴上好歹能挡一挡!"阿桂盯着他俊秀的面孔,接过他双手捧过的帽子,温和地笑道:"小鬼头,黄毛未脱,知道护持长官。晓事!难道你不怕疼?"却不肯戴,注视着和珅,端详了一下,又道:"是张家口潦溪营格隆游击派你护送我来的吧?这么文秀单弱,女孩儿似的,有十五岁么?就吃粮当兵?"一边说,一边徐徐前行。那冰雹虽然还在下,势头已是见弱了。

那和珅便也不戴帽子,趋步跟在阿桂身后,声音清亮中带着童稚,应声回道:"标下吃亏了长得像个女人,其实最能吃苦!三岁上头没娘,八岁爹死。讨饭蹭亲戚偷鸡摸狗赌钱……什么都干过。说来爷也许不信,三年前在蔡家赌庄一刀劈死京西太保刁老三的就是我——是刘统勋老爷断的案,念我才十二岁,杀的又是恶霸,免死军流到张家口。嘿!这点雹子算什么的鸟?张家口外大营刮起大风,拳头大的石头满天飞,咱也没寒碜过。我小是小,结实着呢!"

"哦!"阿桂一下子想了起来,笑道:"当时我不在北京,听说有个小秦武阳白日杀人,原来就是你!我给格隆下令,调你来跟我巴结出息,可愿意么?""是!"小和珅高兴得一窜一蹦,说道:"我愿跟爷兴头兴头,出兵放马,也弄个顶戴风光风光!人往高处走,谁不愿是个——"他伸出五指爬了一下,"这玩艺儿!"阿桂不禁哈哈大笑。

回到驿站,天已完全黑定,冰雹也停了,却仍在淅淅沥沥下雨,庭廊下西瓜灯映着,地下已积了寸许厚的冰粒,浸在雨水里,变得像青褐色的冰糖豆儿,脚踩上去咯咕作响。正房烛光下,只见纪昀半靠在椅上,叼着个拳头大的烟锅子嗞嗞地抽,阿桂忙急跨一步进来,打躬笑道:"纪中堂,让您久候了!您怎么知道我回来的?"因见钱度也在东壁边站着,又道:"你这钱鬼子也来了——正要找你算帐呢!"

"佳木呐!"纪昀磕熄了烟,立起身扶起正在打千儿请安的阿桂,笑道:"成了落汤鸡将军了——起来,赶紧换身衣服!"话音未落,和珅已经抱着一叠干衣服进来。钱度看着和珅侍候阿桂穿换衣服,在旁说道:"你和我算什么帐? 我正要说你呢——四个月前就写信,要两只羚羊角,连他娘的信也不回,你忙得那样了么?"纪昀微笑道:"你桌帖送到军机处,这会子皇上怕也知道了,下头官儿知道的少说也有一百——新军机大臣,谁不来先容一下? 连我也唯恐后人,先来打个花狐哨儿。"

阿桂换了衣服,笑嘻嘻和钱度陪了入座,对和珅道:"小鬼头,想法子弄两碟子小菜,我和纪大人钱大人吃酒闲聊!"和珅忙答应,嗳一样哈身却步退了出去。

"是这样,"阿桂对钱度说道:"军里缺马,我在布尔尼部落里征了二百匹,蒙古人要茶砖来换。等着你调运过来,你倒给我弄了两车制钱去,叫我自己从大同茶马市上买——比内地价钱高了一倍。你可真能涮! 要是我的部下,我就要拿你正法!"钱度笑道:"你那么厉害? 茶砖要茶叶制,现在新茶才刚下来,我请了兵部会同下文,半个月前才制出来。这会子已经在路上了。我想得比你周到——不但换马要茶,就是你大营里,没有菜蔬,尽是膻羊肉,也得要茶! 那点钱是叫你应急的,给你零花钱,还嫌割手?"说罢抿嘴吃茶微笑。

说话间,和珅头戴大斗笠,弯着腰捧进一个小条盘进来。这小家伙也真能办事,须臾之间就弄来四个凉菜,一碟青椒宫爆牛肉丝、一碟子清蒸鹿尾,六个盘子攒着,中间一个卤得烂熟的猪肘子,足有五六斤重,也是刚出笼,摆在桌上兀自大冒热气。纪昀喜得站起身来,端详着肘子问和珅:"这是驿站大伙房作出来的? 这可对了我的脾味!""中堂爷能吃肉,天下人谁不知道?"和珅细声细气陪笑道:"我们做下人的,不揣摩爷们的脾胃揣摩谁? ——驿馆里做不出这些个。隔壁就是禄庆楼,我径直从大厨房里弄出来的,连他们老板也不晓得!"纪昀用狐疑的目光看看和珅,笑道:"你敢怕是打着我和桂军门的幌子吧？釜底抽薪端走了客人的菜，客人能依老板？"

"相爷情自放心！"和珅笑着布箸斟酒，"我怎么敢败坏爷的名声？如今有钱，王八戏子吹鼓手都买得到官，一分价钱一分货，老少咸宜童叟无欺。我多给点钱，厨子跑堂的拼着吃老板客人几个耳光，心里是熨贴的。我侍候得爷们好，心里也是熨贴的……"说得三个人都嘿嘿直笑，端酒举杯随意小酌说话。

纪昀酒量不宏，只是浅饮了意奉陪，只情大口夹着肥漉漉的猪肘子狼吞虎咽。顷刻之间已大半进肚。他心满意足地用手帕揩着嘴，和珅已端来热水香胰子给他盥洗。纪昀笑道："好小子，会侍候！——你们只管吃，我是已经饱了，从上书房出来，我吃过两大块胙肉了呢！"钱度笑道："听说你不大进五谷，只一味吃肉，今日一见果然名不虚传，真亏了肚子不含糊，我在旁边看都看饱了。"纪昀笑道："这是爹妈给的。我也没法子——你们喝酒，我只陪着。"

"纪公这么特地赶来，总不为吃红焖肘子的罢？"阿桂又略用了两口，便放下箸，"我晓得你是头号忙人，就是总督进京，你也未必有空这么等着。"

纪昀放下手中酒杯，黑红脸膛变得庄重起来，双手一拱说道："我是奉过皇上旨意，你一到京要我先和你聊聊。所以这里和潞河驿都有我的家人等着。明日你面君，乾清宫人多，未必有时辰长谈——要是主上问起，我没见你，岂不违旨？"他这一说，连钱度也坐不住，两人都忙起身，钱度笑道："来前尔一声不吭，我这就回避。"

"你不必回避，主上叫我约你一道的。"纪昀一笑，起身和二人离席。回到大方桌前坐下，命和珅彻茶退出，这才问阿桂："你和勒敏、李侍尧相熟，是不是？"阿桂便知乾隆要处置金川战事责任——这种事，瞒着说"不熟"断然不说是密友也不大相宜，又不知二人在金川之败中是什么角色，思量着说道："我们是酒肉莫逆之交，钱度最知道的，在一道就是吃酒。"钱度没想到阿桂如此斟酌慎密，一欠身道："确是如此。"纪昀只一微笑，又问阿桂：

"这两个人人品才地，你心里有数没有？"

"回大人。"阿桂更加小心，说道："我们只是偶尔会酒会文，不曾一处共事办差，私下谈心也没有过。就只能冷眼看，凭心里衡量。李侍尧长于才，敏捷能干，杀伐果断，为人豪爽。短处是锋芒太露，有点恃才傲物，稍有粗率不拘小节之嫌。勒敏持重稳健，厚重有力，办事处人谨慎勤奋，是个内心敛秉性，心思很细密的。似乎太小心了点。"

纪昀听了点头。转脸又问钱度："你们情形万岁爷都知道的，庄有恭这人怎么样？"钱度不禁一愣，还没想出如何回话，听见外边雨地里一片声响脚步杂沓，夹着说笑打趣声进了院中，听声音至少也有一二十个人。阿桂正要问，和珅已经进来，笑着禀道："军门，来了一群大人要见您，有的是去过纪大人那边又踅到这边来的。标下问了问，有四个礼部堂官，四个翰林院庶吉士，说是纪中堂的同年；三个户部郎官，七个内务府笔帖式，是桂军门的亲戚，有的是好朋友，听说您回京，特地来看您的。"

"你且请大人们回步。"阿桂一听就笑了，"这会子和我纪大人说话，明日面君过后大家再相聚，替我道乏。"和珅陪笑道："我和他们说了。他们说和大人们是最亲厚的好友。要等着给您接风。"

纪昀看着钱度一笑，说道："臣门若市，这是自然之理。总归阿桂和我如今正熏灼得意。要是抄家杀头，他们逃得比避瘟疫还快呢！"阿桂想想，仍是不可开罪，因笑道："和珅告诉大家，且在西厢避雨说话等着。我们说完立使再过去见面。"

"是！"和珅极干净利落地打个千儿，退了出去。

八　媚新贵魑魅现丑态
　懔吏情明君空愤懑

　　纪昀见阿桂脸上带着诧异神色,笑道:"你大约不知道,如今官场兴的,同年、同师、同官、同办过差使的,有一个升转了或者迁任了,甚至黜降了,大家要帮衬凑兴请客热闹一番。我进军机,是不久前的事,你也要进军机。这么大的事,他们能不来? 他们和太监都有渊源,耳报神灵通着呢!""这个'规矩'兴起来,官场风气又是一变。"阿桂说道:"上回仝养浩去给我送兵,说起来过。我问他为什么这几个'同'里没有说'同乡'? 他说同乡其实用处不大,因为都不许在本籍作官,家里有事不能相互照应。他们的算盘打得比钱度还精呢!"钱度道:"现在连同乡也加进去了。老家虽然用不上,任上却有关照的。有一点用处就要联络,锱铢较量比过了帐房先生!"

　　"我说的呢,今晚这天气儿,狼一群狗一伙的还赶了来——真个是为功名利禄不怕枪林弹雨!"阿桂跟着笑了一阵,大家接着说正事。

　　钱度经这一搅混,心里清爽许多,已知纪昀代乾隆问话,不单指金川军事,还有因材用人的意旨。已是有了主意,说话便不似阿桂那么拘谨小心,说道:"庄有恭和勒敏一样,都是状元出身。学问极好是不用说的了。他吃亏了中状元喜欢得疯迷了,逢人就说'我是状元,天下第一人'弄成了官场口碑,因此不得点学差。但我敢说他是个实心办事、勤谨耐劳、人品不错的人。鄂善和庄有恭一处修永定河堤坝,我奉了衡臣相公钧令去看,下着瓢泼大雨,鄂善浑身泥浆,手里拿着铁锹在堤上指挥,庄有恭带着民工往堤上送沙包。我亲眼见他一个不留神从堤顶滑倒滚到堤下……和他握手,满手都是老茧。那是多文静的人,嗓子都喊哑了,脸晒得乌黑,眼熬得通红。当时我还笑着说他们'成了两个灶王爷。灶王爷治河,也算蹊跷'!我常拿鄂善和庄有恭比较,鄂善见人没话,庄有恭见人谦恭,都一样的内秀。庄有恭吃亏在金榜题名时出了西洋景儿,又是汉人——其实要问心,哪个人没有功名热衷呢?"说罢叹息一声吃茶不语。

鄂善,是工部侍郎;庄有恭现礼部四夷馆堂司,兼着郎官虚衔,正四品的官。两个人在外是这样个办差法,阿桂听着也不禁悚然动容。纪昀嘿然良久,笑道:"原来还要问一问鄂善,这一听也不用再饶舌了——没什么,你们不要疑到旁的上头去。修四库全书要选几个编纂官员,皇上要我亲自考察。"又问:"你们谁认识海兰察和兆惠?"阿桂摇头,钱度却说:"我见过一面,知之不深,听说两个人爱兵,很能野战,又是好朋友。看上去兆惠老成,海兰察佻脱些,喜欢开玩知。别的就不知道了。"

"他们两个在金川当了逃将。"纪昀说道,"皇上已命金铼、金辉、河南和云贵两省巡抚密地捕拿。讷亲也发了火票,要各地拿住押送回营。阿桂你恐怕要在军机处料理营务,皇上叫你随时留心他们消息。"

阿桂忙起身答应称"是",纪昀却扬声吩咐"驿馆的人呢?请西厢房候着的大人们过来说话!"守在外边廊下的和珅答应一声,接着便听厢屋里椅子板凳撞击乱响,人声乱嘈着出院,在淅淅濛濛的雨帘中小跑着上阶进了正房。

顷刻之间,正堂房里变得热闹不堪。纪昀三个人早已起身笑脸相迎。只见进来的足有二十四五个人。都是袍褂半湿半干,顶戴却是甚杂,有金青石、蓝色涅玻璃顶子、水晶、白色明玻璃顶子、碎碌顶子、素金顶子、起花、镂花顶子……老的有六十多岁,小的也就十五六岁，服色淆杂、年龄参差，官位高下不等，都举着手本，比嗓门儿似的报履历，请安。纪昀看时，只认得一个翰林方志学，是找过自己求放外差的，另外三个庶吉士似乎曾陪着方志学拜过自己门，却无论如何想不起名字，阿桂认识得多些，有三个笔帖式是共过事的，一个叫胡秋隆，是中过举的，文笔词诗还看得过去，另两个一个叫高凤梧，一个叫作达邦，还有一个笔帖式却没见过面。其余的一概都是住杂官儿。多数衣冠鲜整，也有的袍褂都褪了色，有的补丁线掉角儿，有的袍子被烟烧坏了，将就着缝了补丁。帽边儿豁口儿的，红缨子脱落的、官靴子露袜子的……什么样的全有。形形色色，竟是一群魑魅魍魉跑进庙里，一个个目光灼灼张皇相顾着酬酢，争着奉迎纪昀和阿桂，却把钱度冷落在一旁。

纪昀心里雪亮，自己虽在军机，其实只管着修《四库全书》，礼部也只兼顾一下，这些人都是冲阿桂来的。便看阿桂，阿桂正看钱度，钱度却是一笑，一声不言语坐着。因见纪昀掏烟，钱度笑道："晓岚大人要吃烟，谁有火楣子，给纪大人点着！'他话没说完，立时就有五六个人晃着了火摺子凑到纪昀脸前。纪昀按烟只抽了一口，忍不住肚皮里的笑，"扑"的一口，呛喷得烟锅里火星四溅出来。

"诸位老兄，"纪昀咳嗽几声掩住了笑，"桂军门今日赴都，下车我们就说话，难为了大家冒着冰雹大雨来迎。这番深情实实教人感动。"阿桂笑道："人来了，意到了，我也就心领了。大家人多，站这里说话，又献不得茶，太简慢了。明儿我还要面君，大家要是有要紧事的，留下来说一说；如果没急事，且请回府。见面的日子有着呢！"

这都是些平日登不得台面的官员，有的是想谋学差，有的是要放外任，想补实缺的，想迁转的，想引见的，图个脸面光鲜好炫耀的、套交情为以后留地步儿的，各色各等不一。平日想见一面纪昀也是难于上青表，阿桂来京进军机，早已风传得满世界都知道了，都是商议好了的，哪里肯就这样被打发走了的？顿时一片吵叫嚷嚷声。

"桂爷！我们是给您接风的,无论如何得赏个脸!"

"晓岚,我专门打听你了,明儿也不当值军机。我们久不见面了,趁着给佳木接风,说说话儿不成么?"

"我们虽然官小,比那些大佬们有情分……"

"阿桂,贫贱之交不可忘!忘了那年你去九叔那打秋风,还是我陪你在东厨房吃冷饭的!"

"我叫冯清标,我叫冯清标!记得关帝庙大廊房我们赌输了钱,一道儿烤白薯充饥的事么?"

"晓岚,你想要的那对蒙恬虎符,我给你带来了!"

"晓岚,我带着幅唐伯虎的仕女图,你得鉴赏鉴赏……"

"晓岚……"

"桂爷……"

"阿桂……"

"纪中堂……"

钱度听着众人乱哄哄的喧嚣,活似一群饿死鬼闹钟馗,觉得他们丢人现眼没皮脸,想想又可怜他们。笑嘻嘻冷坐一边辍茶,突然认出一个熟人,因高声叫道:"吴清臣!你不是岳浚抚台的刑名师爷?刘康案子里我俩一处当证人,关在一间屋子里吃死人饭三个月——如今把我忘了!"

"哎哟!这不是老衡大人么?"那个叫吴清臣的正嘈嘈着阿桂"当年在西海子边用手掰西瓜吃"的"情分",这时才看见钱度坐在一边,喜得乐颠颠过来,又打千儿又请安,笑道:"这是我们大清的财神么!我们是难友,交情最深,和他们没法比……"钱度摇手笑道:"这我可不敢当!……你们吵吵得这门热闹的要接风,谁作东,在哪里接风,就在这里挤着,拿奉迎话充饥么?"吴清臣笑道:"就怕你们不赏脸——岂不闻待客容易请客难?——就在隔壁——马二侉子——新选的德州盐道作东,在禄庆楼设席!马二侉了——"他压低了嗓门,凑近了钱度,一股臭蒜死葱味扑鼻而来'通州有名的大财主儿马德玉,捐了道台,放了实缺,正在兴头上,我们捉了他的大头……"钱度委实受不了他口中气息,立起身来笑谓纪昀:"恐怕今晚难逃此劫。恭敬不如从命,咱们吃这些龟孙们去!"众人立时轰然叫妙。

纪昀和阿桂二人面面相觑,正不知该如何打发这群牛黄狗宝。听钱度这一说,觉得也只好如此,都怔怔地点了点头。和珅见状,知道没自己插手处,进屋里取了几块醒酒石捧给钱度,也不跟从,只忙活着给阿桂预备烧洗浴水,熬酸梅醒酒汤,赶蚊子,点熄香,等着主人扶醉归来。

禄庆楼就在驿站出门一箭之地。阿桂和纪昀钱度三人身披油衣头戴斗笠,由众人撮弄架扶着,几乎脚不沾地就到了楼前。此时只是微雨霏霏,一溜三开间的门面翘角檐下吊着五盏栲栳大的红灯笼,往上仰望,三层楼盖着歇山式顶子,飘飘洒洒的雨雾在灯光映照下朦胧如雾,隐现着危楼上的突兀飞檐,插天雕甍真有恍若天境之感。纪昀看时,门旁楹联写得十分精神:

　　　　痴子:世界原是大戏台,毋须掬泪。
　　　　傻瓜:戏台本来小世界,且宜伴疯。

里边大厅支着六根朱红漆柱,摆十几张八仙桌,靠北一个戏台子,点着二十几盏聚耀灯,柱子上也悬着灯,照得厅里厅外通明彻亮。外头靠着"客满敬谢致歉"的大水牌,里头却阒无人声。纪昀这才知道马二侉子豪富,竟将这座楼包了。一边挪步进来,口中笑说:"马德玉——这个园子一晚上包银多少?"

"也就二百来两吧,这是管家办的,我不大清楚。"马二侉子听纪昀问话,忙凑上来答道:"连赏戏子的钱,大约四百两就够了。"他是个大块头,胖得雪雁补服都绷得紧紧的。又白又宽的一张脸上嵌着两只漆黑的小眼睛,大大咧咧的,一副漫不经心的神气。纪昀阅人甚多,听他满口山西话,侉声侉气的,神情里透着灵动,却是半点也不傻,因笑道:"我两年俸禄不够你一夜挥霍。这么有钱,还出来作官?"马二侉子笑道:"老大人最是圣明!钱再多,当不得身份使。就是个乡典史,不入流的官到你家,也得当神敬,当祖宗待。不缺钱了想着人来敬,凭做甚的事不如当官。如今就是府台县令到我家,见我老爷子也一口一个'老封翁',这份子体面必得当官才挣得来。这就好比阔小姐开窑子,不图钱,只图个风流快活!"

纪昀不禁哈哈大笑,说道:"官场比了妓院,这个比方有意思!"一边走,又问:"你在盐道,一年有多大的出息?"

"两万两吧!"马二侉子舔舔嘴唇,"除了给上司冰敬、炭敬、印结银子、生日礼、红白喜事礼,还有孝敬上宪太太私房体已银子,左右各方应酬……我不刮地皮,也不收贿,应份出入,帐目拉平,平安作官叔爷们就高兴,另外还给我补贴。"

还有这样作官的!纪昀心中不禁纳罕,倒真的对马二侉子有了兴趣,说道:

"你这官当得潇洒!"

"该得的银子我拿了,不该得的绝不去要,该花的银子不心疼——当官的不潇洒,是因为他们十成力有九成用在了斗心眼,在小路上挤扛的过,我只图平安,当然快活。"

"差使——你总得办差使吧!"

"中堂啊!如今的'差使'十个人的一个人就办了,一个差使一百个人争。我不争,还落了多少个好儿呢!"

"你见了上司,总要递手本,请安下跪打千儿陪笑说话凑趣儿的吧?"

马二侉子也是一笑,说道:"那是当然,礼上应该。不过下头官儿见了我,也是这一套。我这位分上下一算,能拉拉平,多少还有点余头儿——要做到您这门大官,这上头就饶多了!"说着话,早已进了楼下园子里戏台下。马二侉子看了看,台下不远不近篗了五张桌子,中间一席已有两个翰林,方志学在首席之侧,那个带着"蒙恬虎符"的翰林,纪昀也想起来叫贾浩军,毕恭毕敬地站在方志学对面,一副诚惶诚恐的样子。纪昀见菜看上席摆得满桌都是,众人都眼巴巴看着自己,遂一把拉马德玉到主席位上,又向阿桂钱度哈腰一让,笑着大声道:"今天来了各路诸侯,专为阿桂军门接风。我和钱度只沾光儿相陪。席面这么丰盛,大家难得一聚,都要尽兴。不过我们刚吃过,交情应份相陪,聊勉主人之意就是了。"

"诸位!"马二伢子举杯笑道:"我马德玉最敬重英雄。本来和几位大人名位相差很远,巴结了方大人讨个面子,瞻仰这个这个阿桂军门的这个这个……恩,尊范!想不到一下子见了三位朝延……哎,石头柱子!乘着这个兴头,想着也是六生有幸,咱们吃酒乐一乐子,能唱曲儿的就唱,能念诗的就念,能行酒令或说笑话儿的也成。咱们都是闲人,不要勉强大人们用酒——我说到头里,这钱是我家干净钱,请客是我情愿,也没有求大佬官给我升官办事的心,只图个体面欢喜。谁要背地嚼舌头,我马二伢子——与汝偕亡!"说罢先饮一杯。

众人没听到他说完,已是笑倒了一片,阿桂和钱度陪饮着,笑得气喘手颤。纪昀却因方才一席话,觉得这位马二伢子皮里阳秋,是个世故极深的人,只微笑着干了,说道:"我只饮一杯,陪着乐子。"马二伢子嘻嘻笑着,双后一拍,戏台两边十二名女伶,六名执着笙笛箫琵琶等乐器,六名戏子水袖长摆长裙曳地,手挥目送,载舞载歌迤逶而出,唱道:

> 莽莽乾坤岁又阑,萧萧白发老江干。
> 布金地暖回春易,列戟门墙再拜难。
> 庾信生涯最萧瑟,孟郊诗骨剧清寒。
> 自嫌七字香无力,封上梅花阁下看。
> ……

台上歌舞盈盈袅袅,台下却是觥筹交错笑语声欢。阿桂一杯不敢多饮,只陪着略呷一口酒,拣着清淡的菜夹一口。钱度因明日无事,却是举杯即干,几杯过后已是醺醺然。台上那十二名伶童文官、藕官、艾官、葵官、荳官、芳官、玉官、龄官、蕊官、药官、宝官、茄官都可在十五六岁,只藕官、芳官、玉官三个是女孩子,秀发长曳,明眸皓齿,其余男伶也都粉妆玉琢面目姣好,一待乐止便下台来,引长袖舒纤手纷纷给客人斟酒。

钱度见吴清臣醺醺的,手里扯着个娈童过来敬酒,素知他是个有断袖癖的,只是一笑。吴清臣手搭着那小厮俏肩,嗲声嗲气说道:"来,荳官,给几位大人敬酒!"说着便凑到荳官腮边要做嘴儿。那荳官佯羞诈臊一指头顶开了他,笑道:"爷还是一边凉快凉快去,您嘴里的气息儿叫人受不得呢!"因用手帕子托着酒送到钱度口边,娇声道:"钱爷钱爷……纪大人桂大人不能用酒。您今个儿可得放开量,代两位老爷多饮几杯……"钱度见他体态窈窕,风情万钟,真比女人还女人,阵阵幽香扑来,他又被了酒,也是心中一荡,就着连饮三杯,说道:"好美酒!"

"花不迷人人自迷。"阿桂看着满庭粉白黛绿罗襦绣裙,煌煌烛下尽是"男女人"搔首弄姿,由不得一阵恶心,见纪昀视若不见辍茶浅饮,因笑道:"想不到你我今晚被撮弄到这里看景致。""你说的是。"纪昀微笑道:"我这是第三次了。既然到了梁孝王的兔儿园,就看兔子好了!"

钱度笑道:"既然说兔子,我说个案例。河南内黄县令高少甫接了个案子,是个秀才住店,被司屋里福建商客鸡奸,半夜里闹起来揪到县衙里。原被告比长画短说个不休,无奈高少甫不懂'鸡奸'是什么意思。秀才说'断袖',又说'分桃'高少甫越听越糊涂。问'到底是怎么回事?'秀才嗳嚅半日,又说'他将男作女!'高少甫不禁大怒,响木'啪'地一拍,大喝一声'江南下雨与我河南什么相

干？都给我滚！'"一席说话完，顿时满座哗然而笑。满园子翎顶辉
煌簪缨官员，笑语喧天，有划拳拇战的，有调笑戏子的，有提耳罚酒
的，有一等穷官儿一声不言语饕餮大吃大嚼的，红男绿女穿梭其
间，媚笑奉迎撒娇劝酒，活似开了妓院道场，一众作风流法事。

　　纪昀见这群人如此龌龊不堪，知道再坐下去，必定招来御史弹
劾，见阿桂也是笑中带着愠怒，小声道："沉住气。这里头也有开罪
不得的人。"阿桂咬牙小声道："我日他奶奶的们！这哪里是官？分
明是群不要脸嫖客！"纪昀拉拉阿桂衣襟，自站起身来，举杯似笑不
笑说道："虽说都是同年同学同寅好友，大家毕竟都是有身分的人，
仔细失了官体不好看相——戏子们统都回台上去，拣着雅点的
——就比如方才的曲子低唱浅歌，大家行令猜谜儿作诗，这才是高
雅情趣。如今治世繁华圣道昌明，百官应作移风易俗表率。大家
尽自乐子，只不要出格儿，就是抬爱兄弟了。"

　　阿桂见纪昀几句话不轻不重，既温馨又带着骨头，立时打发得
人们安静了许多，他自知自己极有可能进军机大臣，心里佩服又要
学这宰相器宇，因见气氛渐渐凝重，便调侃着笑道："我们就照纪中
堂的办，高乐一阵子尽欢而散——咱们这桌对戏名。嗯……前头
说那一折子的名儿，对仗要工整，后头要带上戏名，也就不必求全
责备了。"他笑着浅呷一口酒，"我先说个榜样儿。'惊魂——《风节
误》'对'吓痴——《八义记》'惊魂吓痴要对上。对不上的，罚作诗
一首，或说笑话，喝酒唱曲儿都成。这样可好？"略一沉吟，起着道：

　　　　盗甲——雁翎甲！

旁边一个笔帖式不假思索，应声对出：

　　　　阙丁——桃花扇。

又起对道："访素——红叶记！"旁边却是方志学，仰脸想了想，对道：

　　　　拷红——西厢记！

又出对：

　　　　扶头——绣襦记。

下一个却轮到阿桂，他在外带兵，已几年不地戏园子，这种联对看似容易，其实要一折一折循各戏名想下去，一时哪里寻思得来？怔了半日，忽然双手一拍，笑道："有了！——切脚——是《悲翠园》里的一出！"又出对道："开眼——荆钗记！晓岚公，瞧你的了！"

　　纪昀顿时愣住，他的诗、文、书都是最上乘的，记闻考古钩沉捃玄也是天下无敌，唯独是看戏极少，正品味"扶头——切脚"这一对工整诙谐，不防阿桂出了个"开眼"给自己对，只皱了眉头搜索枯肠，心里却甚是茫然。恰邻桌的翰林萧应安挟着一卷轴画过来敬酒，口说"请晓岚公品评真伪"装作俯身，在纪昀耳边叽弄了几个字，纪昀高兴得一拍桌子，叫道："妙极！'开眼'可对'拨眉'——可不是《鸾钗记》里的？"

　　"这个不能算！"阿桂笑道。"——这是舞弊传带的，要罚酒——"他叫不出萧应安的名字，只说："——连你这位老兄，也要罚！"萧应安毫不犹豫端起杯子一饮而尽，皱着眉撮着嘴又端一杯喝干了，大着舌头说道："连，连晓岚相公的罚酒我也领了，这总成吧？"

　　众人立时起哄，都说："不成不成！各人是各人的帐，纪公不能吃酒，罚他作诗！"恰那位带"蒙恬虎符"的贾治军也过来敬酒，凑趣儿笑道"萧应安能酒会诗，是头号风流翰林。不要饶他！"钱度和阿桂便都起身，嚷嚷道："贾治军说的是！我们一个也不要饶……"此刻台上笙歌低回，台下官员串席敬酒，哄然叫闹，真个热闹非凡。萧应安尴尬着笑道："当着晓岚公、桂军们和钱大人，我的诗怎么拿得出？唉，众意难违，我只好信口胡诌了……"因摇头攒眉吟道：

> 吾人从事于诗途，岂可苟焉而已乎？
> 然而正未易言也，学者其知所勉夫！

"好！"众人齐声喝彩，大发一笑，阿桂、贾治军、方志学、吴清臣、马二侉子，还有赶来凑热闹的仵达邦，无不控背躬腰，笑得喘不过气来。钱度见纪昀笑得浑身乱颤，喘着笑道："该你的了！必定更好！"纪昀笑道："我哪里作得出更好的'诗'？听人说军机处有红章京黑章京之说。我是做章京出来的，就以这个为题自嘲，讨个欢喜吧！"因念道：

> 流水是车马是龙，主人如虎仆如狐。
> 昂然直到军机处，笑问中堂到也无？

阿桂笑问："这是'红章京'了，那'黑章京'呢？"纪昀咏道：

> 蒇篓作车驴作马，主人如鼠仆如猪。
> 悄然溜到军机处，低问中堂到也无？

马二侉子此刻酒酣兴放，已忘却形骸，抱手呵呵大笑，以箸击盂道："我也不会对戏名，今儿场面杂烩汤一锅，不免也打油一首凑趣儿！"因亢声道：

> 君不见世人生就妄想心，妄想心！黄金楼台地铺银，高车
> 怒马奴如云，娇娃娈童锁春深——

吟到这里,他突然觉得失态露才,戛然止住,竟不知如何是好,众人
素知他富商出身,手面阔绰好客豪爽而已,说出话来都着三不着两
别字连篇,谬误百出,忽然见他咏出这好句子,也都愣住。纪昀至
此已知马二侉子装傻,也不说破了,只问"这个妄想心不坏,只是哪
里弄得这么多钱呢?——你似乎没有念完的……"

"作官。"马二侉子已恢复常态,"官作得越大,离妄想心越近
——中堂明鉴!"

"作官!像作到我这地位,俸银、养廉银、冰炭敬加到一处,一
年也就几千两,哪得那套富贵?"

"那是因为您没生出妄想心。"马二侉子笑道。"真要兑现这妄
想心,非刮地皮不可!——我索性就念完它——"因大声道:

> 蚂蚁骨里熬脂油,臭虫身上刮漆粉,咱家官场老光棍——
> 你若吝啬不许刮——我……我……榨断伊的脊梁筋!

众人哗然大笑,正待评说时,和珅匆匆走来,在阿桂身边悄悄说了
几句话。阿桂小声在纪昀耳旁说道,"傅六爷来了,在驿馆等着,有
要紧事……"纪昀便也起身。钱度也就站起身来。

"感谢主人厚意!"纪昀对身边的马二侉子笑道:"凭你这首诗,
回头我还席。诸位——盛筵必散。我们有事,要先走一步了。没
有尽兴的尽管接着乐,都不要送。"说罢略一点头抽身出席,阿桂钱
度也随着辞出。因纪昀说"不要送",阿桂和钱度又都一脸肃穆,众
人都被禁住了,乱纷纷起身,有的打躬,有的作揖说着"大人们请
便,中堂老爷好走……"三个人也不理会,径自出来,只东道主马二
侉子跟出门来相送。

钱度跟着二人走了几步,忽然站住了脚。傅恒叫的是阿桂和
纪昀,自己一个户部侍郎巴巴地跟了去,算是怎么回事?阿桂看出

他的心思,笑道:"你的娇还在驿馆里呢! 六爷你们一向也过从得好,这么扔镝儿走了,反显得矫情。"纪昀也道:"见见面,看六爷的意思再说。"钱度这才又移步跟上。须臾间三人已回到驿站。

此时大雨歇住,只是阴得很重,细得像雾一样的霢雨在驿站天井的灯影下荡来荡去,满院的水光。见傅恒背着手,立在天井当央仰脸看天,纪昀几个进门都站住了。纪昀笑道:"六爷,有点像清明看风筝呢! 这个天气屋里还嫌热?""你们回来了?"傅恒一转脸看见他们,说道:"我立等着你们呢——钱度不要走,一道儿说事——我不是取凉儿,是看这天,会不会再下雹子——"一边说,用手让着三人都进了正房。

"金辉弹劾讷亲和张广泗的折子到了。"傅恒的语气铅一般沉重,脸色也阴沉得可怕,"我军两万五千人阵亡,只有五千兵马困守松岗……我有两条想不到:想不到讷亲如此无能,丧师辱君而且讳罪饰过;想不到莎罗奔一隅土司,竟如此凶顽难制……"

三个人都知金川消息不妙,一听"两万五千人阵亡",心头还是猛地往下一落,噤住了,一时都没有吱声。许久,纪昀才问道:"主上见到折子了没有?"

"见到了。"傅恒目光忧郁,透了一口气,"这种折子是不能耽误的。皇上正在生气,一件是张廷玉亲自进宫谢罪;一件为修圆明园,御使纠劾太监卜孝婪索贿赂,户部堂官——监修西海子飞放泊的那个桂清,合伙刁难来办,私抬木价;还有方才下雹子,传钦天监,钦天监正喝醉了酒不省人事,传顺天府尹,叫查看有没有伤毁人畜房屋的,也没有影儿。一院子漆黑! ……皇上恼得红头涨脸,亲诏立拿桂清,就地杖杀卜孝。我进去时,正往外抬卜孝尸身,太监宫女都吓得脸如死灰,偏偏我这时进去报丧……"

他不胜苦涩地咽口唾液,声气中带着颤音,说道:"我自幼跟主子,见过他多少次光火发怒,却从没看到他这样的面色神情。脸色暗得发绿,瞳仁里闪着萤光,钉子似的站在地下,一声不言语,一动也不动……”

“他的眼神教我觉得是自己犯了弥天大罪，老天！到现在想起来还是心摇手颤……”傅恒将两只手蒙住了自己的双眼，泪水已从指缝里淌了出来，头也不抬继续说道：“我怕他气晕昏过去，爬跪几步抱住他的双膝，哭着说‘主子主子，您别……别这样儿……奴才们有罪任罚任杀，您可是万金之体……讷亲不是人，锁拿进京明正典型，奴才忝在军机料理军务，不能为君分忧，也是罪大难赦……但金川之败，早在圣鉴烛照之中，且三路大军，仅损一路，并未伤了元气……您别生气了……奴才去，去金川，给主子把脸争回来……’他听着，眼中的泪走珠儿似的滚落下来……”傅恒仿佛不胜其寒，浑身痉挛着缩成一团，再也禁不住，竟自失声恸哭。

三个人都惊愣了。他们和傅恒位分上虽有高下尊卑之分，平素私地交往过从却持的朋友之礼。傅恒才调高雅，徇徇儒家之风，举止向来都是从容不迫，论文论武脱帽兴谈，一副天璜贵胄气派，几时见过他如此失态形影儿？方才在禄庆楼灯红酒绿、呼卢喝雉拆烂污，一下子到这场景氛围里，也都有点惚惚如对梦寐的心景。

外边的雨声在沉寂中渐渐大起来，被哨风斜侵了，袭在瓦片上、打在马棚上、击在窗棂上，房檐瓦槽也决流如泻。这里沙沙，那里呼嗗、彼处簌簌、此处哗哗，远声近音乱成一片。大约驿站院墙老墙土泥皮剥脱，砸在泥水里“啪”地一声闷响，传进屋里，几个人心里都是一悸。

九　说盐政钱度惊池鱼
　　思军务阿桂履薄冰

　　许久，纪昀才从惊怔中惊醒过来。到处闹灾，官员婪索，吏治上贪案迭出，宫闱中皇后欠安，嫔妃争宠，又连着病死两个固伦公主。乾隆本就窝着一肚皮的无名。金川之役原也想不过是"溃败"，现在竟是个全军覆没的光景，乾隆大发雷霆是毫不奇怪的。他立刻想到，今晚在禄庆楼与宴的，就有顺天府的同知雷琼、步军统领衙门也有几个堂官在场。如果追究起来，钱度官位低、阿桂新回京，自己是军机大臣，自然难逃一顿训斥……思量着，问道："六爷，您这么难过，我心里很愧，皇上忙着军国治安，救穷救贫，我却在这边和一群下三滥们吃酒。我对不起皇上，也对不住六爷您啊！"和珅在旁侍立，他是心思清明天分极高的人，立即领悟这是纪昀为自己开脱玩的手腕，他见傅恒平静下来，忙拧了一把凉毛巾递上去。傅恒一边揩脸，抽颤着声气说道："我失态了。倒不为怕皇上降处分，设身处地，臣下辜负皇上太多了，难怪皇上震怒！"

　　"皇上还有什么旨意？"钱度却惦着修圆明园的事。桂清就是他的朋友，前日还送来三千两冰敬，没有拆封放在柜子里。桂清出事，免不了要审，攀咬出来也是不得了，钱度思量着，心里也着忙，因又问："六爷请带兵，皇上恩允了没有？"傅恒道："皇上没理我，拔脚就走。到殿门口站住，看着外头的雨，好半晌才说，'你去知会刘统勋、岳钟麒、阿桂，明天递牌子到养心殿议事，着刘统勋下海捕文书，缉拿逃将兆惠和海兰察。下旨：着和亲王弘昼查看张廷玉家产,收缴从前发给他的诏谕和御赐物品!'说完头也不回就走了。"

一阵凉风在院中忽地掠起,挟着雨点袭在窗户上,窗纸立刻浸湿,无声地鼓胀了一下,接着,隐隐约约亮了几下闪,便传来鼙鼓似的沉雷滚动声。在一明一灭的电闪中,几个人面色都很难看,纪昀打破了沉默,又问道:"怎么不叫汪由敦进去? 张廷玉又是怎么回事?"傅恒听了摇头,咬着下嘴唇沉吟着道:"这件事我也不晓得。张廷玉闹配享,皇上心里有些厌他是真的,已经劝下去了,不知为什么又叨登出来,连汪由敦也卷了进来……这事明日递牌子请见,看情形办吧——我来见你们,一是知会阿桂明日进去,二是问问晓岚,《四库全书》征书的事,现在到底各省动作如何。你和我都要心里有数。钱度原是我明日下朝要见的,即在这里,就更好了,也有几件事要问,要办。"见钱度要起身答话,傅恒摆摆手,说道:"不要闹规矩了。一是海关厘金,粮漕盐漕,去年的秋赋,户部实收多少,比往年如何,有没有亏空,填了亏空还有多少余额;二是赈灾,到底多少粮食够用,库存能动用的,各地义仓能用多少,还有军粮储备情形,你不要说起来没完,粗报个大体就成——听说榆林大粮库一下子霉掉五万石谷子,可是有的?"

"榆林大库我去查看过。"钱度一听就笑了,"陈谷子烂芝麻,谷子是最耐存放的。榆林最是酷旱干燥的地方儿,粮库不但高大结实,通风也极好,怎么会'霉了谷子'? 连康熙爷西征时的存粮,风化得一捻就碎,却仍是不霉。没准儿是哪个混帐行子填了他的亏空,捏个由头糊弄朝廷罢了!"

"这件事要查!"傅恒额角青筋抽动了一下,"户部和兵部武库司去人! ——你接着说。"

钱度在椅上一欠身,庄重地说道:"海关厘金收项各年不等。今年蚕丝、漆器、纱绫、柳条、绫机、黄白丝、木棉、闪缎、绢绸出口多,是因为苏杭宁的织机比去年加了一倍,桑叶儿丰收,像瓷器、方竹之类的就寻常。收项计在两千五百多万两银子、七十多万斤铜。比去年多了三成……"他真个熟悉情事,从丝价、瓷器、药材、食物、茶叶输出输入进项收益,俱都如数家珍,饶是简约着汇报,也说了一顿饭时辰。又道,"至于各省亏空,户部没有奉旨,不能一一彻查。这里只能算和六爷私地议论,我到陕西实地查过西安藩库,银子和帐面短差约有五十万,或许更多一点。陕西是个穷省,要照这个例子去推想,天下亏空总数我估约在两千万到三千万两这个档口。和雍正爷手里那是没法比了,比起康熙爷倦勤时候,还是要好得多。"

三千万不是个小数。张廷玉在康熙四十二年听到户部报说各省亏空计银一千五百万,双腿一软便瘫坐了下去。世易时移,如今这个数目已经吓不住人,朝延每年岁入近五千万两,贴补着几年就填平了,所以人并不吃惊。阿桂笑道:"我们主子太仁德了,年年蠲免钱粮,逢灾无论大小,只管赈济。不然,这点子帐算得什么!"纪昀抽着烟,吞云吐雾说道:"我最怕你这个想头!雍正爷从康熙四十六年整顿吏治,清理亏空,加上他在位十三年,苦苦折腾了差不多三十年,死了多少人,抄了多少家,才把库银收回来?现在又从库里往外掏了——他们是试探,先有借有还,再借了不还。两千万不赶紧收,明年就三千万,还会有四千万五千万,伊于胡底?如今的官有的比行院的婊子王八还要贱——娼妓接客,也还讲情义呢!这,只认钱!"

傅恒心绪已经见好,听纪昀这番话说,苦笑着叹息道:"老纪说的是,不防微杜渐,吏治败坏起来快得很!"纪昀道:"如今天子圣明,后宫太监不能干政,天下太平,有一点亏空,也算不得太大的事。"大家听了都颔首肯同。钱度隐然想起曹鸨儿捎来口信,说在南京讨生活不易,要盘了丝场坊子,带着儿子进京认父寻失,心里陡地一沉,脸上便现了阴影。正在发怔,傅恒转脸看他,问道:"老钱,宝源局现在的公署设在哪里,现在下头共有几个铸钱厂子?"

钱度从愣怔中醒过神来,忙道:"铁英的弹劾折子转到户部,我看过了,他说的不实。宝源局就在过去的铸钱司。是铸钱司翻修

了一下,总共也用不到两万银子。下头四个厂,东厂在四条胡同,
南厂在钱粮胡同,西厂设在北锣鼓巷千佛寺后,北厂在新桥北的三
条胡同。各厂铸炉大约都在三十五座左右。一共是一百八十八
座。"傅恒听了,又问:

"现在每月宝源局用铜多少?"

"回六爷,每月鼓铸八卯———一卯是六万斤,加上宝泉局,每月
总共用铜四百万斤,一年用铜在五千万斤上下。"

"民间化铜钱铸铜器的厂子现在查禁得如何?"

"峻法严刑之下,谁个不怕?"钱度一笑,说道:"我在云南铜政
司杀了三百有余,那是权宜机断处置。现在皇上有明诏,有私化铜
钱铸器皿的,收聚鼓铸的一律斩立决无赦。厂子,我敢说是没有
了。个把铸匠希图暴利,小打小闹铸几件铜器,这恐怕免不了。"

傅恒偏着脸袋想了想,说道:"恐怕厂子还是有的,只是遮掩得
密,我们没有查出来就是了。我核了一下,南京一地去年用去铜钱
五千多万串,比圣祖爷时多了二十倍不止。商贾贸易只增了不到
十倍,还是钱不够用,钱都到哪里去了? 要查! 吏部要拟你兼刑部
侍郎。两个身分到南京,会同金铁查看——我担心是'一枝花'这
些亡命之徒用这法子敛钱!"他吁了一口气,又道:"有人上密折,说
采铜不如买铜。你是行家,我想听听你的见识。"

说到"一枝花"易瑛,钱度心里又是一紧:曹鸨儿其实极可能就
是易瑛的手下小毛神,不然为什么尹继善要抄掉她的行院? 既和
自己有了孽种,每月还要寄钱,这个陷坑怎么撕掳得开? 就是采铜
买铜的事,他钱度也粘包搭手,他在李侍尧处借银一万,就是铜政
司的钱,已几次来信索还。如果"采铜不如买铜",铜政司就得撤筲
盘帐,一切网包露蹄,更是个不了……钱度一阵慌乱,又想到要兼
刑部侍郎差使,圣眷优渥,又专管查案重权大势,顿时又放了心,略
一沉吟,说道:"洋铜都打日本国进口,每百斤折银十七两五钱。滇
铜价是十一两,加上运费约折十六两五钱。差价在一两左右。还

是自己采铜略为合算。"

"还有各路运官贴费呢?"傅恒却不理会钱度的心思,自顾说道,"折算下来怕只是持平……况且几十万铜工聚在山中,其中刁顽不驯亡命之徒混杂,一个不留神容易出大乱子的。"钱度此刻已知道这位天字第一号大臣的心思,傅恒势倾天下炙手可热,断不能执意相抵。因顺着他的话意徐徐说道:"六爷虑的极深极是。所以铜矿还要严加管束,还是要给铜政司杀人权。买洋铜只能补不足,不能全然指掌的。六爷,日本的铜矿已经快要采尽了,康熙年间日本正德天皇就下令去日贸易船舶不得超过三十艘,只是他们要我们的货,不能不用铜和银子换,日本朝廷也难以控制——他们早已急得朝野不安了! 所以不宜废驰我们自己的铜矿开采,也要想办法多买些洋铜,似乎是两全之策。"

他半私意半公心,理由说得堂堂正正,几个人都听得频频点头,纪昀笑道:"不枉了人家叫你'钱鬼子',真个马蹄刀勺里切菜——汤水不漏!"傅恒叹道:"现在有几个真懂经济之道的? 你一说,他就称嗻,下去仍旧懵懂,不知道该怎么办——你这样一说,我心里就有数了。有人在皇上跟前嘀咕,要撤掉铜矿,这是皇上旨意让我问你的。"

"说起称'嗻',想起李侍尧来。"阿桂笑道:"他在离石县当通判,学台喀尔钦到县视学,道台知府跟着,都是闭气敛声毕恭毕敬低眉回话。吩咐李侍尧修修文庙,他一声'嗻'震得屋子嗡嗡响,吓得众人一跳! 喀尔钦官派最大的,当时就训他'你呵斥我么? 有这样回上宪话的?'李侍尧听了,又一声'嗻……'声气儿弱得像快断气的病夫。

"喀尔钦气得浑身乱颤,拍案而起厉声说:"我作官十四年,没听过你这样的'嗻'! 别以为我是朝廷特简的就这么狂-——皇上是罚你来山西的!"

"李侍尧只是个嬉皮笑脸,一虾身子说,"卑职才作官,不懂规矩,不知道怎么称喏才能合了学政大人的意,请大人赐个'喏'样,卑职好照办……'"

阿桂说完,三个人都听得哈哈大笑,议论政务的沉闷冗烦气氛顿时一扫而尽。傅恒掏出表来看看,笑着起身,说道:"快到子初时辰了,回去还要写几封信。明儿大家还要递牌子进去。阿桂,估着万岁爷还要问你军务上的事,你把思路理理——外头这阵子雨小,咱们告辞吧!"

送走三个大臣,阿桂略一洗濑便即安歇。他顺着金川的地理天气山川草地形势,回忆着庆复和张广泗的兵力布置,又思索莎罗奔这个对头变幻莫测的用兵调度,又想应对之策。揣猜着皇帝要问什么话,哪些该实应,哪些该含蓄,哪些地方要小心,防着口漏被小人撩拨离间……——理着思路,除了打仗,还要想到讷亲权重势大、秉政多年,亲信、门生故吏满朝都是,万一不杀讷亲,将来东山再起又怎样? 现在该如何留下余地? 一时,又想起勒敏和李侍尧以往的交情过从,高兴楼酒酣耳热,行令纵谈,黄叶村约曹雪芹小酌论文,如今已是"各自须寻各自门",曹雪芹一代豪才,想必已是坟草萋萋、墓木已拱。转瞬又念及兆惠和海兰察,这一对"红袍双将"怎么会当了"逃将"——莫非……莫非讷亲也和庆复一样,自己不也曾当过"逃将"么?

就这样心里翻腾,阿桂在床上翻烧饼,竟醒得双眸炯炯,头枕双手,听着屋外沙沙的雨声时紧时慢,微微的风声掠巷穿堂,像远处时隐时现的吆呼声,直到钟漏四更才朦胧了过去……似睡非睡似醒非醒间,忽见曹雪芹怀中挟着个油纸包,一手推门进来,穿戴一如平日,长袍布履洁净得纤尘不染,方额广颡修眉阔口,黝黑的面庞上带着笑容踱到桌旁,小心地把纸包放在桌上,笑首说道:"佳木,如今和傅六爷一字并肩,做到极品了。你的门好难进! 门政老爷要门包儿,幸亏六爷府里小七子来送信,认得我,才放我进来!"

"是雪芹呐!"阿桂笑着迎上去,一边让座儿,便伸手解油纸包,口中说道:"养移体居易气。官做大了,就是自己不变心,当不得下头跟的人狐假虎威欺负人。你笔参造化学究天人,和他们这起子人计较什么——常来走动,见我待你亲近,他们自然又一副嘴脸……这是《红楼梦》么?"

曹雪芹端起茶杯,喝了一口凉茶,说道:"可惜六爷和你这样的人如今越来越少了。体变也好,气变也罢,只要心不变。就是英杰之士! 你几次捎信给我,要看全本《红楼梦》,听说你回京宣麻拜相,我赶热灶窝儿来巴结巴结!"说着说笑。

"这是教人聪明的书啊!"阿桂说道:"看似矜怀风月儿女情长,其实在论的世道人心! 譬如石兄说'文死谏,武死战'的高论,实在透彻——只有君昏政乱,才有'文死谏';打了败仗,才有'武死战',于君父国家百姓有什么实在的益处? 我进军机处,立志只一个'贤'字,辅佐皇上治平盛世,也不枉了为人一场。"说着便翻那稿本,恍惚间觉得墨色惨淡,字迹都不甚清晰,便又合上了书。见曹雪芹微笑不语,问道:"你笑什么——我说的不是么?"

"我笑你太认真,有点走火入魔了。"曹雪芹说,"这世界光怪陆离,万法生缘,缘动万法,用一种'道'根本不能解释。不记得杨子所谓'歧路亡羊'的掌故儿?"

阿桂怔了半日,仍觉语意闪烁,理义深奥,摇头道:"我不能明白你的意思。回头问问纪晓岚,他也是淹博学问的人——"话未说完,曹雪芹便急拦住了:"你千万别问纪公! 你们都是经国大臣,说这些稗官小说做甚? 小说是给悠闲适世的人们醒酒破闷、消磨时辰的,不要登那大雅之堂!"阿桂笑道:"我不过随便说说,你就这么变貌失色大惊小怪? ——晓岚管着礼部,又管修四库全书。他早就想看看《红楼梦》了。我给你们引见——"正说着,听外头一阵脚步声,和珅匆匆进来,喊道:

"大人,大人,桂军门……该起来上朝了!"

……阿桂昏沉中怎然而醒,但见窗纸微明,晨风鼓帘,案上青灯兀自莹莹如豆,原来方才是南柯一梦……阿桂坐起身来,伸臂舒展打了个呵欠,咧嘴一笑,揉着惺松睡眼,含混不清地说道:"——大梦谁先觉,平生我自知噢!……到递牌子时辰了么?"

"爷昨晚歇得迟,后来又睡得沉。"和珅给阿桂端来洗脸水,试试热凉放在盆架上,又取青盐,倒漱口水,拿竹刷子①,忙得脚不点地,一边笑着回话:"几位大人夜来说要早点进紫禁城,现在快到卯时了,怕误了爷的事。我就乍着胆子喊您起来了。"阿桂忙忙洗涮漱口,见和珅又端来一碟子点心,拿起一块便吃,说道:"你这个胆子'乍'得好!我这带兵的将军去迟到了,准讨主子不高兴!"说话间驿站里已备好了四人轿,阿桂穿戴朝服衣冠齐楚,洋洋升轿筛锣开道径去。

一夜夏雨,不知什么时候已经放晴。这正是一年中昼日最长的时节,不到寅末其实已经亮了。盛夏之初的晨风还带着残春的凉意,尽管轿里也不甚热,大轿在"文官下轿、武官下马"大铁牌前落下,阿桂哈腰出来,还是觉得身上一爽。顺路向北望去,只见灰褐微明的旭光中,西华门外只有寥寥二三十个官员,依稀便有傅恒、纪昀等人在内,阿桂不禁松了一口气:还好,总算不太迟。一边想,大步朝西华门走去,忽然觉得太快,显着不稳重,又放慢了脚步,这才留意到路西张廷玉宅第周围,贴墙根三步一哨五步一岗,钉子一样站着些带刀校尉,都是步军统领衙门的戈什哈和顺天府的衙役。阿桂猛想到这是来抄检张廷玉的,心里又是一寒。又见西华门南大石狮子旁,黄绫封枷锁链铐足跪着一个蓬头垢面的汉子,阿桂不免又觉诧异,却见傅恒笑着招手,忙赶上去见礼,说道:"六爷早!我迟来不恭了!"

"你真的是来迟了一点。当值军机五更天就要进去。"傅恒笑道,"皇子阿哥爷们四更就得进毓庆宫读书、万岁爷也就起驾了,练

---

① 竹制的刷子:状似毛笔,顶端劈为细丝,用来蘸着青盐刷牙。

了布库、读书、查考阿哥们功课,接着就传军机大臣问事批折子,睡懒觉那是甭想——不过今儿不要紧,万岁爷先见张衡臣的儿子若澄、若淳,下来才接见我们呢!"因见阿桂偷眼看那汉子,傅恒压低了嗓子,说道:"他就是兆惠。到南京两江总督衙门投案的,金铣奉旨送了他来——你可去见见,抚慰几句。我们都已经看过了。"

阿桂点点头,默不言声向兆惠走去。他的行动立即召来周匝官员的目光,目光仅仅从远处偷瞥一下而已,并没有交头接耳窃窃议论什么。兆惠带着枷,垂眉低头跪着,眼睛余光早已睋见,只略略动了一下跪得发木的双腿,索性闭上了眼睛。阿桂走到跟前,轻轻叹息一声,说道:

"和甫,久违了……"

兆惠没有回话,只睁了一下眼,旋又闭上。

"身子骨儿还好,一道上走得辛苦吧?"

"还好。多承惦记。"

"海兰察呢?你们不是一道的么?"

兆惠睁大眼睛盯了一下阿桂,他在这里跪了一个时辰,傅恒、纪昀、钱度都过来寒暄问候,只问几句起居身体便走了,阿桂怎么问起案由?思量着,兆惠摇头不语。阿桂立时已意识到自己失言,口气一转,诚挚地说道:"我是关心。想起和你们一道在张家口外猎黄羊,还有在成都邂逅,在五福酒楼吃酒,为那个卖唱的秀秀抱不平,和刁黄蜂打架……后来见秀秀了么?她可是北京人呐!"

"现在说这些个做什么,我是阶下囚!"兆惠冷冷说道,又问"你怎么不挂朝珠?就这模样见皇上?"

一语提醒了阿桂,直起身子一摸,果真走得急,忘了挂朝珠。看看别人都挂着,心里陡地一阵慌乱。忙对兆惠道:"找时辰我们慢慢谈吧——见了皇上好好回话——"说罢抽身便走,赶到傅恒面前,笑道:"我出丑了,忘了挂朝珠了,见了皇上,六爷得给我圆圆场儿!"纪昀正在旁边和一个道士说话,听见阿桂说朝珠,一把拉了那老道过来,笑嘻嘻道:"来来,我给你们介绍介绍,这位是阿桂军门,这位是——"

"我认得道长。"阿桂笑道:"是白云观的张太乙真人,天下道篆总管嘛!——这会子顾不上说话,我的朝珠没带来,呆会儿失仪了不得了!"纪昀却似一点也不在意,说道:"不要紧,你管张真人要朝珠。老牛鼻子有办法!"

那张真人身穿八卦衣,头戴着雷阳巾,一副道貌岸然,正拈须微笑着听,不禁愕然,说道:"纪公,这种事贫道有什么办法?""你有法术啊!"纪昀说道:"万岁爷传你,不是叫你禳灾的么? 方才你还在吹嘘道术,能于千里之外摄物取信,会呼风唤雨——也不用设坛,你现就作法,叫雷部把阿桂的朝珠摄来不就结了!"傅恒、钱度和旁边几个官员听了都笑,张真人也不禁莞尔,面现尴尬,又无法对答。阿桂嗔道:"立马就要进朝,纪公还开这样玩笑!"纪昀道:"这么多的官,又不同时见驾,借一串不成么——来来——那不是户部老郭? 你和阿桂品级一样,把你的朝珠先借他一用!"

正说着,街南传来一阵急速的马蹄声,几个人转脸看,只见和珅一手挥鞭,一手攥着阿桂的朝珠飞驰而来,远远在铁牌子跟前滚鞍下来,一溜小跑,口口喘吁吁道:"桂军门,您的朝珠……"阿桂一边接朝珠挂上,已定住了神,笑道:"我已经借了,打量我没法见驾么?""爷说哪里话呢!"和珅极漂亮打千儿请安起来,腼腆地看了看一群翎顶辉煌的大员,陪笑道:"借是借,您跟我说过几次,这串朝珠上带着几粒祖母绿,是皇上亲手赐给您的,戴上这个更显着爷承恩尊君不是?"说罢也不再逗留,又向众人打千儿,退回了铁牌子南边。张真人打个稽首道:"无量寿佛,吉人自有天相!"

"你不要贪天之功就好!"傅恒说道,"见了皇上,循法度回话,敢胡吹浪言,我有办法治你!"纪昀听了一笑,说道:"看见你,就想起我们河间紫霞观一个道士,叫什么山月的,最能驱鬼捉狐,镇宅压邪,当地都叫他'山月神仙'。我们邻村柴家屯有户人家儿子中了邪祟,夜里请他作法驱鬼。设案供香、焚符喝令,挥桃木剑绕宅行法,折腾半夜又请他喝酒,已经过了三更。这家人要留他过夜,说麻家坡一带一片乱葬坟不干净,常闹鬼,劝他天明再回城。那山月神仙已经吃酒七八分醉,口吐豪言说:"我身无分文不怕劫路,有这把桃木剑,屑小娇魔鬼怪,哪个敢近我身?!'不顾众人苦劝,挺身仗胆出了柴家屯……"

那边钱度和几个官员正说笑寒暄,听纪昀说古记儿讲鬼,都凑了过来,傅恒一眼看见礼部主事奏凤梧也在,便摆手示意叫到一边,问道:"昨儿个马二侉子请吃酒,你也去了?"秦凤梧小声道:"是。是几个同年,攀着凑凑热闹。请的又是桂大人他们,不好不去。卑职没吃到席散就走了……和这些人混到一处不好,卑职也知道的。"傅恒道:"这是你的私事,本不该我管。但你是万岁爷特简在心的,关照过我加意栽培。已经叫吏部票似你台湾知府! 你知道这知府是什么地位? 朝廷最信得过的官才派去呢! 给你提个醒儿,你既已经明白,我就不多说了。"奏凤梧忙躬身道:"谢六爷提携训诲! 不过,纪公说要还席,不知我去的好,还是不去的好?""去不去的无所谓,何况是晓岚的东?"傅恒道:"我只是点你一下,如今风气太坏。自爱心有了,怎么处事都无碍。"二人说几句,又回神听纪昀说:

"……走到麻家坡外岗上,只见清风冷月下乱冢起伏,连绵几里不见边际,榛莽荆棘间青磷闪烁,黑松黯松摇曳生风,间夹着似哭非哭的啸声。山月道长被凉风一激,酒醒了,心里一悸,顿时头发汗毛根儿都炸起直立……"

"但此时再返柴家屯,断然没那份颜面,只好乍起胆子,一手提桃木剑,口里哼着道情,顺着白草半遮的蜿蜒小路往前走。正走着,昏苍苍的月色下,一个坟头无声无息钻出个人影儿来!

"这是我大清入关,前明河间守军战死的乱葬坟地,盗墓的是没有的,山月神仙知道是遇上鬼了……这是他当'神仙'头一遭遇到真鬼,强压着心头恐惧,牙齿仍抖得山响,哆嗦着手举桃木剑,半

闭着眼,偷睨着那鬼,口中念念有词:

> 谨启蓬莱天仙子,纯心妙道吕真人。
> 誓佐踢师宣政化,巡游天下阐武灵。
> 亲受钟离传秘法,誓将法力校群生。
> 九转金丹方外道,一轮明月照蓬瀛。
> 朝游苍梧并北海……

念不及终,见那鬼愈来愈走近,请来吕洞宾竟不中用,急切间道士抱佛脚,口诵:

> 唵……嘛……呢……叭……咪……吽……

偷眼再看,那鬼居然仍旧毫不为之所动,踽踽蠢动更逼近前来!

"山月道长见道法无灵,佛法亦无用,大叫一声'妈呀!'拔脚便逃,一边逃,回头看,那厉鬼竟穷追不舍在后紧追究。此时他早吓得丧魂落胆,丢了桃木剑,扔了法物明器,只发足狂奔。足足逃了十几里,才见一个村落。山月已是跑得筋疲力尽牛喘如吼,见一户人家便上去捶门,眼见鬼已经扑上来,顾不得捶,一头便钻进院墙潦水阴道。

"偏那阴道狭窄,半截身子在外,被鬼拖住了腿,死命朝外拽!山月师傅连喊叫也没了气力,双手紧抠墙上泥皮,只是喘息着哼哼。

"恰这一家子当晚丢了一头猪。此时天已将亮,老婆婆听见,推醒老头子,说:'你听,咱们的猪跑回来了!'于是一家子起来看,见一个人满头污泥,面目都看不清,半截身子在院里,半截身子在院外,呜呜哝哝呻吟'鬼,鬼……鬼在外头拉我的腿……'

"家里几个长工却不怕,拔闩夺门而出。"纪昀一本正经说道,

"你们猜,他们看见了什么?"

此时早已过了卯时,上朝来的官员愈来愈多,把纪昀围得里三层外三层,一个个踮脚伸脖子屏息静听,都替山月捏一把汗,又惊悸这鬼凶恶厉害。听纪昀问,有的说"是僵尸",有的叫是"旱魃",有的说"是厉鬼求替代",还有的说"是山精木怪"……"是妖魔……"

"都不是的!"纪昀一笑,说道,"是柴家屯的白疯子——见人出来,丢了山月的腿,蹲到一边,歪着脖子得意洋洋傻笑呢!"

众人先是一愣,接着"轰"的一阵大笑。便听西华门口一个公鸭嗓儿喊道:"谁在这里喧哗?万岁爷叫记档!——有旨,着傅恒、纪昀、张太乙进养心殿见驾。押兆惠也进去!"大家一听"记档",顿时散了。几个接旨进见的人互相对视一眼,见兆惠已经起身,略一点头会意便鱼贯进西华门。

迤逦进养心殿垂花门,恰一名年轻官员刚辞出来,傅恒和纪昀却都认得,是刘统勋的儿子刘墉。刘墉只看了一眼兆惠,笑着给傅恒纪昀打千儿,说道:"主子叫进呢!召见张家兄弟,他们也就要下来了。"

三个人忙答应一声"是!"稳了稳心神次第而入。兆惠带着重枷,脚下铁索锒铛跟在后边,立刻召来太监宫女们惊讶诧异的目光,却没人议论说话。便听殿内乾隆的声气:"外头热,傅恒你们都进来吧——兆惠也进来。"

"扎!"

四个人不高不低应一声跨进殿门。见乾隆盘膝坐在东暖阁大炕上,炉下小机子旁跪着两个四品官,都可在四十三四上下。正在聆听乾隆训旨。

"方才已经说了。你们也代张廷玉请了罪。"乾隆眼然青黯,脸上略带倦容,声气却甚平和,"朕只是叫和亲王查看一下你们家产,并没有籍没抄收加罪的旨意嘛!张廷玉本是朕礼敬有加的老臣,原是要成全到底的。但他信不过朕,屡次三番来折腾,叫朕出字据下明诏。朕忙得七死八活，还不是添乱？——心里不取他这一条也是有的。"

张家兄弟连连叩头，说道："家父再三命臣等叩谢天恩。他已经反省知过了。"

"老而戒得。他该从这一条反省。"乾隆沉吟了一下，说道："查看家产不是处分。朕不为这些事罪人——四川学政朱荃是你们的妹妹夫家是吧？有人劾他从军饷里克扣火耗，一查，居然真有其事，一个学政，还要喝兵血！而且有收受考生贿赂的事。他的财产转移了，自然要株连你家受累——这是很扫体面的事。但张廷玉贪得无厌，不稍加惩处，怎样儆戒后人？——他的配享仍依原旨，大学士衔也不动。只是要削去伯爵。对大臣没有惩戒是不成的，但不株连到你们。"他略一沉默，又道："你们跪安吧。"

十　泣金殿兆惠诉衷肠
　　修库书纪昀衔恩命

　　张若澄张若淳战战兢兢辞退出去,乾隆这才吩咐傅恒和纪昀起身赐座。遂对张太乙道:"苏北淮北几处闹水灾,又有妖人'一枝花'传布邪道,听说已经蔓延到了鲁南。和亲王荐了你来,说要祈禳祛灾。朕素来敬天畏命尊崇孔孟,以儒道治国,百行以孝为先。因太后也有懿旨,凛遵慈命,所以下旨召你来。河南山东山西也在闹着旱灾,朕也想听听你道家如何解释,有什么法术可以消弥灾殃?"

　　"回万岁爷话。"张太乙直挺挺跪着,一揖到地,奏道:"和亲王三次驾临白云观,已将各地灾情告知贫道,命贫道推演时气吉凶。但贫道黄冠末流,焉敢妄推天数乱言吉凶? 按大道金丹内诀,天干阴阳合则吉,不合则凶,如阳干克阴干为合,如甲克乙,即甲与乙合。阴干克阳干为宫星,如甲受辛克,即以辛为宫。阳遇阳克,阴受阴克,皆为不合。今岁为金年,太白气盛,东南木属青龙之地,金水相生,故东南之地多有水潦灾情。加之天盘六星,甲午下临天三宫,所以白虎猖狂,兵事亦不顺利。"

　　他这一番话,正所谓众妙之门玄而又玄,除了纪昀,都听得如坠五里雾中。乾隆听得懵懂,却又不愿"无知",便目视纪昀。纪昀会意因,在旁说道:"你解的是赤松子之说,其中天盘六星下临三宫,说得似是而非。因为你已经知道了金川兵事不利,是顺着事去推理的。其实《赤松子》讲解得明白,天盘丙加地盘甲子,乃是飞鸟跌穴大吉之象。赤松子曰'进飞得地,云龙聚会,君臣燕善,举动有

制'。这么明白的话,你竟忘了! 主上因天下偶有水旱灾馑,正道
修德应天顺变之外,亦以仁怀之心借用佛道之力。你不可妄言国
事,否则祸不旋踵!"他学问淹博渊深,口齿又明白简捷,连《赤松
子》的原文都引用无误,众人听得无不惊讶,连张太乙也宾服无地,
向乾隆叩头道:"纪大人说的极是,小道士学道不精,乞万岁恕罪!"

"你不是有心干政,朕不计较。"乾隆微笑着,循着纪昀的话意
说道:"白云观是道教全真流派,以修养真性冲虚空灵养气炼真为
主,其实与儒学有相通之处。所以朕才用你来祈禳,卜智——你带
张真人去慈宁宫见太后老佛爷,叫他照懿旨办理就是了。"

"扎!"卜智扯着公鸭嗓答应一声,带着张太乙去了。乾隆望着
殿外蔚蔚蕴蕴的蒸热之气,看看兆惠,刚要张口问话,纪昀忽然离
座,跪地叩头道:"万岁爷,臣……臣想谏主上几句话……"

"起来还坐着罢。"乾隆皱着眉,起身离炕,穿着青缎凉里皂靴
悠悠踱步,口中徐徐说道:"你要说什么,朕知道。不该召见这个道
士,是么?"纪昀忙一躬身,说道:"是! 臣是想谏说这件事。"乾隆说
道:"这个不须谏说,朕再昏,也不会去学前朝的嘉靖皇帝。这里讲
的是孝道和敬道。老佛爷信这个,要孝;皇后也信,要敬。黄冠缁
流譬如阿猫阿狗,母亲喜欢。难道不要承色奉笑? 皇后有这心障,
她为天下之母,朕也不能为这小事教她委屈了心。"

纪昀听得肃然起敬,说道:"皇上这话臣听了如清风洗心! 自
宋以来,理学家自以为独得天地之正,不合他们的心就指为异端。
讲的'存天理,灭人欲'满口'义理性命'。问他什么是真忠真孝真
诚真敬,他就茫然。全然不知人情即是天理,存在孔孟之道之中。
只是说的忠恕根本之理。"

"这说的透彻了。程朱理学的病根就是不讲恕道,也不诚,弄
出许多伪君子来蠹国害政!"乾隆脸上带着冷冷的微笑,幽幽地说
道:"先帝爷手里的李绂,人家给他送礼,他脸似冷霜赶走人家。人
家走了,他又无端拿着家人发火。这个心可问不可问? 还有朕手

里一个讷亲——"他倏地站住了脚，目光逼视着跪在隔栅旁边的兆惠。"——家里养着一条恶狗把门拒客防人送礼，他信自己的心还不如那条狗！满口大话争着要去金川，打败仗吓得拉了满裤子稀粪，还带出一群像兆惠这样的混蛋！"他凶横地哼了一声；连侍候在外殿的太监们都腿肚子哆嗦，直想转筋。

傅恒也是激凌一个寒颤，眼见乾隆满脸狞笑，忙道："讷亲海兰察兆惠自有应得之罪，主子……您别气着了……""生气？"乾隆一晒，转步回炕前须弥座上坐了，已是恢复了常态，端起茶盅，用杯盖拨着茶叶末呷了一口，说道："朕生讷亲的气，他配？海兰察是多拉尔忠勇公的孙子，祖父是何等英雄，跟圣祖西重身中十箭不下阵；兆惠的父亲佛标，在科布多一战，身陷重围，连斩苟尔丹十七将，保着圣祖突围，不是一条顶天立地的汉子？！所以，朕不生他们的气，只是替他们难过，替他们害臊，只是小看他们！"

这真是刁狠凶横到了极处的痛斥挖苦，连纪昀和傅恒都觉得像用鞭子一下又一下照着心在猛抽，疼得一瑟一索一缩，通身的汗把内衣都湿透了，紧紧粘贴在身上，满殿里死寂无声，静得像一座空空洞洞的古墓！兆惠戴着枷，上身直挺挺昂着，心里激越、感奋、委屈、愁苦、愤满五味俱全，悲凄不能自胜，两眼早已泪如泉涌，听完乾隆的话，竟自长号一恸，连枷带肘磕在金砖地下，号啕大哭道："主子主子，听奴才说诉衷情……说完就请死罪……"他心中惨痛几不欲生，号泣之声动于腑脏，犹如旷廖空夜中受伤了的狼嗥。王义正捧着一叠奏章从外殿进来，心里猛地一悸，怀中文书稀里哗啦散落一地，王信等太监还有几个侍候茶水的宫女，俱都骇得手足发抖面色焦黄，纪昀手里端茶正要喝，手一颤，杯子几乎脱手。傅恒也是心头弼弼直跳僵坐如偶，极力按捺着自己的心绪，思量如何收拾君前失礼局面。

刹那间乾隆也被他惊得脸色煞白。他自幼生在宫中，绮罗丛中嬷傅教养，也曾几次出京巡视吏情民瘼，见过些悲情凄惶。还从来没有听到如此损肝伤肺惊魂落胆的哭声。栗栗颤颤摇心动魄许久，乾隆才定住了神，已识定"逃将"二字背后有重大冤抑，口中却仍旧冷冰冰的，说道："召你来，自然是要听你说话。你是武将，带兵行伍出身。朕即不治你君前失仪的罪，你这是成何模样！"

兆惠涕泗滂沱，咬牙哽咽抽泣，好久才忍住悲苦，以枷碰地连连顿首，说道："奴才憋了一肚子话，要对主子倾吐。不觉的就又犯了失仪之罪……那讷亲……谁知他竟是个秦桧……竟是个当今的活张士贵！"想起金川夜战死保讷亲，讷亲忘恩负义恩将仇报杀人灭口，又思及与海兰察千里亡命乞讨逃生种种情因，兆惠流着泪，哽着脖子又要放声儿，只用枷死死抵住，憋得满脸通红。

"给他去刑！"乾隆见他悲恸到这份上，一颗心也直往下沉。便命王礼给他开枷去锁，又问："晓岚，张士贵是什么人？"纪昀却是个不看小说的，再思量不来。傅恒在旁慎审代答："张士贵是《白袍将》里的人物儿，薛仁贵的顶头上司主将，妒功害贤、忌能妒才的角儿。晓岚公不读这些书的。"纪昀笑道："主子交我的正经书我还看不完呢，哪里留心这些……"

这几句松泛对话，稍稍缓冲了方才的惨厉悲凄气氛。兆惠松了刑，舒展俯伏又向乾隆行礼谢恩。他是极有条理的人，先从战前军务会议之争说起，又说战况，讷亲张广泗既不能料敌，又拒谏掰善刚愎自用，被莎罗奔腰截分断各个击破，致有下寨之败、松岗被困、刷经寺失守、蒙屈受辱，由着莎罗奔摆弄调理。又怎样听到讷亲和张广泗预备杀人灭口透过欺君的密室策划。二人情急商议脱逃险地，分头赴京叩阍告状。种种情事，前因后果急变陡转——合若符节，听得满殿人目瞪口呆。乾隆心里一时松一时紧，一时悲一时怒，心中的火冲头胀脉，两手里捏得都是冷汗。纪昀紧皱眉头，只是慨叹震惊，微微摇头不已。傅恒却在用他的话和金铁、金辉、勒敏、李侍尧奏折信件比照印证，又想着金川的天候地理、莎罗奔用兵方略和应有对策，想得更是深沉……正思量不下，兆惠的陈诉已到尾声,他两手十指紧紧抠着金砖缝儿,浑身剧烈颤抖着稽颡叩头:"……主子主子! 我们不是败在莎罗奔手里,实实是败在两位主将手里! 莎罗奔能打仗是真的,我们也太无能太窝囊……废物……给主子丢了人……"

"海兰察呢? 他现在哪里?"许久,乾隆才问。

兆惠拭泪舒气,心里已经畅快了许多,说道:"金辉是讷亲私党,我们怕他追杀,在武昌分手,他走汉水北上进京,因听说主子南巡,奴才走长江东下南京。到南京又听说主子御驾还没到,就到金锁衙门投案。解来北京。自然奴才是要快些。汉水是逆水舟,他现在南阳洛阳一带也未可知。"

乾隆沉默良久,问道:"听说你们还私带了军饷? 有没有的?""有的!"兆惠叩头道:"松岗大库朝不保夕,钱留在那里是资敌。所以我们商量,我带了五百两黄金——投案时都缴了总督衙门——他带了十万两银票。海兰察比我伶俐十倍,不会出事的。乾隆听了,便目视傅恒。

携带军饷,是勒敏在信中写给傅恒的,前天刚刚收到。但查遍金锁金辉奏折,都只字未提这件事。傅恒心里一震:金锁竟敢贪这笔财! 但此时却无可对证,傅恒一边想,一边说道:"五百两金子一兑二十四① 市价,是一万二千两足纹,不是一笔小数目,好查。"

"查!"乾隆咬着牙说道。"朕以宽为政,是指与民休息。当然也有个官场和熙,雍穆平静的意思。世宗爷雷厉风行整顿之后,雅不愿官场鸡飞狗跳人人自危,谁知吏治竟败坏得如此之快! 看来不杀几个封疆大吏难得防微杜渐!"他掏出表来看看,对兆惠道:"今日你讲这只是一面之词,朕先听听,待讷亲解回,澉明审定,才能最后处置——卜信,带他养蜂夹道去,由刘统勋安置。"

兆惠施礼却步,跟着卜信退了出去。傅恒知道,外边不知有多

―――――――――――――――――――
① 即一两黄金兑换二十四两银子。

少官员挥汗如雨,焦急地等待着自己。正要说话,乾隆问道:"尹继善启程去南京没有?"傅恒忙躬身道:"早前一天接到他的禀启,说即日动身,由汉口水路到南京。他母亲现在南京身子不适,他心里比谁都急呢!但广东和今军政民政财政今非昔比,洋人传教,中外贸易这些事内地是没有的,尹继善几次来信,说花在这上头的精力占了一半还多。"乾隆笑道:"这个他在密折上也说过几次。禁海,就断了大财路,开海,就免不了这些麻烦——你接着说。"

'尹继善因在南京任上几次被'一枝花'脱逃,一直引为憾事。恨自己不如已故李卫善能缉盗。"傅恒说道:"因此想请调黄天霸到他总督衙门,三年之内捉不到'一枝花',他就引咎辞职。现在广州华夷杂处,也没有好通译官,中外语言都不通。他担心再出个洋'一枝花'来,就更增自己的罪戾了。"

"有没有通西语的官员?"乾隆转脸问纪昀。纪昀怔了一下,思量着说道:"有的。四夷馆几个接待外夷的笔帖式,都能说夷语。但他们要随朝随驾侍候——有了,翰林院的贾治军,自小随他姨妈在广州做洋货买卖,英吉利语、法立西语和红毛国语都来得,还叽里咕噜给我背过一通英国诗——派他去还是相宜的。""贾治军?"乾隆说道:"这个名字听过。"

纪昀陪笑道:"皇上记忆生真好!三年头前,几个翰林朝考缴了白卷,臣在他卷了上批语'皓月当空,一尘不染。君何各赐教乃尔!'皇上还召他们进来训诲过。"乾隆道:"想起来了。是不是说话吞声吞气的那个?"纪昀道:"是。他笑起来也是吞吞的,像……像倒夜壶那种声儿。"

乾隆哈哈大笑,身子仰着挪腿下炕,手指着纪昀道:"你这人哪——几时才能改了这个毛病儿? 奏对场合也不忘了说笑话儿!"傅恒笑道:"纪昀已经改了不少。他是瞧着皇上郁闷,给您开开心的。"

乾隆起身出去方便了,一时回来,兀自面带笑容,洗着手,说道:"朕知道——方才的话不要记档。就是这个贾治军吧——回头引见一下,教他冲外国人倒夜壶去。"又对傅恒道:"你接着说。"

"原议的金铼和尹继善对调。"傅恒敛了笑,说道:"但金铼才具实逊于尹继善。兆惠缴金的事也要说说明白。奴才一时还想不清楚该怎么料理,要请旨圣裁……"接着,傅恒又说赈灾的事,说到刘墉要到德州,又讲金川战败善后,有罪官员要交部议处,金辉应立即撤差待勘,连带着又提及榆林粮库军粮霉烂可疑,又略述江南"一枝花"飘忽不定,到处施药传道,铜矿、江南织机作坊工人聚集,叫歇罢工的时而发生……纪昀起先还听得认真,后来愈听愈繁杂,还要预备乾隆问自己的差使,思路便转到修《四库全书》上去了。一时想到书籍征集难办,各地官员根本不当正经事办,又无权硬派;又想编辑人手不够,有些古籍用西夏文、金文,得有专门人才;征集书要用钱,户部没有旨意一文不拨……

乾隆却听得一丝不苟,有时还随口问几句,用笔在纸上记下来,因天又热起来,傅恒和纪昀颊上出汗,又吩咐太监打扇……足听了多半个时辰,傅恒才说完。纪昀见乾隆始终盘膝端坐毫无倦意,不由暗自佩服:"这主子真好坐功!"正自胡思乱想,乾隆说道:"看来你一时也说不完。军机处阿桂明天到差,有些事你们再参酌一下再奏。黄天霸既有能耐,他也夸了海口,就调他南京尹继善处。授副将衔,实授参将缺,还有那个吴瞎子,改授刑部员外郎,赏侍郎衔,专管天下各民间帮会事务……纪昀,你呆呆的,坐着发什么愣?"

"唔?噢……皇上!"纪昀忙回神陪笑,"臣是想自己的差使呢!"因将任上种种繁难说了。又道:"这种差役不比学差,那是人人巴结,个个关心的。征集图书,半点权益也没有,平白得罪人,作好了也难见政绩,肯出实力的外官京官都少。上回吃酒,人家还说臣像三国弥衡说的,'汝似庙中泥胎,虽受人敬,恨无灵验'……"乾隆微微一哂,说道:"早已知道你的烦难了。一次又一次奏朕,下旨户部拨银子,确实不成,这样——你改授四库全书的副总裁。"

这话说得连傅恒心里也是一震:"纪昀的总裁已经诏告天下,平白无故的,怎么降了?"未及说话,听乾隆又道:"朕亲任这个正总裁。这是一。六部尚书、三卿、各大学士大臣都兼副总裁。仍由你来主持办差。该要钱,就是户部的差使,抗着不办差不征书的,知会都察院纠举弹劾,差使办得好的,办得不力的,由吏部考绩,按首项政绩记档。还有,主持南北闱科考、顺天府大考的学差、没有进过四库全书当值编纂的,一律不派。有这么几条,公明正道颁布天下,怕他们不挤破了头往你那里钻——只一条,你不能贪墨,出了这种事,处罚也要加重!"

"谢皇上重重之恩!"纪昀早已喜得眉开眼笑,立起虾着身子作揖,笑道:"如此,这差使就好办了。连傅恒也受着臣约束的了——臣是有旨可以随意吃胙肉的,皇上皇后赏了宅弟、俸禄之外,还赏了一处庄园,既有吃有用,还要手长,那不是得了钱癖么?不过,'贪墨'二字,是臣的天性——"见乾隆诧异,徐徐笑着解说,"自三岁以来无论寒暑,臣写字日记作文章无一日空过,又修四库全书,没有'墨',臣就玩不转了!"说得乾隆傅恒都是一笑。

乾隆听外殿大座钟沙啦啦响,接着悠扬洪亮的撞击声便传进来,知道已到午时。见傅恒和纪昀都有告辞的意思,因笑道:"朕不忙,你们忙什么?今儿得把紧要事务理出个头绪来,你们留下陪朕一处进膳——王八……耻,叫小厨房预备。就三个人,宁可少一点,好一点。"见王耻出去,乾隆将王耻改名的事又笑说了,惹得二人也是遏着性子发笑,乾隆道:"朕于臣下奴才以心相交,却十分谨慎后宫。后妃嫔御,一言干政,必受重处;太监有弄权营私的,除了杀,没有别的处分。这是最要紧的,汉亡于斯,唐亡于斯,明亡于斯,殷鉴凿凿啊。至于心膂大臣,只要不是秦桧那样的枭獍,都知道感恩图报的。"

傅恒见乾隆言语爽朗颜色霁和,乘便说道:"张廷玉是使了几辈的人了,如今老背晦了。皇上仁德通天,度量汪洋,奴才劝皇上念及——""他是三朝元老是么?"乾隆接过王礼捧过的凉毛巾揩着汗,说道:"他是掌权掌的年头太多,忘了身份地步儿。他心里想的是先圣祖先帝待他如何如何的好,把朕看成是他扶持起来的,总觉对他不住,所以和朕拗劲儿——这个心就有罪。汪由敦——把膳桌摆在正殿——汪由敦又是一番心思,他进了军机,倒是一心一意办差的,要当个张廷玉第二。就生了兔死狐悲的念头,要成全张廷玉作个'完人'。因此把朕私下说的话透给张廷玉,才有张廷玉'亲自'进来谢罪的事——有这一条,汪由敦的心更不可问,他要退出军机当散秩大臣。"

"至于张廷玉……"乾隆沉吟着,"朕是又怜又憎他啊,盼着他知悔守礼,给后世大臣作个榜样,但他这样,若是一味让他,后世子孙要有潺弱的,把握不好的,就会出刚愎之臣,跋扈之臣,或许会出曹操那样的奸雄。他张廷玉一人荣辱还是小事,还是要社稷为重。朕思量再三,他越是拗劲,朕越要拂拭。君臣大体乱了章法,将来不堪设想!"

傅恒和纪昀至此才明白汪由敦获罪缘由,想想乾隆的话,真的是谋远筹深思虑周详,联想到自己,又不禁栗栗悚然畏惧。乾隆却不理会二人心思,见膳食摆上来,笑道:"纪大学士,傅大将军,朕要赏你们陪着用膳。膳后还要议事,所以不要拿捏拘束。"纪昀见乾隆下炕,小心地跟着出暖阁,陪笑道:"臣知道皇上,午间总要歇息片刻的。我们还是退出去,等皇上起驾再传进来议事不迟。"

"今日例外。"乾隆坐了正中,又命二人陪坐在侧"你们对外慎言——朕要到京外走走。"傅恒刚举起箸,惊讶地停住了,说道:"皇上,奴才知道您最怕热,这样的五黄六月,您不宜出行的。记得那年和李卫陪您去河南,冰雹砸冷雨淋,皇上大病一场,至今想起来又是负疚又是后怕啊……"

乾隆苦笑一下,夹起一片荀瓜拌在老米饭里吃了,抑郁地说道:"朕要去。吏治河工都要看看。听和看是不一样的,这是没办法的事啊!"

卜信带着兆惠到养蜂夹道狱神庙传了旨,原本想着话一说完就交待了差使的。但掌管狱神庙的狱典史却道:"公公,您是带着旨意来的,我不能不遵。但这里已经是人满为患,天地元黄四个号子房,本来黄字号还有几间空房子,昨个儿山西解来一群犯官,都占满了。您看怎么办?"

"我只管传旨。这话该是我问你的,倒问我怎么办?"

"这是点茶钱,公公您收着。"那狱典史办老了事的,见卜信木着脸,忙塞过二两银子,陪笑道:"这件事上头有宪命,再解来犯人先押顺天府南监,那里设了专号,先拘在那。回头请示了刘大人再作处置。"卜信也不接银子,说道:"旨意里说的交刘统勋处置。你去请示他,我就在这里坐等。"典史满脸陪笑,说道:"谳狱司堂官刚刚来过,刘中堂去了保定查案,后天才能回来。刘中堂的少公子现在通州,预备着去德州。也在等着他老爷子呢!不然,烦您老再去请旨,我们照办。"

兆惠情知他是想勒索自己,但他自顾身份,又确实身无分文。在旁不耐烦地说道:"这是他妈屁大的事,押在哪里不一样?带我顺天府去!"卜信说道:"人已经交给你。我已经完差,你看着办吧!"说罢扬长去了。这边狱典史送出卜信,兀自笑嘻嘻的,问了兆惠年阀职位和犯由,口说"委屈大人您了。小人绝无得罪您的心。这地方儿来的都是大官。一个恩旨放出去,抬抬脚比我头高……您先去,刘中堂回来我即刻请示接您回来……"派了两个衙役带着狱神庙"送去逃将一名暂行拘押,名兆惠"批条,押着兆惠去了绳匠胡同北的顺天府大牢。顺天府的狱典史见了批条,却绝不似狱神庙的人那么客气,照例登记了年貌籍贯姓名案由,一脸公事公办的神气,板着脸对狱座说道:"胡富贵,监押到你六号中间那个单间。他是朝廷缉拿的要紧逃将,小心侍候着——给他换上囚衣!"说罢便扯过破芭蕉扇扇着吃茶。

　　牢房里很暗。兆惠被胡富贵和两个狱座连推带搡揎进一个木栅号子里，"呼"地一声关了门，叮里当啷一阵锁响，才像梦醒一样回过神来。借着顶窗亮光，开始打量这座牢房。

　　这是一座一通七间的大瓦屋，根基全用大青石条砌成，上边的墙是砖立柱夹土坯，靠墙下根浥渍着一团团的土碱花。两头山墙开门，中间一条通道。通道南北两侧用木栅隔成大小不等的号子间，各号之间也都是用大腿粗的杵木分界。两头山墙看守门口上方，都有一块粉垩的白圆，一头写个'慈'字，一头写个'悲'字，兆惠一进门，第一个感觉就是臭。借着幽暗的顶窗亮光，半晌他才看见靠栅门口放着一只马桶，又看时，各个号子门口也都放着大小不一的马桶，散发出浓重的臊臭味，还有秸秆草铺的霉潮味，西边单号两个受过刑的犯人身上的腥臭味，各号犯人的汗臭脚臭，都在热烘烘的牢房里弥漫着混合到一处，竟说不清到底是个什么臭味。

　　他先看西边号子，两个犯人都趴在藉草铺上一动不动，看样子还在昏迷，屁股脊背的血把衣服都粘在身上，两人的腿上过夹棍，都肿得碗口来粗，有一个人不知怎么弄的，大脚趾掉了一个，一只脚肿得红萝卜似的，无数的苍蝇嗡嗡地在他们身边飞来飞去起起落落，脚趾上的脓血上爬满了细小如白米样的蛆虫，挤成团拥成蛋。兆惠不由一阵恶心，用手掩住了鼻子，又踅到东号。

　　东号却是个大号，里边挤挤捱捱或躺或坐关了十几个人，满地都是秸秆乱草，狼藉不堪。号子正中靠墙一铺，一个满脸络腮胡子的大汉，脚上铐着大镣，用一根筷子患了一串棒子面饽饽，正在旁若无人地大嚼，别人都眼巴巴瞧着，那汉子吃了两个，伸展双臂舒舒服服打个伸欠，说道："都他妈的死了老子娘么？给老子坐直喽！——申三，你是戏子进来的，唱旦角的行当，来一段，给韦爷提提神！"

　　兆惠细忖，才知道犯人里头也有三六九等，这个"韦爷"似乎就

是东号里的首脑了。想着,那个叫申三的扭脚捏腰,翩然作态已经开唱:

> 爹爹呀——俺便似遭严腊,久盼望,久盼望你是个东皇。望得些春光艳阳,东风和畅。好也啰——划地冻嗖嗖的雪上加霜……

"好!"满号子犯人齐声喝彩。申三接着又唱:

> ……无些情肠,紧揪住不把我衣掌放,眼见个人残生命亡,世人也惭惶!你不肯哀矜悯血,我怎不感叹悲伤……

唱到这里,众犯人都乱哄哄笑闹:

"这么一脸胡子,还是'闺怨佳人'?"

"你这身囚衣,唱窦娥冤嘛,还差不多!"

"嘴脸!窦娥是他这模样?"

"嗓门儿不坏,得闭着眼听——我听我爹说过,会听戏的都是闭着眼的!"

"我就是闭着眼听的,听得那活儿几乎要硬挺起来!"

"呸,你他娘的除了一根鸡巴,什么也没有!"

"你跟我装正经?不是你和你寡嫂通奸叫人拿住,逼得你嫂子自尽,你能进来——你也是毯上头出的事!"

"……"

兆惠隔栅木拍了拍背靠栅烂的一位老人,那老人正埋头打盹儿,吓了一跳,张皇四顾一下才发现是兆惠,转过乱蓬蓬的头,哆嗦着嘴唇,用一双惊惶的目光盯着兆惠问:"你……你……我招惹你了?"

"我西边那两个犯的什么事,打成那个样子?"

"我是昨儿才进来的,"老人揉着有点红肿的鼻子,咕哝着小声道:"是从江西解来的白莲教匪,能撒豆成兵,会腾云驾雾!唉,过了三堂了,就是抵死不招……"

兆惠不禁莞尔一笑:会腾云驾雾还会被拿住了?问老者道:"你犯的什么事?"老者叹了一口气,刚说了句:"年成不好,租缴不齐,少东家带人扒房子抢人……"未及说完,便听一声厉声喝叫:"何庚金!"

那个叫何庚金的老者身上一颤,回头看时,却不是狱卒叫,竟是那个韦爷趔着步子过来,见他阴侧侧地笑,何庚金靠紧了栅木,双手撑地,仰着脸结结巴巴问:"我……我又怎么了?"

"看来昨日的'开门规矩',你还没有弄懂,"韦爷把吃剩的馇馇顺手扔给申三,充满敌意的眼睛扫了兆惠一下,对何庚金道:"这里是班房,不是你家!想和谁说话就说话?"

兆惠用阴郁的目光死盯着韦爷,本来就苍白的脸在弱光下显得更加青黯,韦爷笑道:"你妈的这双贼眼,一看就知道不是个好东西,盯着老子,想吃馇馇?"兆惠道:"我在看你这副贼相恶霸相——都一样的落难人,凭什么欺负人?"

"你说得真好,还像是读过书的人。"韦爷笑道:"这个大号子里谁不知道我韦天鹏?韦天鹏最恨的就是读书人!老子三进三出,就是这里的地狱乾隆!——后晌放风,一准儿教会你'开门规矩'!"

兆惠心中早已勃然大怒,牙齿咬得格格作响,狰狞一笑,说道:"你这一号的老子不知杀过多少!等着瞧!"绰号"地狱乾隆"的韦天鹏冷笑一声不再理兆惠,转身回他的"御座"上席地盘膝坐了,满脸庄重"啪"地一拍大腿,满号子犯人立即老老实实长跪在地。申三丢了馇馇,口中兀自呜噜不清,喊道:"韦爷升堂了!"

"带人犯何庚金一名下跪听审!"

"乾隆"一声吩咐,立即过来两个犯人拖了何庚金过去。"乾隆"说道:"照规矩回话——下跪何人,姓名年纪、何方人氏?"

何庚金战战兢兢,竟真同公堂对簿一样,磕了头说道:"韦爷,昨个'过堂',您已经问过了……"

"放屁!问什么你答什么,速速招来!"

"是……小的名叫何庚金,现年五十三岁,直隶通州人……"

"所犯何罪,招!"

几个"衙役"立即响应齐喝,兴高采烈地连呼堂威"招!招!招!"

"是……"何庚金咽了一口唾液,吞声说道:"我欠了东家姚贵盛四斗租子,这是三年头的事。加三的利,本息计合四石一斗二升米,加上本年租,共是十石有余。今年大旱,本年租都缴不起,和姚东家求情。姚贵盛就扒我的房子卖檩,还叫少东家去我家抢我的三闺女去抵债。两造不合,我失手打折了少东家一条腿。按'以奴欺主'的罪,问的是斩监候的罪。没的说,我认罪,反正他不能带了我的女儿去!"

"啊哈,原来如此!""乾隆"满口戏腔,捋着胡子哈哈大笑。"他是怎样一个抢法,如实道来!"

何庚金瞪着眼盯着"乾隆",似乎在平抑胸中的怒火,半晌答道:"抢了就是抢了,拉拉扯扯不成模样,我就动了扁担!"申三在旁问道:"怎么个拉扯法?拉掉了衣裳没有?"旁边的犯人跟着就乱嘈:

"对,露出奶子没有?"

"裤子也扯掉了罢?哈哈哈……"

"嘿嘿嘿……按倒在地了……"

"你扁担打偏了,该把他的屌打折才对,格格格……"

兆惠此时已经气得浑身发木,双手紧紧握着栅栏棠儿,恨不能就过去臭揍这群无赖。听见了大门哐啷一声,一个狱座进来,便叫:"来人!——你不是胡富贵么?这是兆惠!这里的事你管不管?"刚喊完,却看见胡富贵身后还跟着个扼着篮子的姑娘,怯生生地看自己,便住了口。隔号的犯人早已"停审",见何庚金扑到栏边喊"云丫头"!知道是他女儿送换洗衣服和吃的来了,不由又是一阵鼓噪：

"呀！这妞儿是他妈长得水灵！"

"送吃的来罗！"

"有福同享有难同当！"

"嗯，标致！比我弄的那个马寡妇强多了！"

……

一片污言秽语中，胡富贵过兆惠这边，眯起一对三角眼，傲慢地审视着兆惠，问道："你咋唬什么？这里是天下脚下王法禁地，你是金刚托生，到此也是顺眉折腰！"

"我问你，这里的事你管不管？"兆惠指着隔壁栅房说道："这个韦天鹏大逆不道，自称'狱里乾隆'，在同号欺压良善——你听听他们说些什么，你看看他们在干什么？还敢说是天子脚下王法禁地！"

胡富贵转脸看时，何庚金和女儿隔着栅栏蹲着，都在抱头痛哭。云丫头已哭得半瘫在地下，瑟缩着抽搐着语不成声："爹……都怨咱们穷……咱们命不好……今年灾多，听说皇恩大赦免勾一年……您要脱了这场大难，俺娘说咱一家都去闯关东……"何庚金只是流泪，用手隔栅过来抚着女儿的头发，哽咽着说："爹死得起……跟你妈去你姥姥家，好好过，啊？听话……"兆惠听得心里凄惶，已是落下泪来。胡富贵已是司空见惯毫不动心，对兆惠道："不干你的事，少操狂心！你说韦天鹏不好，他替我约束着犯人，省了我多少心呢！"又转脸对哭得难分难舍的父女俩道：

"起来起来！时辰到了——你就是哭死到这里，有屁的用场！谁叫他犯法的？走！"

十一　悯畸零英雄诛狱霸
矜令名学士诲老相

云丫头未及出大牢门,犯人们"嗷"地一声嚎叫,一窝蜂扑到篮子边,把何庚金的换洗衣服抓出来扔了一地,争着抓掏里边的食物。除了十几张杂合面饼子,还有几块老咸菜,两个煮熟的咸鸡蛋。申三抓到了鸡蛋,却不敢吃,一手捏着饼子吃得啧啧有声,说"这浪妞儿手艺不坏。真香,里头揉的有花椒叶儿呢——韦爷,两个鸡蛋自然是您老用了!"其余犯人都拿着饼子,咸菜咬得格崩崩格,吃得津津有味,喊着,含糊不清地还闹几嗓子二黄,有的笑说:"韦爷,何庚金总算有了常例孝敬,免了他过堂吧!"云丫头隔着栅门看得清清楚楚,一蹲身"呜"地放声大哭,任胡富贵怎样拖拉,总不肯起身。韦天鹏一手一只鸡蛋,走过兆惠身边,隔栅递过一只,笑道:

"眼都胀出血了,眼馋么?来来,韦爷赏你一个!"

"!!"

兆惠浑身血脉贲张,头晕身颤,盯着递到脸前的鸡蛋,气得双眼发黑,正思量着如何惩治这狱中恶霸,冷不防韦天鹏丢了鸡蛋一把紧曳着他盘在脖子上的长辫猛地一拉,将兆惠的头夹在了栅木中间动也不动能!

"胡总爷不能揍你,"韦天鹏看一眼正在拖云丫头的胡富贵,"你大约不知道,我还是老胡的把兄弟呢!——我替老胡教训你这王八羔子!"回头对几个犯人道:"这家伙身上有功夫!来,隔栅揍他!"立刻有几个犯人吆喝着上来。韦天鹏将辫子缠在手上死拉硬拽不放,犯人们拳头像雨点一样打在兆惠头上,击在胸脯上、肚子上,还隔栅朝他身上踢飞脚。此时云丫头已经吓愣了,脸上没点血色,半躺在地下看着这幕惨剧。胡富贵剔着牙瞧热闹,口中兀自说:"别踢下裆,别踢裆下——这些当官的银子堆成山,到这地步儿还一毛不拨!"那拳打脚踢一时变得更加凶狠了。

兆惠是久经战阵的一员悍将,这点拳脚在他身上根本不在话下。苦于辫子被人死死拖定了,身子不能动,手中又没有武器,只能由着人打。情急间一瞥,见脚下一个瓦罐,上面盖着一只粗瓷大碗,因不能弯腰,双腿灵活地躲着脚踢,使脚尖一个勾挑,那瓦罐连碗"托"地飞起来,已是将碗操在右手,双手"格嘣"一掰,碗已分成两片!兆惠双手各握一片,不啻两把匕首,也不管三七二十一,伸过栏去直戳横砍,两个歹徒手上顿时着了一下,还有一个被刺中眼睛,"妈呀!"一声滚倒在地。割伤了手的两个也是鲜血淋漓,握着手脖子痛得歪嘴龇牙,不住中叫骂。韦天鹏远远扯着辫子仍不放手,呼叱:"使脚踢,跌掉他手里家伙!"几个犯人见兆惠厉害,只是乍呼着空踢飞脚,再也不敢靠近一步。这时胡富贵才像是猛醒过来,对众人断喝一声:"都住手!这他妈的是什么规矩?"

"你现在才知道规矩?"因辫根在后脑勺,韦天鹏拉得紧,兆惠已被扯得半偏了脸,骂道:"你姓胡的等着,我不杀你誓不为人!"便用碗茬去割辫子。韦天鹏也不顾了"乾隆"身份,撒手便向东北角逃。兆惠积恨难消,又松开了手脚,胳臂伸过栅栏一挥,那半个碗片"嗖嘟嘟"直飞过去。正从韦天鹏左颊上猛割一下"当啷"落地。用今日话说,是割断了颈动脉,不能顷刻救治,与杀头无异……只见韦天鹏颈中鲜血筷子一般笔直激射而出,直飞溅到墙上,立时扑身倒地,闷哼一声滚了几下双腿直伸,浑身剧烈地一阵颤抖,一下子松气,头埋在自己的血泊之中,一动也不再动了。

满屋的犯人都吓傻了,有的伸脖子有的弯腰,有的口里还噙着杂合面饼,手里拿着咸菜,被人施了定身法似的纹丝不动。其余号子的犯人也都把头伸在栅栏边,隔着木柱缝向大号张望动静。云丫头"我的娘……"呻吟一声,便晕了过去。

胡富贵煞白着脸,开门进号子,翻尸身看伤口摸脉息试鼻息,韦"乾隆"绝无动静,翻开眼看,瞳仁已是散了,真个命似三更灯油尽,身如五鼓衔山月,一命西去。胡富贵好半日才醒过神来,慌乱得连号子门也忘了关上,匆匆出来,大叫:"那个逃将兆惠在号子里杀人了!——来人,给他戴重枷,上镣子!打死这个贼囚!"

随着他的喊声,十几个狱卒蜂拥而入,见兆惠若无其事靠墙抱膝翘足而坐,立时一拥而上,"咔"的将一面四十斤柞木重枷给兆惠戴上,又稀里咣啷给他钉上大镣。隔号那边清理血迹,抬尸,这边兆惠已毫无反抗能力,三个衙役手挥皮鞭,没头没脑围着兆惠只是猛抽。顿时,兆惠浑身上下血肉模糊,只闭目咬牙忍疼,却无一声呻吟。昏在过道里的云丫头已经醒来,见这情景,扑身到栅栏边哀告:"你们别打了,别打了……"隔号的何庚金也哭着求告:"胡爷……事由我起。要打打我,打我……"

"这位姑娘,你回去吧!"兆惠忽然睁开眼,对云丫头道:"我准能连你爹救出去!"

胡富贵怒极反笑,说道:"你可真能怜香惜玉啊!你是朝延通缉的逃将,免不了西市一刀,还说救别人?"冲着云丫头就是一脚:"滚!不是你这浪屄妮子,老子能罚俸一年?"两个狱卒连推搡带踢打将云丫头赶了出去。这边胡富贵兀自怒气不消,亲自进来劈头盖脸又猛抽一阵鞭子,乏了,才说道:"把何庚金带这边号子,他们现在是一案,叫老丈人来侍候他女婿!"此时兆惠已经昏了过去。胡富贵照他腰又踢一脚,说道:"你狗日的甭装死———一天两顿盐水烧笋准教你吃个够!"说罢锁门带人去了。

当天下午,胡富贵余兴未尽,带着几个狱卒又来。这次却是有备而来,先用绳子把兆惠捆直了,带枷平爬在地上,用竹篾条醮了盐水,轮着猛抽,这就叫"盐水烧笋"。这一顿毒打与上午大不相同,上午只是皮肉疼痛,这般打法盐水沾遍全身,竟似火燎炮烙,抽一篾条心里一揪,打得血花四溅。兆惠戴着枷伏身在地挺着,只能看见胡富贵的两条腿移来移去,心中又恨又悲又痛又觉凄凉,咬牙忍着一声不哼,又暗自对天起誓:"一旦昭雪,我不杀此獠非丈夫!"大号子的犯人们起先还是有喝彩起哄看热闹的,不知什么时候,忽然变得鸦雀无声,都起身扑着栅栏紧张地注视着这边,不知哪个号子有个犯人喊一声"好汉子"!接着几十个人应和"好汉"!兆惠头"嗡"地一声就什么也不知道了……

兆惠整整昏睡了三天,醒来时发现已不在原来的号子里,却是一间七尺见方的斗室。不但自己躺在床上,而且还有桌子、水壶茶碗,脖子上的枷和脚上的镣也都去了,浑身都裹着生白布。他恍惚了好一阵,看着用净白纸糊得平平展展的天棚,下意识地抬抬身子,隔帘便见那座"慈悲"大号子矗在东边,这才知道自己仍旧身在囹圄,只不知为什么挪了地方……听见"扑扑"的吹火声,兆惠转过脸,却见是何庚金弓着腰蹲在地下,三块石头支着药锅子正在熬药。号门子外还有窸窸窣窣的声音,像是有人在搓洗什么。栅门角只露一只小脚,便知是个女的了。兆惠长吁了一口气,幽幽地说道:"给我换号子了……"

"赵(兆)爷,您可醒了!"正熬药的何老汉忙起身来凑到床前,问道:"渴不渴?肚饿了吗?"兆惠未及答话,外间栅门口闪出云丫头的影子,扒着门,略带喘息喃喃说道:"南无大慈大悲救苦救难广大威灵观世音菩萨……您可醒了……真是吓死人,整整三天三夜,昏得人事不知……"

兆惠一怔,问道:"我死过去三天了?"

"四天了,爷台。"何老汉叹息一声,"是三天前挪你来这边小号的,头前你昏着,那个胡爷还进去踢你几脚……"

"为什么搬过来呢?"

"不知道。"何庚金摇头道,"是这里的管监的官带人抬你过来的。兴许你家人或者你朋友使了钱……听这里的大爷说，这边关的都是有头脸的大案犯，什么刑不上大夫的话，我也不懂，反正大夫给你开药治伤……"

兆惠苦思，断然没人使钱救自己，却仍是头昏脑涨想不成事。由着何庚金喂了几口水，说道："我肚饥。那桌上篮子里的包子给我吃一个……""您别吃那个。"何庚金道，"那是云儿给我送的饭。他们供你的是细米白面，还有肉。云丫头——拾掇好了？"

"就好，就好！"外间云丫头连声答应，"笼里的包子太热！——"一边说，一边用手拍打，转眼间用小笸箩盛着几个雪白包子隔门栅塞过来。兆惠吃了一个，是纯肉和葱馅的，一咬冒油，刚要说"香！"一眼瞥见那篮子，因说道："太腻了，把你吃的拿来我吃。"云丫头隔门笑道："就怕腻，用的都是瘦肉，也没敢兑油。你这个人呐！我们那除了韭菜咸盐，连油都没拌，什么吃头——没听'五月韭，臭死狗'——"她突然觉得失言，红了脸，讪讪转过了身。

兆惠却不留心，吃一个韭菜馅包子，果然不甚好吃，而且因为天热怕馊，一味咸得蜇口，一边咀嚼着说"不错"。问道："怎么把你也关到这边了？云丫头还能在跟前伏侍，太不可思议了。""这我更不明白了。"何庚金道："我觉得是地狱搬到了天堂呢！——管他呢，得受用时且受用，反正现时不吃苦头就好。"正说话间，一阵脚步声杂沓近来。兆惠看时，是典狱带着一个十五六岁的年轻小伙子进来。那年轻人眉清目秀，神情流动，只穿一件天青实地纱袍，束着绛红腰带，配着头上族新的黑缎瓜皮帽，亭亭秀立在狱典史身后，满面是温和的微笑。一见便使人心生好感。狱典兄见他凝望年轻人，俯身抚摸了一下裹在兆惠膀上的药布，问道："今儿换过药没有？我吩咐他们一天两换的。身上这会子可好些？"

"这位先生是谁？"兆惠望着年轻人问道，"你见我有事么？"狱典史见他不理自己，却也并不尴尬，忙笑着介绍："这位是和珅先生，现在跟着阿桂中堂在军机处当差，飞黄腾达那是——"和珅不待他说完便截断了，“——是桂大人叫我来看你，来迟了一步，您吃了苦了。”

兆惠没有答话。狱典史凑上来，陪笑道：“大人大量，您得体恤我们这些狗才的难处。当地方官能刮地皮，当带兵管带能吃空额。像我，只有八两月例，胡富贵他们只有二两。这地方不吃犯人吃谁？打我爷爷算起，三辈子在这当差了。只要犯人不越狱，乐得叫犯人管犯人，图个清闲自在不是？那边仁爱号子里的犯人头还凶呢！这个韦天鹏不过是运气不好，撞到兆爷您的手上……”兆惠冷冷地听着，说道：“他们要打死了我，你怎么处？现在是我打死了他，你要怎样？”

“这么热的天，狱里哪天不往外抬死尸？”狱典史一听就笑了，“这事不能叫‘案子’，我们有我们的法子——一个‘暴病’报去记名备案也就结了。”

兆惠不禁暗自叹息，“真是杀人如草不闻声啊……”转脸问和珅：“有没有海兰察的消息？”和珅笑道：“我这等人色怎么敢问这些？等有了信儿，你比我知道得还早呢——您任事甭想，先养好伤。这里我说好了，给你开单号子，想到院里遛遛也成。要缺什么，告诉那个云丫头，自然有照应的。”说罢也不行礼，只向兆惠含笑微一颔首便辞了出去。狱典史狗颠尾巴似的陪送和珅出去，转眼踅身回来，连中间那道栅门也不再锁，径自叫出何庚金父女到大院里，说道：“这位兆爷不是小可之人。本来该囚到养蜂夹道那些老爷大人们处禁起来的，阴差阳错关到顺天府。上头现在既然有话，我就把兆爷交给你们照料。仔细侍候着！何庚金你是有罪之身，你好造化！先因灾免勾，听说皇后凤体欠安，又要大赦，这位何(和)爷又指你们来侍奉病人，你是一步登天了！”

典史因兆惠在号子里回护何庚金杀死韦天鹏，料想二人必有渊源，唇焦舌烂卖人情，何庚金是个老实人，只唯唯答应鞠躬不迭。云丫头在旁问道：“这位赵(兆)爷犯了啥子罪？”

"他是金川打仗的逃将。"狱典史舔舔嘴唇说道。"不过听说案由繁复得很,还要御审了才能定。"

"要是定了罪,能会怎么样呢?"

"那当然要明正典刑——不过,明儿杀头,这样儿的人今儿也得好生侍承。"

"明正典刑?"

狱典史一笑,用手比着在脖子上一抹,说道:"喳!——就是砍脑袋瓜子!小丫头片子,问这么细干么? 看上他了?"一句话说得云丫头飞红了你,那典史摇着芭蕉扇笑嘻嘻去了。

和珅离了绳匠胡同,立即赶回军机处向阿桂复命。阿桂却不在军机处,只有傅恒正在和刘统勋说差使,还有几个刑部主事和御史端坐在旁聆听,几个军机处章京在隔壁房里忙着拆看文书,他也不敢打扰。问了问门外侍候的太监,才知道阿桂去了张廷玉府,刚走了不到一袋烟工夫。阿桂不在,这里没他的差使,人也不熟,站着想了想,仍出西华门来张府寻阿桂。

三天内他已是第二次到张府来了。头一次来,院内院外岗哨警跸,都是步军统领衙门的御林军布防,还有大内的几个三等侍卫带刀巡弋,十分肃杀威严。他连二门都没进去,挡住了,只放阿桂进内院。这次大不相同,军队行伍全都撤了,只留了内务府慎刑司的几个笔贴式和衙役守护,院内院外虽然仍在戒严,但都不带兵刃,便少了许多暴戾之气。门口几个戈什哈验了牌子,见是军机处的人,没有问话便放行进人。倒是西院二门把守的衙役盘问和珅来意,知道是阿桂的随员跟班,指了指西内院北房,说道:"桂中堂纪中堂都在里头和张相说话,您家自个进去吧。"

和珅甩步进院,只见东厢南房和北上房都是锁钥封锢,贴着黄纸封条。北屋廊下垛满了箱子,也都封了。只有西厢是原来张廷玉接见外官的客厅,也是房门洞开,纱窗支起,几个人正在里边说话。他听着有阿桂在内，也不敢惊动，蹑脚儿到廊下站着垂手静候。却听张廷玉苍老混浊的声气道："这些天反省了许多。总归想，皇上既这么说，还是体念我这老奴才。唉……人老了，不会想事情了，也不能给主子分忧出力了。为自己身后名声，反倒弄得身前一片狼藉！不过，务请二位代我仰叩天恩，下陈愚表，延玉绝没有倚功傲上的心——其实也没有什么功劳可言——更不敢倚老卖老。就是目下处分，也觉得不足以蔽我之辜，还请圣上洞察烛照，从重处分，以为人臣之戒。"

"老相，这些话就免奏了吧。"阿桂瞥一眼窗外和珅的影子，笑道："连你方才请求退归桐城养老的话，我看也不必提。皇上对你其实圣眷优渥不替，说这些，反倒显着矫情了。记得您年轻时信守'万言万当，不如一默'，学生以为还是可取的。"

和珅在外听着心里暗自掂掇，人都说阿桂文武全才心思灵动，果然名下无虚。就这番话，其实没一句不是在驳回张廷玉，警戒他那些言不由衷的话头，且带着威压，却是绵里藏针丝毫不着痕迹，还显着一片体贴温存之情，又不失皇家大臣身份……不由暗赞：这才是真学问，真见识！

和珅正自聆听着感慨，纪昀轻咳一声说话了，口气却不似阿桂那样温善，庄重里透着诚挚严肃："衡臣老相国，我是后生新学小辈，幼年读书受教，家父业师都拿你作读书人楷模教导我们的。实在是高山仰止，景行行止。今日之事至此，真是始料所不及。能不能听学生几句忠告呢？"

"老夫不敢当。"张廷玉一脸核桃皮似的皱纹动也不动，冷冰冰说道："我是待罪之人，往事休提。韩退之云'吾师道也，夫庸知其先后生于吾乎？'——愿闻先生教诲。"纪昀在椅上一欠身说道："多承嘉纳！方才阿桂大人说的是了。天下人莫不知老相勤劳王事终生未懈。您的家产也都看过，除了御赐田产物件，身为宰辅，一点也不奢华豪富，所以您是正人。在学生看来，老相居闲顾问之后，犯了失慎贪得之病，有时辰想自己的事了，替皇上为社稷的事就想得少了，身后名祖宗荣子孙贵想得多了，就思量自己昔年功劳苦劳，而今所得不及往昔所失，就存了计较之心。古人云'老而戒得'，那真是千古至理名言。您思量是不是呢?"

这话说得如此憨直不留情面，连阿桂也不禁变色，不安地挪动了一下身子。张廷玉为相四十余年，别说像纪昀这样的后生学子，新进大臣，就是康熙朝一辈的老亲王们也从来都是肃肃如敬大宾，言语逊逊似对师长，听得"贪得"二字，已是老大不自地，后头的话只觉得愈来愈狂，根本无暇细思。但他毕竟心如城府之严，竟不动声色静听纪昀说完，干笑一声说道："若论起讲道理，我是久仰你的了。我不能，也不敢驳你，'老而戒得'我都不知道，能侍候这三代经天纬地之才的圣主? 你是读遍三坟五典八索九丘的人了，如今又在修四库全书，存在皇史宬金匮之中有我一篇文章，说的就是'戒得'。你是大忙人，恐怕未必有空去读。"

"老相的文章学生焉敢不读!"纪昀略一俯仰已经忆起。他已经听出来，这个张廷玉压根就不服乾隆对他的惩戒，这么个心思硬撑，后祸更不可测。因笑道："好像《论三老五更》的那一篇吧。还有老相在承德避暑山庄写的《成得居记》也拜读了的。学生孟浪冒请，这两篇文章还请老相自读自审，或者更好——当然，学生也还要再拜读。就是当朝秉政诸公，读一读也会大有裨益的。"

按"三老五更"出自《礼·文王世子》，意谓正直、刚、柔之老臣（三老）应知五事，即"貌、言、视、听、思"，备此三五之德的耆臣致仕，天子应该"以父兄养之"以为天下孝梯示范。康熙朝名臣汤斌致仕退休，圣祖引用这一古礼，言及汤斌享用此种优遇，张廷玉当时甫入机枢，深恐汤斌因福得祸，写了《论三老五更》这篇文章感悟圣祖，认为时移世易，情势不同，"礼"法也应变通适应，认为"当今之世，无人能当此礼"。汤斌终身因此荣庞不衰，身后谥名"文正"为诸号之冠。但事出久远，张廷玉自己已忘了文章主旨，只记得

"三老五更"的原意。经纪昀提起，顿时知道搬石头砸了自己的脚，立刻显得不安起来，支吾着说道："在人臣，自然应该逊辞。在君主，另是一番道理情分。嗯……我岂敢以此自居呢！我是想先帝……不说这个，总之是我自己一误再错，辜负圣上洪恩。雷霆雨露，任由主上挥施。我是知罪的了。"

"老相不要不安。"阿桂虽然不全懂他们的对话，对看出张廷玉神色狼狈，说得驴唇不对马嘴，心理不禁暗笑，表里却是满面恭敬，说道："我们不是奉旨，是学生拜访老师，私下交心嘛——"话未说完，听得院外靴声橐橐，隔门望去，却是乾隆唯一的弟弟和亲王弘昼进院来了。三个人便忙起身相迎，和珅早已伏身在地叩头行礼。院中守护的太监衙役们也"嗯"地跪倒，齐声说道："给王爷请安！"

弘昼三十四五的年纪，略嫌瘦一点，气色却是甚好，走起路来脚步生风，半点病容也没，却已经给自己办过三次"丧事"——也一般的买幡神主鼓吹丧筵，一般的白纸素幔封门。"死人"独坐灵棚，听家人假嚎，自顾旁若无人据案大嚼。是乾隆朝出了名的"荒唐王爷"。乾隆兄弟十人，长成的仅这一个弟弟，存了十分楷梯之情。只是传旨办差简捷易为的事交他来办，军国经济重务从不找他。偶有失误，也只和他叫去兄弟私语，绝不公然伤他面子。偏是这弘昼小事散漫不羁，稍大点的事半点也不糊涂，因此荒唐归荒唐，御史们仅只私下议议，却挑不出大毛病，没有敢到乾隆跟前饶舌。

和珅还是头次一见位分这样高的人，心想不知怎样个体态尊贵、荣华庄敬法。偷眼瞟去，却见弘昼剃得齐明发亮的头，一条辫子在脖子上盘了两个圈儿，粗葛布靛青短衫不遮膝盖，却穿着天青宁绸裤子，裤脚挽起老高，赤脚片子洗得白净，蹬着露头草履，走起路来踢踏踢踏直响。再细看，两个大拇脚趾上还各套着个大铁板指！和珅忍不住低伏了头偷笑。弘昼却一眼瞧见了，手里扇着草帽子，笑骂道："日你妈的，要笑还不敢放声儿！"张廷玉已龙龙钟钟跪下请安，说道："罪臣张廷玉问王爷安好！"

"好,好!"弘昼笑嘻嘻的,一把挽起张廷玉,"没有免你的职嘛!皇上还是一口一个'衡臣'①嘛——阿桂也起来吧。纪晓岚,你笑甚么? 你欠我的字写了没有?"

纪昀起身又打了千儿,笑道:"我是笑王爷这身行头,渔樵耕读四不像。跟您的这几位也眼熟得很,不是太监也不是家人——这是葵官,这位是宝官儿,这是茄官……是家戏班子里头的丫头们女扮男装了。还有,您脚上戴两个板指,是作么事用的?""请,请,外头热,咱信里头的说话。"弘昼呵呵笑着,一边进屋,一边不停口说话:"我来串门子,又不传旨,这热天儿装王爷幌子做么的? 这些小丫头,她们在我园子里大门不出,二门不迈,闷坏了,闹着想跟我街上遛遛——我说你们打扮起来! 你瞧,还真行! 长随没这个韵味儿,太监没这嗓门儿,莺啼燕呢跟我说话,多提精神呐! 脚上戴板指,是太医说的方子,这些天心火旺,说得用线缚了大脚趾。我想,用板指不是更好? 就戴上了……"一头说,一头落座,张家仆早端过一杯茶来,弘昼只喝一口,皱眉说道:"水不好,不是玉泉山的,茶叶也陈了——人呐,不就那回事,适意为贵——对啵,张相?"他突然问张廷玉道。

他这一阵说笑搅和,本来郑重见闷的气氛顿时被一扫而尽。张廷玉的心绪也轻松了许多,叹了一口气,自失地一笑说道:"王爷真会开玩笑。我如今这地步,谁拉玉泉水给我? 还论什么新茶陈茶? 方才还和二位说话,官,我是决计要辞的,要回我桐城老家,山明水秀间渔樵耕读。皇上能恩允,就是我的福了。"他顿了顿,又道:"河南原来那个总督王士俊,你们知道不? 在位时起居八座、堂呼阶诺的,官架子最大。去年钱度去贵州,绕道儿访他,现在真成了个老樵夫,七十岁的人,腰里插着斧头,肩上扛着扁担,满脸黧黑、满手老茧。问起任上作官的事,一概都记不得了……养移体,

---

① "衡臣"是张廷玉的名字,古人称字为敬。

居易气,情势变了,人不变也不成,过几年你们到桐城,我不定是个渔夫呢!"说罢莞尔而笑。

"你哪里也不要去,皇上舍不得你,我也闲得发慌,想有个玩伴儿呢!"弘昼听得认真,听完又是一脸嬉笑,"是非都从心头起,这还是早年你教给我的嘛——你我都不是自由人,想适意,先得适了皇上的意不是?——别老是那么沮丧懊恼一脸苦相。就算北京是桐城就是了,你渔我樵,大廊庙、西山、西海子、圆明园……咱们逛去,趁着能走动,不定去檀柘寺住几日,和老和尚下棋。我是王爷,你还是你的四十年太平宰相。多惬意,多好玩呐——《易经》里头说'吉凶悔吝皆生乎动',不是你常讲的?——咱们不'动',哪来的全部是福气!"说罢哈哈大笑,又吩咐跟来的侍女,"花官,叫这里管事的太监进来!"那花官嘤咛答应一声去了。

弘昼外表放浪形骸,内里伶俐精明,张廷玉了如指掌。纪昀和阿桂却是头一次领教,心中却暗自嗟讶。阿桂瞟一眼跟着花官进来的太监,笑道:"人都说您是潇洒王爷,果然洒脱超俗!"

"当了军机大臣还要拍马屁?明明是'荒唐'嘛,阿谀!"弘昼笑容不改,又转脸问纪昀:"我托你给我寻一套全本《红楼梦》,你弄来没有?你管着收集天下图书的事,连这点子事都办不来?"张廷玉在旁说道:"若澄有三十回抄本。听说傅六爷和怡亲王府有全本。王爷要看还不容易?"弘蛋头摇得拨浪鼓似的,说道:"都不全,都不全!我要看全本全套的。老纪,你给我弄来。"

纪昀却是一听《红楼梦》心里就犯腻味。但弘昼说这件事已经是第三次,焉知背后没有更大的文章?倒起了警觉,因试探着说道:"《红楼梦》非经非史非子非集。我是久仰了,却从没读过,不过和《聊斋》一样,供人玩笑破闷的才子之笔罢了,没有一句警世教时的正经话。王爷既要看,学生留心访查就是,市面上并没有全套的,听说曹雪芹的遗孀还在北京,我试着查一查。"弘昼点点头,却问那进来的太监:"你是这里的头?叫什么名字?"

“是!”那太监忙叩头回话,“奴才叫高凤梧!”

弘昼不易觉察地微微摇头,说道:“保定人? 你爹妈可真能耐,给你起这么雅的名儿,你配么?”高凤梧连连磕头,说道:“是——奴才不配! 听奴才妈说,奴才落草时奴才的爹做了个梦,有个凤凰落到我家梧桐树上,就起了这名儿……”纪昀笑道:“幸亏幸亏! 你爹要梦见鸡在篱笆上飞,你就该叫高鸡巴(笆)了!”

众人不禁哄然大笑,弘昼说道:“回头我叫内务府给你改名字。太监,不许叫得这么好听。——我交待几件事,你即刻就得办。”

“是!”

“这里所有房间全部启封,所有文书案卷公文御批奏折,转到皇史宬。”

“扎!”

“内务府的人,还有顺天府的人统统退出张府大院,不许进院滋扰,不许刁难盘查来看望张相的官员,不许拦阻张府人出入。查抄翻乱了的私财物品,要物归原处。”

这其实是解除了张府一切禁令:这也不许,那也不许,那一群太监衙役守在大门口作什么营生? 高凤梧不禁嗫嚅,答应着“是”,乍着胆子问道:“那奴才们的差使是……”

“是你妈的蛋!”弘昼笑道:“看看把相府翻成什么样儿了? 拾掇也够你们忙活一阵子的——哦,对了张相每天两车玉泉水,还照例供应,这差使也暂归你们。至于以后,自然还有旨意,还不是你操心的事。”

“扎!”

“滚吧!”

“扎!”

弘昼这便起身向张廷玉告辞。谆谆嘱咐了许多“荣养保重”,“时时向皇上请安”,“顺时听命”、“澹泊宁静”之类的话头。话未说完,却见养心殿太监王耻进来,因笑问:“王八耻,你来什么事? 主子又有旨意么?"王耻冲弘尽陪了个笑,说道:"皇上去了岳钟麒府,叫奴才传阿桂中堂过去,六部里跑了个遍,才知道来了张相这儿。这就请桂中堂赶紧过去。

"是!"阿桂忙躬身说道:"我这就去!"弘昼道:"骑我的马吧——快些。你再回西华门坐轿,折腾到什么时辰了?"阿桂答应着,向张廷玉微一致礼便匆匆去了。张廷玉不无感慨地说道:"我进南书房也是他这年纪吧……轮到下一代出力的时候了……"

弘昼只一笑,却对纪昀道:"给你送两条金华火腿,给我写的字快送来。听说你要请马二侉子他们吃酒,别忘了本王。至于《红楼梦》,你那个说头有偏颇的。百色百味各人好恶不同,我看《红楼梦》可以与你的《阅微草堂笔记》各分春秋。你不要瞎猜疑,没听人说'士子不阅《红楼梦》,读尽诗书也枉然'?有人说荒唐王爷爱附庸风雅。我说,附庸风雅总比附庸市侩好点吧?"当下三人在屋门口立谈了片刻,也就各自散去不提。

十二 同舟共济因缘生爱
仗义杀豪血溅街头

海兰察历尽艰难,终于逃到了中原。他是"逃将",金铗是讷亲的亲信,要防他暗地追杀,遍天下官府出海捕文书拿他,还得防着贼匪劫道或住了黑店,身上带着十万两银票,又一文也不敢动。只索当掉佩剑上嵌的几颗珍珠,包在剑鞘口的一小片金皮,还有母亲给他随身带的一尊汉玉观音,总共换了不到十两小银角子,知道凭这点钱绝然不够到北京盘缠。索性一索性,干脆就扮了乞丐,一路讨饭。由湖北老河口入南阳境,过九里山、分水岭入洛阳,一种不投宿不住店,白天沿门乞讨,或到庙里撞斋,夜里钻草垛,窝土地庵胡乱睡觉,实在犯馋了,就用小银角子寻个小饭馆饕餮一餐,总算逃出了讷亲的势力圈子。算了算,居然只花了一两二钱银子,不由心中暗喜。

海兰察换了一身店伙计衣裳行头,在洛阳盘桓了三天,终于打定主意走水路。过黄河走山西固然快一点近一点,一来委实走得太累,二来太行山强人出没,不安全。身上既然钱够用,坐船自然省力稳便。从黄河到运河交口处,再从运河直抵北京,省了多少担惊受怕!因就在黄河渡口转悠,因客船价高,就趁了一艘盐船——官盐船只再没个水上打劫的,艄公只收了二钱银子便答应送他到开封。

船很大,但前舱后舱都堆着盐包,里边只有两个铺,供两个艄公轮流歇息。前舱留着一片空地,是艄公造饭的地方,仅可容两三个人转侧挪动,加添上海兰察,两铺三人轮流睡,倒也将就宽裕。

不料船过郑州花园口，又挤上来四个人，两个五十多岁的老头，一个年轻少妇还带着个三四岁的孩子！

这一来就热闹了。艄公们把舱里盐包挪了又挪，摆了又摆，总算给这五个乘客腾出了地方，用盐包摆两排座儿。那位六十多岁的老人和妇女挤在一边，这边海兰察坐了少妇的错对面。偏是那小把戏不安生，一会要吃要喝、要撒尿拉屎，又搂着妈妈闹着要"吃奶"，弄得少妇劝不拢哄不住，舱里舱外来回张忙，有时恼上来，照屁股"啪啪"几巴掌，打得那个叫"狗蛋"的叽哇大哭大叫。老头们乡里人，不在乎，只眯着眼打盹儿，海兰察一肚皮心事，孩子闹大人嚷，脸上便带上阴沉。咬着嘴唇靠着盐包仰脸不睬人。那少妇见他这般大样，除了照料孩子，偶尔和两个老汉搭讪几句家常，也不理他。

偏是狗蛋儿十分活泼，好像第一次坐船，处处新鲜。妈妈不许他到舱外，他就在盐包上爬上爬下，一会儿掀开蓬布看外头景致，指着岸上说："妈，那山上有座塔！"一会儿又说："这座庙还不如姥姥家门口那座呢！"一会儿又下来在舱板下人腿间钻，捡起一段炭问："妈，这是啥子？"少妇只笑着解说："这是做墨用的细炭，这船运过炭，掉的渣儿……乖乖的，来妈怀里，地下脏，又没处洗……"狗蛋儿爬出来，已是变得乌眉灶眼，睁着黑豆一样的眼看看这个人，又瞧瞧那个人，忽然扑到海兰察膝上，摇着他膝盖喊："爹！爹！——"

他喊出"爹"来，满船人都先是一愣，两个老人嘴角肌肉抽了一下，又绷住了，船头艄化却忍不住"扑嗤"一声笑出来。海兰察一下子直起身子，却见狗蛋儿一脸稚气，虎灵灵一双眼望着自己，十分可爱，抚了一下他的总角小橛儿辫，一笑说道："毛头小子，认错人了，我——"

"他不是你爹，不记得你爹死了？"那少妇早羞得脸红到耳根上，一把拽过狗蛋儿，在他脑门子上顶了一指头，咬牙说道："再胡说，丢你外头黄河里去。"

　　这一闹,满船人的目光都聚拢过来,海兰察和少妇更不好意思的,都别转了脸。一时,船上人俱各无话,只听得外边黄河涛声无休无止的闷啸和咯吱咯吱单调枯燥的摇橹声。但狗蛋儿还是个人事不知的吃屎娃娃,也不懂"丢到黄河里"是什么意思,只安生了一刻,就脱开妈妈的手,这次却是直奔海兰察,仰着脸又极响亮地喊道:"爹!"

　　那少妇见众人又笑,脸上更挂不住,一把拖了儿子过来,狠歹歹点着他鼻子,说道:"死冤孽! 丢人现眼不拣地方儿——"她瞟了海兰察一眼,又道:"他不是你爹! ——你爹有那么大耳朵么?"但狗蛋儿看来是平日娇惯到顶儿了,根本不在乎妈妈脸拉得多长,也听不出话里恶骂的意思,见众人都笑,越发起兴头。一个冷不防又跑到海兰察怀里,连叫:"爹,爹——就是我爹!"海兰察生性佻脱,出了名的精明伶俐人,嘴头儿上从不吃亏的,听那女人骂自己"耳朵大",正想着无法递口儿,遂拍拍狗蛋儿头,笑道:"孩子,我真不是你爹,听妈妈话啊——去吧,我也没你爹那么嘴长——是吧?"

　　这一来众人再遏不住,两个艄公一个掌橹一个撑篙,几乎笑得家伙脱手,两个老头捶胸打背,吭吭地咳着笑。那妇人紫涨了脸,拉过狗蛋儿噼噼啪啪在屁股上揍了几掌,眼中已是迸出泪花,骂道:"都是平日惯的你了! 越是没意思的话越说得兴头,越是厚脸皮没廉耻的人越爱亲近——看我不打死你!"那狗蛋儿挨这狠几巴掌,直着嗓子"哇"地一声号啕大哭起。

　　"这位大姐,"海兰察起先还想劝,要笑又笑不出,听到骂及自己,忍了忍还是憋不住,皱着眉头道:"凭你良心说,今个这事怨我么? 我怎么厚脸皮、没廉耻了?"

　　"你就是! 你干嘛说我男人嘴长?"

　　"我耳朵很大么? ——是你先骂人的!"

　　"你耳朵就是比我死鬼男人大!"

　　"没比过。"海兰察嘻地一笑,"你说大就大,不过我想着你男人耳朵小,嘴自然长些,这才扯得平些——"

"街痞子,无赖!"

两个老汉见二人吵起来,忙都分说解劝,一个说:"都是出门在外的人,挤在一条船上也是缘分,小孩子无心话头儿,你们都是大人,计较这些作什么? 下了船又各奔东西了。"年老一点的看样子读过点书,说道:"同舟共济嘛! 你这位先生也真是的。她是女人,孤儿寡母的,面子当然要紧,就不能让一让? 小心着口孽!"他看了一眼少妇"——要遭报应的!"好容易地劝住了,那女的仍觉气恨难当,抱紧了孩子,说道:"没皮脸天杀的! 嚎你娘的什么丧? 睡!"

喧闹一阵,船上又平静下来。海兰察脸上嬉笑,想想自己一个将军,落到这一步,挤这么一条船,还受女人的气,又不知前程吉凶如何,心里觉得好不是滋味。因思量着,不由得又苦中作乐,在舱板中抠出一根炭条,瞟一眼那妇人,在手心里画一笔,再瞟一眼,又画一笔……

那少妇也是落难之人,到洛阳借钱还债投亲不着,一般的满腹无名。刚和海兰察闹这一场,她尚自一肚子五味不和,眼见这个嬉皮笑脸的家伙看着自己一笔一笔在手心里画,登时又气得浑身乱颤,从孩子身下抽出手来,"啪"的朝海兰察就是一记清脆的耳光!

船上立时又热闹起来,两个老者惊愕地看着这对年轻人,不知又出了什么事,艄公也把船定住了,伸头进舱问道:"你们是怎么了,没完了么?"一个老者也道:"这就是你的不是了,已经和息了,怎么凭空伸手就打人……女人家,怎么这么泼?"海兰察血阵里滚出来的人,哪里在乎她这一掌,只是寻开心,捂着左颊,仍是似笑不笑,说道:"是呀! 方才说我'无赖',你这不是泼妇么?"

"你在手心里画的什么?"那少妇戟指指定海兰察,"——他画我!"

"我没画你!"

"你画我!"

"我没画你！"

"你敢伸出手叫大家看看？"

"我不伸手。手是我自己的,伸不伸由我！"

于是两个被耦恼得极不耐烦着的老人又忙着和解,说了这个劝那个,那女人只是不依。船艄公道:"黄河上行船最讲究个详和平安,你们前世无仇今无无冤,这么闹算怎么回事——你既没画她,伸出手给她看看不就结了！"

"我画的我自己。"海兰察笑着伸出手掌。众人一看,竟画的是个猪头！海兰察在众人笑声中兀自解说:"——这是你么？——你看,这猪耳朵多大,嘴多短……"那女人又气又羞又恨又无话可说,脸色雪白,怔了一会,"呜"地一声抱头大哭,口中含混不清诉说着"……我好命苦……走一处受一处人欺侮……老天爷你就睁不开眼……"夹着还有些别的话,却任谁也听不清楚,众人不知她为什么哭得这样凄惶,不禁面面相觑,都嗔怒地看着海兰察。

海兰察这才意识到自己恶作剧过了头,后头这苦中作乐"乐"得实在太没意思。怔着想了想,对那妇人道:"我是落难人,心里不痛快,穷开心。伤了大姐你了。我给你陪不是,你别介意了,我真的不是歹人。"那女子含糊不清不知说了句什么,也就慢慢止住了哭。

这一路水路,两个人没有再闹,却也没有说话,直到过了开封。两个老汉接着坐船到清江。海兰察和那少妇都下了船。各自走路。这里是黄运交汇处,因黄河水位高,向南向北都是顺流。但几经黄水泛滥,正经码头早已东移徐州。开封一带通运河的其实是通济渠北口,也都淤得漫滩不堪。真正要坐船,得到开封城东北四里地左右的石牛桥,离着他们下船渡口还有十几里地沙滩。海兰察走了一段,已是热得汗流浃背,回头看过,那少妇也在跟着。她背上背着狗蛋儿,臂上还挽挎着个大包袱,火辣辣的毒日头,焦麦炸豆儿的天气,又是一双小脚,在沙滩上一拧一拧地踽踽跋涉,时时放下包袱,到潦水滩跟着捧水喂孩子,又自己喝。海兰察不知怎的,想起了自己姐姐。也是狗蛋这大年纪,和姐姐在昌都音郭勒河岸去寻父亲的大营,也是这么热的天,也是一眼望不到尽头的沙,走几步自己就闹着渴,姐姐也是这样用手捧着水,一口一口喂……他心里一酸,几乎想回步帮这母子,苦笑着摇了摇头,又踅转了身,大步向北走去。

其时正是麦收季节,码头上船倒不少,也尽是向北驶的,不过都是客船,每客坐到通州十五两银子定打不饶,他坐不起。码头上的老艄公说,只有趁漕运粮船走才省钱,大粮船队已经开走,碰碰运气,说不定有的船坏了桨橹,裂了板缝没跟上船队的,还能坐上。他转悠了半日,还真找到一只,是苦粮的油布坏了,换布苫盖误了跟船队。但老艄工却十分难说话,说船只开到德州,要五两银子。好说歹说,价钱落到三两五。海兰察已是饥肠辘辘,折身去买了十几个烧饼,一包子腌萝卜,返回船上,吃饼就咸菜,还自得其乐地哼道情,等着开船。

不料没过半刻工夫,听见桥板响,隔着篷隙向外看,海兰察又是一愣:冤家路窄,还是那个女子带着狗蛋也上了这条船!那女子也是和船老板磨了半天嘴皮子,一吊半钱的船价到德州,好容易才上了船,一见是海兰察,竟钉子似地站在舱口,不知该怎么办了。狗蛋儿伏在妈妈背上,指着海兰察童音响亮地叫道:"妈妈妈妈,还是那个人,他是我——""爹"字没出口便被女人回手捂住了嘴,对老板道:"开船走吧!"自坐了对面粮包上哄狗蛋儿睡,海兰察自觉没趣,张了张口又闭上了。

两个人起初都打定主意各不相干。但船上生涯,不同住店。辗转反侧,不到四尺空地。白天好说,夜里都是粮包当床,中间只有一尺来宽空余容船工过往,这就又尴尬又不方便;别说好的,这一路八九天水路,单是这大小解就难为煞人。海兰察仔细想想:"这'同舟共济'四字,还真没有一字虚设。"便起心和好。那女人却似乎没有想到这些,只是哄儿子睡。偏生狗蛋儿半点睡意也没有。

"爹"是不敢喊了,见麻包上放着烧饼,用手指定了,说"妈、妈! 我吃饼饼——"

"好狗蛋哩,别给妈闹了! 噢?"女人无可奈何地咽了一口气,"到德州老家,妈给你买扒鸡吃,我们不吃饼饼,啊?"狗蛋儿四脚踢腾,只是不依,闹:"我不吃扒鸡、扒鸡不好——你说过的不好! ——我吃饼饼,我要么我要么!"

海兰察见时机已到,取下三个烧饼来,陪笑道:"大姐,再给你陪个不是——别打孩子了,他不懂事嘛……你这么恼我,我都不知道该怎么好了。我要知道你是——反正都是可怜人,我那是苦中作乐,再不敢瞎胡闹了! 真的!"那女人不无幽怨地看了海兰察一眼,忽然脸一红,迟疑一会儿,遂低头对儿子说道:"这位……叔叔给你,你接……住吧……"

这一下子就化解了二人的不快,反而一路上两人聊家常,说在外头见闻,比长江,讲黄河,偶尔海兰察还上岸买点猪头肉什么的,连艄公也跟着打打牙祭,说说笑话,逗逗孩子,竟是满船笑语。闲话中海兰察才知道,这少妇叫丁娥儿,是德州城外桑各庄人,靠佃租本村富户高仁贵二十亩地过活,却是定租,不管旱涝灾欠,一亩一小石,每年两千斤租谷一两不能缺。丁娥儿两年前死了丈夫,中间看病吃药欠了一屁股债,德州去年旱得寸草不生,债主逼门,业主讨租,收了地扒了房子仍是还不清,住在瓜庵里,村里恶少又夜夜搅嬲,竟是终日以泪洗面,说到伤心处,丁娥儿哭得浑身颤栗,狗蛋也跟着妈妈哭,连艄公也跟着落泪。

"那——你去洛阳作甚么?"海兰察试泪问道:"有亲戚在那作生意?"

丁娥儿啜泣着,说道:"我娘家表舅,是我妈拉扯大的,中了举人,在嵩山县当县老爷。这上天无路入地无门的地步儿,妈说去投他打打饥荒。妈把嫁妆衣裳都当了,才凑够盘缠,谁知到他那去还是竹篮打水一场空!"海兰察问:"怎么,他不认亲?""认是认了。"丁娥儿颤气儿叹道："表舅说了，人家是外头阔，里头穷。总共那几两养廉银子，给上头送冰炭敬，官面上应酬，还有一大家子人嚼吃使用，各处亲戚都来寻他，实在照应不过来，还欠着几百两什么'亏空'上头追逼……总这是比我们还艰难！后来，见我走不了，打发了我十两盘缠，说随后再寄些钱来……"她冷冷一哂，又道："妈从小就跟我说表舅怎么怎么好，有才学、又仁义，听说、懂事——人哪，甭当官，本来兴许还有点人味，一当官就不是人了！小时见表舅，待我真亲，这回去，叫我住在丫头房里，吃厨房剩饭，我一想起他那副脸就恶心。什么脸最难看？变了心的人脸！"

她的牙紧紧咬着，脸色苍白得没点血色，长长的眼睫下汪着泪。这一刹那间，海兰察忽然觉得她很美，不像"大姐"，倒似个……心中一动连忙收摄，沉默移时才问道："你还回德州作甚？就在他衙门里泡上，看他怎样？"

"我才没那么下作呢！"丁娥儿恨恨说道："家里还有个半瞎老娘，我不回去她怎么办？"

"你总得有个打算的吧？"

"打算？"丁娥儿道："我早想好了，刀子剪子绳子井，要命一条，要血一盆！"

她这般刚烈果决，饶是海兰察杀人如麻，也被震得一凛，随即一笑，说道："你不要这么想，这不叫办法。这是要命！你要死了，你的老娘孩子谁管？再说——也太可惜了！"丁娥儿遂嘻得一笑，说道："你是好人看来不假，就是透着……唉……"海兰察笑道："能落个好人也就成了。兴许我能帮你点忙呢！"

"你？"丁娥儿黑嗔嗔的目光凝视着海兰察，"你能帮我什么忙？再说，我又凭什么受你的惠？"海兰察嘻笑道："凭我们'同舟共济'这缘分呐！——你总共欠他们多少钱？"丁娥儿拿他也真没办法，况也渐渐熟惯了，嗔笑道："一万两！你出得起，我就跟了你当使唤丫头！"

海兰察见她巧笑流眄,掠发挽首,三分嗔怒中倒有七分喜悦,原本无意玩笑的,却真的动了心,怔怔地看着丁娥儿,一时竟没想着回话。丁娥儿给他看得心头怦怦直跳,好半日才回过神来,问道:"这会子傻愣着,怎么像个庙里神胎?"海兰察叹息一声,又是一笑,说道:"我是在想你方才的话,变了心的脸难看。可有时候,变了心的脸也会美得天仙一样呢! 比如你,在黄河上像个凶罗刹,到运河上,这会子瞧着像个活观音——敢情高家哪个少爷看中了你,打你的主意,才逼债逼得这么凶的吧?"

"你真不正经……"丁娥儿红着脸啐了一口,叹道:"哪是他们少爷,是高老爷子那个糟老头子……我反正就是一条,刀子剪子绳子井……"她又坠下泪来。海兰察笑道:"你看看你看看,又来了! 不就欠他们钱么? 还了不就结了!"丁娥儿道:"你说得轻巧! 一百二十多两银子呢?"

"你不是说一万么?"海兰察笑问道。

"嘴脸!"丁娥儿娇嗔道:"你不就是个屠户么——你有一万?"

海兰察呵呵大笑:"屠户! ——我就是个屠户,要看杀什么东西了——我做大买卖,一百多两银子算得了什么! 你别这么盯着我,不图你报答,也不要你当什么黄子使唤丫头。你的遭际可怜,我也是个同命人。没别的,我乐意帮就帮定了。"他看看舱外两个艄公都在忙活,从怀里衣裳夹带中抽出一张银票,郑重地说道:"你看,这是一张三千两见票即兑的银票! 不够你使么?"

"呀!"丁娥儿惊得身子一趔,仿佛不认识似的从头到脚打量这个年轻汉子,面白如纸,声音也打了颤儿:"你……你干么装穷? 你……你是……什么人?"

"我真的是屠户。"海兰察见她唬得这样,倒觉好笑的,收起银票,适意地向粮包上一靠,说道:"放心! 我不是刀客不是强盗,我是个杀人不眨眼的……将军!"他顿了一下,又恢复了常态,嬉皮笑脸说道:"我的事呀……三天三夜也跟你说不清——现在我还是

'无赖'，你仍是'泼妇'，还有几天水路呢，容无赖慢慢与——'观音'道来……"

　　……

　　德州终于到了。这里西通石家庄直入晋省，东至济南省城，南北驿道、运河双向水陆码头，人烟稠密陆车水舟轴辘如流，名城大郡又是晋冀鲁豫冲要通衢，自然热闹非凡。尽管农忙麦收，码头上人众还是往来如蚁。接客的、送货的、装船的、套车的往来涌动，扛夫们拉着盐包，背着粮袋和各类药材瓷器茶叶包棉花布匹吆吆喝喝，加上卖扒鸡卖小吃尖着嗓门儿的叫卖声，就嘈杂得十分不堪。

　　海兰察打定主意，上岸先兑出二百两银子帮丁娥儿还帐打发饥荒，然后到德州府衙门投案听旨。丁娥儿心里却是说不出的一番滋味，又想着家里老娘，又不知该不该接他这笔钱，更替这位落难将军吊着一颗心。说"当使唤丫头"当然是一句笑言，不知什么时候，已经在认真地想了，可是……她自己也想不明白这份情缘：自己是个乡下穷寡妇啊……七上八下的心里不落实，只是发怔。

　　两个人各怀心事下岸出码头，正中午日头偏西时分，乍从荫凉的篷船中踏上焦烧烫脚的陆地，头一个感觉就是地下踏实，不再那么晃荡，反而不习惯；再就是天空亮，日头毒，亮得刺眼，连吹过来的风也是热的，汗来不及流下就蒸发了，衣裳也是干簌簌的。丁娥儿和海兰察站在码头西一家客栈边，都似乎有点不知所措，都像有许多话要说，却又无从说起，正没做理会处，狗蛋儿闹着渴，要喝水，丁娥儿心里发烦，搡着他身子道："我把你这闹事冤孽呦！刚在船上叫你喝水你不肯，下船就渴了！——忍住！不许哭！"海兰察勉强笑道："这怨孩子么？船近码头，水脏，烧开了也有一股味儿，大人都不愿喝，他还是个孩子——那边有卖桃的，还有甜瓜，我买些来，大家都吃。我也渴了呢！"丁娥儿便抱着孩子站在房荫下头等。

　　卖瓜果的和客栈离得只有两箭远近，海兰察买了一草兜五月仙儿桃，又挑了几个甜瓜，刚立身起来，便听一阵人声嚷嚷，喊声骂声哭声喝斥声搅成一团,还夹着极熟悉的狗蛋儿的尖嗓儿哭声。海兰察一惊,手搭凉棚看时,十七八个汉子正围着丁娥儿撕拽,丁娥儿已被拉倒在地下,拧身打滚的不肯就范,怀中兀自紧紧搂着狗蛋儿,竟是被拖着往一辆车跟着走!

海兰察几乎想都没想,已明白了是高家抢人,心中一震,焰腾腾怒火勃然而发,将瓜果一扔,拔脚便赶了过去,一手揪定了拖丁娥儿那汉子,轻轻一提扔起足有人高! 那人大叫一声,仰脸摔在车辕上。两个拽脚的放下丁娥儿便扑过来,海兰察左手顺势一拉一带,已将先扑上来的庄丁搡到车下一个马爬,脚下飞踢,正中另一个裆下,那人"妈呀!"一声尖嚎,双手护着满地打滚。这几年兔起鹘落,打得极是干净利索,又来得猝不及防,连其余的庄丁也都看呆了。海兰察一把拉起丁娥儿,说道:"你不要怕,谁敢动你一根汗毛,我叫他立旗杆!"——把着众人问丁娥儿:"这里头哪个王八蛋是头儿?"

丁娥儿披头散发,满身灰土满脸污垢,抱着吓傻了的狗蛋儿,张着眼看看这群庄丁,却一个也不认识。忽然眼一亮,指着站在车辕前头一个三十多岁的中年人,说道:"就是他——高仁贵的三少爷高万清! 欠债还钱,我说了还你,凭什么抢人! 老天爷……"她突然放声大哭,"这还有日头没有,有王法没有了! 啊……嗬嗬……"

"你们他妈愣什么?"高万清起初也被这个突然冒出来的程咬金吓呆了,见只有海兰察独自一人,立时又壮了胆子,拧着疙瘩眉,两只斗鸡眼一瞪,指挥庄丁:"这是丁娥的野汉子——我们二十个人还对付不了这杂种? 给我上,拿!"高万清原是带着庄丁到码头上买收麦农具的,什么桑树扫雪帚竹爬子、镰刀木锨扁担马嚼子装了几车,只偶然遇到了丁娥儿,就势儿抢人的。庄丁们见海兰察凶悍,冷不防打来,原是一时愣怔住了,听主人这一声吩咐,"嗷"地齐声一吼,乱哄哄从车上抽扁担拽桑杈,执镰刀预备着拾掇这三个人。海兰察虽不把这些庄稼汉放在眼里,但他赤手空拳,还护着丁娥娘母子二人，情势便十分凶险。

在战场上，海兰察不知遭到过多少次孤身被围的境况，最怕是敌人行伍齐整不乱，围定了缓缓逼近，难以有隙可乘。但这群庄丁们哪里懂得这个？竟是各自为战，操家伙便上。一个手握扁担的站在东侧，抢起来照着海兰察背后便劈砸下来，丁娥儿未及惊呼出来，那海兰察似乎脑后生着眼睛，前脚踢飞了一个人手中镰刀，左手接住扁担顺势一送，那扁担着了魔似的在半空无端拐了弯儿，正扫在南面一个持桑权向海兰察刺来的庄丁面门上，顿时打得他满脸血花四上溅！海兰察已将飞起的镰刀接在手中，更是杀心陡起，见一个大汉恶狠狠举权冲过来，竟似要一权将自己和丁娥儿都穿死，飞脚一踢那权杆，顿时将权撩起老高，跟一步将镰横扫过去，那镰刀没根钉进那人太阳穴中，顿时血流如注滚地挣命，眼见是活不成了。

此时看热闹的人早将这里围得里三层外三层，见海兰察一人护着丁娥儿，独对二十个人围攻，已是打倒五四个，砍伤七八人，尚自一毫不损，都忘了热，嗷天吼地价起哄儿喝彩。高万清脸色煞白，双手握着辕杆，连喊："他打死人了，他打死人了！上啊——连这个淫贱女人，给我往死里打！"正喊着，不防一个庄丁一权刺空，扎在骡子屁股上，那骡子长嘶一声，拖着车发疯似地放蹄向西直冲，辕上倒着的，车辕子底下躺着的，已被打倒的车前的三四个庄丁被铁轮子直碾过去，两个碾断了腿，还有一个被横脖子切断了头，饶是高万清躲得快，被车轮子撞了个仰面朝天，西边看热闹的闲汉们躲闪不及，压倒了一片，蹭了腿碾了脚的哭爹叫娘乱成一团。海兰察此时已杀红了眼，上前一把提起高万清，将血淋淋的镰刀荡在他脖子上，大喝一声："德州看热闹的朋友不要走！听我一言！"

那些看热闹的原已吓得四散而逃，见海兰察如此英雄气概，都又缓缓聚拢了来。剩下不到十个庄丁见主人被拿，也都吓得丢了家伙僵立在地。码头上围了两三千人，看着血泊中横七竖八撂倒在地的庄丁,都惊得浑身起栗,寂然无声等海兰察开了口。丁娥儿早已唬得瘫坐在地下,做恶梦似地怔怔看着浑身是血的海兰察。不知过了多久,丁娥儿才道:"海……你惹了大祸,还不快远走高飞?"

"不妨事的。"海兰察狞笑一声,却问被自己揪在手里的高万清:"为什么抢人?"

高万清原已吓软了,听得远处马蹄声急促促近来,知道是衙门派兵来了,立时又胆壮起来,说道:"你松开手,这么着我不说话。你杀吧!"海兰察嘻地一笑,松开了手。高万清见他不敢动手,越发气壮,指着丁娥儿道:"魏丁氏是我高家佃户,欠债不还逃走,现在撞见,我凭什么不能拿她?"

"欠债还帐,"海兰察道:"赖债有官府,你竟敢光天化日之下抢劫妇女?!大清律主佃同法,不是主奴名分,你刁顽恶赖到了极处,我不能不管!"

"谁替她还债?"

"我!"

"你是她什么人!?"

海兰察被问得一愣,扫了一眼丁娥儿,心一横说道:"她是我夫人!"

人群立刻一阵骚动。按清时制度,贵妇人共分五等,夫人宜人恭人孺人安人,只有一二品朝延大员正配才能称为"夫人"。他一身店铺伙计打扮,此语一出,立时满场窃窃私议,丁娥儿心里也轰地一声,顿时面红过耳,抱着孩子低头不语。狗蛋儿却直着脖子晃妈妈,又冲海兰察喊道:"爹……我怕……"

"听听,不假吧?"海兰察对高万清笑道,扬声又对众人大喊:"我就是大清金川招抚大营车骑校尉,钦封二品副将海兰察!要微服回京面圣奏事!德州人听着了?!"

此时德州府衙,德州城门领的衙役兵丁都已赶到,四面里护卫杀人现场,推拥着打道进来,听海兰察自报身分,倒不敢造次,只围定了他,派人飞骑去请知府亲来处置。那看热闹的越发聚得多了,挤挤捱捱人头攒涌,足有上万号人,他如此身分,又如此丈夫豪气,众人齐发一声喊:"德州人听见了!"

"海兰察今日血染德州码头,乃是事不得已!"海兰察一把揩去脸上血渍油汗,大声喊道。他本就十分机警灵敏,此时定住了神,思虑便十分周详:报明身分,万人皆知,德州府甚至直隶总督就不敢私地处置自己,说明丁娥儿是"夫人",衙门就不敢动刑逼她的供。"逃将"兼着这白日杀人的一切罪名统都揽到自己身上,当由乾隆御审谳罪,不至于给地方官黑吃了自己。一路听丁娥儿诉说高仁贵家霸道,此时一不作二不休,又想着要杀高万清出气,因思定了,指着丁娥儿道:"刚才孩子叫我'爹爹',诸位仁人君子都听见了,这位正是我的夫人——是沙勇和为媒,葛致民为证我娶的……"他目视丁娥儿,示意她记住,其实这两位媒证都是他的好友,已在攻下寨一役中阵亡。有"媒"有"证",狗蛋儿又喊"爹",铁定了他两个就是夫妻。

丁娥儿一点也不笨,如果不是"夫妻",海兰察今日连杀数人,就成了路见不平杀人犯罪,定罪量刑要看得多,因大声道:"他就是我的丈夫!初嫁由父母,再嫁由自身,媒证俱全我们两厢情愿成亲的!"两个人当众串供,高万清尚自听得稀里糊涂,一脑门心思还在那笔佃债上,因也大声道:"她欠我家租债逃脱在外,我拉她回去索债,有什么错!"

"你这恶贼!"海兰察格格一笑,说道:"你拉的是朝廷命官夫人,知道不知道?你高家倚着德州马寡妇势力,渔肉乡民称霸一方——我为国家上将,在前方出兵放马,你竟敢欺到我的头上,我岂能容你?"因问众人,"他该杀不该杀?"

"该杀!"

众人语声未落,海兰察手中镰刀弧旋一闪,勾住高万清脖子,只一勒……高万清象一株被砍倒的树,一声不响便籁然倒地,脖子上的红水泛着血沫子汩汩淌流出来,急颤几下,伸直了腿。海兰察丢了镰,平静地拍拍身上灰土,笑嘻嘻地对丁娥儿道:"这口鸟气总算出得痛快。娥儿,别他妈的脓包势吓得这样——跟你说过我是屠户么!——咱们夫妻要一起在德州蹲几天了!"丁娥儿见他如此从容,乱得一团麻一样的心也定了下来,说道:"我也解气!这才是真男人呢!——我跟你一道下地狱!"

此时德州知府尉迟近贤早已赶到,只是他也看呆了,竟不防海兰察当着他的面又杀一人,这才惊醒过来,带着几个衙役走近前去,问道:"这些人都是你杀的?"

"不错。"海兰察平静地说道:"是我。你是德州知府?"

尉迟近贤盯着海兰察,似乎不知道该怎么办。论官位,海兰察比他大得多,该行庭参礼,说他是"逃将",内延早就有信儿,兆惠颇受乾隆回护,而且讷亲也已被拿锁进京,金川的事还是疑案。但捕拿海兰察的海捕文书并未撤回,仍是钦犯。此刻在德州,他又犯这泼天官司,说的道理又头头是道……惶惑半日,拿定了主意,不卑不亢说道:"我是两榜进士,去年分发德州知府,叫尉迟近贤,海大人,您的案子只有朝廷决裁,卑府不能受理。事已至此,请大人移步——哦,还有夫人公子也一同——暂行羁留敝衙南监。待申奏朝廷,自然公道处置的。"

"你晓事。就这样办吧!"海兰察笑笑,转脸对丁娥儿道:"喂,一家子的,咱们走!"

十三　贪金吞饵诈中有诈
　　　公堂簿对情重定情

　　尉迟近贤密审海兰察，直到深夜亥时，已经弄清了案由。只是海兰察自己没有官印勘合，身分还不能证实。面对搜出来的十万两银票，他怔了半晌，吩咐将海兰察和丁娥儿分别拘押在后衙两间空房子里，便打轿直奔城北的盐政司使衙门来寻高恒。

　　这个衙门占地很大，因连同盐库都在一个大院，足有二里方圆，东北和北边是一排排库房，西边是个小花园。同花园比邻又一座三进大院，是德州有名的富户马寡妇宅院。这个"马寡妇"即是高恒在莱芜县太平镇剿匪时结识的那位马申氏。马申氏天生丽质，却嫁了个土财主，又有阳痿病。两个人情热难舍，分开后高恒思念不已，出资代她的丈夫马骧遥捐了个盐政库司，夫妻都调到德州来管盐库。他也就近修起盐政司使衙门，连院子都是通着的。这事德州人几乎家喻户晓，背地里说是"寡妇招汉子"，叫来叫去就成了"马寡妇"，其实她丈夫活得结实，不会与女人鬼混，搂钱倒是一把好手。当下尉迟近贤在衙前下轿，他是这里走动得极熟的人，门政是个九品武官巡检，忙就上来打千儿请安，陪笑道："府台大人，我们都银台①老爷在西院和马——库司说话，还没回来呢？皮邑尊也在花厅等着呢！您这早晚过来，必定有要紧事，我去禀告他老人家一声。"

---

　　① 　银台，即通政使。高恒掌管全国盐运，有侍郎身份，故称"都银台。"

"皮忠臣也在?"尉迟近贤一边跨脚进衙,望着一大片黑沉沉的库房,说道:"你去禀告一声也成。就说我们在这边等着——库房东北角那段墙加高了没有? 你们总丢盐,叫我们破案,整日光顾了忙你们这头了。"

"加高了加高了!"那门政答着,又打个千儿,笑道:"您吩咐的话我们敢不照办? 卑职这就过去禀告——您请! 我一会就过来回话。。"说罢便向西,匆匆来寻高恒。

高恒却正在和马寡妇生气。门政连进三进院,见马骥遥住的西厢黑乎乎的熄了灯,只听高恒和马申氏在上房说话,掩口儿葫芦一笑,正要上阶,听马寡妇在哭,忙止住了步,悄悄站在天井石榴树下等机会,也不敢走,也不敢认真听,仰着脸看星星,可到底还是听了个眉目,原来马寡妇又在苏禄陵西购了一处花园子,二人正在斗口。

屋里的高恒热得浑身是汗,嫌湘妃扇子风小,扑扇着一把大芭蕉扇,只穿一件天青实地纱短褂子,说道:"你甭这个样子,现在不是怄气的时候儿。本来就树大招风,朝廷几次下诏要清理亏空。这时辰买园子,不是他妈的掰屁股招风——自找病么?"

"买园子是我们马家买的——与你什么相干?"马申氏伏在椅背上又哭又说,"陈惜惜也买园子了,刘阿娟也买了,还有翠姐儿! 你当我不知道谁出的钱么? ——她们能买,我为啥不能?"高恒凑近了她,搂着她的肩想亲一口,却被马氏一把推开,只好苦笑着说道:"好姑奶奶,你低点嗓门儿……人听见算什么? ——外头是谁?"

高恒突然发现发站在天井里的门政,咳嗽一声,没事人似地踱出来,觑着眼看看,说道:"是小贡子呀! ——什么事?"小贡子忙将尉迟和皮忠臣来拜的事说了,又道:"他们半夜来,奴才想着必定有要紧事,赶紧过来禀主子一声。"高恒叹了一口气,说道:"你跟他们回话,我一会就过去。"说着又踅身进屋,说道:"是我的包衣奴才,不妨事的——听见了吧！他们来，必定为的是盐务亏空的事！你糊涂啊！我完了，你能站得住脚？"

马寡妇这才知道事情不小，正"哭"着，却"嗤"地一笑，说道："盐务亏空怎么着？你不是说，如今天下没清官么？法不制众，皇上能把亏空的官都杀了？"她站起身来，把自己试泪的手帕儿给高恒揩着头上的汗。"看你把吓的——那园子我还没给钱，说声不要了，不就一句话？你是国舅爷，直隶总督不也来巴结么？亏你整日海口夸得山响——我是气不过，你也太贪色了！这屋里，我，还有众丫头们，还不够你玩，还要弄什么'十二金钗'，这个起名叫'林黛玉'，那个起名叫'薛宝钗'……"她一头说，一头叫"热"，随即就脱大衣裳。大衣裳脱后里头只一身水红蝉翼纱裙，两弯雪白的膀子裸露，穿的贴身藕荷色坎肩，粉莹莹的大腿，高耸的乳房上淡红的乳豆……都朦朦胧胧摇曳在高恒面前。因俏生生掠一把黑得乌鸦翅一样的鬓角，上来攀住高恒脖项，口中吹气若兰，呢声儿道："你不是说人有两头，上头生烦恼，下头……是解忧愁的么？高爷……"

高恒一辈子专在女人身上用工夫的，都是相与一阵子，过了新鲜劲儿，放几个钱就撂开手的。只这马申氏不但体态容貌姣好，风骚喜媚人意儿，还另有一般人所不及的本事。她千娇百媚啼笑自如，摆弄得高恒欲火焰烧，却又不许高恒沾身，认真就恼了，却又是娇嗔，什么时候来了，她都是"新"的。高恒也有一宗毛病儿，并不喜爱黄花闺女，专爱和中年艳妇鬼混，说姑娘们忸怩作态，太矜持，不如中年艳妇半老徐娘有滋味，调起情来尽兴。二人两好相凑，加上马申氏长相儿和棠儿近似，竟多年如鱼似水，情同新婚。此刻灯下看马申氏，三十出头的人了，依然眉蹙春山眼含秋水，万种风情婉然，不由得也就上火，嬉笑道："来放放烦恼水！——你不要又是在怀里一滚就脱身逃去的吧？"便也脱衣服。

"不会。"马申氏嫣然笑道："有时那样，是怕你……吃饱了不想家。"

"那你也脱光。"

"丫头们……"

"不怕。"

"太热了……"

"太热了才好呢，"高恒对着她耳边悄悄说道："这么着一丝不挂，浑身是汗，光溜溜地，全身都舒……坦……你手把捏着，当心弄错……忘了上回，咱两个洗澡，浑身打了香胰子……嘻……"那婆娘由着他浪了一阵子，越发兴浓，一阵眩晕口吮舌舔腿夹足缠，牛喘娇吁淫喋浪呻着，忽然一个翻身在上，将他压得紧紧的，自在上面急速纵送，颤声说道："好我的亲爹亲哥哥哩……这回可填足了我的亏空了……"

一提"亏空"二字，高恒却败了兴，那活儿就地软了。马氏兀自不放，任怎的摆弄，口吮把玩总不中用，只好叹口气下来，埋怨道："这是我不给你，还是你不给我？到紧要关口就兵败如山倒，软得面条儿似的了——都是那几个浪尻小蹄子，把你给掏空了……"高恒心里想着"亏空"，又不知尉迟近贤皮忠臣有什么要紧事，却不便说破了。见马氏着衣理鬓，一脸不快，也笑着着衣起身，扳着她肩头道："没听我跟你说三言二拍里的话'特到那紧要关头，它就软软软软软……'回头我跟你说原故，你就明白了。宋高宗正干那事儿，一听'金兵来了'，吓得就此终生阳痿呢——我先去办正经事，回头再与你大战三百回合！"说罢便走。马氏笑啐一口，冲他背影说道："一会儿再来——听着了？"

"听见了！"高恒答应着，匆匆走了。

尉迟近贤和皮忠臣在司使衙门说话商议，也正在犯愁。内廷有信儿，要派刘墉来查皮忠臣贩瓷器倒腾库银。其实这买卖是他两个合作业作的。从山东藩库借五万，高恒叫他们写借七万的条据，坐地白收两万银子，如今山东布政使连连派人催逼，许他的一万利息宁可不要了，户部立地派人要到济南查帐，钱度那一关无法打通,这笔钱立时就网包露馅儿,而且一牵就是一大串。这些事早已禀了高恒,却没讨出个正经主意。两个人都觉得海兰察身上这十万银子,哪怕能挪借过来半年,一切都可应付裕如。这笔钱叫人眼红,却又觉得烫手。万一兜出去,'侵吞军饷'四字罪名就足送他们同赴西市。

　　这笔钱太诱人了。无根可寻,无帐可查,落到谁手里就是谁的。只是要封住海兰察的口却不是一件易事,两个都是宦海里趟惯了浑水的,都存了杀人灭口的心,却都不说破。只说案子名目。倘若按"逃将'罪名,要缴部审理,但如按民事刑杀高万清数人,可以就地动刑审讯,顶多一个"用刑不当"就可置海兰察于死地。

　　两个人慢条斯理,正在字斟句酌谈案子,高恒已摇着扇子进来。见了二人打袖提袍的还要行礼,高恒不耐烦地说道:"免了吧!什么要紧事半夜三更的来搅?"

　　"卑职是为朝廷通缉的那个逃将海兰察来的。"尉迟近贤陪笑道,"他今日在漕运码头连杀六人,还有三个重伤正在救治。地方上出了这么大案子,又在漕运重地,不能不来禀七爷一声。"皮忠臣躬身说道:"全城都轰动了! 大清开国以来,德州出这么大案子还是头一回。"

　　高恒"嗯"了一声,自坐在安乐椅上,端杯辍着凉茶,听尉迟近贤从头到尾详述案情,一时紧蹙眉头,一时微微摇首,一时却又面含微笑,直到听完也没吱一声。许久才叹息一声,说道:"像煞了鼓儿词里的英雄救美人。这个海兰察我认识——面儿上瞧着嬉皮笑脸,其实是侠肝义胆,有心思有胆量的豪杰!"

　　他这样赞赏,尉迟近贤和皮忠臣不禁对望一眼。皮忠臣道:"他确是聪明。当着万人的面自报身分。我们就不能轻易刑审了……不过,他是两重案犯,原来'逃将'是主案,现在又犯白日凶杀大案。似乎重于前案,不知该如何料理?"

　　"那——你们有什么打算?"高恒似乎漫不经心,把玩着那只镂金钩瓷茶杯，问道："听起来，似乎你们想按杀人犯就地审理？"尉迟近贤生怕这位国舅爷说出"钦犯"二字，因笑道："他的海捕文书是兵部发下来的，也不过就是捕拿而已。主罪即在德州，按例应该在德州审定，上奏朝廷处置。"

皮忠臣在旁听得发急，这位府台太绕弯子了——因哈腰禀道："他的案子还不止这一件，他身上还带着十万两银票，不明不白的，将来刑部知道问起来，不好回话。他是已被革掉军职的，其实身份是匹夫百姓，在德州一下子杀了这么多人，如果不审，省里也说不过去。"

十万！高恒眼皮倏地一颤。他立刻明白了二人来意：想就地刑讯杀人灭口，黑吞了这笔钱。为自己功名顶戴，起这样的心，太可怕了。但这笔银子对他也有十分诱力，他玩女人欠的风流债，是从盐务厘金里挪出来的，一样也是亏空。十万银子腾挪出来，至少也得孝敬他五四万，立时就无债一身轻。高恒身处高位，朝廷内幕知道得多。乾隆整日春风满面温文尔雅，看似比雍正慈悲宽仁，但雍正勾决杀人极其持重，不再四筹思不提朱笔，乾隆却从来没有迟疑过，愈是大官愈是处置果决……还有刘统勋那张黑脸，办起事来永是一副牢不可破的铁青色，想起来更叫人心悸……

高恒端起杯，目中炯炯生光，看着微微摇曳的灯烛出神。皮忠臣和尉迟近贤二人四目直盯盯看着他，不知他是怎样个主意。许多，高恒"扑嗤"一笑，说道："他在德州杀人，德州知府县令不管谁管？我管咸（闲）盐，不管闲事。"这等于是出了主张又不作主。尉迟近贤的前半句意思，皮忠臣却听的是后一半，皮忠臣干笑一声，却转了话题："七爷，济南那边派人带信儿，说钱度已经恼了，再不开库让他的人查，就要上奏弹劾山东藩司巩明哲。巩明哲只是张口要利息，没凭没据的事自然一推了之。我们这边打着七万两的借据,磨盘儿扎着手呢! 上次您说给钱司农① 写信,不知他回信怎么说? 这也是卑职们贪夜造访的一个缘故。"高恒听了,自然心里不快,嘿然良久,问道:"你们这笔生意,到底是什么货? 绸缎? 还是织机? 总共多少本钱——本息什么时候能收回来? 借据是我作保,保期可只有半年。还不上,连我也脱不掉干系呢!"

"所以我们和七爷是一条船,得同舟共济。"皮忠臣抚抚在灯下闪着油光的额头,一脸无赖相笑笑,说道:"有运往南京苏杭的织机,回来带绸缎,有运往四川的药材,布匹,到安徽铜陵买铜,带回来造铜器……"

"铜?"高恒冷冷插进了一句,"有这干禁例,最犯圣忌的,不怕杀头?"

尉迟近贤格格一笑,说道:"回七爷! 贩铜利大呀! 一倒手就是三十倍的利。上回翻船我们折了本,又要还帐——直说了吧,这次运往四川的药材也要赔,因为金川战事已经暂停,只卖出去了些避暑祛瘟的药,余下的都折价一半卖了。不弄点铜,拿什么还亏空?"高恒道:"你们真是钱迷了心窍,连命都不要! ——路上查出私铜怎么办?"尉迟近贤道:"带着盐政通政使衙门的引子,铜在盐里,谁敢查? ——七爷,这些事好对付。要紧的是上头! 刘墉这人和刘老中堂一个模样,还特爱私访。他到芜湖已经去了两个月,昨儿邸报说已经据刘墉的明折,革去吴文堂顶戴,暂拘安庆府待勘。芜湖官场有我们的朋友,还有我们派去的人,连他长得什么模样也没见! 您瞧这人厉害不厉害? 不定现在已经上路来德州了呢! 我们都和他没交情,不认识,他少年得志,正是踩着别人往上攀的时候。就算认识,谁敢登门撞他的木钟?"

"不谈生意。你们自己料理吧!"高恒见这二人愈逼愈紧,侃侃而言中气势却咄咄逼人,左右思量不能翻脸,长长伸欠了一下,说

---

① 司农,即户部尚书,钱度是侍郎,加尚书衔,故称。

道："我还不懂得同舟共济？看戏看迷了眼,以为我是戏里头的二花脸草包国舅! 我说过让你们审理海兰察了,你们审就是了。你们的意思,是叫我出字据,还是我来亲审?"

"不敢,不敢!"两个人都偷看一眼高恒阴阳不定的脸,躬身答道。

高恒站起身来,一双眼睛幽幽望着烛光。深不见底的瞳仁,晦暗得像土垣墙根下若隐若现半掩着的两块黑青石。缓缓说道："他未必就是海兰察。五木之下何供不可求? ——你们去吧!"

"是!"

尉迟近贤和皮忠臣欣然应命辞了出去。高恒直看着他们的背影消失在黑暗中,嘴角吊起一丝阴冷的笑容。掏出怀表看看,已经到了未牌时分。他仰着面孔长吁一口气,冲外头轻声喊道:"小贡子进来!"

"爷,奴才在!"

小贡子像从地下冒出来似的,几乎立刻就出现在高恒面前,高恒摆手示意不让他行礼,问道:"住宏达客栈的那位客人,弄清身分了没有?"

"弄清了!"小贡子眨巴着眼,干脆利落地说道:"确实就是刘墉,户部主事唐阁臣就在芜湖办差,他们是同车,常在一处会文,在芜湖老茂干店一眼就认定了。咱府里英诚从芜湖一直跟到德州,再不会出半点差错的。"

"没让他看出来是跟踪儿的吧?"

"没有! 几站换人跟的!"

"好!"高恒笑道:"这差使办得漂亮!"他在屋里兜了一圈,到桌前摇笔濡墨要写信,却又停住,却打开柜子,取出一条卧龙带,很小心地掂了掂,递给小贡子。

这是一条做工极精致的腰带,里外玄色宁绸包面儿裹着贡呢,都用同色细丝密密扎缝了,带子边缘掐金挖云镶着金钱⅍字纹。

最出眼的是顺带蜿蜒曲盘的一条绣龙，却是明黄金钱精扎精绣而成——这是他在太平镇剿灭刘三秃子匪案，乾隆亲自颁赐御赏物件。就因这条明黄金龙，即使是他这身分，也从不敢在公众面前系带。寻常官员更不用说，那是见见也是难得的。

"你现在就拿这卧龙袋去见刘墉。"高恒见小贡子满脸惊讶，一笑说道："就说我高恒不便过去，就在这里专候！"

"他要是不肯来呢？"

"他不会不来，也不敢不来。"

"他要不认承自己身分呢？"

"就说他在饭店吃饭，我亲眼认出来了。"高恒敛了笑容，"要是没有要紧事，我不会这时辰请他的——要真不来，不要多话，你回来就是了。"

"扎！"

小贡子去了。其时已是四更天，远远的闻得鸡鸣之声，正是拂晓前最黑"扣锅底儿"时候儿，闷蒸的暑气早就没有了，窗上透纱而入的凉气浸得人浑身舒坦。高恒静待着这位奉旨查案的刑部郎官，心里一阵紧张，一阵坦然，倏尔还袭来一阵懊丧悔恨。他并不是个贪财的人，也不好酒。心思精明办差干练，熟透了盐务，虽然比不上傅恒能耐，在诸多的"国舅爷"中还是出尖儿的人才。却只犯了一宗毛病，爱女色。在京时贪恋傅恒夫人棠儿，千方百计讨好儿弄不到手，后来才知道棠儿和皇上有染，乃是禁脔，犹自不甘心。出京办差，乃是自由身，从山海关到德州，一路沾花惹草到处留情，哪里不用钱？偏是马申氏穷壤山乡里出来的俊鸟，不懂收敛，使了钱还要花枝招摇，弄得自己心魂失态。还欠了一屁股债，外头还落个花花公名声儿。欲待踢开马寡妇，一来舍不得，二来这女人知道自己的事太多……

正颠来倒去思量个不了，窗外廊下一阵细碎的脚步声传来，小贡子带着一位青年官员进来，向高恒禀一声："爷，刘大人请来了！"

说罢便退了出去。高恒立起身来，却不言语，沉默着打量刘墉。

这简直又是一个小刘统勋，一样的墩实个子，中等身材一样的微微罗圈的腿，一样黑里透红的长方脸，扫帚浓眉下一双炯然四射的三角眼，只是阔口上唇还只一层茸茸的髭须，脸上少了些皱纹而已。穿着却是六品服色，砗磲顶戴，八蟒五爪袍子外头还套着鹭鸶补服，结束得毫不拖泥带水——这一条就显着比他老子讲究一点了。高恒见他施罢礼也在打量自己，不禁一笑，显得随便了些，摆手说道："崇如，不要拘束，坐，坐！"

"谢高大人！"刘墉气度稳沉，正襟危坐了客位，接过小厮捧上来的茶，顺手便放在桌上，"不知高大人夤夜召见卑职，有何指示训诲？"

高恒叹了一口气，略一苦笑，说道："你这样一派官气，这么的正气凛然，真叫我难以启齿啊——你父亲延清是我的至交，但他不苟往来，我也敬重他这一条，所以登门拜望少一点，当年在奉天，我们是何等交情——他呢，上书弹劾张廷玉、讪亲，下车斩湖广巡抚陈群星，如今是名臣。我背了个'国舅'名声儿，又管钱又管盐务，历来做这些差使的哪个不是泔水缸，臭不可闻？交往也就更稀了……"

他一脸诚挚，娓娓款叙，刘墉只是静听，只在提到父亲名字时略一欠身，那神态有点像国子监祭酒①，在耐心听刚刚进学的学生讲《朱子大全》。高恒暗自佩服他的器宇，口锋一转，变得异样沉痛："我本来也可学傅六爷，外立军功，内修政务，老实做个好臣子。可偏偏管了盐政，打交道的都是不三不四的生意人。上回娘娘数落我，说我在外头招蜂引蝶，差使再努力巴结也不得个好名声。崇如，你想，这就好比个粪缸，周围能没苍蝇么？实言相告，风流罪过我有，风流债也欠着。盐务上有亏空，责任自然也是我领。我自己的事心里有数。你说要查，天明就可以开库搬帐。成么？"

---

① 国子监：当时政府最高学府，祭酒主掌，历来由状元担任。

　　"高大人,"刘墉听他自检自责,这么高的"国舅爷"对自己如同宿年知交,心中不禁感动,微微叹息道:"您如此开诚布公,实出我的意外。开库查帐,不在我的职分之内,但大人在外风评,确实有些微言。不能多说什么,若是欠着藩库的债,赶紧还债抽条,若是盐务自己有亏空。赶紧整顿。男女上的事嘛……只是风言风语,还不至于有大的干碍——这两件事其实只有一件,是个修德持重的道理。学生微末小员,后生之辈,本不该说这些话给您听的。但大人与学生交心,学生亦不敢不恳切奉言。"说罢举手一揖。

　　高恒似乎轻松了许多。叹道:"天天是称斤、算盘、银子钱,许久不听道理了。我很欢喜。"刘墉哪里知道已经进了高恒的圈套?微笑道:"闻过则喜,善莫大焉。我也替大人欢喜。"高恒这才转题,说道:"单为这些话,我满可以从容和你谈——海兰察的案子听见了么?"

　　"德州人倾城皆知,要不多久就轰动天下!"刘墉说道:"我也去看了。"

　　"那是自然。尉迟近贤和皮忠臣刚从我这里走。他们要就地审理这个案子。"

　　"唔——唔?"

　　"这里头的委曲情曲我都不大理会。听说这个海兰察,身上还携带着十万两银票。"

　　刘墉颊上肌肉一颤,他立刻明白了高恒的意思,身子一探,又仰起来,问道:"高大人你怎么回话的?""他们说要刑审。"高恒无所谓地一笑,说道:"我说我只管咸盐不管闲事。我不能干预地方政务,也不承当责任——他们走后,才想到这里头有文章。海兰察是'逃将',明明白白的事;在码头杀人,是万目睽睽下作案,又是束手就擒;他是钦犯,问明正身案由,申奏上去就是了,凭什么要动刑?动刑问什么? 这太蹊跷了,所以只好唐突,请你出来干预一下。"刘墉紧张地思索着,这里头的"蹊跷"是一望可知的,但高恒怎么这么关心,又为什么独独把自己叫来?……思量着问道:"高大人,你怎么知道卑职在德州?"

高恒莞尔一笑,说道:"傅老六告诉我的——怎么,我不可以知道?。

"卑职不是这个意思。"刘墉倒被问得一怔,说道:"卑职是说——您满可以亲自出面干预。海兰察是奉旨查拿的钦犯——地方官就是总督,也无权刑审——再说直一点,皮忠臣他们从安徽私贩铜材,还有他们的亏空,与大人有涉无涉?""绝无牵扯。"高恒庄重地说道:"以我的位分,平日他们来去动殷勤,这是理所当然。他们从藩库里借七万两银子,是我高某人作保。官场情面嘛,谁不要敷衍?海兰察的事声震九重,我看连他'逃将'的罪名也是立不住的。你要疑我,就不必干预,我坐山观虎斗,看是谁敢来奈何我?"

这番话直说得义正词严,刘墉倒觉得不安。略带拘谨地站起身来辍茶一饮,说道:"卑职领教了。大人劳顿,关照之情不浅。卑职这就回去。待卯时升堂就过去。"高恒也笑着端茶,问道:"恐怕不能再微服了吧?你要有分寸,要知道,尉迟的官位比你高。"

"这个卑职理会得。"刘墉说完,一躬而退。高恒此刻早已错过困头,一点睡意也没有,眼见清亮的晨曦映得窗纸泛青,索性洗漱了,叫过小贡子吩咐,"到府衙去几个人看审,一刻时分两报给我!"便坐下来,挖空心民给乾隆写密折,又给傅恒、刘统勋、纪昀、阿桂还有自己府中一一写信。因人而言,都是不必说的了。

德州府县两堂会审海兰察杀人一案,不到卯时就贴遍了全城,海兰察本人还蒙在鼓里。昨日来衙,尉迟近贤待他很客气,不但不捆不锁,晚间还有四碟子菜一壶酒相待。只是"夫人"丁娥儿和他分禁了两院,可以在院中悠游散步,但不能出院。尉迟本人却没有再和他厮见。

鼾声如雷黑甜一觉,天已亮秀,海兰察尚自睡得深沉,听得房门"哐啷"一声，惊得身上一颤，"嗯"地坐了起来，却见五六个衙役破门而入，都是凶神恶煞般模样，也不待他分说，拥上来七手八脚，顷刻之间便将他捆得粽子也似，"叭"地一声又在脖子上套了一面重枷。海兰察情知事有大变，由衙役们撮弄着往外走，心里紧思索："难道奉了圣命，或者接了部文？德州到北京，就是八百里加紧文书，也没有这么快呀……"低头看看刚才套在身上的囚衣，心里"轰"然一声，已知德州知府用心，想黑吞了这笔军饷！"他肯定是想刑杀我！这该怎么办……"由衙役推搡着磨蹭着走，思量对策。

街到大堂西后侧，已听得衙门外头人声鼎沸，抽鞭子赶人声，喝斥声，看审百姓嚷声叫声哭声嘈杂一片乱成一团。海兰察不知这位尉迟太守从何下口吃自己，难以详细预备对策，只咬着牙锁眉思量。一眼见丁娥儿被两个狱婆子从东后院那边带过来，再不能迟疑，因大声喊道："娥儿！记住两条，他要什么供给他什么供；第二，我是海兰察不要狐疑——千万别——"话没说完，嘴里已被塞了一把麻胡桃。丁娥儿不是笨人，却也知海兰察聪明过自己十倍，咀嚼着海兰察这两条，只是个"不吃眼前亏"的意思，打着主意随狱婆子坐了东侧，一声不吱。

咚，咚，咚！

三声沉闷的堂鼓响过，便见两行衙役从东西两侧门雁翅鱼贯而入，接着便听"喂……噢……"的堂威声，沉浑中带着富有弹性的颤音，撼得人心中发紧。衙门外面一阵人声骚动，随着一声高唱"带人犯——上堂罗！"立时又变得一片死寂。

海兰察从西侧门被带进去，迎面便见丁娥儿从东门进来。二人四目一对，海兰察笑道："夫人，看来还是女的便宜，没给你上绳子戴枷呀——"话未说完，守在公案旁一个衙役几步过来，劈脸就掴了海兰察一个耳光，喝道："不许说话！"海兰察这时才细看公堂上的情景：

这是一座三楹五脊青砖卧顶的审案大堂，一色的方砖漫地，因过于空旷,中间梁下支着两根红漆柱子,柱子上还写着一对联语,上联"下民易虐",下联是"上苍难欺"。两排衙役各分八个夹道而立,手执黑红水火棍纹丝不动,上座设在北边月台上,屏风上绘着江牙海水图,屏风顶上黑底白字写首:

明镜高悬

中间公座上尉迟近贤官服袍靴端肃而坐,旁边设一小案,坐着一位七品县令,就是皮忠臣了,还有几个书吏,却都是矮几低凳,几上文房四宝俱全,预备着录供。海兰察看娥儿,见她脸色煞白,双手紧握,小脚半露在外,腿似乎也在打颤儿,刚要出口安慰,那尉迟近贤极利落地将手中响木"啪"地一敲,断喝一声:

"张望什么?!——跪下!"

"跪下!照打了!"衙役们齐声吆喝道。

海兰察叹息一声,突地一笑,没言声也不跪下,皮忠臣向尉迟耳语了一句什么,尉迟近贤才晓得被海兰察气得忘了规矩,吩咐道:"给他去刑——跪下!"虽然仍是声色俱厉,却无论如何有点泄气了。海兰察被松了绑,对丁娥儿又是一个嬉皮笑脸,提了袍角跪下。丁娥儿也就跪了。海兰察一脸痞子相,居然还磕了个头,说道:"尉迟老公祖,还有这位皮太爷!方才问下话来,问我张望什么。我是在看上头这块匾。'明镜'两个字写得太草了,看着像是'朋鉴'(朋比为奸)两个,'朋奸高照',似乎不通顺……"

尉迟近贤和皮忠臣计议一夜,知道这人必定极不好审,想一开头便杀掉他的威风,然后一步步逼他就范。却不料海兰察根本就没"威风"可杀,还当场放了个松泡儿。惹向几个衙役和师爷都别转脸偷笑。尉迟近贤不禁有点气馁。例行公事地问了海兰察姓名年纪籍贯之类的套头,转又问及案情。海兰察这才知道,昨日杀死六人,还有两个垂毙待死的。不由叹息一声,说道:"唉……真无用,才杀了六个!"

"你说什么? 大声!"

"我说——"海兰察挑高了嗓门,声震屋瓦,连衙门口栅外密密麻麻的听审人众都听得刺耳,"这是我杀人最少的一次,才他娘的六个!"尉迟近贤咽了一口气,这样的犯人真是少见,说他咆哮公堂,却又是自己叫他大声的,如此桀傲顽皮,怎么审理? 顿了一下,问道:"为什么杀人? 高万清与你有什么仇隙?"

"回老公祖。方才已经供了,他抢我的妻子,还打我的儿子。我去救,他们还要伤我。不小心就杀了他们。"

"德州仍是王法重地,他抢你妻子,不能报官府处置? 你竟敢白日青天之下连杀数命!"

"是——不过昨天还不明白这个道理。王法重地,居然有人敢白日青天之下抢人妻子,掠人儿女!"

皮忠臣听着暗自着急,这么问法,变成了儿戏斗口,尉迟近贤根本不是对手。因在旁轻咳一声,阴沉沉说道:"你根本就不是海兰察。"他陡地目光凶光四射,"到底是何方盗寇,拐带民妇流窜亡命? 讲!"

"大人!"海兰察问道:"那我是谁呢?"

"现在是我问你!"

"那我还是海兰察。"

外面看热闹的人几乎挤散了木栅,听得一阵阵哄笑。尉迟近贤一边命衙役弹压,此时他已灵醒过来,想到下头跪的这人身分,蓦地竟浸出一头冷汗,但事到如今,又难以罢手,因问道:"海兰察乃是朝延通缉的要犯,遍天天皆知。你既是海兰察,就该隐匿逃亡,或者就近向官府投案,居然敢公然出面白日杀人? 显见是杀了人,畏惧本府刑罚无情,冒充朝廷大臣,拖延时辰待机逃亡——是不是?!"

"不是! 我信不过四川河南官府,所以不能投案。我无辜有功,所以不肯逃亡。"海兰察指着丁娥儿,说道:"你问她,我说的有假没有? 就你今日所作所为,我看德州府缺德——你问不了我的案子,申奏朝廷吧!"尉迟近贤被他顶得一怔,旋即勃然大怒"刁顽! 军中将领有携带眷属的么?"

"我们是半路成亲!"

"谁的媒证,下的什么聘?"

"沙勇和为媒,葛致民是证。至于下的聘嘛……"海兰察一笑,"是个猪头。"

这句"供"完,堂上堂下立时哗然大笑,几个书吏录供,笑得握不住笔管,伏着吭吭地咳,衙役们挂着水火棍,也都笑得前仰后合。皮忠臣眼见不是事儿,忙向尉迟近贤递眼色。尉迟近贤会意,冷笑一声说道:"朝廷将军,哪有你这样的无赖? 不动大刑,谅你不招——来!"

"在!"

"夹棍侍候!"

"扎!"

"咣"地一声,两根簇新的柞木夹棍扔在海兰察面前。皮忠臣见丁娥儿簌簌发抖,脸色惨白,一手指定了,说道:"给这妇人也上拶指,给我照死里拶,照死里夹! 看他还冒充海兰察不?"

海兰察临到此时,已不再嬉笑。朝上一揖,说道:"听我一言再动刑不迟。我是不是海兰察,六部里有的是认识我的,北京派人或触押北京,顷刻就能验明。至于白日杀人,也是明明白白,早已直认不讳。我们听好了。我决不熬刑,娥儿也不要熬刑。你就说我个谋逆返判,我也都认了——我认供,你敢动刑,乾隆爷陵迟了你们也没准! 就怕你们黑了我,我才在万人中亮明身分,你掩不住我!"他一笑而敛,"认了供,你总得整理文案,'阿二阿三白昼杀人'申报到省,再到部,再奏万岁爷勾决,要多少日子批下来,你们算计过没有? 到那时,我的案子早就明白了——不知甚么缘故,要置我于死地,你们自己心里清楚。你们长的不是人头,是猪!——对了,猪头!——想不到真的是猪头给我和娥儿定聘,——娥儿,你我的事一直没定,今儿就在这,既然都跪了,就算拜天地了——成么?"

"我心里早拿你当我的男人了!"娥儿听得心里发烫,早已泪如泉涌,激动得浑身发颤:"原想跟你当个使唤丫头就心满意足,你这么抬举,我领了!"

两个人在公堂诚挚恳言互吐情愫,当"堂"成亲拜天地!连书吏衙役们也都悚然心动,外边成千的听众嗡嗡蝇蝇互相传诵。两个主审官却都唬得魂不附体。尉迟近贤越想越觉得跟着皮忠臣趟浑水不上算,立起身来说道:"今日停审,退堂!——海兰察和丁娥儿仍暂拘府衙!"说罢拂袖而去。

满堂人众立时散尽。只有皮忠臣兀自僵坐如偶。

十四　游新苑太监窥淫秘
揣帝心军机传法门

两日之后内务府同时收到了高恒和刘墉的密折。

其时已值盛暑,乾隆并富察皇后及嫔、御、媵、答应、常在诸有头脸的宫人都移居畅春园,乾隆仍居澹宁居,军机处设在乾隆当皇阿哥见人办事的韵松轩。留守在养心殿的是六宫副都太监高大庸。卜孝被杀,卜义理应是养心殿的总管,却因王八耻得宠,晋升了这个位置,带着卜礼卜智卜信等十几个内侍过园子那边随驾侍候,卜义反倒是副总管太监,跟着高大庸,带着一群没职分的小苏拉太监看守空殿,白天洒扫庭除,夜里守更巡逻,聚赌吃酒什么的。太监和天下职官,除了被阉这一条,心性却都无两样,既要逍遥富贵,又要媚上邀宠。王八耻不次趱迁爬到第一位,卜义自然心里不熨贴,但乾隆管制太监是千古第一严,无辄获咎,或打或罚绝不怜恤,作践起来如同猪狗。卜孝是头号太监,当庭杖杀,满宫肃然,是因他名头大。其实每隔几天,流水不断线的都有获罪被打死的小太监从东华门抬出去,送左家庄烧化了的。

因此不熨贴归不熨贴,乾隆的事无巨无细,卜义不敢有半点怠忽。见内务府送过来黄匣子,立即备马,带了几个小苏拉,立即赶往西苑畅春园,在双闸口万寿无疆门前下马。

如今的畅春园大非昔比,其实已经融入规制广袤庞大的圆明园中,北海子、亚海子,飞放泊一带旧称西苑,大半都是元明朝御苑旧址。连同西山玉泉山,星星散散。乾隆因国力强盛府库充盈,原本打算全部拆除,齐整规划,按万国冕旒向天朝的宗旨,分别将列国胜境名园全数照搬进来。却在热河被扎部尚书尤明堂死死顶住,当面指斥主张修园子的纪昀是"佞臣",甚至说乾隆"非尧舜之君"。乾隆度量宏容,嘉奖尤明堂敢言直谏。但修园子的事却没有死心。只是不再拆建,仍将各处旧园一囊无余,连成一片,逐年依形就势增修。原来每年拨银一千万两的旨意撤回,改为四百万两。

尽自如此缩减规模,亦是阿房宫开运河亘古以来罕见的浩大工程。卜义下马北望,怎般暑热天气,看不到头的是车水马龙,砖砂石灰沿官道来往络绎,从长白山拉来的红松木,云南贡来的楠木建殿料儿,粗的径可丈许,至细的也要二人合抱,一堆连一堆,沿海子垛得陵山似的起伏连绵过去。极望北边,融融炎炎的烈日下,一队队民夫,每队约可三五百人,打着赤膊,用滚木搬运大石料,只用小黄旗摆动着推移,一声号子声不闻。卜义料是为了畅春园中皇帝宫眷安静不敢呼喝,只一笑,将马缰绳扔给小太监,便进万寿无疆门。见守门的当值侍卫是巴特尔,卜义因笑道:

"巴军门,是您老当值?"

"给万岁爷送黄匣子的?"巴特尔面无表情,一伸手说道:"牌子!"

"巴爷,咱们常见面儿的呀!"

"牌子!"

卜义无可奈何地一笑。巴特尔是乾隆在蒙古那达慕大会上用千里眼和东珠,从科尔沁王爷手里换来的死罪奴隶。心里眼里,除了乾隆任人不认。连纪昀有次忘了带牌子,也被挡在乾清门外,硬等着派人验了才放行。卜义过去只是听说,今儿遭见了才晓得是真的,只好将几个匣子勉强挪到左怀里,腾出右手掏出腰牌给巴特尔验,口中笑道:"爷这份忠心,哪位侍卫也比不了! ——您还要升一待侍卫呢!"巴特尔却听不出他是夸赞还是讥讽,说道:"皇上的,下午在韵松轩见大臣——你去!"卜义听他汉话说得古里古怪,想笑又不敢，一躬腰算是行礼，自进了园子。

过了澹宁居，再向西，沿竹林小道逶迤约行半里，出来又穿一带老桧林子，一片绿得发黑的百年老马尾松树，半掩着一片宫阙，便是韵松轩了。匣子里说不重，园子里也清凉，卜义还是走得一身热汗。因见和珅扇着扇子，正指挥几个书吏抬柜子，忙赶上去。和珅已是瞧见了，笑道："方才有旨意，阿桂、刘统勋、傅恒、纪昀还有岳钟麒，到瀛台等候圣驾——您请那边去吧！"

瀛台，卜义去过，原是畅春园里的一景。四面环水中间的一个岛子，依着岛上地势，建起水阁凉亭，广植乔木花卉，一座九曲汉玉长桥由岸直通岛心工字形正殿。改在那里会议，自然图的凉爽。但卜义已走得焦躁，想想还有二里地，因陪笑对和珅道："给我派两个人，帮帮忙，跑远没轻重，抱这几个匣子，腿都遛直了。"

"这就难为我了。"和珅细细的眉毛微微剔起，下牙上牙稍稍错着，一脸恬净的笑容，说道："这宫里侍候的都是一个萝卜一个坑儿，你看看哪个是闲人？"卜义进园子已经窝了火，巴特尔得罪不起，你和珅不过是阿桂一个跟班儿的，也这么狗眼看人低！心里发狠，脸上仍笑，说道："没当官，就和咱闹官派！统共二里地，萝卜就走蔫了么？帮帮忙儿吧！……"和珅极聪敏的人，早瞧见他不自在，但他自己不得随到瀛台，心里也正不是滋味，因笑道："我不是官，有什么官派？你下头没萝卜，上头萝卜没坏，这园子是禁苑，下头长着萝卜的不能随意走动……"卜义没他说完，掉头就走了。和珅跟后还揶揄一句："走好您呐！"

卜义气得头都有点发晕，又返回澹宁居，迎头遇见原来在养心殿侍候茶炉的小太监秦学栒。秦学栒却与卜义相与得来。听他攒眉苦脸诉说一路冷遇，不禁笑了，说道："人还不就那么回事？是你自己不会想事！皇上现在还没起驾，你到瀛台，谁接你的匣子？来，我帮你抱匣子，主子和衍祺宫午睡，咱们养性阁那边等着，主子起驾，你匣子直递上去，不比在瀛台那块死等强些，也不用叫王八耻代递了。"

于是二人厮并而行，却由澹宁居和东书房夹道北行，绕过穷庐，将到海子边缘树中又现出一带新筑的宫墙，由东向西绵连，直到隐没在浓绿婆娑的竹树中，墙北错落有致都是新盖的宫殿，一律都是门朝南，每隔十步之遥，站着一个善捕营军校守护，都像大陵墓前石头翁仲似的一动不动。沿路向西走了三座宫，秦学桧才小声道："到了，这就是衍祺宫。"

这一路警跸肃森，两个人都没敢说话。进了宫卜义才透了一口大气儿，说道："我的乖乖祖宗爷，这边比紫禁城还要森严呢！走一路我手心里都捏着一把汗……这宫怎么造成这种式样，西洋画儿里洋房子似的？"

"这是仿土耳其王宫造的，"秦学桧将他带到东边一溜平矮的太监房里坐下，一边沏茶，笑道："方才我们过来的是红毛国王宫式样，再往东是葡萄牙式样。你往西看，那是罗刹国克里姆林和冬宫合样儿，再往西是丹麦式样……名目多了，各自都不同，各宫中间都有小门相通，串成一串儿——你从韵松轩过来，韵松轩往南，八里地，和这宫对面儿，宫门朝北又一串儿，还是以澹宁居坐中央，显出万国夷君朝天子的气势。宫嫔这只是暂住，真正的后宫在北边，离这里十里远近呢！"卜义听得眨眼乍舌，龇牙咧嘴说道："我的佛爷！那得多少钱！""朝廷嘛！"秦学桧笑道："羊毛出在羊身上；左右我们侍候人的人，算他那闲帐做么？"他隔窗纱张了张，说道："不能陪您了，皇上要洗土耳其浴，我管烧火供气。您就坐这等，要不半个时辰，皇上洗浴出来你就递匣子。"

卜义也顺窗向外看，果见太监卜信打头，几个小太监捧着巾栉、朝服朝冠，簇拥着乾隆从西边月洞门过来，径往正殿而入。卜义见秦学桧张忙着穿大衣裳，问道："我能走动么？想看看罗刹国的紫禁城么？""西边是那拉贵主儿住的，你串串可以。这会子都在睡午觉，她近来没翻牌子，气性不好，别招惹了她。"秦学桧说着匆匆去了。卜义直待院中没人，才挑帘独自出来。

　　此时正是未正时牌，骄阳西偏万里晴空，园外热得汤锅一样，园子里却是清凉世界。卜义沿着长满苔藓的卵石甬道悠闲散步逶迤向西，只见各种不知名的高大乔木浓绿苍翠遮天蔽日，甬道两侧都用藤萝、金银花、葡萄架、刺玫藤再编起一层屏障，或成花洞，或为篱墙，地下别说晒日头，连个日影光斑也难得一见。北边海子那边吹过来的热风，被这浓荫过滤了，也变得清爽宜人，满园里树影摇曳，花草萋萋，只听得欷欷的枝叶相撞声和树间知了此起彼伏的无间长鸣。似乎所有的人都睡沉了。卜义只在"克里姆林"宫前绕了个角儿，想着差事，已觉走得太远，便往回走，路过东边回廊，一个宫女穿着撒花宽裤，赤着膀子端着一盆洗澡发泼了，一转脸见是卜义，笑道："是你！"

　　"蝈蝈儿！"卜义止住了步，叫着那宫女名字，嘻地一笑说道："洗澡呢么？屋里就你一个人？"蝈蝈儿笑道："你进来就两个了。"卜义看看四外无人，隔坎肩儿摸了摸她耸起的乳房，说道："这会子可没功夫跟你玩了，我给主子递黄匣子呢！"

　　按世上一般人，都以为太监阉割之后便没了男女之爱，其实不知就里，他心里照旧想着自己是个男人，只是那活儿萎缩不举，做不来房事而已，见了标致女人，照样的浮想联翩，梦寐妄想。自汉至清，宫中秽乱，太监宫女爱欲饥渴，结成干夫妻名曰"菜户"，也是宫外不传之秘。蝈蝈儿便是卜义的"菜户"。许久不见，此时乍遇，男"旷"女"寡"，自然有几分情势，哪里便肯放他走？蝈蝈儿当下脸一红，啐道："大约在养心殿那边和惜惜她们又勾上了——以为我不知道么？没良心天杀狠命的——皇上在那边和睐妮子洗'土耳其'呢，不尽了兴就出来了？"

　　"好好！我就进来——"卜义笑着随她进屋，一头坐了凳子上，说道："没有的事，你别多心！"蝈蝈儿已是扑上来，颤声儿小声道："小亲亲哥哥哩，想死我的……"胶股粘糖般死死搂住卜义宽阔的肩膀,解了卜义衣裳纽子,又掀起自家坎肩,贴肉儿揉按,小手伸向他下身又攥又捏。卜义尽自也情热,却也无可安慰,心里自愧,叹道:"僵蚕儿似的,有什么摸头? 我们这号人不算人……"自家想着凄凉,连接着亲热的兴头也渐渐消了。蝈蝈儿便觉扫兴,悄语道:

"人家王八——耻,都能弄点药吃,也将就能……那个的,你的有时也能举事,怎么不去弄点药?"

"你和王八耻还有染?"卜义一把推开蝈蝈儿,"那你还来和我搅缠什么?"蝈蝈儿一怔,说道:"杀千刀的! 这事宫里下人谁不知道,就你自个儿蒙着! 人家教给你,你反疑我!"卜义犹自不信,问道:"你怎么知道的? 真有那个药!"

蝈蝈儿撇撇嘴,冷笑着掩了衣裳,隔窗儿向外望望,说道:"呆子,你不信? 我这会子就带你去看个西洋景儿,没准碰巧了叫你见个实证!"因对那拉氏住的东偏殿努努嘴儿,招手对发愣的卜义小声道:"冤家,跟我来……把靴子脱了……"

卜义脱了靴子,小心翼翼跟着蝈蝈儿,却不出房子,悄没声蹑脚儿绕过房中一道屏风。屏风后闪出一个小门。门上方镶着玻璃,里边却是甚暗,隔玻璃什么也看不见——小心开了门,二人无声无息进了屋。卜义定了一会子才看清,这是南北长东西扁一个长条房,里边大柜小柜,齐整摆着金银器皿关各种茶具酒具,还有各色贴着黄签的茶罐,都靠东墙放着,西边的"墙"是一道两折合的金丝绒大帷幕,光亮被帷幕遮了,又没有窗户,因此里边很暗。卜义宫里住老了的,一看便知这是后妃卧室内侧侍候送茶的暗房。正要揭帷幕,蝈蝈儿杀鸡抹脖子摆手势止住了他,示意他听。卜义便学着蝈蝈儿,耳朵贴近帷幕,略一听便大吃一惊,原来隔帷牙床上,真有两个人在悄声说话,还有被垫塞窄之声,那拉氏的娇声呻吟,还有个男的喘息声……只要是人,都能听出是男女交媾——却不知男的是谁。正皱眉凝视再仔细听时,蠕动声停了。但听王八耻的声气,喘息着说道:"奴才没用,奴才是个废物……"

"别忙着下来!"那拉贵妃的声气,娇声喋语低声道:"谁不知道你是太监! ……能这么着已经难为你了……"

"那还不亏了贵主儿给的药? 嘻……"

"到底你是残废。唉……细得筷子似的,全当搔痒痒儿了……"

"那——奴才下来!"

"别! 这么着压压也好……"

……

"贵主儿……"

"唔……"

"主子爷和你……这么着时候儿,你也这么搂着不放?"

"……别说这话,没上没下的……"

"嘻……奴才这会子在上,主子在下头呢! ——用我们保定话,主子才是王八——"

"不准说这些个!"那拉氏娇吁着,声音压得极柢,喊喊叽叽耳语几句,任卜义蝈蝈儿再细听也听不分明,却听王八耻笑道:"原来还有这个花样儿,奴才试试!"

卜义和蝈蝈儿暗中对望一眼,两个人都想看看什么"花样儿",却都不敢去动那帷幕,但那帷幕顷刻之间动了一下,接着像发了疟疾般欷歔抖动。接着便听那拉氏急促的喘息声,呻吟得似乎要喊叫起来:"啊……啊——受……受用啊……啊——再快点,快点,说几句……几句挠心话……"便听做嘴儿声,王八耻压着公鸭嗓儿不知在那拉氏耳边说了几句什么,那拉氏似乎更兴奋,打着挺儿将床墩得扑通扑通直响,"天爷! 真……舒坦透了……"

卜义再也忍不住,颤着手掀开帷幕缝儿,蝈蝈儿也凑过来看。只见那拉贵妃和王八耻都是赤条条一丝不挂,那拉氏仰身卧着,和王八耻口对口狂吻,一双玉臂搂着王八耻脖子死死不放,王八耻侧身半仰,一只手按着她双乳抚摸揉按,一只手抠着她下身那处急速抖动,都情热亢奋到了极处。卜义侧着脑袋还要看,蝈蝈儿拉了他一把,两个人仍按原路回到下房,兀自都面红耳热,头晕心跳。

"看见了吧!"蝈蝈儿笑道:"这就是贵人们私地的模样儿!啐——好恶人心的么!照样儿就把乾隆爷的法子教了王八耻——知道人家怎么当上正总管的了吧?"卜义惊定思惊,乍舌说道:"罪过……佛祖呀! ——这要叫拿住,犯剥皮罪的呀!""好聪明人——你去拿试试! 管情教你死无葬身之地!"蝈蝈儿哂道:"舒坦一时是一时,百不相干的——先头那个惠主儿,也是和太监弄这个,叫这位那拉主儿拿住了,也不过一个打发到辛者库洗衣裳,一个处置到龙阳斋看守玉品,家丑不可外扬,乾隆爷比你聪明!"

卜义还在想着方才情景儿,见蝈蝈儿巧笑娇嗔,也是一脸春色,欲待照模范做去,猛地想起黄匣子,遂笑道:"我得赶紧去'土耳其'了,往后黄匣子我包送了。这边听说叫'摸死渴'(莫斯科)真真的实符其名,下回来,我准摸死了你叫你解渴!"蝈蝈儿追着他还叮咛一句:"千万千万——今儿见的事烂在肚里。"

卜义回到延祺宫,乾隆尚自洗浴未出。因见乘舆已停在"土耳其"正殿阶前,卜义松了一口气。总算没有误了时辰,便坐了秦学桧屋里,扇着扇子张望门外等候。一时便见秦学桧满脸热汗颠回来,一进门便说:"热,热!"端茶咕咚咕咚喝一气,笑道:"别看我管烧火,今儿还是头一遭长见识。主子和睬娘儿在澡堂子里那个——"正说着,乾隆由一群太监族拥着出来。卜义见嫣红和英英两个嫔在宫门口跪送,才知道这是她们起居住所,摆手儿道:"——回头再说——"抱着匣子出门,趋步宫阶下躬身侍候。

"卜信接了匣子。"乾隆一眼扫见了,吩咐一声,又命嫣红英英,"回去吧,晚间朕过皇后边边——"因见睬娘也低头站在乘舆旁,笑道:"睬娘也回你主子娘娘那边,禀一声说朕去瀛台会议。晚间过去看她。然后来嫣红她们这边进膳——这王八耻怎么弄的,到现在还见影儿?"

众人答应着,因乾隆乘舆未动,也都不敢真的离开。只见王八耻一溜小跑从西边"克里姆林"过来,微微吁喘着陪笑道:"奴才那边陪那拉主子钓鱼,贵主儿叫奴才给钩儿上挂肉饵子——不敢耽误主子差使!"卜义听着,忍不住吞声一笑,忙咳嗽着掩饰过去。乾隆掏出怀中金表看着,指针正抵未末时牌,心满意足地舔舔嘴唇,坐稳了,一边拆着黄匣子,口中吩咐道:"起驾罢!"

"万岁爷起驾了——!"王八耻唱歌儿似的高喊一句。远处一递一站都有人接声直传。

"万岁爷起驾喽——"

"主子爷起驾喽——"

……

瀛台等候乾隆的几个大臣已经来了多半个时辰,倒也不为了虔敬。这里西临西山,东夹瓮山万寿山,南边是飞放泊,其实坐落在南海子的西北,从西绕一湾月牙儿形水路,在澹宁居西北又另成一潭,瀛台就修在潭中①。什么八仙洞、十八学士亭,对弈台一类景致点缀起来,高低起伏错落有致。因东西两面夹山,夏日时分,无论北风南风,都从海子密林间穿掠而过,被水气林荫滤了,失去了那份燥热还带着潮凉。登观星亭四眺,瓮山万寿山叠翠碧苍,西山岚气含黛云岫横亘,南北瞻望,万木葱茏竹树掩映间廊庑衔接,亭阁参差,俱都在烟色水光之中右隐若现——如此景致,又凉爽宜人,又有恭候圣驾堂皇正大的由头,谁愿意躲在自家闷热的四合院里,热得顺头流汗不停地挥扇祛署? 因此不约而同,都早早来了,聚在莲花台亭子下观景说话。

几个人都是大军机,除了傅恒阿桂,都兼着部务,顶尖儿的风云人物,都自有一份深沉。傅恒儒雅练达,只在栏边随意散步,刘统勋素有心疾,倚柱靠坐在漆柱旁的机子上静静养神,岳钟麒是新起复的兵部尚书,矜持中还略带了点拘束。只有纪昀,似乎从不疲

_____
① 即晚清慈禧太后囚禁光绪皇帝处。

倦,坐在石凳上侃侃而言,对阿桂陈说他的《四库全书》,俯仰之间,精神焕映,"经史子集四部,真是浩若烟海啊!你方才问'子部',共是十四类,一儒家,二兵家,三法家,四农家,五医家,六天文算法,七术数,八艺术,九谱录,十杂家,十一类书,十二小说,十三释家,十四道家。一共是九百二十部,一万七千八百零七卷……你大约想看点兵家的书?有!"

阿桂初入机枢,刚至而立之年,既要学宰相度量,又不能过于持重造作。一边想着乾隆驾到后如何应时,又要雍雍穆穆含笑和同行周旋,见纪昀说得口渴,起身提壶给他续了茶,微笑道:"领教了——不过您没有猜对。我想问的是儒家的事,有一件事是非难以判定。"他这一说,除了岳钟麒,大家都留了心。

"还有儒家判断不了的是非?"纪昀一笑,"你说说我们听。"

阿桂点头,说道:"我在陕州知府任上,三门峡有个清里村,出了个案子报上来,叫我好生为难——那个村的族长,告本村龚家媳妇龚王氏,不守族规,和村里几个年轻人明里暗地来往,勾结宿奸淫乱不堪;有时甚或一夜之间你去我来的几个,折腾到天明——被本村族里当场拿住了一对,送县告官。陕县县令申上来,我说,这是屁大的事,也来惊动我?县令说,'这个女的生性至淫,早就有人告过。但她又是全乡最孝顺的一个,她的老公爹、婆婆、妹子、兄弟媳妇,还有她男人,一家子到县拦告,说要拘了这女人,就要家散人亡,请救免罪'。——至淫,又最孝——我现在不指这件案子了,请问纪公,《春秋》之义该如何置评?"

"淫乃万恶之首,孝是百行之先……"纪昀沉吟了,深思有顷,几次张口欲言,方抚膝叹道:"前者是论行的,如果论心,哪个人没有淫心?世间也就没有完人了。后者……是论心的,富贵人家侍奉老人侍奉得好,是孝行;可不光有孝行,也要有孝心;没有孝心不算孝,贫寒人家如果和富贵人家比这孝行不比心,寒门也就没有孝子了……"说罢停顿起来思量:愈说愈胡涂了,于是又道:"这一论题情理反悖,圣人没有论及,我一时还真寻思不来……"傅恒在旁笑道:"那婆娘难死纪晓岚——必定是她丈夫不中用,或家中贫寒,或者有别的难言之隐,家里才拦告的!"阿桂道:"这我都想到了——"还要备细说,纪昀道:"不是就事而论,是这个命题,何止难倒纪某,孟子再世,他也难以论定:德可升天、罪当入地,只好叫玉皇和阎王二人商量商量再说了……"

他说得大家都是一笑,阿桂却是有心司学政务,又问傅恒:"礼部前儿递上来各省申请奏报旌表节妇烈妇那张单子,六爷看过金华那个案子没有?""你是说姜柳氏被恶少轮奸,骂贼不屈而死的那个?"傅恒点头,说道:"我当然留意了。可惜是受了辱而后死,没法给她立牌坊,论起'烈',满够分量,但却又失了'节',我也很难过叹息的。批了下去,厚葬,地方表彰——朝廷不宜表彰——延清,那五个恶少是怎么部议的?"

"四个斩立决。"刘统勋也在想他们的议题,他似乎有心事,望站水面游鱼喋呷,多少有点不经意地说道:"一个斩监候:他是最后一个。而且临时阳痿,几个人对证了的。"几位大臣都不禁莞尔。纪昀转脸对傅恒道:"洪亮吉、沈归愚、钱香树、朱修筠几个《四库全书》史集副总校,昨儿有旨罢斥不用。这都是有名的硕儒,六爷是史集总校,待会儿皇上驾到,请你替他们斡旋几句。这么多的文字校对,偶有几处脱漏失误,情有可原——我保他们是兢兢业业作事,不是玩忽失职。我也有失误嘛!"傅恒苦笑道:"圣上震怒,连我也卷进去,罚俸半年呢——你不晓得? 我就死也不得明白——你纪晓岚怎么就不出差错——我校阅时把细得一撇一捺都不敢放过呢!"

纪昀转脸看众人都在散观湖境,作个手势示意傅恒跟自己来。傅恒不明白他要说什么,说声方便,和他一块转到一座假山后边,问道:"你捣什么鬼?"纪昀笑道:"我教六爷一个不传之秘,包你往后只挨训,不遭大斥。跟你约法三章,有一日我在别的事上出了差错,六爷也得保,保我——我们是恩亲嘛!"

"那是当然。不过我不明白你的意思。"

"你知道他们为什么遭斥，你为什么又罚棒又挨训？"

"出了错儿嘛！"

纪昀笑着摇头，看傅恒惊异地望着自己，说道："跟六爷说句透心话。您要接着这样仔细办差，不但不见皇上的情，有朝一日贬你的官也未可知！"

"嗯？"傅恒愈加诧异，"你说说看！"

"皇上是何等样主子？圣学渊深，精明强干，历世练达，都是经天纬地、一点也不亚于圣祖世宗。若论勤政、精力打熬，千古帝王没一个及得上！"纪昀的神气多少有点诡谲，见傅恒听得专注，又道："正为圣明过于天高，自然求下要严。他心性高傲，你一点毛病也让他挑不出来——你不是比圣上还'高傲'？所以，太把细了反而不好，'过犹不及'，六爷——你明白么？"

他没有说完，傅恒已经"明白"得犹如醍醐灌顶。千古忠臣，轰轰烈烈死无下场，多得如恒河沙数，一片诚贞之情不为白日所照，原因就在于他们让皇帝觉得"比朕还精明"！六经四书里却偏不写这一条：皇帝精明，你要稍糊涂一点；皇帝昏愦糊涂，最好你就更"糊涂"，甚或作个白痴。纪昀见他怔得发呆，暗自懊悔把话说得太直太白，正思挽回，傅恒已回过神来，竟向纪昀一揖，说道："真正受教了，真真的谢你了——这几句话可保我一世平安！"这是人情，人情就是天理，并不是教唆六爷为非。"纪昀紧着圆场。笑道："明哲保身——连自身都保不住，怎么辅佐皇上为一代令主呢？"

二人正说着，听远处乐声细细鼓吹穿林渐渐近来，知道乾隆御驾将临。对望一笑，二人都转身出来，乾隆已在对岸九曲板桥下舆，从容徐步过来，当即随班跪了迎候。待乾隆到了桥头亭，傅恒率先叩头，称道：

"奴才傅恒等恭候圣驾，给主子请安！"

"都起来吧！"乾隆略站了一下，看了看几个心腹股肱大臣，含笑说道:"韵松轩虽也凉爽,没有风,比这边气闷些,所以叫了你们来——随朕进工字殿吧。"

众人一一躬身听命,随乾隆身后亦步亦趋进殿。原以为殿中必定比外边要闷热些的,进来才知道,这座'工'字形殿宇东西南北四面开通,厚重的穹宇,中间天棚藻井又加了一层,再毒的太阳也晒不透。中心须弥座设在十字冲口,无论什么风向,都在这里交汇,为防穿堂风伤人,四面都敞围着薄纱屏风,一色的黛青色金砖打磨得光可鉴影,踏上去觉得连脚心都森凉沁心。因殿宇深邃,为增光色,所有过道壁上,字画摆设全无,嵌满了人来高的大玻璃镜,色彩各有不同,对影一射,即使一个人进来,也觉得满殿都是人影晃动。几个人进得这里,不但滴汗全无,随着阵风徐徐,竟还有些寒意。因乾隆进内殿更衣,几个人肃立在御座屏风前,有点像傻子进城,呆头呆脑地东张西望。见乾隆从角门出来,"嗯"地便跪了下去。

乾隆进殿前只穿一件米色葛纱袍。出来时已套上了石青色直地纱绣洋金金龙褂,项上戴一串伽楠香朝珠,系着白玉钩马尾纽带,青缎凉里皂靴踏在金砖上铮铮作响,却没有戴冠,由王八耻捧着随侍在旁。他显得很随和,适意地走动几步,打量着岳钟麒道:"你还很精神嘛——廉颇不老,尚能饭否?——延清近来心疾好些了罢?朕下旨太医院派医士两人,还有内务府派二十名太监到你府侍候听用,他们都去了没有?"

二人便忙都叩头谢恩。刘统勋感动得声音发硬。说道:"皇上给臣的待遇是亲王待遇,断然不敢当的。太监打发回去了,医士不敢回去,留了一个住在臣府——其实臣的病不要紧,皇上赐的药、苏合香酒很效验,务请皇上不必为臣的身体操劳。"岳钟麒却是声如洪钟:"臣比廉颇小着十岁,虽不能顿餐斗米,三大碗老米饭、二斤红烧肉是下得去的——臣觉得还能给主子出把子力,出兵放马去厮杀!"

"若论吃肉,还是纪昀。"乾隆一笑,没有理会傅恒和阿桂,却对纪昀道:"你这个纪晓岚,不检点呐! 至朋密友小酌相会,原是人情世故,你怎么请了一大群佐杂无职微员,蝇营狗苟之徒,一大院子搭起席棚吃酒? 还是你下请帖! 都察院有御史劾你举止不检,有失大臣官体。朕虽留中不发,也不以你为然。"

纪昀连连顿首,说道:"圣主责得是,都察院也劾得臣是! 不过……臣现在这位置,蝇营狗苟之徒来耨闹奉迎的太多了。设这一延,臣为拒客。"

"唔? 怎么说?"

"筵宴的主食是水角子。水角子的馅儿是人脚上的老脚皮!"纪昀说道:"臣全家一百多口男女齐洗脚,齐刮脚皮还不够用,还向阿桂借了亲兵的三十多斤——吃了臣的老脚皮,这群人还愿意再登臣的门槛么?"

原来如此! 乾隆先是愣着听,接着不禁哈哈大笑:"老脚皮! 啊——哈哈哈……"傅恒凑趣儿笑道:"好恶心人的,亏了纪晓岚想得出!"刘统勋也诧异,"难道吃不出臭味儿?"岳钟麒只是颤着胡子笑,阿桂笑道:"他说要借老脚皮和药用。他那么大学问我当然信——叫亲兵们泡脚,都来刮——谁晓得他和的什么药? 洗了又洗,漂了又漂,哪里还有什么臭味儿?"岳钟麒笑道:"兵部新分到我府的门官也去了的,怪道的我问他,纪大人作什么好吃的给你们了! 他说'菜也平常,只那水角是肉馅儿,谁也吃不出滋味来,不晓得是什么肉!'他要知道是脚茧子,不当场呕出来才怪呢!"

众人又笑一气,乾隆褰了万丝生丝冠来戴上,轻咳一声,笑声立止。他却不立刻上须弥座儿,从案上抽出方才拆出的两封折子,递给傅恒,说道:"一封高恒的,一封刘墉的,都不长,你们传看——真有意思,两个逃将,一个在狱里杀了个狱霸;一个在德州又杀了个恶霸,还都夹着一份姻缘情爱——"一边说一边就登了御座,却仍是和颜悦色,神清气朗地说道:

"今日议的几件事,昨儿都已有旨意告知了你们,一个赋税,一个白莲教,一个吏台,一个金川之役。嗯,还有讷亲的处置。"

几个大臣,连正看折子的傅恒,都抬头了头望向皇帝。

"讷亲——还有张广泗,都已经锁拿到了丰台。"乾隆一晒,淡淡地说道。

十五 论国律讷亲受诛戮
察隐情睐娘洗冤抑

讷亲锁拿北京,几位军机大臣都不知道,乾隆见大家惊异,说
道:"这是午膳前得的讯儿,没来得及知会你们。"他一下子变得神
情庄重,眸子里还带着一丝迷惘,像要穿透这工字殿一样望着远
方。不知是对众人,还是呐呐自语:"文的、武的……都是吏治、赋
税不均、狱讼不平……白日不照之处即有覆盆之暗。不好好理一
理……再败坏下去不得了……"说完便沉默,只用手不住抚摸案上
一柄紫玉如意,时而端茶一辍,等着几个人传看完奏折,仍由傅恒
双手呈递上来,才命:"赐座,坐着说差使——朕有言在先,讷亲门
生故吏极多,你们也有的他也共事多年,一条是他到京消息不能泄
露,二是秉公议他的罪,定住了他的罪,听凭你们去尽你们的私交
情谊。不然,虽是军机枢臣,朕亦不能谅解。"

"那就请主子先定讷亲的罪。定住了就不再变更。"阿桂见傅
恒沉吟,几次欲言又止,知道他有难言的苦衷,因率先说道,"如今
官场哪里有泄露不出去的事?朝廷有了一定主张,王法定住了,人
情由他做法——这是奴才一点小见识,请主子裁度。"

"虽是权宜之计,不是小见识。"乾隆欣赏地看了看这个新贵,
点头说道:"这样免了多少麻烦,也不至于为他再起新的波折——
就照这个宗旨。傅恒,你和讷亲共事最久,政见有合有不合,而且
他原来位置还在你之上。这朕都知道,你不要存私意,或有顾虑,
秉公参议就是了,是是非非,朕大约还判断得清楚。"

　　傅恒心里一阵感动，离座叩首说道："圣明烛照，奴才的心难逃圣鉴！讷亲在位与奴才共事一主，并无私人成见，只是性情上讷亲冷峻寡言，比奴才孤僻些。私交不广，奴才私地里想，为枢机臣子，这还是一大长处。此次金川之役，他先是刚愎自用不纳善言，战败之后又畏罪讳过欺君罔上。丧师辱国已经是罪无可逭，又恐罪行败露，企图杀人灭口，诿过于有功将佐。他如此丧心病狂，实实是奴才始料所不及，且大伤主子知人之明。清夜扪心，令人切齿痛恨！若论他的罪，欺君在上，战败还在其次，欺心在上，行为败检还在其次，他让国家、社稷、朝廷君上颜面扫尽，实是天不覆地不载！"傅恒说得动情，眼中已是迸出泪花，旁坐几人也都肃然动容。满殿中静寂空寥，只听殿外顺廊传进来簌簌风声，四面围屏都在瑟瑟抖动。凭空给殿中增加了几分惊悸恐怖气氛。

　　"但讷亲也有不可埋没的长处。"傅恒平静了一下自己激越的情绪，皱眉说道："修永定河北岸堤、建筑闸坝、确保京师无水患之灾，这件事奴才反对，他对我错；巡查河南、江南、山东几省营务是奉旨而行，整顿得方，也不无劳绩；顺带勘查海塘河工，修葺补漏，回京查看天津、河间赈灾，除贪恤民，虽是大臣本分，也全活不少饥民。在江南整顿塘务、盐政，建议以湖中涸田贷给无田贫民耕稼……诸如此类不能胜数，平心而论亦不可泯。这是他可恕之一；其二，讷亲清廉，无私交关说，不敢非分之财。所办差使都是肥差，万千银两过手，一介不取。如今贪风横炽，刘统勋到江南查办，府县以下无清官，证据斑斑。取其清廉赦其重罪，可以激勉官场风气；其三，朝廷倒有'八议'①之体。讷亲系遏必隆之孙，国家功勋之后，孝昭仁皇太后外孙，可以推'八议'之格从轻发落。"

　　这是对讷亲很公允的批评，确实丝毫不带成见。说"劳绩"说

① 八议：据《周礼》，一议亲、二议故、三议贤、四议能、五议功、六议贵、七议勤、八议宝。凡入八议者，重罪可改轻罚，轻罪可以原宥。系贵族特权。

"八议"乾隆也听得认真,但并不在意,但"清廉"这一条确使乾隆怦
然动心。听完傅恒的话,他微微仰脸望着藻井,沉吟片刻,笑道:
"讷亲在私邸门口养着巨獒,以防有人关说撞木钟,人不敢以私事
相干,门前绝车马之迹。虽然有些做作,毕竟清廉二字可许。你方
才讲,讷亲的罪欺君欺心在上。其实丧师辱国,也不是小罪。诸葛
武侯可以挥泪斩马谡,朕为什么不能诛讷亲?"说罢低垂了头,仿佛
不胜太息。良久,抬起头来,苍白着脸说道:"说吧,该定什么刑?"

"显戮!"岳钟麒头一个说道:"臣带了一辈子兵,打出这样的
仗,不杀主将,就是刑罚不公。往后再有战事,谁肯激励用命?"阿
桂在旁一躬身,说道:"他罪在辱主辱国,愈是勋贵重臣,愈应该示
天下典范,不应引八议之例!清廉是大小臣士本分,整顿吏治,应
以诛杀贪婪为主。选清廉模范,也不能选讷亲这样的。这样的误
国蠹臣,要干脆利落地杀掉,反而能对官场糜烂之风有一番振作
——奴才就是这个见识!"

纪昀一想事情就犯烟瘾,掏出烟锅子,又忙塞进靴子里,却被
乾隆一眼看见,说道:"今儿给你破例一次。你抽吧,好在这里通
风,熏不到别人。"纪昀躬身谢了恩,滋吧滋吧抽着了,喷云吐雾说
道:"单论军法,讷亲已经是斩定不赦了的。他还犯了十恶之条,饰
败讳过欺君罔上为'大不敬';不讷善言于前,落井下石于后又恩将
仇报,是为'不道'——这样的人留着有什么用?别说万岁爷,就是
臣,也不敢与他打交道——你救他的命,带他突围,他在灯下密谋
杀你!还有,恕了讷亲,张广泗怎么办?张广泗有野战功勋,也在
八议之列的。"

乾隆原本想到君臣亲戚同朝多年,自己在当皇孙时就由讷亲
伴读,当皇职哥时,讷亲又在自己门下,办差十分尽心尽力,真要下
刀杀他,毕竟念着这些旧情,存着一点悯恤之心。纪昀的话一矢中
的,讷亲是个伪君子,恩将仇报的小人,谁敢再与这样的人共事?
乾隆因将最后一丝矜全的心也打灭了,点头之后恶狠狠说道:"晓

岚说的是——中山狼！不但无用，而且有害，最要紧的是对不起死在金川的将士！"

至此，讷亲身判死罪已成定论。傅恒暗自掂掇，剩下的事是如何周全乾隆的体面了。思索着，再三掂量，说道："奴才以为……八议还是要引以为例。奴才方才说过，讷亲也有他的过人之处，不能一笔抹倒，功过不相抵，他仍是死罪难逃，一是要念及圣祖先帝栽培他的一番苦意，二是要念及皇上平日对他谆谆教诲的恩情，奴才以为讷亲原本不坏，坏在他贪功求进，欲图更邀恩宠。存了这个私意，渐渐败坏了天良。再者，他私地里那些龌龊行径，如果公布天下，实在有失朝廷体面。看光景，讷亲不自裁，还在希冀后恩，思之令人越发的厌憎。他当初立过军令状的，现在什么也不必和他理论，就依军令状，着令他自尽以谢天下——这是奴才的小见识，请皇上定夺予裁！"说罢就座中向乾隆一躬。

"傅恒说得很中大体。"乾隆立刻听出了傅恒的弦外之音，但他的"见识"不能与傅恒的"小见识"完全一样，略一思索，说道："他是负军事失败的罪责，和吏治摘开两说。他做那么大官，追究株连起来，要引起新纷争的。遏必隆公当年何等英雄，有这样一个败类孙子，想必也蒙羞含眼于地下——把他祖父的刀封了赐给他，令他自尽，张广泗即着丰台大营军前正法。就这样定了！"

在座的俱是千人遴万人选粗管细管都筛过的顶尖儿人精，傅恒说得虽委婉，绕的只是一个弯子，皇帝任用讷亲并无过错，是讷亲自己"变"坏了，辜负了君思祖德。这样即打老鼠又不伤花瓶，已是人人听得心里钦敬，乾隆这一处置，将纳亲与文武百这民平日往来撕掳清白，更见高出一筹，更是人人佩服得五体投地，当下参差不齐都在座上躬身颂圣。

讷亲的罪既定，兆惠和海兰察的案子也就明朗。刘统勋道："兆惠和海兰察战功卓著，身携军饷万里投主，忠忱之心可对日月。臣等退下去后即着兵刑二部撤去海捕文书。只是兆惠狱中之案、海兰察德州之案,已经天下知闻,应议处分,伏请皇上圣裁。"

"千里走单骑,这是朕的两个关羽嘛!"乾隆议决了讷亲的案子,似乎轻松了些,抚着案上如意,略带自嘲地一笑,说道:"他们从前随班接见,朕其实还认不得。着高恒礼送海兰察进京,朕单独接见。你们可以告诉二位,海兰察与丁娥儿,兆惠和那个何云儿,由朕来赐婚,朕要成全他们一段美姻缘。"

这有点近乎鼓儿词折子戏里的故事儿了。阿桂倒满有兴致,纪昀却觉得这般处置透着欠庄重,因见傅恒微笑不语,刘统勋和岳钟麒置若罔闻,遂叹道:"可惜我军是打了败仗……两位将军是亡命而归。不然,班师荣归,天子赐婚,好生热闹一番,传之下天后世,确是一段风流佳话呢!"一语提醒众人,乾隆不禁一怔,笑道:"纪昀这是在谲谏呐!好,朕听你的,你们去操办这些事吧!"

"佃租太重,佃户业主的人命官司愈来愈多了。"傅恒跟着一笑,转入议政主题,叹道:"奴才查看了丁娥儿和何云儿两案,一个是主佃不合逃亡躲债,一个是抗租不缴被送入狱。两个将军偶然相遇,都是同一类案子,举天下之大,可想而知。乾隆元年主子就是旨意'主佃相争,以凡论处',佃户只是租借业主田土耕种,并没有主奴身分。现在业主拿着佃户当奴才的,在在皆是,高万清光天化日之下抢劫民女,即是一例。奴才以为兹事体大,断不可轻忽,应明诏天下,重申以凡论处的旨意,这是杜绝民变的大法。"阿桂深以为然,接着傅恒话茬说道:"从来客大欺店,店大欺客。主佃也是一样,都是良莠不齐善恶不等。业主强横,就鱼肉一方,佃户强横,抗租赖债欺侮业主的也尽有的——不是东风压倒西风,就是西风压倒东风——朝廷应该两头按,按着业主减租,也要拿着些刁顽凶蛮的租户作法,不能偏颇。"因见傅恒目视自己,料是哪句话失了口,便款款收住,凝思良久,才恍然大悟:原来不留神间,引用了《红楼梦》里林黛玉的话,不禁脸一红。

乾隆却不理会,笑道:"阿桂见得是!把雀儿牌桌上的话都搬到这里了——你们拟旨意。"他顿了一下,目视刘统勋,问道:"江南应革的府县官员共是多少名?"

"一百三十四员。"刘统勋答道。

"多少留任的?"

"十二员。"

"都是金铁手里任缺的?"

"回圣上,大部不是。但尹继善参奏得十分结实,有理而且有据。革掉他们,江南人民额手相庆!"

乾隆沉默了,举省府县官员操守清廉的不及十分之一。府县以上的官员尚未清理,现放着兆惠身携的黄金不翼而飞,隐隐透着省、道、司各衙门不可告人的贪赃情形,尽自己心中有数,乾隆还是深感不安,傅恒最熟悉乾隆脾性心思,因款款说道:"主子,江南是天下第一富省,盐务、漕务、海关、河务、塘务,处处银子淌河水,贪官自然多些。各省情形是不一样的,请主子留意。"

"朕岂有不留意的?"乾隆冷笑一声,"银子多的多贪,银子少的少贪,岂不令人心惊胆寒呢?! 刘统勋写信告诉刘墉,芜湖、德州的差使办得不坏,给他加刑部侍郎衔,不用回京谢恩,即赴江南,就从五百两黄金着手,从总督到未入流,牵连到谁,有一个查处一个。傅恒给高恒指令,德州一案高恒的折子很好,尉迟近贤皮忠臣已有旨锁拿,叫他着力整顿盐务,查漏补阙,不可怠忽——江西、河南、山西、陕西都有盗运官盐的,江南更甚,挂着官盐牌子贩卖私盐、盐库也有不少亏空,都要着落在他身上弄清白!"

盐库亏空不足为奇,进出称秤不一,运输中途折耗,库房潮湿漏雨,官定折耗不足补偿,历来如此。盗运官盐便令人百思不得其解。官盐比私盐价高出一倍多,偷买出来再卖私盐,世上哪有这样的傻子? 阿桂心思灵动,电光石火般闪过一个念头:"这是官卖私盐——天! 那该是多大的案子?"他嗫嚅了一下,想说,见傅恒等人都沉静不语,便咽了回去。刘统勋双手把着椅背,坐得很直挺,看样子也在紧张思索。许久,轻咳一声说道:"臣请旨再去一趟江南,亲自彻查兆惠军饷这一案,还有'一枝花'易瑛,在浙西浙北太湖一带传布邪教,这个祸根不除,皇上南巡安全容易出漏子。刘墉到底年轻不更事,臣放心不下他办差!"

"有子如刘墉,你延清还不知足?"乾隆笑着说了一句,随即敛去笑容,叹道:"尤明堂几次上折子谏阻朕南巡。一是说万乘之君不宜轻动;二是国事繁冗,政务丛杂之时,不宜冶游;三是怕花钱,迎驾送往扰民扰官。他说话梗直不隐,朕从来不罪他,因为他的心地忠正。但两江之地是国家财赋根本之地。一条杨子江,一条运河,还有黄淮堤防,朕身为天下之主,焉能不加关心?就是江南的人文胜景,也应该看看……"

说到这里,他打了个顿儿,江南"人文"其实是指那里汉人聚集,又曾是前明故都,文士墨客荟萃之地,民间草莱之中怀念汉家冠裳制度的为数不少。南巡,可以收揽民心,化解当初清军入关嘉定三屠扬州十日的冤情。圣祖六次南巡,三谒明孝陵,接见胜国遗老,其实说穿了就是是"羁縻"二字。但眼前五个臣子有三个都是汉人,这一层不能捅破。因此,乾隆略带诡谲地一笑,又道:"扰民扰官的事已屡有旨意,断然不会有的。察勘民情疾苦,顺带观赏江南鱼米水乡风调,朕看也到不了'荒淫游冶'那个地步儿。刘统勋既然要先下江南为朕清理驻跸关防,也好。你也可以南京休养几个月。查案的事还着刘墉多操办些,你坐纛儿指点指点也就是了。"说罢便起身。

几个臣子也忙起身施礼辞驾。乾隆陡地想到他们一退出去,立即就要封刀去杀讷亲,心里不知怎的猛然一疼。脸上似悲似喜站在座前,怔着没动,也没言语。傅恒小心翼翼问道:"主子还有旨意么?"

"朕是想起一件事。"乾隆暗舒了一口气。已是回过神来,勉强笑道:"江南罢黜那么多官员,该着哪些人去补缺。上次已有旨叫你们军机处议一议,你们是什么章程?"

傅恒原料他反悔讷亲的案子,听是这事,忙笑回道:"军机处没有会议。奴才和阿桂、纪昀三人商计了一下。内务府现在有一百多笔贴式候补待选。这都是些穷京官,在这里苦熬,不如放到江南外任上,内务府的钱粮月例也稍宽裕一点。这件事还没透出风去,请旨之后才能办理。"乾隆冷冷一笑,说道:"太监们早就把风透出去了! 如今撞木钟都撞到老佛爷那里去了——早点定下来,只怕那干子急着补缺的笔贴式们还少些混帐钻刺走门路的。你们瞧着,朕还要处置几个有头脸的太监——这上头绝不手软!"因见刘统勋张口欲言,又道:"你好像还有事要奏?"

"臣以为这样不妥。"刘统勋浓眉紧蹙,沉吟着说道:"江南的缺都是州县官缺,是治百姓的,应该让当过百姓的官去补缺,那都是许多人红着眼去争的肥缺,又去一批不懂政务一心捞钱的笔贴式,等于是撵走一群饱狼,又来一群饿虎——"他没说完,乾隆已是笑了,说道:"你们议的那个不成。刘统勋这才是老成谋国,股肱之臣忠良之心,不愧真宰相啊! 傅恒不要脸红,朕没说你们有私意,只是虑事要从根子上虑起,公务忙了,容易就事论事。傅恒忙道:"这是主子原宥,细思私意也是有的。笔贴式们职在禁苑朝夕见面,他们在宗室皇亲间走动得勤,官虽小,都是手面通天的人物儿,暗自也有怕开罪他们的心。"

乾隆徐步下了御座,却不就离开。在几个大臣的目光注视下,轻缓地橐橐踱步。他的目光变得有些阴郁,望着长廊里映进来的日光,点头叹道:"是了,这里讲究的就是心……能到这里作事的哪个不是百伶百俐? 讷亲素日小心谨密,而方寸一坏,天夺其魄,虽欲幸免而不能!"他目光倏地一亮,又黯淡下来,沉默了一会子挪步便走,边走边说道:"讷亲的事不要等后命了。他写两封血书想见朕,告诉他,见面彼此更伤心,伤心也不能废国法,见面何益? 就这样办……"说着,已是去远了。

　　乾隆离开瀛台,过了板桥看表,已过了申正时牌。王八耻随他身后,见抬舆的太监们都垂手站在凉亭子外头候命,抢着一步道:"呆着做什么? 主子要到澹宁居给老佛爷请安!"乾隆面无表情,摆手道:"朕累了,随意走几步过去,你们把乘舆抬过那边等着就是了。"

　　"主子,您瞧这天儿,要下雨了呢!"王八耻陪笑说道,"再说,老佛爷娘娘那边的秦媚媚过来两回了,问主子甚时下来。去迟了,怕老佛爷惦记着。今儿必定有军国大事,主子议了这长时辰的政——也忒劳乏的了。"乾隆说道:"就因为坐得劳乏才想走动走动——议政长短,议的什么政,不是你问的事。仔细着了,告诉下头,这边园子大,要比紫禁城管得更严。朕杀太监可从来没有心软过!"他透了一口气,拨脚便走,却不沿来路,只拣着林间小径向澹宁居方向穿行。王八耻他们不敢随行,又不敢远离,只遥遥跟在后边,绰着乾隆树丛花掩中的影子,时停时走,时快时慢。

　　天果真是阴了,西边还隐隐传来隆隆的雷声,只是满园子的老树薜萝浓荫蔽天,看不见天上的云是怎样的情形儿。乾隆满腹心事,一件一件地想时,却又都不足挂怀,理不出到底为了什么心情如此沉重。思量着逶迤而行,只见林子愈来愈暗,不知名的小鸟在枝桠中扑翅飞着啾啾而鸣,草间小虫也在此呼彼应,浓绿得油黑的树叶丛草掩得卵石小径成了一条细线,越发显得幽暗阴沉。走着,道旁一块卧虎石映入乾隆视线,他触电了似的身上一颤,立即明白了,自己下意识里还在想着讷亲。

　　这块卧虎石不大,只有一人多高,色彩黑黄相间,天然的四腿屈卧,有头有尾,耳目宛然,据说是瓮山山神,康熙初年圣祖出获西苑,它不合自动出来护驾,被圣祖误为猛兽射了一箭,就地化作石虎。后左腿上一块小石疤就是当年留下的箭伤。乾隆小时候常来这里爬上爬下地玩,就在这里海子边的丛石中和讷亲捉迷藏,逮蝈蝈儿,有时还踩着讷亲肩头骑上虎背左右顾盼,讷亲和老总管太监张万强一边一个,扎煞着双臂怕他有个闪失,讷亲那张紧蹙眉头,又惶急又担心的脸,一现在还记忆犹新……此刻,讷亲囚在丰台,盼着想见自己一面,忧急如同焦焚,自己却送了一把刀过去!乾隆想到这里,心像从很高处跌落下来,一直往下沉,沉……他的脸色也苍白起来。

正没做奈何处,乾隆忽然听见石后有个女子声气,暗着嗓子极压抑地嘤嘤辍泣,这辍泣给这黯黑的林子里平添了几分凄迷和阴森。他放慢了脚步,手攀藤萝绕过卧虎石头,从虎项下向西看时,却是睐娘偎坐在一株老乌柏树下,背对着石虎,用手帕子握嘴掩面在吞声儿哭。乾隆怔了一下,似乎想蹑脚儿过去吓她一跳,又止了步,轻咳一声道:"睐妮子,受了谁的委屈了? 一个人躲在这林子里哭?"

"是万岁爷!"睐娘吓得浑身一哆嗦,转脸见是乾隆,就势儿翻身便叩头,呐呐说道:"没,没人……给奴婢委屈……是奴婢自己想不开……"

"你还敢哄朕?"乾隆一笑,虚恫吓道:"朕都知道了!"

睐娘惊得脸色惨白,用惶恐闪烁的目光凝瞩着乾隆,半晌说不出话来。乾隆原本不在意的,此时倒真的上了心,认真问道:"出了什么事? 你说的不对。皇后已经说过,要给你开脸,进'答应'位,有什么'想不开'的?"睐娘泪眼模糊低垂了头,说道:"老佛爷方才传了我去……"

"老佛爷?! 传你?"

"老佛爷问我,在魏清泰府里,几岁进去的,几岁出来的。"睐娘拭泪道,"奴婢起初也不上心,就如实回了。后来老佛爷又问,听说魏清泰有个外孙,叫黎登科,是几岁上头死的? 得的什么病死的? 还叫我说实话,不说实话就打我辛者库去。还说……先头有个叫锦霞的,私自勾搭皇上……说我不同锦霞,跟皇上没有伦常辈分的分说,只要说实话,一定不打不撵……主子啊! 黎登科是跟他表姐巧姑娘相好儿,夏天吃冰湃李子得了夹色伤寒死的。死时才十四岁,死时候还叫巧姐的名儿——这魏府没人不知道的,我那时才九岁,任事不懂的洗菜丫头,这事跟我什么相干? ……主子,主子……你是知道的我给你的是干净身子……"她说着,已是泪如泉涌,只浑身抽搐着缩在树下,瑟瑟抖动。

暗幽的林子似乎片刻之间亮了一下,接着便是"轰隆"一声雷响。刷刷的雨声急骤如奔马呼啸渐渐近来,密不分个地打得树叶一片声响。只是因大树枝叶稠密,难得有雨滴零星滴下来。王八耻等人闻得雷雨声早已赶过来,见乾隆置若罔闻,忙又远远退了回去。

乾隆的脸色比周围的景色还要阴沉。牙齿紧紧咬着。腮间肌腱都微微凸起。他为一国至尊,先是与信阳府的王汀芷有情,汀芷嫁人在京尚偶有来往,她丈夫却无端被人远调了两广,还有嫣红和英英,与汀芷一样于自己有救命之恩,也在园子里防贼似的幽居数年,如今又比出一个锦霞,不知是谁又要害面前这个睐娘了! 政务丛杂国事繁冗间,有几个红颜知已聊慰寂寞,怎么处处都有人作梗挡横儿? 怨皇后? 皇后床上情事有限,从不兜搭霸揽,一心要作史上名贤皇后;怨太后? 他不敢这样想,太后管自己的闲事从来循着礼法,又是自己的生身母亲,再没有半点外意的……思量着,乾隆说道:"睐娘不要哭,你干净,朕知道。朕亲自给你作主,看是谁敢伤你!"说着,提高了嗓子喊道:"王耻过来!"

"奴才在!"王八耻听得叫自己,三蹿两蹦飞奔过来,打千儿道:"万岁爷有什么旨意,奴才即刻承办。"

"你给朕查一查,是谁在老佛爷跟前嚼睐娘的舌头,回头奏朕!"

"扎!"

"传旨内务府,哦不,传皇后懿旨,睐娘着进仪嫔,隔过'答应'这一层,赐名号——嗯,就叫魏佳氏——她是汉军旗,抬入满州正黄旗!"

"啊——扎! 请旨,魏佳氏抬旗,魏清泰家抬不抬旗?"

乾隆略一思索，说道："一起抬旗吧——他们跟着沾点光，也许少些是非。"说罢又吩咐，"送睐娘到娘娘宫里，把朕的旨意说了。"睐娘发着怔，未及谢恩，乾隆向她一点头，已飏身去了。

出了林子，乾隆才知道雨已经下大了，站在一株老柏树下，由着太监们给他披上油衣，换了鹿皮油靴，在苍苍茫茫的雨幕中淌着潦水缓缓直趋澹宁居。在丹墀上脱衣换靴时，殿中太监早已一拥而上，说着"老佛爷请主子里头更衣，外头风大气凉，防着着凉了！"乾隆摇头不语，到底穿换停当，才跨步进殿。

这里自康熙晚年倦政，一直都是皇帝夏日议政见人的处在，里边的陈设布局仍旧是昔是格调。乾隆一进来，所有的太监宫女轻呼一声"万岁"便都跪了下去。

"都起来吧。"乾隆无所谓地一摆手，吩咐一句："太后在这下榻，这个须弥座摆在正殿不合适，叫人把它移出去。"说着便进东暖阁，见那拉氏和钮祜禄氏都侍奉在太后榻下，也是刚刚起身，正在蹲福儿。因见还有一位五十多岁的贵妇人也在旁边，炕桌上还零零散散堆着纸牌，料是她们斗纸牌正在玩儿，乾隆也不理会，只向太后打个千儿行礼，说道："老佛爷安康！"

太后似乎有心事，脸上似笑不笑，双手无意识地整着桌上的牌，说道："皇帝起来吧！外头下这大的雨，我吩咐叫他们过去传话，就别过来请安了，他们回来说已经起驾了——淋着了没有？这里林子太密太暗，响晴天气我不不敢独个儿进去转悠呢！你是万金之躯，就是那个叫纪什么的来着说的，'千金之子会不垂堂'，凡事不能任性儿——先帝爷……得病，就是是这园子里克撞了什么？虽说你福大天佑，当心些儿还是没过逾的。"

"今儿儿子议政议得时辰长，走动走动疏散筋骨，又有那么多人跟着，不防的。"乾隆宫外宫内百事挂心，原来打不起精神，听母亲教训，只好一一称是，一边又回话，"上回老佛爷吩咐下来，叫人把清梵寺的佛像装装金。这钱不能从国库里出，儿子已经传旨内务府，从皇庄贡来的银子里出项。这事儿子请母亲放心，八月烧斗香，儿子陪您过去看，准教母亲欢喜！"说罢一笑。

太后也是一笑，说道："内务府也不会屙金尿银——方才那个赵司晨还进来哭穷，直隶、京郊，还有承德黑山、喀左都闹灾，要过个穷年呢！喀左，是我娘家地儿，我已经有话吩咐，今年年供免了。你还从他们身上打主意？"乾隆一听便知，仍旧是那群笔帖式在下头起哄，拱着太后压自己放江南外任，心中已是有气，勉强笑道："老佛爷这么处置最好！不过，有些事他们中哄您的。内务府那些笔帖式都是旗人，落地就有一份皇粮，又吃着六品的俸，哪里就穷了这起子光棍呢？江南百姓那里，大臣意见还是要派百姓里出来的读书人去。淮安一个水灾，紧赈济慢赈济，连饿带病还是死了二百多。饿急了的人吃树皮，吃观音土，吃杨树杏树叶子……就为怕官逼民反，闹出乱子呐！"太后原来一脸不然之色，她是虔心敬佛的人，听说饿死人，只喃喃念诵："阿绝密陀佛！可怜见的，我老婆子懂什么？还是依着办事人说的做去罢……不过，有些旗人也艰难的，一个月守那二两月例，没有差使外项进项，够做什么使的？也得想法子。"

"一直在想办法呢！"乾隆见母亲通情达理，心里松快了一点，陪笑道："给他们差使，他们不会办；当官，理不了民政；分给他们的地，都是官中最好的，不但不种，都卖了。只会泡茶馆吹牛，养老黄狗栽石榴树，提溜个鸟笼子转悠，儿子也拿他们没办法。"

太后叹道："我嫁到你们爱新觉罗家快四十年了。打圣祖爷时就说这个话，你皇阿玛脾气躁性，提起旗人就气得脸上不是颜色，现在又轮到你了！说句罪过的话，我瞧皇帝比着先帝、圣祖，似乎都聪明些。趁着天下富足太平，赶紧整顿。旗人，是咱们这个朝廷的根本啊！"

乾隆一边听一边称是。他其实比谁都清楚，旗人是给惯坏了的；落草便有钱粮，一直到死，谁还肯出死力气自养？但这是"敬天法祖"的根本规矩，革掉这一条，八旗也就散了，皇位也坐不住——谈何容易呢？想着，乾隆说道："儿子并不敢和先帝、圣祖比聪明。这里头有个气数，不单是人力的。三藩乱时，圣祖爷起用图海、周培公，带京师三万旗人，十二天扫平察哈尔叛乱，不到半年廓清甘陕。儿子想，有仗可打，还能调起我们满州人的英雄气概。好比刀子，不用不磨，就是宝刀也锈坏了。告诉母亲一句话，金川虽然战事不利，儿子又得了两员好将军，而且都是咱们旗下的人！"因将兆惠和海兰察金川之战中杀敌护军、带饷逃亡，狱里途中仗义杀人的事绘形绘声说给母亲，又道："阿桂也是一样，打出来的国家栋梁！老佛爷瞧着，西边用兵，准还能再出一批人才。用心检点，慢慢整顿起来，还是指望得的。"

太后听得一时摇头闭目，一时皱眉蹙额，一时目瞪口呆，一时微笑贪首，对旁站的三个女人说道："你们听听！这不是说古记儿？一时斩头洒血，一时又是儿女情长——皇帝，往后有这样故事儿，跟我多说说，比什么都解闷儿呢！"因见乾隆目视那位贵妇人，便道："这是魏清泰家的，是我们钮祜禄氏门下的人，进来请安。我们三缺一抹牌儿，就凑了一手。"

"噢，魏清泰家的？"乾隆点点头，问道："你家老爷子还结实？"魏清泰夫人正听得发呆，见皇帝问自己，忙跪了叩头道："是！我们老——魏清泰过年就八十，身子骨结实，每日清早还能打两趟布库！"她第一次面对皇帝回话，心里扑扑直跳，说话打连珠炮似的。应对也不得体。天子问起居，先是得谢恩，还在代魏清泰回问圣安。这些话头一概忘了，宫人们都低头偷笑。乾隆却不在意，只看了太后一眼，又对魏家的说道："眛娘入宫侍候得好，已经有旨着进仪嫔。她改了贵姓，叫魏佳氏。你们家自然也要沾君恩，改姓魏佳氏，抬入正黄旗。回头就有旨意，你回去可以先给魏清泰报个喜讯儿。"

眛娘越过贵人、常在、答应等品级，由宫人直擢到嫔，连太后在内，没有一个人知道的。魏家的因早年欺侮虐待眛娘，怕她得意报复,时时放些流言蜚语进宫里,作践睞娘人品。连太后都听得在了意;钮祜禄氏因恐睞娘得意,自己失宠、防了儿子前程,也常在皇后处似有若无地添些闲话。听乾隆如是说,不禁也怔了,看着太后,似乎有点不知所措。只那拉氏这上头触过乾隆霉头,深知这主子脾性冒犯不得,因见魏佳氏兀自直橛橛长跪着发呆,笑道:"你高兴糊涂了——还不趱紧谢恩!"

"谢主子……隆恩!"

"从今后你们就是贵勋外戚了。"乾隆隔窗望着外面的濛濛雨帘,端着茶杯平静地说道:"和别的嫔妃一样,每月要进来请安朝见。你们有些家务事朕也略有风闻。过去的就翻过去罢,睞娘也没有计较过。你记好两条,一是睞娘荣你魏家荣,睞娘辱,你魏家辱,这是自然之理;二是约束家人子侄,有差使没差使,当官不当官,不要自己占定了'国鼻'的势招摇钻刺,要学傅恒,给朕当好奴才,那就大家平安皆大欢喜了——懂么?"

魏氏已听得满头大汗,额头磕得乌青一片,连连说道:"是是是!奴婢懂了,懂……了。家去一定回说主子旨意,告诫家人。奴婢再带女眷进宫给睞——魏主儿请安谢罪!"

"这就对了。"乾隆满意地一笑,说道:"你这就算叩拜了老佛爷和朕。再过西边道宁斋去,给主子娘娘磕头谢恩,也要给你们主儿叩贺,礼全了再回府报喜。"又笑谓那拉氏和钮祜禄氏,"你们两个也过皇后那边凑凑趣儿,娥皇女英同事一君,是件喜事嘛!也该贺一贺的。"

三个女人各怀心思,对望一笑,齐叩下头去,低声下气称道:"是!——"

十六 安宫闹乾隆慰母后
恤民变贵妇减租粮

东暖阁里只剩了太后和皇帝母子二人。乾隆见宫女们要收拾炕桌上的牌,起身笑道:"这里不用你们了,连太监都退到西配殿去!"说着,亲自取过茶具案上银瓶,给太后倒一杯凉茶双手捧了奉上,又慢慢整齐散乱在炕桌上的纸牌,一边笑说:"这牌都打毛了边儿,真不知道这些杀才们怎么侍候老佛爷的!"

"那些事叫下人们做就是了。"太后笑道:"听说昨晚看折子又到三更天——也太乏累的了。请安,我还不忍叫你天天过来呢!"乾隆口说"是"一笑又道:"这些事小家小户都是儿子该做的本分。儿子偶尔侍候一下,倒得些天伦真趣呢!文武百事安排定了,今秋我必要奉着母亲南去。咱们找一座庙住,三天不见人,就自己一家子,儿子也得好生亲近亲近娘,略尽点孝心。"太后被他说得兴头起来,靠着大迎枕,一手举杯,说道:"圣祖爷六巡江南,我那时还只是个侧福晋,没福跟着先帝去。听先帝回来学说,那西湖、断桥、雷峰塔、灵隐寺、瘦西湖、虹桥、小秦淮……什么秦淮月、钱塘潮……比着画上画的强十倍也不止!还说起虹桥边儿上看日头落,廿四桥看月亮……他那样板正严厉的人,说起来高兴得放声儿笑呢——还背诗!"

乾隆见母亲喜欢起来,便承色奉话,笑道:"儿子还记得皇阿玛背诗呢——"因便吟道:

廿四桥边载野航,六铢缥缈浣红妆。

生儿应取桃花靦,鸾尾湘钩出短墙。

——还有一首:

新词吟罢倚云鬟,清婉争传仕女班。

红叶御沟成往事,重留诗话在人间。

诵罢说道:"这是梅文鼎的诗,圣祖跟前的人,通天文会算学、律历。先帝夸他现在没这样儿的人才,就记住了——"猛的从"红叶御沟"故事儿想到睐娘,便打住了口,半晌才道:"小于成龙在虹桥修了一座书院,到时候儿去看看……"

太后见他说得正高兴,突然沉郁下来,审量着他的脸色问道:"皇帝好像有心事。今儿议了这久的政,要乏了,就回去歇着吧。"

"儿子不乏,是有心事。"乾隆说道。其实,太后说着话,乾隆一直就在想,临时晋封睐娘怕太后不快,要解说;诛杀讷亲虽是国事,但讷亲的父亲和太后是堂姐弟,绕不过去的一个不远不近的亲戚,现在要杀,连声招呼也不打,对景儿时候略给自己点难堪,"孝悌天子"的名声儿也就完了。一头思索,拣着能说清楚的事先告白。嗫嚅了一下,乾隆深长叹息一声说道:"讷亲的案子已经明白谳定。已经下旨,封遏必隆刀着他自尽。"

"啊!——"半躺着的太后手一颤,连杯中的凉茶都溅了出来。她坐直了身子,缓缓放了杯子,脸色变得异常苍白,吃力地问道:"旨意已经发下去了?"

"是……"

"是傅恒他们的主见?"

"不,是我——傅恒是奴才,他不能作主。"

"能挽回么?"

"我已经有旨,不等后命。

"可……你是天子,是皇帝。"太后的脸愈加苍白得没点血色,颤声道:"讷亲是老公爷的嫡脉,又是单传,有着世袭罔替的一等公爵的啊……每常时分你总夸奖他办差好,这些功劳情分该念及的还是要念——论理,这里头没有我说话的地步儿。你既说给我听,能着些儿不杀,罢职不用最好——讷亲是宰相,大清开国还没有杀过宰相呢!隆科多是谋逆,先帝爷那性子,也只是永远圈禁。这是太祖爷时候就留下来的规矩……我说这话是为你后世名声,多斟酌些儿还是好。人头不是韭菜,割了还能长出来。"

乾隆太熟悉自己的母亲了,别说讷亲,年年勾决人犯,她都要斋戒进香,再三再四谆嘱:"得饶的可饶的,一定刀下留人。"就本心而言,他也不忍杀讷亲,然而讷亲不杀,不但金川之战没法再打下去,西疆、回部、藏部都有乱子,士气不扬,文治罢了,"武功"从此休提。乾隆脸色惨沮,听着母亲的话不时点头,嘘气儿说道:"母子通心,儿子也都想到了这些。也正为儿子是天子,是皇帝,恕不得讷亲。欺君之罪朕都可以原宥他,六万冤魂怨气冲天,用什么安慰祈禳?那死的人堆山积垛,真同母亲说的,割韭菜一样啊!不杀了他,往后将军出兵放马,还会叫策凌阿拉布坦的兵一片一片割倒。额娘是大慈悲人,想想那些将士死在黄泥潭里,那么凄惨,他的罪可恕不可恕?宋太祖赵匡胤,立誓不杀大臣,大臣就在下头害百姓,江山弄得七颠八倒……老佛爷,那是什么名声儿呢?"

……

"灭大宋的不是蒙古人,是文恬武嬉的文武面官。"乾隆知道母亲已经被说动,继续循着自己的思路款款陈说道:"蒙古大军将宋代最后一个皇帝赶到琼崖大海,宋代最后一个皇帝还在孩提之间,宰相陆秀夫在船上还在给他讲《中庸》。船被围了,把自己妻儿老小的船先沉了,抱着小皇帝投海自尽……额娘,你知道指挥一战的蒙古主将是谁?"

太后摇了摇头,她的眼中已经迸出泪花。

"叫张弘范。"乾隆想到宋朝末代皇帝途穷惨状,也觉心中凄惶,哽着嗓子道:"他是大宋的一员战将,投了元,又来打自己主子。灭了宋,还磨崖铸字,写了几个字说'张弘范灭宋于此!'后人鄙薄他,在前头仿他笔迹又添了个字,'宋张弘范灭宋于此'——这不是文人刻薄,是的的真真的史实!儿子想争一口气,别叫后世我们大清也出张弘范那样的贼子!"他说着,太后已是一边流泪一边点头,叹道:"我都明白,这真是无奈的事……他作了孽,就由他受吧……"乾隆转而抚慰太后,说道:"老佛爷这样想,是大慈大悲。成全国家、社稷,成全三军将士、人民百姓,也成全儿子的一片苦心。就是讷亲地下有知,也要感激慈恩……讷亲无后,他的世袭罔替,可以减等袭爵。就……就由他哥哥策楞袭二等公,您看可成?"

太后喟然一叹,双手合十,闭目呐呐说道:"阿弥陀佛!我的儿,这些事你自己裁度办罢……我老了,精神不济。就是精神好,也不是女人过问的事。外头的事,已经和圣祖爷、先帝爷手里大不相同,就是老孝庄佛爷在世,她也料理不开。不但外头,就是宫里,我也撒得手。只是富察氏那个身子骨儿,七灾八病的叫人悬心。紫禁城还有这边园子,还有热河避暑山庄这几处禁苑,比起圣祖爷时候大了十倍不止,太监宫人多了三倍不止。外言不入内,内言不外出,宫防警跸,还有太监带男人扮女装进来。一个不小心,这'秽乱'二字名声谁当得起?少不得有时我替皇后操一点心。"

"母亲说的是!"乾隆一听内言外言的话,便知道指的睐娘这类事。因陪笑道:"儿子也听到些闲话。睐娘清清白白一个人,叫一起子屑小刁钻之徒形容得不成个人样儿。这就是'外言入内'的过。高大庸其实是个稳当人,那么大岁数了,夜里还提着个灯笼巡视。只是局面大了,他一个人忙不过来。卜义那边没住什么要紧宫嫔,晋高大庸六宫都太监,卜义过来当个副头儿帮着料理宫务,只怕就好些儿。这些事由儿子和皇后商计一下,大的宫务请示老佛爷,小事您就别操心,只管荣养自娱。国家正在熏灼之期,您不要怕使银子,只要您高兴,要什么儿子也要努力孝敬,准教老佛爷乐陶陶逍遥到一百岁!"

乾隆口齿伶俐,一番甜言蜜语说得太后又欢喜起来。她本是个无可无不可的散漫人,没有多深的心机,刚发作了睐娘,吃乾隆晋了睐娘为妃,原是有些不快,此刻已丢到爪哇国去了,因道:"睐娘可怜见的,在娘家受气十几年,进了宫还饶不过! 你比娘心里清爽。既这么着,我看也很好。明儿叫了她过来给我磕头,我还有好东西赏她呢!"乾隆念头陡地一闪,动了灵机,乘着太后兴头说道:"宫里的事儿子想了两条,还没和皇后商量,一是有些宫女大了,有些侍候了多年有头脸的,该指配的指配出去,侍候主子一场,有个好落脚处——指给那些有出息能耐的文武官员,他们也得沐浴母后的慈恩。再是后妃素有定制,不许归宁。我想,她们也是儿生父母养,一样的思孝思亲的心。我天天过来给母亲请安,还觉得尽不了孝心万分之一,她们年年月月闭锁深宫,不得见爷兄子侄,虽然富贵,还是少了点天伦之乐。不妨由老佛爷下懿旨,儿子遵命承颜,命她们回回娘家,当日去当日归,家人团聚欢喜,不也是件天人欢喜的仁慈善举?"

"好好! 难为我的儿想得周全!"太后喜得拊掌而笑,叹息道:"这事圣祖爷作过。后来的嫔妃们没这个福。打我进宫,瞧着这些娘娘妃嫔们安富尊荣,其实心里都有一份说不明道不白的苦情。满打满算,打孝庄老佛爷起,活过六十岁的只有两个,怕不是也为有这些天伦上的伤怀事? 你这才叫体天格物,念情揣理呢! 就是皇后,我也可下懿旨,叫她去傅恒府里盘桓盘桓。天地良心,哪有个女人不想回娘家的呢?"

乾隆见母亲高兴,因就起身,笑道:"儿子还要过皇后那头看看。听是又犯痰喘了,又说不相干,这些御医们莫名其妙。法兰西贡来了些西洋参,回头叫他们给老佛爷取几斤来。听说和高丽参

药性儿不同,先叫太监们试试,合用了母亲再用,皇后不敢轻用这些补药……"说着便辞出出,却听太后在殿内诵经:

> 南无喝啰怛邦,哆啰夜耶,佉啰佉啰,俱住俱住,摩啰摩啰,虎啰吽贺,贺苏怛拏,吽泼沫拏,娑婆诃……

乾隆略一想,便知是为讷亲诵经超度,不由黯然,在檐下丹墀边望着朦胧苍翠的雨色,发了一会儿呆,不言声上了乘舆。

皇后不在风华楼北一带新建的西式宫殿住。出了澹宁居向西约半里,矗着一座"道宁斋"宫,红墙黄瓦飞檐斗拱,都隐在烟雨葱笼的老树竹丛中,沿宫一匝,全部栽的铁树,碧沉沉黑鸦鸦的一大片,虽不及澹宁居殿宇宏伟高大,因宫阙建在形如龟背似的土岗上,看去十分坚稳沉实。依着乾隆的意思,原想让皇后住仿罗刹国的冬宫里头。皇后却不甚情愿,冬宫虽然凉爽,都是汉白玉砌成,她嫌颜色太素洁,宫里太空旷,也看不惯周围宫殿的式样。道宁斋是个斋宫,雍正暴病前在园中遇见邪祟,和亲王弘昼认为是妖道贾士芳冤魂作怪,请江山龙虎山真人娄师亘入园设坛作法镇压,就选的这块风水宝地,宫中也就平安。因此修园子规划时,弘昼特意请旨,在这块龟形土岗上建"道宁宫",而后又改名为"斋"。皇后素来信佛佞道,因执定主意住了这里。守宫的小苏拉太监遥见乘舆过来,早已飞报了进去,待乾隆下舆,秦媚媚已是一溜小跑迎了出来,紧忙着给乾隆披油衣,又取一双乌拉草木履,将乾隆湿透了的鹿皮靴换了青缎凉里皂靴,一边忙活,一边笑道:"这油衣是暹罗国贡的,里外都是绿头鸭绒,再大的雨也淋不透呢!别瞧这暑天儿,碰上这天气,衣裳再湿了,哨儿风吹过,也是浸骨头凉呢……"

乾隆微笑着听他絮叨,问道:"你主子娘娘这会子做什么呢?午膳进了多少?"

"主子娘娘今个好!午膳进了一平碗老米膳,一碟子火腿炖豆腐，一小碟子香菇玉兰片儿。进得香!"秦媚媚替乾隆结束停当，走在乾隆侧前，不时将湿重的花枝挑开给乾隆开路，一边笑说："娘娘今儿兴致也好，那拉主儿和钮主儿都过来给新封的魏主儿贺喜，恰好儿傅中堂夫人也进来请安，都叫雨隔住了。娘娘留下她们一起进膳，乐乐呵呵一大桌子，说笑着进膳，大家都欢喜得不得了呢!"

听说棠儿也进来，乾隆怔了一下，脚下步子不停，却问道："还是陈氏下厨么?""不——是"秦媚媚道："陈主儿只陪坐说话儿。娘娘说，郑二制的膳对她的脾胃，陈主儿不要跟郑二下厨，因为万岁爷爱进她作的膳，怕她什么——邯郸学步，变了口味万岁爷进不香。还说，这膳和人一样，讲究个脾胃缘分……"

乾隆止住了脚步心想：富察皇后，真是好皇后，她恭俭慈善，性格和平，尽管自己六宫充盈，还不时沾花惹草。皇后对此，只有婉辞规谏的，却从不妒忌，从来没要过什么专房之笼。大德如此，连这样的细微屑事也都替自己如此着想留意，他不由得一阵心里发热。秦媚媚以为自己说错了话，吓得忙住了口。乾隆只一笑，又移步向前，边走边说道："回头你传旨给内务府，赏郑二六品顶戴。你是跟皇后的人，皇后与朕是敌体①。你的品秩和卜孝卜义要拉平，也是五品顶戴——这是太监能得的极品了，好生侍候，朕不定赏你蓝翎子花翎呢……"说着，见道宁斋宫滴水檐下几个女人一排溜齐整站着，料是那拉氏、钮祜禄氏、陈氏、睐娘和棠儿在殿口迎自己，因吩咐道："你去禀皇后。叫她不要出来，外头风凉风大。"

"扎!"秦媚媚万没想到平白的就得了这么大个彩头，高兴得头涨得老大。就雨地里打了个千儿，起身回头就颠，不防一脚踩在青苔上，滑得一屁股坐在了水里，一个打挺又跳起来，直趋入殿，一溜烟儿似的，惹得廊下迎驾的几个女人手帕子握嘴格格儿笑。见乾隆走近，她们齐叩下头去，莺声燕语参差不齐说道："奴婢们给万岁

_____

①　敌体：平等身分。

爷请安！"

　　"好好，都起来进殿说话！"乾隆略一抬手脱掉木屐便跨步进殿。皇后已从暖阁里出来，一边向乾隆蹲福儿行礼，又招呼几个女人："别在外殿立规矩了，主子爷乏透了的人，进来陪主子说说话儿解闷儿——今儿听说瀛台议政，议得长了，晚间还要去英英那边。陈氏也在这里，叫她给你治膳，就在这边用过膳再去。你夜里还要看折子，都叫人送过那个'土耳其'宫里了。那边小伙房家什没这里齐全，就不必过去用膳了吧？"

　　乾隆觑着皇后气色，果然比平日多了点红润，因笑道："请你来园子你还怕住不惯——还是这里好些吧？今晨听说你略犯痰喘，瞧气色像是不相干的"，他一眼瞥见案上摊着一卷子图画儿，又问："是哪里进来的画？必是好的，谁的手笔呢？"说着目视棠儿。棠儿脸一红，忙低下了头。皇后富察氏笑道："这不是古画，是工部送呈内务府的圆明园绘彩画样子。我们闲聊，她们都想开开眼，我就调过来叫她们看看。"乾隆微笑点头，见大家都站着，便先坐了炕边椅上，说道："皇后喜欢打坐，还坐炕上——你们随意儿，今天不要拘礼。"因又目视棠儿，良久才道："好像有了白头发了，不过，不细瞧瞧不出来。"因突然觉得忘情失口，乾隆忙又笑道："福灵安上回进来给老佛爷请安，朕也在跟前，老佛爷很爱见他，又是侍卫，问了年纪，已经十八岁了不是？那拉氏跟前四格格已晋了多罗公主；朕看可以配他为额附——因这事得皇后的懿旨，还没商量，所以还没下旨。你虽不是她的亲额娘，这事作得主张的！"

　　棠儿见乾隆先是忘情，后又用正经事遮掩，知道乾隆心念中没有忘掉自己，心里一阵温馨暖热，又略带着一点酸楚，下意识地掠了一下鬓发，恭恭敬敬答道："这是太后老佛爷对犬子的荣宠厚爱。臣亲感恩念情，举家粉身碎骨也是报不了的，岂有不遵懿旨的理？还望主子娘娘垂恩赐婚。"说罢，插烛般向富察氏拜了下去。

　　"快起来，起来吧！好商量的。"皇后忙笑道，"这是太后的慈命,我怎么会不允? 那拉妹妹,你看呢?"

那拉氏是最知道棠儿和乾隆那一段风流情事的。傅恒的儿子福灵安、福隆安都是侍卫,逢节朝见太后,隔帘子也都见过,也都是玉立颀身的英俊少年,如今傅家大贵大盛,又是皇后嫡亲兄弟家。皇后帝皇说着,已是高兴得心花怒放。但她历事渐多,知道乾隆和皇后喜欢体态稳重安详,因逼住了满心欢喜,小心翼翼向皇后欠欠身,抿嘴儿笑道:"女儿嫁这样的人家,当娘的还有个不心满意足的? 全凭主子、主子娘娘作主的了——"她突然灵机一动,喜笑颜开说道:"钮贵主儿跟前我们还有　位和嘉公主呢! 听说傅家二公子福隆安也十七八岁了,何不就配了公主,亲连恩,恩结亲,皇家多了两个好女婿,朝廷上不更给主子出力卖命?"

"人都说论史评,以为东汉亡于外戚宦官",乾隆高兴得脸上熠熠放光,站起身来在殿中徐徐踱步,说道:"其实东汉时分,接连几个都是年幼皇帝,主不得政务,事事都委太监去做,不是外戚顶着,早就亡了——亲连亲,亲套亲,打断胳膊连着筋——外戚得势杀宦官,宦官得势杀外戚,把皇帝给晾一边去了,这就是东汉! 我们大清祖制,靠的是八旗旗下人,一个篱笆三个桩,一个好汉三个帮,就是这个意思!"

一番说话,几个女人都面面相觑。她们谁也没读过《后汉书》。但乾隆说的篱笆桩,好汉帮,意思却十分明白。因见乾隆看那幅画儿,皇后笑着下炕,命睐娘,"把傅恒家的带来的圆明园四十景题儿取来给皇上定名儿。"

"是。"睐娘画兴地答应一声,至大金皮柜前踮起脚,从柜顶上取下一封素金黄绫表面儿的折页子,双手捧给乾隆。乾隆一手接折页,笑道:"道贺你缙位了,回头叫皇后下懿旨给礼部内务府,注名金册,开脸拜了堂,光明正道的就是'仪嫔'了。"睐娘一红脸,蹲了福儿仍退回皇后侧畔。几个嫔妃并棠儿见他们当众如此缠绵旖旎,脸上带笑,心里却直犯醋味。乾隆这才细看那折页,只见上头写着:

　　正大光明、勤政亲贤、九洲清宴、镂月开云、天然图画、碧
桐书院、慈云普护、上下天光、杏花春馆、坦坦荡荡、菇古含今、
长春仙馆、万方安和、武陵春色、山高水长、月地云居、汇芳书
院、鸿慈永佑、日天琳宇、澹泊宁静、映水兰香、水木明瑟、濂溪
乐处、多稼如云、鱼跃鸢飞、北远山村、亚峰秀色、四宜书屋、方
壶胜景、澡身浴德、平湖秋月、蓬岛瑶台、别有洞天、涵虚朗鉴、
廓然大公、坐石临流、曲院风荷、夹镜鸣琴、洞天深处、天地一
家春。

下面密密麻麻又是亭馆名目，什么飞云轩、自得轩、琴趣轩、君子
轩、澄景堂、益思堂、横云堂、翠扶楼、影山楼、芥丹亭、环碧亭、玉玲
珑馆、文佳书屋、绘雨精舍……足足几百处藻词华毓极尽修饰，琳
琅不能暇接。

　　乾隆笑道："这是张照的拟笔，再不然就是纪昀。张照的文笔
华贵，纪昀的沉实敏捷，朕断定不了是谁，但出不了二人范围。"

　　"你们瞧瞧皇上的眼力！"皇后对几个女人笑道："这是张照和
纪昀合拟的呢！纪昀主笔，张照润色——方才我还和她们讲，主子
准能看出谁写出来的，那拉氏还不信！"乾隆看了一眼那拉氏，笑
道："一代有一代的格调，一个人有一个人的情趣，诗词曲赋和人一
样是有个性格体态风貌的，再也不得混同。不信你们从《永乐大
典》里冷僻书里摘出各代一句诗，朕虽不知道作者是何许人，但要
断出他是哪一代的人大约错不了。"钮祜禄氏便即乘势灌米汤，笑
道："在娘家听我们老爷子说过，有大能耐的硕儒能断代诗词，我们
从小儿也跟着兄弟们念几句诗的，觉得都一样的顺口儿，谁知道这
里头恁门大的学问呢？"那拉氏也不甘居后，说道："我爷爷也说过，
圣祖爷像我们主子这般春秋时，也还分不出诗词断代。我们爷可
不是青出于蓝而……而……而蓝于青么？"陈氏笑道："是青出于青

而蓝于蓝！那拉主儿记混了！"那拉氏掩口葫芦而笑，说道："是青出于蓝而青于青……陈氏你不懂！"

　　几个妃嫔争相奉迎，燕呢莺语乱解成语。睐娘是不懂，怔着眼傻听，皇后那样一个庄重端凝的人，笑得拊胸颤身，棠儿却知她们是讨好儿逗宠，勉强笑着，心里不是滋味。乾隆被几个宠妃逗得呵呵大笑，说道："真正的胡乱用典！荀子在这里，也教你们给搅糊涂了！"①　皇后笑道："你见人看折子，不是钱粮就是狱论，不然又是调派文武。这么着松乏一下身子骨儿也是好的。"又笑一阵，才道："张照年岁大了，纪昀用轿子抬他进园子，一路看一路拟的。内务府来人问，我说是我允许他坐轿的。要有人弹劾，皇上心里要有个数——他们只是草拟，这些名目，还要皇上御定。也得你写出来，好教石工去刻。说句实话，这园子虽好，我还是觉得工程太大了。尤明堂夫人进来见我，问了一下，一年要花差不离十兆银子，那能赈济多少穷人呐！"

　　"我的皇后，银子不缺的是！"乾隆笑道："朕心里有数，这不是修阿房宫，也不是筑长城，再不得有孟姜女的！粤闽滇浙四省海关，一年进项就是二十兆，拿一点修园子，不单为娱乐，是要宣示我央央天朝威仪，我已经给你说过多少次了，不要心疼这点银子。尤明堂是户部管钱粮的出身，你是万国之君皇后，要有母仪万国的风度雅量，对吧？"皇后心里感动，口中笑道："皇上自然是高瞻远瞩，我没得话说。这就好比人家置产业，我的意思是量力而行。天下人吃饭穿衣，还是最要紧的。"

　　乾隆点头称是，又道："你们都该学皇后这份心田，除了国家、百姓，从来不想着自己享乐。这就是母仪天下的风范——你们看，她从不穿得花里狐哨，都是半旧衣裳，头饰也没一件金珠翠玉，扎的通草绒花——朕不是说女人不兴许打扮，女人爱打扮是天性，只

①　"青出于蓝而青于蓝"见《荀子·劝学篇》。

要适度就对了。"说着,见眯娘转脸捂口儿,仿佛呕秽的样子,便问:"你脸色苍白,身子不爽么?"

"奴婢原没这毛病儿,"眯娘忙回转身子答道:"近来不知怎的,常常翻胃——不打紧的,过一阵子就好了。"乾隆笑道:"有病不要挺着,跟皇后说一声儿,传太医来,吃两剂健脾的药就好了。"

几个女人听了都不禁莞尔而笑。皇后因问:"单是呕秽么?想不想杏子吃?"眯娘傻乎乎看着皇后,说道:"娘娘怎么知道的?想的!我院里架上青葡萄都快吃完了。我想,青葡萄能治病,何必惊动娘娘,叫太医呢?"那拉氏笑道:"别吃葡萄,那东西性儿热。我院里满后院都是梅子,每天叫人过来拣着青的摘一盘子。"钮祜禄氏道:"我那里酿的有酸酶汤。"陈氏道:"我有镇江醋。"棠儿掩口儿笑道:"山西老陈醋也使得……"七嘴八舌俱都说的酸物,叽叽格格夹着笑声,听得乾隆发怔,说道:"你们说的什么呀,朕原来有点渴,现在满都是口水。"

皇后笑道:"皇上,眯——魏佳氏是有了。"

"有了?啊——"

女人们越发笑得前仰后合。乾隆猛地想起,棠儿怀上福康安,也悄悄告诉自己"想酸的吃",一下子恍然大悟,因目视皇后,富察氏会笑,笑道:"已经传出话去了,魏侍氏注名金册,礼部明儿就送进来。打现在起,就在我这殿暖阁外给眯娘设个帐子。太监宫女暂称她眯主儿,和我一桌进膳。我会照料她的——这是天大的喜事,我们大家欢喜高兴,都在这里陪皇上进膳!——谁有什么好笑话儿古记儿,说给皇上取取乐子解闷儿。还有件大喜事:老佛爷皇上如天慈恩圣德,所有嫔妃以上的皇眷,都恩准回娘家归宁一次。大家可以捎信儿给家里,礼部要依康熙爷年间的例拟出制度仪仗,回头还有恩旨的。"

众人越发欢喜雀跃,人人兴奋得脸色通红,一齐跪下向乾隆谢恩,起身之后仍互相对视着,虽把持着体态尊贵稳重,仍都抑不住笑。陈氏笑道："我来逗皇上主子娘娘个乐子。我姥姥庄上有个大肚汉,没给我家当长工时候有一回走岳丈家。可怜见的,平日连玉米面饼子都吃不饱,在岳丈家放开了量,大个儿饺子就吃了八大碗,胀得肚子溜儿圆。"说到这里,人人已是笑了。皇后道："这必又是个傻女婿古记儿。"

"是,他是个不够数儿。"陈氏陪笑道,"——回家走到路上,一阵风吹掉了头上草帽儿。他一弯腰,嘴里掉出个饺子。这傻大肚儿用脚一趿,瞧了瞧,心里挺惋惜的,自言自语说'唉……早知道是羊肉馅儿,就该再吃两碗!'"

众人听了哄堂大笑。乾隆端着一杯凉茶,笑得浑身直抖。那拉氏扶着睐娘肩头直不起腰来,钮祜禄氏正吃冰湃葡萄,连核儿吞了肚里,彩云彩卉几个宫女见皇后笑得伏在案上咳嗽,忙笑着上炕给她捶背。那陈氏却仍一本正经,接着说道:"……草帽儿捡不起,又舍不得丢,他人傻自有傻办法,一路走,一路用脚踢着草帽儿回家。恰到村口,遇见他爹。老爷子见儿子这形容儿,上来'啪'的就括了个老大耳巴子,骂'没出息的东西,吃撑胀得肚子跟西瓜似的,也不怕路上人笑!'这大肚儿汉因见嫂子坐在大树底下歇凉儿,也是揣着个大肚子,心里委屈,指着嫂子说:'你光知道打我,偏心眼儿!瞧她吃得什么模样!'"

众人又爆发一阵哄堂大笑。乾隆笑得打跌指着陈氏,半晌才说出话来:"好贫嘴!这人当了你家长工,还不吃你们个河干海落?……好,好……朕许久没有这样笑了,皇后也没笑得这样儿……"递过手中汉玉坠儿檀香木折扇,又道:"朕赏人扇子不轻易写字儿,这是昨儿兴起写的,赏你了!"

"这是真人真事儿呢!"陈氏谢赏了,笑道:"我姥姥家收长工,头一条就是比吃,吃不进去二斤白面饼子甭想当她家长工。这人叫骈二,一气儿当着老爷子吃进去四斤饼子,抹着嘴说'将就着算饱了,我不能把东家吃怕了'——说他傻,也不全是的。"

乾隆笑道:"别又是个能吃不能干的。'一顿能吃两桶饭,挑了二斤半,压得直出汗',是么?"陈氏道:"庄上人、管家们起初也都这么瞧他,他身子狼忼,耩地锄麦插秧割稻剥玉米淘井,这些庄院活计一样也做不来。千斤辕车断了轴,他一只手就能扳起来。闲了没事,把辗场石碌举到三叉树上架起,谁瞧着也取不下来。庄头儿就要开革他,老爷子说'已经招画了,再撵了不好。也不见得就一点用处没有。他家没了地,回去饿死了,也是罪过。'恰那年佃户们抗佃,上千的人冲了我姥姥院子,长工庄丁护院的逃得一个影儿不见。那些穷佃户们红了眼,疯了似的满院乱窜,见粮就扛,见人就打,见东西就抢……姥姥吓瘫在观音像前,老爷子唬得钻到床底下躲起。独这陈二有忠心,自绰一把桑权守住堂屋,挑倒了十七八个乱民。有两个冲上滴水檐的,还被他一手提一个,直掼到三丈开外的水池子里头……事过之后,老爷拨了三十亩地,一处宅院,庄窝农具齐全,都给了他家,又赏了个丫头配给陈二,他们一家子又过起来了呢!"

她起初说着,人们还笑,听到后来竟肃然起敬,都在不言声沉思。乾隆也悚然动容,良久,叹道:"这是个将军材料儿,埋没了庄稼院里。你老爷心里不糊涂,眼里有水。要听小话撵了出去,没准儿带佃户抗租冲大院就是个首脑!你是福建人吧?那里地土兼并得太厉害,大业主多。稍不留心就闹主佃相争。弄不好就出大乱子。而且告近台湾,临着海,作了案子上船一躲,又成了海盗。写信给你家老爷子,别提朕这些话,只说这事料理得好。朝廷有明发的劝减佃租的诏谕,看似向着佃户,其实还是为业主好。佃租减些子,抗租的事就少了,不得个长远平安富贵?朝廷年年免去受灾地方赋捐,大处说也是一样的道理——当然,刁佃抗佃率众闹事,为首的有一个杀一个,也是不能慈悲的!前头说的是道理,后头说的是规矩,不可偏废。"

他长篇大论,侃侃而述,说得语重心长,众人听得无不低头宾

服。皇后笑问棠儿："咱们家几处庄子,上回说要减成四成租,办了
没有? 傅恒忙,这些事你要多操点心。"棠儿忙道："前年就减了,娘
娘放心,再不得出事儿的。咱们天家亲贵,傅恒受主子这样恩遇,
我也不肯当守财奴的。"陈氏忙道："我今晚就写信交给内务府,随
驿站公文顺带回去。我娘家也得减租!"钮祜禄氏道："我娘家也有
几处大庄园,也要减些租贡。钱财是身外之物,聚敛多了就成了负
担了!""就是的!"那拉氏生恐好话给别人讲尽了,也忙笑道："我家
的去年也减了。我跟兄弟们说了句俗语儿:我儿比我强,要钱做甚
么? 我儿不如我,有钱又如何? ——他们就减了!"

　　"我儿比我强,要钱做甚么? 我儿不如我,有钱又如何? ——
这话说得好!? 乾隆鼓掌大笑,"比孔夫子说的'富贵于我如浮云'
还要实在耐味儿——传膳! 今晚好高兴!"

十七　理家事棠儿奖小奴
　　　议政务傅恒敦友朋

　　棠儿乘轿从圆明园回到老齐化门内自己底邸,天色已经断黑。夏日昼长,下轿借着倒厦前灯光看表,已指到亥正时分。里院里侍候的黄世清家的,程富贵家的,老赖家的,几个有头脸的婆子,听门上报信主母回府,一拥而出族拥着棠儿进来。一路两行家人长随站在灯下垂手侍立,给她们让路。棠儿一头走,一头答应她们请安奉迎,因问:"怎么不见冯家的?"王小七媳妇儿是内院管事儿的,见问担水老冯媳妇儿,忙陪笑道:"冯家的二小子——就是原来看花园子的那个小厮,选了广东高要县令。下晚进花厅子给老爷请安,老爷说'既是后日动程,明儿中午带儿子进来',要和夫人一道儿接见。所以告了假……"

　　"这也是人情天理。"棠儿头也不回,边走边说,"这大喜事,他们自己家也该庆贺一下的……你老爷已经回来了?""回来了!"小七子家的恭恭敬敬回道,"老爷今儿下来得早,是我们当家的侍候,任谁不见,足足儿在书房睡了多半个时辰呢!后来张老相国来了。送走张老相国,又来了一帮子,有纪老爷岳军们还有几个兵部的司堂官儿,我男人也不认的……他们前脚出去,讷亲夫人后脚来,说要见您,我请她明个再来,哭着去了。老爷一边吃晚饭一边见几个外官,一拨一拨的都去了。这会子老爷在西书房和刑部几个人说话,勒三爷,敦二爷敦三爷在西书房赶围棋儿候着说话呢!"

　　棠儿一门心思的高兴,想和丈夫说说见乾隆见太后皇后,说说赐筵情形。听见傅恒忙得这样，按捺着兴头打消了立即叫丈夫的念头，看看已到二门口，秋英等大丫头提灯迎出来，棠儿遂站住了脚，笑道："告诉你们个喜讯儿，小七家的跟你男人说说，要有个预备——我们家主子娘娘要归宁！这是傅家天大的事，要好好合计一下迎驾的事！""归宁？"小七子家的这词儿听不懂，笑着发怔道："奴婢不懂的，请太太点拨。"棠儿笑道："就是姑奶奶回门子——懂了么？这事还没回老爷，你们心里有数儿，西花园子要翻了重建，修出正殿来，合着皇家体制……该调的银子赶紧从庄上拨过来，放出去的赶紧收回来，免得临时不凑手儿……"

众人起先听得发怔，至此都是喜得笑逐颜开。老赖家的头一个合掌念佛："阿弥陀佛！天公祖奶奶观世音菩萨！这事只听我祖公公说过，康熙爷年间有过。我婆婆儿还有福在街上瞧过热闹，单是周贵妃家的，就花了三十万两银子！比着赛社会还排场体面十倍呢！想不到我也能有福开开这个眼！"程富贵家的也道："我们主子娘娘不同别个娘娘，那是整副銮驾！黄世清家的也郑重其事说："那是当然！谁也僭越不了我们主子娘娘姑奶奶！"

"就是这个话。但老爷今晚才知道，且不要张扬。"棠儿被她们鼓动得心里兴奋，直想笑个痛快。想到自家身分，越发用力抑住，镇定得一如常日。因道："叫你们男人到书房那边侍候，老爷办事下来就说我在上房等着他——明日卯时在东议事厅，二层管家以上和你们几个都等着我去说话——康儿呢？睡了呢么？"

小七子家的听一句躬身答应一声，忙笑道："三爷今下午因下雨没练成功夫，晚饭后叫了我的小子王吉保过去。敢情这会子还在后院里——"没等她说完，棠儿便道："泥里巴叽的，这会子还练什么把势——把他们叫我房里来！"说罢随着秋英进来。偏着脸看天色时，早不知甚么时候已经半晴得一天莲花云，只半轮月亮若隐若现的，满院灯烛照着，根本显不出月色。

秋英陪着棠儿进正间，请棠儿坐了竹藤春凳儿，早有小丫头端了洗脚水。她亲自拧了一把蘸了法兰西香水儿的毛巾递给棠儿，脚不点地忙着下幔帐，口中道："太太准是在宫里陪筵的了，如今脸上还带着春色呢……这是冰湃的酸梅汤，您先喝点祛祛暑气……这东西收敛，太太别用得多了——鹦哥儿，廊底下再烧一把熏香，防着外头蚊子进来！"棠儿喝了两口酸梅汤，半歪在春凳上，由着两个小丫头跪在地下给自己撩着热水洗脚捏腿，对正在炕上摆冰盆子的秋英笑道："秋英，你是属猪的，今年十九岁了吧？我记得和我同月同日生儿的。"

　　"我是哪牌名儿上的人？"秋英腾身下炕，赶开两个小丫头，亲自给棠儿按脚，一头说："膝盖儿底下这几处穴，按起来酸酸的，能解乏倒血儿——懂了么，也别使劲儿太大按疼了——太太记性真好，和太太同月同日生儿，我年年都沾您的福气呢！"棠儿被她侍奉得舒坦，温语说道："十九岁，再不寻婆家有人要笑话我了。你说，看中了咱府里哪个小厮？我给你主张……"秋英腾地红了脸，轻手抚按着棠儿的背，忸怩地浅笑笑道："哪个我也看不中！嫁男人有什么好？我就和太太对缘分儿……太太是个观音，我给您捧一辈子瓶儿。我谁也不嫁！"

　　棠儿叹道："在我房里侍奉的丫头换了几茬儿。如今我们家不比先前，跟我的人我更不肯教她吃亏。明珰儿配了纪大人，那是她撞上了的福，难得和她比较。你是家生子儿奴才，我思量着，一是府里能干小厮放出去作官的，二是老爷在外头遇着有合适的，有出息的官儿，就给你出籍配出去，就是这跟前小丫头子们，也都要好生安排终身大事……"

　　正说着，外头吧叽吧叽一阵脚步由远及近，仿佛湿鞋踩在水上般声音。棠儿张眼一望，竟是小吉保背着福康安上阶进了堂屋。她一个惊乍"呼"地坐直身子，脸上已是变色，急问道："是摔着了么？碰了哪里？放下来，不能走路儿么？"小吉保缓缓蹲身放下福康安，棠儿审视时，福康安却半点也不惟有伤的模样，挤着眼儿扮鬼脸儿笑,说道:"是吉保儿执意要背我,我也想吓额娘一跳!"棠儿这才放下心来,灯下看两个少年,都滚得泥猴子一般,连辫子上都沾满了黄泥巴,湿得往下淋水——忙趿了鞋,到儿子跟前,心疼地抚摸着额前一块青,数落道:"练布库刀枪是你阿玛的指令,娘也不反对。也得分个时候儿,黑更半夜的就在泥里头滚!看,这里碰着了不是?既是没受伤,不该叫吉保儿背你,他比你还小两岁呢——叫外人听见,咱们家不体恤奴才!"

"是我要背爷的,后院子那块黄泥地贼滑,怕摔着了爷!"吉保儿更是狼狈,额上一左一右鼓着两个大包,满脸都是污泥,说话却是精神头儿十足:"太太别责怪我们三爷,三爷念书,练功夫比大爷二爷强得多呢!我爷爷背过我们老太爷,我爹背过我们老爷,出兵放马立功劳,将来我们爷当军门,我也得跟着!这会子背背爷算什么?"

棠儿听得心里越发欢喜,笑嘻嘻拍拍吉保儿头顶道:"好小子,真长大了,晓得给主子卖命出力!秋英明儿传话给帐房,吉保的月例加到二两——带他们到西厢屋,好好洗个澡,碰着的地方儿抹点紫金活络丹——去吧!"

……

这边棠儿料理家务,心里筹划富察皇后省亲归宁的大事。傅恒在西花厅忙着和刑部的人接谈,又怕勒敏、敦家兄弟受冷落,不时叫人送瓜果冰块到书房,又惦记着棠儿从大内回来,皇后处还有什么事。几头操心,也亏了他平日打熬得好身体,历练得好章法:办什么事想什么事,因此仍听得十分耐心。

被接见的没有刑部大员,只有刑部缉捕司堂官陈索文、秋审司堂官陈索剑,还有"天下第一名捕"黄天霸,如今是赏着三品顶戴的缉盗观察使,坐在傅恒挨身。另外还有两个,是头一次受傅恒接见,一个是黄天霸的大弟子,十三太保之首贾富春,一个是从"一枝花"教中反水投诚的燕人云。傅恒虽然官高权重,却半点也不拿腔作势,随和谦恭中带着雍容稳沉,说起话来却毫不模棱,自带的天璜贵胄风度,也许正为如此,五个人坐在他跟前近半年时辰,个个热得汗流浃背,满盘的冰块,没人敢动一动。

"老兄们回的事,兄弟有的已经知道。"傅恒已听完大家汇报"一枝花"案子的细微事节,见他们拘束,亲自端起盘子,请众人含了冰块取凉,缓缓摇着扇子说道:"听这么备细一谈,大抵轮廓也就清楚了。不过……有的地方听到的有弦外之音,有的地方听起来衔接不上啊……"

几个人都瞪大了眼睛。他们确有难言之隐。"一枝花"党徒在浙江、江宁重建网络,借治病施药传布"八卦教",两江属下官员眷属也多有信奉资助的,有些府道官员也在家里请教徒设坛祛鬼捉狐禳灾祈福。这些中不溜儿的官员倒也没有隐匿。但有些事涉及到钱度,高恒也有几船铜卖给了扬州一家铜商,更有骇人听闻的,大内太监里也有信教的,不知是谁,将皇后的生辰八字玉牒金册都抄了出去!事涉皇家内苑家务,隐隐显显暧昧不清。几个人一商量,都觉得察得太细凶险莫测,因都隐去了,弥缝起来汇报。原以为天衣无缝的,不想还是被傅恒听了出来。

"我不想细问。"傅恒一笑站起身来,只说了一句便不再言声,一手抚着搭在怀里的辫子,一手轻轻扇着风,踱至大玻璃窗前,似乎在沉思,又似乎在凝聚着外边的暗夜。

外面其实一切都看不清楚。屋里的灯光太亮,而天上的月亮隐在云里,隔着玻璃,景物都朦胧成了一片,楼榭亭台间模糊不清的树影摇曳间,偶尔能见一两点灯影恍惚闪烁。听得远处青蛙咯咕叫声传来,更显得花厅里岑寂凝静。在众人目光注视下,傅恒头也不回,款款说道:"天霸这次去江南,不要和地方官交往。刘统勋是坐纛儿的,刘墉——你只听刘墉的。嗯……我知道,刘墉的职分没有你们高,但他是钦差,有这一条,都要听他调度。这是一。第二,这次是专查易瑛一案的。与本案有直接关联的,要一查到底。

不要横生枝蔓，求全贪大。宁可张网慢些，务必拿到易瑛本人——几次她都脱逃了，就为事机不密。这类案子要中央直接来破，地方官太杂，靠不住。八卦教、红阳教、混元教，台湾的黄教都是白莲教，易瑛名目上是教主，其实不能完全节制。案子破了，原来派进去我们的细作眼线不能暴露。要留在那里继续卧底儿。有官有禄有薪俸，不由吏部遴选考功，归你们刑部——但他们不能专折办差，只办刑部的差……这些人留在他们那里有好处，可以在各教中策反，朝廷也得耳目聪明。"

傅恒说着转过身来，大约因思虑过深，他的眼睛在灯下幽暗得发绿，额上也蹙起一层层皱纹。他仿佛不胜倦怠，却仍在思索，话语声音不高，显得有些暗哑，却是异常清晰："刘统勋父子是国家股肱良臣，手里的差使不止'一枝花'一案。天霸，使出你浑身解数来，既要生擒'一枝花'还要护得刘墉他们安全。这和寻常案子不同，其实是个不明摆阵势的战场，一点也不次于金川之役——漂亮办好差使，我保你们有野战爵位功勋，一个伯爵是稳稳当当的！还有你们两位，论功行赏——明白么？"

"卑职们明白！"

黄天霸燕人云和贾富春被他的目光慑得发慄，又被这番立功赏爵的激励拱得浑身血脉贲张。他们谁也没想到缉拿这些教众，朝廷竟肯出这么大的封赏，躁动得一身铮劲，齐站起来高声应命。黄天霸几次与易瑛觌面交锋均遭挫受辱，一者心里愤恨愧恶，二者也深知易瑛党羽遍天下，耳目灵动势大难制，他是个深沉干练人，虽然激动，却也虑到此事并非易与之事，因道："傅相方才说的，标下仔细思量，一则是天恩浩荡，二则也真不容易。天霸一介江湖草茅之士，能受相爷如此知遇，只能说一句话，不是我提着易瑛人头来见傅相，就是刘大人提着我的头来见您。只有一条，不与地方官联络，就动用不了绿营兵，易瑛的党众有的一村一寨都是，愚民百姓护着，又不能激起民变，凭我带去这些门生朋友，恐怕难以办好这差使。"

"我已经说过了,听刘墉的,有事请刘大人裁度。"傅恒用欣赏的目光盯着黄天霸,点头笑道:"他有权调度当地驻军绿营的。不过最好不要兴师动众,能把她挤兑到城里捕拿是上策。皇上不要你提她的头来,要生擒,我也不要刘墉提你的头,我要你漂亮办差得胜而归!"他的目光游移不定扫视着众人,长叹一声道:"'一枝花'一个潦倒婆娘,起事桐柏,盘踞江西,扰乱山东直隶山西,又潜伏两江,与朝廷为敌二十余年。太平盛世中,这事太不可思议。皇上想见见这个人,我傅恒也想见识见识。这案子我亲自过问。两位陈老兄——所见(索剑)所闻(索文)可都向我直报喔!"

陈索文陈索剑并众人都是一笑。气氛似乎轻松了一些。陈索文因道:"中堂,前奉军机处谕,'一枝花'一案只向刑部汇报节略,不详明申报。我们的顶头上司,不好开罪的,请中堂给我们多罗尚书打个招呼,免得误会。"

"我已经打过招呼了,他不会再问你们。刘统勋也是刑部尚书么!"傅恒笑了笑,端起茶杯,又道:"有些细事你们商量去,放胆办差。拿'一枝花',要钱给钱要物给物——有你们料理不得的,再来回我——天不早了,我还有人要见,不虚留大家了。"说罢辍茶一饮,众人便纷纷辞行。

傅恒格外破格,直送出滴水澹下,众人再揖而别,也不返回花厅,径往东边一箭之地书房踱来。小七子见是缝儿,一边递凉毛巾给他擦汗,一路跟着走,将棠儿的话一长一短说了,傅恒边听边心不正焉地"唔"着,只听到说姐姐要省亲归宁,脚步略顿了一下,说道:"书房里几个是朋友,再忙再累也要见见——叫你婆娘进去回太太,是我约人家来的,少谈一会子就进去。她困了只管歇着就是。噢,还有,讷亲已经伏法。明日你从帐上支一千六百两银子送他府上作赙仪,尽一尽朋友情义……"一头说到,书房已到,傅恒一摆手便拾级上阶。因听得里头仍在热闹,似乎敦诚要悔子儿,敦敏不肯,傅恒一笑推门而入,说道:"好热闹! 我在那边苦巴巴议政,你们敲棋吃冰块儿,占着我的书房作乐子!"

"六爷来了!"勒敏坐在棋枰旁边,兀自仔细审量那棋局,见傅恒满面笑容进来,忙起身揖迎,指着敦敏道:"您瞧瞧这兄弟俩的形容儿,还是太祖爷的骨血,金枝玉叶儿! 一个先悔了,这会子敦诚要悔,敦敏又不肯。您再不来,兄弟俩要为这个小东道儿扭打起来呢!"傅恒进来时不留意,此时二人从棋桌下钻站起来才看清楚,敦敏没穿大衣裳,灰府绸短褂儿,也没束腰带,辫子盘在脖子上满沾的都是灰尘絮儿,手中紧攥着一枚棋子儿,兀自说:"世法平等,只许你悔,不许我悔么?"再看敦诚,索性连小衣也没穿,打着赤膊赤着脚,满头油汗,嬉皮笑脸地乱局,说道:"融四岁能让梨,何况你是哥子,何况你三十多岁,何况是在宰相府!"

两个人兀自要傅恒"以宰天下之衡器宰这局棋。"傅恒笑道:"没想到我这琴剑书房遭了一大棋劫! 你们嗅嗅这股子汗臭脚味儿,亏勒敏也能耐得——外头的谁在? 进来点上香,把纱屉上放下来,把亮窗打开,拧两把热毛巾给几位老爷揩脸,再送点冰块儿来!"一边说,笑着坐了看他们各人穿衣洗涮。

"六爷,老早叫了我们过来,必定有要紧的事。"一时收拾停当落座,敦诚含了一块冰,含糊不清地笑说,"来了又不先接见,必定不是急事。——说笑归说笑,现在你是宰相,我们都是下司属员,有什么差使,请指令,我们不敢怠慢。"他人虽诙谐,话说得却是郑重其事,一脸的诚挚之容,三个人都坐定了静等傅恒发话。

傅恒刚在花厅议事议得头昏脑涨,一心经济事务一脸公事相,还要支辅相门面,乍到几个知己朋友间,又是这般浑然无凿的天趣,但觉一腔浊气洗得干干净净,身心都清爽了,有点舍不得离开这个气氛。遂脱掉官服,赤脚跶了鞋取了一块西瓜,边吃边笑,口中呜噜不清说道:"我喜欢这么随便。敏二爷诚三爷这样儿的好。勒敏太正经,庄有恭和鄂善假正经,钱度见风使舵,都透着个'假'。

朋友来我家和外头不一样,差使要说,规矩要小……勒敏把大衣裳给我脱了。吃瓜——哪有那么多穷讲究!"勒敏笑着脱衣,说道:"我虽是状元出身,带了几年兵,也沾了不少匪气,书卷气太酸,和老行伍们吊书袋子,得有点丘八风度才成!"说着抓起瓜来唏唏溜溜就是一块进了肚里,满口淋淋漓漓的瓜汁顺下巴往下滴塔。又道:"他们两个是黄带子宗室,我揣着个手本履历在书房候见,敢不恭肃敬谨么?"

"你递手本,六爷敢撕了它!"敦敏将毛巾递给勒敏,回座笑道:"不过还是要分场合的。比如叫你去顶金辉当四川巡抚,下头官儿见你,不老老实实递手本成不成?"勒敏笑道:"他们不递不成! 李卫兴的规矩,上台阶儿得一溜小跑递手本,说这样显得殷勤,又显着是办差匆忙赶来的——如今满天下都这样儿了!"

笑声中傅恒已恢复了从容平静,用手绢仔细地揩着手,说道:"敦二爷三爷也不是外人。上谕已经发到军机处。约你来也为告诉你,你要出任湖广巡抚,先署理,待后实封。"

"好啊!"敦敏敦诚一跃而起,打揖作贺,"这么好的事,闷葫芦儿瞒着我们! ——你得请客!""客当然是要请的。"傅恒笑着请二敦坐了,用盘子递冰湃李子给三个人吃,说道:"明日皇上在韵松轩接见,聆听圣训之后,我和阿桂先请你们,然后你再还席。不等敦家兄弟说话,傅恒接着又道:"皇上叫我先和你谈谈。明儿我进去了你再引见。"

勒敏文状元出身,又在金川历练数年军务,早已变得练达深沉,城府颇深,他很快就从惊喜中镇定下来,只是一时还理不出头绪,便拣着熟套路先敷衍着,因沉吟片刻,叹道:"六爷这话太出意外,我连一点也没想到。我家是满州旧人,世受国恩,先父因甫欠国债,负罪而终。我自己其实是畸零获罪之身,又蒙圣主遴选殿元,不次擢拔。入金川料理差事,满以为可以略建微劳,聊报圣恩于万一,不料金川主将辱国,连带我勒敏罪上加罪,清夜扪心,没有尺寸之功，正畏惧恐惶无可奈何。突然又加此隆重之恩……我不知道如何向主子回话，更不知道如何感激圣上如天之德，唯有这一身，拼死报效就是！"不知是真的心中感激，还是这些话感动了自己，说到后来，勒敏的眼圈里已含了泪水。敦敏敦诚尽自玩世不恭，见他们进了公事奏对格局，也就收了嬉笑之容，端坐品茶不语。

"你这些是心里话，说得好。"傅恒不动声色，只略略点点头，说道："金辉已经出缺，金铁因为有案子没有料理清楚。不然，就要金铁去湖广的。皇上的意思，要岳钟麒兼四川总督提调湖广，调尹继善暂任甘陕总督，待平定金川再作调度。卢焯原也去得，但他要去江淮任河督，李侍尧也是人选，但他那里开铜，也暂不能离开。因为湖广为九省通衢，又为四川门户连带着有军务，所以庄有恭、鄂善也不合适。我就荐了你，阿桂也同意，这就定下了。"

"谢六爷举荐——"

"这里头没有私情，我不拿私情和国事混搅，你不要谢我。"傅恒打断了勒敏的感激话头，"你谢皇恩是对的，我傅老六没权力叫你任这个职。但你既是我荐，有几句话是肺俯之言，少不得叮嘱你几句。"

"请六爷示下。"

傅恒用手虚让敦敏兄弟随便吃瓜果，一笑即敛，说道："你是勒勤襄的儿子，他生前在湖广当巡抚近二十年，坏事坏在湖广，又死在湖广。那里的人不免与你勒家有许多恩怨纠葛。现在你回湖广任巡抚，差不多是子承父业。我想听听你怎么想这件事。"

"这件事没来及想过。"勒敏颦眉说道："事情过去多少年了，还有什么恩怨？我记不得什么人的恩，也无怨可报。""抄家好比筵席散，残羹杯盘听群奴。"傅恒一笑，说道："我幼年就随过主子去抄过赫德的家，见过。趁热打铁的，趁火打劫的，墙倒众人推的，乘机套交情预留后步的，真心同情的，暗地赞助的，什么样人没有？——你没来及想，正好，我说你就别想了，我来替你想。头一条就是不能报仇。第二条,你要报恩,不能用差事官缺来报,可以用情,用钱去报;实在有德有能又有恩的,告诉我,禀明圣上,皇上替你报。不然,你连一年巡抚都当不满,就得下来。友朋之道规之以义。我不同你客气。你搅乱了湖广,我荐的你,还由我来弹劾你——勒三爷,我们如此约法三章,如何?"

敦家兄弟素日放浪形骸,都是傅恒身任散秩大臣时的朋友,从来以旧交知友看待傅恒,没有因傅恒作了天字第一号大臣拘了形迹。只是以为他练达聪敏,倜傥儒雅,又占了是正牌子国舅,所以时运相济飞黄腾达。他们都是雍正年间被抄落的人家。听傅恒这话,有德有量入情入理,勘透世情,竟比自己亲历亲目之事还要来得真切入骨,由不得打心里钦敬佩服,想说几句,又恐搅了他二人谈话,只端坐静听,心下叹息不已。

"六爷这话是圣贤至理。"勒敏望着幽幽灯火,仿佛在咀嚼一枚千斤橄榄,愈品量愈觉意味深长,徐徐说道:"读唐史也读过李泌对肃宗这番话,身历其境,晓得了六爷一片忠枕社稷又爱护友朋的成全之心。我不赌咒发誓,只告诉六爷一句:瞧我的,我必不负您这番心意!"傅恒笑道:"丈夫一诺,我信得及! 有些军务上的事,今晚没空谈了,你回去后再想想明日奏对的事——敦老二敦老三,发什么愣,吃瓜呀,吃葡萄呀——再放就温了!"

敦诚拿起葡萄就吃,敦敏却只是发呆,傅恒又让时,敦敏说道:"上回听你和纪昀说话,隐隐约约觉得有点什么想法儿,却又说不明白,方才又听你和钱度讲各地年捐赋税,我一直还在想,这会子想透亮了。打比方说明珠索额图高士奇,就好比咱们大清的王熙凤,张衡臣和你呢? 有点像贾探春呢!"

"好,比出《红楼梦》了!"傅恒鼓掌大笑,"将敝人比作贾探春,却之不恭,受之有愧啊——这大个大观园,我料理不得如探春那么得心应手。大清要真有个男贾探春,我傅恒立刻举荐让贤!"敦诚道:"看了《红楼梦》,恨自己是个男身,看看书里的就晓得了,除了政公，有几个好男人？贾赦是色中厉鬼，贾珍是色中灵鬼，贾琏是色中饿鬼，宝玉是色中精细鬼，贾环色中偷生鬼……"说着已是自笑，"贾蓉是个色中刁钻鬼，薛蟠呢……是个色中冒失鬼！"敦敏笑问道："还有个贾瑞呢？""这鬼没法形容。"敦诚张着口怔了一会，一拍大腿笑道："有了！此人可谓——色中馋痨鬼。"三人一齐大笑。

勒敏也喜爱读《红楼梦》的，但却没有敦氏兄弟那般如痴如狂，因在旁笑道："都入了魔障了，作者是给闲人破闷的，就都当了真！一说仕途经济，玉兄就掩耳而逃。我想过，要没有懂仕途经济的撑着局面，有那个大观园极乐世界给石兄去享受？雪芹借宝玉骂我们都是国贼禄鬼，我们吃了孟婆汤① 还佩服得他五体投地！""《红楼梦》高明之处也就在这里，不知不觉入其境界沉迷于中。其实它就是一面'风月宝鉴'，正照是色，反照是空。阅历浅的，不读为妙。"傅恒仿佛自失地一笑，"金铗给我来信，他南京有一女子，酷爱红楼，日日填诗作词，要学红楼十二金钗，渐渐羸弱消瘦，恹恹欲病，家人以为她中了邪祟，悄悄儿一把火把书烧掉了。谁知这女子寻不见书，急得茶饭不思，真个得了痰迷之症，口口声声要去太虚幻景，蓬发乱鬃啼哭'为什么烧了我的宝哥哥？'医卜祈禳诸法用尽，都如水泼沙滩一般，不到一个月也就香魂缥缈了。金铗信中叹息，可见《红楼梦》祸殃流毒，误人子弟，要兄弟代奏请旨查禁呢？"

"金铗那是放屁！"敦诚说道："他在南京也和袁枚这伙子人厮混，其实只是博个风雅名声，连附庸都说不上。这件事可见《红楼梦》一书魅力所在，那女子只是不会读书而已，情实可敬可怜。金铗是我家包衣奴才，我写信敲他这冬拱脑袋瓜子，再敢胡说八道，仔细来北京我治他！"

勒敏笑道："你竟是曹雪芹一尊护法神！六爷说说而已，哪里

---

① 据传，人死魂赴皇泉，途中有一孟婆放汤为鬼解渴，饮后即忘生前事，又称迷魂汤。

为这小事就入奏了？话虽如此，此女毕竟为红楼所误，也真忒冤的了。""你这话更其荒谬，你根本不懂情为何物！"敦敏正色说道，"她这叫死得其所，懂么？世上有看戏看疯了的，吃饭胀死的，下河洗澡淹死的，可以请旨禁止演戏，禁止卖粮，禁止大河东流？哦——皇上御驾从热河回来，乐直门瞻仰圣颜的人挤死三个，难道责任由皇上来负？""不敢，不敢！"勒敏笑着连连说道："三爷这张利口我惹不起！此女活着轻于鸿毛，死得重于泰山，成么？——别忘了，我也是雪芹好朋友呢！"

敦敏见傅恒笑着打呵欠，因道："今儿来打《红楼梦》官司呢么？上回勒敏右钗左黛，老三右黛左钗，争了一夜！茶馆里有为争袭人晴雯好歹砸茶壶扭打到街上的。喂，跟你们说，我给你们带来一首诗，外国人写的《咏红楼梦》，——可不是个锋罕巴物儿？"傅恒叫这对兄弟来，原意有疑高恒大肆侵吞盐税，想透过山海关税政上摸摸底细。谁知说起《红楼梦》来没完没了。他倦极了的人，原已有些犯困，听说外国人有咏《红楼梦》的诗，呵欠打了半截便止住了，笑道："憋着宝呢，这会子才肯拿出来！快让我们瞧瞧！"敦敏因从袖子里抽出一张纸来，众人就灯光看去，上面写道：

Ye wise men , highly deeply learned , /Who think it and Know , /How , whe and where do all things pair？ /Why do they Kiss and love？ /Ye men of lofty wisdom , say , /What happened to me then , /search out and tell me where , how , when , /And why it happed thus？

饶是傅恒汉学儒臣，勒敏是状元，连敦诚在内，都甚有学术，见了这等文字，俱都一齐傻眼。敦诚先道："这曲里拐弯儿的，满纸蛐蛐蟮爬，活像道士画的驱鬼符，又似天书，洋鬼子真能折腾人！——这诗怎么念，又是个什么意思呢？"傅恒却道："我见过这种玩艺儿，像是英吉利国的文字儿。你从哪弄来的，是哪位洋诗人写的？必定还有译文——还要憋宝么？快取出来我们瞧瞧！"敦诚笑嘻嘻的，从另只袖子里又拙出一张纸在桌上摊开，众人觑眼儿看时，上写：

> 嗟尔哲人，靡所不知，靡所不学，既深且跻。粲粲生物，罔不匹俦，各翯厥唇，而相厥攸。匪汝哲人，孰知其故？自何时始，来自何处？渊渊其知，相彼百昌，奚而熙熙？愿言哲人，诏余其故，自何而始，来自何处？"

"这才是诗嘛！"敦诚拿起来细看看，恍然大悟，笑道："这定是永忠贝勒府抄来的，前儿他请我，说有个传教的洋和尚求见，说得一口汉话，要一道儿请吃饭。我因要和刘啸林一道去访雪芹遗孀，托辞推了，不想被你取了巧儿。那洋和尚叫什么名字？"敦敏拍着脑门儿想了半日，一笑说道："一大串儿十几个字的姓名，谁记得呢？只记得好像人什么'布来'似的，汉话倒说得好，略别扭点——他不讲四声——听得满清爽的。"

傅恒知道，要是由着他们说红楼，今晚就甭想睡觉了，正思量如何岔开话题，勒敏笑道，"剧谈《红楼》，我也颇有心得的。金川的差使我已经卸了，明儿见过皇上，到部交割了差使文书，请你二位到我寒舍，从十二金钗咱们从头掰起，掰话个通宵！没瞅六爷乏成什么样儿了赶紧听听有什么差使是正经！"二人这才一笑而罢，目视傅恒。

"倒也没有说得全然离谱儿。"傅恒轻摇折扇，似笑不笑地说道："前日福彭王爷打西边营中回来，皇上赐他共进午膳，我也叨陪。平郡王说起曹家亏空，比例今日亏空。因就谈起曹家，福彭说曹寅的乃孙曹霑是当今家喻户晓的大才子。皇上问我，我说就是写《红楼梦》的曹雪芹，皇上想了想，笑了，说随圣祖第六次南巡住曹家，见过这个人的，《红楼梦》听得耳朵都木了，毕竟没空儿看，倒得找一套来翻阅一下。"这一说,三个人都不禁肃然。勒敏道:"雪芹命苦,潦倒终生,怀才终不得遇。待到身后,盛名才达天听!"

敦敏还在思索,敦诚笑道:"六爷是怎么回话的?你府里就有抄本,进上去不就得了?"敦敏道:"我不这样看。有些事,叫上头知道还不如不知道。知道得清楚了还不如模模糊糊知道个影儿……"他还想说,咂咂嘴唇不吭气了。

"我说我有半部抄本,民间流传的最多也只八十回,没有全本,不好进呈御览。"傅恒脸上不带丝毫笑容,却也没有什么不安,干巴巴说道:"后来老庄亲王岔开话题说起戏来。这事皇上也就撂开了手。你们都是红迷,《红楼梦》也不是禁书。回去查看一下你们的抄本,有没有违碍语,有没有犯了圣祖、世宗爷和当今的讳的。赶紧弥缝要有,弄干净,以备着万一圣上索书。再就是去寻访一下芳卿,把剩下的稿子借来,一是抄,二是也要检视一下有没有该避讳的。晓岚那边我自然也要关照,敦老二的话,你们都要细思量。"

三个人听了一时默然。许久,勒敏才说道:"我和二爷三爷一道儿去。"

"并没有什么事,你们不要心障。"傅恒笑着起身,三人也忙起身。傅恒执着敦诚的手,诚挚地说道:"王公贵戚谁家没有抄本?只我们朋友,小心没过逾的。皇上其实十分留意文字,有些书,有些戏下头报上来禁出禁演,还没有一份折子被驳了的——敦老二敦老三过两三天我再约你们,谈盐税上的事。不是要查什么,这上头我懂的太少,有些事想请教一下。"

三人看案上座钟,子母钟已经合拢回上,已是子正时分。连忙辞行,傅恒也不送,只由小厮执灯导引出去。拐过月洞门,才听那钟当当地一声接一声沉重地敲击。

十八 追往事故交访遗书
感炎凉邂逅车笠逢

三天过后便是立秋,正秋作伏,本是秋老虎作威之时,偏头夜下了一场透雨,还吹了一阵子西风,清晨起来,响晴的天气,竟透出凉意来。敦敏敦诚头天约好了勒敏,一道会同刘啸林去张家湾访雪芹家的。他们兄弟分院住,一大早各自牵了一头骡子从大门出来,正好觌面相逢,几乎同时看了看表,不禁会心哈哈一笑。上了骑径奔户部大街西边勒敏的状元赐第而来。恰到勒敏门首,一眼瞧见钱度正在下马,还带着一群官员,坐轿骑马的各不一等。看见这两个黄带子阿哥过来,忙都站住了。有几个还是他家旗奴,忙不迭过来,有的扶他们哥儿下骑,有的侍候着拴骡子,请安嘘寒问暖说天气的闹成一片,敦诚由着哥子和这些人应酬,上前笑道:"钱鬼子听说勒三爷升官,一大早就来巴结了?"

"敦三爷老鸹落到猪身上,尽瞅着人家黑了!"钱度和他们熟稔极了的,只略一拱手作礼嘻笑道:"肖露选了汉阳首府,进京引见,勒敏回头主不是他的顶头上司,想请过去嗯……那个那个——"他作了个举杯吃酒的架子,又道:"他面子不够,只好请吏部黄侍郎出面作东,他掏腰包儿。老黄跟勒三爷交情不深,又挽了我,我和肖露也算患难之交,不好扫他的兴,昨晚来过,勒敏说这几日应酬太多,怕去不了,所以我抢先一步。二位爷,我可是比你们先到的!"敦诚笑着捶了钱度胸前一把,说道:"什么鸡巴黄鼠狼(侍郎)狗獾子?今儿我要——请客——老丁,是黄英杰是吧——"他突然转脸问一个六品顶戴的官员。

那老丁似也是敦家旗下奴,忙跪了打千儿请安说道:"回爷的话,是黄英杰!"敦诚笑道:"你给他传话,就说我和二爷要出城转转,借他的轿车,叫他亲自赶车过来送送爷!"老丁喏喏连声答应着,敦敏已经过来,笑道:"就说勒三爷今儿有事,叫他改个日子再请,我们就不搅他的兴了——明白了?""明白了明白了!"老丁忙道:"这是爷的恩典,赏他的脸嘛!"钱度见他二人赶客,大热天他也想效外走走,因笑谓众人:"二位靖国将国搅了老黄的席,咱们也散了吧!改日再吃他的!"众人纷纷回轿上马间,勒敏早已迎了出来,让手儿请二敦和钱度进府,说道:"他们进去禀说有两位黄带子爷在门口撵我的客,我猜就是你们,果不其然!我也不想去吃这酒,正思量推脱的,就没出来接你们。乞望恕罪罢了。"

"好啊,叫我代人受过!"敦诚笑着进院,却不肯进屋,站在葡萄架下,说道:"你一个闺女许两家——幸亏黄鼠狼是我们包衣,换了别人,你准爽约,不定拖着我们一道儿去陪酒呢!"目光搜寻着,摘了一串紫嘟噜儿的大葡萄,一边填一颗唆着吃,口中叫:"不进屋了,你赶紧收拾准备走路是正经——再待一会子不定又有人来请了。"

勒敏只好也不进屋,只吩咐管家:"给我备马。告诉太太我出门拜客,天黑才能回来。纪中堂的公子进学,又和乔银台家的定亲,晚上请客,叫太太过去贺一贺,陪纪夫人吃酒,替我告个罪儿——给我多带点钱,银票也成。要是回来早了,兴许也赶过去的!"那管家连声答应着,又问:"一千两的银票成不成?"见勒敏不耐烦,忙就去了。敦诚便问:"啸林公不能一同去了么?"

"他老了,近八十的人了。"敦敏皱眉说道:"那天走半道儿,头就晕了。七十不留宿,八十不留饭,我怕出事儿,紧忙回来了,今儿不要叫他了。雪芹一故,脂砚斋畸笏叟一干人老病死走风流云散,再不是当年情景儿了。"说罢长透一口气。敦诚怔了一会儿,说道:

"人还不就那回事！好比庄稼剔苗儿，剔了一茬又一茬，也有老天爷犯糊涂，瞅着哪个不顺眼，顺手剔掉的。熟了割掉，那叫终天年，水旱瘟蝗殍尸遍野，那叫劫数。就如我们去看雪芹家，也就尽尽心罢了，还能救活他不成？"说着已报马匹备好。四人一同出来各自上骑策鞭出城径奔张家湾。

因有方才那几句对话，几个人心里感触，都有些沉闷。出了城过能州，人烟顿见稀少，一港儿青的天，广袤无垠的天穹下，一漫碧青的青纱帐，因夜里下了雨，咯咕拨节儿响，夹道杨柳老槐浓荫遮避，在风中枝干遥曳，簌簌瑟瑟抖动的叶片碰撞和着蝉鸣响成一片，官道北边极目远处，燕山余脉绵延起伏，都被灰褐色的岚气缥缈蒙遮。虽已至秋令节气，可天气仍在盛暑之中，从人众丛杂的城里乍出，望着这略带了秋气的原野，几个人心胸都为之一快，一阵哨风扫树而来，扑胸凉爽，敦诚第一个打破沉默，快活地呼啸一声"好风——他妈的，城里的风都是臭的，汗臭脚臭人肉臭味都有！"

"这话不错！"勒敏的兴致也很高，深深吸了一口气，许久才透出来，"你们瞧着我勒敏，到晚年绝不学张衡臣那样恋栈，我必寻个山清水秀的地方儿，带老婆儿女男耕女织！"敦诚一手执缰，一手扶着疾走的骡子。随着一纵一送，口中笑道："说说容易罢了。'满城风雨近重阳'只写了一句，催课胥吏来了，诗就没兴了——我在德州遇见马二侉子，跟我夸说吃过人肉。问了问，原来是晓岚公的老脚皮包馅儿饺子！他还满得意，说'有几个人能吃到宰相肉呢！'上回遇到台湾知府徐友德，补服肩头上头绣了个龙爪，我说你怎么这么个别？他说：'我陛辞时候皇上后了拍我肩头，说"台湾要紧，好生做去。勿负朕望！"——这是皇上拍过的地方，当然要绣上龙爪！'人哪，到什么景就有什么样儿，这会子想的桃花源，晚间吃酒，满眼满心都是酒菜，见了皇上激动，思量忠君，回任上见了银子，皇上也忘了，百姓也忘了，桃花源也忘了——"

他没说完，钱度已经失笑，接口儿道："祖宗也忘了，爹娘也忘了,天理良心都忘了!"说得四个人一齐扬鞭大笑。这么一路说笑,不知不觉间已走了一个半时辰,敦诚在骡上忽然扬鞭一指,笑道:"看见这弯河上那座小桥没有? 对岸那个土岗子下头的村子,就是张家湾了。"

四个人几乎同时勒住了坐骑。望着融融日光下苍翠笼罩着的这个镇子,蓦然间都是心里一沉,一路欢快突然消失殆尽。勒敏还是头一次来。敦敏敦诚每回京却都必来的,就在河湾对岸两箭之遥,村旁婆娑老树掩映着三间茅屋里,他们曾多少次一道儿拥炉煮酒脱帽论文? 又多少次一道儿,一个背上驮了大毛,一个项上骑了小毛,和雪芹沿河岸踏雪寻胜,咏诗作词? 这一湾碧水仍旧一滑而东,敦诚曾背着小毛跨石磴儿,装作"不小心",叔侄俩一同失足落水,叔侄俩在水中打水仗嬉戏,雪芹也抱着大毛跳进来,四个人打得水花四溅,敦敏和芳卿站在岸上含笑观战的情景,宛如昨日才发生的事。如今,河水依然清浅如昔,岸边依旧杨柳丝丝缕缕随风摇荡,水中卵石依旧苔绿茵蕴柔若碧烟,却是故人已逝空舍燕杳……敦诚眼中突然涌满了泪水,却听钱度哽着嗓音对勒敏道:"你看,过去这座石桥,一漫上坡儿,几株老槐树掩着的那个柴门院子,就是雪芹家。院前那株大柳树,底下几根条石的,夏天我们常在那底下歇凉儿喝酒的……"

"我们过去看看吧……"勒敏也不胜感慨,却不似三人那样悲凄,牵马踏着小石桥走在前头,叹道:"我还记得二爷寄给我《赠芹圃》的诗——碧水青山曲径遐,薜萝门巷足烟霞。寻诗人去留僧舍,卖画钱米付酒家,燕市哭歌悲遇合,秦淮风月忆繁华。新愁旧恨知多少,一醉酕醄白眼斜……"吟着,他也暗哑了。

四个人过了小桥,勒敏这才看清楚,雪芹家柴院并不在镇里,是孤零零坐落在河岸上的一个低岗上,只是林木茂密,远看去和村庄连接在一起而已。此时天已将午,一色浓绿的芳草漫堤远去,那条蜿蜒小道儿上也都稀稀落落长了草,却都株株挺拔,似乎没有人踩过。眼望着紧闭的柴门,低矮的短墙上爬满了薜萝牵牛,静得只听草中鸣蛩细细的吟鸣,他们愈来愈觉得是一座空舍,一种不详的预感顿时袭上他们心头。

……仿佛怕踏陷了那条土路,四个人放了缰绳,由着骡马去啃草饮水,小心翼翼到门前。敦诚上前,定了定神才轻轻敲门,小声叫:

"雪芹嫂子,芳卿——我是敦老三……来看您来了……"

……

没有人应声。

敦诚隔门缝儿觑了觑,一把推去,那破旧不堪的柴门"吱呀"一声呻吟,连轴儿断了歪在一边。四个人进了院便一目了然,这里果然早已人去院空。勒敏仔细的量,三间茅屋顶上苫草朽黑,几处塌陷,檐下门窗尘封蛛网……苫苗儿黄蒿东一株西一丝长得齐胸高,连西山墙根草棚子底下垛的劈柴也都朽了,长满了苔藓,爬着纤细黄弱的何首乌藤……只有东窗下一丝毋忘我花开得极旺,在艳骄的日光下花叶鲜明得刺人眼目。

钱度见那门没锁,轻手推开了,一只獾子冲门而出,把四个人都唬了一跳。进门看时,更是凄凉:尽自窗棂纸破,阳光斑驳透入,屋里阴气难当。大约久漏潮湿,地下白茸茸一层毛,印着不知名的小兽爪迹。原来糊得整洁光亮的壁纸,烟熏虫蛀得变了黯青色。炉上破席上还扔着一卷烂毡,还有剪过的碎纸片,杂乱不堪地散落在炕上炕下。那捆竹蔑儿是曹雪芹糊风筝用的,贴炕靠在墙角,也已经朽得变色。靠北墙敦诚亲手贴的那副和合二仙画儿,也已经褪色,变得惨淡幽暗,画上一男一女两个童子仍在启唇向人微笑,仿佛在说:"这里的事我们看见过。"

"站在这屋里心里都发森。"钱度说道:"咱们到村里问问吧"。三人满心凄惶,点头正要退出,敦诚眼尖,一眼瞧见南壁门西几行墨迹,说道:"这里有壁题诗——是……宜泉先生来过!"

敦敏勒敏顺他手指方向看去，果然见是一首壁提诗，上写：

伤芹溪居士：
　　谢草池边晓露香，怀人不见泪成行。
　　北风图冷魂难返，白雪歌残梦正长。
　　琴裹坏囊声谟谟，剑横破匣影铧铧。
　　多情再问藏修地，翠叠空心晚照凉。
　　　　　　　　——春柳居士甲申正月谷旦惨笔

果然是张宜泉一手极刚健的瘦金体字迹。

　　四个人在这残院败屋里相对无言，都有满心的话，却又无从谈起。过了不知多久，勒敏才道："咱们到镇子里先吃点饭，再打听芳卿下落——我估着芳卿是……"他想说"改适了人家"，这话毕竟不忍出口，遂道："或投了亲戚，或回了南京——咱们问问明白再说罢。"敦敏木然点头，敦诚却不甘心，钻进东灶屋又翻看一气，失望地拍着手上灰尘出来，说道："走吧。"

　　张家湾本是个村庄，因京师至热河驿道就从庄北经过，惠济河运河相通，南来向承德、奉天运的货都打此地水旱接转，因此渐渐成了集镇。却也因向北转运的货物不多，虽是集镇，倒也不甚兴旺。只镇北一条街，从南望去仍却是村庄模样。四个人满怀抑郁悲怆，穿巷来到镇北，只见码头旁矗着一座驿站，倒是修得富丽堂皇，东西横亘一条街不过半里长短，因不逢集，又是盛暑正午，街上的人甚是稀落。几家生药铺、茶叶瓷器店都门可罗雀，还有什么榿房、纸扎店、棺材铺子都上板儿打烊，只有几处大树底下卖瓜果的，用手挥着破芭蕉扇子，有气无力地拖着长声叫卖：

　　"哎……开封府新到的无籽儿西瓜……不沙不甜不要钱……"
　　"甜瓜啰——新鲜崩脆儿的一咬一口蜜……通州老面头儿瓜，老头没牙吃了长寿限呐……"

"李子,李子!才摘下来的挂霜李子,仁子儿一斤……"

四个人问了几家邻舍,都说没听见过曹雪芹这个人,问"曹霑"便都更加懵然。恐防都是外地人,又寻问了一户本地人,才晓得这里原住过几户姓曹的,去年都迁走了,只有曹家祖坟还留有家人看坟,再就什么也不知道了。因天已近午正时牌,又住了风,热得蒸笼似的,四个人都是又渴又饿,便商议吃过饭再打听。敦敏因指着驿站道:"这街上饭馆儿,苍蝇嗡嗡扑脸的,我嫌脏——我们驿站吃饭去!"钱度道:"罢了罢,哪里不能将就一顿呢?雪芹令尊还不是为骚扰驿站,叫人砸了一黑砖。稍检点些,不定就起复了——雪芹也不至于落个……"

"嘻!"敦诚哂道:"那是曹頫公① 正在晦气头上!上头想整你,你头朝北睡觉也敢弹劾你抗上欺君② ——如今世道,整日到驿站用官中银子请客巴结过往官员的地方官有的是——我们吃饭给钱,怕他个鸟!"说着,牵着骡子便走。敦敏勒敏知他因访不着方卿心里焦躁,只好跟着。

驿站就在街西头,不到一百步远近。乍从焦热滚烫的日头地里进了宽敞爽亮的倒厦门洞里,穿堂风凉浸浸的,十分宜人。他们都穿的便衣,质料考究却又尘垢汗污。几个在门洞里正吃饭的驿卒都看不出来头,张着眼发愣。敦诚却有办法,从袖子里抽出黄带子,一头束腰,舒缓地跺跺脚,对驿卒道:"叫你们驿承来! 又笑谓勒敦二人:"看看,还是这里干净舒展吧? 吃过饭就这里睡个午觉,还干正经差使去。"那驿卒见里头有黄带子阿哥,早飞也似跑进去报说去了。一时便听脚步声杂沓近来,一个声音说着"是啊位爷来了? 大热天儿,还不快请进——"话没说完,驿承已经从廊下转出身来,一眼瞧见敦家兄弟,眼睛一亮,叫道:"哎哟! 是我们主子来

---

① 曹頫为雪芹之父。

② 皇帝面南称帝——这里指无端挑剔生事。

了——奴才晋财儿给二位爷请安了!"说着,一个千儿打了下去,又磕了头,这才站起身来。

"这不是四舅奶奶家看花园的那个狗才晋财儿么?"敦敏笑道:"你也会作官?怎么选到这里了?"恶财儿笑道:"肖露不过是个骒马干店马厩里的跑堂伙计,还当了汉阳知府呢!天底下的营生儿,数当官最容易了!我这个芝麻官儿,还不是托了姑奶奶的福!——"郭诚一口打断了他的话,说道:"别他娘的唠叨起来没完——这是户部钱爷,这是新任湖广巡抚勒三爷——快给我们弄饭,有绿豆汤——就他们喝的那,先端一锅我们喝!"

晋财儿连声答应,又向勒敏磕头,起身吩咐:"给爷们饮牲口——上房太热,上房东边道儿拾掇出来,又凉爽又干净。告诉伙房,叫他们整治菜!——你看看你看看,四位爷的衣裳都汗湿透了!这驿里设的有更衣亭,合身不合身的先换下来。这么热的天儿,洗了一会就干!"一边说,前头引导四人往里走。张罗着在更衣亭换了干净衣服,又导向上房东。果然是个宽可丈余的过庭大门,朱漆铜钉上狴犴辅着衔环俱全,一色的临清砖铺地,却洞开着,南北风都可穿庭而过,几个人至此,已浑不知外边炎热蒸人耨恼烦心的天气。

"我走过的驿站不计其数了。"勒敏见已设了座椅桌子,一头坐了,端着绿豆汤打量四周,说道:"这样规制的驿站,真还是头一遭见着,这像是庙?——又像是……宫里的规制呢!"晋财儿笑道:"中丞爷看得不差!这是内务府管的驿站,不归部里管。因先帝、今上每次从承德回来,进北京城都要辰时,不能错了,预备着御驾要来得早了,就在这里暂歇驻跸。寻常官员是不能在这里住的,这上房更是禁地。爷们看,西厢房里现住的是黑龙江将军济度,叫了唱儿的在吃酒,他原想住上房,我一说他也不敢了……"一边说着,菜已经端上来。敦诚笑道:"你这杀才,是说给我们听呢!放心——连酒也不吃,菜也不要再上,我们不在这住,吃你一碗凉水过面，我们少歇一会儿还有正经事要办呢！"

那晋财儿高低不依，还是筛了一大壶酒，自在旁边侍候，请他们四人坐席说笑吃唱，西厢间丝竹弦歌，倒也别有一番情趣，敦诚正欲向晋财儿打问芳卿下落，敦敏却止住了，说道："你们听——这诗歌有风韵！"众人侧耳细听，西厢间弦管皆住，只闻筝声叮咚，似寒泉滴水般清凄，一个女声似歌似吟缓缓咏唱：

> 东风作絮粘春衣，太息萧条景物非。
> 扶荔宫中花事尽，却羽殿里昔人稀。
> 相逢南雁皆愁侣，好语西乌莫夜飞。
> 往日风流云烟散，梁园回首素心违。

"嗯，好！"勒敏端杯吃了一口酒，说道："想不到这个僻壤偏镇里歌女，也能为此雅音！"

"不好不好！"西厢一个粗喉咙大嗓子男人高声笑道："相逢难咽这臭驴（南雁皆愁侣）——这是他娘的什么辞儿嘛！"

勒敏四人一怔，都不禁莞尔一笑。却听那济度将军又道："老子是个儒将，最喜欢读《红楼梦》了！嗯，这个这个——奉天将军跟老子说，他听过一套《红楼梦》曲儿，你会不会？——好！你唱，老子加赏你五两银子。妈拉个巴子，明知道他是吹牛屁——牛师爷，她唱你记，回奉天跟他打擂台，看是谁真懂《红楼梦》！"

他没说完，敦诚一口酒没咽，"扑"地全喷了出来，钱度呛得吭吭地咳，勒敏敦敏也笑得失跌。晋财儿忙就过来给敦诚捶背。众人静听时，那女子已在道白：

> 孟春岁转艳阳天，甘雨和风大有年。
> 银幡彩盛迎壬日，火树星桥庆上元。
> 名园草木回春色，赏灯人月庆双元。

　　冷清清梅花只作林家配,不向那金谷繁华结尘缘……

　　"这是《鼓头》了。"勒敏叹道:"作词人不俗,只是还欠推敲。翰林院难闻此调。"敦诚冷笑道:"你太瞧得起翰林院了。京师十大可笑,头一笑就是翰林院文章!"钱度道:"别说话,吃酒静听!"众人便不主声,听那女子婉转唱道:

　　　　林黛玉薄命红颜,她本是绛珠仙草临凡。灵河岸上,多亏了神瑛使者照看,每日家甘露灌溉,才成了警幻宫中女仙。受神瑛深恩未报,此心耿耿难忘那前世缘……"

　　"嗯,配上这筝声切切嘈嘈,真令人魂飞情越!"敦敏说道。"——真好!"西厢里济度的声气也道:"真好……和我读的《红楼梦》一样!老牛,妈拉巴子的,一字不拉给我记着……"少顷便听他鼾声如雷。一长一短时断时续的呼噜声中,笙歌仍在继续。

　　　　林黛玉自幼不幸早丧椿萱,无奈何母舅家中来把身安。外祖母爱如明珠掌上悬,与宝玉耳鬓厮磨一处玩。迎探惜春娇莲,还有那宝钗宝琴二婵娟……一同居住大观园,国色天姿相聚一团,起了个海棠诗社轮流相转。吟诗作赋,赏花消遣,人间佳景乐事全……

　　那卖唱歌女果真手段不凡,时而道白,描摹《红楼梦》中人物声口,一时贾母,一时王夫人,林黛玉之娇弱伶俐,薛宝钗之沉浑稳重,贾宝玉之痴情温存,王熙凤之精干泼辣……个个声情毕现;鼙鼓一击丝弦再起,顿时又清音缭绕,时而绵绵悠悠似咏似叹,时而娓娓絮絮如诉如叙,虽是寻常俚语道情词儿,被她唱得字字句句勾魄销魂。正经叫堂会的济度睡得黑梦沉酣,旁听的勒敏等四人却听得心醉神驰,不知身在何处。一时弦止歌歇,四个人才憬悟过来,忙忙扒了几口饭,便听西厢里收拾杯盘声,牛师爷索茶要水声。歌女谢赏声……接着便有四个女子抱着乐器却步退出来。细步悄没声出了驿站。晋财儿因见他几个已酒足饭饱,正要安排房子请歌,一眼瞧见洗衣妇女扛着篮子从西厢北角门出来,便叫住了,说道:"方家的,衣裳干了么?是这几位爷的,送到这儿来——你上个月还有八钱银子没领,待会到帐房一并支给你。"

"是"那妇人头也不抬,低眉顺眼站在阶下,轻声答应道:"谢爷的照应——衣裳已经干了。几位爷要不急着穿,我到南门房里熨平展了再送过来,成不?"

"成!你去吧——待会熨好就留他们那,你回去吃过饭早点过来,西屋里济大人还有一大堆衣裳,早点洗出来,免得临时穿换不及。"

敦敏望着那妇人蹒跚而行的背影若有所思,正要问晋财儿什么,敦诚在旁脱口而出,喊道:"芳卿嫂子!"

勒敏钱度大吃一惊,只见那妇人身上一颤,缓缓回转身子,向四人瞟了一眼,却不抬头,默默蹲了个福儿,说道:"对不住爷,我听转了音儿——还以为是叫我的呢……"敦诚勒敏这才认真打量她。只见她穿着已经泛白的靛青大衫,黑市布裤角上沾了不少泥浆沙粒,脸色黑里透黄,挽着髻儿的头发几乎已经全白,鬓边额头满是细细密密的皱纹,只嘴角那个浅浅的酒窝,微蹙的眉宇,右腮边那枚殷红的痣,宛然仍是旧时风韵,在这三个人面前,永远无法掩饰她就是曹雪芹夫人——芳卿。

"芳卿嫂子……"敦诚丢了手中扇子,颤着步儿下阶到天井里,盯着她的脸庞,泪水已经模糊了双眼,极力抑着心里的百般滋味,说道:"连敦老二敦老三,勒三爷都不认么?张玉儿家那对双生子儿,别人分不清,我一叫一个准,你不是还夸我是'贼眼'么?"

勒敏听见"张玉儿"三字,头嗡地一声轰鸣,一个趔趄才站稳了,见敦诚下阶,定了定神也跟过来,仔细审量着如痴如呆的"方家的"颤声说道:"真的是……芳卿嫂子啊……你怎么会到这地……这地方儿来了呢? ……"

芳卿好像梦游人,扛着篮子,用昏眬无神的眼睛看看这个,又看看那个。突然,像被针刺了一下,她扛着的篮子落翻在地,双手掩面"呜"地一声号咷大哭,浑身抽搐得瑟瑟颤抖,眼泪顺指缝直往外涌。

这一来惊动了驿馆所有的人,各房中住的官员都隔窗向外张望,驿卒们也都探头探脑窃窃私议,不知两个黄带子"爷"和湖广巡抚,与这个日日来驿馆浣衣缝补的女人是何亲何故,又是甚的渊源,乍然相逢如此悲凄。勒敏陪了一阵子泪,最先清醒过来,知道敦家兄弟是性情中人,一时难以回过神来。因含泪笑道:"芳卿嫂子,我们都是专程来访你的。好不容易在此相逢,也是天意——大家该欢喜才是。都甭哭了——晋财,给我们寻个说话处——就吃饭那过庭儿就成。芳卿还没吃饭,有现成点心弄点来!"

"啊! 有,有! 现成现成!"晋财儿看得昏头涨脑,被他们哭得莫名其妙,傻子似地站在一边,听勒敏吩咐,忙笑道:"过庭里吃饭图个亮飒,不是说话地儿——东西厢夕照日头忒热的了,就这正房东耳房里头,南北窗户找开里头说话方便,又凉快,已经收拾干净了,就请爷们和……芳卿嫂夫人里头坐……"说着便亲自导引他们返身上阶。因见芳卿仍是哭得泪人儿似的,自己也无从安慰,叫驿卒端水来给她洗脸,遂抽身出来,因伙房师傅已经歇午,又唤他起来吩咐:"方家的几个阔亲戚来认亲了,还没吃饭,有什么好菜弄两碟子,肉丝炒面就成——还有张玉儿一份儿,都不要怠慢……"

张罗了一阵子,晋财儿返回西耳房,见芳卿已是住了哭,正在诉说,这里没他坐的份,便站在门口静听侍候。

"……他就那样一声不言语去了"芳卿坐在东窗下最通风凉爽处,她已完全平静下来,只是说话间偶尔还带着抽搐悲音,娓娓向雪芹生前几个好友诉说：“当时正是年三十，天下着大雪，漫天地里爆竹焰火响成一片……家家都在过年守岁，能到谁家报丧？又能请谁来帮着料理他的丧事？我怀着三个月的身子，要不然真的就一绳子上吊了。一了百了，半点也不会犹豫的！给他易簀、点长明灯、摆供烧香，也不知哪来那么多的气力精神……那一夜我就靠墙坐在他身边，他是个真死人，我是个活死人……”

说到这里，芳卿已是拭不完的满眼泪，却是不再悲号，敦敏四人也不断跟着唏嘘垂泪。“……我手里还有点银子——那是钱爷何老爷子年前送来的。原想继七再好生发送他。不想曹家三叔初六就登门，带着几个本家兄弟堵门要帐。我说，好歹也等人入殓了，划给我们那几亩地顶出去还你们帐不成？三叔说：‘你根本就不是曹家的人，不过是罂儿的使唤丫头罢了。曹罂的事跟你不相干！’立地撵我出门！我当时真急了，也发了泼，顾不得脸面廉耻，说：“我怀着曹爷的骨血呢！要生下哥儿来，咱们怎么说？’我还说：‘我不是没根没梢没缘由来曹家的，是傅相爷作的主！’他们说……他们说：‘你那么硬的靠山，你寻傅六爷！有他一句话，还算我们曹家人！曹罂病得七死八活，还会跟你有儿子？就有……也是……也是野种！’不管三七二十一，进屋里强盗似的，但凡能用的都搬走了……”

芳卿说得伤了情，又复泪眼汪汪，握着口哽咽许久，接着说道：“那时真是上天无路入地无门，又怕伤了胎气，不敢拼死一闹，我心一横跺脚就走，想进城去寻六爷给我作主……大雪天儿，又刮老大的风，我又肚饿……没走出十里地就乏得一步也迈不动了。恰是张家三嫂子娘家去回门回来，路过碰见了，拉了我就上车，拖了我回来。

“车上她跟我讲：‘你知道他们是怎么一回事？就为雪芹那本子书！内廷传话说，奉了什么王爷的命，要《红楼梦》原稿进呈——曹家吓得要迁居，你有银子他们还肯放过？要真的惊动了皇上，你寻六爷有什么用？大正月里没过十五还是年，你一身重孝登六爷的门，合适不合适？——回去吧，且住我家，我反正无所谓，我们那口子也是忠厚人。先平安过去，产了哥儿，风声平静，跟他们打官司，再去见六爷不迟……"

"我心里悲苦，又气又怕，想想三嫂的话有理，当时也只有这一条路可走，就跟了她家去住。谁知一病就是两个月……也真难为了张三哥，他们自己也过得艰难，还拖着三个孩子，我病、坐月子都是他们侍候过来。好在他家老爷子就是族长，为人良善刚直，没人来生是非，曹家也迁走了，我才能在这张湾落落住脚，为怕人来问书，就改了名叫方家的……有张家之恩德，雪芹这骨血才保住了，真不知道该怎么报答才好……"

钱度、敦敏兄弟听得凄惶不胜，勒敏却在惦记"玉儿"这个名字，见芳卿雪涕，乘空儿问道："芳卿，你说的张三嫂，是不是原来住京西雪芹那个邻居玉儿？"芳卿怔了一下，说道："难道你还不知道？你在他家住了三年呢！唉……老天爷不长眼啊……"

世事人情就是如此！有时说一车话，全都是废话，有时一句话就是一部书，千言万语也说道不尽。勒敏的脸色顷刻间变得煞白。科场失意天地色变，穷愁潦倒走投无路，也是这样的盛暑热天，他重病昏绝在道……张玉儿的父亲营救，玉儿与他数年的耳鬓厮磨……历历往事一一清晰闪过，又好似一团雾，一片空白，什么也忆不清楚。光怪陆离如此离合缘分，又在这里相遇……他木然呐呐说了句："上苍啊——你可真会安排……"也不管顾众人，茫然出屋，似乎有点张皇地四顾了一下，回头问晋财儿："玉——张三嫂在那里——带我去！"

十九　遇旧情勒敏伤隐怀
抚遗孀莽将掷千金

　　晋财儿带着勒敏沿上房西阶下来,从角门出到驿站后院,被风猛地一扑,立时清醒过来:我这是干什么? 认亲? 非亲;认友? 非友;一个是建牙开府坐镇湖广的封疆大吏,一个是穷乡僻壤馆亭驿站的浣衣贫妇。想显摆自己身分? 不是。一个是有夫之妇,一个是有妇之夫。寻旧情? 不是……勒敏立住了脚,他读圣贤书,不知读了多少遍,还是头一回领略到圣人说的"必也乎正名"! 名不正真的是言不顺,事不成,礼乐不兴,真的叫人"无所措手足"! 晋财儿哪里知道这位显贵此刻心态? 见他站住了,料是自矜身分,因笑道:"这里树大风凉,中丞爷就这歇着,我去唤她。"

　　"不用了,我们是——恩亲。"勒敏终于想出了一个"名",神态顿时自如,笑道:"不能摆官场规矩的,我自去见她——溪边拧衣服的不就是玉儿么? ——你去吧!"说着,穿过一带小白杨林子,见那妇人正将晾干净的衣裳往篮子里摆。勒敏认定了,叫道"玉儿"便快步向前。

　　玉儿略艰难地直起了腰,与勒敏四目相对,只略一顿,立时就认出了勒敏。她盯了勒敏一眼,似乎带着似悲似喜的怅惘,但很快就恢复了常态,双手扶膝一蹲身微笑道:"是勒三爷嘛! 我说今早起来眼皮子崩崩直跳,昨下晚烧饭劈柴直爆呢! ——你还是老样子,只是胡子长了,走街上扔蹦儿碰上了,你认不出我,我一眼就能认出你来!"勒敏原有些紧揪的心一下子放松下来。打量着玉儿,笑道:"你也是老样子,算起来你比芳卿还大着三岁呢!看上去倒似比她小着五六岁——一根白头发也没有!"玉儿抿了一下鬓角,笑道:"我没她那么多心事,也没她读的书多……不过,白头发也有了的,你站得远——"她突然觉得失口,脸一红,双手手指对搓着不言语了。

勒敏也觉不好意思的,心里叹息一声:如今还能像当年那样,摘下野菊花儿亲手插到她鬓边么?但玉儿一见面的明爽清朗已经冲淡了他原来的抑郁、揪心的思念,已没了痛楚之心,因一笑说道:"都老了。记得我给你说过《快嘴李翠莲》,你笑得什么似的。你脾性一点也没改。北京我多少朋友你都认得。我也常来常往。你日子过得这样艰难,该去见见我的。"

"见你好唱《马前泼水》么?"玉儿笑啐一口:"庄有恭中状元,喜欢疯了,还记得我怎么骂他的么?'状元是什么东西?'——你也是状元,我怕见疯子!"两人想起昔年那一幕,都不禁失笑,玉儿因问:"你怎么到这里来啦!是官场里遭了瘟,成了倒霉蛋,还是宣麻拜相封候拜爵,什么'浮生又得半日闲'的,跑野地里逛逛写诗用的?"

勒敏因简截将自己近况说了,又道:"敦二爷敦三爷几次说起你,天下重名儿的多,也没有认真查问,今儿总算见着了。想不到你和芳卿在一处——走,你还没吃饭吧!前头已经准备下了,他们等着呢!咱们前头说话去。"见玉儿还要料理那篮子衣裳,勒敏笑道:"走吧——这些事他们驿站人做去。"玉儿也笑道:"看来你这个状元还成,神智没昏迷了。好,我也狐假虎威一回。"

二人错前错后厮跟而行,闲话中勒敏才知道玉儿丈夫前年也已传瘟过世,家里有十几亩地,三个儿子头胎是双生,还有雪芹的一个儿子叫三毛,加上芳卿,两家人一起过活。玉儿说得轻松,勒敏不算帐也知道她过得难。思量着,已到角门前,几乎同时,两个人都住了脚步。他们的心不知怎的都沉郁下来。

"玉儿"良久,勒敏仰着望着云天树冠,徐徐说道:"有句话,不知当讲不当讲？"

"你这人！想讲就当讲，不想讲就不当讲！怎么这么啰唣？"

……

……

"玉儿。"

"唔。"

"我想大家相与一场，都是缘分，替你算计，你过的不松快，我心里不安，要帮你一把。"。

"嗯？嗯……——怎么个帮法？"

勒敏一笑，说道："你别这么看着我，看贼似的。你们张家嫡祖就是前明江陵老相国。名宦士族，身后自然清高，这一条我勒敏比世人谁都清楚。"他打了个顿，从靴子里抽出那张当千两的龙头银票，接口又道："但你玉儿也不要太小看了我勒敏，我也是败了家的满洲勋贵，折过筋头的人。这一千两银子你啥也甭说，接着。一则为了孩子；二则也为雪芹遗孤遗孀。置点地，觅个长工，也省得你们这样给人缝穷洗衣裳。我到湖广当巡抚，不定还要出兵放马，一个闪失死在外头——""青天白日头红口白牙的混说一气！"玉儿一口打断了他的话。"你这钱要就我自个说，有什么不敢接的？就再多些，大约你也还不了我们张家的恩！你不过是给几个钱，安你自己的心罢了。一则我有耕有织，使不着这个；二则接这钱，我倒觉得抬高你身分——好让我再帮你成一回名！"

"好啊，好啊！"忽然有人从身后拍手笑着出来，"我们在前头等着，这里后花园冒出个韩信漂母私地赠金！"

两个人回头一看，却是敦诚从东厕小解出来。勒敏笑道："吓我一跳！我这是——""别说了，我都听见了！"敦诚笑嘻嘻说道，"这是美谈嘛，玉儿你就爽快接了——我跟二哥钱度也在帮她们合计呢！我哥俩只带了三百银子，又向驿站借了五百，原想着你这张票子的，看来连借条子也不用打了的！"玉儿一笑，也就爽快接了。

敦诚道:"前头那个济度将军,混是混,出手不小气。听见说'曹夫人落难',抽了三千两银票就去拜会。这会子芳卿还在那里推辞呢——玉儿,给你钱你就接着,这又不是受赃贿! 他们的钱来的容易,你们过活好些,我们和雪芹好一场,活人死人都安心不是?"三个人说笑着又掉泪。

回了驿站正院,果然老远便听见东耳房里济度粗喉咙大嗓子在说道:"夫人你甭跟咱见外,我虽是个武将,《三国》《水浒》《红楼》都读过,读不懂我就叫师爷讲、听唱儿,上回晋见皇上,皇上听我读书哈哈大笑,说我是员'儒将'呢!"勒敏和敦诚相视一笑,同着玉儿一同进屋,果然见桌上放着几张银票,还有几封桑皮纸裹着的银子,那济度黑塔似的,坐在椅上还有人来高,摇着扇子得意洋洋地说话:"奉天将军都罗,他有多少墨水? 还笑我'附庸风雅',我说好意思的,你是附庸市侩!"

"好! 这话说的真带劲!"勒敏鼓掌大笑,"朝野都肯像将军这样,盛世文治哪有个不勃兴的? 济度——不认的我了! 上回在韵松轩——我奏金川的事,你抢着和我说黑龙江,说比我的事急……"济度指着勒敏"啊"了一声,大笑道:"想起来了,想起来了! 皇上问咱们满洲老姓,竟都是一个旗的瓜尔佳氏——我说呢,他们方才说勒敏,又说勒中丞,原来是他妈——勒三爷! 妈拉巴子的你好!"勒敏也笑回一句:"妈拉巴子的你好!"

于是举座哄然而笑。钱度因见芳卿和玉儿不惯这场合,坐着没话说,笑道:"今儿又是一翻遇合。我们呢,是雪芹的故交;玉儿又是勒三爷的恩亲,济度大军门又是雪芹的神交,接济一点也是大家心意,我看曹家张家嫂子就笑纳了吧!"敦诚见芳卿点头,笑道:"这就对了。济军门你大约还不知道,就是那个都罗,上回来京,永忠贝勒请客,尹元长①、我、二哥,还有元长的几个清客一处吃酒。

_____

① 尹元长:即尹继善,元长其字。

都罗说错了酒令，元长代他圆场，下来谢了元长一千两银子呢！"

"这家伙惯会出我的丑，原来还有这事？"济度呵呵大笑，端起水咕咚一口，"三爷，跟咱透个底儿！""你可不能再去跟都罗说。"敦诚也喜这位"儒将"附庸风雅附得豪爽，一本正经逗他，说道："那天要说带'红'字的诗，有的说《红楼梦》里的'枉入红尘若许年'，有的说'几度夕阳红'，还有什么'霜叶红于二月花'……不防轮到都罗，他手忙脚乱，胡诌'柳絮飞来片片红'！——谁不知道柳絮是白的？他偏说是红的！"济度天生的大嗓门，呵呵笑着拍手：："对！他每见我都说会写诗，把柳絮说成红的，就是他的本事！"

敦诚说道："当时尹元长就坐他身边，见都笑都罗，他臊得满脸通红。元长你们都知道的，最爱附庸风雅的将军了。就出来替他圆场，说是高江村诗里的一句。堵了众人的口，都罗脸上体面心里感激，下来就送了一千银子，就是'多谢成全'——他那不过是逢场作戏，你今日此举，才真称得上唯大英雄本色，是真名士自风流呢！"济度最吃奉承，又逞强好胜，被他骚到痒处，高兴得满脸放光，像小孩子似的跳起身来，端过砚，又拿过纸笔放在大桌子上，抚平了纸，笑道："三爷，你跟咱好对脾气！——说句实话，咱肚里没多少下水，又不想总听教罗吹法螺——你给咱把那诗写出来。有凭有据的，他就不好赖帐！"敦诚拿腔作势沉吟半晌，才道："好，就写给你——你可不能说是我说的！"因援笔濡墨一笔一笔写去：

　　　　廿四桥边廿四风，凭栏谁忆旧江东？
　　　　夕阳返照桃花坞，柳絮飞来片片红！

众人看了，异口同声称妙。勒敏眼见日仄，玉儿芳卿尚未用饭，几次举表看时辰，济度均无知觉，因笑道："饱人不知饿人饥。我们只顾高乐了。芳卿嫂子和玉儿都还没吃饭呢！济度哥子，待会儿我们看过雪芹的坟，还要回京城里头去。你今日要上路，咱们一道儿——明天我在家设筵请你,好好儿唠唠如何?"济度掏出个大金怀表,炫耀地晃晃,一看针儿,失惊道:"过了末初了! 阿桂中堂今晚约见呢——我要先走一步了了。"。起身团团一揖,又特意向芳卿一稽首,说道:"我京师宅子在右安门北街胡同,有常年驻京的管家。嫂夫人有什么用着处,拿咱这上名刺去见他,准帮忙儿的!"又嘿嘿一笑,调皮地朝众人一挤眼儿道:"咱们京城见!"此刻,众人才看见,济度带的亲兵戈什哈,还有两个师爷,足有几十个人,早已列队齐整,站在天井院里等候。见他出来,马刺佩刀碰得一片声响请安行礼。济度也无多话,手一摆说道:"咱们趁热走路!"

钱度等人到底送他出了驿站,望着他怒马如龙卷地而去,这才折身回驿。敦敏安顿芳卿玉儿在东耳房吃饭,出来说道:"两个嫂子都着实累了,她们那边吃饭,少歇一时,带我们到雪芹坟上看看,正好进城回去。这次凑得银子不少,我们也得替她们筹划筹划不是?"

于是,四个人也不进屋,就过庭门洞里商议,凉风嗖嗖的倒也惬意。算来总得四千八百余两,二敦勒敏都不善财务,钱度的主意,三百两用来翻修宅院,五百两仍存银号,骡马农具糖种仓房粗计五百两,余下的三千五百两全买近廊地,可得九十余亩,前麻后桑机房磨坊什么的,他也真能精细打算,都一一打进帐里,末了,钱度笑道:"两位嫂子都是明白人,断不至于见利忘义生分的。但'利'旁有立刀。为后世计,还该明白划分。我看,所有宅屋田地都立契为约,竟是一家一半,芳卿虽有些吃亏,但这些年倚着张家,让一让也是对的。这都是为了防将来纠纷……"

"善哉,三十年内无饥馑矣!"勒敏套了一句《石头记》里的话合掌说道:"只是如今涸辙之鲋、尚可相濡以沫,说这些分斤掰两的话,似乎难以启齿。"敦敏默然。敦诚却道:"无碍,你们难启齿,我说——我们家子弟就是这么样的。不的就是发到像《红楼梦》里的贾府,仍旧是落个白茫茫的大地真干净!"

众人说着,芳卿和玉儿已经吃毕了饭出来。玉儿笑道:"你们外头说,我们屋里听得一字不落——都捂着嘴笑! 银子给了我们姐儿,不敢劳动诸位枉操这份闲心。本来就没指望这外来财,如今有了——就这座山子岗地,买下来种桑树,请南京师傅支起三十架机,你道我们织不出绸缎么? 南来的漕船每年都要坏到这里一百多艘,开个木作坊,专修船只怎么样? 如今皇家修圆明园,砖石料有多少收多少,开个砖厂石料厂的成不成? ……至于怎么分帐,那我们自己当然有章程,还能请你们这些贵人来当管帐先生?"

她们心思这么开阔,几个人虽笑着听,心中亦是惊讶,敦诚笑谓钱度:"想着你萧何三策能安刘,谁知半策使不上!"钱度道:"我想的只是耕读自保,嫂子们想的竟是营运生发! 也难怪,这里其实是个水旱码头,她们又整日在驿站里头串,见识自然昔非今比——这几条哪一条也比我那条好,真的佩服!"

"别像那年肖露给傅六爷写信,'武体偷地,配父之至'吧?"敦敏笑道:"杀猎杀尾巴,各有各杀法。蒙古人家比富,看谁的草场大,牛羊多,汉人比地多庄院大,西南地儿有个怒族,谁家门外牛头挂得多谁就是富人。江浙如今看准的商号大,织机多。六爷上回跟我说,英吉利国人比谁的火轮铁船多,火轮车多,罗刹国他们都用铁铺路,看谁家门前铁路长……真叫人寻思不来的千奇百怪。"勒敏却道:"道由多途不假,万法归一,还得是孔孟之道,有如日月经天,放之四海而皆准。我看钱度说得不差,耕织立家,教孩子读书……"

"种孔孟、收秀才,收举人进干状元果儿。"敦成晒道:"然后作宰相,当朝纲;然后抄家——很有趣儿么?"勒敏被他噎得一怔,想想他是金枝玉叶,这事犯不着也不屑于抬杠,因笑道:"和你缠不清——两位嫂子,请带我们雪芹坟上,我们略尽尽礼儿,也就该回城去了。"

于是四个人又随着芳卿玉儿出驿,在小店里买了些香烛纸铂、朱砂黄裱等物,又要了一瓶酒,却仍循着来路,回到离雪芹故宅东首半里之遥。玉儿指着通济河北岸一带土岗下几株老白杨树,神情略带忧郁,说道:"就在这树底下了……"

曹雪芹就埋在这里! 四个人交换了一下眼神。勒敏挪步儿先走,趟着柔软得像女人头发似的长草来到树下,几个人默不言声跟在他身后,果然见半人深的杂草丛中一座孤坟隆起,坟上也长满了草,却与周匝的荒草不同,一色的知母草,像没有抽薹的青蒜。恰一束斜阳射落下来,那丛知母黯青幽碧的颜色显得格外出眼——四人都曾在曹宅园圃里见过专为它辟的药畦,料是特意植的,都没问话。

此时余阳草树间百虫唧唱,南边通济河水一湾向南凹去又拆而向东,水滑如滢滢碧玉,潺潺汩汩之声不绝于耳,合抱粗的白杨直钻云天,沙沙响动的叶片和着知了的长鸣响成一片。置身此间,几个人心中一片混沌,仿佛天地草木、山川河流和自己全部融会成了一团模糊,既不想说话,也觉得无话可说。

"雪芹兄,我们看你来了。"敦诚蹲身,在草丛中拨出一小片空地,燃着了香烛纸褙。芳卿便跪下,一个一个烧那锡铂锞子,一头烧一头说:"……那年鄂比到我们家,在墙上题字,'远富近贫,以礼相交天下少;疏亲慢友,因财失义世间多'……你当时笑说'不尽然'。还真是让你说准了,是我不对了……何老先生虽然过世,你余下的书稿他儿子带去金陵,捎来信儿,有书坊正在刻全本《石头记》,今秋就能出样本的——二爷三爷勒爷钱爷,还有那位济度将军仗义疏财抚孤救弱,你地下有灵,都瞧见的了……"说着,抽抽咽咽涕泣难禁。玉儿在旁合十说道:"芹爷,头一回给您哭灵,回去我在观音佛前许下罗天大愿:但教玉儿有一口气,芳卿嫂和小侄子不能受了委屈。今儿在你坟前我再说一句,但凡有一口饭,我们两家合着吃,不教你魂灵灵地下不安——张家有违了这誓的,死不入六道轮回……"

钱度因和高其倬共过事,略通堪舆之术。众人围着雪芹的坟倾诉衷肠,洒酒祭奠,他却背着手徜着步儿。两眼骨碌碌转着看那风水来龙去脉,又抓起一把土捏弄着看成色,品在口头砸滋味,说道:"我看了这块地形势,是燕山地脉下来的龙爪地。龙爪临流,原本极好的,只土中带沙,沙陷马蹄足,就显得举步维艰。这坟前立个石头墓碑,也就镇住了。这里只竖个木桩子墓牌,几年就不成了。"玉儿道:"雪芹爷病故,曹家族人跟芳卿过不去,先是洗了曹爷的家。芳卿病得人事不知,是我来看他们埋人的,说旗人不立墓牌。我跟死鬼男人商量,怎么着也得叫后人知道下头埋的是曹爷,临时寻了块石头,也没书丹,连夜自己凿了几个字。因曹家放出风,朝廷有人说雪芹的书里头有悖逆的话头,也不敢声张,悄悄埋在这木桩子下头——钱爷看可使得的?"钱度听了点头无话。

"我们和雪芹师友一场,今日总算略有个交待。"敦敏看看日影,知道勒敏钱度晚间还有事,舒了一口气对两个女人说道:"过几日我和老三要回山海关,还绕道儿来看望二位嫂子。钱爷勒爷也就要南去。但城里都有家,要有什么事,捎个信儿去,自然有关照的——今儿就此别过了。"敦诚钱度也就举手相揖,勒敏随众上骑,看玉儿时,正和芳卿并膀儿扶膝蹲福儿送行,感慨地透了一口气,夹腿放缰说道:"走罢!"

……

从张家湾到京师内城走了足一个半时辰,待到东直门已是天色断黑。眼望着渐渐暗去的半天晚霞。四个人同时收住了缰。他们本非同道人,今日只是偶然为《红楼梦》一聚,明日各人又要回到庸庸碌碌的宦海里自沉自浮,此刻分手,虽有一份温馨亲情,却没有说话的题目。许久,敦诚才指着高大灰暗的箭楼说道:"西直门的晚鸦是出名的,要从这里看东直门,丝毫不逊于西直门——你们看,翩起翩落,盘旋翱翔,多像人家丧事毕了烧过的买幡纸灰。《红楼梦》是'落红阵阵',这里是'落黑阵阵'了。走——乌鸦群中,咱们也去叼陪人肉筵宴",敦敏笑道:"老三谨防舌蘖——我是乏了,你们要去赶纪昀的宴,替我告声罪吧。"勒敏说道:"我须得去见阿桂中堂,约定了的呢——和光同尘、随分自然,再累,总不及兆惠海兰察他们杀场拼搏吧? 我劝你们还到纪府打个花狐哨儿,早些儿辞回去也就罢了。"

钱度犹豫了一下。他其实也很累的,但更多的是心里不踏实:几个月来,乾隆单独召见日见稀少,接见都是随部就班,这就有点"圣眷消歇'的味道,也很想见见几位军机大臣套套底蕴的。纪昀倒是常见,但他管的是礼部,又管修《四库全书》,一提部务差事、皇上近况的话头就拐弯变味儿。从这位打磨得滑不溜的"大军机"处打听点事情,真是"难于上青天"。阿桂是故交,偏是新入军机处,一副"公天下"面孔,可学宰相城府,根本是油盐不浸刀枪不入的架势,且交接之际十分忙碌,根本没空说闲话。但他心里实有隐衷:高恒从铜陵弄出一万斤铜,户部出票就是他私自开据,里边有他三成好处——刘家父子隐匿江南行踪诡密,观风察案一肩挑,带天子剑,携王命旗牌,比寻常招摇的专差钦差要厉害十倍。万一叫他们父子嗅出什么味道,高恒是国舅,自己就是个垫背儿的……从圣眷想到这里,大热天儿,钱度竟无端打了个寒噤。见敦家兄弟已催骑而行,忙追了上去——与纪昀套套近乎总没有坏处……

勒敏来到阿桂府门首,几个军士正在燃烛、张灯,师爷尤琳站在下马石旁正焦急地回顾张望,见他独骑而至,拍手笑道:"好我的勒三爷,您可来了! 我们府里戈什哈,还有尊府家人都出空了,遍北京城寻不见您人影儿——桂爷发狠,说勒老三就是土行孙,戌时也得从地里把他犁出来!"勒敏笑道:"这是私第约见,难道还要军法从事?"将缰绳扔掉便款步入府。

"三爷,"尤琳一边随着走,小声道:"一路没见九门提督衙门布防? 万岁爷在里头和桂中堂说话,已经派人召见兆惠海兰察去了,幸亏您赶来的及时啊!"

勒敏眼睑无声一跳,浑身劳乏一下子消失得干干净净,提着劲跟在尤琳身后，却不进正房，直趋西花厅而来。一路两边墙角暗巷都站的侍卫亲兵，都没有留心，只思量着如何应对乾隆问话。穿过月洞门西一带花篱，果然听见乾隆正在说话："尹继善不宜调来北京。已经有旨为外任军机大臣，现在西安，一为整顿甘陕军务，二为策应金川战事……"勒敏因见和珅守在门口，正要说话请通报，和珅已闪身进去，便听乾隆说道："叫进来吧！"

"奴才勒敏谨见圣上！"勒敏小心翼翼跨步而入，伏地叩头道："给主子请安！"这才抬头，见乾隆居中坐在书案后，周匝摆着三大盆冰，阿桂身边傅恒也在，都端肃坐在木杌子上聆听乾隆说话。

"金川事毕，尹继善还是要调回南京，兼两江总督。"乾隆只抬手示意勒敏起身就座，顺着自己思路说道。"尹继善虽不在北京军机处日常议事，你们要知道，加上广东海关，朝廷岁入三分之二来自两江！金铁放在别的省份也算能员，到金陵就应付不来。他学尹继善结交士人，只是学了个皮相。你们到纪昀那里看看，江南图书采访局送来多少悖逆书籍！吏治也弄得一塌糊涂——暂且叫他维持，随后调京再委——尹继善不要来京。"

傅恒在座上略一躬身，陪笑道："还是主子虑得深远。两江总督不是寻常卓异官员能任，确实没有人顶替得尹继善。奴才只是觉得军机专任大臣人手少，事多任繁，七葫芦八瓢，按了这头起那头，秋后我又要奉旨出兵金川，阿桂怕忙不过来，商定了才请旨的——既如此旨意那就偏劳阿桂了。"

"大事朕料理，小事阿桂谨慎去办。你在军中，连尹继善也可用驿传咨询嘛。"乾隆莞尔一笑，"你其实还有不便说的话，继善在江南太久了，有些闲话，什么'江南王'之类，继善也是栗栗畏讥忧谗、屡屡写折子申说。上次朕召见他，又说及这档子事，朕说你一日三餐起居办事，没有一件瞒朕的，调你出去也为去你这官心病。国家有制度流官不能封王，若论你心地劳绩，朕真想封你个郡王呢！好好儿做你的官，别听小人嚼舌头，朕以心腹寄你，又何必自疑？"

　　阿桂见乾隆举杯啜茶,忙趋身捧壶给他续水,笑道:"前次奴才进京,在户部见着尹继善,奴才说'东海缺了白玉床,龙王请来金陵王',你给主子进贡白玉床来了。他脸都吓白了,说自家朋友还开这样玩笑。他儿子庆桂在理藩院,继善说应该跟我到口外练兵,呆在理藩院给主子出不上力,养成了酒囊饭袋可怎么好?"乾隆听了点头微笑,这才问勒敏:"状元公,到处寻你不到,哪里会文去了?或者去寻花问柳了?你再不来,阿桂真要叫顺天府去八大胡同查你去了!"

　　"奴才偶尔叫叫堂会,从不敢到那些地方儿的。像圣祖爷手里的乙未科状元葛英焕,被范时捷在会春楼里从被窝里赤条条掏到顺天府给主子现眼丢人,几十年都抬不起头来。"勒敏起初进来时心里忐忑,捏着一把汗,见君臣语对如家人同坐,温馨随和,早已平静下来。忙在杌子上人身作礼,从容笑道:"奴才授署湖广巡抚的消息儿已经传开,荐人的、托情的、说事的,从早到晚,家里像个集市。今儿是肖露请客,他当汉阳知府,这筵真的难赴——奴才就出城逃席去了。""你是望风而逃啊!"乾隆笑道,"肖露不是那位糊涂四儿的丈夫么?朕问过孝功司,才具中平,办差勤谨,不贪非分之财,仍是跑堂伙计本色。傅恒,是你荐的人吧?"

　　傅恒忙道:"是吏部荐的,奴才照允请旨引见。肖露勤能补拙,耐繁琐不怕辛苦,又不敢贪钱,这样的官如今已是上好的了。"阿桂笑道:"傅恒这'不敢'二字用得恰如其分。刘康一案他着实被刘统勋给吓住了。上回悄悄儿跟我说,他分发万县县令去见刘统勋,腿肚子哆嗦得直想转筋呢!现在也历练出来了,上回他说首县十字令,我听得笑不住口,如今官场真是那个模样呢!"乾隆因也笑,问道:"什么十字令,写给朕看。"

　　"是。"阿桂笑着答应起身,躬身在案前抹纸濡笔写道:

　　　　红

圆融

路路通

认识古董

不怕小亏空

围棋马吊中平

梨园弟子殷勤奉

衣服齐整言语从容

主恩宪德满口常称颂

座上客常满樽中酒不空

乾隆看第一个字已是微笑,到后来已是笑得身上发颤,喘着气对三个大臣道:"你们都看看……真正形容得入骨三分。有这十字令,朕是知道官是怎么当的了。"傅恒看了,脸上却无笑容,转递给阿桂,叹道:"奴才曾见过的。从未入流官到军机部院,都编有这类口令词儿。起初也觉可笑,细想反觉可惧。百官庸庸碌碌、上行下效地蝇蝇苟苟,这是宰相之过。奴才夙夜思及,推枕而起,绕室仿徨无计可施呢!"

"奴才这几年也读了几部史书。"阿桂见乾隆沉吟不语,脸色已经阴沉下来,枯着眉头微叹一声,说道:"汉唐以来,但凡太平盛世,都有这类事的。圣祖爷和先帝苦心经营七十余年,为吏治的事耗尽心血……据奴才看,这句该割舌头的话,廿四史中吏治最好的是雍正爷这一代。还有周唐武则天,杀官任用酷吏,刘麦子一样整批诛戮;前明朱洪武,天威严酷,贪官拿住了就剥皮楦草……"他看了一眼乾隆,见乾隆正凝神静听,并无不豫之色,略一俯抑接着说道,"吏治最糟的是宋。宋太祖陈桥兵变黄袍加身,靠的手下文官武将。因此立誓不杀大臣,就败坏得不可收拾——我主子秉承列祖列宗创业,艰难卓绝之余烈,又经先帝十三年刷新吏治,整顿财赋,垂拱而抚九州万方。深仁厚泽遍及草莱野老。国力强盛即贞观开元之治亦不能及——"

　　说到这里乾隆已经霁颜而笑,摆手制止了他的话,说道:"你像是预备好了的,这是廷对格局嘛!不要说套话了。说说你的见识。""今日盛世实在是因为皇上以宽为政,轻徭薄赋的结果。"阿桂一躬身,接着说道,"但凡政务有一利必有一弊。世乱辨忠奸,板荡识英雄,治世就不易识辨了。百官之中鱼龙混杂,大抵君子少,小人多。见皇上仁德,不肯轻用严刑峻法,有些小人放胆胡为,明哲保身的也就和光同尘。长此以往是不得了的。奴才以为,可以借修《四库全书》征集图书中有敷衍故事的,书中悖逆字句不行查奏的官员,要撤裁治罪,收藏逆书隐匿不报的,要从重整治,连同肃贪奖廉,黜陟分明。一是可以倡明教化,消解民间治极思乱的戾气,二是可以整肃朝纲,使朝野皆知主子非妇人之仁。岂不一箭而双雕?"傅恒接口便道:"阿桂说的是振作之法,真真的老成谋国之言。奴才看,各省图书采访局要和礼部、都察院直接咨会文书,统由军机处隶属调配,这样,他们就不须看行省大员的脸色行事,互不掣肘又互相纠察,官场亦可振作风气。"

　　"好!"乾隆听得兴奋,竟在椅上一跃而起,但他自幼养成的安详贵重气质,讲究的是临事从容不迫,一刹那间他已恢复了静气。拖着步子悠悠摇扇,说道:"朕一直在想,怎样不失以宽为政的宗旨,又能振作官风民气。想不到阿桂一个带兵出身的,能虑及此。太平无事,奢堕淫靡风气就在所难免,他一日到晚办不完的差使,办不好要丢乌纱帽,'十字令'也就未必全然灵通了——看来阿桂是真读了不少书,真有点心得。傅恒意见也很中窍要,还有些细微末节,你们会同纪昀商定奏准,用廷寄分发各省施行。"还要往下分说,和珅挑帘进来禀说:"万岁爷,海兰察兆惠已经到了,听说万岁也在,不敢轻进。请旨,叫不叫他们进来?"乾隆"嗯"了一声说道:"叫进"。

　　一时便听天井院里脚步声铮铮而近,马刺铁掌踩得叮叮作响,在台级下听巴特尔的声气生硬的汉语说道："两个将国,带剑不能的——解开给我!"乾隆不禁一笑,隔帘说道:"巴特尔,不必要他们解剑了!"

"不行的,主子!"巴特儿却不遵旨,仍旧拦路伸手、头也不回顶了回去,"谁也不能带剑见我的主人!"到底要了二人的剑才闪路放行。

兆惠海兰察笑着缴了武器,在门首帘外报名进来,就地跪下行三跪九叩大礼,乾隆笑着回座,见二人里袍外褂皮靴漆裤,虽然热得顺颊淌汗,结束得密不透风,因道:"这是九月天气穿的衣服嘛!起来吧,把大帽子摘了,送冰水给他们喝——傅恒你们知道么? 海兰察在德州自供是'屠户',战场上杀人用刀,街市上杀人用镰,监狱里用破碗也照杀不误!"他说得脸上放光,仰头哈哈大笑:"岳武穆说,文官不爱钱,武官不怕死,天下太平。这就是两员不怕死上将——朕告诉了母后、皇太后,她们也欢喜的不得了。怎么样? 你们的两位夫人都进去请安了么?"

二人忙又跪下,兆惠说道:"她们进园子刚才出来。主子娘娘赏赐了许多首饰,老佛爷还叫我们进去,说了许多勉慰的话,还说皇上要抬她们的旗籍……"他说着已是鼻酸,又连连顿首,"奴才和海兰察商议,这恩真是没法报,只索还去厮杀,报效了这条命罢了。"海兰察也叩头,泣声道:"奴才们是吃了莎罗奔的败仗回来的,哪承想主子这样的恩典! 说图报的话没用,除了卖命效力没别的可报。。"

"起来吧。"乾隆听这二人出自肺腑的言语,心里一沉,已没了笑容,徐徐说道:"不要这么英雄气短么! 抱这个必死之心非朕之所愿,朕要你们凌烟阁图像,是一番君臣际遇事业! 傅恒阿桂商计了一套新的进兵金川计划,说今晚要见你们。朕来这里看望你们,也为勉励,你们既这样想,朕就不多叮嘱什么了,好歹给朕争回这个体面,就是报恩!"

　　"是！……"
　　"你们商议，朕就在这里坐听。"

二十 破巨案刘墉潜金陵
怒口孽天霸闹书场

　　黄天霸燕入云二人，自傅恒接见后第五天便离了北京。十三太保在京的只有十一人，先走了三天，他和燕入云也都乔装了茶商，却不同路而行。燕入云由通州走水路南下，黄天霸却众潞河驿离京走的旱路。言明孟兰节在石头城西鬼脸崖下聚齐。他掐着日子计程而行，一路与父辈江湖上的旧友来往酬酢，不动声色地打探白莲教在直隶河南安徽江南传道布教的情形，有的地方蜻蜓点水一沾即离，有的地方一留连便是几天甚至十几天。待入江南省境内，便不再滞留，雇了快骡昼夜蹿行来赴集约，过江待到鬼脸崖时，天色已经向晚。

　　鬼脸崖是石头城极有名的去处，西北一带扬子江半环围绕，贴城一带小巷幽静深邃，都隐在茂竹丛中，小巷西望一片白沙滩外，便是浩渺无际的杨子江，从南向东尾转，秀丽的莫愁糊便宛然在目。黄天霸每来南京，总要到此一游，熟得不能再熟的地方了，可此刻他却几乎认不出来了。他散步过来，晚照夕霞中只见城外一片荒漠凄凉，所有的竹子像被人捋过似的，一片叶子也没有，东倒西歪乱蓬蓬丛生在瓦砾中，那条小巷已变成一片断垣列壁，满街都是破砖碎瓦断梁折檩。别说人影，连一声鸡鸣犬吠也没有，只是长江的啸声仍旧那样无休无歇，连惊涛拍岸的声音都听得清楚。黄天霸有点像作梦，又有点像疑心前头有陷阱的狐狸，四顾张望着往鬼脸崖下走，忽然身后有人喊道："师傅，您来了——我们在这足等了您一天呢！"

　　黄天霸被这突如其来的声音吓得猛一转身，才看见是自己的大弟子，十三太保之首贾富春和七太保黄富光，看样子是去残壁里刚刚解手出来。因见二人还要行礼，黄天霸笑道："咱爷们，自己人，又是在这地方，免了吧——这地方是怎么了，像过了水，连竹叶子都冲掉了？是火烧了？又没有烧残的灰烬，我走遍天下，没见过这种奇怪情景儿。"

　　"先过了一阵蝗虫，树叶竹叶吃光了。"。贾富春笑道，"五月初十又一场龙卷风，扫平了这里，江水又涌上来洗了这个巷子。我们来时已经是这模样了，原来梁老六在这定的丁家客栈。我们会齐的，现在改了裤子裆的老茂店。怕您来了等不见，我们哥几个轮流在这守着等候呢！"

　　黄天霸这才留心，不少大树都像拧断了的葱一般歪倒在墙根路旁，有的竟被齐根拨起，摞在一边，也都是光秃秃的有枝无叶，连"鬼脸"石旁的丛灌木"胡子"也被剃得光溜溜的。不禁骇然道："我也见过几次台风的，那是在福州、雷州，也是拔树倒屋，天氏地暗，石走砂飞——却没有像这样儿吓人，扫平了这条街！城里边房屋稠密，大约好些儿？这也太惨了，要死不少人的吧？"

　　"说来也真是蹊跷，这风竟没进南京城。"七太保黄富光是黄天霸的干儿子，其实年纪比黄天霸还大一岁，见干爹挪步，忙在前面带路，口中回话喋喋不休："这里老百姓说，当时天阴得像扣了一口锅。龙卷风打西北长江过来，夹着大雨冰雹，像个黑烟柱子，旋着江水扑到石头城这地块，又分成两股，沿城根扫了一圈，在燕子肌那里又合成一股，往东南又旋了几十里才消了下去……干爹记得西门外那座魁星阁不？眼看着卷进风里，连楼基拨起在半天云里，一霎儿就不见了。清虚观一口三千多斤的大钟被卷起来，就在黑风烟雾里折筋斗打滚儿落不下来，直砸到元武湖北岸的上清观大院里，更有奇的，上清观进香的一个姓韩的妮子，叫风卷上天，直飘出九十里外的铜井村,又安安稳稳落了下来……"

黄天霸与他们厮跟着走,心里想着如何与刘墉会面,又怎样去见刘统勋,一边笑着听,说道:"这就是胡说八道,魁星阁都粉碎了,还说人,就有,还不摔成一团稀泥烂肉了?""这是真的。"贾富春闷声说道:"这姓韩的女子许了城东李秀才的儿子,一股风吹到铜井村,村里人当神仙吹打着送回娘家。李秀才说死也不信这事,说必定是奸情私奔,女的委屈得寻死觅活,官司打到江宁县。明日袁子才大令要亲审这案,告示都贴出来了!"黄天霸一怔,随即笑道:"袁子才是知府衔的县令吧? 江南第一才子,自然爱管这些风流闲事。要我是李秀才,也不敢要这姓韩的媳妇——那是妖怪嘛!"

"这场风真真切切,这件事沸沸扬扬。"贾富春道:"风过之后,蝗虫也就没有了。砸死了不到一百人,城里就起了谣言,说这是劫数,'王月江南遍地蝗,扫尽蒿草扫田庄,万姓仰天哭声恸,惊动慈悲九宫娘,乘风驾云上九霄,拜奏王母并玉皇,此城善男信女多,恳请雷火赦昆岗。遂以风劫换蝗劫,舍去道观旧庙堂。积善积恶皆有报,难逃天数真茫茫……'还有许多童谣,大抵也是白莲教里的切口俚词——所以袁枚亲审这案子,也有个以正压邪的意思在里头。"

黄天霸听了默不言声,贾富春以下的十三太保,有的原是绿林剪径的刀客,有的是市井无赖梁上君子、赌场屑小之徒,只懂得鸡鸣狗盗、坑蒙拐骗,风高好放火月黑杀人夜,能说出这大的道理,肯定已见过了刘墉、听了刘墉的训诲。他心里一阵轻松,微微一笑,加快了步子。

裤子裆巷在莫愁湖东北虎踞关一带。名字难听,地方也破烂,一色都是历年逃荒落脚南京的饥民。一片窝棚草屋,甚至用秫秸秆儿搭起了人字形的"瓜窝子",歪七扭八横竖不一地"卧"在街旁。师徒三人坐骡车走了足一个时辰才到,却不直抵宿处,老远在巷口便下车付资步行进街。

此时已近戌中时牌，天是早已入夜黑定了，一轮黄得痨病人脸似的月亮，周匝起着风晕，将迷蒙不清的月光洒落下来。黄天霸跟着他们，高一脚低一脚走在凸凹不平的街上，像进了迷魂阵一样，一会向北，又拐东，一会儿趄西，又转向南，但见一街两行到处都是地摊，江湖卖芭的、卖古董的、卖雨花石的、卖旧书旧画旧碑帖的，什么烟料、玉器、雕镂蝈蝈葫芒、唱本、盆景的……甚至还有卖狗的，杂乱喧闹此起彼伏吆喝成一片：

"北京鸭子张的内画烟壶！识货的您来——有一个假的砸我摊子！"

"金回回的膏药啰，跌打损伤腰疼腿酸脓疖疤疮……"

"——哎！宝刀宝刀——祖传破家卖了！吹毛得过、杀狗不见血——"

"挂浆手炉，屁眼玉塞儿——十姨庙里货真价实！"

"馄饨馄饨——老城隍庙的烧鸡、水煎包子加锅贴儿……好吃不贵啰……"

微弱的月光下，各种羊角灯、气死风灯、红黄绿西瓜灯闪烁不动，长江和秦淮河中火一样流移的河灯，家家户户窗上阶前门口摆着的盂兰灯，有的像放焰口一样灿烂，有的像夏夜中的流萤、坟地里的鬼火般闪烁不定。一行三人，在光怪陆离的月色下，挤在熙熙攘攘的人群中，但见长衫的、短褐的、满身珠光宝气的、破衣烂衫甚至骨瘦如柴打着赤膊、满手污垢头发蓬乱的乞丐，有的地方挤挤捱捱，有的地方稀稀落落，加着鸡鸣犬吠蝈蝈叫、妓女们拉客打情卖俏声、茶楼饭馆伙计接客送菜的尖嗓门儿……扰攘成一片，不一会，黄天霸已是不知东西南北了，因笑谓黄富光："也真亏了你们，在南京也能寻出这么个宝地——这是鬼市嘛！"

"爹别小瞧了这块地——去去！"黄富光推开了两个来拉黄天霸的野鸡，压低了嗓门儿道："五方杂处三教九流都在这里轧码头呢！这里有的是阔主儿——您瞧那座戏园子，别说秦淮河的香君楼,就是北京的禄庆堂,有这么金装玉裹的么?您瞧那边的关帝庙,挨边的就是山陕会馆,会馆北边亮成一片的是慈航庵——观音菩萨的道场,全都一崭儿新——这就是咱们住的老茂客栈了……"

黄天霸边走边听,若有所思地左右张望着,有点心不在焉,听见说"到了!"这才收回神来,看那处客栈时,一色都是平瓦房,东边一带矮墙敞着大车门。满地都是淆乱的车轮辗辙骡马蹄迹,里边似乎是存货库房和饮喂牲口的厩房;紧挨着厩房库院,又一处大四合院,却是南北两进。老茂客栈正门是沿街铺板门面,三级石阶一溜出去,足有六丈开阔,一律敞着,里边竟有小戏院子来大,房梁下支着六根柱子,柱间摆满了安乐椅茶水桌。满屋的茶客有的绫罗缠身,有的布衣葛袍,吸烟的,嗑瓜子吃芝麻糖的,下棋的,说笑打诨的嘈杂成一片。烟气水雾间卖冰糖葫芦的扛着架子、卖巧果酥饼油条麻花的扛着篮子在人群中串来串去。嗡嗡蝇蝇的人声中还夹着个说书的,嗓门却是甚亮:

> 刘延清老大人接到刘康请柬,知道筵无好筵,转念一想——刘康毒杀贺道台并无实据,他现是德州知府,和我是一样的品级呀!倘若不去,一来于礼不合,二则是怕刘康贼起疑,反为不美。罢罢罢,不入虎穴焉得虎子?你德州府就是龙潭虎穴,老夫也要闯一闯了……

黄天霸一听便知,说的是《刘延清夜断阴曹诛刘康》一段,不禁微微一笑。跟着贾富春黄富光在竹椅杂错的缝隙间往里挤,便见客栈老板已从书案屏风后闪出来,双手拱手道:"黄老板——承蒙抬爱本店,您发财!"一边哈腰让道:"伙计们早就安置好了。老板还没进饭——这雅间里头备好了的酒菜……您请您请……唉,对了,就是北首第二间……"黄天霸此时才看清,原来茶座两边,还各设着几间雅座,只一幔上下的米黄纱幕严丝合缝,外边灯光太亮,瞧不见里边的烛,不留心根本看不出来。因板着门端详着笑道:"走遍天下店,没见过这式样的,造得巧! 又透亮儿又不得进坟子,天棚上拉着吊扇,也凉快——"一眼瞧见燕入云,朱富敏、蔡富清和廖富华几个人在里边,便不再言声,跨步进来,四个人已是起身相迎。

"我以为你从燕子矶下船了呢!"燕入云笑陪黄天霸入座,说道:"石头城外都被风吹成平地了。担心你转码头,又安排老五老六去了。"

"做生意就讲一个'信'字,黄天霸知道周围人色极杂,放声呵呵一笑,说道:"只要不是下刀子飞箭雨,哪有个不如约的理?"尚未及款叙,听那讲书的堂木"啪"地一拍,说道:"……这么定睛一看,不由的倒抽一口冷气——列位看官,你道刘康因何如此吃惊? 只见来人年方一十六七,头戴栽绒花软冠,脚蹬元缎软靴,头紧腰紧脚紧一身三紧夜行衣靠,面如冠玉目似朗星——是黄天霸其人来也!"

几个人都吓了一跳,愣过一阵子才想到是说书说到了紧要关口,不禁相视一笑。黄天霸隔纱幕向外瞧,只见满庭座客或俯或仰,个个目瞪口呆盯着说书的,连门前茶桌上两个野鸡堂子的娼妇,也似木雕泥塑般大瞪着眼看着讲书台。里里外外一片岑寂,静等着下文。再看讲书的,却是个五十多岁的瘦干老头子,一脚微蹬一腿稍屈,双手按着讲案,细长的颈下大喉结一动不动,双眉紧锁,鹰隼一样的目光直凝前方,良久又将响木柔声一拍说道:

> 刘康贼子吃了一惊,霎时又定住了神,仰天大笑"哈哈哈……原来又是你这乳臭小儿! 我问你,我与你前世有怨?"
> "无怨。"
> "今生有仇?"
> "无仇。"
> "刘延清与你是亲?"

"非亲。"

"是故?"

"非故。"

"前番在舍身崖前你杀我五名心腹,太平镇又单刀夺席相救那延清老儿,今日以三镖打碎我三杯酒,却是为何? 哼哼! 黄天霸冷笑一声,说道:"只为延清大人与我有知遇之恩! 你这脏官三番五次加害于他,须要知头顶三尺有神明,天霸乃是硬铮铮七尺男儿,岂容你用毒酒灌我恩主?"

哼哼哼哼……那刘康咬牙笑道:"你好不识相啊! 我也听得你的威名,我也见得你的手段,只可惜你错认了我刘某人,我刘某虽然只是一任小小知府,三山五岳绿林雄豪广有结交,府中之士个个武艺高强,只怕你来得去不得了!"

"你就是刀丛剑树,又其奈我何?"

"我刀快不怕你脖子粗!"

"我剑来飞雪气如虹!"

"来人!"

刘康大喝一声:"前后庭堵了,衙役家丁鸟铳封门——你就是土行孙,也难逃今日之劫!"

话音一落,便听得屏后廊下雷轰般答应一声,支中子道长执拂而出,八大散人披发仗剑一拥而上,将黄天霸团团围定。十枝火枪、强弓硬弩将大庭封得是水泄不能!

"看来黄家英雄此番难逃性命了。"那先生突然收科,一副笑嘻嘻面孔对座客听众说道:"列位看官在下面吃点心虽茶挥扇子好不安逸,累得我老头子唇焦舌燥唾沫干咽——这正是,欲知今后事,明日请再来。承谢了,承谢了……"一头说,便端小笸萝儿挨座儿收钱。

客栈里紧绷绷的气氛一下子松驰下来,一些个听蹭书的茶客纷纷起身出去,顿时便走得稀稀落落,只紧挨着雅座的一桌男女还不肯散。还有一胖一瘦两个汉子各携一个妓女,乐得嘻嘻哈哈,兀自评说"盖世英雄黄天霸"。蔡富清见黄天霸一脸不耐烦,胡乱扒着饭不言语,料知他急着想见刘墉,因凑到他身边耳语道:"这两个是本地码头的舵子①,等着收场子钱呢!您瞧,西墙根南边收拾招子的,那是刘先生……"

黄天霸这才隔纱门细看,见果然是刘墉,摆着卦摊,桌前蒙着太极八卦图,桌上笔墨纸砚一应俱全,还有签筒和一堆卷起的拆字用的纸卷儿。刘墉已站起身,摘下墙上"吉应如响,晦开似月"的幌子,微笑着不紧不慢往一只米黄袋子里装铁算盘、判纸和桌上的散乱物件。黄天霸这才知道刘墉也住在这客栈里。因问廖富华:"这位算命的灵么? 住在哪屋里? 我想去请他起一课。"

"灵,灵! 昨晚南京道衙门的胡师爷、周师爷和高师爷还叫过去测了半夜的字呢!"廖富华忙笑道:"老板一点也甭急。他的卦屋就设在马厩西边北房第二间,和我们紧挨着。您消消停停吃饭,洗涮过了,把他叫过来。伙计们也都想见识见识他的能耐呢!"黄天霸已知他们安排妥贴,还想问什么,却见老板胳膊上搭着一叠湿毛巾颠着从后店出来,在纱门外对那胖子陪笑,说道:"请爷们用巾——后头预备好了的洗澡水……这是抽头儿火子(钱),请爷点点。"

那胖子用毛巾揩着手,擦着油光光的鼻子哼了一声,说道:"我们少坐一时就过去——水不要太热。"老板答应着就要进纱门,那瘦子却叫住了,说道:"告诉那个算命的毛先儿,叫他我屋里候着,就说我金龟子的话:老洪,还有这玉兰玉清两位姑娘,想求问事情儿。"玉兰拍手笑道:"还是我们金爷可人意儿,来时间和玉清嘀咕,想请这位毛先儿卜一卦呢! 他的卦金太贵,你们正好请客!"

黄天霸隔门听着,已知这一胖一瘦两个家伙想和雅间里的人

---

① 舵子:指坐地吃码头的帮会头目。

无事生非。他老经江湖的人了，心里生气，却不动怒，接过老板递来的毛巾放在桌上，说道："我原也想请毛先儿起课的。既然有人抢在前头，先尽着他们——走，洗澡去。"因和众人推门出来，却见挨着金龟子那张桌南一席，还坐着两个人用手撮怪味豆吃酒说笑，竟是六太保梁富云和五太保高富英。黄天霸也不理他们，放肆地在门前伸个懒腰趆身便蹑向屏风。听身后那个叫玉清的女子浪声浪气说道："方才洪三哥说，不信黄天霸的镖打得那么神乎。我们堂子里也有会打镖的呢！叫玉兰妹妹给你亮手绝活儿，你就信了！"黄天霸正走到屏风拐弯处，听见这话，便站住了瞧。

"打瓜子镖儿？"那个叫玉兰的年可二十岁上下，官粉胭脂抹得上妆了的小旦似的，撇着猩红口儿，用手绢子隔座虚打一下玉清，说道："玉清姐姐教我的，这会子倒先扯我出幌子，金哥三哥别饶她！"

"好好好！"胖子洪三哥笑得眼睛挤成一条缝，仰着身子道："婊子打镖，咱情愿挨了！——怎么个弄法儿，说个章程！"言犹未终，口中已多了个物件，取出来看，却是一枚嗑净了的瓜子仁儿，刚张口要问，见对面玉兰唇口轻启，分明一声细碎的瓜籽壳破裂，一粒瓜籽仁已飞进自己口中。瞟一眼身边玉清，也在如法炮制——左手向右手递瓜籽，右手瓜籽像着了魔似的从手中直弹飞入口中，全凭舌头、牙齿和练就了的吞吐气息，将瓜籽皮和籽激射出去，籽皮儿飘落在一边，籽儿却不偏不倚都打在对方口中。十几个没有走的闲客，连正收拾桌上壶杯碗盏的伙计也都看住了，齐发一声喝彩"好！"

黄天霸也看呆住了，两个男的仰坐张口不动，两个女的皓腕翠袖翻飞，瓜籽儿弧线飞入口中，籽皮儿飘飘落在一边，瓜籽儿如连珠镖般一枚接一枚导出不穷射出，身法好看，准头也是极佳……他留神看着，寻思自己口中喷气打镖，若也能似这两个女人这样快捷，那该多好！一时便听洪三狂笑，说道："好好！真的服你们了！

你们的'镖'打得比黄天霸好——认了！"

"这叫婊子镖打黄天霸！"叫金龟子的瘦子也笑道："真是绝活儿———明日到春香楼摆花酒，我哥两个给你们捧场。"洪三笑得捧着肚子道："……这叫黄天霸不如婊子镖……呆会儿你们问问毛先儿，将来能不能也当个女车骑校尉将军什么的官儿。哈哈哈……"那个叫玉清的妓女用手绢儿包指头顶了一下洪三脑门儿，笑道："我们才不问那些个呢——我们问的是，怎么着从良，寻个潘安般的貌，子建般的才，邓通般的有钱汉子，将来立贞节牌坊，叫袁子才给我们写一篇诔文，名传千古！"

所有的看客齐发一阵轰然大笑。黄天霸心中陡起疑云：莫非这几个坐地虎痞子嗅到什么味儿，是冲自己来的？因转脸对朱富敏道："这几个家伙损辱我太甚，叫老七他们不拘谁，教训教训他们！"朱富敏笑道："喏，您瞧，富英已经凑上去了，咱们走，后头歇着看好戏。"说罢便引着黄天霸往后店走去。

出了屏风后门，黄天霸才看清爽，连东院客舍也是三进：向东逞过一道暗陬陬的窄巷，向北又走三十几步，又向东一个小门，里边竟是个独院，三间正房略高大一点，没有西厢，东厢房只北边三间亮着灯，南边几间都是黑洞洞的。十分破旧的院落却极安静，只西北上不知哪一家做法事超度亡灵，鼓钹铿铿，传来尼姑们细细的诵经声：

> ……毕竟成佛。尔时十方一切诸来，不可说不可说。诸佛如来，及大菩萨，天龙八部，闻释迦牟尼佛，称扬赞叹地藏菩萨，大威神力不可思议，叹未曾有。时忉利天雨，无量香华，天衣珠璎，供应释迦牟尼佛及地藏菩萨已，一切众会，俱复瞻礼……

贾富春见他凝神回顾，笑道："这是裤子裆北宁家给老太太诵《地藏经》超度亡灵——这个院子是老茂客栈创业时候修的，原来堆的杂物。咱们伙计包了，一是便宜，二是图个清静。"黄天霸笑道："我不是嫌弃地方儿赖，严谨些，我们的'货'就平安……一进门我觉得这地方挺熟的，现在想起来了，这地方原来叫日升店——是富威的盘子。我就在这店里收伙他当干儿子的。你们六兄弟当时在北京跟着老爷子，不知道这事儿。"

"这地方儿还是富威带我们来的——都告我们说了，笑得了不得！"贾富春笑道："您这次是绸缎茶商大老板，住上房东屋，我和富敏富清富华四个住西屋。刘——毛先儿住东厢尽南亮灯的那间破房子——没法子，这是身分儿不同嘛。待会儿请毛先儿到正屋，咱们请他打卦测字儿……就怕有外路子客请他算命，那就得等一等了。""叫富扬挡客。"黄天霸冷冷说道："就说金龟子叫走了——咱们正屋里说话。"

于是一行五人都进了上房，待店中伙计打来洗脚水，各人泡脚儿洗着。廖富华笑道："这太不方便了，要在石头城那边，从店主到伙计都是富名的徒子徒孙，起居说话是多么方便！"黄天霸道："我让富英教训这两个稔儿，也为这个意思。富威在这里是金盆洗手，并没有跌份儿。现在要把盘子拾起来——我们办这么大事，连个小店都把握不住，处处防人耳目，那还成事？富春——去瞧瞧毛先儿，别教他在金龟子那里等了，我料着富英已经得手了。"师徒们正说着话，只见梁富云笑嘻嘻趸进来，忙给黄天霸磕头时，黄天霸笑道："咱爷们私地里用不着这一套，你给燕爷行礼是正经。"

燕人云自石头城外下船便一直闷闷的，仿佛心思很重。黄天霸师徒说话，他也无从置喙，只见那两个妓女"镖打黄天霸"时，脸上才略带笑容。此时早已擦了脚，见梁富云要行礼，忙双手扶起，说道："入门休问荣枯事，但见容颜便得知——怎么得手的？神打、穴打、跌打还是药打？"

"使的药打，省事些儿。"。梁富云笑嘻嘻地说道："我估着他们也就来了,我得避一避……三哥跟他玩玩我再出来。"说着已听院门外脚步杂沓,他便闪身进了东屋。

果然一时间高富英一脸肃穆进来,后头还跟着洪三和金龟子。燕入云朱原是堂堂正正的直隶武林世家,只为在保定府与"一枝花"同在义合楼营救为恶霸欺占的女子雷剑,心中结下了一段化解不开的情缘,甘心拜入了白莲教。黄天霸手下十三太保,却是一群道地流涉江浙的地棍,称霸一方的豪雄乃至痞子丐儿流氓无所不有。什么"穴打""神打""遁功"放虎捉虎之类下九流的玩艺都能来几手。平日闲谈"药打",也只听个名头,今儿亲见,燕入云倒觉好奇的。灯下打量洪金二人时,却也不见有什么异样,只洪三脸上略带迷惘之色。金龟子黑沉个脸,扫了满屋人一眼,说道:"啥子名堂? 摆这玄虚给老子看!"

"三哥,"高富英没有理会金龟子的话,却转脸问燕入云身边的蔡富清:"你来看看这两个人。他两个在那里玩婊子我就留心,像煞是中了绵阴掌——"一边说,用指头点着金龟了的脸:"你瞧这印堂、桃红里带了暗煞,还有四白穴,您瞧您瞧——这里睛明穴,还有人中穴……"

金龟子被他捣得发怔,直眨巴眼睛,见他将自己木偶似的撮弄,洪三也眼瞪得溜儿圆,狐疑地看着他的脸,摸额头试下巴地在自己身上找病,愣了一会儿,立着眼骂道:"格操姥姥的,哄我到这里来,涮我的开心! 哪里来的野侉子,你他妈敢情是个疯子!"

"叫他们走吧。"蔡富清一脸笃定跷足而坐,摆着腿对高富英道:"我看不了他们的病,再说,我手里也没有药——我们巴巴地等着要吃酒高兴,你带两个死人来搅场儿。""这种江湖卖药把戏我见得多了!"金龟子冷笑一声说道:"老子是跑遍五湖码头,三刀六洞扎得起,煎饼锅子坐得起的人,敢拿我涮场子——洪三儿,甭听他胡说八道。咱们走,明天带算盘来。"说罢转身便走。

洪三迟疑地转过身,刚迈了一步,忽然惊呼一声:"老金,他妈的邪门儿！我右腿发木,抬不起来了!"金龟子还没迈门槛,听他一惊一乍,下意识地顿了顿脚,也觉右腿有点凉浸浸的木麻上来,却还能活动,心里也犯嘀咕,嘴巴却仍硬挺,说道:"我一点事也没——你是叫他们镇住神了——这一套我也玩过!"

"老五你不该带他们来。"蔡富清道:"这必定是老六,不知这两个畜牲哪里得罪了他,就下了绵掌——找两个店伙计,赶紧送他们走!他们是这里的舵把子,不明不白撂倒这里,我们正经生意人,招惹不起!"

金龟子这下子似乎也有点慌神,蹲身按了按小腿,又捏脚面,只觉得小腿发凉,脚面已木得全无知觉,这一惊非同小可,遂转身对众人一揖,说道:"各位老大人来到贱方一地,就是我们财神,兄弟岂敢有得罪之心? 言语不谨无意冒撞之处,老大五湖四海之量,定能鉴谅——只是兄弟见识鄙浅,真的不知道世上有绵阴掌这等功夫。有罪有罪!"

"不知道,所以你就小看??"黄天霸倒也赏识这瘦金龟了硬气,心里暗笑,口中叹息一声对蔡富清道:"老三,给他们看看吧——老六也真是的,招惹这些是非!"

蔡富清满不情愿地答应一声,用不可置疑的口吻对金龟子和洪三说道:"把衣服脱掉,只留一条短裤,脱净了脱净了! ——不是师父的话,老六那脾气,我也不敢得罪,算你们寻到了真佛!"洪金二人腿上麻木不仁,心头惊慌,惶惶灯烛下各自脱得赤条条的。几个太保一边看着,一个肥若壮猪,胸前黑毛蓬乱,一个瘦骨伶丁,像个干猴,都是肚里不住暗笑。

"站好! 不要运功!"

"是……"

"看着我,东张西望什么?!"

"是……"

蔡富清却不近前去,端起桌上一碗茶,离那二个约许五步之遥,突然左右脚齐顿"嗬啊——"大吼一声,右掌虚空一个白鹤亮翅,在茶碗上空虚绕三圈,自腰功带以上,只见一个气包周身运来运去,脸涨得喷了猪血一般,箕张右掌向二人凭空推去,众人不禁一阵低声惊呼;洪三和金龟子双乳期门穴当中,竟各自显现出一个殷红色的掌印!金龟子和洪三看得清爽,顿时唬得面无人色。燕人云也自心下骇然,指着问道:"老板,这就是绵阴掌?"

"不错,这是绵阴掌。"黄天霸不动声色地说道:"是山东端木世家独门绝学、老六偷来的功夫。为这件事我三次登端木门,送了千金重礼,承认只戏不打不传①,才算饶他一命。你们定是口不关风,说什么歪派话惹恼了他。不妨的,他只是惩戒你们,不会要你们命的。"

金龟子和洪三这才知道黄天霸是"老六"的师傅,双膝一软齐跪了下去,只情一个劲叩头,求告"那就请大师父金面,让六爷赶紧救治……这会子膝盖下头都没有知觉了……"

"你们方才说'明天'来。"蔡富清板着脸道:"不是老五好心,你们还有'明天'?"他摆步儿踱着,像私塾老先生给学生讲书,缓缓说道:"绵阴掌不传江湖已经一百三十年了,是端木一家的独秘。这种掌可怕之处,击人不用挨身,五丈以内都可施用。中掌之人也无大痛苦,只四肢百骸麻木如同中风无药可医。最教人不堪忍受的,是到最后形同死人,唯有耳聪心明——你们想想,你其实没有死,听着家人商议料理你的丧事、何日出殡、几时请和尚道士超度、什么时辰火化——活'死人'目不能瞬,口不能张听着,是个甚么滋味?"

他没说完,二人已唬得魂不附体,都是脸色惨白、通身汗流,伏身仰脸泣声哀告:"师父师父……各位老大……"金龟子还略撑得住,只请"佛手高抬",洪三已是软瘫在地浑身发抖。

"什么他妈的城东双煞,就这副熊样儿?"梁富云笑嘻嘻从里屋

---

① 只用来赚钱、不用来杀人,不再行传授。

掀帘出来,照屁股一人给了一脚,说道:"老子赌输了钱,本想捉你两个弄几个使使,到你们死不了活不成时候收宝,偏是五哥操鸡巴这份闲心——给,一个一包药,先护住心,喝掉!"说着,将两个小桑皮纸包儿丢了地下。燕入云端了茶来,两个人抖着手,龇牙咧嘴各将一包土灰色散剂吞咽了肚里,苦着嘴兀自道谢:"谢六爷,谢谢……原来六爷赌输了,裤子禄西局子里去,我兄弟包场你收火头。一晚上三二百两是稳稳当当的……"

二十一　燕入云情痴悲失路
袁子才接差惊焚书

　　梁富云做张做智,运功跌脚,双手箕张骑马蹲裆,好半日才将二人胸前的掌印拔得褪了颜色。二人内服砖灰老墙土,外经他们这么一做作,挨那一脚跟,麻木也没了,跳起身来活动活动手脚,觉得毫无不适,顿时喜得眉开眼笑,扑翻身便拜倒在地,头磕得咚咚作响。金龟子道:"六爷要不嫌弃,我兄弟愿拜门墙子弟! 跟你鞍前马后,三刀六洞誓不皱眉!"洪三也道:"比起六爷,我们那点子三脚猫功夫、铁布衫本事,实在连只池塘边的癞虾蟆也不如——我们拜你为师,列位老大生意走到金陵,半个莫愁糊东、灵谷寺向西这片,化铜贩盐都无碍的!"梁富云听着,撮着牙花子瞟黄天霸,见黄天霸微微颔着,才道:"这得我老板点头,老板也是我师父——虽说洗手江湖,门里头也是有规矩的。"两个人又转求黄天霸,发誓赌咒的异常恳切。

　　"富云,你无端给我惹事!"黄天霸叹道:"我们堂堂正正的生意人,搅到江湖伙里去,能安生么? 入江湖不易,出江湖更难! ——我没有教训过你么?"梁富云唯唯称是,陪笑说道:"徒递实在是赌输了钱,又听他两个口里胡嗳,辱及师父,还想和师父为难,所以下了绵手,也有给师父争脸的心思——你们晓得我这师父是谁? 就是名震四海的金镖黄——讳字天霸! 你两个小小萤火虫,就敢拿天上月亮开心!"

　　二人这才恍然大悟,今晚栽霸折筋斗,犯在"婊子镖打黄天霸"

这句玩话上，越发求告不已。黄天霸又微叹一声，说道："正入我黄家山门，你们不成，因为我带徒弟们要各处作生意。富云，你收他们作干儿子，也可传点功夫——金陵是我们常来过往之地，有个脚窝儿在这里也不坏。"

拜师收徒，江湖上体面光鲜寻常事，莫名其妙中了别人暗算，就认人家是干爹，这个辈分说出来太在朋友跟前扫脸了。二人跪着发愣间，燕入云笑道："怎么，不愿意？"

"岂敢呢！"金龟子拱手陪笑，说道："这是件大事。直到目下，我兄弟还不晓得六爷尊姓，我们原有师傅，也要禀告一声，场面才走周圆——可否容我们回去，备好帖子香烛，选个日子，拜叩成礼，似乎郑重些。"

黄天霸知道他们心里并不十分服气，格格一笑说道："是你们自己要拜师的么！他是我的徒弟，叫梁富云，其实也并没有惊世骇俗的艺业——你说的有道理，回去商议一下，这件事从容再议——你们去吧！"

"这两个要搬他们的堂子来对阵了。"贾富春笑道："不是文盘就是武盘，只在明日后日。很该在这里再给他们几手，降服了再放走。"黄天霸道："这是小角色，降服了也没大用场。南京现在局面与当初富名在时已人事全非，江湖上的事也是一朝天子一朝臣，如今南京黑道儿总堂子叫盖英豪，你们听听这名字，就不像个好惹的主。我们又不是认真来这里争霸，又不想和他们劈霸，强龙不压地头蛇，恰到好处就成了。绝不要和他们武盘生分。"一头说，见刘墉进来，便忙起身相迎。笑道："崇如大人，委屈你了。白龙鱼服渔父樵夫皆可欺，当卖卦先生少不了受小人的气的。"

刘墉已经洗过澡，换了一身绛红市布夹袍。腰间束着玄色腰带，穿一双双梁起明检千层底布鞋，脚步橐橐进来，显得从容稳重又徇徇儒雅。见众人都起身向自己拱揖行礼，黄天霸让着主座请自己坐，轻轻摆了摆手，将铁算盘放在桌上，扯一条木凳摆袍坐下，微笑道:"坐,都坐嘛! 万一有人来请卦,我还是测字先生你还是老板么!"

燕人云在北京只见过刘统勋一面,与刘墉还是初次相识,灯下看去,一样的方脸浓眉,一样的黑红肤色,只是个头要比父亲高出半尺,眉宇间也不像刘统勋那般带着严威煞气——单看相貌神情,竟和父亲相去不远,谁也想不到他才不过二十六岁,更难想到这么个黑大个子,竟是解元出身,两榜进士,出入清华翰林的朝廷新贵……正暗自嗟讶,刘墉倾身问道:"你是燕先生吧?"燕人云不防头一个问到自己,忙收神在椅中躬身答道:"标下燕人云,承大人关照。"

"从现在起,一律不要官派称谓。"刘墉目光闪烁,用不容置疑的口气说道:"听我说,燕先生,你得改一改装。因为皇甫水强和胡印中现在都在南京,这里的盖英豪已经和教匪勾手,他们里头传出铁牌号令,拿住'叛教贼'燕人云者晋升堂主,赏银二百铜子儿。"

燕人云腾地脸涨得血红,他弃家抛业追随易瑛多年,易瑛虽没有许身相委,二人绸缪相处间不无温情。只为来了个胡印中横插其间,易瑛待他日见冷淡,这才失意投了朝廷。打遍中原无敌手的燕人云,自忖功夫能耐不在黄天霸之下,落得如今在傅恒刘统勋眼里,只是个二等角色;在他倾心爱慕的易瑛目中,只值二百个铜钱!愤恨、悲怒,和着一丝对易瑛说不清楚的眷恋幽怨一齐涌上心头,燕人云眼眶中突然满都是泪水,却只强撑着不让它淌出来,掩饰着揉揉眼睛,咬牙冷笑一声说道:"是么? 刘先生你瞧着我的,拿住这伙贼男女,我一文钱卖给你!"他再也忍不住,泪水扑簌簌走珠儿般滚落出来。

"不要英雄气短么!"他这份情怀黄天霸一群都是心里雪亮,刘墉却理会不得,因抚慰道:"他们这是有意折辱,存心激将,想让你出头去厮拼,摸我的底细。不要上当。没有读过《三国演义》? 诸葛出祁山,司马懿坚守不战,诸葛为激司马出战,派人送来的女人衣服,司马懿当着使者慨然就穿上了吗?这才是能忍能耐、屈伸自如的大丈夫!"梁富云却另是一种安慰,微笑着说道:"燕爷,您听我说几句。毛先生说的太是了,你还有个儿女情长的心是吧?易瑛那婆娘我也见过几面,论模样真够拔份子的。可是仔细想想,你是方过而立的英杰;她呢?往少里说也是五十出头的人了,易容术这玩艺儿我知道,只是一股真气护着。你盗过古墓没?我年轻时候这营生是拿手戏。有几个女尸真是长得天仙一样,像活人睡着了似的,一见风就变色变样儿,一霎儿瞧着就叫人心里犯呕——易曹要一破身,顷刻就是个棘皮白发的老乞婆,比戏上满脸麻子滴泪痣的老娼妇还难看呢!"说得众人都是一笑。

朱富敏见燕入云渐渐平静,便插科打诨儿取笑,说道:"这种事不凭劝,劝没屌用处。'情'这玩艺儿邪乎,女人动情就聪明,男人动情就犯糊涂。我本家叔叔看中了我一个寡妇舅妈,老爷子说我口齿伶俐,叫去劝。我说'她比你大十三岁呢,你是婆媳妇儿还是接妈?'他说'女人十三怀抱金砖,说我'懂个屁'!我说'她穷得掉在地下当啷响,来了能屙金尿银?'他说'把福气带来,金银自然就有了。'我说'三丈开外就能闻见她的狐臭气,那是福气?'他说'我就最爱闻狐臭味,提神!'我说'你图她个什么呀,生过几个孩子的人了,那玩意儿也是稀松不紧的……"说到这里众人都已笑不可遏,朱富敏却仍一本正经,皱眉说道:"我叔听了照我脑门心就拍了一巴掌:'鸡巴小不点儿,懂得的还不少!稀松不稀松回去问你妈!'我还不甘心,说'她一脸大麻子,好看相么!'他说'那是你不会看,我看一颗麻子一朵花心!'——人呐,迷到这里头,甭劲。等捉到那个老乞婆,'一枝花'成了老倭瓜,燕爷自然就醒过神儿了!"

一席话说得大家哈哈大笑,刘墉也不禁莞尔。燕入云被这一阵搅,心胸敞快了许多,苦笑道:"各位爷的心燕某再没有个不领的,我不是割舍不掉易瑛,是这口气太难咽了。刘——毛先生,我改妆是不成的,化妆再细,江湖上还是能认出我来——自投朝廷以来,我还没有尺寸之功,趁着他们都不知道我已受封,我独闯金陵大码头,会会这个盖英豪。若能占了这个盘子,不但南京,就是苏杭湖州,到处都成了我的网络。若是占不住,我就是个饵,借他这二百钱的光,引蛇出洞,说不定能引出易瑛这淫贱材儿!"

"义勇可嘉!"刘墉目中熠熠闪光,凝视着燕入云道:"这正是家父想到的办法,黄富宗黄富耀和黄富祖现在已经打进盖英豪身边。黄富威黄富名黄富杨原是南京人,在这里钟头不大熟人多,又都知道他们是天霸的干儿子,所以不宜在南京立足,富威在瓜洲已经得手,当了总舵龙头老大,富扬在扬州更了不得,用你们江湖的话说是'吃遍油头',还见着了易瑛的'侍神护法尊者'唐荷!"

众人听得心中一阵兴奋,黄天霸本人和六大弟子在北京招摇,想不到七个干儿子早已潜入江南,打入黑道中,而且人人占据了要津!燕入云脱口而出,说道:"唐荷——她在扬州,那易瑛也一定在扬州——四大侍神使,韩梅、雷剑、乔松、唐荷,那是寸步不离'一枝花'的!"

"如今情势和你在伙时已不大一样。"刘墉说道,"'一枝花'早已不亲自传教,只是让使者联络各地旧徒,秘密设坛设场布施传道,与盐帮、漕帮、洪帮都有来往。雷剑胡印中不知去向,韩梅乔松唐荷行踪也是飘忽不定。三教九流,除了青帮,都和她有若明若暗的勾结。洪帮因为人多党众,除江南几省,直隶河东河西几省也分布着几十万人,和朝廷暗地作对,所以易瑛最重和洪门联络。盖英豪在洪门自立门户,号称金陵地藏王,若能收服了他,江南虽大,就没有易瑛的藏身之地了。"

这样略作譬讲,燕入云和黄天霸一干人已是心中洞明雪亮。一方是易瑛、深藏不露,联络诸路豪杰待机而动,一方是刘墉,也深替渊底,用黄天霸一干人混入各门江湖派,相机捕拿。才几个月的辰光,已经知道了易瑛这么多的情况。刘墉这人不含糊!黄天霸突然想到傅恒接见时的话,对印比照,立即明白了朝廷的意图,任用刘统勋父子,一手整饬吏治,一手扫去反叛朝廷的江湖野士,竟不惜以候爵相许——那么自己比之七侠五义里的御猫展昭,位置还要在上!黄天霸思量着,眼中已灼灼生光,原来心里存着那点"刘墉官位太低"的心思,已丢向爪哇国去了,因执礼更加恭敬,在椅上向刘墉一个深揖,说道:"毛先生,兄弟们都是草莽之士,不通政务不懂韬略,一切请先生主持调遣——以我的见识,皇上这次南巡,易瑛一定要有所动静。要抢先破案,夺掉盖英豪的盘子,拿住易瑛,一来皇上安全,二来也是给皇上南巡添增彩头,岂不是两全其美!"

"尹元长已经到了南京。"刘墉浓眉压得低低的,口所异常严肃,"金铱卸任,原旨到京见驾述职之后另委要职,今天有旨意就地在南京迎驾。皇上驻跸关防由家父和元长老先生掌总负责。明的那一头我们不管,我们只管江湖动静。告诉诸位暗的这头出了差错,我们就是全粉身碎骨了,也赎不出这个罪来。我现在是'毛先儿',这身份有方便也有不方便,破案的事要靠黄兄燕兄和诸位朋友多多维持。"

"是。"黄燕二人忙躬身答道。黄天霸说道,"您就住这店里,白天不便,晚间夜深,我们给您回事听令。"

刘墉不禁一笑,说道:"夜里有时也出去的,我在这里拆字,已经小有名气。人家叫我,我敢不去么? ——"还待往下说,便听院外有人喊"毛先儿在么?"刘墉一下子便提高了嗓门,说道:"请进! ——贾先生,你方才出一个'休'字让在下测生平,听我给你品评……"黄天霸打量来人,却是个缙绅模样,灰府绸袍子外套团花黑缎马褂,戴着六合一统瓜皮帽,只在四十岁上下,白净面皮八字髭,看去一点也不落俗,也不敢怠慢,伸手让座道:"请稍待,这位贾先生拆毕,再请毛先生给您瞧。"那先生便坐下。

"按这个休字,字意吉凶双半,"刘墉郑重其事地对贾富春道:"乃是一人倚木之像,你幼年早孤,家中只有一个媚母相依为命,可是的?"贾富春原见刘墉捣鬼,也觉好笑,不料他一口就说中了。顿

时改容，说道："先生真让我吃了一惊——请接着断，接着断！"刘墉
点头，叹道："木乃东方青龙之像，一人倚木原来是升发之像，草木
属阴，木既是母，令堂贞静贤惠是不用说了，只是木不能言，口角不
甚便利，孤儿倚身未免放纵了你，'休'字不成'体'，你恕我直言，没
有体统，少年时人憎狗嫌，原是个浪荡哥儿。但休字又有'止'的意
思，又可折十八成人，自十八岁之后，你才真的立心改过，但令堂人
已就木，成了你终身之憾。"说到这里，刘墉长叹一声。

贾富春已是泪如雨下，语不成声说道："这是我心中永难化解
一段伤痛，毛先生……我真是无话可说……"

"你不要难过。你有后福，可以报令堂慈亲晋禄之德。"刘墉见
他如此难过，也是心下黯然，说道："你自己不成体，但倚了青龙旺
相之方，立人是很稳的，青蝇之飞不过数武，附之骥尾可致千里，再
不致于有什么蹉跌的。"

本来是应付外人的游戏言语，众人听他断得如此严谨难当，竟
不禁悚然。贾富春更是认真，起身到房角方桌提笔写了个"休"字，
恭恭敬敬捧给刘墉，说道："我头一次见这样高明的先生，请断一
断，我后半生前程事业。请……"

"来，请看。你问后半生，看纸背面。"刘墉就灯影里指着纸背
说道。众人一齐瞩目，只见"休"字的反面，竟是逼真一个"兵"字，
不禁愕然。刘墉多少有点得意，笑道："你看，正是倒木根基，人卧
其上。兵字原是立人之像，原是一条好汉，你年纪已不能再进行
伍，那就是玩兵器的，必定身有武功。既是顶天立地人，又身怀武
功，事业也就自在其中了。"

一个"休"字被他这般挖剔解析，雕刨凿刻得如此玲珑剔透，既
解字又析疑断事，讲得丝丝入扣密不透风，众人都是骇然暗服。刘
墉啜茶笑道"你这个'休'字写得像民间俗体'乐'字，大荣大贵没
有，大凶大险也没有的，一身安乐是不用疑的——您先生问卜问
字，还是起课打卦？"他忽然问那刚进来的缙绅道。

"我在江宁县当差，我们东翁派我来请您到府里拆字。"那缙绅也正听得频频点头，见问自己，从容一揖笑道："在这里听忘神了，我自己也有一段心事，想请先生断一断。"

"你不是自有心事。"刘墉道，"你是替别人断的，是么？"

众人都睁大了眼睛，缙绅也似吃了一惊，身子一探，问道："你怎么知道？这真奇了！"

"你口中说话，有金石之音，犀利如刀，"刘墉说道："口下有刀，乃是一个'另'字，你另问的别人。"

缙绅低垂了头，半晌抬头说道："这真不可思议。我是奉了东翁的谕问的，问的是谁，连我自己也不晓得。"

刘墉凝神望着缙绅。那缙绅不慌不忙也到桌前，提笔写了一个"葉"字，放在了他面前，说道："占病。请断。"

"世字在草木之中，此病人恐有大凶之兆，是已经仙去了。"刘墉端详着那笔极端凝方正的颜书，沉吟道，"问字之人也占居中，不是寻常官员，仍是一个贵人，葉子，非高大乔木，所以病者是个女的，而且身在旁支；叶处树冠之上，乃是问字人的长辈，当是其父的如夫人。字有葉字形，葯不成藥之像，恐是病因误用庸医之药而成葉——这是据字而断，其言质直，乞先生见谅。"

那缙绅听完，怔了良久，自失地一笑，摇着头道："真令人难以置信！——实言相告，我就是袁枚，奉了令尊和尹制台的令，专程来请的——这几位大约就是天霸诸君罢？"黄天霸诸人原对这位不速之客心存戒备，至此才松了一口气，梁富云笑道："我说面熟呢——我见过袁大人断案呢！"

"对店里人说，我出去给人看卦了。"刘墉笑着吩咐黄天霸，"今晚兴许回不来，明天到夫子庙设摊，有事你们那里去'拆字'。"说罢一让手，说道："子才先生，我自然叨光要坐你的驮轿了——咱们请罢。"

两江总督衙门设在前明沐英国无公府旧址，本来就规制宏大，雍正年间模范总督李卫是个好大喜功的,又大加修茸拓展,西花园之外,又在衙北征地三十亩,修起殿宇,与衙门衔连相接。殿宇是行宫规模,原是备着雍正南巡使用,最终雍正朝也没有用上。现在乾隆有旨南巡,金铽又拨二百两银子丹垩一新、前府后殿,既不误日常公务,又兼管行宫"门房",这也是金铽作事细之处。但这以来,外观总督衙门,看去巍巍峨峨,蕴蕴茵茵,比着北京的亲王府还要壮观了。

刘墉和袁枚在驮轿里,走了约一顿饭光景,下了轿来,已到总督衙门西偏角。一阵西风吹来,都觉乍然间心清气爽。遥看天上星河薄云如纱轻遮幽隐、黄黄的月亮穿雾慢移,给人一种隐约神秘的感觉。望着乌沉沉坐地而起高低错杂的总督衙门,刘墉不禁叹道:"李卫尹继善金铽太事铺张了,这要花多少钱哪!这是借修行营改建衙门呀……"

"都察院御史窦光鼐参了一本。也是你这番话说——皇上留中不发。"袁枚一笑说道:"从北京到南京,一路驿道全用黄土铺平垫实,砸得平如镜实如铁,要多少人力?从德州到苏州、运河上所有的桥都重修,说是修,其实是拆掉加高好过龙舟,要花少钱?——走吧,大官小官、商人百姓,各人想事都有自己的尺寸。别人的心我们猜不到!"

刘墉心里泛起一股说不出的滋味,窦光鼐是他的同年,十六岁就中了两榜进士,看去腼腆得像个闺门弱女,说话又木讷,同地翰林院共事时,都拿他当不经世事的少年看待,他竟有胆子拜章弹劾这几个炙手可热的封疆大吏!乾隆屡次下旨,严命各地官员不得为迎驾的事劳民伤财,"一切随分供张,俱由大内筹办",既有这样的弹章,为什么又闪烁躲开了留中不发?……想想袁枚的话,自己不是皇帝,天心难测,也只索罢了。移步跟着袁枚,在黢黑的总督大衙院里左折右弯,从二堂西趋,沿甬道径入花厅而来。

两个人报名而入,乍从暗处进入明灯蜡烛照得如同白昼般的花厅里,都觉得有些刺眼。定了定神,才见是尹继善和金𬭎两个人在说话,忙上前行庭参礼。金𬭎沉着脸坐着没动,尹继善拍手笑道:"好啊好啊! 把个算命先生请到我这里来啦! 来来来,请坐——坐这边椅子上!"刘墉丢下铁算盘在桌上,大大方方挨金𬭎坐了,袁枚笑道:"卑职不敢!《法门寺》里贾桂的话,'奴才站惯了'——金制台我们厮熟了,和大帅还是刚认识,怎敢放肆呢?"话这样说,却也随随便便坐了。

"甚么大帅不大帅!"尹继善笑容可掬,"文章千古事,这个官位有什么意思! 你的《诗话》,《小仓山集》散篇我读过几篇,早就想结识你这'才子袁'了!"

这四个人中除袁枚和金𬭎稍熟稔一些,其余各人都还算陌生人,就是金𬭎和尹继善,也都是天各一方的封疆大吏,除朝会偶尔觌面,点头交情而已。诸人差使地位天悬地隔,在这样一个奇特的场合相遇,本都心存几分矜持,但被尹继善几句调侃,顿时满座春风,都是心中一片温馨。刘墉性本深沉,不苟言笑的人,也不禁面带微笑,心中暗赞:"怪不得号称国朝第一倜傥总督,这份潇洒,这份循礼亲情透着豁达明爽,官场哪里再寻得一个?"因椅中躬身问道:"卑职正在店中安排破案的事,大人亟夜召见。可否容我见过家父,再过来领训?"

"延清老中堂在北书房接见海关道和巡盐使。"尹继善轻摇一把素纸折扇跷足而坐,微笑道:"你的差使我们不过问,今晚是见见袁子才,有些政务上的事,是令尊叫你过来的。你等一会子就会有人来叫。我们闲聊一会儿——老金,发什么呆呀? 还在想金辉的事?"

"我不想他。我和他毫无瓜葛亲,一查宗谱就清楚——那群御史都是吃饱了撑的,窦光鼐少年新进,又有些痰气,我也不计较他。"。金𬭎的神情忧郁,抚膝叹道:"我想两件事,一是我从州县做到府道,又任几任巡抚。半个天下转遍,肥缺苦缺全有,怎么南京

总督就做窝囊了呢？再者就是,我除了养廉银子,余财分文不敢,
无论军政、民政、刑罚、财政,还有当地缙绅名流,都是竭尽全力维
持的,怎么临离任连个攀辕请留的也没有,连把万民伞都没有？好
像这个地方有我和没我毫无分别？我这个总督太憋气,我不如袁
子才!”又长叹一声,抚着额前稀疏的头发,白须颤颤,声音也有点
颤颤,“唉……我是老了,不中用了。”

尹继善凝神听着,站起身来伫立片刻,突然一笑,说道:“天意
怜幽草,人间重晚晴啊——大家还是极敬重你的。南京这地方和
河东河西诸省不同,大事要认真,小事要糊涂——你太想把这里治
得井井有条,让它汤水水漏,这就不免有求全之瑕。如今江南省除
了军政务、财赋、文政,其实还有海关、盐政、漕务、洋鬼子的事也不
少,我在这里当了十几年的总督,去两广才一年多,回来就看得眼
花缭乱——能料理好不能也是一本糊涂帐呢！袁子才是潇洒文
人,潇洒治郡,你说不如袁才子,我们谁比得他呢？上回傅六爷和
纪晓岚提起子才,还欣羡得不得了呢！”

“制军这话叫我哭笑不得。”袁枚在旁笑道:“这小小江宁县,在
南京是块踏脚石,谁都可以踩一脚。哪个衙门一句话,我都得‘等
因奉此’跑折狗腿。没听人说,前生不善今生如县;前生作恶,知县
附廓:附廓省城,恶贯满盈？’金锒是知县一步步做上来的,竟没听
过这话。”一个忍俊不禁,竟自喷茶捧腹大笑,精神顿觉爽快话多。

尹继善嬉笑之间容光焕发,对袁枚道:“我在广里读过范时捷
寄来你的《秋水》篇。嗯……‘映河汉而万象皆虚,望远山而寒山不
起’令人心折啊,直可和《滕王阁序》‘落霞孤鹜’前后辉映——我已
给纪晓岚写信,荐你赴‘博学鸿儒科’,像你这样少壮的人选可是凤
毛麟角哟!”刘墉原不知父亲传唤有什么要紧事,坐着寻思,此刻也
被逗起兴来,问道:“上次在庄亲王府会文,有位老先生文章里有
‘国马’、‘公马’两词,不知是什么意思,想问问纪公来着,出京匆忙
没来得及。不知能否见教？”

"'国马''公马'出自《国语》,韦昭作注。"。袁枚诚挚地说道:"至于当作何解,枚不敢妄自揣猜。"

"能知道二马出处,我也就知足了。"刘墉满意地点点头,"何必一定要知确解!"

尹继善因荐袁枚博学鸿儒科,也想考问一下他的古学,在旁问道:"国马公马之外,尚有'父马',你知道么?"

"知道。'父马'出自《史记·平淮书》。"

"能对出来吗?"

"可以对'母牛'。"

"出典呢?"

"'母牛'出自《易说·说卦传》。"

尹继善喜动颜色,说道:"好! 你这位博学鸿儒我没有白推荐——你们两位读过他的《铜鼓赋》么? 我觉得序文写得比正文还见颜色——"因款款而诵,声如琅玉按节清吟:

　　　盖闻宝以德兴,玉磬收之建武;物因人至,龙泉佩自张华。况夫鸡娄名文,密须神器,虽陶镕于丹灶,已藏迹于青洪。铜鼓者,汉伏波征交阯之所铸,而武侯擒孟获之所遗也。然而代远年湮。星移物换,商山宛在,谁能复听鸣钟? 泗水依然,不复再擎古鼎。此皆神灵呵护,必待传人;而亦德政薰蒸,始邀瑞物。大中丞金老先生三江沐德,百粤铭仁。福云随银翁俱青,甘雨共金船并紫。于是耕夫前获,渔父复收……目览手披,丹砂璀璨;心移神往,紫蔼辉煌。因思雀篆鸡碑,久费书生探访;何幸《聊苍》《洞历》,忽为文士观瞻……

尹继善背得兴起,接着又诵正文:

　　　……祖龙失玉于青城,宝玺不传于吴井,玉杯伪设于汉廷……太学鼓中，昌黎未咏；青荒石外，山海无经。固与玉牒金泥，共　珍奇于天府；直勒商盘周鼎，永为明德之香馨！

背毕呵呵一笑，说道："这是晓岚公昨日随廷寄文书给我寄来的。我辈读书人，得此绝妙好辞，焉有不快心之理？金公，这赋是江南送呈《四库》编辑首选之篇，'大中丞金老先生'不就是你么？'三江沐德，百粤铭仁'八字考语你还不知足？"

正说得高兴，一个小厮走来，向四人一躬，对刘墉道："老中堂见过了人，叫刘老爷过去说话呢？"刘墉忙起身，恭敬答应一声"是！"向三人一揖而辞，匆匆去了。

"他要挨延清中堂训斥了。"金铁望着刘墉渐渐消失在夜幕中的背影，缓缓说道："他在裤子裆拆字打卦出了名儿，老爷子不高兴。今儿上午见面，有几个官儿夸说'城东毛先儿'，我在旁看着他已经脸上变色。晚上就叫了来了。"袁枚因将自己去见刘墉时的情形说了，又道："我原本作游戏问的，是我舅父一个小星，今日才报来的信殁了，他竟拆得和信里说的一模一样！他是来办案子的，拆字出名儿，挨训理所当然。"金铁太息一声，说道："挨训斥谁不挨训。比如说征集图书，征集不上来，四库馆的咨文指鼻子骂'该督所为何事？乃如此怠忽！'征来赶紧呈去，又说'书中多有违碍语，因何居然不加筛剔？'我这不是民间所说的风箱里头的老鼠么？"

尹继善扑嗤一笑，说道："不错——我们都是鼠辈！老百姓说我们是'硕鼠'——大老鼠，上头看我们是小老鼠而已——不过，纪昀是断不会说这话的，他是只老油猫。四库馆里新选进去的修撰，正在得意，又有权又有势，就'该督该督'地训斥我们——征书的事我是不敢再敷衍了，你们看看这个。"一边说，一边从袖中抽出一本册子丢了桌上，"——四库馆检查红本处抄送给我的。第十批应销毁书目档，共是五十一种。"

袁枚忙捧起来递给金铁，金铁笑道："这是你江宁县的差使，叫你来就为这个。你先看吧,我到北京有的看呢!"袁枚便审视那书目,封面上血红朱砂写着《应销毁书目总档之十》,展开看,上面写着:

　　　　《昭代典则》一本《明宣宗宝训》一本《明献皇帝宝训》三本《两广去思录》二本《北楼日记》一本《许少薇疏草》一本《留省焚余》一本《掌铨题稿》一本《徐忠烈公遗集》一本《冯默庵诗文稿》一本《赵芝亭疏稿》一本《抚予奏言》三本《蒋侍御疏草》二本《泡香馆集》一本《宣云奏疏》一本……

袁枚一代学人,自然留心典籍,见这五十余种书目多是海内稀见的孤本,不免嗟讶惋惜。其中如《冯默庵诗文稿》《泡香馆集》《山居草《遥掷稿》《张茂仁游山记》《西台奏疏》《豹陵集》等十余种书,或文稿、或墨卷、或奏疏、或诗词,都写得美伦清华,自成一家文彩,要上缴已是有些难以割爱,更何况一把火烧掉!翻开册子后边,都在前面目录上加的有注,或因里边有"夷狄"字样,或褒汉贬满,或者只为有钱廉益之类的"二臣"为文集写了序跋,都成了毁禁理由,袁枚咽了一口唾液,想说什么,却道:"这些目录也罢了,后边这注——字写得好,笔锋中骨柔些,很秀挺的。"

　　"子才不要妄评。"尹继善说道:"连字也不能妄评。那是御笔。"
　　袁枚吃了一惊,脸色变得苍白起来,外边一阵风声,鼓得窗纸一胀,风没进屋,他竟打了个透心寒颤!

二十二　严父孝子心长语重
风流郡守咏诗判案

比金铽揣猜的还要严厉,刘墉一进北书房便挨了刘统勋劈脸一个耳光,听到头一句话是刘统勋的一声断喝"跪下!"

"是!"刘墉扑通一声长跪在地,想伸手抚一下发烧的脸颊,举了举又垂了下来,规规距距磕了头,说道:"儿子一定做错了什么事。请父亲责罚!"

刘统勋像是刚会完客,满屋里烟蒸雾绕,几个茶几个的残杯剩茶也都没有收拾,显得有点零乱。捆了刘墉一掌,刘统勋自己反而显得有点气馁,端着个硕大的茶杯一口接一口喝着酽茶,满面怒容夹着掩饰不了的倦色,半歪在圈椅里,许久才喘了一口粗气。说道:"方才接见了南京城门领①,还有几个苏州杭州的绿营管带。下午见的金铽还有尹元长,傍晚是南京知府、海关、盐漕两道。大家异口同声,夸奖'裤子裆有个毛先儿'算卦拆字响应如神!"

"父亲……"刘墉这才知道挨这一巴掌的来由,又叩了头,说道:"是您叫儿子扮算命先生的呀!这种身分容易和父亲传递讯息。您还说,扮什么要像什么,扮算命的,此刻就要想着我是个算命的……"他瞟一眼刘统勋,没敢再说下去。

刘统勋没有再发怒,咳嗽一声,粗重地喘息了一阵,起身背抄手绕室绯回。刘墉身材高大,跪在地下还和父亲齐肩高,几个月同

----

① 城门领,四品官员,负责城防军务。

在一城不能见面,此刻灯下近看父亲,竟像苍老了几年,连颈下的筋脉上都带了丝丝皱纹,他嗫喘着张口想说几句宽慰劝勉的话,又觉无从说起,只怔怔地看着缓缓踱步的父亲。

"不错,我说过这话。"刘统勋的声音空空洞洞,在宽敞的书房里发着嗡音,"我说叫你'像',没说叫你'是'! 没说叫你卖弄名声!"他伸出两个指头举着,"卖弄得名声太大了,招人眼目,惹来一些不相干的闲是非且不论,你身处险境,匪类们盯准了你,谁能护得你周全? 再者,你卖弄这些杂拌学问干么? 要知道你是党党皇皇的两榜进士,要作儒臣佐助一代令主,落一个'会算命看风水'的考语好不好?"他站住了脚,又道:"你是来破案的,破的是钦定的要案,泼天大案,你要想想清楚!"

刘墉直挺挺跪着聆训,父亲的话一句句雷轰电掣地震撼着他的心。一则以公务,一则以安全,且虑到他的日后前程。除了父亲,谁都替他想得如此周全? 刘墉心中一阵酸热,哽咽着说道:"儿子已经明白,已经知过了! ……卖卜认真得过了头,反而透出假来,儿子忘了中庸,没有做到恰到好处……"

"你是读了《六书》《说文》《字触》这类书,趁着办差卖卜,想试试这些学术的真伪,不知不觉进了术数家魔道。"刘统勋道:"无论释道邪教,哪家学术如果毫无灵验,谁信它呢? 又如何能流传下来? 万法归一,经世治国还是要堂堂正正的儒道! 天上星星哪个不亮? 粒米之珠也放光彩,比得上日月之明江河之流?"

"父亲训诲的是……"

刘统勋盯了儿子足有移时,方吐口道:"起来吧! ……"觉得心口一阵悸疼,忙取过书架上一小瓶苏合香酒抿了一口,松驰地歪在安乐椅上,一手抚着发烫的脑门,不住地透息叹气。刘墉忙过来,跪在椅后给父亲轻轻推拿揉按。

"墉儿! ……"刘统勋半闭着眼,由儿子按摩着,声音已变得十分柔的,"掇把凳子坐着给我按,你个头儿高,这么着太累! ……"

"儿子年轻,身子骨儿结实,不妨的。您只管歇着!……"刘墉从来没有见过父亲如此苍老,如此伤感!如此温存!泪水夺眶而出,说道:"是儿子不孝,惹你生气了,当得这样侍候。"

刘统勋摇摇头,苍老的声音舒缓且带着暗哑:"打你也为生你的气,也有些迁怒于你。张廷玉奉旨到南京养病,就便接驾。今日上午我去拜见,他竟整整跟我吹嘘了半天自己的劳绩……从侍候圣祖一直说到今上……我心急火燎,有多少紧事要办,还得硬着头皮听……"

"他老了,父亲不要计较他。"

"我不是计较。"刘统勋插目看儿子一眼,叹道:"我是告诉你,七十悬车,我今年整六十了……看样子未必能享他那长的寿。要真能活到七十,你一定给你提个醒儿,不要学这个张老宰相……"

"哪能呢? 父亲……您别说这话,儿子听得心里刀绞似的!……"

刘统勋苦笑了一下:"也不单为生他的气,是气不打一处来啊……叫了盐道、漕运使来,想问问给高恒钱度他们押运铜船的是谁,是官道上的还是黑道上的。要是黑道上的,就得想曹寡妇机房带的那一千多织机工人,是不是与'一枝花'党羽有牵连……谁知话没说三句,盐道漕运两拨子官儿,窝子狗一般对咬对叫起来——原来三天前,他们在藏春阁吃花酒,为一个婊子争风打过一架。到我这里,仍是仇人相见分外眼红! 我气得发晕,他们越发兴起,对着抖落,盐帮官儿和净土庵一伙子尼姑明铺夜盖奸私,漕帮官员自相鸡奸,竟是一窝兔子! 酒席上商定换老婆奸宿……我们大清现今真是金玉其表,败絮其中。这样的'吏治'还整顿得起么?"

"儿子也想劝父亲一句话。"刘墉这才真的明白父亲发怒的原由,叹着气道:"能管着又想管的,就料理一下;顺眼不顺眼的,自己绝不生气。民间说唱儿的现今颂你是'包龙图'。就是包龙图有十个,一百个,看这样的吏治,认真起来,都要气坏了,也是束手无策的。学一学元长公，那份洁身自好，又活得潇洒……""他潇洒个屁！"刘统勋道，"他与一肚皮的无名火，今天头一次升衙，就拍案大怒，摘了江宁道、江南巡风使和金华知府三个人的顶子，请旨查办——金华火腿好，他吃出怪味儿来了！"

刘墉未及说话，竹帘一响，走进尹继善来，抱手笑道："好一副行孝图！继善在外听壁角多时了。你爷们谈心，把我牵扯进来——你别动，我有心疾，又太累，就这么歪着，世兄你只管行孝，我们说话。"

"是元长啊！"刘统勋到底还是坐起身来，这番歇息，他精神看去好多了，一边命刘墉给尹继善沏茶，一边笑道："儿子正在劝我学你，我说你屁的个潇洒，你这曹操就到了。""金华火腿不好吃，我也睡不着，到你这里吃清茶来了。"尹继善也是五十多岁的人了，却是善于调养颐和，眉目转盼间神采流移，看上去还不到四十岁般的精神爽朗。尹继善用指头弹着杯，望着刘墉微笑："世兄大约不知道，江宁道、江南巡风观察使和金华知府，都是我原来使老了的官员。一个人提着条火腿来，为我回任'接风'，收条火腿有什么？临走三个人不约而同地都用指头敲，我就动了疑，剖开一看，里头是嵌着金丸子写的个'福'字儿。这东西敢吃么？吞金自杀呀？"这一来连刘统勋也惊诧，说道："不是说就是火腿变味儿了么？当众喝斥，又摘顶子又说'听参'，灰溜溜提着东西回去……我还觉得你过分了呢！原来里面还有文章！"

尹继善诡谲地一笑，"这就是我与延清公的不同之处了。摘了顶子，过几天还还他们，叫来训斥一顿。再安慰几句，真的是好样的，我还要抬举。既能洁身自好，又能教众人警惕自律，也不太扫他们的脸。我说到底是个一方神圣，不能维护下头，谁肯实心跟我作事办差？"

刘墉听这番话，心下佩服得五体投地，觉得这种实学，真比国子监祭酒在太学里召集诸生，讲"孝悌忠信礼义廉耻"说"知耻善莫大焉”、"利义不可兼得,吾宁舍利而取义"之类的道理要高明一万倍。思量着,听刘统勋苦笑道:"可谓用心良苦!以诈取直,近乎于诡谲不愧于正。可惜我刘统勋性子暴烈,不能东施效颦。墉儿,听听你尹世叔的话可以,也要好好想想,择其善者取为你用。不要邯郸学步,他这一套只适用于他尹元长。如今吏治败坏潓漫,没有人挺身出来雷厉风行、甘冒矢石的勇者,也是不成的。所以,高国舅、什么钱度,也许背后还有更大的黑幕,我们爷们努力把它掀翻了,看是怎样?你给我争口气!"说着一呛,顿时吭吭地咳嗽起来,刘墉便忙替他捶背,低声答道:"是。儿子听命!"

"我是真的服气你刘延清公。知其不可为而为之,是为泼天大勇。"尹继善看他爷子俩这样情景,觉得甚是悲壮感人,撼得心里翻江倒海。竭力抑着自己冲波逆折澎湃激荡的心,尹继善勉强笑道:"我新回金陵,而且又要到甘陕督办军机,不能实地帮办案子。但我可以助你一臂灾力。你要我怎样个帮忙法?说吧。"

刘墉见父亲点头,从容说道:"圣驾八月初九抵达南京,尹大人料是已经知道。据派去卧底的人汇报,易瑛似乎没有谋刺的逆动。但各红阳教香堂堂主,在太湖船上聚议了三次。我们的细作到不了易瑛跟前,不知道议的什么事。只听堂主回来说,'月亮十五不圆十六圆。今年要祭红阳老祖,无生老母,慈善人天欢喜,大大热闹一番'。看样子,只是想趁皇上南巡,南京、苏杭扬州必然热闹欢庆,使劲搅闹一番,把'盛世'繁华的牌子给败坏了,让天下人瞧见白莲教的势力。元长公没回来,他们已经知道你复任两江总督,也有给您点颜色看的意思。"

"哼!"尹继善阴冷地一笑,说道:"我在广里接到兼任军机大牙的诏书,已经写信给这里各地驻军绿营,天罗地网等大鱼!可以先动手,一个号令下去,各地香堂连锅端掉它!"刘统勋道:"为护皇上安全体面,原该是这样。我已经屡次密奏请旨。但皇上三次密谕严旨不允——元长,你可以看看。"说着起身,向书案前窸窸窣窣取钥匙"咔"地打开一个黄皮匣子,取出一份厚厚的卷宗递给尹继善。尹继善就灯下抽出来看,却是几封折子的联奏册子,一笔钟王蝇头小楷密密麻麻几十页,俱都写得一丝不苟。密报苏杭宁扬州各地教众活动情形,还有几份"清茶门教"和"混元教"在陕在晋与红阳教联络传教的往来,也都详述备细。连南京前些日子的龙卷风,与之随同而来的民谣儿歌,也略无阙漏。最上一篇《臣刘统勋跪奏请旨从速殄灭荡平易瑛教匪各地香堂事》下面赫然朱批:"尔可将此折予尹继善看。"

尹继善这才明白,看这个折子也不是刘统勋对自己的私谊,佩服地一笑点头,接着看时下面的字也是端楷:

　　如此措置,则易瑛又复闻风逃逸矣!前奏"天网恢恢疏而不漏"朕甚嘉勉。入教之徒虽众,多系草莽无知暗昧愚氓之细民,披戴圣化,仰承德泽,郭太平盛世,无苛捐暴敛之苦,岂皆有甘心从逆,弃身家性命从贼之理?今一网打尽,恐良莠无分尽遭池鱼之殃,焉副朕爱养元元之至意?朕甚不忍也。且车驾未行,江南已先大索①,必先招致人心危惧,怀栗栗之心迎朕巡幸,朕即昏暗之君,亦忽忽不乐也。易瑛数度造反之不渠寇,屡剿不获,实亦具过人之才,且朕与彼曾有一面之缘,甚愿再复一晤,看彼究是何等人物。尔与尹继善及刘墉,素号"能吏",皆系朕之心膂。朕观江南民心,断不致视朕如桀纣而欲弑之,合当精细筹划,既不扰民,且利朕巡视民情观光治化,即小有不宜之虞,朕不罪汝等也。

尹继善看毕,将朱批交给刘墉,长透一口气,说道:"还是皇上高瞻远瞩啊!南巡原为藻饰圣治,我们这头大张旗鼓各处捉人,闹得鸡

①　大索:即大搜捕。

飞狗跳人心惶惶,那还不如不来。我们只顾了皇上安全,忘了这个大局呢!"

"但这一来就又出了个大难题。因为据黄天霸的人所报,似是而非,实不敢确保无人谋刺皇上。"刘墉皱眉说道:"看旨意光景,皇上还要我们安排私晤'一枝花',这也太——他想说"儿戏",话到唇边觉得不妥,因笑道:"我是说跟听公案鼓儿词一样,也太匪夷所思了。"

其实尹继善和刘统勋也都在想这件事。他们谁也想象不出,乾隆怎么还曾与"一枝花"有过"一面之缘",更难设想"再晤"是什么意思,又该怎么个"精细筹划"法。

"皇上太爱微服私巡了。"不知静了多少时间,刘统勋长叹一声说道:"傅恒和我,还有坏事了的讷亲,不知谏过他多少次,请他'垂衣裳治一下',口上说听谏,其实还是照旧。"尹继善绝顶聪明的人,想了想,虽不知就里,料知这位风流皇帝"一面之缘"背后,说不这一就有什么"事"。因笑道:"天心不则么!就想破了脑袋我们依旧不明白。世兄,你其实握着这差使所有细务。我瞧你的。要我怎样出手帮忙,放句话出来。"

刘墉其F实早就在绞尽脑汁"精细筹划"了。冥思苦索良久,说道:"回去还得和天霸他们商议一下。这种事,擎天保驾,他们比侍卫方便。此刻我能想到的有两条。一是钱——打进教匪里的细作,要用钱通关节接近'一枝花'——我们化的刑部专用银项,收寄都不方便。"

"成!我给你出手谕,在海关厘金随支随取,打个手条我们和刑部结帐。"

"用绿营兵三千,化整为零,从现在起就扮作老百姓,进城查看各楼堂店肆地理形势,尤其是灵谷寺、玄武湖、鸡鸣寺、清凉山、桃叶渡、夫子庙,到石头城,莫愁湖乃至长江渡口这些名胜之地,或有胜境可览的地处。绝不能张扬,又绝不能互不联络。规定了暗口令，一个呼哨，至少能召集五十个人迅即响应。"

"成！这一条想得细。我明晨就安排。"

刘墉怔怔地透帘望着院外朦胧的夜色，目光好像要穿透重楼深宇似的，喃喃说道："安全还是第一。平安欢喜第一……能不能安排'再晤'要缘随自然……"他忽然从恍惚中憬悟回来，提着神又道："八月中秋城里热闹，金吾不禁。告示各乡，由缙绅里保族长带领入城观光，这都是些老头子，能约制了自己的乡民，设几处酒棚，年过六十的凭身份引子领一份礼，比如脯肉瓶酒之类，家人子弟都进城，老人断不肯叫子弟跟着人起哄胡闹的！"

"好！"这一条连刘统勋也听得兴奋起来，本来眯缝着眼睛仰坐着的，身子一倾坐直了，说道："这一条应该请下明旨，没醴酒脯肉示天子恤老敬贤的德意。官府还可以设赏月亭棚之类，茶水供应，彩票奖米，祥和之气起来了，人就无心闹事了！"

远处不知哪一家，隐隐传来鸡鸣声。尹继善掏出怀表，时针正指丑正，因起身笑道："可谓算无遗策！我还可调三千绿营听你备用，就发无一失了……好，就这样吧，也该叫老中堂歇息了——天明袁枚开衙，审理怪风吹走女人一案。这个事惊动四里八乡，谣诼四起。不要看成是民事纠葛了——世兄要不要去看热闹呀？"

"要。"刘墉微笑答道。

……

刘墉议事事想错过了困头，再没一点睡意，伏侍父亲安歇了，索性洗脸喝茶，就在书房写案情汇集，听外边鸡鸣一阵阵，树间鸟渐次啾噪，又给父亲写了个请安帖子压在桌上，仍带了招帖铁算盘，悄悄由后西角门离了这座千门万户的总督衙。

江宁县设在玄武湖南鸡鸣寺东一带，正衙大堂二堂，后衙琴治堂成南北中轴，也甚是高大轩敞，比起江北一些府衙还要气派，但在这六朝金粉之地，从总督到巡抚藩臬二司、海关总督、各观察道衙门林立阔深浩大的势派，还是小巫见大巫。只这县衙南正门前，原是玄武湖水师的演兵校场,水师移防太湖,校场荒芜空旷、平日到这里来,看去是十分开阔的了。

五月初六南京水西门烧一场大火,民间谣传有一美少年呼风引火,袁枚带千余军民用龙头水车救灭,第二日便又闹起蝗灾,将南京周匝草木嚼扫一光,至五月初十一场龙卷风,拨树倒屋,崩坍魁星阁,卷走清虚观大铜钟,又吹走城东韩家女子,飞出九十里开外的铜井村……事事惊世骇俗,又件件凿然有据。案子直拖了两个多月才开衙审理,是傅恒军相处下的廷谕,让金铼"凉一凉,放一放,观动视静再施为",饶是如此,谁不要看这个被风卷到天上,又落地无恙的"神女"是怎生一个模样?因此,天色不明,金陵县四乡八里、僻村穷壤的人流便赶集般涌向这片校场。

刘墉赶到时看,跑马箭道和阅校月台上已是万头攒动,天数如蚁的人有老有少有妇有幼,有的吵叫有的哭闹有的说笑,咸水鸭板鸭摊子香果酥糖冰糖山楂串儿馄饨水煎包子面食汤饼叫卖声,和嗡嗡蝇蝇的议论声搅成一片,连校场墙头上,衙外老树桠上都坐的是人,一边说话一边对紧闭的衙门指指点点。刘墉寻了半天,才找到一个角落,摆出抓字卦摊来,已是挤得顺头汗流,便听远处一群人似乎约好了喊号子般齐声高呼:

"袁大人,是清官,审娇娘,咱们看!"

"袁先生,断案明,开衙问案看得清!"

"请袁太爷衙前断案,我们要瞧公断了……"嚷叫声中夹着齐声拍掌,口哨说笑乱七八槽。刘墉蓦地涌上一个念头:这群人要作起乱来,这座县衙,还有什么总督衙门之类顷刻之间就会化为齑粉,又想乾隆的朱批密谕,不禁自嘲一笑。正胡思乱想间,贾富春热汗淋漓地挤出来,到卦摊前蹲下,说道:"毛先儿叫我好找。先去夫子庙,没见,猜你到这里了,还真猜准了!"

"你先生问卦,还是测字??"

"不是我测,是我们老板!"

"你们老扳在哪里?"

"在裤子裆。"贾富春笑嘻嘻的,却压低了嗓门,"有人盯你——你起身只管走,我和富云悄地跟着护你。没事,是两个佧子!"说罢便起身。刘墉刚站起来,便听千万人一声兴奋的鼓噪欢呼,"袁太爷升衙罗,噢嗬……"刘墉跷脚看时,果然衙已经大开,所有的衙役手执黑红水火棍都一字站在衙外,正在推着向前涌动的人群,呼喝着虚打,再看衙内,袁枚头戴白色明玻璃顶戴,穿着白鹇补服,套一件八蟒五爪袍子,翻着雪白的袖里正在出衙,刘墉一笑,随即转身向外挤,一眨眼功夫便淹在人海中。

袁枚气度娴雅,满面春风跨出县衙门槛,双手抚琴般向下按按,滚腾翻闹的人声由近及远便安静下来。

"父老乡亲们!"袁枚摆手命衙役后退,渊亭岳峙立在衙前滴水檐下,朗声说道:"大家愿意看我袁某人明审这案子,我顺从民意,在这里立地断案!"见人群骚动,袁枚微笑着闭上了口,移时稍静,又接着说道:"但今日人太多了,如果搅闹吵嚷,你们就什么也看不见,什么也听不清。我只要三丈空地审案,你们围观静听,一定是审公断明,各造人欢喜。如不能遵这个命,我宁可改日再审。如能答应,谁要在里面滋事,你们将他揪我面前发落。这样好不好?"

"好!"

上万的人一齐轰鸣道。

"这就是遵法循良的好子民了。"袁枚一副牢不可破的温馨微笑,万人攒集的校场上,虽然偶尔也有人咳嗽咳痰,有小孩子的吵叫声,但他的声音爽亮,连后边的人也听得清楚:"请前面的乡亲席地坐下,我就在这台级上头断案。断得公,不要鼓噪;断得不以,也不要鼓噪,写揭帖递到东边总督衙门,一句话的事,我这个县令就不是县令了。"说着向众人一躬,双手向前边的人箕张礼让:"请,请坐……哎,对了,老人家慢点,那是您儿吧?扶着点你父亲……"

其实此刻尹继善、金铗和江南巡抚范时捷早已闻讯赶来。为怕出乱子,督抚衙门和南京城门领的兵丁都已倾巢而出,散在校场四周防变。尹继善几人都在县衙门房坐着,隔亮窗观察动静。见人们如此循规蹈矩,前面坐,后边退,仍是秩序井然,都是一颗心放了实处。范时捷最爱嘲噱骂人的,不禁笑道:"袁枚这龟孙县令,平日瞧着酸不叽的,还真有点门道。"尹继善口中从来不说粗话,笑道:"你看子才那姿势,这真叫抚琴而治!"金铁和范时捷却玩笑惯了的,笑道:"哪像你这老乌龟,动不动竹篾板子打得鬼哭狼嚎血肉横飞!说着,三人接着往外看。

"原告、被告、铜井乡的典史里正人证,都带来了么?"袁枚立在滴水檐下的石阶上,回身问身边的师爷道。

"回明府大人,都在签押房侍候着呢!"

"请,请原告。"

用"请"不用"带"。人群立时一片窃窃私议声,但顷刻便安静下来。原告——一个五十多岁的老秀才已跟着衙役出来。他大概从没有这样出众,万目睽睽下慌乱得脸色惨白,脚步踉跄,过门槛时几乎拌倒子,双腿颤得直要跪下。袁枚道:"你是读书秀才,天子门生,不要跪,沉着气听我问话。"

"是……"

"你叫甚么名字,家在哪里?"

"学生叫李登科,家在,家在……"

"不要慌,就像跟家人说话一样。"

"是。"几番鼓励,李登科似乎横了心,口舌立刻也就便捷起来:"在牛头山西北的李家屯。"袁枚点点头,"你告的是城东虎踞关韩慕义的吧,你们原是下了媒聘的姻亲。五月二十六定好了合卺之礼的。花轿抬上门去,你拒不接纳,女家打伤了你家守门长工,可是的?"李登科躬身答道:"老父台明鉴,我五月十五已经申明退婚,他们二十六又送亲上门,哪有这样无耻的?学生是读书人,不会打架,所以告官纠办。"

　　袁枚扫视一眼静听的人众,说道:"读书人先要知礼,许婚于前,退婚于后,出尔又反尔,这能叫'循礼不悖'么?""回老父台!"李登科已完全平静,梗着脖子倔强地说道:"韩家女儿不是贞静之妇,我世代书香门弟,家无犯法之男,族无再婚之女。焉肯纳此不清不白之女人为箕帚之媳。"袁枚思量着说道,"是不是为韩家女子被风吹到铜井的事? 有没有别的缘故?"

　　"回老父台,没有别的缘故。"

　　"平日两姻亲来往,有没有过龃龉? 听没有听说过韩家女儿有不安守闺分的事?"

　　"没有。"李登科道,"可是,哪有一个大活人风吹九十里安然落地,在铜井村隔宿而返的? 分明是——"

　　袁枚一口打断了他的话说道:"我知道你的意思,我知道——铜井的人证来了没有? 他们乡的典史呢?"门口的衙役一声答应,一个官员戴着镂花金顶,穿一身簇新的黄鹂补服,带着两个人出来。那个穿补服的未入流官向袁枚行庭参礼立在一边,后边两个都是农家打扮,一个二十多岁,一个在四十岁上下,便都跪了下去。袁枚对那官员笑道:"许三畏,久不见面了。——这两个人,谁是里正,谁是当事人?"

　　"回大老爷!"那四十岁上下的汉子说道:"小人许情怀,是铜井村里正。他叫许义和,是村北许清仁的儿子,叫我叔叔。"

　　袁枚打量那年轻人,本本分分一个庄稼小伙子,穿一身蓝靛粗布长袍,跪在地下,脸涨得通红,紧张得满头都是热汗珠子。因问:"你叫许义和?"

　　"是。小的叫、叫许、许、许义和。"

　　"作什么营生?"

　　"种地。"

　　"家里有什么人?"

　　"奶奶、爹和妈,还有我媳妇儿和一个小子,小子刚满、满、满月,怕吓着了。她娘母子没来……"

"嗯,好。"袁枚满意地点点头,看了一眼木呆着脸的李秀才,问道:"姓韩的女子是落在你院子里的?"许义和叩头碰地有声,战战兢兢说道:"回青天大老爷——不,不,不是落在院里,是、是、是落在村口打麦场上的……"袁枚道:"你不要发慌,慢慢把当时情形说清楚。"

所有的人都把目光注向许义和。他揩了一把颊上的汗,似乎镇定了许多,徐徐说道:"五月初十晌午错后一点,我在地里锄玉米田。我媳妇坐月子,我爹老气喘病儿犯了,是我妈去给我送饭。饭没吃完,天就变了。一霎儿时辰云就涌上来,天黑得像扣了锅……就见西北方向一个黑烟柱子似的旋风,盘着旋着,先到村西,大井台旁几棵柳树一下子就裹倒了,许进士家门前的大旗杆也卷到天上,眼看着几起几落,砸到村东池塘里……

"眼见那龙卷风越来越近,我妈唬得两条腿一软就跪到地里念佛。我瞧那风势头儿像是要卷过来,瓦罐子一扔背起我妈就跑。就觉得满耳朵风声呼天吼地,身子都飘飘地直要离地。砂石土灰打在脸上,什么也看不清,额头上还被什么东西划了一道血口子,迷迷糊糊只向我家方向飘着跑……

"跑到我家东边不远,觉得风小了些,天黑得像黄昏,麻苍苍的……睁开眼看,几个麦秸垛全没了,麦场四周的风都在旋,连石头带树木绕杨儿旋,作怪的是,场心没有风,光溜溜的连一根草节儿也没有。我妈说'儿呀,这是大慈大悲观世音菩萨保佑我们娘母子,赶紧跟我跪下念佛!'

"我跟着妈忙向南跪下,合十儿念佛……念着念着,风又大了,大得直想把我从地下拨起来似的,石头瓦块打得浑身生疼。我娘俩什么也看不见,偎在一处趴在地下……约莫半袋烟工夫,忽然觉得没了风……我们都吓住了,睁开眼看,那黑烟柱子已经旋着往东南越来越远……我妈拉着我,向南磕了不计其数的头,站起身来,恍恍惚惚跟作了一场噩梦似的……正要回家,见一个人歪倒在场边。走到跟前看,满头都是灰土,晕迷在地下,连鞋也没有,要不是那双小脚,连男女也分不清。我娘和我连架带扶才把她带到家里……"

他说到这里,喘了一口气,上万的人已听得目瞪口呆。还要接着往下说,袁枚问道:"这时是什么时候?"许义和道:"离我吃饭风起时也就一顿饭时候。""你接着说。"袁枚说道。

"她身上没伤,只是头晕,灌了半碗黄酒就醒了。"许义和道:"这时候天已放晴,满村的人都惊动了,一头报里正,又报许老爷知道,许老爷来时才过未正时牌,我家院里院外拥拥嚷嚷脚插不进,都是看热闹的人。许老爷问了几句话,就用驮轿把她带到镇里……后头的事我就不知道了。"说完又叩头:"小的的话句句是实!"

袁枚满意地舔舔嘴唇,问许三畏道:"他说的有假没有?""前头的事我没有亲眼见。他们报到我家,我正和几个朋友吃酒,议论刚才过去的龙卷风,一听这事,和朋友一起赶去。也就是未正稍过时牌。"袁枚略一沉吟,盼咐道:"带被告过来!"

"扎!"

安静的人群立时躁动起来,须臾间便又寂然。一个花白胡子老者穿着灰粗布长衫,约莫五十四岁年纪,咳嗽着出了衙门,后头跟着两个小伙子,却都是短打扮,看样子是被告韩慕义的儿子。接踵而出的是个十六七岁的女孩子,头压得低低的不敢看人,颤得连步子都走不稳,跟在父兄身后跪下,向袁枚行礼,稍稍背转了身子,似乎在抽泣。

人们都瞪大了眼睛。袁枚皱着眉头看着这三个人,移时,问道:"韩慕义,你为什么唆使你的儿子到李登科家闹事,砸落人家门上的匾,还伤了人家家人?"韩慕义连连叩头,说道:"青天大老爷!小人虽没有功名,也是读过书的,并不敢违理犯法,小女素英是个规矩孩子,无端遭人流言诬陷,事关名节,直要投井寻死,韩家又赖婚不纳,儿子们气愤不过,上门讲理。年轻人火气盛,打人砸匾的事是有的。这是小老儿训教不严,老爷只管责罚。但我女儿实是一身清白,遭人蜚语中伤,街谈巷议说是妖精,韩家也这样无情无义,叫孩子怎么活?求老爷给我一句公道话,一门九族感恩戴德……"那两个儿子见父亲热泪纵横,也是泪如泉涌,叩着头道:"不干我爹的事,是我兄弟惹的事……我妹子是干干净净的人,受人作践欺侮……求老爷给个公道……"说罢伏地大哭,满场的人都听得凄惶不能自胜。

袁枚也是心下黯然,说道:"这样一个弱女子,无端被龙卷风吹走,九死一生而还。本来是一件不幸之大幸事,反招得满城风雨,流言翻沸不绝于巷。本县也是十分矜悯……"他转脸向李登科道:"这不是了不起的纠纷,你若不告,本官可以为你两家和息。孔子之学以仁为本!"

"学生明白。"李登科鞠躬道:"学生只要平安退婚,别无所求。"袁枚沉了脸,问道:"退婚?为甚么?"李登科看了一眼韩素贞,说道:"这件事太骇人视听,风吹九十里,隔三日而归,满城风雨,或以为妖孽,或以为奸约私奔。我李氏世代读书,招此女为媳,众口铄金,到哪里申辩,又向谁诉说?"

袁枚哈哈大笑,对韩素贞道:"素贞,你抬起头来!"韩素贞还在掩面而泣,哽咽不能成声说道:"我……我不敢……"袁枚道:"有何不敢?你是体体面面的清白人,本县给你作主!"

"是……"

韩素贞抬起了头。她的姿色说不上十分标致,鹅蛋型儿的脸,脸颊上微有几颗雀斑,弯月眉下一双眼睛闪着泪光,水灵灵的。羞涩得只是回避众人目光,身材稍弱,看去却是端庄稳重。只是脸色苍白得令人不敢逼视。

"我已经请夫人验过,她是贞女。方才铜井村官证人证的话你也听见了。"袁枚道:"即是白玉无瑕,我看你不宜退婚。"

"事骇物听,学生还是求平安退婚。"

"要是本官作主成全呢?"

"……学生不敢从命。"

"这样一位闺中佳秀,又无失德之处,有甚的辱没你姓李的?!"

袁枚的声音里带着沉重的威压,李登科的腿颤了一下,但随即冷静下来,恭敬回道:"学生并没有说韩家女儿是娇。甚么是'妖',反常即为妖,这件事自古无之,风吹人九十里无恙而返,倾动金陵,传遍天下,从此我家家无宁日。就像今日,万目睽睽众口不一。我们走到哪里,都遭人议论,耕读人家如何禁受得起?"他话音刚落,袁枚接口便道:"如果是美谈佳话,议论又有何妨?"

"美谈?——这是'佳话'?学生不明白老父台的话。"

"古有女子风吹至六千里外者,你听说过没有?"

"老爷台说笑了,那是戏,是齐东野语。"

"齐东野语?"袁枚冷笑一声,问道:"郝文忠伯常公的《陵川集》你读过没有?"

李登科凝视袁枚移时,说道:"郝伯常是元代泽州人,乃是一代忠臣,《陵川集》学生不曾读过……"袁枚吩咐衙役,"到我书房,叫书僮把《陵川集》寻来。"又笑谓李登科,"我来为你咏诗断案。"

校场上的人一阵兴奋的议论。"咏诗断案",不但没见过,连听也没听说过,都瞪大了眼看着袁枚。

"这首诗载于《陵川集》里的《天赐夫人词》。"袁枚面向众人,闲庭踽步似的在檐下悠然吟道:

> 八月十五双星会,佳妇佳儿好婚对。
> 玉波泠浸芙蓉城,花月摇光照金翠。
> 黑风当筵灭红烛,一朵仙桃降天外。
> 梁家有子是新郎,芊(米)氏忽从钟建背。
> 负来灯下惊鬼物,云鬟敧斜倒冠佩。
> 四肢红玉软无力,梦断春闺半酣醉。

须臾举目视傍人，衣服不同言语异。
自说成都五千里，恍惚不如来此际。
玉容寂寞小山矍，俛着无言两行泪。
甘心与作梁家妇，诏起高门镑天赐。
几年夫婿作相公，满眼儿孙尽朝贵。
须知伉俪有缘分，富者莫求贫莫弃。
望夫山头更赋白头吟，要作夫妻岂天意？
君看符氏与薄姬，关系数朝天子事！

他抑扬顿挫，时而高亢纵歌，时而低回咏叹，时而款款平叙，时而激越清倾。看审案的人有的听得懂，含笑点头；听不懂的，也为袁枚儒雅侗傀的气度倾倒折服啧啧称羡。原来那种躁动，瞧新奇看热闹，想窥探秘密的，想观看"妖女"风姿的，都在这一声声曼咏清哦中不知不觉化解尽净。

"如何？"袁枚似笑不笑，接过书翻开，递给愣在当地的李秀才："你自己看看，是不是真的？郝文忠一代忠良儒忠，岂肯作诗诓人？当年风吹吴门女，嫁给了宰相！不是这素贞如何怎样的事，我看是你儿子有福没福配这女子的事！"

李登科捧着书，又是害臊又有些兴奋，连连说道："是老朽学术不精辨事不明。老朽错了。我这就撤诉，当即接我儿媳回去！"

"好！这就叫通世达理了！"袁枚大笑，说道："本官来为你们主婚，吃你的喜酒！择日不如撞日——请新娘子进衙，叫夫人给她妆裹起来，披红戴花，我送到李府去——诸位父老，我这们断案可好？"

"好！"

广场上所有的人都站了起来，喝彩声响得震天动地。

二十三　一枝花蜇居忆往事
红阳教闻风思造乱

　　"一枝花"易瑛蜇居扬州已经三年,自从败走山东,邯郸截饷案发又逃离,山西立足不住,河南桐柏老地盘又被刘统勋派重兵逻察弹压,施银赈粮收束人心,眼见乡关难归,只好化整为零,从淮安潜入南京。不料却又被黄天霸一群紧紧追逼,几乎身陷囹圄。穷途末路惶急无奈间,听南京上清观步虚道长"向东去"的忠告,只好沿江东下,几经择地,选中了扬州的天雷坛作驻足道场。

　　按天下名园胜景,洛有《名园》之记,汴有《梦梁》之录,自宋之后已成劫灰。扬州名城大郡,地襟吴越,怀水抱山,乃是天然风尚华丽之所。但自清兵入关,扬州十日大屠,所有名园胜地,几乎全被兵燹夷为灰烬。不过,扬州是南北运河于长江交叉地,金陵苏杭接连冲要,圣祖康熙六次南巡,皆从瓜洲弃舟登陆。皇帝爱这地方,地方官谁敢不爱?赋工属役,增荣饰观大加铺张,四方商贾士民赶这盛世热场,风涌云集。上自仙宸帝所,下至篱间草民,旁及酒楼茶肆,胡虫奇姐之观,鞠弋流跄之戏,也就随遇勃兴。壮观异彩,竟比宋室偏安之时还要盛十倍。

　　天雷坛地处扬州小金山后。原是吕祖道观,是飘高道士未造反起事前的修持庙院。说透了,其实就是红阳教主的发祥之发,易瑛在江西举事失败,曾经在这里躲避过半年,这次重来,见庙院毁圮,已成一片瓦砾断垣。她有的是钱,依着当年旧制,又慢慢重建起来,除供奉吕祖的正殿,又在厅后建住屋三楹,左右廊又建船舫型大客厅三座,移来奇花异卉遍植庙中。老荫婆娑中殿亭掩映。数年之间,俨然已成胜景。

她将皇甫水强、罗付明和包永强三名"红阳教"的护法尊者改扮为道士,安置在天雷观中主持接待。自带了韩梅、唐荷和乔松三位女圣使,命她们都改了男装,在观东边叶公坟北另辟一处小园,却是土垣茅舍前榆后桑,门前门后俱都辟了菜园,和叶公坟北的傍花后村连成一片。这样,外人偶到此游,看去像是傍花后村的菜农人家,傍花后村的人看去,这又是吕祖的庙产。筹划得精细,又上下买通了里正村甲长乃至乡里的典史,村中的百姓也处得融洽,因此几年间不显山不露水,便安安稳稳地定居下来。刘统勋到扬州私访,也曾踏看过天雷观。登雷坛一望,南北运河漕船往来,高桥、迎恩桥、小迎恩桥如虹横跨其上,草河、市河、护城河交汇于小金山南:天雷观西望,河道纵横间矮屋比栉,地平如掌,草屋茅舍间琢栅鸡栖,绕村榜舍间茂竹凤尾森森,烟柳护房隐隐。刘统勋曾在坛上指着一个居处说"好一个小桥流水人家"!他哪里晓得,就在这个"人家"中,住他究搜苦索,耗心精力,动用数十万国币、牵连四省缉盗司和绿营驻军,必欲捕拿归案的"造逆巨寇"呢?

此刻,易瑛正在她的小院西房织机旁描织锦花样子,一手捏着竹蔑绷紧了一块月白苏绢,一手握黛石笔坐着出神。

这是一双晶莹得象牙雕琢出来似的美丽的手,如雪的皓腕微微带一点晕红的血色。翠绿的竹蔑弓弦上的画是一枝横亘的梅花映衬着漫天的大雪和一片朦胧的茫茫陵岗。画儿、手和她的人一样奇丽的冷艳。她确实已是年近五十的老姑娘了。这位名震天下的逆贼"一枝花",原是桐柏山中一户农家女儿出身,六岁上父母遭瘟疫双双谢世,她就流落桐寨铺街头乞讨为生,被白衣庵的静空师太收徒为尼。只为容颜姣好,招得无赖流氓日日缛嬲不堪。静空圆寂后更是存身不得,被欺侮得连出庙化缘都随身带着剪刀。

雍正年间,奇人异士贾士芳路过桐寨铺传教布道,演法惩治林家米店,授易瑛一卷天书飘然而去。消息儿不胫而走,不但桐寨铺名声远播。这位法名"无色"的尼姑艳声也如雀起之噪。

男人出名招来的是功名富贵,女人出名却常是祸患随至。她白拿了一部天书,蝌蚪文儿曲曲连连,别说不识几个字,就是饱学儒士瞧了,也以为是疯子弄的鬼画符儿。师姐们被聒吵得不能清静,连劝带逼着她还俗。稍漏点风,不但招惹本镇恶少垂涎,县里"百里王"冯老爷子也打念头将她娶来作妾。镇上无赖们三天两头约好"到庙里看'一枝花'去""去跟菩萨提亲"!老爷岭上土匪罗家驹也扬言"倾寨去抢压寨夫人!"白天无论走到哪里,后边都跟着些痞子,说些不三不四的痞子话,晚间院中丢砖抛瓦撒土掷灰地吓唬人。后来,两起子恶少在唐河岸看她浣衣,自己伙里上首相见,当河滩捅死了两个。官司打倒桐柏县,那县令胡斯恒是个正经道学,判词也写得出奇:

> 桃李艳色出墙,焉得不招蜂蝶?宋玉邻子窈窕,遂招登徒争风。天生尤物,骇世惊俗;红颜祸水,流毒僻壤。燕瘦环肥,汉唐因之倾圮,金莲盘舞,后主胭脂沉井。既得一枝花浪名,必非守贞之女,在国倾国,居城倾城,患乡扰邻,其皆由此而起。

打架闹事的不究,毁伤人命不问。却判易瑛枷号三月,易瑛一声也没有哭,出狱后跪在父母坟前磕了三个头,便攀山直上白云岭舍身崖。

当时是怎样的情景?秋末的西风呼啸掠山而过。衣衫、散乱的长发都在猎猎急抖,云层像白色的长河从舍身崖十流移向东,偶尔一处稀薄,像隔着深水透见水藻荡动那样的感觉,遥俯满山的松林和杂树摇动。传来阵阵河啸一样的松涛声。站在这样孤峭得刀切似的悬崖顶端,她觉得世界大得无法想象,漫漫云涌波涛中突兀的山峦像无数陡峭的礁石直绵延到极目处,自己又像秋风中的一片红叶,凄凉无奈地飘零凋落……

"我有什么罪?"她喃喃对着苍穹说道:"我早就立誓不近男人……天啊!您……可您为甚么这么不公道?这么大的世界,怎么容不下我一个尼姑!"她心中突然一阵空明:"观音娘娘也是女人。我奔您去给您捧瓶儿……"她嘴角抿了一下,闭上了眼睛。正要纵身跳下这云海弥漫的峡谷,忽然身后一个苍老的声音说道:"孩子,慢来——"

易瑛被这声音吓了一跳。她颤栗了一下,回过头看时,却是一位老人抚松而立。老人鹤发童颜,相貌奇古,却是时人装束,穿着件土黄短褐,脖了上盘着的辫子都雪白了,一双青布芒鞋满都是灰尘。她一股作气爬上白云岭极峰,身后跟着这样一位老人,居然毫无觉察!刹那间,她仿佛觉得有一位神仙站到她跟前。

"我不是神仙。"老人似乎看出了她的心思,慈祥地笑了笑,走近了她。就近坐在一块突起的石头上,说道:"我就在这山里采樵,读点书,也练点吐纳工夫,常到镇上卖柴沽酒,活了这把子年纪,没见过神仙,也不信有神仙。因为如果有神仙,他就应该能见到世人这般样的苦。如果神仙真有法力神通,他就不该见善不度见苦不救。"

易瑛的泪水突然夺眶而出。老人的话她不全懂。但她觉得自己已经完全麻木的心被撼得摇动起来,而后开始复苏,有了知觉与温暖。她泪水静静地淌着,望着老人模糊的身影,凄凉地说道:"我的罪不过是爹妈给我生得俊。我爱干净,爱清静,这世道为甚么不能容我?原来还系念着我可怜的老爹,现在,我该给自己寻一份长长远远的清净了。这世道真脏,脏得连立脚的地方都找不到……"

"这是很自然的事。"老人叹息一声,这山上开满的是山丹花,杜鹃花,野桃花杏花梨花开时,也是一坡一坡的。过往的行人都满不在意的。可是,偶尔草丛中开出一株野牡丹,或是碗大的芍药,就是任事不懂的村童,或者砍柴的粗汉,也会特意地费力气,专门为折断它趴着陡坡过来。你若生在北京王公贵族家,或在南京金粉地,或许另是一番际遇。可你偏偏生在这里,这里的水土不养这样的'花'。"易瑛咬了咬皓齿,望着在云层中流移的山峦,久久没言声。老人道:"你太弱了。想过没有? 假如你是一株折不断的花,是一株长满了刺的花,触一触就刺得流血,人们还敢不敢伤你?"

易瑛疑惑地望着老人,摇摇头。

"你不相信?"老人微笑道:"如果你是武艺高强的女刀客,剑侠,谁能伤你? 如果你能呼风唤雨,撒豆成兵,谁敢冒犯你?"

易瑛仍旧摇头。

"你不是有一部《万法秘藏》的么?"

"您怎么知道的?"

"有人造谜儿,就有人会猜谜儿"。

易瑛苦笑了一下,说道:"……我看不懂……有几段看得懂,试试也不灵,没有用处的……"

"有用。我给你个实证,我可以教你。"老人道:"你看这舍身崖,跳下去的人有没有活出来的?"

"没有。"

"你不是来跳的么?"

"是的。"

"那么你跳下去!"

易瑛俯身看了看这万丈深渊,掠过的袅袅云层下,是五颜六色斑驳的杂木丛林,在山下看去巍峨高大的望夫石峰,从上俯瞰下去,小得像一粒花生,她突然一阵怯懦,犹豫了,觉得眼晕……

"你不敢了。"老人笑道,"看我的。"易瑛一愣怔间,那老人已经纵身跳了下去!

易瑛惊呼一声,一下子扑倒在崖顶的岩石上,只见老人穿过云层笔直地坠落下去,直贯望夫石峰……她吓呆了,直着眼盯视,眼见那身影越去越小,变成一个小黑点,变成尘埃一样,忽然像是谷底吹起一阵飙风,那尘埃在风中又波伏飘动起来,随风荡动着又渐渐升起,直升在云层中。越来越看得清楚,连老人的衣袂面目都看得一目了然——与其说他是在"驾云",不如说是在云海中浮动游泳,时而浮,时而沉,时而仰,时而俯,时而倒直,时而直立,竟是翻滚起落从容裕如!……足有移时,老人微笑着移步登"岸",脚踏实地又站在易瑛面前。问道:"有没有折不断的花?"

"您一定是老天爷派来度化我的!"易瑛匍匐了下去,"就这样死了,我也不甘心……收下我作您的女儿吧!"

……

后来,她才知道,这位老人叫宋献策,原是大顺李自成闯王麾下的军师。清兵入关,昙花一现的李顺王朝崩溃不可收拾,宋献策只身逃离乱军,隐居桐柏山中采药炼气,算来已有一百三十岁的高龄了。

七年之后的一个夜晚,桐柏山山风呼啸,大雪弥漫。荧荧萤灯之下,但闻窗外的松涛声翻江倒海价响成混沌一片,雪片击得窗纸都簌簌抖动,风雪松涛仿佛摇撼着整个山峦,要把这三间石屋拨起来似的,连屋顶的石板瓦都被掀得一翕一动。宋献策像平常一样,吃过晚饭,默坐石炕上搬运周天,移时,忽然开目说道:"瑛儿,我要去了。"

"老爹,"易瑛正在炕下添柴,停住了手,诧异地问道:"这种天气,到哪里去?"

"我快一百四十的人了,还能到哪里去?"

"爹!"

"佛所谓涅槃,道所谓冲虚羽化。"宋献策淡淡一笑,"孔子之学是治世之学,还是他的是,也就是'死'字罢了。"

易瑛手中的柴"当"地落在石板地下。她用一种难以形容的目光注视着宋献策,一时竟说不出话来。

"您跪到这里,听我说。生死大道,其理难明,也就因它是最寻常的事。"宋献策脸上泛出潮红,盯着易瑛道:"学道学到精微处,反而不知最寻常的事,这就是我要跟你说的第一条。"

易瑛直盯盯望着他,她还是不敢相信。

"你所学道术,防身有余,攻敌不足。"宋献策喟叹一声,微仰着脸思索着什么,又道:"我师父那是何等的能耐!出山时他反复叮咛这话,我还是忘了———一入红尘,五色俱迷啊……"

宋献策的庞眉白发一动不动,古井一样深邃的眼睛凝瞩在灯影里,声音在混茫的松涛里显得格外清晰,却是愈来愈弱。易瑛此刻才意识到他是给自己作遗嘱,心中猛地一阵悲酸,泪水已经无声迸出,忙叩头道:"女儿不敢忘……道术无穷,女儿还是井底之蛙,决不在人前逞能……"

"道是一回事,术又是一回事,不要全然混淆了。"宋献策脸上已退了潮红,渐渐蒙上一层土灰色,大手印举胸运功,徐徐说道:"你起意作念,踽步罡斗,也许能让外面雪住风停,但周天寒彻仍是严冬,一停咒便雪更大风更猛……谁也变不了这个!条条大路通北京,向北走就是'道',你能缩地之法,日行千里,却不向北走,'术'能通神也仍是北辙南辕。"

易瑛听得朦朦胧胧,双手据地抑望着他,颤声说道:"请……爹爹指点迷津……"

"寂寞空山,凄迷风雪……"宋献策的声气丝丝颤抖,听得易瑛心时发瘆,却也还话语真切,"既是'迷津',何能'指点'?我替你看过:终身不出桐柏,发心修持以劫应劫,或可安度余生。不然,天地虽大,恐怕你难以安身立命……这实在是过来人的话,你听得进去么?"

"听得进去……"

"永不动无名。听得进去?"

"听得进……"

宋献策长长吁了一口气,伸手抚了抚她的秀发,说了句:"可惜呀……'手便松驰地垂了下去，任易瑛如何蹩踊号吻千呼万唤，只是垂首不语，已是奄然物化。一代宗匠、儒道双修的并能之士，辅佐李自成纵横天下，叱咤风云，统率百万雄师捣破北京的人杰，就这样悄没声地在风雪桐柏山中与世长辞……

"爹爹，爹爹！师父，师父……"易瑛失声恸号，她觉得周天一片漆黑阴寒，压得自己气也透不出来，辗转反侧苦死挣扎间，突然醒转来，但见织弓犹握，黛笔尚在，窗外秋蝉长鸣万树斑斓，室内息香未散幽香袅袅——兀自满脸泪痕，却原来是南柯一梦，隔窗犹自听得海子对崖春香楼歌女侑酒的唱曲儿声：

　　　　帘前记执纤纤手，堂中细酌盈盈酒，语软情温，惆怅巫山一般云，背人特地留侬住。惊风又拂衣衫去，无问无愁，万唤千呼不转头……

易瑛不禁失笑："大白天的，我这是怎的了——从来没有这样儿的！"忙忙洗了脸，拢头掠鬓才了，便见唐荷进来，因问道："瓜洲渡那边有什么消息么？"

唐荷看了看易瑛，眼中掠过一丝诧异，笑道："阿姐像是刚睡醒的模样——昨晚高恒到了——就是黑风崖太平镇钻辗盘儿那位国舅爷，住了高桥驿站。半夜时分又来了个老公儿，叫卜义，已经上了崖，听高恒已经住了驿站，他不愿住下房，就往下开了一程，住了迎恩桥接官亭。扬州知府裴兴仁、图书征集司的夏正云、城门领靳文魁带阖城缙绅去拜会了高恒。永强老板也去了。这会了是我们作东，在春香楼给高恒接风。"易瑛笑道："我说的呢，春香楼这早晚就聒噪得热闹——太监那边呢？"唐荷道："名字稀奇，叫不（卜）义。听说是给皇上打前站，来踏看桥梁行宫的。跟他的一个叫秦慕桧的小苏拉太监，是清茶门教的人，已经和罗二哥他们接上了暗号儿。说卜义老公儿正生闷气，抱怨裴兴仁他们攀高枝儿，只顾巴结国舅,没人理他呃!"

"南京那头来人了没有?"易瑛离开了织机,在靠窗一张椅子上坐了,一边沉吟,问道:"十天头里接他们飞鸽传信,说黄天霸他们来人了。不是已经回信叫盖英豪派人来一趟的么?"唐荷犹未及答话,便见乔松抱着个鸽子进院,口里笑说:"辛苦你了!"便放了鸽子进来,将一张纸条递给易瑛,细声细气说道:"阿姐,盖家的信……"易瑛转手便递给唐荷,说道:"米汤写的,熏出来看。"

"是!"

唐荷答应一声,打火点着了蜡烛,小心翼翼张着手熏烤那信。易瑛这边对乔松道:"你唤韩梅来,我们商计一下。"说着,便凝神看信,良久,舒了一口气,皱着眉头在烛上燃着了,便见乔松韩梅一前一后进屋里来。

"盖英豪要和黄天霸比武。"易瑛摆手示意让三人坐下,叹息一声说道:"太小家子气了。黄天霸到南京,冲的是我们老盘子,蹈晦深藏,让他摸不到底细就是了。比的甚么武?输了怎样,赢了又怎样?这么不顾大局,非出大事不可!"

自雷剑携胡印中出走,松、荷、梅三位"护圣使者"乔松居首。她们跟着易瑛,先败于山东,又败于直隶,山西又遭土匪袭击,逃亡南京,若不是江南臬司张秋明和尹继善闹生分,疯迷泄露军机,几乎被刘统勋一网打尽。几经劫难波折横逆,她们都是九死一生的人了,早已脱去小儿女子那份稚嫩,变得十分干练老成。听了教主这话,一时谁都没说话,心里却在掂着分量。

"我想,有这么几条,"唐荷咬着牙沉吟片刻,说道:"还是逃出南京,孝陵后山会议我们剖析的,以静待动,乘时造乱,决不轻易上山扯旗放炮。黄天霸在那里逞能招摇,无非是刘统勋放出来的饵,引我们上钩就是了。我看可以让他们比,我们坐观成败——盖英豪和我们想的不是一回事,他想的是称雄武林,我们想的是施化天下,可以利用不能深信。天下现有红阳教徒二百多万,都看着我们，一着失慎，暴露了，再造这样个局面比登天还难！"

乔松望着易瑛，说道："韩梅从图书征集司夏堂官那里又买到了二十顷涸田。买进价是三百两一亩，按市价平价买出，一亩八百两。就算七百五十两一亩，我们可得小一百万的数。加上织坊，染场、铜矿、锡矿、码头，各船坞货栈，行院楼馆码头，我们的收项有四百多万，是个中等省份的财力——我们有钱，就怕动。有钱，又不动，刘统勋累死也找不到我们。所以，我看唐荷说的和大宗旨不悖。""我觉得不能毫无动静。"韩梅蹙额说道："若说有钱，我们能和皇帝老儿比？江南黄家、劳家、孙家、谢家，堂堂正正的生意人，买卖做到红毛国① 英吉利国，那才真叫得上富可敌国。我们是和朝廷放对的，不是你死就是我活，已经撕了龙袍摔了太子，这个富家翁当不稳。这里拱一下，那里动一下，他就是块石板泰山，也有裂缝儿那一天！姓刘的爷们盯着我们，钻头觅缝地寻，我们一味只守不攻，能成么？"

这又是一番道理，众人听得无不点头。唐荷笑道："韩梅辣性未除，还是那么火爆。说的是，我看可以闹一闹，只不扯旗上山就是。皇帝巡江南，八月十五必有一番庆典，他来南京做什么？一为的游山玩水，二为的也要粉饰太平，造'盛世'景观，要收拢江南人心，防着我们汉人作乱。这一锅甜汤，我们给他加一把盐，看是什么滋味？"说得大家都是一笑。

"现在和乾隆碰硬是不成的。"易瑛笑容转瞬即逝，手按着椅把手说道："如果我们毫无动静，老百姓都要把'一枝花'这个名字忘掉了！八月半，是个有意思日子，朱洪武月饼传信'八月十五杀鞑子'，这法子我们为甚么不能借用？叫春和坊赶制一百万个月饼，

---

① 红毛国即荷兰。

一律印上松荷梅三种花样,天灸日① 到各香堂给孩子们点额祈福
的,每个孩子一个月饼,不说施舍,只说可以禳灾。初三是灶君日,
初八是八字娘娘生日,这都是最旺火的香党员盛日,走庙的男女,
也都分发月饼,传言明年南涝北旱,吃花月饼可以渡劫免灾……八
月十五六是正经日子,像玄武湖、莫愁湖、夫子庙、秦淮河、桃叶渡
这些地方,一定有社会大戏,斋月宫、烧斗香、走月亮的人平常年就
拥挤不动。他要粉饰,一定热闹十倍。可以让叫化子帮、下三堂子
的野鸡们也都赶去,拉客的拉客,打莲花落的打莲花落,哭的哭闹
的闹笑的笑骂的骂——都要加上'谢皇恩'的话头儿——对了,还
有纪昀写的南巡布告里的话叫'早失太平'(藻饰太平)。我们也不
大折腾,败败他的兴头,叫百姓知道并不真太平见好儿收……"

　　她说着,桥松三人已经格格发笑。唐荷道:"这么着最好,我们
'谢皇恩'尧天舜地中间王八粉头叫化子人,真真是冰糖粥里一把
盐!"韩霉道:"八月十五是佃东佃户结帐日子,究人心里都窝着火
别着气,还担心着业主夺佃。怀着这个心思,再加一把盐,也是另
有一般滋味的!"

　　"我现在心里最恼的是雷剑。"笑说了一气,乔松吁了一口气,
感慨地说道:"我们原是最敬重她的,想不到事到危难,她自己先脱
手溜得无影无踪——还拉走了胡大哥——敢情想着我们易主儿从
此一蹶不振了!"

　　一句话便扫了大家的兴,易瑛想想雷剑,又思量燕入云和胡印
中为情分争,心里满不是味道,勉强笑道:"人都各有难处,何必强求
呢? 他们要卖我们,我们这会子也不能这样安生说话了——都过去
的事了,不必再提了——梅儿,清江的二十顷涠田,怎么会从图书征
集司买出来? 不是说有军机处廷谕,涠田一亩也不许动么?"

────────────

　　①　天灸日,八月初一,清俗此日为"六神日",各家携小儿至庙,以露调朱砂蘸点小
儿额,谓可以祛百病。

"如今的图书征集司，红得连观察使也不敢招惹。"韩梅说道："如今他们不归地方官辖治，一层一层到顶儿，是纪昀管着。谁'征集不力'，告上去，奏一本准一本——湖广征集局一本参倒了二十三个府道官员，只为了一本什么黄子《钱谦益诗稿》的浪书——他们有权，就有人巴结，说是皇上南巡，图书司里也要预备迎驾，没钱，扬州盐道就送他一百顷洇田的引根票据，一亩只要一百五十两，一转手他就有钱了。"

"他就不怕追究下来？"唐荷问道。

韩梅笑道："这还是个清官，卖官地迎皇上，公出公入的，谁追究谁？——对了，蔡家染房捐了三千两银子，说'孝敬乾隆爷南巡荣行'，今儿尹继善下牌子表彰，着蔡老二随官迎贺，说是'忠民义行'，说不定皇上还要接见。易主儿，我们要不要也打个花狐哨儿？作了这些年对头，我还真想瞧瞧这皇帝什么德性呢！"

"十万。"易瑛略一沉思，说道："我们出十万。迟一点捐，要和捐得最多的差不离儿。"她顿了一下，"派人到南京，直接捐到尹继善那里。"

捐这么大的数目！三个人都是心头一震，不禁面面相觑。易瑛笑道："尹继善比别人聪明就在这里。他不派捐，下牌子表彰叫人学样儿'乐输'，不但皇上体面，他也体面，输捐的人心甘情愿花钱买这个'忠民义行'的体面——瞧着罢，三千两是个底数儿，这头一开，行情就见涨，比钱塘潮也不差甚么！"她话没有说完，乔松她们已经心里雪亮：尹继善是想不动藩库一两银子，轰轰烈烈把这件泼天大事办下来——既遵了'不扰民'的旨意，又八方周全得汤水不漏！一个黑脸包公坐镇南京暗地缉拿，一个军机大臣兼两江总督戚重令行指挥如意，如此绝顶聪明的对头……蓦然间，都觉心头袭上一阵寒意。良久，乔松才说道："以谁的名义捐呢？将来又是谁出面呢？尹继善这人不好对付的。"

"管着铜矿码头的那两个舵头——铜陵香堂手下的——叫甚

么名字来着？不是说是南京燕子矶鱼市的么？"

"一个叫莫天派，一个叫司定劳。"唐荷抿嘴儿笑道："单是香火常例，去年就给我们加大三成。他们想见见教主，包永强说了几次，易主儿都挡回去了——您想派他们去和尹继善联络？"

"他们在南京鱼市跌霸的事，打听清楚了没有？"

唐荷略一欠身回道："跌霸的事是有的。不过年头多了，当时的事不能详细——说是一个买鱼的老太婆因斤两不够，和鱼贩子纷争，鱼贩子打了老太婆，老太婆三个儿子砸了鱼店，莫天派手下将她三个儿子打了个半死，后被黄天霸的大徒弟叫贾富春的出手，空手打败鱼贩子几十个伙计，把他擒了去见官。就此在鱼市上兜不转了。"

"后来呢？"

"跑单帮，和他的把弟司定劳在盐淮道上押盐，又到铜矿闯码头，得了彩。"唐荷说道："这里头情形我们没有握得把细。"韩梅说道："总舵是不是见见他们？听永强大哥说，他们为人很仗义，出手也不小气。铜矿出息很大，十万两银子让他们孝敬出来也不是难事。"

易瑛凝神想了想，说道："乔松先见见他们，还有台湾来的那个林爽文，也要见见……然后再说吧。这样看来，盖英豪和黄天霸两个人的事，我们就不能袖手旁观了。南京的盘子被黄天霸夺去，我们到那里还有什么安全？"

"这里还有两个活宝呢？"唐荷用手指指东边。

易瑛站起身来，笑道："罗付明去见见那个卜义，送三百两的礼物，听听他有什么话说再说——告诉包永强，春香楼那群雏儿妮子侍候不了高国舅，叫他派雪狗出马！

……

包永强是扬州城百乐总行的老板，所有戏园酒肆行院澡堂子，还有民间喜丧用的吹鼓手免歌朗，什么纸扎行、棺材铺子、车马杠房都是他的门下。他撒帖子请高恒时,高恒的春香楼午睡刚醒,还带着宿醒,躺在床上发怔。却见鸨母葛氏进来,便问"甚么事?"

"裴府台和靳镇台拜您来了。"葛氏见他辫子盘蜷在枕边,曲肱而卧,上身赤裸裸一身白肉,下身只穿一条短裤,盖着条围腰毛巾,那活儿直橛橛挺起老高,不禁抿嘴儿一笑,一边帮他穿衣裳,一边浪声低语道:"爷真好龙马精神!我两个丫头都弄逃了……到我那里直叫痛……"说着,替高恒穿裤子系腰带,有意无意触碰他腰下,一边说着,"请您看戏来的。看完戏您还回来不?"

高恒见她半老徐娘,犹自凝脂般的脖项,一抹酥胸雪白,喃呢燕语间风情可人,被她撩得动火,待她系好腰带,一把搂了起来,伸舌吮嘴,透手入怀摸着两个柔润腻滑的大奶子,口中小声胡嘈:"……不是我龙马精神,是你那两个小丫头没经过人道。没趣儿……我不去看戏,打发她们走了,你过来老将对脸儿三百回合……"

"戏该看爷还去看……"葛氏耐不得他口中酒臭,又不敢拂逆,由他撮弄一阵,见他还要伸手往下摸,小声道:"看孩子们撞进来,我这妈妈什么模样!……有你的自然有你的,这么大的爱巴物儿我也想尝尝呢!"

高恒这才放手,出门到客厅前振振衣,咳嗽一声,跨步进来,见裴兴仁靳文魁已起身相迎,笑着埋怨道:"你两个王八蛋,还有夏正云小畜牲灌得我好!你们逃席各自回家,把我撂这里发昏吐酒。坐、坐嘛……这回子不坐衙,又有什么事?"靳文魁因将包永强请看戏的事说了,又道:"双庆部的班子,真正的徽班头牌!魏长生演柳梦梅,杜丽娘本地薛白娘子客串,要不是您,包老板下不了这个血本,一场包银就是五千!"高恒听得头摇得拨浪鼓似的,笑道:"今天春香楼吃酒,御史们知道了不知怎么嚼舌哩!今儿一场戏,明儿一会文,我还有正经差使呢——咱们是朝廷大臣,我来巡视盐务,还要看行宫驿站修缮,说句官话,光是游冶玩乐,对不起朝廷百姓不是? 那边还住着个老公儿太监,也要维持维持,他爱闹小性儿,今晚我去拜会他。"想了想,又补了一句,"想高兴,完事了你们到驿站,叫葛氏带几个人清唱。我只犯酒,再投一投就怕好些。"

"魏长生的戏你不看? 就是薛白娘子,不是徽班三庆班,别想教她客串!"裴兴仁似乎难以置信地看着高恒,"老庄亲王来扬州,为看他们的玩意儿,整整多留了三天呐! 卜太监那边自然也要下帖子请的。他要去,就好儿戏园子里厮见;他要不去,也怪不到我们头上啊!"

高恒被他们一递一句说得兴头起来,笑道:"怪道的北京红果园西北建的大戏园子叫'三庆园',又是庄亲王写的招牌。原来有这个缘故?""是了!"靳文魁一拍腿说道:"三庆堂头牌就是魏长生的双庆部;排下去是陈汉碧的宜庆部;还有个萃庆部——排完三庆,然后才轮到四徽班呢! 咱们沾光儿了是薛白娘子是扬州人,是魏老板的姨妈,同师学艺,洗手来维扬专办梨园教习的。正经唱红了的小玉儿,还不及她一二分呢! 你听她这段子《醉扶归》——"靳文魁中了疯魔似的手舞足蹈,从椅上婷婷而起,轻拂"水袖",清了清嗓子,逼着音唱道:

> 你道翠生生出落的裙衫儿茜,艳晶晶花簪八宝填,可知我一生儿爱好是天然? 恰三春好处无人见,不提防沉鱼落雁鸟惊喧,则怕的羞花闭月花愁颤……

他是个罗锅儿矮个了,黑得驴粪蛋样的脸上一脸麻子,颧骨上还贴着一帖铜钱大的狗皮膏药,当地就那么舒指伸腿扭怩作态地盼"杜丽娘"嫣然一笑间令人浑身起栗。几个婊子隔纱屏瞧着,格儿格儿笑得前仰后合。高恒也伏在案上笑得捶胸打背:"真个唐突西施刻画无盐! 成了了成了,我去还不成么?"

"给爷备轿!"裴兴仁笑着起身,说道:"仔细这位罗刹鬼演杜丽娘,唬得人夜里作恶梦!——你们也都跟着到众乐园,场子我们包了。戏完了搓雀儿牌,你们助兴!"

二十四　龌龊吏献宠攀冰山
愚国舅纵淫众乐园

　　众乐园离着春香楼大约也就里许来地。迎驾桥虽然不是维扬最繁华的所在,但因地近瓜洲渡,码头林立,商贾云集,一街两行三十六行俱全,衢上人烟凑辐,水巷橹船相衔,也实甚热闹。三乘官轿打前,后边跟着两个骡车,坐满了粉头歌女,嘻嘻哈哈招摇过市径奔戏园,所过之处,市人则身避道侧目而视,车轿过去一片啐声。高恒是听不见,裴靳二人是听惯了,都没有计较。一时来到园门口,高恒下轿看时,却和北京戏园格式儿相去不完,一道广亮门两边都开着店铺,全都是买点心小吃瓜子糖果扇子茶具之类物件,供戏客随意方便的。座地半亩方圆,也不甚高大,却是装裹丹垩一新。门旁两副楹联,都是一笔端凝楷书:

　　　　大千世界在眉头,看遍翠暖珠香,重游赡部。
　　　　十万春华如梦里,记得丁歌甲舞,曾醉昆仑。

细看落款,却是袁枚所书朱竹垞[①] 的成联。高恒摇头咂舌赞道:"字也好,难得这句子也是黄绢幼妇,两个人我都要见一见。"
　　"是!"裴兴仁答应着跟在高恒身后进园子,肚里不禁暗笑着,口中道:"卑职尽力去找他们。"此时,已有两个男的,后边跟着一位

————————————
　　①　朱竹垞:康熙年间名士,其时谢世已久。

女娘迎出来,忙抢前一步介绍:"这位就是高大司徒兼盐政巡按使高老爷——这位是双庆部老板魏长生,这位是扬州百乐商馆司堂的包永强先生……"

高恒看这位和庄亲王相与得来的戏子,个头比自己还略矮些。枣核儿脑袋两头尖,一脸细白麻子,鹰钩鼻子疙瘩眉,剃得光不溜儿的下巴,稀落的头发总到一处也只筷子粗细一根辫子,往少说也有四十多岁。若不是亲耳听裴兴仁当面介绍,无论如何也和《牡丹亭》里的柳梦梅联想不到一处。那包永强却是开气袍子黑缎马褂,剑眉虎目一派英武之气,并排和魏长生向高恒行礼,口中说道:"草下细民仰慕大人风采已久,只因位分悬殊,不敢造次登访,只好请我们老公祖和镇台爷先容一步,高大人不见笑,就是我的体面了——薛大娘子,快见过高爷!"

"高爷万福!"跟在包永强身后那位女子流眄一盼,盈盈蹲下身子。

高恒的眼顿时一亮。只见薛白穿一件枣花碧罗紧袖衫,浅红吴绫裤下微露紫绢合欢履,天足娇小玲珑,腰围玉白绣带下垂于膝。天生两弯俏眉,中间微微蹙起,略呈八字形向鬓边舒展淡去,腻脂样的鼻翅微翘,羊脂玉般的脸盘上一双秋水含情目,偶一顾盼,正和高恒直勾勾的目光相遇,又羞涩地低垂下来。高恒但觉心间一热一拱,怔怔的,竟忘了说话。听得戏园子里调弦弄筝声,他才回过神来,笑谓包永强:"这是洛神下凡,出水的芙蓉,美自天然的象牙人儿嘛!比棠——"他想说"棠儿当年",话到口边打住,"比海棠花儿还要清俊艳丽呢——是不是呀,薛白娘子?"

裴兴仁和靳文魁不禁相视一笑,包永强却冲葛氏一笑,葛氏啐了一口,红着脸对几个歌伎努嘴儿笑。薛白娘子轻启樱唇,莺燕喃呢回道:"这是爷的错爱,奴奴小四十的人了,哪里能比什么花儿……奴奴其实戏唱得不好,不及长生远了。"

"好好!"高恒见她娇笑巧迎天然媚妩,早已酥倒了半边,上前一把扶了手,一把抚着她一头光可鉴人的秀发,手指儿甚不安分地捏弄着她手心,说道:"你不说,我以为你二十岁不到呢!今晚瞧你们二位的,唱得中了爷的意,教你随班子迎驾侍候,唱红了天下!"薛白娘子轻轻夺开了手,飞个媚眼抿嘴儿笑道:"那我就先谢爷的抬举了——我们到后头上妆,爷请前面安坐……"窈窈窕窕和魏长生去了,回眸又向高恒一笑,于是高恒魂儿差点被她牵了去。

这里三人才进园子。高恒看时,园子里分着楼上楼下两层,楼上马鞍型观台,分着十二间官座,中间都用屏风隔开,隐隐约约已坐了些人。楼下地面广,支着一根根木柱,柱间摆着十几张八仙桌,三排溜儿向戏台,一桌可容六人,或侧身或正面都能看戏,桌上摆满了月饼点心梨葡萄香蕉苹果并茶水瓜子,已是坐满了男男女女,见他们三人进来,板凳桌椅一处声响,众人都站起了身。

"坐下坐下,随意坐!"裴兴仁满面笑容,双手张着向下按按,"这又不是在我的签押房内卯。戏园子一进,世法平等都是看戏人嘛!"便引高恒上楼,一边走,笑着解释:"这是扬州阖城的官员和他们的眷属,一为看戏,二者也得瞻仰大人的风采。大人请这边——左边官座厢里,葛氏带春香楼姊妹们坐右边第三厢——把纱幕放下来,我和老靳在大人右边官座,隔屏风也能说话的。"说着随高恒进来。高恒因见还有两个年轻女人,愣了一下问道:"这是……"

跟在裴兴仁身旁的靳文魁忙笑着解说:"左边这位叫阿红,是兴仁的小星,这是我的如夫人,叫云碧——这是国舅大人,你们怎么愣着?"阿红和云碧也都在打量高恒,听说话忙起身蹲福儿道:"给爷请安!"高恒笑着点头,问道:"两位夫人怎么没来?"

"裴知府太太病喘;贱内不爱看戏,都没来。"靳文魁道,"这两个原来也是唱昆曲儿的,筝琴笙箫都能来一下,点几折戏,看完了陪大人玩玩。公余嘛,您也得疏散疏散是吧?"高恒盯着两个女子看,阿红韶颜皓齿形容袅娜,云碧玲珑纤秀态度风骚,比着薛白娘子也不差什么,不禁眉开眼笑,说道:"吴越颜色倾天下,果真半点不假——一个赛似一个,我都看花了眼了——这汉装就是比旗装出色。你到宫里看看,那里头没有难看女人,穿着宽边旗袍,跟着花盆底鞋,梳着把子头,挺胸凸肚直着脖子就这么走路——"说着,竟真个支着架子摆了两步,引得云碧和阿红手帕子握着嘴笑得身上发颤。

"你两个也且坐坐,开戏了再到隔壁。"高恒看了看楼下扰扰攘攘你来我往单位说话的人,见台上包永强忙着指挥园子里的人布景上行头,对靳裴二人道,"我们闲磕牙儿。"

于是众人就座。靳文魁刚说了句"扬州亏空——"便被高恒笑着打断了,"这会子别说公事,我已经填完了亏空,我们的事不难办。有什么笑话儿说,我们乐乐。"

"老掉牙的笑话没意思。我说个实的。"裴兴仁道,"龙虎山张真人奉旨去见驾,回来时也在瓜州渡下船。蔡家染房隔壁有户专做伞撑子葫芦①的,名叫'刘葫芦'的人家闹鬼,说是造出来的新伞撑子堆着,无缘无故第二天都烂成了两片,夜里鬼声啾啾一家不敢安睡。花了几百两银子求见张真人下符拿鬼。"

一听是说鬼,几个人都迷住了。高恒笑道:"张真人法术高强,老佛爷还请他在宫里建醮镇邪呢——这一去必定手到擒来!"

"哪里有什么鬼!是刘葫芦的几个徒弟出师,做的伞葫芦比师傅还要精致,就是不禁雨淋,一淋就炸口儿。裴兴仁道,"那刘葫芦造的伞葫芦偏就结实,用老了也不炸口儿。徒弟们熟门熟路的,夜里装鬼到作坊,想偷手艺。听说师傅请了张天师,都肚里暗笑。

"夜里张真人来,叫家人回避,设坛作法,戴雷阳巾穿八卦衣,仗七星剑焚玉雷符,七个徒弟果然都扮了鬼奉符来到。张真人大叫雷部击鬼,不管用,又焚符喊'太上老君急急如律令''姜太公在此诸神应护'。喊破嗓子,七个鬼有的青面獠牙,有的白脸长舌,啾

---

① 伞葫芦:竹制品。即旧时雨伞内在伞柄上抽动开合的筒状撑子。

啾唧唧跳踉而来,半点也不怕他,跳踉着越逼越近……

"张真人又诵内庭黄经,又念《道德经》,见毫无效应,慌了神,大叫一声'这鬼厉害!'弃剑夺门逃跑,一个筋斗摔倒碰在泰山石上,竟晕了过去,醒了吓得一病几天不起。嘴里只是喃喃一句话'怪事怪事……这鬼厉害……'我去看望,他还是那副模样,请神医叶天士亲自给他诊脉,吃了剂药也就好了。"

龙虎山敕封真人被鬼吓病,狼狈弃剑逃跑,高恒不禁大笑,说道:"这鬼是人装的,当然厉害!——这是他的尴尬事,你怎么知道的?""是拙荆得病,请叶天士来看,当笑话儿说的。"裴兴仁道:"一服药就治好了张真人,张真人要谢他银子,叫他不要声言。叶天士不要银子,说'成全我个名声儿——明儿中午我在虹桥下船上吃酒,你坐轿到桥边就下来,说'天医星在下头船上,坐轿过去不恭'——一句话就算酬谢我了——现在扬州府无人不知,叶天士是'天医星'下凡,看病的人整日围破门呢!"

"不错。"靳文魁笑道,"他原就是名医,现在两江、两淮、湖广甚至广东直隶赶来看病的都赁房住着等,叫他'天医星',原来内里还有这个名堂!"高恒笑了一阵,说道:'名'这东西真好! 当官的要当名臣,文人要当名士,婊子要当名媛,医生要当名医。都一样的镂刺,头削得竹签子似的片里钻!——叶天士! 是不是本名叶逢春的? 我见尹继善给皇给荐医,里头有他的名字,果真有些实学么?"

裴兴仁道:"他原就是本地名医,不过不是世医,本领再大也上不了台面。这一番是名扬四海了。他治痘疹有绝技,我的二儿子眼见没指望了,他说,只要能撬开嘴灌得进药就能治好。真的是药到病除!"高恒心里一动:他的三公子四公子都还没出痘——因道:"迎驾缙绅名单里把他列进去。告诉他,预备着随驾到北京。这件事你们记着。"

"是!"裴兴仁忙道,"原也就列的有他的。这个人爱喝酒,吸阿芙蓉膏①。鸦片禁卖,作爷给他弄些,他准高高兴兴听您的。"高恒笑道:"可见人无完人。这个容易,我寻老庄亲王给他弄几十斤就是了。我也想见识见识这个名医呢!"

靳文魁笑道:"人长得跟我差不多好看。"话没说完,几个人都已喷茶大笑。靳文魁道:"不信你们一见就明白了。心地也很良善的——去年给一个人看病,他说'你没有病,是饿的了。我帮你治治这个穷病,算我给医死的人作功德'——你们猜怎么着?"众人竖耳听他说道:"—他叫那人回去,地里房前房后都种橄榄。"

"种橄榄……"高恒沉吟道:"这能发财?"

"待橄榄苗出,"靳文魁笑道:"他每给人开方子,都要加上'药引,橄榄苗一株'。这家子卖了地里的又卖房前屋后的,越卖越少,越少越贵。四个多月时辰就赚了三千多两银子!弄得扬州花房铲了花赶种橄榄,他的药引子却又换了。"

正说得热闹,台上鼓板铮然响起,笙箫齐鸣,包永强一头热汗进来,向众人请安,又团团一揖,笑道:"请爷们点戏。是唱全出,还是看折子,小人好教魏老板预备。"高恒看了看台上正演着的《五福闹堂》加官戏,点了《诘病》《道觋》《魂游》《幽媾》四折,将戏单递给靳文魁,说道:"我看十七、十八、二十七、二十八这四出也就不短了。你们想多看,就再点。"裴靳二人哪里肯? 都道:"这就好,卑职们没说的!"云碧却道:"加上《闻喜》《圆驾》,六折的好,祝国舅爷六六大顺嘛! 阿红更施出手段,双手晃着高恒,娇声儿道:"云碧姐姐说的是——《圆驾》两出,大团圆大欢喜结局儿,我们玩牌儿兴头也高些……"

"好,两个佳人说了,咱们照办!"高恒高兴得脸上放光,对包永强道:"告诉薛白娘子和魏老板,使出他们看家本领,教爷们开开眼开开心!"包永强一叠连声答应着退了出去,靳裴二人莞尔一笑起

---

① 芙蓉膏:即鸦片。

身,到隔壁官座正襟危坐,静待正戏开场。

帽子戏完了,略一静场,鼓板笙箫悠然而起,一位老道姑手持拂尘,身穿青格子妙常衣轻盈飘然出台,发髻上蒙青纱,"呀……"地低叹一声唱道:

> 人间嫁娶苦奔忙,只为阴阳。问天天从来不具人身相,只得来道扮男妆,屈指儿有四旬以上,当人生梦一场!

这几声唱,苍凉里带着无可奈何的自嘲,又有几分于世不恭,把握得不到火候,不是唱悲切了就是唱得油滑了。老旦戏是最不讨人好儿的,高恒竟情不自禁喝一声彩"好!"满座客人见他喝彩,也一齐鼓掌叫好儿。老旦毫不为之所动,荡摇拂尘又来四句集唐:

> 紫府空歌碧落寒,竹石如山不敢安。
> 长恨人心不如石,每逢佳处便开看。

众人又是哄然叫妙。阿红剥了香蕉递给高恒,右边的云碧却递上福橘瓣儿,笑道:"橘子略带酸味,吃过香蕉就不好用了。爷请先用福橘——"轻舒纤腕,竟亲手将橘瓣儿塞了高恒嘴里,又对高恒耳语:"爷还没看出来? 这位石道姑是魏老板扮的——生旦净丑他都来得的!"

"真的?"高恒这才留意细看,果然是魏长生。此刻妆束了半老佳人,眉目清秀风致宛然,口齿道白一丝不爽,虽然冗长,只说得滑稽风趣,逗得人们一阵阵笑。哪里寻得出方才初见时那副獐头鼠目的模样? 高恒不禁一笑,吃了橘子又吃香蕉,两个女人紧挨坐着时时耳语,吹气若兰跟他评戏,引得高恒意马心猿收不住缰,也剥橘子分给两人,压低了嗓门儿问:"他说的'瞧了他那驴骡犊特,教俺好一回悚惶'是甚么意思?"

阿红云碧腾地红了你，低头嗑瓜子儿不言声，好半晌，云碧才道："爷回去问问夫人，我们怎么能……"话未说完，觉得高恒的脚已经在桌下试探着寻摸过来，略躲了躲，也便由他轻轻蹭磨。阿红也觉高恒的脚不安分，她却不躲，反而两只腿轻轻夹住，只嫣然一笑，说道："爷没听石道姑说的'那时节俺口不说……俺这件东西，只许你徘徊瞻眺，怎许你适口充肠？'"两个女子贱民出身，都是偷汉子的积年老手，高恒又是风月场上老手，递句儿说风话弄小意儿调情，隔壁的靳文魁和裴兴仁心照不宣，各自充耳不闻"入神"看戏。

忽然戏台上鼓板皆停，筝箫幽幽袅袅绕梁，高恒一凝神，薛白扮着杜丽娘纤纤弱步扶着丫头出场，婷婷如杨柳临池，盈步似风送荷萍，春香丫头唱了几句，杜丽娘婉约低回、莺语道白，"春香啊，我楚楚精神，叶叶腰身，能禁多病逡巡？……你叫我怎生不想啊……"接着唱道：

> 贪他斗暄痴，赚了多情泥。待不思量，怎不思量得？这里暗消肌，怕人知……春心怎的支？心儿悔，悔当初一觉留春睡……

真个声若柔丝，翩若惊鸿，只向楼上目含秋水幽然一瞥，旋即挽首低回叹息，高恒醉了似的，迷迷离离望着薛白，已是魂魄俱不在身，阿红撇嘴儿笑道："天下男人贵贱都一样，见一个爱一个……"云碧推推高恒，笑道："爷醒一醒儿，看晕过去了！——贪多嚼不烂呢……"

"啊？啊——"高恒这才回过神来，左右看两个女子，也都是娇花明艳容光照人，扠着两只脚紧贴着她们的腿，嬉笑道："有你们两个在，昏天黑地是有的，晕不过去。"又让二人凑近了，小声道："今晚咱们打雀儿打个通宵，叫上薛白一道儿，你们瞧我的，看我嚼烂嚼不烂!"阿红笑啐着在他腰间推了一把。云碧说道:"你也不是正经人——"在他额上指尖顶了一下。三人各怀心思接着看戏。

不到半个时辰,六出折子戏已经唱毕。楼上楼下看客桌椅板凳乱响,台上戏子齐唱《南双声子》:

> 姻缘诧,姻缘诧,阴人梦黄泉下。福分大,福分大,周堂内是这朝门下。齐见驾,齐见驾。真喜恰,真喜恰。领阳间诰制,去阴司销假!

魏长生和薛白舒长水袖翩翩起舞,满台翠摇红影间双双裣衽谢幕。满场一片鼓掌喝彩声里,裴兴仁靳文魁先过来说话,魏长生和薛白也过来厮见,葛氏带着几个歌伎也凑了进来议论戏文,把个官座包厢挤得满满的。七嘴八舌有说戏演得好的,有奉迎高恒"懂戏"的,好不热闹红火。

"八爷今日玩得高兴。"裴兴仁见人多,站着说话不便,眼见园子里人已散尽,笑着对包永强道:"你戏台子后边还有两通间雅室,专门待客的。姨太太们要陪高司官搓牌,预备点夜宵点心什么的,好生侍候。帐一总儿在我那里开销。迟了你安排大人歇息。翰林院来了个编修,要见见;还有卜义老公儿那,说有客没来看戏,怕是不欢喜,我们也要去应酬一下。"高恒问道:"翰林院谁来了?""方才师爷跟我说的,叫窦光鼐。为图书征集的事来的,到南京路过这里"。裴兴仁,"这人有些痰气,纪公又很赏识他学问,不见见不好。"

高恒掏出怀表看了看,才刚未末申初交牌时分,笑道:"忙什么,早着呢! 就说给我回事儿,怕他什么? 咱们下楼搓几圈,把你的公事说说,用了点心再走不妨的。"

于是众人一齐下楼,径上后台。葛氏等众人等坐在戏箱上说闲话,看魏长生薛白和戏子们卸妆。包永强便带他们到雅室来。

高恒看时,屋里春凳桌椅俱全,东山墙大炕上还张着一幅杨妃出浴图,窗明几净十分安静幽雅,满意地点点头,说道:"这里比公廨、签押房僻静得多,看来你们是这里的常客了。"靳文魁对包永强道:"你先去,我们说会子话就走。待会儿把这八仙桌铺上毯子,取一副新象牙牌来。"包永强陪笑听着,连连称是退下。

"你方才说甚么来着?高恒坐了正中椅上,屏气啜了一口茶,用杯盖拨着碗里浮沫,似笑不笑问裴兴仁"扬州还会亏空,真是闻所未闻。我就知道客不是白请的——到底是怎么回事。"

"您是财神,哪里知道这里头的琐碎烦难。"裴兴仁苦笑道:"扬州是百姓富官穷。掏实话讲,要单指那几个养廉银子,我们都得穷得卖裤子,老靳手下有几千人,能吃点空额;我呢? 一靠打官司——也不敢冤了人,瞅准了不痛不痒的纠纷,又是富户的,拘了人证折腾着慢审。两家息讼能送点好处。结结实实打赢了官司的,谢我公道,我也敢笑纳一点。可扬州这地方过往官员有多少? 来两江的、到福建的、江西的,甚至出差到安徽、山东、湖广的京官大老,哪个得罪得起? 哪个不要应酬? 不从库银里支借一点,日子过不下去呀!"靳文魁笑道:"我那里也是一样。比如说您高大人要视察我营务,兵士们衣装太破烂的,得换新,营房复翻整,破战舰得赶紧修,不应酬成么? 也在库里借银子呢!"

高恒手托下巴静听着,点头道:"这都是实话。库里有银子,官儿没钱办差,天下皆然。你们缺着多少? 说说看。"

"不敢狮子大张口",裴兴仁龇着黄板牙一笑,"八爷把扬州今年的盐税移给我们扬州征收,大约能得三十万。钱度银台来了,我们再要一点,亏空也就并不多补齐了。"说着,将一个削好的梨递过来。

高恒将梨放在盘子里,一个劲沉吟,撮着牙花子为难地说道:"盐税是国税,户部查了几次帐了,幸亏钱鬼子跟我交情不坏,说了许多好话。刘统勋爷们在南京,一为迎驾,二为破'一枝花'案子。

前些日子南京有人来信,说刘统勋问金铣,知不知道我和钱度运铜的事。我看这爷俩纯粹是吃饱了撑的,想揽尽天下的事!那是给老佛爷造铜佛,往圆明园里请的——我等着他们查!"他说得唾沫四溅,忽然觉得离了题,略一顿,心里突然泛上一个主意,极爽快地回答二人:"可以把扬州盐税给你们,瓜洲渡盐运司过往盐船,你们也可征一成,盐政收两成——这样,你们能征一百万!"

一百万两!靳裴二人都睁大了眼:简直不敢相信自己的耳朵。

高恒的心里也在疾速转着念头,他偷运铜想造铜器大捞一票,德州事发,眼见遮掩不住,先发制人上本谢罪,说明是为孝敬太后使用,刘统勋就是撞死在乾清门也告不赢他。但盐务亏空是明摆的事,而且也担心刘统勋追查从前贩铜的事,所以从盐税上设法。借去年"蠲免天下赋税"这个圣旨,免去官盐税,由盐商官卖私盐,除了填平亏空,还落到手四十多万银子。现在再交一些地方征税,就把盐政帐目搞得浆糊一盆,恐怕把户部累死也查不清楚——想到这里他真想跳起来闹一嗓子二簧。兴奋之后,高恒冷静下来说道:"你们不要惊诧。这一百万我不能说是给扬州填亏空的,那没有道理。这钱用来筹备迎驾的。至于你们怎么花用,要造个册子弥补平了,给我一百二十万的收据——要知道,我也有应酬亏空呀!"

"是是是!好好好!"裴靳二人心里高兴得直跳,又佩服又感激,连声答应。裴兴仁道:"这真帮了扬州府的大忙,扬州的老百姓也沾八爷的光儿了!"

"你们够朋友,我当然讲义气——嗯?"高恒笑得脸上放光,瞟一眼隔壁,意味深长地冲二人点点头。二人自是心领神会,即便笑着起身告辞。高恒道:"忙什么,玩一会儿。吃过晚饭再去——窦光鼐这人我知道,才学是不坏,为人刻薄寡趣,和他一处没意思。现在准是夏正云陪着他,你们去迟点,不要吃酒,匆匆忙忙的,他还以为你们办差勤劳,心里欢喜呢!"

二人一听都笑了。于是叫过包永强铺张牌桌。裴兴仁坐了高

恒对面,包永强在高恒左边上首,右边靳文魁和包永强对面。薛白
阿红葛氏云碧四个女子各坐一人身后,端茶嗑瓜子削果皮,看牌兼
管洗牌。包永强还要叫春香楼的女孩们过来奏乐。高恒却道:"玩
牌就是玩牌,她们再唱得好,比得上薛白娘子么——赏些银子,教
回春香院去——这里人尽够使的了。"

四人因一边打牌一边说话,一两银子一注,输赢都作东道。不
图银子,只讨个高兴。由窦光鼐又说起征集图书的事。高恒一边
看牌,一边说道:"你们扬州有个叫马裕的,是个古董商是吧?献了
一百九十五种书。金铁原来奏折上说,他藏书极多。皇上叫纪晓
岚亲自出借据——白板,碰!——劝说把图书都借去,浙江还有鲍
士昌、范懋柱、汪启淑三家,圣旨里都点了名的。在你境里,你们都
要亲自登门拜望一下。劝他们——吃!吆鸡!——献出图书。皇
上只追查今版书——二饼我不要——善本古版只管献。这是皇上
亲口给我的旨意。教他不要心有畏惧。就有违碍字句,古人说的,
皇上绝不怪罪。孔子还说过——打吆鸡——夷狄之有君不若华夏
之——发财——无也呢!不但无罚,还——尽来些西北风,
出!——预备着赏他《古今图书集成》。书借用过了——二条不要
——准定要完璧还还他的!"

按清时官场规矩,提到"皇上""今上""圣主"须得拱手端言,听
到纶旨,须得起立恭身。高恒如此说话,也不知是传旨还是闲嗑
呀,旨意转述里还夹着二饼白板,听得裴靳二人一愣一愣,"是——
发财""是——不吃北风"地闹起来,听得四个女人叽叽格格笑不可
遏。包永强却脸上挂着笑容,只听不说话。

一时几局下来,各自有输有赢。话题又扯到叶天士身上。高
恒庄家,掷了骰子抹牌,一头说道:"皇后娘娘最贤德的,就是多病
多灾,荐医的事不敢马虎,叶天士到底有没有真才实学?弄个庸医
去下虎狼药,谁也承当不起!"

"要说这个人,原来也真是名不见经传。"靳文魁飞快地理着

牌,笑道:"也就是个乡下走方郎中。偏是那一年扬州首富黄老爷子媳妇难产。半夜里,女人大出血孩子下不来,寻儿这有名医都不在家。无奈去敲———一饼!"

"碰一饼。"包永强轻放下一对,又打一张道:"出二万。"靳文魁接着道,"去敲叶天士的门,隔门喊他去给黄家太太接生。叶天士睡得迷迷糊糊,一边答应,一边对老婆说:'打盆凉水洗洗脸——你们先回去,我随后就到!'——好啊要凑出清一色了!"随手打出一张六条。又道,"本来是对两个人说的话,黄家纲纪听成了一回事。赶紧跑回去回黄老太太,说'叶先儿说叫打盆凉水给太太洗洗脸,他随后就到!'"

高恒不禁哈哈大笑,问道:"真的给产妇洗脸了?"

"大人孩子眼见保不住,一家子急得乱成一群热锅蚂蚁,这时刻谁敢不听医嘱?"靳文魁道:"红中!——于是赶紧井里拨来凉水。正是热天,产妇憋得浑身是汗,凉水猛的一激,那孩子呱呱坠地,是个十二斤重的大胖小子——叶天士洗完脸赶到,一家子已经欢天喜地,张着彩灯,万响鞭炮响得开锅稀粥似的,老老少少几十口子出来迎他——黄家虽说也有几个公子,太太正嫡膝下荒凉。他一进黄家,满门都拿他当爷敬——就这么出了名,那年他才十七岁。"

众人听他是这样发迹,想想都觉笑不可遏。靳文魁道:"说也奇,打那起,寻他看病的,看一个好一个,越发名声大了。他自己知道那是缘分,不是本领,悄悄发愤,什么《伤寒》《金匮》《本草》暗地攻读,参酌印证着给人治病,有疑难杂症奇怪病症的,甚至不收医药费——名声也有了,本事也学成了。上回太医院的贺东篱医正和他谈了三天,下来跟我说:'这是真正命世奇才'——医生,我是不敢乱荐的。这种事,拿着小命闹着玩儿么?"

"他既精小儿科,会治痘疹天花,这招鲜就吃遍天。高恒笑道,"皇后娘娘两胎阿哥都是天花上薨了,如今——"他压低了嗓门儿,

"如今几个阿哥都还没出花儿。新封的一个睐主儿也怀了胎,托傅恒夫人找人算,傅恒夫人在北京给她找人,又写信给尹元长夫人托人,在南京算,寻了个毛先儿拆字,出了个'九'字问儿子。先生说九字阳极之数,是个男胎,似兄而不成兄,前面有兄长没有成人。又说孕妇不是正配,因为九字似'元'而非'元',还说似凡而非凡,乃是不凡之子。还叫防着家人里人——"他更压低了嗓门"防着小人使坏害这孩子——因为'九'字加室字头为'究',外奸内究。宫里妒忌这种事多了,不是也说中了?"

众都停了牌,入神听他说。包永强是知底的,原还疑心'毛先儿'是刘墉,此时倒释了怀。薛白却道:"这先儿真神了——他没说能保住这孩子不能?"

"继善夫人多精明的人,哪能不问呢?"高恒向薛白丢个眉眼,笑道,"毛先儿说'九'字是'完'字底,一定能保全的。"他推倒了牌,对裴兴仁道:"你两个代我去访望一下叶天士,他不是爱抽阿芙蓉膏么?先弄几两给他。三天后叫他随我坐船一起金陵去。告诉他,金铄那里查禁的鸦片堆着一库屋子,有他抽的。"又道:"你们该吃点东西,好去办正事儿了。"裴靳二人哪里肯再吃东西,都站起来躬身辞行,吩咐阿红云碧"好生伏侍"笑着去了。

包永强见只剩下这四个男女,知道自己碍眼,听了这么多宫闱秘闻,也想早点回傍花后村述说回报易瑛。见天色暗下来,吩咐高烧绛蜡,多备果点,陪着高恒等人用了茶点,便笑着告辞:"码头盘帐,伙计店东容易闹生分,小的得先走一步了——爷下锚起帆到南京,我再设酒饯行。"高恒巴不得他这一辞,笑着起身,执手说道:"这里留几个学戏孩子伏侍就成了,生受你辛苦花钱。从今就是相识朋友,我来扬州找你。你去北京只管找我!"葛氏却有点厌这个色中饿鬼高恒,笑道:"你只管去。他们打牌,我带着孩子们在台后听招呼就是了。"

高恒的心思却不在打牌上,眼见屋里三个女人,薛白娘子云鬃半偏,笑晕娇羞;阿红晒睇流盼腰身倩纤,云碧酥胸一抹、皓白如雪,灯下看美人,但觉神昏心摇令人不能自持。四个人四双手洗着牌,满桌的牌像一堆出网的鲜虾般活蹦乱跳。手和手之间无意有意触摸碰撞,桌子底下八只脚也都探来触去。高恒随手抽牌出着,说道:"你们听没听说过,南京莫愁湖驻军,两个绿营管的事?"阿红和云碧都笑着摇头,薛白说道:"我们平头百姓,大人们的事怎么知道?"

"两个管带都是游击。"高恒贪心不足地用脚在桌下胡触乱摸索,对三个已被撩得面红耳热情欲牵动的女人道,"晚上看《风求凰》'琴挑'戏,各自夸说自己的三个姨太太,怎么会疼人,会体贴能温柔。吹嘘自己精神健旺,能整夜鏖战,弄得群芳凋谢,真真实实的硬功夫。我权且不说他们名字,就叫甲乙吧——甲说他浑名叫'赛嫪毐',裆里那活儿赛过驴肾粗,挺起来好似小肉棒槌,女人沾身就筋软骨酥。乙说他浑名儿'真如意',惹翻了挺身而起,不刺秦王,西入咸阳刺败阿房宫三千佳丽,插进磨盘眼儿里能把磨盘挑起来……"

三个女的都是风流场里的领袖,这番话听得她们心头弼弼直跳,佯羞诈臊地搓衣角蹲蹭尖儿。阿红啐道:"男人们好恶心人么,喝醉了就满口胡唚……"云碧指尖拨拉着牌,娇嗔道:"高爷跟我们说这些……也忒不斯文的了……"

"你们看那些个读书道学,满口里子曰诗云地斯文,一沾女人身子就变了'斯武'了。"高恒乜着眼嬉笑,脚下一个一个做光,接着说道,"甲乙二位游击将军争执不下,乘着酒兴商计,半夜子时二人同时出来'解手',然后掉换回房,事结叫各自妻子品评二人能耐。

"谁知甲游击却是个惧内的,嘴上说得响,其实是银样蜡枪头。他夫人有个点灯睡觉的癖性,因就没敢熄亮了。乙游击胆小,隔窗看看,灯亮着,不敢进去;趴门缝儿瞧瞧,甲夫人翻身咕哝着说话,更不敢进去。转悠了半个时辰,始终没敢下手。甲游击乙是得胜回朝，说'我已经完事儿，你呢？'乙说'你等着，我这就进去'。甲说，'干这种事哪有叫我"等着"的道理？'……

"两个人在门外头你言我语急执。不防甲夫人一翻身跳了出来，伶伶丁丁提着个门栓，没头没脸就是个打，甲被拦屁股打个马爬，乙将军头上鼓这么大个包——"高恒手比了鸡蛋大个半圆，呵呵笑着道，"两个将军被打得抱头鼠窜，那女人兀自'天杀的，挨刀鬼'呼天喊地追打。乙夫人这时也知道吃了亏，率着三个姨太太出阵，甲的三房姨太太也出来助打太平拳，八个女的对打，又打两个游击，竟是一团混战！——那是大营，驻着几千兵。巡哨的还以为来了盗贼，筛起锣吹起号，顿时满营沸水开锅价热闹起来……半夜三更的，一直惊动到总督衙门金制台那里。金铁赶来，一群女人两个落魄将军，哭的哭，号的号，叫撞天屈，骂'炮崩挨鸟铳'的，揉屁股摸头的，活惟一群妖精乱吼乱叫……"

说到这里，三个女人已笑得前仰后合。阿红上气不接下气，问道："制台爷怎么给他们和息的？"高恒笑道："金铁劈脸一人一耳光，骂着说，'这是军营么——你们两个到夫子庙卖三天杂烩汤！'"

众人越发大笑，高恒竟起身来，搂了这个亲那个，在屋里追逐嬉戏。见云碧要逃，一手扯了过来，口里叫着"都是我的小亲乖乖儿——一个也不要走……都教你们快心畅意……"

"高爷是要和我们一锅杂烩汤了！"阿红姑娘却是毫不做作，一边说"不信我们三个对付不了你"一边过来帮着高恒给云碧解衣，又自家脱了。薛白娘子也脱得一身白肉缕丝不挂扑了上来。煌煌灯烛之下四个男女赤条条滚在炕上，腿夹口吮手乱抚，淫喋浪语也不知是怎样说话……此地巷深夜暗，此时云遮残月，正是钟漏将歇辰光。只有偶尔几声犬吠，更声"邦邦邦——托！"枯燥单调里带着几分凄凉地响……

二十五　访民风微服下江南
感吏治书房说冠狗

内廷发出明诏，乾隆皇帝订于七月二十六日自北京启程，八月初八辰时正牌抵达南京。明诏因用的是寻常驿站传送，八月初才送到两江总督衙门。尹继善是"兼理"两江衙门事，金𬭁是留任交卸的总督。廷谕抵达，二人正在会议驻宁的京师隶属衙门和江南浙江两省三司堂官，还有武职游击以上将领，布置苏、杭、宁、扬、海宁、湖州等处行宫关防。见火漆通封书简上贴着明黄标签，二人便忙站起身。尹继善道："议得并不多了，布防调动由杭州将军随赫统筹。除了原来安排听延清中堂调遣的，都要听令。调动移防一律要在夜间，声势越小越好。城市各政府衙门在城区关防一律便衣，明松暗紧是宗旨。官府除了在望江亭渡口搭三座松柏万年寿彩坊，其余一概不设。民间自愿搭彩棚迎驾的不禁。迎驾的事一要庄重礼隆，二是不扰民。就这样——金制台还有什么补议的没有？"

"我说两条。"金𬭁已得着出任两广总督的票拟，心头高兴，双手据案板着脸说道，"两江总督衙门现在没有实任总督，但尹元长刘延清两位军机大臣就在这里坐镇，我没走前也要负责，谁敢怠忽玩职，不遵宪命——"他扫视着众人，"我王命旗牌在手，一定军法从事。二是要赈贫，各地府县令守亲自登门，晓谕田主业主，一律不准夺佃辞工。万寿万年的月饼要加紧制作，所有贫民乞丐中秋都要分发。五十岁以上的老人每人陈酒两瓶、肉两斤也要从速准备,各县至少设两处粥棚舍饭赈贫——我们要派人逐县查实——听明白了!"

议事厅在座所有官员一齐起立,上百号人齐声轰鸣应答"扎!"纷纷按班就序躬身却步肃然而出。

尹继善和金铁不离公座,就地拆看了廷谕。尹继善笑道:"皇上总算如愿以偿。几年都说要来,只听楼梯响,不见人下来。走,见见延清去!"金铁也是一笑,说道:"办完这事我回广州,你去西安再回南京,我们两个竟是难兄难弟来回换位置!"说着二人联袂而出,却见袁枚带两个衙役抬着一个箱子站在议事厅门口等候。尹继善笑道:"我要的东西送来了? 是云土?"

"是印度运来的。"袁枚笑道:"听说比云土还好几倍,共是一百斤——我库里还封着两箱,要不够用,大人批条子我再送来。"

金铁却不明白两人说的是什么,打开箱子看,一色的黑红砖砖块的东西。摸一摸,软腻温滑,拿起一块端详着,问道:"这是什么东西?"

"毒物!"尹继善笑容一瞬即逝,语气唬得金铁手中物件滑脱。尹继善道:"名叫鸦片,俗称阿芙蓉膏,吸上了瘾,任从腰缠万贯千顷良田,准教你穷得一文莫名。你去广州走前我们细谈,一定要严厉查禁。"金铁笑道:"听说过没见识过——既是毒物,你要它做什么? 你也吸上了?""我死也不会吸这东西。"尹继善道:"高恒给太医院用的,这玩艺儿也是良药呐!"

袁枚交割了差使躬身要辞,尹继善却叫住了他,问道:"叫你访查文萃书坊刻印的《石头记》全本,你去了没有?"袁枚道:"全本是刘啸林送来的,银子已经付讫,版也已经刻好。因刘啸林病故,图书采访局说是内廷要这部书,老板害怕,情愿银子孝敬出来供奉迎驾,把版给烧了。原稿采访局收去,我去看了看,收来的文稿堆得几屋子满满的,实在也没法查清……"

"烧掉了……"尹继善无声舒了一口气,"慢慢再访吧——子才，皇上中秋肯定在南京过了，你是博学鸿儒科征君，处事谨慎些，就是会文邀聚，也要舞鹤升平，别生出是非——你且去，万事周备了，我请你来手谈围棋松泛松泛。”

袁枚才去，门上戈会哈又来禀说：“翰林院窦光鼐编修求见。”尹继善却对窦光鼐没有好感，笑谓金铁：“硬书生铁头魔王来了，就是二十四亲王劝酒不喝，扔了酒杯扬长而去那个学究——你请他先回去，下午签押房里我见他。”说着，拨脚便走，和金铁一道逶迤去西花厅北书房见刘统勋。

“你们来得正好，刚接到傅六爷的书信，正要请过来商议呢！”刘统勋满面焦灼，头上渗汗，一失平日稳沉从容气度，背着手正在书房来回逡巡，一见二人，劈头就说：“你们看看这是怎么弄的！——这样紧要的文书，在清河驿站竟耽误了四天！”说着，将一封刚拆了火漆的通封书简丢在了案上。

尹继善和刘统勋相交有年，见他光火得近乎气急败坏，诧异地取出信来，匆匆浏览几遍，已是面色土灰，目光发直，喃喃说道：“傅恒办事也会这么鲁莽？旱路十三天，无论如何也进了江南境的，我们做封疆大吏的，竟还蒙在鼓里！”金铁接过信，急急看时，信并不长：

　　　　延清老中堂如晤：顷接主子急召，弟即与纪昀、海兰察、兆惠并宫中宜惠二妃奉驾启程，微服南下。行程主子未告，大抵先赴山东而后旱路抵宁。阿桂留京主持军机。主子不允先行告知，弟乘主子更衣于太监房中急笔告诉，并请速告继善金铁作候驾预备是荷。密匆匆匆，傅恒七月二十四日。

写得很草，后来的笔画都毛了，看样子连蘸墨傅恒都来不及。金铁也觉头轰地一声涨得老大。口中道：“这，这，这白龙鱼服，六人里头还有两个女的，纪昀一个文弱书生，怎么护驾？两千多里旱路，出了差错闪失,怎样保护? 这不是要命么?”

　　“不要慌张。”尹继善已经冷静下来。直着身子坐下,眼望着窗外日影说道:“这是皇上改不掉的癖性——当阿哥时从来就是这样儿的。如今直隶山东安徽江南四省境内,并没有大股匪徒,是一路太平道儿。主子天生睿智圣明,并不鲁莽,他要体察吏风民情,自然这样最好。阿桂是绝顶聪明的人,如无护驾措置,他也断不敢放主子出京。信是二十日发出的,但‘日’字写得太草,也许是‘二十四’发出,难以辨真。姑且是二十日发出,如果从容行路,现在也还到不了南京。如果有什么差池,我料我们早就得着信儿了,因为阿桂比我们还要急,一针一线的差错他也不能出的,他没有廷谕书信,一定和皇上朝夕都有联络。这十几天北京没有八百里六百里加紧文书过来,肯定都把驿站马匹用到和皇上联络上去了。清河驿站误了书信,也许就是这个原因——不要紧,皇上安全着呢!”

　　这一番剖析入情入理,三个人都略觉安心。但毕竟和乾隆断了联络,心头都空落落的不踏实。金铼端茶喝着只是出神,刘统勋颓然坐下,拍着发烫的脑门,叹息一声道:“你说的这些我也想了。我最生气的就是阿桂和傅恒。这是唱连环套儿戏本子的么? 我要在北京,跪死在乾清门外不起来,看他微行不微行? 主子啊主子,您这是活活要我的老命……叫我刘统勋哪里去寻你啊……嗬嗬……”说着竟失声大恸。尹继善和金铼见他如此恋主,想着他在南京累得七死八活,又破案又布置安全接驾,殚精竭虑苦耗心血地办差,思量心地,也都听得凄惶。

　　“延清老大人别这样,我们见着心里难过的。”金铼神色黯然,在旁劝慰道,“静静心儿,阿桂中堂一定有信儿给我们的。”

　　刘统勋雪涕说道:“我不是恐惧,一天不得着主子的讯息,别想叫我安宁。你们两个知会刘墉今晚半夜再来一趟,我给他重新布置差使。我这就给刘瞎子写信,叫他留心江湖;发文给山东安徽桌司衙门,所有盗案一律报过来,无论大小都报,鲁、徽、两江境内所有旅肆店铺,都要重新登记具保。现在能想到的就这些,赶紧办!"

他说一句,尹继善金𫓧答应一声。刚要辞出,一声帘响,一个四十多岁的中年人风尘仆仆塞槛而入,问道:"什么事呀,要'赶紧办'?"

"傅六爷!"

三个封疆大吏几乎同时跳起来,都瞪大了眼,仿佛不认识似地盯着他。刘统勋结结巴巴问道:"怎……怎么就你一个? 主主主子呢?"话没停音,帘拢一响,嫣红英英一边一个挑起帘子,乾隆皇帝脚步橐橐有声,已出现在众人面前,迎门面北而立,微笑道:"好嘛,三个奴才热锅蚂蚁似的,正商议着救主子呢!?"

"上苍!"

尹继善金𫓧惊呼一声,"扑通"一声匍匐在地。刘统勋一屁股软瘫在安乐椅上,双手努着劲想撑身起来,手却抖得厉害。乾隆忙上前双手按住,轻声说道:"着实叫你受惊了,你脸色不好,怕犯心疾……药瓶在中发里? 取出来……"

刘统勋右手抖抖索索从怀里取出一个扁琉璃瓶儿。乾隆见他手拧瓶盖儿抖得厉害,一手接过来,拨开口,喂了一小口,又道:"再用一口……你老延清啊……唉,好,就这样躺着,一会儿就过来了!……"刘统勋老泪纵横,暗哑颤声说道:"皇上……叫老臣说什么好呢? 唉……"尹继善和金𫓧长跪在旁,也是泪如走珠。

一时,刘统勋觉得心跳缓了一点,尽自乾隆命他"安卧不动",还是挣扎了起身伏地行礼。便见纪昀手里握着个大烟锅儿进来,禀说:"臣到那边舍粥棚看了看,粥不算稀,就是勺子小了点,比臣这个烟锅儿大些。喝了一碗,没有砂子,多少有点霉味儿。勺子小,人就挤,掌勺儿的也太横,教他添一点,牛蛋眼这么一瞪,勺子磕着锅边说:'你生的老母猪肚子么——连锅你端去吧叽去!'人乱哄哄的,后来来了个司棚的衙役,嚷说:'都排好队,排好!鸡巴毛拌韭菜,乱七八糟!——臣也就恭敬退回来了。"书房里本来一派伤感气,被他几句话打发得干干净净。尹继善金铖这才打量纪昀,穿一身破烂滚丢粗青布袍,油渍泥垢,袖子脏得像剃头匠的逼刀布,乱蓬蓬的头发,上头扣着顶茶壶盖似的小瓜皮帽,胡子拉碴的不成个模样,像煞了乡下穷极潦倒的破落户。见这形容儿,二人都掩嘴葫芦一笑,连刘统勋也收了悲凄之容。

"换换你的行头——都起来坐着吧!"

乾隆却是神采奕奕,穿一件枫叶套花月白底宁绸巴图鲁背心,套着灰府绸袍子,束着绛红腰带,脚下蹬着黑冲呢千层底圆口布鞋,弯月眉下一双黑嗔嗔的眼睛几乎不见眼白,八字髭须稍稀疏点,极整齐地撇在两旁。只是晒得黝黑了点,顾盼之间容光焕发。他居中坐了,金铖便忙奉过茶来。

刘统勋精神恢复后,在椅上欠身要说话。乾隆笑道:"你不必说,朕知道你要说什么。阿桂苦谏,傅恒哭谏,纪昀笑谏,你又要来铮谏——万乘之君,不该轻出九重,而应该垂衣裳而拱治天下——朕知错了,还不成吗?反正现在已经到了南京。你要硬谏,朕再微服回京,你就欢喜了?"恰纪昀更衣进来,打千儿行礼,笑道,"主了,已经几次不听谏,那是在京畿直隶,这次走远道儿,仍旧不听我们的。您可真是知错不改……"他突然觉得说得太过分了,灵机一转,接口说道:"——嗯,这个这个……善莫大焉!"

"知错不改,善莫大焉!"乾隆不禁大笑,"朕还是头一回听说!"端起茶兀自笑不可遏,傅恒等人也在陪着笑。乾隆笑一阵。说道:"延清公,还有你们几个的心,朕有什么不知道的?朕前发旨南巡,里头有句话说,叫'藻饰天下'。就是说看看屋子哪里走风,何处漏雨,修补一下,整一下妆。让百行各业都能舒畅安顿太平渡世。这和'粉饰天下'是绝不相同的。朕入继大统,头一次到江南来,坐着法驾一路招摇,何处地方官不要把沿途粉饰得天衣无缝?朕当阿哥时巡视山东，济宁府明明旱得只有四成岁收，连叫化子都打扮得一身簇新，喂猪的都能蹩脚说两句文言，什么'黄童白叟，共享升平之世，农夫野老不知饥馁之忧，假的！比如你们这舍饭棚，现在用小木勺盛饭，朕的法驾一到，准换了大勺——你们敢说不是？"

尹继善金铁起初还危坐恭听，听到后边已是背若芒刺，忙起立回道：是！"

"朕不针对你们而言，"乾隆伸手按按，示意他们坐下，似笑不笑地说道："朕是说自己，不能坐法驾乘龙舟，一味相信两岸一片山呼万岁声。多少体味一下民疾，再去高居九重，就少受些谀词滥调蒙蔽。倒是切切实实在下户人家食住了几宿，有的地方好，有的地方不好。一是没匪患，二是大抵能填饱肚子，也和讨饭的叫化子聊天儿，冬天不好过，饭还能讨来，春荒明时要饿肚子，饿死人的事不多。都说世道比从前好混，朕心里稍觉安稳。但淮北一带去年过了水，逃难出去的太多，有的村只剩下女人和狗。穷得连裤子都穿不上。尹元长你以军机大臣身分给安徽巡抚写信质问：每人赈粮五十斤，只实收十五斤，三十五斤哪里去了？叫他赶紧收拢难民回乡，柴草、农具、牲畜、秋播麦种都预备好。朕回銮时，若还是水漫荒田村无人烟，不但他官作不成，忧及身家性命也未可知！"

尹继善见点及自己名字，早已立起身来，听乾隆说完，忙道："奴才遵旨，现在拥来江南趁食的，约有四成是淮北的，江西今年没有，河南约不到两成。山东有一成多，其余各处杂民流动不定不好计算，总数常在十万上下。主上这旨意，可否给这几省巡抚都写一写，由傅恒、阿桂、刘统勋和奴才联名去信，似乎更为稳妥。淮北过了水，芦苇必定长得好，江南各义仓、粮库的苇屯也都该更换了，除了安徽藩库出钱粮，江南以粮换苇席，两头生业都得周全。这么处置，主上看如何？"傅恒也起身道："这里的粮已经屯得发霉了，官粮不如义仓粮,义仓粮不如大业主自藏粮,尹元长不妨出一点钱,劝购些新粮,叫业主认售。然后腾挪一百兆官粮分发各省受灾处调剂。这里头有差价亏损的,数目不大,可以由户部给江南些补贴。江南存粮换新,各省穷民也得救济。这样,皇上南巡又为百姓加一重德政。"

"很好。"乾隆听着,已经喜形于色。但他本性不善纳言,一笑即收。说道:"朕离京时召阿桂纪昀议过,想用古北口、宁夏军库陈粮赈荒赈贫,再从江南调粮,这么着朝廷多花银子,却不扰民。你们这样识大体,深合朕的初衷,且荒灾地方百姓也有了生业活计——可见是集思广益。你们回头再议一下,纪昀草拟出来,用明发谕旨缴各省督抚办理。陕北等处军粮可以仍按原旨赈济贫荒、就地调剂新粮。钱算什么? 各省库府充盈,百姓安居,还怕朝廷穷了"

纪昀心里暗自掂掇,原和阿桂议时,只说了"救荒",乾隆此刻已不动声色加上了"济贫",已与原旨有所不合,得赶紧知会阿桂加进旨意里去,忙陪笑道:"这要从速料理,因为甘陕宁新粮要从直隶山西河南调运,别的不要紧,种粮是不能迟的。臣今夜拟好,明日用八百里加紧递回北京,主上看成不成?"

"贫瘠灾荒地方官,督责百姓生业救荒这一条。臣越想越有道理。"刘统勋道,"这里的叫化子,有许多是年年都来,家乡有灾无灾都来。他们有句口号'地是刮金板,不如讨饭碗。要饭三年,给个县官不干!'有的地方相沿成习,秋种夏收一毕,倾家出动出来富庶地方讨饭,一布袋一布袋的制钱背回去,本乡还发给他们'赈荒粮'! 这里,苏、杭、扬、湖,还有无锡南通,无赖游民结成'花子帮',白天装可怜乞讨,夜里聚赌淫盗,什么无法无天的事都做。待破案擒了易瑛,臣头一件就要捣毁这个'花子帮'——有的帮首腰缠万贯妻妾成群。臣还要查实劣迹,奏明请旨明正典刑!"纪昀笑道:"延清说的是! 他们这是'聚众结帮',不必去查,就能定罪的。本来老实百姓，进了这痞子帮，许多变了歹徒，这不是小事情。有些人何尝可怜——六合县汤家镇饭店那个小叫化子，主子还记得吧？问他是哪里人，他伸着手，这么——俺是商邱的……爷呀……可怜可怜……爷呀！——我心说你是'爷'，我倒成了孙子了！"

　　大家听得哈哈大笑。乾隆点头指着纪昀笑道："怪不得你死活不肯施舍，朕当时还觉得你太忍呢！"纪昀忙躬身陪笑，说道："主子是仁德慈悲通天彻地的，臣只一颗平常心，不敢太忍，又不能不忍。"傅恒见乾隆欢喜，在旁凑趣儿，笑说："他在佛爷跟前是平常菩萨心，有时也不平常呢！上回说要作诗作得比李杜好一倍，我说你试着说两句。他说'四个黄鹂鸣翠柳，两行白鹭上青天'，又说'新松恨不两千尺，恶竹要砍两万竿'！"众人听了又复大笑。

　　当下金铁又向乾隆奏说了几处行宫修复情形，又说及自己将赴广州。华洋杂处民风刁悍，指旨再铸几门红衣大炮，筑炮台御海寇，还有各地驻军绿营布防调防设置，足用了小半个时辰。乾隆听得也甚专注，待金铁讲毕，皱眉说道："教堂的事已经屡次有旨。他们洋人蛮夷愿意信天主、信耶酥，可以听便，教堂就是给来天朝贸易的洋人用的。在中国传教不行，我们有儒释道，足够用的了。传教的要赶出去。中国人信洋教，那是悖逆祖教，拿住一律流配三千里！鸦片的事也要管一管，药用不可缺。太多了嘛！宗室里有几个贝子，不入八分公也都抽上了，朕已经传旨内务府，查一查，都是哪些亲王、王爷、贝勒贝子吸食鸦片？要重重处分！"

　　因乾隆不肯住行宫，金铁恰要搬家，已装裹好行李。几个人都建议住进金铁私宅，金铁自然千情万愿，乾隆笑道："住到谁家，都要搅闹得阖门不安。住总督衙门呢，刘统勋身子骨儿打熬着，又办差又侍候，你们都有公事。朕住毗卢院吧，还是他们几个跟着，这里差使依你们平日制度，不要过去请安，有什么事请见，告诉纪昀他们一声就是了——尹元长金铁,朕还没用早膳呢! 你们必定也是饥肠辘辘的了。尽一尽地主情谊罢?"

"已经过了午时,主子还没用早膳!"尹继善听得一怔,起身埋怨傅恒道:"你一来就该说的——我们一开始吓懵了,后来又欢喜昏了,竟没有问一声!"忙就起身要去安排,乾隆笑道:"我们又不是饥民,你就慌得这样。随便用一口,我们也就去了——朕来南京的事声张出去,你担不起干系。"尹继善忙躬身陪笑,说道:"奴才理会得,主子放心! 既这么着,小伙房原来给奴才预备的,主子用;奴才们吃师爷们的饭,师爷们到大伙房吃去。"说得众人一笑,尹继善自退出去安排。

乾隆只留了刘统勋陪着用膳。尹继善傅恒金铁兆惠纪昀五个人在前面花厅吃饭,一边吃一边商议如何在毗卢禅院四周围匝布防——寺中上香人人去得,皇帝只以香客身分居停,护卫绝不能松驰,又绝不能带半点"声张"。尹继善和金铁的全部亲兵马弁戈什哈加到一处,也有千余人。金铁犹觉人不敷用,尹继善道:"毗卢院东北藩库、织造司库、守库的兵营还有两千号人,一声号角传过去,顷刻就能围了这座寺。只是皇上身边年卫少了些,应付不了创猝肘腋之变。但人带得多了,就又不像香客了。"

"不碍。"傅恒口里嚼着馒首,凝神看着地理形势图,对兆惠道:"你吃完去换海兰察来——吴瞎子、端木良庸都跟着,都是天下顶尖儿的好手,还有巴特尔几个护卫,两个贵主儿也手段不凡,主子自己本领,寻常三五十人也近不了身。明的暗的好几层保驾的呢! 就这么着安排,我和纪昀就住藩库、勤着点联络就成。我们又不是到了危城,太张皇了不好。只是毗卢院太破败,怕委屈了主子了。"尹继善笑道:"一年前已经重修了,方丈是南京第一高僧。法空和尚,道德高深精通佛典,可以陪主子谈禅说法,也可防左道娇法伤损主子。"恰海兰察下岗进来,纪昀笑着拍凳子,"这里坐,赶紧吃。我还有好东西送给你!"

海兰察捉起箸挟一块牛肉便填了嘴里。他天生的活泼人，一路相处，已和傅恒等人"老傅""老纪"地闹起来。接着尹继善的话说道："哪有什么左道右道？制台忒仔细的了。世上有鬼神没鬼神，问我和兆惠，杀人论千，尸积如山，我和兆惠还专门去寻鬼来着，嘻！除了鬼火，什么鸟鬼也没见过！"

"兆惠那么严肃凝重的人，还跟着你干这个？"纪昀手帕子揩了嘴上油渍，从座下取出两套书递给海兰察，一边问道："寻鬼做什么？寻男鬼还是女鬼？"海兰察嘴里呜噜着吃东西，翻着书，皱眉道："这是沈约的诗韵，我只懂得白刀子进去红刀子出来，要这破玩意儿干嘛——男女鬼都寻，寻见男的瞧个稀罕，要是女的，就把来个鬼婆娘睡。"

傅恒还在看地图，听得扑嗤一笑，问道："女鬼要多了呢？"

"多多益善，咱是韩信点兵！"

"要是一大群呢？"

"我也有一大群兵！"

众人哄堂大笑。纪昀笑得胡子乱颤，说道："兵鬼相配，我可没那么多钱买诗韵送——你一套，兆惠一套，拿去研究——算我给你们两对鬼夫妻的新婚贺礼！"金铁笑道："雅得很，之子于归四大韵部！"

"你们绝不要往雅处想这位纪大烟锅子！"傅恒一手捏地图，一手指着书笑道："只管往俗处想，越俗越对头！"纪昀扇子拍膝说道："元长已经看穿了，我就直说，真的是新婚四大韵部——难道你们不要'平上去入'？"众人听了又复哗然，等接着要议事时，却见刘统勋偕兆惠款步进来，便都停了说笑站起身来。

"从现在起，护驾的事由我统筹。"刘统勋面色凝重，立在当门说道，"傅恒和海兰察兆惠三人，明天启程去四川整军。勒敏在汉阳已经接旨，在汉阳你们停三天，然后到成都行营去——这是旨意！"

傅恒等三个人忙齐跪下，昂声说道："扎——奴才们遵旨！"刘统勋抬手命他们起身，已是换了微笑，说道："主上刚用了膳，就说要接见你众位，我劝皇上稍息片刻，一会子巴特尔叫再过去。"傅恒就便将方才议的备细告说了刘统勋，又道："从现在起，主子由你负责了。原说待过了中秋再去整军的，怎么忽然变了？"

"乱兵闹得太不像话了——勒敏和岳钟麒都递折子。皇上膳也没好生用，筷子都摔了。"刘统勋随意坐了靠窗一张椅子上，对兆惠和海兰察道："原说南巡完了给你们三个月假，在南京完婚，各处好生逛逛的。是我建议你们随六爷去成都整军的，该不怨恨老刘头不通情理吧？"兆惠道："大丈夫不能以私情废国事，这点见识我还是有的。"海兰察也道："跟着六爷准能打胜仗！先在金川出了这口鸟气，回来欢欢喜喜成婚有什么迟的？"刘统勋点头，说道："乱兵成了没王蜂，康定巴安两府、抢商贾、奸淫掳掠良家妇女，县令约束不住，逃到府里。乡下百姓的牛棚子拆掉，烧牛肉吃。省里也混进几百号溃兵，抢了商号银铺当铺，金辉命三千绿营进城，才弹压下去。青海那边也有流散溃兵，没人管没人问，抢藏民的耗牛宰了就吃。这群畜牲没了人性，比土匪还不如！"

傅恒此刻与海兰察兆惠有了直接隶属干系，便不肯苟于言笑。站着手扒着窗台望着外边，喃喃说道："金川地气高寒，现在恐怕就有霜冻天气了……元长，借拨二十万银子，我要在四川买砖，每个军帐都要盘地火笼，不然，要冻伤减员的……"

"这何必借呢？兆惠的五百两黄金，原就是军费，海兰察的银票已经启封，南京票号子就能取银子。还缺的就不多了，从藩库里提出来你带走，这里藩司和兵部冲销，不就结了？"尹继善永是一副从容不迫的笑脸，轻摇竹扇徐徐说道："九月重阳之后，我也就去西安了，其实还是辅佐你这位主帅，连人你都'借'走了，别说银子了。大家齐心苦战，擒住了沙罗奔，嗯这个这个……省得我们的红袍双枪将军到野坟堆里想入非非地，要'平上去入'了……"说得众人都笑。傅恒因见墩墩实实的蒙古侍卫巴特尔过来,便对兆海二人说道:"走吧。"

乾隆午后小酣一睡,起身后精神十分好,只穿了件玉色宁绸袍子,腰带也没有束,散趿了鞋从书架上抽了一本《资治通鉴》随意翻览,见他三人进来,头也不抬,摆手说道:"免礼赐座!"便接着看书。

"是……"

三个人轻手轻脚打千儿行礼,斜签着身子坐了椅子上目视乾隆。乾隆凝神注目着书,良久,叹息一声抬起头来,说道:"还是纪昀傅闻强记,竟连书卷目页数都记得一丝不错!——你们知道甚么叫'冠狗'?"

"奴才不知道。"兆惠直挺挺按膝端坐,脸上略带愧色,说道:"奴才只粗识几个字,读过《三字经》看过《三国演义》,请师爷譬说过《孙子》。这样的书奴才看不懂。"海兰察却道:"奴才知道。'冠狗'就是戴帽子的狗,老百姓骂官骂俗了,骂成了'狗官'——也不知道说得对不对。"

傅恒冥思苦索着直摇头,乾隆已掷书而笑,说道:"海兰察是在顾名思义啊!你这是弄聪明,不是弄学问。傅恒,你呢?"傅恒此时已经忆起,却不便说得太清楚。因道:"好像是《资治通鉴》卷二十里的,是说西汉昌邑王刘贺的事,见精见怪的,似乎有个娇精叫冠狗,人身子狗头,别的……奴才不能记忆了。"

"要紧的不是掌故。"乾隆道:"是昌邑王见了这个怪物,问龚遂主何吉凶,龚遂的回话耐人寻味:遂曰'此天戒。言在侧者尽冠狗也,去之则存,不去则亡矣。'"……"天成大王,恐宫室将空,危亡象也!"

三个人不禁面面相觑。他们一肚皮的"整军",计划着在金川叱咤风云,杀莎罗奔一个人仰马翻,想着乾隆必有一番训诫叮咛,军政治安上的事也要有所安排,怎么忽然谈起学问掌故来了?傅

恒揣猜着乾隆的心思,但他近年与乾隆日夕接谈,这主儿是越变越
深沉练达。学识也愈来愈博通,跟着他的思路想,只能越想越离谱
儿。因从自己身负差使逆着想,一时间便豁然,稳沉在椅中一拱
手,说道:"昌邑王淫昏之主,见怪见幻不足为奇。如今圣上尧舜天
日在上,内无萧墙权争之变,外无强寇入国之患,国力强盛,自秦始
皇以来无可比拟。吏治败坏确乎不疑,也是历代盛世伴之而来的
痼疾。主上不必过于忧虑,惕然掠觉,徐徐整顿,自然渐渐就好
了。"

　　"两位武将,你们怎么看呢?"乾隆神色已不再忧郁,点点头,又
问兆惠和海兰察。兆惠老实说道:"我是心里诧异:我虽然不懂史,
老人家们都说如今圣治比圣祖爷时还要好,天下清明朗朗乾坤,主
上一路我们侍候过来,平安出北京,安全进南京,连个贼影儿也没
见,怎么突然说起'冠狗',听起来心里发瘆的。""奴才更是不明白
了。"海兰察一本正经说道:"天下狗官——冠狗多那是半点不假。
照奴才的想头,也就'如此而已'四个字。现在主子不是正在整顿
吏治么? 逮住那些大冠狗,惹不起的角色扳倒了,割了他头那叫那
叫……"他搔着头皮想不出词儿来,兆惠在旁耳语一句,海兰察接
口便道:"对! 那叫悬之国门——不是军门——杀一儆百。看哪个
直娘贼的还敢当冠狗?"

　　乾隆满腹心事,被他逗得哈哈大笑,精神顿时爽快了许多。因
叹道:"朕仔细想想,冠狗何尝不可解为'狗官'?'月晕而风,础润
而雨','察一叶之落而知秋之将至,审堂下之荫而知日月之行,阴
阳之变'。必定要精溃神乱,像昌邑王那样,没来由的满座渗血,还
不知道修时应天变? 物反常即为娇。譬如赈灾,冒赈的历来都有,
哪有现在这样,冒领了库粮,实到百姓手里的只三四成? 无论海
关、河督、漕督、盐务,还是刑名钱粮,银子过手就蹭掉一层皮,比夹
剪还锋利。这样的贪婪,怎不令人惊心!"

　　他屈下一个指头,又道:"尹继善不论。金铁才力稍有不及,但

也是顶尖的能吏。就这么一个江南省,烂掉了二百多官员。罢掉了再换新的,说的地方官须用读书人,不用笔帖式补缺——结果如何?"他目光扫视三人。兆惠傅恒只凝神聆听,恰海兰察与他目光相对,受不了乾隆的注视,躬身说道:"就奴才听说的,似乎略好些?"

"好些?"乾隆哼一声,"毫无起色! 今儿认个同年,明儿寻个亲家,就又蝇营狗苟起来,一道儿刮银子,带着姨娘丫头滚到秦淮河婊子窝里去! 尹继善回南京,头一天晚上就捉了三十六个九品以上的官,有的还几个官带着妾侍包揽妓院,一道儿没明没夜地淫纵,换妻子的,把妾室女儿送给上官买路求差使的。种种不堪入口的龌龊事都做了出来。这样的卑污下贱,怎不令人心惊?"

他又屈下一个指头。

二十六 智纪昀明哲劝良将
贤傅恒倥偬理民政

三个人默不言声。

"过江渡船上,纪昀给朕背了一段《陋室铭》。乾隆一哂说道:"好嘛,如今的官是'官不在大,有权则名;职不在长,有银则灵。''谈笑有商场,往来皆灶丁'!无锡县令在他衙门前写了'三不要'——不要钱,不要官,不要妾——有好事人用小字下了注脚。不要钱,嫌少;不要官,嫌小;不要妾,嫌老——贪婪,卑污……伊于胡底?长此以往,激出民变也未可知。更遑论盛极之世?"

傅恒的心被他沉重的语气压得有些窒闷,舒展了一下,透着气说道:"李德裕论汉昭帝本纪曾说:'人君之德,莫大于至明。明以照奸,则百邪不能蔽矣。'皇上高居九重,心念草莱,这就是至明。冠狗虽多,但奴才以为,冠狗尚未走近帝侧。人,有时修德不谨律已无法,也会变成冠狗。奴才自身居鼎铉之侧,常常以此警惕,自信不是冠狗,刘统勋、纪昀、阿桂无论新进宿旧,也都是良实精白臣子,就连赐死的讷亲,也不曾敢在机枢中央胡作非为过。因此,现在还可说是明主在上、正人相辅,不至于出大乱子的。从百姓一面说,无非吏治钱粮二事,这里有极要紧的一条,皇上自临极以来不曾有过疵露——天下无苛政。有了这一条,徐图整顿振作,绝不至于攘出乱子的。"

"朝廷好,百姓安——你说的两头好,中间有弊。"乾隆咀嚼着傅恒的话,目光流移心中似有所动,"这个见识有意味"。他顿住了,陷入了思索:已经几次和傅恒纪昀阿桂议过,吏治败坏要整顿,但其实没多大效用。他登极以来,已经杀掉了两个大学士,一个大将军,黜掉几名封疆大吏,杀刘康时还专门命百官观刑。可谓煞费了苦心,但过后却依然故我,震慑不大。上下瞻对、金川两战虽然败溃,想起来令人羞愤欲死,但军机处却添进一个少壮有为的文武全才阿桂,又识出兆惠海兰察两员能将……他觉得里边有点什么道理,却一时揣摩不透,因问兆惠:"你们怎么不说话?"

兆惠和海兰察只是随翰会觐见过乾隆,这样少的人,密弥咫尺天威侃侃议事还是头一遭,自忖身分不能多言,乍听乾隆询问,都是毫无准备。兆惠是个沉稳人,思量着斟酌字句,海兰察已经开口:"皇上,奴才恐怕说错了。您这问的是国家兴亡大计呀!"

乾隆坐得太久,站起身子徐步蹀着,听这话不禁一笑:"你又不是孔子,谁要你句句玑珠,不出疵谬? 国家兴亡大计匹夫有责,何况你是大臣!"海兰察觉得坐着说不合体礼,也想略活动一下,因起身跪了下去,说道:"奴才读书阅历不多。就带兵这一层,不能叫兵闲着。兵营里都是单身汉,闲着他就要想家,想女人——"他说着,乾隆傅恒都已笑了,乾隆手虚按着笑道:"你说下去,说的很是嘛!"

所以打仗时的兵好带,练兵苦一点,兵也好带。"海兰察受到鼓励,碰了一下头接着说道:"就怕屯兵,其实是养着没事干,聚赌的,嫖娼的,偷趴东厕墙头看女人解手的,砸饭馆子茶园子的,都出在这种时候儿! 将这个比那个,这些官员不但闲,而且有钱,长官约束又远不及行伍,叫他们不混帐真比登天还难。所以奴才的见识,除了制度上严,犯律严惩,差使给他们砸滋实,塞满,办坏了差使,不但丢了顶戴,也许丢了脑袋,一是怕,二是忙,混帐事肯定就少了!"

兆惠也就跪了磕头说话:"海兰察说的千真万确,如今四川的败兵胡作非为,也有这个缘故。兵熊熊一个,将熊熊一窝。吏治也是这样。史贻直管着詹事府——那是个闲衙门——奴才去看过,极有规矩条理；尹继善在广州，那边的同事来信说两广是有规矩的地方，官员们并不敢拆烂污。既然中间有弊，各省督抚将军的责任不能推卸——海兰察的话，奴才本想说的，他既说了，奴才也就没的说了。官场不比兵营，局面要大得多，事情也繁琐得多，没有个德才识兼备的，确实也料理不起。"

"说得都很好，还要加上教化这一条。朕已经告诉尹继善，官员，学政，教谕、训导要一级一级按制度考试，列入考功档内。"乾隆高兴得脸上放光，轻挥竹扇含笑说道："整顿振作，方才傅恒讲的是。无事享太平，就会生出些冠狗样的怪物。大兵一兴，不但军气尚武之风起来，各省也都得张忙起来，也就闲不得了——"他突然心中灵动，"一潭死水，凭资格作官升迁，发见的人才不是庸碌无为之辈，就是协肩谄笑之徒，振作起来，作起事业来，人才也就脱颖而出！整顿振作双管齐下，忙起来管严了，再加上教化，循循善诱，既然两头好，不怕中间有弊——无苛政，老百姓就不上梁山，还怕这些官儿反了不成！"

傅恒听得神情飞扬，也长跪了下去，说道："要不要将主子这些旨意写出诏旨发下去？"

"不要明发了，心里明白就是了。你发下去，他们又在这上头揣摩升官经。"乾隆的笑容显得有些无可奈何：揣摩上意的"人才"他不想要，凝神移时才道："召你们来议金川军事，先说这么多政事，不要觉得离题了，其实相关相联的。军事上的筹划，傅恒已想了几年，和岳钟麒阿桂反复议了，向朕奏过几次的，扫平金川，确保上下瞻对安全，入藏道路也就畅通了，这也是个大政务。你们平定不了这地方，朕就要亲征了，所以一定要生擒面缚莎罗奔，一定要荡平！……至于带军，肯定要杀人的，但一味诛戮，那只叫整肃军纪——是要整出士气，出斗志，'禽之刹在气'，古代不乏这样的战例，淝水之战、官渡之战、昆阳之战，上溯到牧野之战，无不是一个道理。"他缓缓住了口，良久，说道："你们跪安吧！"

三个人深深叩下头去："遵旨!"

晚膳乾隆仍在督署衙门用,却是傅恒、金铁、尹继善陪座进餐。纪昀下午接见了江南图书采访司的官员,一同吃饭,又到北书房见刘统勋,安排乾隆贴身护卫的事,又说了传递阿桂和各省送来的黄匣子传递事宜,刚说了句"你的身子骨儿——"半句公事外的话,刘统勋已下了逐客令:"你还是多操心点主子的饮食起居罢! 留着精神,主子回銮北京,我专门设席,作彻夜长谈。一会儿我要见臬司衙门的堂官,还要见江南大营提督,刘墉子时时分也要来见,今晚一夜工夫不够用呢! 还有一条丑话说到头里,南京这地主风俗不好,防着坏女人勾引主了。我们私谊是私谊,这上头出病儿,体尊情面算你扔掉的。"纪昀素知他的性子,也不见怪,笑着起身道:"临行前三天,老佛爷见我进慈宁宫两次,都是你这个话头。主子娘娘叫了傅恒,大约也是约束弟弟不许沾花惹草。放心——主子虽然佃傥,并不是正德皇帝;我也不当江彬!"说得刘统勋也笑了。

纪昀辞出来,天已经麻巷上来,踱到前面花厅后墙,却见兆惠过来,便问:"主子用过晚膳了呢么? 谁在值岗?""这会子是巴特尔,海兰察已经去渡口,接两位主儿去了鸡鸣寺。"兆惠说道:"主子叫我唤你,预备香烛供银,和驮轿,这就去毗户院下宿。我和海兰察送你们到山门外,护卫差使交割给按察使衙门。江南大营、臬司衙门、总督衙门几股子拱卫还不够么——您还要刘老爷子再操这份心?"纪昀笑道:"这你不懂。天上地下就这一个主子,哪有一两个衙门统管护卫的理? 我告诉你一个信儿,那个在监狱里欺负你的狱头儿——叫什么来着?"

"胡富贵!"

"对了,胡富贵。"纪昀望着一天红霞中渐渐南去的雁行,说不清是个什么神气,缓沉地说道:"他为躲你,求人调回健锐营,兵部调人点名要了他,到金川大营中军当戈什哈,要跟你出兵放马了!"

兆惠没言声。

"听说你曾对天发誓要杀他?"

"中堂大人! 您……您怎么知道的?"

纪昀抿了一下嘴唇,毫不迟疑地说道:"你奏过皇上,我自然知道。皇上说,英雄快意冤仇相报,昔日李广曾杀灞陵尉,朕为什么不能成全兆惠这个心愿?"

"圣上!"兆惠觉得胸中气血翻涌,激动得五内俱沸。他站定了身子,说道:"主子知道我的心,这样体察入微,我兆惠粉身碎骨不足以报!"

纪昀也站住了脚,不知怎的,他叹息了一声,只说了句:"你真该读读《李广传》——我要去给皇上预备驮轿香烛了。"说罢便扬长而去。

这一声叹息,蒙在兆惠心里,像一个谜破解不开,战舰开到武汉码头,兀自在船头沉吟。傅恒几天来一直在舱里览阅从前金川的军情奏报,对着木图精研金川形势,也是焦劳困倦,听戈什哈报说座舰将进码头,他便出来散步,谁知却碰见海兰察站在船边扭着身子晃来晃去向江里撒尿,不禁一笑,说道:"你这是什么毛病? 连撒尿也不老成!""回大帅的话!"海兰察笑道:"我是努着劲多撒一会子,等到了战场,好甩开劲打仗! ——"海兰察嘿嘿一笑说:"喂,兆惠,你这几天恍惚不定的,是想你那个云丫头子了吧?"兆惠听见,一笑走了过来。

"海兰察说的是,"傅恒随舰颠簸上下,笑道:"我也看你好像有心事。"

兆惠因将纪昀的话告诉了傅恒二人。海兰察道:"这事犯的什么嘀咕? 一刀杀了狗娘养的,值什么鸟? 纪大人不过是仁义心肠——这事有甚么吃心的!"傅恒望着汩汩东去的江水,许久才问道:"你要杀他?"

……

"你兵权在手,杀他如同捻死一只蚂蚁。"

"傅中堂……若是你当时身历其境,亲受其辱……你也会起誓杀他!"

"会的。"

傅恒眯缝着眼,望着一江血红的水,和夕影下愈来愈近的黄鹤楼,长江上绚丽壮观的落日是那般沉浑,排浪一层层带着细碎琳琅美玉相撞的声音,在长啸一样的江涛中,轻轻击拍着船舷,像亿兆人在遥遥合唱中的和声……他似乎有些沉醉了。许久,一声沙鸥孤凄的叫声传来,他眼皮一颤,才清醒过来,缓缓转向二人,对二人说道:"士可杀而不可辱,灞陵尉吃醉了酒,李广又是赋闲将军,遭辱忍不下这口气,再掌军权,就杀了这个不晓事人。很痛快——你的事和他仿佛。"

"那为什么纪中堂又——"

"就皇上而言,死一个胡富贵,得一员上将,这个出入帐不消算的。"傅恒的衣袂辫子都在江风中微微飘动,脸上似喜似悲,说道:"司马迁著文提这一笔,可不是在夸奖李广,是贬说他的器量——韩信受胯下之辱,拜帅之后又用了辱他的人,提这一笔,却是在赞赏韩信——你们好生想想。李广百战之功不得封候,到底是生不逢时,还是他的器宇不够?"

这一说二人都怔了,兆惠还在沉吟,海兰察摸着头笑道:"真有点那个那个……人家说的'提壶(醍醐)灌顶'的味道,我得生方儿读点子书中堂您多多的提几把壶,常开导开导我们。"傅恒一笑,已听黄鹤楼边鼓乐吹打细细传来,便住了口,也不再进舰舱,只站正了身子,兆惠和海兰察后跨一步,钉子似的按剑倚侍立在后,舰上卫护的亲兵早已列队,佩刀站在官舱两边,霎时间,满船都是刀光剑影,旌旗帅旗间甲胄林立,十分森肃威严。

江岸渐渐近来,连临时搭起的接官亭边的人都看得清爽,却是勒敏居首。湖广将军济度黑塔般站在勒敏身边,第二排站着李侍尧、钱度、岳钟麒、庄有恭和卢焯,靠偏左一边的稍隔距离站着几个人,傅恒也都认识,是户部、兵部的几个主事堂官和湖广的臬藩二司,所有道府以下官员依序列站在第三排之后。这群人向西,列队而立的是湖广水师和汉阳旗营的仪仗,还有随从傅恒西下四川的亲兵中军,肃立仪仗队西侧,一个个目不邪视挺剑凸胸凹肚,显得更是精神。傅恒一眼瞧见小七子穿着武职把总冠袍,头矗得葱笔似的站在中军前列队侧,不禁脸上掠过一丝笑容,旋即便又敛去。

须臾间舰船下锚扎定。"桥板"是早预备好的,足容三人宽窄,向江中延伸,与傅恒的战舰对接。待后边两艘护卫兵舰下锚,铁索唧当响过,三声大炮雷鸣般轰响,顷刻间岸边鸦雀无声,只有被炮声惊了的黑老鸹呱呱叫着,在黄鹤楼的飞檐翘翅边翩越翩落。傅恒略弹弹衣角,爆竹鞭炮已经响起,在夕阳中五色迷离的硝烟中徐步下船,勒敏为首,所有迎接钦差的官员和武汉三镇选来的缙绅,马蹄袖打得一片山响,齐跪在地,伏身叩头说道:"奴才(臣)等恭请圣安!"

"圣躬安!"

傅恒代天受礼毕,显得稍随和了点,微笑着扶起勒敏,又和钱度李侍尧等人握手寒暄。笑着对北京赶来的几个堂官道:"生受你们了!到武昌给我提调军务——还要再辛苦半年,完事了我放你们三个月假。"因又执手对岳钟麒道:"话,来往信里都说了。你就驻节白玉寺——身子骨儿要紧,平常信件用信鸽往来——给我驯的军用信鸽到四川了没有?"

"回大人话,"岳钟麒已皓首似雪,仍是矍铄精神、声如洪钟,笑着答道:"驯鸽手七十人,鸽子三百六十只,都已到了汶川,试了几次,没有一次失手的。你放心!"傅恒又转头同别人说话,因见济度看着自己傻笑,上前拍着他肩头道:"这不是'儒将'么?这地方过得惯?"济度哈哈笑着,说道:"我还是想回东北,这地方儿太热,妈拉巴子的都八月天了,一天到晚还离不了扇子!"李侍尧也道:"和云南真是不能比。汉阳知府费祖德来见我,说着话,手里扇子摇得

蝴蝶翅儿似的。我说既然热，贵府就去了冠袍。他脱了袍褂，依旧
扉个不住，我说你再脱脱，他略推刮一下又脱了里头套衣短褂，但
仍是手不停挥！我说'你再脱！'也就居然脱得只剩下个坎肩裤头
儿，依然故我摇扇子——敢情是个活宝——赤精打条从我驿馆里
辞了出去！"

　　他没说完，傅恒已笑得浑身乱颤，笑着对勒敏和钱度道："户部
那个费糊涂外放汉阳府了？抽空儿引见一下。"钱度自觉傅恒年来
待自己冷淡了些，见笑着和自己说话，忙也笑道："是——我和户部
几个堂官带着印信到成都，准误不了六爷的差使！"

　　"好生做！"傅恒笑着和众人搭讪，勒敏凑近说道："这次在江滨
五福楼给六爷接风。黄鹤楼风大江涛声噪——"傅恒一口便打断
了，说道："无非上次讷亲是在黄鹤楼——金川的事与黄鹤楼有什
么干系？我还在黄鹤楼！"说罢一笑，向缙绅那边过去，无非打躬作
揖抱肩拉手寒暄而已，也不及细述。

　　在黄鹤楼丰盛的筵宴上，傅恒滴酒未沾，也几乎没有和几位方
面大员交谈什么，只在湖广名流缙绅几席上轮番劝酒，说一会子皇
帝南巡布德天下，讲一回子两江福建的风土人情，淮南的丰收，淮
北的水灾，又说设义仓的好处，又谈地土价格，各地药材粮食油盐
瓷器绸缎行情，又问当地名士著述，时而又说到天气灾异，言谈中
绝不提及军务政务，"旗开得胜班师回朝"一类的话也只一听一笑。
几个跑两广江南的大商贾见这位天子第一信臣随和得如同家人，
都为他的风采倾倒了，当席就命家人回去取银票，要给"中堂大人
军威壮壮行色"。顷刻之间就兑出八十多万两银子。傅恒不说要，
也不说不要，只是殷殷劝酒，兜一圈儿回来首席上，见海兰察正和
李侍尧叽哝耳语什么，笑道："怎么像女人一样，喊喊喳喳的说什么
呢？"

　　"他说他要是个女人，死乞百赖也要嫁给你！李侍尧指着海兰
察笑道："我说你猎模狗样的，只能去给六爷倒夜壶！"一时二席的

济度醺醺地红着脸拖着一个五品顶戴的胖子来,介绍说:"这就是那位汉阳太守费禄。"傅恒看这位费太守时,手里仍拿着那把百摇不厌的扇子,还在不停地扇,几乎忍俊不禁要笑出来,因指着席外一张空椅,说道:"不必拘礼,请坐吧!——你是哪年的进士"

费禄一脸端庄,只是两只眼睛多少带点刚睡醒似的迷糊相,那把扇子却是不停手匆匆地摇。也真个好看。此时上百双眼睛都盯着他。他也似乎并不在意,谢座挥扇答道:"乾隆元年一甲五名进士,张衡臣的座师。"

"汉阳府一共多少人口?"

"回大人,一百七十三万四千零七十一个人,一年来生死的不计。"

"米价是多少?"

"寻常在三钱五分一斗。昨日涨到三钱七分,征军粮,粮价自然略高些。"。

"猪肉呢?"

"猪肉七十文一斤,我看要涨一点,因为米价高了一点。"

"汉阳府去年秋谳勾决多少人犯,今年多少?"

"去年一个。今年一个刑毙的,给了我个记过处分。"

"刑毙?"

"是! 他偷东家的鸡,少东家说了他几句,操起扁担就打了少东家个马爬——这是个恶棍,穷的富的都惹不起,几次到官,又够不上罪。乡里都怕他。我少不得担点干系,除了这一害。"费禄舔舔嘴唇,不咸不淡说道:"这种人不弄掉,境里的风气好不了。您瞧着,明年本地人不定连一个勾决的也没有。"

几句话问下来,傅恒已对这位"费迷糊"刮目相看,暗自掂掇:"这人并不糊涂。"不禁笑着点头,满座的道府官员瓴顶辉煌,听傅恒问这些琐事,都揣摸不出意思来。照理说,既然傅恒无话,费禄就该辞座的,费禄却不懂这个,讪讪的没话找话问道:"大人还很盛壮的,敢问春秋几何?"

"痴长四十三岁。"

费禄便又结住,想了想,又问道:"你是镶黄旗下的?"

"您该是在正黄旗才好。正黄旗卑职觉得比镶黄旗好！怎么不在正黄旗呢?"

此语一出,满座宾客不禁失色瞠目。按满州八旗,以镶黄旗最为尊贵,费迷糊没话找话,不但问得狗屁不通,也甚触满人忌讳,一片沉默中,边勒敏头上也渗了一层冷汗。

傅恒也被他问得一愣,旋即放声大笑,众人以为他怒极反笑,正悚惶间,傅恒反问道:"贵府没有在北京供过差吧?"

"没有。"

"你今年多少岁数?"

"犬马齿四十又九。"

"你该是二十九岁才好。"傅恒笑道:"我觉得二十九岁比四十九岁好。怎么不回二十九岁上呢?"

黄鹤楼上众人轰地一声,哗然大笑。费禄先是一个懵懂,继而也在座上仰天大笑,那一点紧张气氛顿时化作乌有。

"主上忧虑之时,非我辈臣子燕喜之日啊！"傅恒因见杯盘狼藉,大抵主宾已经吃饱,敛了笑容说道:"兄弟还要在武汉逗留几天,这期间就不能再叨扰众位了。待我办差回来,反宾为主,还在这黄鹤楼,我请客！嗯……方才有三十几位先生,忧国之忧虑君之虑,深明大义,捐助军费八十六万两,傅恒深感欣慰——我替三军将士领情致谢了！"在众人一片鼓掌声中,傅恒摘了顶戴从容起身,向缙绅席位那边深深一稽首,慌得一群富商达贾桌椅乱响,起身向傅恒还礼。

傅恒含笑坐了,说道:"如今国力强盛,人民殷富,朝廷兴军安定金川蛮夷之地,本不指望着这银子。难得众位先生一片忠荩之心,所以兄弟还要奏明当今,请旨旌表。勒碑为记,要请纪公晓岚亲自撰文,让诸位名传千古!我说,请勒敏兄记下来,他们是——湖广荣鑫贸行的李敬陶先生,孝感人氏,捐资十五万;汉阳山西会馆刘三畏先生,离石人氏,捐资八万;汉口罗阳针绣总坊罗阳先生,捐资十万,汉口人氏;汉阳玉石总行丁正德先生,捐资五万二千,汉阳人氏……"

……一共三十二个人,傅恒方才席上一遭周旋酬酢,劝酒间殷殷询问,某人作某营生,籍贯,捐资若干,竟一一历数毫无桀错。这份记性真个罕有。他说着,众人已听得目瞪口呆。

"还有一个人,认捐最多,是二十万银子——阳平人氏邹明玥。"傅恒倏地收了笑脸,"你的银子我不敢收。因为你的'药烟总行'一年要进三百箱东印度什么'公司'的鸦片——作药用,用得了那么多吗?朝廷屡屡有旨禁贩阿芙蓉膏,进口金少我傅恒要下条了批准。你有我的条子吗?——我的兵个个身强体壮,吃你这钱买的东西,要闹肚子的!"

人们一片窃窃私议,众目睽睽,搜罗着寻那个叫邹明玥的人,那人早已离座羞得伏地掩面只是叩头。

"邹先生你羞愧,我原谅你。起来坐着听我说。"傅恒一笑说道:"鸦片是有毒的东西,吃多了要死人,吸起来要败家,人不像人鬼不像鬼。我从徐州过,见一个讨饭乞丐,骨瘦如柴脸如死灰,给钱打发他走,饭馆堂倌跟我讲,十年前他是徐州第一富,一千多顷地,一家子烧烟泡儿,沦为街头畸零人,讨来十文钱都还要送到烟馆里去。这种东西你不能卖了——勒敏回头给我查一查,所有的鸦片一律充公,你贩烟的钱要没收为军费,拨到金川去!你可听见了——别的人也一样,贩烟的就这样处置!"

邹明玥早已被他训得魂不附体。脸色煞白磕头起身,口中连连称:"大人训诲,小的永远铭记在心!"欠着屁股小心坐下,椅脚一响,兀自吓得一跳。傅恒道:"你是给本大臣接风的,不要这样丧魂落魄的。照我的指示办,还是安业良善缙绅么!来来来,我再劝你一杯,压压惊!"竟自起身,满面换了笑容到邹明玥座前斟酒,一边笑说:"不要觉得晦气丢人,金制台到广东要查禁,我事毕回南京,也要查禁。你知道得早,还是便宜事呢!"邹明玥面无人色,哆嗦着手喝了这杯压惊酒,连自己都不知道说了些甚么。

……从黄鹤楼散筵出来,傅恒摒去众人,只约了勒敏一道儿江岸散步。

此刻已是亥正时分,武汉是有名的"天下火炉",虽已八月初,江岸吹来的风还微微带着熏热。从黄鹤楼畔江堤四望,天上繁星点点,周匝万家灯火,龟蛇二山和江中的鹦鹉洲黑黝黝地峙矗着,仿佛在连绵跳动,一江秋水泛着白色的流光向东滑去,宽阔的堤两边载满了子孙槐,像两楼浓紫的雾,沿江直到极目处,一阵一阵的流萤在"雾"中飘忽起落……这样的夜色中,漫步在长啸不止的扬子江畔,恬适中略带着点神秘的感觉。两个人一时都没有说话。

"六爷。"不知过了多久,勒敏在暗中自失地一笑,说道:"你知道跟你一道儿走路,我心里是个什么想头儿?"

"唔。"傅恒也是一笑,说道:"我知道。你是在想:傅老六这家伙去金川,还能不能再回来?莎罗奔可不是个好对付的角色!"

勒敏被他说得一愣,随即笑道:"这一条早就想过了。在北京我就说过,莎罗奔不是你的对手,现在更不想这事了。我是觉得跟你一道儿,心里踏实如平,很安贴稳健。"

"是么?"傅恒在暗中转脸看了看勒敏,叹了口气接着漫步而行,说道:"也许吧……我毕竟是头号军机大臣,还是正宗的国舅——你不要打断我,这一条其实也没有什么出邪的心思。湖广总督以下的人跟你一道儿,也会有'靠山'这个念头。就是乞儿,他也指靠着娘老子。其实孤身一人,我自己也有四边不着靠的心思,一见着皇上,就好像有了主心骨,有了劲——我们都靠的这个江山,靠的朝廷主子,这么大个政府,自然是很安心的。"

他顿了一下,又道:"当然,一个人气度雍容,举止有度,办事练达有条理,跟他一处觉得踏实有力,也是有的。我当年跟张廷玉一处,也是这样想:跟他办差,受他指教,什么难事都办得下来。如今你去看看,一个时辰准教你熬不得!他就那么一套,从康熙四十二年说起,一事不拉说到现在,反复讲,头皮再硬的人也听得心里生厌头发晕……”说着已经笑了,勒敏想着张廷玉的样子也笑,说道:“他是老了。”傅恒点头,说道:“我也会老的。有些树,盛壮时笔直挺秀,到老就长出些稀奇古怪的枝节疤块,扭曲变了形儿——所以靠一个人不成,靠着道理——道和理——才是稳当。从这上头料理自己的心,办事历练学问多了,就不再指靠哪一个人了。”

勒敏低头思忖着他这些话,从丹田时直透一口气叹息道:“您要真处在我这位置上,或再低一些当府道官,就知道地方官的烦难了。我就说破了嘴,您也只是个‘知道’,并没有‘体味’——国家老了,也会生出些稀奇古怪的物事的啊……”

“国家老了……”

傅恒陡地想起乾隆说的“冠狗”一番议论,一阵江风掠过来,微汗的身上竟泛起一股寒意。凝视着江中渔火,久久才说道:“孙嘉淦临终,我去看他,他已经说话艰难,拉着我的手只是流泪,喘息着说‘树大必空,六爷……千万留意,千万留意……’话说得多深远啊!……”

“留意的东西真是太多了。”勒敏的脚步随傅恒放得更缓了,似乎在斟酌字句,良久才道:“就比如邹明玥,你知道他是什么人?”

“……嗯?”

“老庄亲王的贴身包衣奴。”勒敏在夜色中苦笑了一下,“他的药烟行,高恒有三分股。据说……钱度也有一分。工部尚书也每年从里分红。大约还不止这些人……你这一道钦差指令,背后得罪多少人,究竟我也不清楚……”

傅恒站定了脚,这里江堤下里是一带丘陵,江风过来,将两人的袍摆辫子都撩起老高。傅恒眯缝着眼,瞳仁在暗中幽幽闪烁,略一定神,说道:"不能手软! 违禁的烟土,烟土上捞的钱一定查封没官,武汉三镇,湖广全省,作这种生意的全部一例处置。我给你军机处的专门廷谕,办完你向军机处发文汇报。"

"至于莎罗奔,"傅恒沉吟着又道:"我仔细想过,其实是个人中之杰。决不单是因为庆复讷亲太过草包才导致丧师辱国! 岳钟麒说好将军打仗,越打越小心。我自知还算不得好将,所以更加小心——我要恃众凌寡,倚强欺弱! 他毕竟是个偏居一隅的枭雄,毕竟举族只有七万人,没法和天朝大军抗衡的。两次用兵……你知道朝廷用了多少银子?"

勒敏盯着傅恒的脸,说道:"邸报不是说,共是二百二十万两么?"

"邸报?"傅恒冷笑一声,"你相信兵部说胡话! ——他们只计算直接提出的军费,各省藩库支应钱粮都没加进去。我算过细帐,一共是一千零六十三万两——还欠着大军水陆运费,挑夫脚价银一百两两没有支付! ——这是康熙中叶年间天下岁入的一半。够疏通十次运河,够重修两次黄河大堤,够……"他咽了一口唾液,"一百万户百姓度春荒,不致流离失所……真是叫人肉痛心更痛啊……"

勒敏被这个数目骇得一震,听他算帐也觉焚心价痛楚,良久才道:"六爷,您放心。我湖广全力以赴助您打好这一仗。要人有人要钱有钱要粮有粮。老河口和武汉这两个军需通道,有半点滞碍,您将我正了军法!"

"明天军务会议上再讲。"傅恒说道。

二十七　凉风镇月夜逢刺客
　　　　　牛皮帐老拳释仇隙

　　汉阳全局军务会议只开了一天，因为不是战局研讨，傅恒提出
"恃强凌弱以众欺寡，缓进重压以补地利"的金川之役方略，连岳钟
麒也连声称赞。只是在会议上布置封锁金川粮道、盐道、药品，以
及莎罗奔西逃上下瞻对，北逃青海南逃两广流亡的堵路事宜，还有
需用兵饷、军资辎重、抚恤阵亡将士家属、医治伤兵诸事，都一一安
排定。十分简捷明朗，三天的事一天爽利了当。傍午之际，傅恒当
夜在汉阳点起三千中军，兆惠海兰察各带两千左右翼军，在黄鹤楼
旁渡口下舰升纛。灯烛火把中傅恒与武汉三镇文武官员一揖而
别。舰上十门大炮"轰"地一声齐鸣响，但觉脚底一动，战船各分序
列，已经墨龙一般溯江西进。

　　船家有谚"不会行船顺风翻，会行船能使风八面"时值七八月
交接之际，长江上多是南风，偶尔东风，时而也有北风，兵舰水手都
是太湖水师精选出来的行家，勒敏又征集二百名长年在江上运货
的船老大，分各舰提调指挥，十分得心应手。除了顶头西风走得艰
难些，竟比寻常载货船还要快出两成里程。船到沙河与长江交口
的凉风镇，计日已到中秋佳节。原定在此弃舟登岸在万县宿一夜，
陆行西去成都的，因兵士中不少晕船的，不宜下舟即行，傅恒便传
令兆惠海兰察带兵上岸，千总以上官员住帐篷，兵士们全部露宿。
那万县县令名叫万献早已接着滚单，却是十二分巴结，听说大军不
在城中过夜，竟亲自带两千民夫，挑着西瓜、苹果、梨枣核桃、月饼

之类,还有每个士兵二斤咸牛肉。一斤川黄酒赶到凉风镇劳军。七千军士各归统属,在一片广袤的白沙滩上整顿行伍支扎帐篷,叠石砌灶提水烧汤,这都是十七亲王允礼在古北口严加训练出来的精锐,虽然人多事杂,海兰察和兆惠也不熟悉下属,指挥起来,竟比金川粮库的兵还要如意得多。

一切预备停当,兵士们分棚在沙滩席地而坐,赏月吃西瓜。中军帐王小七里外张忙,指挥亲兵们摆木图、排拜月香案,布瓜果桌子,又亲自替傅恒架起蚊帐,点了蚊香,一头热汗出来,恰见傅恒巡营回来,带着十几个近卫戈什哈,都是傅府的从军家丁。小七子说道:"爷,都预备好了——县里送来那桌筵席就在外帐设着,要不要知会海军门和兆军门过来?"说着便打下千儿去。

"不要!"傅恒说道:"我这边只请中军佐领马光祖,还有八个游击管带过来。海兰察他们各自设帐,麾下弟兄们也不相熟,乘这行军小歇,也都要各自聚一聚。"因走进大帐,一眼瞧见挂着的蚊帐。指着说道:"把它撤掉——我还算有张床,这就足了。老马,诸位兄弟,只有这张矮桌子,连张凳子也没,当兵就这样儿,这是我傅恒一点私谊,随便席地坐下——小七子你怎么还跪着!起来传令各营,这是进川头一站,除值夜的将弁军士外,可以喝酒。从明天起,到打完仗,自我而始,谁沾一滴酒,八十军棍臭揍不饶!"小七子借请安稍稍息了力,"扎!"地答应一声飞也似出去了。傅恒因吩咐"赖文英、董子辉、程无恶,你三个人带这里咱家的卫兵,帐外的酒随意喝,不许划拳猜枚。谁喝醉了,不醉的人明儿背着他行军,听见了?"

马光祖是在成都养好伤,专门赶来迎接这位新帅的,中军几个将弁虽然不在一地驻扎,他在兵部武选司当过主事,常到古北口出差,大家也都厮熟。算来只有这位主帅,舰上同舟这几天功夫认识。大家都还带着几分拘谨矜持。规规矩矩围着小木桌就沙地坐了,看傅恒如何行事。只见傅恒帐前月地里还摆着香案供果,都觉心里纳罕。

"诸位安坐,稍候片刻,我们一起乐子!"傅恒笑着对众将说道:"我身上带点文人气呢! ——你们也将就着我一点。"因出帐来,拈香在手,至案前对月三鞠躬,将香插入沙地,又退后一步,仰首望着湛青碧天上一轮圆月,呐呐说道:"'傅恒仰告上苍:值此团圆明皓之夜,万里戎边之人,于扬子江畔凉风白沙之地,率七千敢死之士前赴金川。受命朝廷临不测之地,恒今设誓,愿与部下十万天兵同生死共甘苦,设有念身家性命、功名富贵之心,或贪功没劳,讳败巧饰之念,即请上苍启示三军将士,诛傅恒以谢今日之誓——谨告,以闻!"

此时月朗星稀,白沙如洗,岸风清凉,江涛声远。傅恒不疾不徐恳恳而言,声声传入帐中,众人无不悚然动容。傅恒已笑着转回帐中,用手让着众人,说道:"来呀来呀! 万县那个万县令名儿就叫万献,就这么巧,叫起来要多别致有多别致——他一会儿还要带几个舞伎来给我们佐酒。明儿金辉给我们配的三百匹川马也到了。吃醉了就在马上打瞌睡儿罢!"说得众人都是一笑。马光祖叹道:"我也见讷中堂在刷经寺祷告过,却不是这个话头,都是请老天爷佛祖保佑天兵奋威、横扫金川无敌手的词儿。也有奉命讨敌,置天下于衽席话说,一句不吉利话也是不说的。听着好听,总不及六爷心诚啊……"他身边的一个游击将军小心翼翼说道:"是不是别叫那些女人到营里来了? 十七爷在古北口多次训诫,兴军是至阳之举,最忌阴人冲犯的。"

"是么? 跟老天爷说几句奉迎话,军里不见女人,仗就能打赢了?"傅恒大笑举杯:"这会子能醇酒妇人,战场上能杀成血葫芦,才是真男子大丈夫! 我剿平黑查山,就和女匪首领有过缘分;讷亲庆复道学,打胜了么? 告诉你们一句话,成都整军之后,全军放假三天,叫弟兄们乐一乐子,然后去拼命——不知生之欢,焉知死之悲? 你们说错了话,罚酒三大杯!"

一时便听兆惠营中歌声嘹亮,却是官制凯歌,甚是雄壮齐整:

旧闻天宇原知向,今耆雄锋不可撄。

——腾頗尽泥首,夜来刁头静无声!

接着中军左近兵士也应和唱歌。

阵合将军飞羽箭,战酣勇士掣雕戈。

降戎奉檄皆鹰犬,兔有山前得脱么?

大家都停住静听,心里比较哪个营唱得好,傅恒叫过王小七,说道:"去看看,海兰察在干什么? 军无凯歌兵气不扬,别人都在唱,他那里怎么静悄悄的?"

"奴才不敢偷赖。刚才各营又转了一遭儿。"王小七道:"兆惠军门是请把总以上军官兑会儿吃月饼喝酒,海军门也叫的是把总们,和他的亲兵在沙滩上摔跤练拳头。还说了个八月十五招呼傻女婿的笑话儿,奴才笑得肚子疼呢!"

"什么将带什么兵。"傅恒笑谓马光祖等人,"海兰察精灵机智,自己另有一套——他说什么笑话,讲给我们听听。"

王小七儿答应一声"是"说道:"说的大女婿是文秀才,二女婿是武秀才,三女婿是个泥脚杆子二百五。"他这一说,众人已是笑了。王小七也笑,说道:"大家作诗,要有'圆又圆','缺半边','乱糟糟','静悄悄'的话。大女婿说:'十五的月亮圆又圆,初六七八缺半边;前半夜:乱糟糟,后半夜,静悄悄。'丈人便说好,丈母就斟酒给女婿。二女婿说'月饼做得圆又圆,我咬了一口;缺半边;嚼在嘴里:乱糟糟,咽到肚里——静悄悄!'丈母就夸奖:'到底是文武秀才,这诗做的真不含糊!'三女婿见两连襟儿得彩头,就说:'我也有诗——丈人丈母圆又圆!'老丈人丈母两个都说'不通',女婿又说'——死了一个:缺半边。一个死了:乱糟糟,一齐死了:静悄悄！'——后头还有笑话，怕主子这边有事，忙着就赶回来了。"

　　说话间便听海兰察营里歌声骤起，却不是兵部颁下来的凯歌那般文诌诌的，兵士们竟是扯着嗓子直声吼叫：

　　　　当兵的本来胆子大，
　　　　命里头注定了咱啥也不怕！
　　　　这份子皇粮吃定了它，
　　　　吃饱了老子就不想家——嗨！咆饱了老子就不想家！
　　　　——一、二、三四、五六七八！

　　一听便知是海兰察独出心裁编出的俚歌。却是唱得格外兴头，中军帐里的人都听住了：

　　　　任他刀砍斧剁长予子扎，
　　　　死了也就不过变泥巴！
　　　　二十年又是个拼命的娃！
　　　　龟孙子且休把口夸，
　　　　比一比战场上把敌杀——嗨，谁要是孬种就操他的妈！
　　　　一、二、三四！五六七八！

　　众人听了又大发一笑。马光祖满脸伤疤都涨得殷红，说道："这个家伙在松岗就惯编顺口溜儿，如今当了建牙将军恶心不改！明儿倒要问问从一数到八是甚么意思！"那是有意思的。"傅恒安详地给众人斟酒，说道："这歌子虽粗，却不失正。孝悌忠信礼义廉耻是为'八德'，用心很深呢！"因见万献灯影里带着十几个人到了帐外刁斗旌麾下，便吩咐："请兆惠和海兰察两位军门过来——我们移出帐外，连中军的校尉们也一道观舞听歌！"早有戈什哈答应着去了。

……兆惠是个性情严重人,讲究规矩。他帐的筵宴格调和傅恒迥异,更不像海兰察那样嬉戏佻脱,连军用木图都用上了,游击管带们分两侧端肃而坐,每人斗个西瓜,两个月饼,一斤牛肉都切得细细的,还有一瓶酒,连他自己在内,谁也不多什么不少什么。古北口带兵来的参将叫雷震野,和兆惠也是熟人。但他知道兆惠性子,不肯多话。其余将校对兆惠生疏,更没有多的话。兆惠吃,他们也就矜持着咬一口月饼挟一块牛肉,兆惠举杯,便也就饮了。气氛显得煞是呆板拘谨。

直到海兰察营里歌声传过来,人们才活跃一点,几个将弁装咳嗽,别转脸偷笑,有的对脸儿挤眉弄眼,用手打暗号儿,莫名其妙地比画什么。兆惠凝神听了一会儿,叹道:"这就比出来了。海兰察和兵士搭伙计,比我兆惠强啊!"

"兆军门,不是这一说。"坐在身边的雷震野笑道:"大家和您相与时日太短,生疏不敢放肆。我还是知道您的———一仗打下来,就都搭成伙计了!"

兆惠点点头,说道:"毕竟早一点厮熟了,还是好一点。海兰察比我巧,我比海兰察刚。这我心里明白。我不是怕死鬼,我的兵也行伍严整,没个怕死的———不过今夕何夕?主子在南京与民同乐,我和众位这么呆坐月下军帐中,未免也太枯燥了些儿。"他忽然转身,目视着后排坐着的军校,说道:"随便吃,我就这么个胎里带的秉性,日久了你们惯了就好了。"

"是!"后排的弁佐戈什哈们一同坐着躬身答道。却没有人敢真的放肆。

兆惠心中早有成算。瞥一眼侧后的胡富贵,问道:"胡富贵,你为什么不吃?"

胡富贵自调拨到兆惠帐下,整日忐忑不安,他心里知道,迟早恶运会降临在他的身上。他原是京师健锐营的汉军旗丁,后打通关节到顺天府当了牢头,得罪兆惠,又打通多少关节躲回健锐营,为逃这次军役，再打关节，家当卖个罄尽，仍旧毫无效用。料定背后必是兆惠做了手脚，要报狱中一箭之仇，因抱定了听天由命的宗旨。这么豁出去了，也就坦然。想不到兆惠会点名问自己，当下听了惨然一笑，说道："回军门的话，标下想着今日八月十五，万家团聚，只我伶丁一人出来为国捐躯。心里孤寂，吃不下去。"

"那么光明磊落么？只怕难说吧？"兆惠颊上肌肉一颤，森然对从将佐说道："我与此人有缘分，冤家路太窄，狭路又相逢！——大约兄弟们也有个耳闻。"因将自己狱中遭遇一长一短款款述了，说到伤情处，止不住泪水纵横："我为朝廷命官，职在不次，身陷平阳蒙羞膺耻，每一思量，就痛不欲生……士可杀而不可辱，辱身过于杀身，你胡富贵懂不懂？"

他在狱中杀人遭辱，是早已倾动京华的事，在座的人没有一个不知道的，却谁也没料到当事人就是这个阴沉着脸，天天默不作声的胡富贵。听他说得凄惨，人人心里叹息：胡富贵休矣！却听胡富贵昂然说道："标下懂的！标下心里明白！"

"那就好！"

兆惠嘿然冷笑，站起身来，摘掉佩剑丢在沙地上，对胡富贵道："你站起来！"

众目睽睽之下，胡富贵的脸色白得像月光下的窗户纸一样。他似乎有点恍惚，迷迷离离站起身来，看着越走越近的兆惠，正想说什么，左右两颊"啪啪"两声，已着了兆惠两记清脆的耳光！

"这是还你的辱！"兆惠毫不理会众人惊愕的目光，伸臂劈胸将胡富贵老鹰撮鸡般提起来，"呀"地大叫一声举过头顶，向上一送，胡富贵竟连喊也没来及喊一声，已被扔得飞起人来高，头在帐棚顶架上重重撞了一下！——未及落地，兜屁股又挨兆惠一个飞脚，他大叫一声，弹丸似的直飞出去，"扑通"一声一个倒栽葱趴倒在帐篷口。胡富贵抖抖身上沙土，爬起身来兀自发怔。

"这是还你的打！"兆惠说道。

这几下出手兔起鹘落,两巴掌一脚打得极是干净利落,兆惠口说手挥脚踢一眨眼间已经完事。在坐的都是马上行伍老于此道的好手,见兆惠平日稳稳健健一个人,打起来竟如此快捷,各自面面相觑心下钦佩。兆惠已是恢复了平静,徐徐拾起剑,向腰间扣着剑钩儿,说道:"我若杀你,在武汉没接掌兵权,一刀劈你两片没事!我若辱你,罚你跪三天,你敢少一个时辰?量小非君子,我容了你了,无毒不丈夫,不能不这样开导你几下——咱俩个的私帐从此扯平,你好生安心跟我打仗。有功赏功,有过罚过。省得你心里嘀嘀咕咕防我借刀杀人,我还得提防着指挥军务时,后头有人给我一刀!"

"兆军门……"胡富贵扑翻身便拜倒在地,稽颡叩头,狼嚎一样泣声呜咽着,手使劲抓那沙土,浑身剧烈地抽搐着,却一个字也说不出来。兆惠挥手道:"起来吧!写封信给你家里,就说我揍过你了!"一转眼见海兰察站在帐口,笑道:"你瞧你那副模样,浑身是土,头发上尽是草节儿,嘴上的牛油都没揩干净——哪里一个叫花子跑我营里来了?"

海兰察审量一眼众人,又看看胡富贵,打着饱呃儿,笑道:"真个的杀猪杀尾巴,各有各的杀法——我在外看得清爽,这几手绝活几时练的,那么一脚踢出去,老胡还能立时站起来!走吧——来了几个番婆儿唱歌子跳舞。傅大帅叫过去看呢!"一手拉着兆惠往外走,还回头朝胡富贵扮了个鬼脸儿,雷震野一干人"哄"地一阵大笑。

从兆惠营到中军大行营约里许多地,一漫平沙地被月色洒得白里泛青。兆惠话不多,海兰察却是耐烦,说一会子"皇上在南京过十五,准热闹得地覆天翻,可惜没福瞧瞧。"又讲"一枝花""有人见过,说美得像散花天女,我们那口子和你的云夫人比着就像烧火棍。可惜不能见见,玩玩这'一枝花'",兆惠听着只是微笑。海兰察又问"上回武汉军邮,见有云夫人给你的信,都说了些什么私情话?说给咱听听!"兆惠给他缠得没法,微笑道:"她没过门,字也认

的不多,请人写来的,能说什么私情话？倒是你那位的信,只怕还
有点滋味——你听,这是甚么鼓乐?"他忽然指着中军大帐说道。
"这么熟悉!"

"真的!"海兰察略一听,便即辨出,笑道:"鼓是藏鼓,号角喇叭
月亮弦儿,在金川听过,这地方儿怎么也会玩? ——这是……"他
没说完,兆惠已大步向前疾迈。仿佛有什么预感,海兰察略一顿,
脸色也变得苍白,紧跑几步追上了兆惠。不一时就到了傅恒的大
帐前。

大帐前果真热闹异常,除了值岗的戈什哈亲兵护卫在四周站
得笔直值差,几乎所有的军将弁佐都在听歌看舞,足有百分人围了
一片空场,刁斗旌麾下一对大米黄灯笼照着,月色如银的沙地下六
个妙龄女子伴着鼓乐,赤脚白足,短袖宽裤,髻头挽着疾速踩着鼓
点正在跳舞,却一色都是苗家装束。兆惠隔人墙看,傅恒盘膝端坐
在拜月香案南边,一边观舞,一手端着杯子和身边的马光祖指指点
点说笑着什么,所有将佐半圆雁序分坐两边,看得眼睛发直。海兰
察因见万献正和坐在傅恒身后的王小七说话,不言声蹲过去,叫出
万献来问道:"你是万县县令?——我叫海兰察!"

"是——海军门,卑职久——"

"别他娘那么多啰嗦! ——这些婆娘,还有伴乐的人,是你们
本地人?"

"是这里苗寨的姑娘,她们人人都能来两下的——"

"这些人,我问的这些人你认识不?"

万献迷惑不解地看着这位将军,摇头道:"这歌这舞见得多了,
今儿这拨子人卑职不认的——他们在凉风镇唱曲儿,我就叫来了,
中堂和各位军门在中原没见过,想给众位大人换换口味儿——大
人,卑职差使没做好么?"

"海兰察不好生赏月看舞,叽咕什么?"一曲舞过,傅恒一边和
众人鼓掌助兴,回身道:"还不坐过来呢!"又对舞班子缠着青布包

头的一个汉子道:"真个唱得绝好,舞得绝纱,可惜她们的歌词儿听不懂。"那苗家汉子一鞠躬,向乐班了叽里咕噜几句,又对傅恒用汉说话道:"她们有新编的歌儿,是唱金川的,为大人助兴!"

海兰察越看越疑,嬉笑着坐了傅恒身边,暗地里给王小七递眼色。搜寻兆惠时,却见他挤到了乐班子掌鼓的汉子身边,仿佛瞧稀罕似的看那面羯鼓。王小七浑身的劲都提了起来,蹭着身子挪到席前,躬身给傅恒等人斟酒,贼溜溜一双眼不住地瞟着这群苗人。

嗵嗵……咕隆——咚!几声带着金属撞击般的鼓声响起,悠扬的芦笙、月琴和胡琴缓缓奏出,月光下六个绝色艳丽的苗家姑娘,银饰叮当皓腕高舒,错脚儿随拍起伏舞出。虽然只有六个人,舞步队形不时变幻,时而如风送芦花,时而犹灵蛇弄珠,娇娆姿态不可胜言。傅恒看得眼花缭乱间,一位黑衣女子筒裙银钮打场下款步舞出,歌女们众星拱月般围着她旋舞翩翩起伏,那女子摆着修长的身子扬声唱道:

> 沙鲁里山……啊,万仞巍峨——
> 金川江水啊……滔滔逝波
> 林森森,树碧碧,连岗接陌,
> 鸟鸣鸣,花幽幽,藤缠丝萝……

傅恒听得神往,对身侧的海兰察道:"虽说俚词不甚雅训,可清泠直透心脾,倒比文言的似乎更加贴切。"海兰察心存疑窦,直着眼死盯着那女子,搜寻她是否带有兵刃,哪里顾得上答话,连籽儿咽着西瓜,呜噜了一句算是回答。倏而鼓停,只余月琴铮铮,芦笙箫箫,歌词一字一句听得真切:

> 飞瀑流湍,百回千折;
> 清塘潦水,晚舟渔火;

　　　　獐狍麝鹿结队过山坡——
　　　　草坝上的羊群像白云流移，
　　　　美丽的金川……你是永不凋谢的花朵！
　　　　啊沙鲁里……金川江啊……

最末一句清音长曳直可裂石穿云，余音袅袅犹自寒魄动心，歌歇舞收，人们还浸沉在神思怅惘中。

"好！"傅恒带头鼓掌，将军们也一片喝彩鼓噪声，海兰察和兆惠一心防她舞中突袭傅恒，至此也心下懈了，傅恒笑着对那女子道："唱得真令人入神。我从来有没听过这样好的歌，走珠玉盘，如行云流水！金川真的有那么美么？——取二十两银子赏她们！"

那七名女了躬身辞谢，倏然间直起身来，每人手中都多了一把寒芒凛人的藏刀，六个女子护定了，中间黑衣女子身影飘忽如魑似魅，竟是直扑傅恒，口中高叫："金川比我唱的美！——你为什么要去蹂躏她？！"

这一突变起仓猝，祸在肘腑之间，一转眼间傅恒四周七把短刃同时攻来！傅恒情急之间双臂猛地一挑，面前小桌子像安着簧机触发似地倏然弹起，直砸向中间那位女郎。她见傅恒应变如此迅即，略怔一下闪过了，从斜刺里向傅恒胁下直搠过来。就这么略缓一缓，王小七大叫一声："妈的个屄，有刺客——还不快上！"径自一个头捶直拱出去，那女的不得不闪身，顺势回手一削，王小七右额已被削下一片！与此同时海兰察和兆惠已掣剑在手杀入战团。中军马光祖一干人都是久经战阵的宿将，大变之下聚然一惊，此刻也都回过神来杀进去。这群藏人总共不过十三四个，尽自个个骁勇异常，拼出死力格斗拼杀，上有十几个将军剑刺刀劈，下有王小七沙地滚来滚去碍手窒脚，一眨眼间已落了下风。

傅恒乍脱险境，见两个校尉仍死死架着自己，猛地一甩臂挣脱了，指着黑衣女子大喝道："军校们欠围定了不要动手——海兰察，我一个死的也不要!"话没说完,一柄雪亮的小藏刀从场边飞来,饶是他见机躲闪得快,仍像钉子似地扎进了左臂! 定睛看时,竟是那个背乐器的小孩子飞来的刀。那孩子手擎一把匕首还要飞刀时被兆惠脑后一掌,打得闷哼一声扑倒在地,不到一袋烟工夫,七女六男一个专门刺杀傅恒的"乐队"已全部拧翻地在。王小七头上着刀身上被人踩了不知多少脚,他也真皮,竟能骨碌翻身起来,"呸呸"唾着口中砂子过来,见万献兀自梦游人一样喃喃说着:"怎么弄的……怎么弄的? ……"劈脸就是一巴掌,骂道:"没有家祟进不来外鬼! 日你佬佬的,还问'怎么弄的'!"

"中堂爷!"万献被一巴掌打醒过来,"扑通"一声跪倒在地,就磕了不计其数的头,语不成声说道:"卑职不知道,卑职真的不知道啊!"

几个军医早已赶来,忙着替王小七包头裹药,拨出那柄小藏刀验了无毒,小心给傅恒上药裹带。傅恒已完全恢复了镇定,含知熬着疼待医生扎好,对万献说道:"我信得及你,别这样——这歌这舞抵得过这疼——贵县起来。你安心,我绝不给你处分。"万献爬起身来,已是汗透重衣,兀自怔怔如对梦寐。傅恒笑着吩咐:"把金川来的客人请上来吧!"

"扎!"马光祖满头臭汗淋漓,答着就去提人。一个游击笑道:"莎罗奔这回还来这么一手——送几个蛮婆儿给我们受用——"话未说完,傅恒已经变了脸色,断喝一声:"混帐! ——退下摆队升帐!"

在一片威严的升帐党威喝呼中,十三个刺客被押着鱼贯而入。七女五男还有一个满脸稚气的孩子个个身上衣服被撕得稀烂,蓬头垢面站着,都是直立不跪。十几个戈什哈拽绳蹬腿的,却是按倒了又站起来,都用仇恨已极的目光盯视着泰然自若的傅恒。

傅恒沉默不语,看着亲兵们两个驾一个硬按着跪了,才开口说道:"我敬你们是英雄,就本心而言,不想让你们勉强下跪。但这里有个名分在,我乃是饮差大臣,代天子坐镇行营。人在矮檐下,你们须低头!——通译官,兴许有的不懂我的言语,译成藏语给他们听。"待通译官译完,傅恒便命"松手",因见内个女子手掩着前胸,便皱眉叫王小七"拿几件衣服给女人披上——这成什么样子!"

松了手,几个藏民对视一眼,没有硬再起身。

"至少你还能讲汉话的罢?"傅恒对那黑衣女子问道:"叫什么名字?"

"色勒奔·卓玛!"

"色勒奔?"傅恒冷冷一笑,"只怕说错了吧——应该是莎罗奔才对的罢!"

那女子极轻蔑地瞟一眼傅恒,高傲地仰起了头,说道:"莎罗奔是我父亲的弟弟。我是色勒奔故扎前妻的女儿——我叫色勒奔,不叫莎罗奔!"

"是么?"卓玛这一说,不但军帐中将佐们诧异,连深知底蕴的傅恒也吃了一惊,他目视着烛火,眼睛瞳仁灼灼生光,心里急速转着念着,舒了一口气,俯仰了一下身了,说道:"你说的不对了。色勒奔——你的父亲,是莎罗奔杀死的,他还抢走了你的继母朵云——你看,我不是对你们一无所知吧?莎罗奔背叛朝廷,抗拒天兵,你要报杀父之仇夺母之恨,你该帮我的,怎么反来刺我?嗯?!"卓玛直盯盯看着傅恒,说道:"你们汉人都是蠢猪!——当恶狼围起羊栏的时候,所有的羊都会抵抗恶狼。这个道理你懂吗?"

傅恒格格一笑,说道:"可惜我也不是汉人,当不得这个'蠢猪'——如果说我是蠢猪,莎罗奔派你来刺我,你不是被蠢猪生擒活捉了么?"

"那是你们人多势众——"

"还是的嘛!"傅恒抚了一下受伤的左臂站起身来,在木图边悠着步子,平静地说道:"可见你也知道我们得天时之正。逆天行事祸不旋踵,所以——"卓玛一脸讥讽的笑容,打断傅恒的话:"所以前头有个庆复,接着又来个讷亲! 前后丢了十几万条尸体在金川,泡在泥坛里,冬天都是臭气熏天!"转脸叽咕向藏民们译了,藏民们听得哈哈大笑,军将们也想笑,低了低头,没敢。

傅恒脸色阴沉,双手轻据木图,暗哑的声音带着沉重的威压,说道:"方才是你七人对我一人! 身已就擒,还敢饶舌? 你们的尸体也会泡在这扬子江里畏鳄鱼的!"

他的目光凶狠异常,卓玛似乎怔了一下,随即坦然,无畏地望着满帐清兵将官,不屑地哼了一声。

"来人!"

"在!"

"把他们统统拖出去!"

"扎!"

"给他们松绑,送盘缠——放他们回金川,光明正大地和我战场上见……"

……满座军将顿时愕然,马光祖兆惠海兰察也是心头一震,都把目光盯向傅恒。卓玛脸色苍白得没有一丝血色,惶惑地看着这位清军主帅,似乎在揣度他的用心。傅恒顺手在木图边提起一包月饼,走到那孩子身旁,对通译官道:"给我翻译——方才那一刀是你扎伤我的……你是色勒奔的娃子对吧? 准头很好,气力还不足啊! ……这是月饼,很好吃的,带回去给你的阿妈吃——这月饼不是招讨大将军傅恒给你的,是满人大叔傅恒给的,这样你就能接了。哎……好,这就对了……"他的话没有译完,那娃子已经泪水夺眶而出。

"我敬重英雄。"傅恒站直了身子,用不容置疑的口吻说道:"予让漆身吞炭三刺仇敌而不成,仍是千古风义嘛——放他们走路!"

几个藏人都觉得扑朔迷离,恍惚如对梦寐,梦游人似的倘恍着退了出去。万献一直站在旁边看,也是眼花缭乱神移智迷,问道:"中堂大人,要不要县里把他们拿了?"

"我放人,你县里敢拿?"傅恒一笑,"坐了一处赏月!为什么要放——你们听我说。"

所有的人都竖起了耳朵。

"敬重英雄是一条,但英雄该杀也要杀。"傅恒说道。灯光下,他的神态显得格外安详从容。款款而言:"他们是金川内讧逃出来的流民,护族护乡自己商量了来刺我的。这个卓玛和莎罗奔有杀父之仇,决不会奉命来刺我。这又是一条。前番两次征剿,莎罗奔一直留着和朝廷讲和的余地,并不赶尽杀绝。他不想举族灭亡,也不会对我做绝了,所以肯定不是莎罗奔派来的刺客,这是第三条。有这三条,杀了他们与军与政没有半点益处,所以不能杀——大家吃瓜——可惜一场厮打,牛肉掺沙不好吃了——海兰察,你发什么怔?"

海兰察还在品味傅恒的"三条",说道:"我是想,那也不能放人呐!太便宜他们了!"

"我也便宜。"傅恒咬了一口瓜,仔细吐着籽儿笑道:"我们就是全胜,也不能驻扎在金川,也不能把金川人杀尽吧?留一点蒂儿,让他们仍旧窝里打炮,省我们多少心!"

二十八　不共戴天同宿兰若
　　惺惺相惜意蕴柔远

　　毗卢院地处莫愁湖西,形似龟背曲如长蛇,一带山岗突兀而起,南北衔长江,西临石头城。登岗顶东眺,镜面一样的莫愁湖亭柳栉错相倚,十里秦淮蜿蜿蜒蜒尽收眼底。扬子江从西半环禅院滔滔东南一泻而去,极目处还能瞭见半突在江中的燕子矶。北望鸡鸣寺遥遥相对,仿佛矗立在烟波浩涉的玄武湖中。虎踞关、清凉山也都可在此绰约观望。最是出名的金陵胜地。只因康熙皇帝当年初巡江南。在毗卢院下莫愁湖畔造行宫,逆臣葛礼与伪朱三太子谋弑,在山上架红衣大炮准备轰击行宫。事发之后,年羹尧一把火烧得这年千禅林几乎成了白地,香火自然也就败落了。

　　乾隆一行人赶到禅院山门前,天刚黑定,莫愁湖东岸胜棋楼一带已是灯火阑珊,莫愁湖上渔船已经收网归舟,只有几只画舫还在白茫茫一片湖水中游弋,时断时续传来歌伎的弹奏唱声:

　　　　好去秋风湖上亭……楚腰一捻掌中情……半醒半醉游三日,双宿双飞过一生……怀里不知金细落,枕边时有……坠钗横。觉来……泪滴湘江水,着色屏风画不成……

乾隆在幽暗的柳林道里时走时停,听音辨词,对紧捱在身侧的纪昀说道:"本来还觉得有点热,一曲清歌送秋风,直到心脾里沁凉呀……晓岚,如此良宵美景,你这才子该有诗才对的,怎么默声不语?"

"主子怎么忘了,奴才这会子叫年风清——'晓岚'在民间薄有名声,用不得的!"纪昀压低了声音道:"奴才这差使不好当的,求主子体恤——这会子风起满塘荷皆是敌影,月昧石头城咸隐魅形;萤穿空山,水涌秋波。离乡关之愁绪方始,畏夜途之路遥未竟——真的是不敢有诗思!"

乾隆笑道:"亏你片时仓猝说话,还能连缀出骈语联句来!倒是这'不敢有诗思'令人绝倒……好,我知道你们的心思,真的要体恤体恤,不再听歌了。听——寺里的晚钟吧!……"

说着,毗卢院果然传来和尚撞钟声,只是离得太近,少了些悠扬沉浑的韵味,却是十分洪亮。接着便听少弥们齐声诵经,钟声木鱼间似歌似吟,颇能发人深省:

> 如是我闻,一时佛在舍卫国祇树给孤独园,与大比邻众等千二百五十人俱。尔时,世尊食时,着衣持钵……"

听声音也有百十来众。

"要进山门了,"纪昀略略透了一口气,见巴特尔索伦两个侍卫紧贴着乾隆,英英和嫣红也是小心翼翼亦步亦趋,似主非主似奴非奴的有点不伦不类,只有端木良庸显得潇洒,离着乾隆六七步远漫步随蹿。纪昀因道:"大家洒漫一点——都是香客嘛!。因见山门米贡下站着个黑大个汉子,便问:"吴家的,永春居士来了,客房安置好了么?"

乾隆也认得吴瞎子,见他身后还站着个鬼头鬼脑的黑矮个子,却是昔年在槐树屯收伏的那个"铁头蛟",知道是刘统勋调来,防着乘船时水下有人作手脚的——预备如此周密,乾隆不禁满意地点点头,因问道:"我也来了?——这么说,禅院里住的都是你们的朋友了?"

"主子吉祥！"铁头蛟伶伶俐俐向乾隆一揖说道："您来图个清静，下人们怎么敢搅呢？东禅院咱们包了，南院禅房是扬州一家瓷行运转老板包的。中间隔着大悲殿，北边是方丈和尚他们的精舍居处，十分妥贴的——主子请！"说着将手一让，灯影儿下只向嫣红英英二人挤眉弄眼一笑，英英哂道："死样儿么！还想吃围棋子儿？"便随乾隆趋步而上。却是吴瞎子陪着，一路闲话介绍庙里各殿堂情形，又道："——一切诸事都方便，连生意书信都很好来往的——只这老和尚法空大样，无论谁，捐多少香火钱，一律不接不送，很缺礼数的。他说他代佛结缘平等世法，小的们也拿他没法。"

乾隆一笑，说道："和尚不讲礼，他们讲的是缘分。遇到大善知识，他们还是很知道恭敬的。"说着已进了天王殿东通往禅房精舍的过道上。这里地势瞭高，除了几十株老桧银杏是焚后残余，其余都是新载的小松柏，夹道风带着水气拂面扑身而来，凉意竟微微浸骨。因见一个小沙弥剃得黢青溜光的头，合十恭肃站在门侧，便问道："小师傅，别人都在诵经，你怎么站在这里？"

"阿弥陀佛！"小和尚年纪只在十二三间，声音里还带着童稚，深深一躬说道："师爷吩咐的，请檀越进院后，我就回去。"

乾隆便目视吴瞎子，见吴瞎子微微摇头，心下顿觉诧异，因问"你师父是谁？法空方丈么？"

"法空是师祖。师父法号觉色，小和尚性明。"

"你师父怎么知道我来？"

"阿弥陀佛！性明不晓得。"性明又一躬身，"今天午经之后，师父们陪师祖在后边云房坐禅，师父禅起，对师祖说'来了'，师祖说，'晚经时派人接一接吧，'方才师父就命我过来了。"

"你师父今年多少岁数？"

"师父俗缘寿一百零四岁。"

乾隆吃了一惊，又问："师祖呢？"

"阿弥陀佛！小和尚不知。"性明说道，"——请檀越施主用斋安歇,小和尚复命去了。"说罢却身而退。

寺院里预备的晚斋并不丰盛,却是十分精洁,一碟子碧绿漆青的腌黄瓜,一碟香菇烧豆筋,还摆着青红丝糖醋白菜,蟹壳一样殷红透黄一盘清酱烧豆腐,还有凉拌木耳面筋,芹菜爆红椒,中间攒着砂锅炖粉丝素丸子,满屋散发着淡淡的麻油青香,勾人馋涎欲滴。乾隆料知巴特尔这些人不中意这类饮食,因只招呼嫣红和英英坐了,笑道:"其实我今天竟带了一群肉食者! 你两个将就着点斋戒几天吧。年风清他们轮拨儿在庙外头吃饭。"巴特尔因装哑巴,打着手势请他们稍停,每盘子菜都先尝了,又略停一时才请乾隆举箸。乾隆肚里已饥,又惦着想见这庙里百岁方丈,不再说话,尽量矜持着吃了两碗老米饭,拦着菜吃了。见他停箸,也就放下筷子。

"主子别信秃驴们吹牛。"纪昀见惯了乾隆用膳,从没有这样匆忙的,知他急着要见方丈,因笑道:"我们捐了两千多银了,包了这座居留禅院,他自然要恭敬些,人情势利冷暖,禅林也是一样的。听尹元长说,连他们师祖原也是峨嵋道士,半路弃道从释的,不信能有多深的修行?"

纪昀没说完,乾隆已经站起身来,脱掉身上坎肩丢给巴特尔,指着纪昀:"你——嫣红、英英、端木跟我来,其余的人不要进佛堂。"说着便走,嫣红二人忙跟上,纪昀也就不敢再多话,也悠着步子随着向二世佛殿而来。此时,和尚们的《金刚经》已诵到尾声:

> ……一切天人阿修罗,闻佛所说,皆大欢喜,信受奉行《金刚般若波罗密经》。南无金刚藏菩萨……南无喝啰怛邺,哆啰夜耶,佉啰佉啰,俱住俱住,摩啰摩啰,虎啰咩贺,贺苏怛拏,吽泼沫拏,娑娑诃……

乾隆四人趑过二世佛院东角门,进了天井,但见满院铺的都是临清砖,砖上一色都写着"信民××敬捐"字样,正殿前几棵银杏树都粗可怀抱,似乎是劫后幸存,黑碧得模糊不清的树冠遮得不见星月云空,正中鼎炉足有两人高,袅袅升腾着霭霭泛紫的香烟,佛堂里百会僧众趺坐合十诵经,殿内释迦牟尼佛前供柜上燃着足有上千支蜡烛,院外阶下十几口大海缸满注清油,鹅蛋一样粗细的灯蕊和殿内烛光相辉映,照得里里外外通明雪亮。那个叫性明的小和尚拿一把大剪子,正剪着海缸灯蕊的焦头,见他四人进来,忙放下剪子合十施礼,说道:"请施主随喜观瞻!"

乾隆看了看殿内坐得齐齐整整老小不等的和尚,问道:"哪位是你师你? 师祖在里边么?"

"师父师祖都不在,掌木鱼的是大师兄性寂。"小和尚说完,一声"阿弥陀佛"便又去作自己营生。

乾隆便随步散漫进殿,但见中间释迦牟尼塑得丈六法身,垂手屈指,都是新装的金,垂目悲悯宝相庄严,观音、普贤、文殊、坦藏四大菩萨侍立在侧,也都体态庄重慈祥微笑。正面壁画绘着五百阿罗,天花缩纷间俱各垂坐,有的慈眉善目,有的开怀敞笑,有的沉思不语,有的面目狞恶张发怒目,都约可盘子大小各带光晕,工笔彩绘各个栩栩如生。下面护法金刚倚在菩萨侧畔,都是五色装颜,水金沥粉涂彩却是胎骨法身。游目两厢,是木莲救母故事,但见满壁流云间,宝帐、缨络、云车、天神们手执华盖、琵琶、降魔杵、九环锡仗、流云托多宝瓶,神将、仙人、进贡童子、四值功曹、六甲偈谛、罗汉菩萨衣带天风叱咤降魔,下面绘黯黑地狱,种种无常、鬼判、难人、炮烙、油鼎、骷髅数珠、江洋血水间鬼魅挣扎——或金碧辉煌,或阴森可怖,错落纷繁克塞满墙。灯下看去,异样的诡异神秘。纪昀不禁叹道:"前年阿桂来,还告说这里太荒凉。两年间竟成如此规模——不容易!"

此时和尚们晚课已毕,各自肃然振衣礼拜退出。乾隆因在正中红垫子前默立拈香,望着高大的世尊佛像喃喃祈祷了几句什么,抱起签筒摇了几下,落下一枝签来。英英忙捡起来,嫣红凑过来看,却是一枝中中签,便不敢递给乾隆。乾隆便知签不好,只一笑,说道:"取过签标,让老年解说解说。"英英一声不言语,走到正在签标柜旁敲木鱼的性寂身边缴签换票,乾隆也不在意,因见西壁下有个青年香客也过来求签,料知是西禅院住的居士,他不想搭话,便折向东壁。一时纪昀便过来给他看签标,上面却是一首诗。

　　繁华盛景逢季春,落英正凋柳色新。远人莫忆故乡好,且观夕阳晚舟昏。
　　——居亭安,狱讼和,争事息,财帛散,网张三面莫迟疑。

乾隆笑道:"这么好的诗,这么和平的判语,怎么只是个中中签? 那上上签又该说甚么?"

　　"上签那是讲大富大贵大红大紫的。"纪昀笑道:"下签都是讲没酒没色穷困生气的——咱们两头都不求,中中签真是好极!"乾隆一笑正要说话,却听那厢求签的年轻人细声细气地说"我的是个上中签呢! ——这位老先生,请帮忙给我也解解!"说着已经过来。端木子玉见他过来,装作看壁画儿也凑了近来。纪昀看时,也是一首诗。

　　浓桃艳李映紫霞,群芳难妒谢园花。
　　犹羡三春景不尽,黄金台畔绕暮鸦。
　　——佳木独秀于谢家园内,其葱茏可知。离人安,财运亨,宜守拙,善居停。

那青年指着诗道:"这一句——黄金台畔绕暮鸦——我总觉得不甚吉利似的。"

　　"这是说你的归宿。"纪昀笑道:"乌鸦是孝鸟,你一生出人头地,终于魂归黄金台,难道还不知足?"

　　乾隆在旁打量这位青年，总觉面熟，再想不起在甚么地方见过，待他听完纪昀解说，垂睫沉思，一刹那间神志婉然，他已瞿然想起，正是大闹山东平阴县的那位施药布教的道长，在平阴县城城西关帝庙广场相见时，二人还默默相对移时——坐实了这一条，此人便是"一枝花"无疑，至少也是白莲邪教里的要紧人物！他心里先是蓦地一紧，随即自失地微微一笑；天下相貌近似的不知凡几，万一认错了，岂不遗笑臣下？再说，已经事过七年，冲虚道长的模样已经漶漫不清，只改了女妆的冲虚在城下与自己脉脉相对的情景宛然，绰约间眉目亦不甚清晰，只是心里觉得神似而已，哪有人过七年容形不改的道理？想到此，又疑自家结想成幻，忒是杯弓蛇影了，因凑上去，秉扇一揖，陪上笑来说道："敢问居士贵姓、台甫？"

　　"不敢，贱姓卞，草字和玉"那青年也忙躬身回礼，只眼角微睨了一下端木良庸，又进问乾隆：敬问老先生怎么称呼？"

　　乾隆还是头一次听人唤自己"老先生"，下竟识地摸了摸下巴，回头朝纪昀一笑，对那青年说道："我姓隆，是旗人，你叫我隆格好了。卞和玉——嗯，这个名字有意思。"大约觉得这话带了皇帝味，接口又笑道："楚人卞和献璞玉，地老天荒终难识——到底还是为祖龙所有，成了中华第一国玺。"

　　"这个名字并不吉利。"卞和玉也是一笑，说道："不但卞和伤残废损泣血终天，就是和氏璧，本来好好一块璞玉，琢造成一块只能在诏书上戳红朱砂的印玺，也就失了它本来的天性。"

　　纪昀虽在平阴也见过易瑛，但只远远瞭见她在人众中厮杀。他是个近视眼，到底也没真切记住她的形容模样。眼前这个年轻人举止娴雅，谈吐声语清越，并不惹他生厌，但身负乾隆安全责任，他却一点也不想让乾隆和生人搭讪。因动不声色凑到二人中间，笑道："和玉先生是应考南闱来的秀才罢？《三字经》里说'玉不琢，不成器'。既琢，就必失天然，一块玉做了传国之玺，正是'琢得其所'。不然，和阿里满河庆的鹅卵石又有什么分别？"

"我不是秀才,没有读过《三字经》。卞和玉一哂说道:"但见今日官场,铜臭气熏天和氏之璧失传,大约也还因它本性未泯,不愿混迹于粪土般的官场商场里边吧? 所以孟子谓'与其残民以逞,不若曳尾于泥涂'。河里的鹅卵石中未必就没有荆山之玉,未必不藏夜明之珠,得其自然天趣,身处清波之中,似乎比在粪窖里要好些,是么——还没动问高姓大名?"

乾隆疑得不错。这位变名"卞和玉"的正是"一枝花"易瑛。包永强依她在扬州户籍假名,向尹继善"报效"十万两白银"以备迎驾",立即接到了总督衙门鉴印的全红请帖,约邀八月初三前赶赴南京,随众接驾,听候召见;恰盖英豪飞鸽传书,八月初五在莫愁湖胜棋楼与黄天霸比武,请"卞先生光临观护"。于是不再听众人劝阻,带韩梅唐荷和乔松匆匆赶往南京。她也是昨日才抵达南京,住毗卢院是盖英豪盘子上的安排,谁知正应了"无巧不成书",鬼使神差的竟和乾隆同住了一庙东西院! 易瑛尽自精于先天神数,善演仙法道术,只想东祥院住的是富豪官绅香客,再也没有疑到居然便是垂治九州天下的"当今"! 见乾隆言语从容,举止倜傥,行动间雍容洒脱,心中竟油然生出一分亲敬之情来。因就随着乾隆同观壁画。纪昀听她揶揄自己,想想她的话竟无可辩驳,因笑道:"敝姓辛,字风清。痴长你几岁,叫老年好了。倚我老年人说话,无论官场商场,浊者自浊,清者自清,不可一而论之的。听你话音,似乎是河里的石头了。真令人羡煞,老年人却是身遭不幸,一不留心掉进你说的粪窖里头的人呢!"

"举世浑浊,谁能独清?"易瑛不知怎的,被他触动心事,微蹙眉头叹道:"山洪发了,河里石头也不得清净。官场龌龊,商市也是一样,就是江湖黑道……相到间机械变扎,仇杀稔稔争一点蝇头小利的,又何尝没有?"

乾隆徐步而行,似乎漫不经心地浏览着满壁的云龙、金银轮、接引童子,各种奇形怪状的虎豹熊犬宝象神马神牛狮吼,听着易瑛的话,说道:"世界大了,太阳照不到的地方,藏污纳垢的事自然有的;林子密了,什么样钩爪锯牙的怪兽生不出来呢? 黄河不去说它,千年来泥沙俱下,就这条扬子江,秋水寒波清冽异常,水底激流中什么情形就难说;这湾莫愁湖,平明如镜,温婉得处女似的,下面的污泥不知有多厚呢!"易瑛听了点头不语,仔细品味乾隆的话,却又一时揣摩不出什么意蕴。乾隆一笑,闭口不说话。纪昀转口替乾隆说道:"说出来猥亵了这世尊佛堂。前些日袁——袁子才听鼓升堂,是个男人提着人头来投案。一问是杀奸。袁大令就问'你懂律条不懂? 杀奸只杀一个,要抵命的!'那人据实说了,竟是一女两男,大天白日一处犯奸。杀了一个,另两个人趁机逃掉。袁大令又惊又笑,派人捉了人犯,那女的竟说:'我好比一枝花,头上飞来两个蜜蜂儿采蜜,我有什么法呢? ——这当然不是官场商场,也不是什么富贵人家。就是平头百姓,里头的龌龊事还少了?"

易瑛听得满脸一红,敏感地偷睨了乾隆一眼,乾隆只默默无语。易瑛毕竟是江湖老手,旋即镇定下来,格格一笑,说道:"当然,世界之大无奇不有——可我要说官场,商场。"因将高恒在扬州众乐园和薛白、云碧、阿红淫戏情形说了,又笑道:"薛白不去说她,是个行院婊子,那两位可是扬州父母官的姨太太呢! 巴结上宪,那可真是什么都舍得。众乐园掌园老板和我相熟,跟我说,前台唱丽娘入春梦,后台三英战温侯,真热闹煞!"

"真的?"乾隆几乎脱口问出来。高恒行止不检随处沾花惹草,早就有御史上章弹劾过,棠儿也隐隐约约说过他不规矩。一来是大臣,二来是国戚,乾隆自己也是个招蜂引蝶的风流性子,都留中了。不想在外头如此胡作非为,脸面性命都不要了! 思量着,裴兴仁和靳文魁更不要脸,官官相沿成习,岂不是混帐世界? 他的脸色变得有些苍白了。纪昀生怕他发皇上脾气,忙笑道:"我刚才已经失口。佛堂上讲这些,本来就太脏了,不是亵渎也是亵渎。善恶因果总有报应,今日三英战温侯,保不定日后五马分商鞅呢!"乾隆听

着,咽了口唾液,道:"风清先生说的是!"因为已转过佛堂后廊,方
丈精舍里灯烛闪烁,里边似乎有人说话,停步谛听片刻,笑谓易瑛,
"老和尚沐浴刚过,咱们见识见识,看这位百岁老僧机锋如何!"话
音甫落,便听一个苍老浑浊的声音道:"要去的尚未走,要来的已经
到。阿弥陀佛——施主们请进!"

　　声音如此沉浑! 房外几个人不约而同对视一眼。嫣红和英英
抢前一步进了精舍,果然见两个小沙弥抬着一木盆热水出来,方才
领着众僧诵经的性寂盘膝端坐在炕下蒲团上闭目不语,面上微带
戚容,北山一卧木榻上趺坐着一个胡须稀疏的老和尚,却是又黑又
瘦,好像已被百年岁月风干了,蜷缩成一团合掌瞑目——想来这就
是尹继善说的法空和尚,二人合十念一声佛便退到门旁。端木似
乎也存了戒心,见乾隆和纪昀进去,"卞和玉"还用手让自己,也伸
手相让。只略一触,易瑛微微运功,但觉这年轻人手上力道隔着棉
花似的。若有若无似吐似吞得不着边际,不禁暗自骇然。端木良
庸却似浑然不觉,含笑让着,待易瑛进内也就随后而入,神定气闲
地站在离乾隆两步远的门旁。却听乾隆笑道:"久闻大和尚道德高
深,有缘幸会,愿闻和尚三乘妙谛!"

　　"阿弥小陀佛!"黑瘦和尚在炕上合十躬身,睁开眼缓缓移动目
光扫视众人一眼,说道:"确是与大居士有缘。老衲自康熙四十年
弃道从释,而今垂五十年,得遇少壮游时旧人后裔,而后钟漏并歇,
岂非天意?"因见众人都是一脸茫然,满面皱纹略一绽,对端木说
道:"令祖封老先生还健在吧? 他十岁上跟令太祖公清老先生一道
去峨嵋山见过我。"又转向乾隆,用古洞一样深邃的目光凝视移时,
瞳仁一闪即近,喟然说道:"莫愁湖畔笙歌酣,回首百年尽尘烟……
君清华毓德,与令祖何其相似乃尔!"说罢便瞑目。

　　纪昀学究天下,遵的却是正宗儒道,于神佛仙道持了个"存而
不论"的宗旨。听老和尚捣鬼,肚里只是暗笑,直到他说出"清华毓
德"四字,心头蓦地一震,略一定,进前稽首问道:"敢问大和尚俗家

姓氏?"

"古木昏月空山寂,惟余澹泊水溮溮……"老僧呐呐说道:"姓谁名何尽归空,居士无须多问。"

纪昀是绝顶聪明之人,略一沉吟,笑道:"大和尚不用说嘴,我已经领教了。"便即退下。易瑛却如坠五里雾中,见众人一脸肃穆,知道已被这和尚说中,也想问一问自己休咎,因端肃庄容一个礼拜,说道:"大师,俗家居士卞和玉,久已有志皈依佛图,恳请收纳法座之前。"法空和尚不言语,只是默坐。坐在炕下蒲团上的性寂忽然口念佛号,说道:"居士性情热衰,六根不净,八垢难除,九根未存,有求于佛,焉得成佛?"

易瑛微叹一声,说道:"听说二位大师师徒也是半道为僧。我虽不才,眼耳鼻舌身意,色声香味触法六根六性,闲下时也略有修习,但在红尘,但有钱财必难入佛门,这也是佛门俗见。清净六根,无非一个守空而已。我解得不对?"

"我为汝下一转语,"性寂说道,"试问何谓念烦恼?"

乾隆原在东宫,就被雍正指号长春居士,佛学造诣已登堂入室,原想和这两位百龄禅师对一对机锋禅语消歇心神的。倒不料邂逅的易瑛也有些情趣,便不肯抢先,笑吟吟站了一旁观看。只见易瑛一稽首回道:"念烦恼——误将浊水溅莲叶。"

"作何除法?"

"夺取钢刀破藕丝。"

"何谓不念烦恼?"

"一任清风送柳絮。"

"作何除法?"

"再从系处解金铃。"

"何谓念不念烦恼?"

"春蚕作茧全身缚。"

"作何除法?"

"蜡烛成灰彻底销。"

"何谓找烦恼?"

"底事急流争鼓棹?"

"作何除法?"

"好凭顺水再推船!"

"何谓自性烦恼?"

"钻榆取火还烧树。"

"作何除法?"

"冻水成冰不起波。"

性寂面无表情,目光在眼睑下晶莹闪动,凝视着从容不迫对答如流的易瑛,微微一叹,说道:"逆水争流中,几人能返舟顺水?"易瑛道:"大师,难道我参悟得有误?"

"你说的不错。"性寂说道,"再问下去,信及你仍旧是口吐莲花,然而归除绮业,一归佛教,不凭口头禅,莫愁湖就在寺外,扬子江环绕如带,居士能看得空了?"

"我能!"易瑛笑道:"我家扬州有字号的,世代笃佛比立卞家,自幼修习了然空法。"

性寂莞尔一笑,他的声音有点像隔坛子向外说话,略带暗哑,却又十分清晰:"'了然空法'四字谈何容易……我师在峨嵋二十年苦禅,来此驻锡三年,坐穿蒲团。昨日示寂,今夜归西,尚且告我辈徒众,仅明生死之道而已。居士自扬州逆水来宁,谈何顺水推船?有为而来,谈何知道了空? 镜妆粉奁水月明照,空言菩提正果,罪过罪过……阿弥陀佛!"

以诗对禅,乾隆还是头一次看见,准备了一肚子《楞严》《华严》经典想搬弄,相比之下已觉黯然失色。想现在即席对禅,深知难与"卞和玉"比拟,因目视纪昀。无奈纪昀却于佛典知之有限,乾隆之命又违拗不得,思量场长避短,便在旁吟道:"一溪花瓣水声长,春归何荡漾。堪嗟六生无常,喧嚣经尘混迹酒市茶墙。作甚的神与佛，又何必无益自感伤？做不得官，做不得商，请群归去。且放浪，也倜傥，何妨是快活柳七郎？"

"善哉！"榻上老僧法空突然合掌含笑，说道："老僧将西去，临行得此妙音送行，法空心感神受矣！"目光一闪，对乾隆道："和尚时辰已到，再与诸居士别过了！"

乾隆曾几次见过道德高僧示期圆寂，京师檀拓寺了然和尚，法华寺明色和尚，还有五台山清凉寺在大觉寺游方的挂单和尚空世，圆寂时他都去看过，除了空世，都看上去委顿不堪——其实是沉疴寿终，临命勉驾罢了。这位法空，没有出示让善男信女来瞻仰膜拜，已经令人诧异，连寺中诸僧也都安之若素一如无事。也和那些"示寂"和尚传法旨，请同门，法螺鼓号大吹大播的景象迥异——而且就在此刻，从容禅对之际，居然骤尔便说"要去"！乾隆的心猛地一沉，悚然间又敬又畏，脸色变得异常苍白，竟合掌微一躬身，说道："愿聆大和尚撒倡教！"

法空和尚含笑点头，挪身下炕，亲自将一双芒鞋穿上，小心系好了。性寂要给他披袈裟，他一笑摆手说："不必——用它包我的舍利子就是了。我给你的袈裟，后年依样画葫芦。"在地下随意散了几步，略一振衣，倚着佛龛站定，口中吟道：

> 饥来吃饭困来眠，不须去悟传灯禅，妙谛说破石点头，何事红尘仍留连！——问死问生，问兴问衰，好大世间，有甚挂碍？咄！去便去休，来便是来，莫愁欲愁凭自在，灵槎不渡汝徘徊！

吟罢，向性寂蒲团上盘膝端坐，右臂曲肱支颐，左手垂抚丹田，脸上兀自微带笑容，却是再不言语。

"师父，师父！"

性寂"扑通"一声长跪在地，冲着法空轻声呼唤。见法空了无动静,轻轻扶了扶左手脉搏,又试试鼻息,性寂仿佛惶惊动他似的,小心向后跪了跪,似乎有点不相信自己的判断,又定神移时,深深叩下三个头去,方起身来。他自己也是百龄老人了,颤巍巍的,脸上似悲似喜,向一众人等合掌躬身,用干涩的声音说道:"各位檀越施主。我师法空已为佛祖接引西去,入不生不灭之境。寺中和尚要作法事送行。请各位回驾……阿弥陀佛……"便有两个沙弥抬上香案。

法空和尚竟然真的立地圆寂,蒲团坐化!直到外间塔头和尚撞钟,召集全寺僧众集合,方丈中几个俗家客人才从梦魇一样的怔忪中醒悟过来,除了纪昀端木和乾隆,竟都把持不住,不由自主向法空的法身顶礼膜拜下去。乾隆敬谨栗惕,向烛前拈了三炷香燃着了,只一举奉,插进香炉里。侍在香案旁的性寂便忙合掌回礼。

"如此荣行,见所未见,真是有道高僧!"乾隆不胜嗟讶,对性寂说道:"料理完法事,请大师到东禅院小坐片刻,有事请教,还有点香火资助为你光大山门。"

说罢,众人一同辞出方丈禅房,只见满院已点起海灯,亮晃晃如同白昼的灯影下,一队队和尚绕着早已为法空预备好了的柴山诵经,小沙弥们有的往方丈精舍里抬火化神龛,有的抱红毡,铺设方丈到柴山间的甬道,有的布置幔帐,人来人去审忙。街到三世佛正殿后墙,因要分手,易瑛只向乾隆一揖,乾隆也秉扇回礼,说道:"无事闲暇,请到我那边聊天。"

"恐怕不得闲,我有些俗务要办。"易瑛目光晶莹,凝贮着背着灯影的乾隆,不知怎的,打心里叹息一声,说道:"您是贵人,不好多扰搅的……明天要去总督衙门,听尹制台金制台安排接驾礼仪,还要演习几次。哦,后天胜棋楼有场盛会,是南京机房总行盖英豪作东请客,先生要有兴致,我可以代为邀请。"

纪昀最担心的就是乾隆洒漫成性不听约束。盖瑛豪约请江南豪客和黄天霸"讲筋斗",早已暗地苦谏乾隆"绝不可轻蹈不测之地"，乾隆原来答应了的。此刻虽没有疑到这位弱不胜衣的"卞和玉"就是"一枝花"，惟其如此，更怕乾隆不防头一口答应下来，当下心里一急，也顾不得失仪，在旁笑道："盖英豪撒英雄帖大会胜棋楼，我们东翁也接到邀请的。不瞒你说，东翁是官面上的人，不宜介入江湖，已经婉辞了。我是个爱看热闹的，说不定代我们东翁去凑个趣儿。"乾隆听了，只好打消念头，含笑点头算是两头应酬，易瑛也不勉强，只含笑一揖，说道："我早已看出来，你们定必是北京赶来接驾的朝廷大员。我无意功名，也就不敢硬攀了。待八月初八迎驾，或可再见。"

"那是一定的。"

乾隆笑道。

二十九　窦光鼐严章弹权臣
　　　　尹元长机断擒国舅

　　乾隆回到东禅院,想起方才法空和尚坐化情景,心头又是感慨,又是惆怅,徜恍如对梦寐,还夹着有点神秘的恐怖。看天色时,不知什么时候已经阴了。大块大块的云浓淡不一在广袤的天穹上缓缓移动。本来就是晦月日子,此刻显得更加黯黑。阵阵西北风掠过,袭得身上起栗,满岗的枫树像无数人在暗中拍手哗笑,高树婆娑摇曳,丛莽像暗潮一样波伏浪涌,岗下的莫愁湖上灯火阑珊,连隔院的佛灯也都明灭不定。一片喧嚣中鬼影幢幢,异样的诡异阴森。纪昀陪侍在侧,见乾隆不说不动,站在天井里只是出神,也不敢轻易惊动,一阵哨风微啸着扑身而来,他打了个寒噤,轻声道:“东翁,东翁……风大气凉,要下雨呢……请先安置,好么?”

　　“唔……”

　　“主了!”

　　“唔,唔!”

　　乾隆身上一颤,才从忡怔中憬悟过来,掏出怀表对着檐下晃动着的灯光看看,还不到亥正时牌,因见嫣红和英英抬着一大木盆热水向东厢屋,便问道:“我住东厢?北屋正房谁住?”

　　“正房贴着外墙,巴特尔几个伙计在那里守夜当差。”纪昀自家心中也被方才光景震撼,担心乾隆受了惊,热身子凉风扑感冒,听他声音并无异样,心里略觉安顿,忙陪笑道:“这是傅老六、佳木(阿桂)、刘老倌子(统勋)我们几个合计的。哪里安适住哪里,请东翁见谅!"他没有说完,乾隆已进了东厢。嫣红和英英便关门。

纪昀知道乾隆要沐浴,因惦记着有送来的邸报和奏议节略,匆匆赶进上房,却见是吴瞎子坐班当值,桌上灯下放着一寸来厚一叠文书,用桑皮纸打着封条。因问:"是谁送来的? 他人呢?"

"是臬司邢建敏送过来的,当时就走了。"吴瞎子起身笑道:"我也同刚刚出去走了一遭回来,看看庙里有没有蹊跷——嗐,铁头蛟这家伙还到湖底爬了一圈——万事平安。您只管放心!"纪昀这才留神,铁头蛟换了一身宽宽松松的大袍子,坐在南窗下小机子上正在喝姜蒜辣汤,唏溜得满头大汗,因笑道:"你这鬼东西,老烧刀子酒不是更好么? 水底下滋味如何?"说着便拆封。

"这勾当您老爷子就外行了。"铁头蛟揩着汗笑道:"水底下凉极,五脏都冻得收敛了,要姜汤进去冲化克散发表,体气才不得受害。烧酒是个急暴热性,下肚里冷热相激,只暖和一时,其实是伤了脾胃去暖身子,日子久了要得屁眼风的……"

纪昀一头听他拉呱闲话,微笑着一件一件拣看文书。先看邸报,报载"圣驾已抵泰安,有旨即行南下,不事泰山之游。"纪昀不禁一笑,又有卢焯到清河莅任河防总督,请旨将三名冒贪治河钱粮的河防巡检河泊所长吏革职拿问,询明正法的奏折。还有陕北赈粮,民众欢跃感戴皇恩,百姓自动到庙进香,"祈我皇上万寿万康"的折片,还有说甘肃普降甘雨,"墒情之好,为二十年仅见,此皆皇恩浩荡,深仁厚泽感恪上苍,使生民得福。种粮牛具咸已备足,可望冬麦及时下播"云云……还有一封厚厚的火漆通封书简,却是阿桂寄给自己的,封面上属明"晓岚公亲启,阿桂谨拜"字样,刚要拆阅,英英匆匆走进来,说道:"主子像是感了风寒,说有些头晕,叫先生过去呢!"

"是!"纪昀忙答应一声,指着铁头蛟道:"你立即去见尹继善,派郎中来! ——他不要亲自过来,随时听候旨意就是了。"说罢拔脚出门径奔东厢而来。这一来连吴瞎子也不免着忙,跟脚出来,见只有巴特尔站在门口,似乎有点心神不宁地东张西望,便凑过去,说道:"我站一会,你这院里各处走走——"话没说完,巴特尔硬橛橛顶了上来:"你走走——我的不!"

……纪昀忙忙地进屋,一边请安,一边觑乾隆气色。却见端木良庸也跪在床前,面向乾隆双手箕张,给乾隆发功疗治。乾隆面色微带潮红,半卧在床上,手里还拿着一本《资治通鉴》,仰你看着天棚,转眼见纪昀神色惶惧跪在一边,说道:"兴许是热身子着凉,略有点头晕,不妨事的。"听屋外声气,一笑,又道:"你听听,巴特尔说'我的不!'硬是石头一样!上回跟娘娘也是这么说话,娘娘赏了他一颗东珠呢!蒙古人,血性好汉呐……"纪昀见他精神还好,略觉放心,叩头说道:"奴才千不怕万不怕,最怕的就是病。既然身子欠安,住在这里就不相宜,还是城里去好……这庙里总觉是阴气太重,奴才有些心障呢!"

"你这儒家大宗匠,还信这些个?"乾隆见嫣红捧着参汤上来,欠身只喝了一口,摇头说:"不要——赏你喝了——老年到跟前来,给我扶一扶脉。"

纪昀忙应一声放下文书,跪地膝行数步,用小枕头轻轻垫了乾隆左臂,叩指按脉凝神灌注思索。乾隆由他诊脉,问端木良庸道:"据你说来,这位坐化的老僧就是胡宫山了?……这个人听祖父给我讲过。他原是三藩之乱前,吴三桂派到北京的坐探,在太医院卧底。后来为圣祖感恪,弃暗投明,有擎天保驾之功啊……为了一个女人,情场失意归山隐居……想不到能活到这把年纪,又在这里和我一面而别……这里头曲折颠沛,悲酸动人,是好大一部传奇啊……""我也听家祖说过。"端木良庸想起身家遭际,为了爱上一个宦家小姐陆梅英,被逐出家门,几乎潦倒横死异乡的往事,心里真的一股悲酸上来,忙收摄住了,给乾隆加功疗治。

他武功内外双修,已达极诣,是端木武林世家的嫡传子弟,按家规是不能出来应酬世俗的。但李卫这位总督生前于他有救命之恩,又亲访乃父,极力撮合成了和陆梅英一段姻缘,李卫夫人翠儿亲自致函邀他护驾,这个面情也实在却不得。因此,乾隆一行里他是唯一没有官身的"客伙"。此刻,他用家传太阴消影功丝丝抽着乾隆体内病气,乾隆脸上潮红渐渐消退,连纪昀也松开了手,说道:"主子脉象已经平和……良庸先生,我见过嫣主儿英主儿给主子发功医治感冒,也是你这般动作,都是不到一袋烟时辰也就痊愈了。她们是你家传功子弟,难道比你还强?"

"主子确然是有点受了风寒。"端木和纪昀一起磕头起身来,笑道:"只怕这病和那位卜先生略有点干系的吧……"

乾隆晃了晃头,觉得耳目清亮,遂挪身坐到床沿,听见这话,心头一震,脸上已经变色,说道:"他敢用邪法害我? 贼子胆大!"因又目视纪昀,说道:"你还记得此人不? 这人在山东大闹平阴县,我们亲眼见过,他是个女扮男装的,也许竟就是易瑛本人!"

院外一阵风掠过,将窗纸鼓得胀起又凹下,满屋的烛光都是一摇,风门上隔年贴的"佛"字掉了角儿,在丝丝凉风中簌簌抖动,接着凉雨飒然而落,沙沙响成一片的雨声像是蚕房里春蚕噬桑的声音,细碎不可分辨,给这风高月黑之夜平添了几分不安。

"不能吧?"纪昀摇头说道。风喉雨沥中他的声音十分清晰,"我记事时'一枝花'已经很出名了。山东时没有看仔细,她能这么年轻? 好有五十多岁了吧,出落得这样,那还不是小妖怪?"

"那她为什么使邪术害我?"

"这人功夫亦正亦邪。"端木良庸沉吟着说道:"在这样的庙里,有这样的高僧,什么邪术也是使不出来的……她用纯阳功注入主子体内,是想试试主子是不是武林中人,这不是害人功夫,体气弱的,还有补益呢! 我们这群人,除了年爷,就是主子,也都是有功夫的。盖英豪的胜棋楼在会,其实是和黄天霸叫阵夺盘子。她摸我们的底细也不为无因……至于是不是'一枝花'那就难说了。年公你是除了孔子谁也不信,江湖道上有一种不老回春功,只要是童男处女之身，练到老死，容颜也不会变的。"

他这样一说，众人尽管疑心未去，也都暗自松了一口气。纪昀叹道："宋儒以来动辄用道学标榜，苛言责备别人，自己一肚子龌龊水。其实奇智异能之事，春秋以来不绝于史，古人何尝讳言？鬼神之事孔子不论，但圣人从来也没说过鬼神不存嘛！讲经讲义差之毫厘谬以千里，真正地说，儒家治世，释道济世，只要不离了忠恕之道，也就没有离了个'仁'字。儒道不倡，就生出些'冠狗'，释道不介，就变出白莲教一类的悖逆邪祟。说到底，违情矫理营苟利途，把人心都给搅乱了。多几个法空和尚这样的道德之士，有益于劝惩，不乖于风教，于儒道倒可以相辅相成呢！"说着，便将邸报文书奏牍节略捧给乾隆，说道："没来及看完，就赶过来了。主子要是不适，留到明天再批也好——傅恒他们刚走。只送了一份请安折子，也夹在里边。"

"今天的事还是今天办。"乾隆一路风尘，下船到总督衙门又见人又办事，又逛庙遇和尚坐化，一日下来情事纷繁光怪陆离，很想躺着静静神儿。想想又不愿破例，无可奈何地一笑，因坐到桌前，就着灯光看奏折节略，漫不经心翻着，用墨笔随意点圈，口中道："你方才的话有意思。你的《阅微草堂》写到第四卷了吧？接着写，很好的。如今世事就坏在一群口是心非的道学官儿身上，满口仁义道德，一肚皮男盗女娼！标榜门户排揎异己，甚么这个党那个党，都是狐朋狗党！是人一党的什么坏蛋都能包容，不是他一党的，就是包公海瑞也要栽脏诬陷——这一件是你的信，你自己拆看吧！"因将阿桂的书简推给纪昀。翻看了卢焯的奏折，又对着看甘肃巡抚的奏折。却在卢焯的奏折上批道：

　　览奏不胜嘉悦。着尔前往清河，朕初衷略有不称意处。何者？因尔系犯过起复官员，恐因已过而畏惧人言，不敢大胆任事，复为宵小辈所误也。观卿所为，朕复何忧？昔我圣祖不以郭琇之罪疑而不用,卒成全一代名臣。朕于卿亦有厚望矣!勉之勉之!所请斩谢家锡三名犯官照准,报吏刑二部备案。涸田出售暂停,已屡有旨,以前军机处廷谕时日为限,造帐清单报户部工部存目。凡在限外移交地方官处置之涸田,一律回收尔衙门管照,万勿因循缘情,以致疏露。钦此!另告,甘肃今秋雨水充沛,此固好事,但恐水涨,泥沙必壅淤下游,河防漕务俱不可怠,此系尔本身差使,勿忽勿忽!"

写完抬头,见纪昀捂着口不住发笑,搁了笔,似笑不笑问道:"怎么,你的字看不入你的法眼?"

纪昀吓得一跳,忙道:"先帝的字清俊遒挺,已是当今第一流书法。主子的字比先帝还要中正和平,这笔字龙翔凤翮,就是书圣也不敢说不好——我是见阿桂的信里附有海兰察夫人给海兰察的信,写得妙不可言,思量着忍不住笑。"乾隆握着笔管,说道:"读给我听。"纪昀抖开那张信纸,口中说"是",仍旧是笑,摇头攒眉审量着,半日才道:"这等文字头一遭见,我实在学识浅陋,读不下来……"

"还有年公读不来的文字?"乾隆诧异地索过信来,见上头写道:

　　　　　狗蛋他娘告说狗蛋他爹:

看这一句,乾隆已是哈哈大笑,说道:"这称呼别致!"接着往下看。

　　　夜来睡地里"纥噌"醒了,是狗蛋儿揣了老娘我一脚。思量你又要坐船去当屠户,心里滴溜溜儿的放不下,又怕船上遇着混帐浪女人,狗(勾)引你不得安生。我瞅着你呀,杀人挺能耐的,比我宰鸡还容易,皇上赏咱们一处宅子,叽里拐弯的不小心能摸迷了,你好生给皇上争个脸,我才住得安。阿桂爷来看我了,还送了两个小死(厮),一对丫头。小死们一脸迷糊相,丫头们甚是撒溜,都待狗蛋儿好。狗蛋儿仍猴天猴地,昨个不防,噌噌噌儿上了树又爬房——如今是少爷了,得打打了。你在外头,不许看别的女人,刀头上勾当,女人晦气——等你回来,要是我不够用,我给你挑两个小婆儿。听着,我给你上香,南无阿弥陀佛! 南无大慈大悲观世音菩萨!"

丁娥儿上

乾隆没有看完已是笑得浑身直抖,说道:"这信写得好,"给皇上争脸"'是少爷了,得打打了''不许看别的女人'——处处都是警句! 把信转给海兰察,叫佳木传语丁娥儿,我也不许他看别的女人。打完仗就叫礼部拟票,还有兆惠那位云夫人晋封诰命——那一封信是谁的? 给我也看看!"

纪昀笑道:"这是佳木亲封密件,请转您拆看的,我没有敢看。一边将信递上。

"唔,阿桂的字又见长了。"乾隆接过信,拆开火漆印封,却是两份,一份奏折,还有阿桂的附片。先看奏折题目,赫然写着:"臣窦光鼐跪奏,为户部尚书兼理盐运督查使高恒贪渎坏法,官卖私盐败坏朝廷盐课事,请旨革职锁拿,谳实依律问罪,以正国法而理盐课,谨陈上奏"。乾隆脸上的笑容顿时消失遂而脸色铁青起来,因见奏折很长,先放到一边,展开阿桂的信来看。前面是几句请安套语,正文也不甚长,写道:

窦光鼐奏折系明折拜发弹劾高恒,大理寺请照转邸报,奴才因思干系重大,暂行压留,待呈主子御览之后遵旨承办。窦光鼐现系都察院御史,抽调《四库》书编访,原职未免,闻其为人梗直迂阔,此折系赴扬州采访图书时寄发。高恒久居鼎铉重位,且掌执盐务多年,乃亏空一时得补,事甚可疑。然以官卖私盐,粗算可得赃银六百余万两,奴才辗转思之,恐其未必如此胆大。另有扬州采访局堂吏夏某密函告奴才,高恒在扬嫖娼宿妓,扬州知府裴某,城门领,靳某曲阿逢迎,致有不堪入耳之秽行,甚辱官缄,奴才已致函尹继善,着查明具报。

下面还有几句劝乾隆"颐养龙体,勿作白龙鱼服之游"的话头,乾隆已不耐烦看,推到一边取过窦光鼐的折子仔细审量。

外面的雨似乎下得大了些,沙沙索索的打在树叶上一片密不可分的响成混茫一片,瓦檐决溜声,暗道的水声透窗而入,仿佛无数人在淌水来回走动,这里滴答,那里呼啁地喧闹不止。屋里的四个人,端木门边站着,纪昀侍立乾隆身后,嫣红和英英守在内套房门口的砚桌旁,都是表情木然,大气儿也不敢出,呆呆地看着这位天下至尊。

"连钱度也牵连在内了……"不知过了多久,乾隆缓缓放下奏折,两手据案,十指绞着,松驰一下又绞起,似乎心绪十分纷乱。立起身来悠了几步,望着自己颀长的身影不语。良久,吐了一口气,说道:"这个窦光鼐,太鲁莽了……还有鄂善,还有甘陕两个巡抚,一个折子横扫五位一二品封疆大吏,高恒还是国戚!别的人不敢保定,鄂善,难道鄂善也贪财?晓岚,有一日你也会变成贪官?"

纪昀正听他说窦光鼐"鲁莽",忙着按这个思路说话,忽然有这一问,倒被问得愣住,片刻才回神,说道:"臣非圣贤,也有贪念,但读书历事,明晓利害关头只在一念之间,不敢取非分之财!况圣主在上朝夕垂范垂教,焉敢不自爱?臣永不作贪官!……连鄂善人品,臣也是敢保的。砖河、永定河几项河工差使,过手银两不计其数,他要贪,何必要从高恒盐税中取利?高恒行业不检,好色的事人尽皆知,无品之人何事不可为?窦某弹劾他也不为捕风捉影,臣以为此折可以留中不发,着刑部、大理寺派员查实之后,分别处分为好。"

"刑部大理寺这些人能查实了这几位大员？乾隆冷冷说道："只怕难！……留中不发可以，但高恒在扬州花天酒地胡作非为似乎不假。你来拟旨，嗯……据扬州地方官绅舆情得知，都盐运使高恒贪婪荒淫，行为卑污。着即革去本身一切职衔，回京待勘！——你不剥掉他的老虎皮，谁敢动他这位国舅爷？"

纪昀蓦地出了一身冷汗，前天在船上，乾隆见高恒"整顿盐务"的折子，还欣然朱批奖赞"条理清晰，不负朕望，有此勋戚，国之瑰宝"，不到二十四个时辰，轻轻一张诏书，高恒已身在不测之祸中，宦海浮沉，如此令人惊心！他自觉方才的话还不惬圣意，心头更是乱绪难理，提笔援墨都有点手忙脚乱，墨汁漏笔滴下，忙用手接了，暗自庆幸：险些污了诏书麻纸！

"作了军机大臣，还这和毛手毛脚？"乾隆笑道："你的话并无错误，我也信得及鄂善。还有庄有恭，李侍尧，都是可造之材。连同甘陕二巡抚。你私人写信给他们，告知这件事，叫他们安心办差，敬谨恭勤不必自疑。明天，让尹元长下牌子，扬州的那个姓裴的什么来着。还有姓靳的那一个，和高恒一例，革职。"

纪昀此刻已完全平静下来，留心听乾隆吩咐，时常并列相提的钱度已不在内，便知继高恒之后这人也要裁了。掌着神安详听完，躬身称是，说道："这件事还要知会傅恒、阿桂，今晚我就写信。请示，张延玉也在南京，要不要他知道？"

"那个窦光鼐也要申斥，不过不用旨意。他的奏折里没有一件是查有实据的。"乾隆的目光在灯下炯炯有神，说道："凭着耳听风闻，不辨真伪，贸然就明折拜奏。都这样，大臣们还能办事不能？降一级处分——你们军机处就有权处置。张廷玉已经退休，不要再搅差使，安生荣养少管是非是他的本分！"

正说着，铁头蛟淋得水鸡儿似的进来，脸冻得青红不定，向乾隆打千儿道："主子——啊嚏！医生请来了，两江有名的天医星叶天士——啊嚏啊嚏啊嚏！主子瞧不瞧郎中？"

"还是教他先给你看看吧!"乾隆想着自己无病,请郎中的人倒病人,不禁失笑,"今日难为你,钻了一圈莫愁湖,又淋又冻的,回头赏你一柄贡来的倭刀——去吧,告诉叶天士,叫他随时侍候,现在你是病人!"

……

高恒八月初二船抵南京。到燕子矶码头,天刚朦胧发亮。他趴在床上从里舱揭窗篷向外望,漫漫长江上晦色冥冥烟雨如雾,渺渺茫茫浩浩荡荡的不见边际,一江碧得黯黑的秋水在雨中泛着水泡儿打着旋涡向东滑落而去,一阵沁凉的江风裹着冻雨从窗篷扑面而来,顿时睡意全无,回身看时,睡在身边的薛白娘子裹着水红绫薄被眉目宛然如画,合眸沉酣间犹自笑靥生晕,漆黑一绺秀发半掩桃腮拖在被外,真比海棠春睡还要娇媚十分,忍不住回身在她颊上轻轻印了一吻。

"脸冰凉的,吓了人一跳。"薛白娘子惊颤一下。星蜂惺忪看着高恒模模糊糊的身影,听外边船下锚的链子响动,喃呢说道:"到了码头了么?还早呢,昨晚你闹了人多半宿,我还有点乏,想多眠一会子……"

高恒嘻地一笑,光身子坐直了,披上小衣,回身揽起娇慵如柔玉般的薛白在怀里,说道:"小亲妹子哩,已经卯时了。我前头已经写信给尹制台,今日要到,怕他派人来接……起来吧!啊!玄武湖北岸的宅子已经预备好了,前后三进一崭儿新,是钱度孝敬我的别墅,家里人带你去。我见尹金两位制台,办完事晚上就又过去了……"尽自说着,却自不肯起身,由薛白光溜溜靠在自己怀里,两手从项间插出,揉摩着她两个柔腻如脂的乳房,口中道:"我也算见过几个女人了,谁也比不了你!白里透红玉色映入……真是宝贝。我要收到库里了……"

"不敢信——你们男人有胡子的骚,没有胡子的更骚……,见了哪个标致女人,蜂蜜罐儿都是现成的……"薛白被他摩挲得有些情热，一只小手在背后轻轻把玩着那活儿，见他手顺着肚皮向下滑动，一手捂着羞处，红着脸哂道："别摸！前头后头都还有点疼呢！"

"什么叫'前头'，什么叫'后头'？"高恒扳开她手，在毛茸茸里头拨弄着，"后头疼是真的，前头是秀才遇见兵有理说不清。看看，又湿了不是？——我"他一下子把薛白扳倒在底下，手底下急抖着揉按抠摸，口里吮了这个乳头又嘬那个，见那婆娘情热气喘，口吻上去，薛白的舌头已伸进口来，目光如醉，扳开高恒的手，含糊不清地说道：……来吧……"

……一时云腾雨落，高恒龙马精神泄尽，软得一摊泥似的趴着，牛喘吁吁说道："你读过《红楼梦》没有？你是黛玉的性儿，宝钗的容貌，多姑娘的身子，秦可卿的情——我是占定了你……"薛白娘子娇吁呢声，说道："爷别出来——再等一会子！就怕你是贾琏的性，薛蟠的情，潘又安的貌，如意君的身子啊……"说到这，薛白娘子眼中突然涌满了泪："我……也是好人家女儿，五岁上传瘟，一家子死了个干净。本家叔叔也死了……姊子把我卖了十二两银子，埋我爹妈，还有我叔叔。从此就跳进了火坑里——告诉你高爷，行院里女人没个不想从良的，但你们男人，哪里有'良'人？有钱的没良心，没钱的赎不起身子，但凡是好人，都瞧不起我们，坏人又不想去从他——我从心里爱你，可你不是个靠得的人……我们的缘分也就——"

她没说完，高恒已一把捂住她的口。说道："说了怕你不信，男人发誓跟婊子赌咒儿是一样的。我真的造孽很多，从今得改改了。"他叹了一口气穿衣起来，凭着蓬窗向外眺望了一阵，又喃喃道："我不收敛些子，只怕……你就瞧我的就是了……"

薛白见他忽然这样沉沉庄重，也觉诧异的，忙也穿齐整了，凑到他身边，在他腮上吻了一口，笑问道："高爷，谁说不信你了？你终日洒脱欢喜的，从不这样儿的。今儿这是怎的了？"

"没什么……"高恒叹了一口气，眼神里多少带点迷惘，转身抚了抚她几可委地的长发，说道："就这样吧——我到尹制台衙门，你在宅子里等我……"说罢挪脚便走了。

在燕子肌雇驮轿赶到总督衙门，已是辰正时牌，空旷的衙门前几乎没有人。浓密的秋雨烟霾似的在寒冽的微风中荡来荡去，沿道南边海子里雨点洒落，水晕圈儿密密麻麻，秋风吹送，满池愁波涟漪。湿重的垂柳荡动着往下滴水，满地枯黄的落叶都浸在潦水之中……一派肃杀凄迷的秋境。

高恒到门首通名请见尹继善。这是他常来的衙门，门政戈什哈都认识，但却都换了新人，像是绿营兵的管带接防了督署衙门。见名刺上高恒官衔，也不敢怠慢，行了军礼，一直带到尹继善寻常处置公务的签押房，说道："高大人，您在这稍候，我去通禀尹制台金制台。"说罢就转身，高恒却叫住了，问道："怎么这衙门里这么寂静？原来的人都哪去了——跟个死庙差不多？"

"大人问的话卑职不晓得。"那军官极客气地躬身回道："卑职是太湖水师新调来的。只晓得奉命行事。"说罢去了。

高恒满腹狐疑，在阔大的签押房里踱着步里外张望，何至于连端茶倒水的仆厮也不见个影儿。那一群钱粮刑名文案师爷书吏们都到哪里去了？仰着脸，只寻思不出道理。

须臾，便见那军官淌着水带来一把雨伞进来，说道："制台爷们在西花厅，请高大人过去，我给您带路。"高恒笑道："不用了，就这么几步道儿，我熟得很。"那军官却道："卑职不敢违令。"在他身后秉伞随行，直到花厅滴水檐前才退下。高恒笑嘻嘻进门，却见刘统勋父子也在，怔了一下，忙拱手团揖，说道："延清公，世兄也在此，倒没想到的。老尹，老金，你们如今一个进军机处拜相，一个就要走马上任到羊城，正是威赫熏灼气焰旺火的时分，怎么衙门里弄得这么冷清？"说话间四人也都起身回礼，金铼执行笑道："就盼着你这财神来呢，刚才还说你，说曹，曹到。明孝陵墓的望楼坍了角儿，还有墓城、正殿，也都要采绘丹垩，还有灵谷寺，还是康熙爷南巡时

装的金,都剥落了。想从盐政上挪借两万两,等士绅们捐资的钱到
了,立即奉还——这样,銮舆到南京这番热闹,就不用动藩库的银
子了。"

"盐政亏空刚填还完,你又要我剜肉了。"高恒笑嘻嘻地,目光
扫视众人,说到:"到时候儿,尹公去了西安,你去广州,我难道找刘
公要钱? 盐务上的银子我是不敢动的。不过在扬州敲了几个阔老
一笔,七万多银子,我都代打了收条,给你带来了。这是捐敬人名
单,你们瞧着办吧。"说着又向几人点头致意,刘统勋面无笑容,刘
墉躬身还礼,尹继善却是随和,将手一让,说道:"请坐——给高大
人看茶!"

"如今能在你们跟前当座上宾,是体面事罗!"高恒笑着接过丫
头递的茶,又问:"好久没给您老太君请安了。如今身子骨儿还
好?"尹继善语带双关说道:"无非进了军机处。宦场的事我比你看
得开,上上下下都是寻常事——家母原有些犯痰喘,叶天士来,吃
了两剂药也就罢了。"高恒道:"老太太吃过苦的人,身子内里弱,缓
进缓补最好。"

尹继善笑着点头称谢"惦记着了",因又道:"你来得正是时候
儿。一件是整顿盐务情形,一件盐税帐目结算情形,盈余盐损到底
有多少? 从通州到德州一路运河,预备龙舟通过,拆修的银子是盐
政上出的,共是拆了几座? 用去多少? 四川、河南、湖广、江西有的
县盐价比官价便宜一成①,有的甚至一成半,这里头的原因是什
么。八爷给我个粗帐,因为皇上问起过我,我刚进军机处,答不上
来,下次再问,仍是莫知所云,就不好交待了。"

高恒早已料及这位新进军机大臣必然要过问盐政。从怀中抽
出两本册子,一本递给尹继善,一本捧给刘统勋,说道:"这是各地
盐运司局清理帐目的清单。我都派人核实过的,请二位中堂过目。

---

① 私盐因为不纳税,市面价格要比官盐低廉。

阿桂、傅恒两位中堂，还有张衡臣老相，也都每人寄一份，户部存档给了三份——其中四百万两，是工部从盐政上借的；奉天修缮故宫、皇陵，借去二百万，遵化孝陵堪舆皇上寝陵购地，内币一时不凑手，也是挪借盐税银子——这笔帐我怕有借无还，只给了二十万。这都奏明在案的。这次整顿，一是原来混杂不堪的输赢帐，各司各库都理清了，盐务按例按律订了条例，二是各库走风漏雨或潮湿的，都重新补修了，三是查出十三个库斤两帐目不符，撤掉了他们差使赔偿，还有三个盗盐出售的库官，已交地方官收监勘问……"

他侃侃而言，从盐场收盐入库，到漕运陆运置各省库存发售，秤磅帐目，翻船倒车，库存损耗出入情弊，真个周详密弥汤水不漏，稔熟得如同父母数落自己子女长短优劣。刘统勋不谙财务听得如同乱麻一般，刘墉更是不知所云。金铁起初还能辨析清白，不一会儿便跟不上他的话路，渐渐也是心里茫然。只尹继善此人清明在躬，多年的"江南王"。军政民政财政文政一手通揽，一见便知高恒摆迷魂阵，却不言声，一边听，心里还在寻他的漏风话，一条一条存着待理，一句话也不插问。高恒足说了近一个半时辰才煞尾，笑道："其余琐细事务，二位中堂要有不明白处，我再备细报说。至于有的方官盐降价，是因为私盐贩子自动私盐自行出售。官价不稍降一点，更卖不出去，金川打烂了仗，青海盐运关卡一团糟，青海那地方，你们知道，有地方路都用盐铺，这就流散出不少私盐。运河上诉桥的数目我不知道，德州盐运司的马骧遥是精细人，几次腾盐库，砖缝儿里扫出的陈盐累计一万七千多两，预备修衙门的，捐出去了。别的库也都是各自兑的银子，没有动盐税的钱，我可以打保票的。"金铁听得懵里懵懂，笑道："接驾的银子，单是盐商就兑出五百万还多，加上别的士绅，小一千万的数目了。皇上如今已在南京，我看不必再大张旗鼓征求募捐。半毛出在羊身上，他们这次缴银子买好儿，终归还要从小百姓身上挤还出来。说是'乐输'，作难的还是穷百姓……"

"皇上已经到了?"高恒瞪大了眼,吃惊地看看这个望望那个,"不是说才到泰安么?"刘统勋便目视金铄。金铄自知失言,脸一红,垂头吃茶不语。刘统勋眉头皱得紧紧的,点点头说道:"到了。这事绝密,八爷,金铄告诉你,已经不该。统勋放一句话给你,八月十五之前你走泄出去,被我知道,我不管你是什么位分,就要锁拿你。"高恒回过神来,笑道:"我可没疯了,跟张秋明似的,跑大街上去张扬!"

尹继善听金铄泄出乾隆在宁消息,也是一怔。上次擒"一枝花",按察使张秋明发疯症,漏泄风声,他和刘统勋自请降级。虽然没有处分,到现在心里别扭不受用。现在"一枝花"和乾隆同住一庙,万一出丁点儿差错,责任真是比天还大!他和高恒谈不上私谊,面情上素来很熟稔亲切的。乾隆的谕旨就在怀里,高恒刚下船,就热扑喇儿赶来拜望,原想隔几日再宣旨的。但又深知高恒是个冶游无度的花花太岁,交游人色既杂,且莠多于良,挽着思忖片刻,问道:"八爷,你吃饭了没有?"

"这会子快晌午了,你问的早饭还是午饭?"高恒笑道:"一会你们吃饭,我回驿馆里去吃。"

"你住燕子矶驿馆,还是虎踞关、夫子庙?"

"夫子庙——怎么……"

尹继善深深吸了一口气,看了一眼刘统勋。见刘统勋点头会意,对金铄和刘墉说道:"二位暂请起座。"高恒见金铄和刘墉都是神色迷惘,振衣起立,诧异地问道:"元长公,你这是怎的了?"

"有旨意。"尹继善已经阴了脸,南面而立,对高恒道:"高恒跪听宣旨!"

三十　瘟高恒途穷计后事
曹鸨儿避祸出异域

　　听尹继善这一句,刘统勋刘墉却步退到东壁,一提袍角便跪了下去。金铗一时回不过神,大睁双眼看着这位突然变了脸的军机大臣兼总督,良久,低下了头也退下去长跪在地。脸色变得熬白。高恒心里轰然一声,"东窗事发"四个字电光石火一样从脑海中划过,浑身的血好像突然被冰水激了一下,变得冷彻骨髓,木得不知疼痒,死人一样的脸香灰一样灰白。好半日,才像吊线木偶一样,机械地面朝尹继善跪下,摘了大帽子,竟忘了往地上放。一时,屋里变得一片死寂,只听得花厅外急急如麻的雨声。

　　"奴才高恒",许久,高恒才有了知觉,发疟子般抖着手放下帽子,颤声说道:"恭聆圣谕!"

　　尹继善面无表情,展开纪昀手拟的那封诏书,干巴巴地读了。当听到"贪婪荒淫"四个字时,高恒浑身激凌一颤,却是变得清醒了一点,伏着头一动不动,似乎在品味这话分量,又似乎在思量如何对策。刘墉是头一遭亲眼见圣旨处置大臣,想到高恒平素洒脱倜傥风流可喜不拘不羁的形容儿,一下子变成霜打过的草似的蔫萎不堪,心里一寒,低头慨叹。

　　"奴才有罪,遵旨听从朝廷发落——谢恩!"高恒深深伏下去叩头回道。

　　"你还有什么话要说?"

　　"既然皇上就在南京,求大人转奏,奴才想面圣请罪……"

　　尹继善眼睑微垂,木着脸,用略带嘶哑的声音说道:"我可以代为转奏。不过,皇上目下是微服在南京,行无定止,刘统勋和我不奉旨也是不能随时晋见的。待等中秋节之后,主子才能接见办事。你可以回驿待命——这是密旨,我暂不公布,驿站仍以原职待遇供给你。"

　　"那高恒足感大人厚德了……"

　　宣完旨,尹继善又恢复了常态,脸上带着诚挚的微笑,双手挽起高恒,命人"把高大人顶戴捡起,放在桌上——"又笑道:"亏你在宦海里混了这么多年——还出兵放马剿过匪!别这样儿丧魂落魄的,好脓包势么!来来来,还坐下说话……"按着高恒坐了椅上。高恒兀自木头人一样,恍恍惚惚心中半昏半明呆坐着,口中只是道:"我要见……主子……要见主子……"刘统勋几人也都起身安慰。金铁心里深悔自己口不关风,口中只索温声相劝:"君恩难负,君亲尚在。皇上如天仁泽,亘古无人能及。你头一条要感念恩德,不可有怨尤之心。依我的见识,你还是遵旨回北京——"他突然觉得又说错了话,什么"君亲尚在"——给他出主意回北京到后宫撞木钟?金铁腾地红了脸,不敢再说下去,讪讪地站着,心里直想掴自己一耳光。

　　"我们没有奉旨问你的话。"刘统勋也觉金铁离谱儿,却没疑到别的上头。高恒这副狼狈相他见是多了,既不稀奇也不惋惜。但他也是军机大臣,少不得也要说话,因道:"金铁说的是。感恩戴德是头一条,现在没有谳勘,你要好生闭门思过。'贪婪荒淫'四字考语,半点也没有冤你!我劝你一句话,钻刺打探撞木钟走门路,这些事不但不能作,连想都不必想。诚恐诚惶把自己的罪想清楚,写成折片,我们可以附奏上去。公义私谊人之常情,有我说话处自然秉着情理说话。皇上必定还有恩旨的。"

　　大家你言我语劝说,高恒心里滚热焦烫乱麻一团,糊里糊涂不知所云。尹继善还要留饭,高恒哪里还有这份心情?连他自己都不知咕浓了几句什么，伞也不要，冒着潇潇秋雨跟跄辞出总督衙门。

花厅里的四个人尚自为高恒嗟讶。因圣旨里只有"贪婪荒淫"，高恒的"荒淫"是不消说得的，"贪婪"却一时摸不到头绪。事发是"地方官绅舆情"，连举发人是谁也语焉不详，想摘更是如堕五里雾，只好相对默然而坐。刘墉官卑位微，原只打算带耳朵来听父亲安排，沉吟良久，说道："两位大人，父亲，我要派人盯着高大人——他交游太杂太广，失意人快口①，容易捅出麻烦。"说罢，也不待父亲发话，便匆匆出去，到隔壁耳房里向人交待几句，又返回身来，安生坐下。

"延清公，这真是你家千里驹啊！"尹继善笑对刘统勋道："这不是寻常能吏，只善于判别推敲。这是学问阅历、勘透人情的话，经我们虑事周备！"金铁也道："不错，我看比延清公还要干练些！"刘统勋对儿子也甚满意，却道："这都是些小意儿小聪明，何足担戴二位大人的奖赞！——畜牲，听着，还有一句'得意不快心'呢！贤大夫叔伯辈越是爱重，你越要如履薄冰，知不足而后有进，听着了？"刘墉忙起身垂手答道："是！"

刘统勋摆手示意儿子坐下，说道："我还接着方才的议题说。初八御驾进城，初六一定要请皇上离开毗卢院。进城时要接受万民迎接，瞻仰天颜。皇上驾莅南京的身分就明白了，不宜再微服民间。元长方才说，控制南京叫花子帮，待过了十五再拿易瑛，还有各行码头、行院娼楼，节前动手容易招致市民物议恐惶。这个说的是，但这是普天同庆，溥海共欢的大吉日子。由着娼妇乞丐、码头痞子流氓灾民满街胡嗄什么'早失太平'，也就失了皇上南巡抚绥万众的本意。因此，初三——也就是明天，他们的胜棋楼比武之后，我就要按定了这位盖英豪，号令南京黑白两道三教九流，老老

---

① 失意快口：指人在落魄失意时，常常图口头痛快向人诉说发泄。

实实听从你尹金二公宪令。那些发放'一枝花'月饼的作坊店铺，最迟八月十三要全部封掉。这是事关国家庆典的事，半点戾气也不许有！"

尹继善边听边点头，说道："我是大谅他们泥鳅翻不起大浪来。延清这主意很好，不动声色擒贼擒王，可以平安喜乐过这个中秋。"金铄也道："我也赞同。我们已经召集江南浙江两省观察使会议。不出布告，两江业主今年中秋不准夺细，不准加租，佃户们也就不闹事了，有些刁顽痞子穷极无聊的，分片严加管制，加上前头议定的章程，可以说万无一失——只是易瑛呢？要是闻风逃遁了怎么办？"

"易瑛化名卞和玉，已经牢牢掌握在我手。"刘墉说道，"黄天霸已经和吴瞎子接上了头，不但官军防护监视，青帮三堂帮众还有漕帮、盐帮，都在盯着她。我不敢担保活捉她，她要逃掉，我一死谢皇恩！"刘统勋冷冷说道："不要说大话！现在是易瑛和皇上就近在咫尺。她捐十万银子，皇上还要接见捐银士绅，她也在内。出了差错，你想一死了之？"刘墉忙低头道："是！儿子必定更加谨慎仔细，难保燕入云旧情不断，连他我也要把牢。黄天霸的两个徒弟现就紧随易瑛，除了掌握动静，我已指示他们，情不得已，就下手屠掉她！"

尹继善哈哈大笑，说道："全瞧着世兄的了！可谓是算无遗策——不过，最好不要节前捕杀。卞和玉首家捐银十万，已经布告两江表彰，她手下党羽遍布两江，各码头市肆都有她的人，现在抓人杀人，一时解释不清，也会吓退了别的捐银迎驾的富绅——等到皇上接见之后，你再动手不迟。"刘墉含笑欠身，却并不多话，仍旧只一个"是"字。

……

高恒三魂若失七魄不全，夜梦游魂似的出了督署衙门，秋雨凉风一激，神志才清醒了些。驮轿夫迎上来扶他上轿，一边笑道："老爷,这贼冷的风,又下这雨,穿夹袍都骨头缝里打颤儿。您怎么伞也不打,把官帽揣在怀里出来了?"高恒怔了一下,才想到临出花厅时是尹继善塞到自己怀里的。怅然长叹一声,上轿坐了,揭开轿窗说道:"到湖北村——曹寡妇机场东隔壁。"

　　骡夫一声吆喝,驮轿动了。秋雨断魂天气,街衢巷陌几乎没有行人,毡包纳象眼的篷轿中暖洋洋的,一起一落悠然而行,只听骡蹄踏在泥水中扑喳扑喳单调的声音,细雨如筛击打着毡篷外蒙的油布时紧时慢,像是有人不停地撒沙子。高恒抚着那顶帽子,仿佛不认识似详端详着它,白浆宁绸沿儿密嵌绛红掐边儿,朱砂般殷红的丝缨散在起花珊瑚顶四周。珊瑚顶下的旋钮只要轻轻一拧就能拨下来,去掉了红缨,极像是《风雪山神庙》里林冲的毡笠反扣了过来。平日上朝、会客、坐衙办事见人,天天戴它,觉得太平常,毫不起眼,不如寻常的瓜皮缎帽毡帽六合一统帽戴上舒适,甚或不戴帽子,不穿这身锦鸡补服,项挽长辫长袍布鞋更来得潇洒风流。

　　但此刻看这顶戴,突然觉得它十分精巧耐看,像白玉盘镶了红晕,起花珊瑚也显得那样玲珑,丝缨像镀了金、挂了琥珀浆似的带着金属光泽。他头一次发现,这丝缨竟这样柔软适手……好像家里那只宣德炉,天天烧香用它,看去毫不稀奇毫不金贵,不知哪个奴才偷了去,竟在心中一下子成了连城之宝。找遍了九城当铺、古董店、鬼市混搜寻一气,从管家到厮仆打得鸡飞狗跳,到底追逼出来才算安生。

　　现下看这顶帽子再好,已经不是自己的了……到底是哪一处出了漏子呢?盐税,再"整顿"重新建帐时,先从里边扣除了没收的私盐银子,数目只有三十四五万两,老帐薄子一火焚之。他有这个权,就是神仙也对查不出来。"官卖私盐",其实是官店里官私盐两头收帐,下头人和盐商勾手,从里头抽头孝敬上来。三百万,不但抵了历年亏空,还落下一百二十多万。这是下头君子交易,根本没帐，空口白说查个屁！……那么是卖铜出了事？……本来已经向朝廷交待清楚了的事，偏是钱度在云南铜矿当官时要当清官，一个子儿没捞，离开铜政司才知道那差使肥得放屁流油，要在户部任上把吃过的亏捞回来，交待清了更不肯罢手，和安徽铜陵使合伙盗运，铜陵使又和自己合伙倒腾私盐，连铜陵观察御史、铜陵县令，一伙儿又弄盐又弄铜还倒卖木材人参，孝敬来的银子要是不收，翻了脸连盐务上的事都一兜儿网包漏蹄……高恒越想头越大，越觉得是钱度的事发牵连了自己。但乾隆的旨意也太含糊了，"荒淫"二字早有定论，如今谁不"荒淫"呢？"贪婪"，怎么说？别人送、自己要，坑蒙拐骗撞土钟说官司都是"贪婪"，教人从哪里入手去认罪？事到共间，他才真领教了乾隆的天威不测，才真知道下贼船要多难有多难……

驮轿一顿，停住了，濛濛细雨中，高恒戴着那顶假帽子下轿，打发了轿夫，已见薛白娘子带着两个丫头欢天喜地地说笑着，从影壁后迎出来。拍手笑道："我这眼皮子嘣嘣直跳，就想着爷不会在那里吃午饭。叫丫头张着，果然爷就回来了！"两个丫头是钱度的外宅曹寡妇代买来的，年可十五六间，也都十分清秀，都还没见过宅主高恒，怯生生地跟在薛白身后向他蹲了两万福。

"唔。"高恒神情恍惚，阴郁的目光扫视了一下这座青堂瓦舍里外崭新的三进大院，说道："给我烫酒，随便吃点什么吧。"说着便往里走。那婆娘哪知他此刻心境，高高兴兴跟着，口说手比道："这边就是比扬州好！瘦西湖虽说美，难比玄武湖这般儿阔爽。你看，对面鸡鸣寺，雨里头看过去，云雾半遮着，真跟人家说的画儿上画的仙山楼阁似的，出门扬柳两岸，平湖映山，小水上飘儿打鱼船……哪找这地方去？——爷这边走，那边过了月洞门是水榭子花园。曹家嫂夫人在屋里张罗着等您呢！"

曹氏在二进院正厅屋里正在摆酒布菜，听见他们进院，满脸堆笑迎了出来，揢手弹衣蹲膝请安，活似天上掉下个元宝拾了起来般欢喜,说道:"哎呀呀!好我的高爷哩!我们钱爷说你七月半就来的,我还撺掇几个戏行姊妹给你预备唱戏接风。哪里晓得在扬州叫薛妹妹拌住脚了呢?快进屋来,雾星雨儿透衣裳,这天气最容易着凉的……"一头说,一头将高恒往里边让。她虽已年过四十,开行院出身的惯家积年会梳妆,巴巴髻儿头油黑漆亮,光可鉴人,刀裁鬓角黑鸦鸦的,白生生的面庞因作养得好,隐隐带着红晕,腻脂似的,不细看,连眼角的鱼鳞纹也不甚清晰,鞷眉秀目,笑靥可人,仍旧是楚楚婷婷一个少妇模样儿。

高恒暗地里与她也有一脚的,但此刻却半点情致也没有了。他定了定神,打起精神敷衍,跟着两个女人进屋,一边思量着问钱度近况,忖度着该不该把坏事讯儿透给她们,坐在桌前,由着丫头斟酒。举杯笑道:"——今日有酒今日醉,莫问明日是与非——来,碰了,干!""咽"地一口咽了,亮杯底儿,给曹氏和薛白一人夹一箸菜,自己也吃,笑问:"如今有多少张织机了?听说又并了两个机坊?"

"那还不是托了爷的福?名声在外说是'千机曹',其实开机织绸只有不到六百张机。"曹寡妇鸨儿出身,什么眉高眼低看不出来?早见高恒神色不宁,却不急着问,柔荑般的手把定了酒壶,只情殷勤相劝"这是贺你和薛姑娘乔迁之喜的,高爷您干了,薛家妹子陪着……宁绸利息大,除了贡绸,一多半都运葡萄牙红毛国法兰西去了,咱们中国百姓,曰南交址爪哇国,还是土布、市布。说是我并了人家的坊倒不如说是人家入了我的股。一来我的绸子织得匀细,扬州府专门染坊染的,颜色质料谁也没个比,好卖;二来开机坊的工人里头病多,都挤在一搭搭儿,一个传瘟就不得了,叫歇的砸机子的,吼天吼地在坊子里闹,投毒放火地害业主。你往东走二里,那里现在一片白地,原来可是机坊连机坊呢。方家机坊业主一死十三口,还烧死了二十几个工人,哪个可怜哪,石头人见了也伤心落泪啊……"

薛白睁大眼听她说话,不由的问道:"并到您的名下,就不会有这种事儿么?"

"妹子你不懂,这里头有学问。"曹氏给他们酌酒敬劝,叹道:"待工人就我心里头,跟在行院行里待姑娘一样,一哄二打,小意儿妆裹不能省;人多了,用工头也是这几条,病了死了丧葬医药跟着,糟心事就少些;官府里还得有人,这就是我方才说的'托福'了,不然,死了童工,缫丝的风湿瘫了,一状告进衙门——真的判你输官司也还痛快,他不,不说长不说短,拿了人监侯'待审',捉一大堆'人诬'天天到衙磨问,论千论万的银子往里填还!再就是码头管事的机帮,相与好了,他们护你,没有痞子来骚扰;相与不好,他们自己就是痞子,进坊子里调戏女工,毁机子——我占了这三条,坊子安稳,别人投到我名下也不过图个清净。但机坊大了,事情也多,开销应酬也更多,里头的苦衷也是一言难尽啊⋯⋯"她劝二人吃酒,夹菜添着口不停说,长篇大论讲诉,从购桑叶、暖蚕子儿、三眠成茧,到缫丝织绸发卖,怎样腾挪活钱银子,怎样调教工人收拢人心,真个也是一年到头五更黄昏地忙活,"⋯⋯妹子说这里景致好,我还从来没有坐船到湖上逍遥一天呢!要论安闲消适,真不如原来开行院,哄得姑娘接客,姑娘客接得顺当接得好,雪白的大腿一撒拉银子钱就哗哗流进来⋯⋯"她自己也吃了几盅,说话口没遮拦,露出婊子本色来。

高恒被她们左一杯右一杯只情灌起,他满腹愁肠的人,只索用酒去浇。此刻也混忘了东西南北,苦中作乐笑道:"真的是这样儿,你要是不在钱度跟前撒大腿儿,就能成石头城有名的富婆'曹寡妇'了?""你这人真是的!"曹寡妇指尖儿顶了一下高恒额角,"薛姑娘就在跟前呢!"高恒笑道:"只要钱度不在跟前,没得醋吃?"他突然心里一动,又想到自己眼下处境,因问道:"钱度眼下在哪儿?好长日子没见着他了。"

"去武昌了,昨个儿还来信儿,叫送三百匹缎子,漂白素色的

——说有个洋鬼子要买。"曹寡妇瞟他一眼,"难道高爷还不知道?他帮勒中丞调度金川钱粮去了。"

高恒真的是不知道,皱眉苦思乾隆革自己职的诏旨日期,想想竟是没有宣读。因又问道:"钱度在故宫东首还有一处宅子,他来南京在那里办事接待人,你近来去过没有?"

"我刚才去过的。他两个儿子都住在那里。"曹寡妇想起自己的亲生儿子都不敢认,见了面一口一个"曹家的"叫自己,心里一酸,几乎落下泪来,忙别转脸擤了一下,回神笑道:"怎么忽拉巴儿问起这个——那宅子我三天两头去呢!两位少爷都还小,余下的都是老婆奶妈子丫头,连老鼠都是母的。"

高恒手抚脑门子,停了杯,长叹一声道:"都不是外人,我实话实说了吧!赶紧生法儿,把你两个宝贝拐着弯儿接到你身边,或者寄养到亲戚家——防着出大事!"说完只是发呆。

一句话说得两个女人都慌了神,曹寡妇紧问:"到底怎么了,好歹给我一句明白话!"薛白脸色熬白得没点血色,晃着高恒道:"高爷高爷!您甭只是愣神儿,好端端去了一趟尹制台那儿,回来就跟丢了魂似的———进门我就看出来了。说给我们,也发一道拿个主意嘛……"

"连我也不知道到底怎么回事情。"高恒喝了两口酽茶,苦涩地咽了,将方才尹继善宣旨,和自己一路想的一古脑儿讲说了,见两个女人唬得目瞪口呆,一笑说道:"我也宣旨剥过别人官职职顶戴,别吓得这种熊尿样儿——旨意里训人,哪个不是狗血淋头?过后该没事的还没事!皇上现就在南京,兴许是他私访出来点影子闹出来的,也许是刘统勋老小一对王八蛋砸我的黑砖,老子不开口神仙难下手,提起来一条,放下一堆,叫他们勘问!刑部大理寺那起了贼官,有几个不吃黑的?他们也有把柄在我手里!曹老姑奶奶你听我说,安顿好你儿子,派妥当人去见钱度,赶紧收篷弥缝儿——不要写信!我的帐查不清,最终还是清楚不了糊涂了!"

"那我呢?"薛白没想到一来南京就挨这么一闷棍,头晕心慌身颤手摇,尽自高恒夸口,她也知道事情凶险莫测,由不得问道:"我该怎么办?"

高恒略带浮肿的眼泡儿掀了掀,苦笑道:"行李马搭子里头还放着些银票,几十两金子,满够你使的了。我封着子爵,爵位还在,进不了班房,要真的掩不住,兜底儿翻了,你别回扬州,在这里不显山不显水安生过活就是了……"

"我,我好……命苦……"

"你没吃什么亏。"高恒冷漠地看着门外风雨凄迷的院落,说道:"干净利落和我没瓜葛,要不然,你还得往养峰夹道的狱神庙给我递送饭食呢——就算到南京跑了一趟赚钱买卖就是了……"

"爷! 您怎么这样儿看我? 我虽然下贱,是真心要跟您,我不是那种人……"

高恒一声也不语。

曹氏垂泣陪泪,良久叹道:"爷别说这些丧气绝情话……我们身子贱,论心,只怕比那些贵人们还要值钱些!"她猛地想起高恒的姐姐,急道:"事到如今,别人指望不上,难道贵妃娘娘也袖手旁观不成? 还有爷的那些好朋友,傅相爷、桂相爷,正是用得着他们的时候,果不成里头连一个讲点义气的都没有?"

"你们不懂。这不是小门小户家亲戚样儿,舅爷姑奶奶说见就见。"高恒长吁一气,尽力搜罗着想自己朋友里哪一位是"讲义气"的,一时竟连一个也想不出来,口中道:"就是见着她,她比你们强不哪里去。紫禁城各宫门前,世祖圣祖世宗爷都立有铁牌谕旨'后妃干政者杀无赦!'——白教她着急而已! 这种事,只可借她的势,不能用她的力——"他突然想起,临离北京时去见棠儿,棠儿说想给皇后送一块穗绣万字璇玑图压灾。他一直认为,棠儿对自己并非绝无情意,只是沾了乾隆身子自高身分,不便和自己有私情而已,填送棠儿那许多珍奇宝物,总不至于连点香火情分都没有——

他突然打住,顺着这个思路,越想越觉有理,眼中放出光来。说道:"曹家的,记得上次说,藏珍阁有一块万字璇玑蕙绣,贵得吓人,出手了没有?"

曹寡妇一怔,说道:"这会子爷怎的问起这个了? 没呢! 半月头里,藏珍阁老板来问,说情愿落点价,六千银子出手。我说你给我收着,蕙绣遍天下也只有十几块了,贱卖了你后悔。藏珍阁藏珍阁就是'藏珍'的嘛……"高恒问,"他原价是多少?"曹寡妇道:"六千八百。"

"六千八就六千八。"高恒站起身来,"今明两天就给我买过来,我有使处。"至门口望着外头出了一阵子神,说道:"薛白给我取一件夹袍,颜色素一点的。我到驿馆打个卯儿,该拜的客人还要访一下,看情形再说。"薛白便忙着打发人传轿子,替他挽衣掌,又让他含一块醒酒石,送他出门打轿而去。

屋里只剩下两个女人,面对满桌残杯剩菜,竟一时无话可说,淅淅沥沥的雨声中呆坐移时,薛白目视曹寡妇,恰曹寡妇也看过来,目光一对,都是一个苦笑。

"我们两个是一样的命。"许久,曹寡妇才道:"有道是同病相怜,想跟你说几句知心话。说错了,就当我没说。"

"嗯,姊子只管说。"薛白满腹心思点点头说道:"我心里很乱,想听听老人家的话。"

曹氏叹息一声,说道:"南京这地方,官道儿上是南京知府的天下,是尹制台的天下,黑道上是盖爷管着。你我都在教,又都有点子产业,其实是脚踩两只船。"

"这话再真不过。但盖英豪和易主儿并不一回事,盖英豪兴许是想自立门户,不大听号令,不然,易主儿这次就不来了。"

"盖英豪哪里是想自立门户! 曹寡妇细白的牙齿咬着嘴唇,说道:"他是甘凤池的大徒弟,甘凤池死后,接掌南京江湖道舵把子。原先,想投靠病去了的李制台,李制台活着时也认得他的。李卫一死,断了投告朝廷的门路。黄天霸来,又要和黄天霸比武,看似是怕夺了盘了,其实呀……"她顿住了,似乎不知该怎么说。

薛白起初没有听明白她的意思,思量着,突然惊恐地张大了口,惊悸得打了个寒颤:"无量寿佛……天公祖燕萨!他要拿易主儿去投靠皇上!"仿佛天上凭空打了个焦雷,她美丽的面庞惊得扭曲了,"……这太险恶了……我亲眼见他在唐荷侍神面前烙铁烫劈,腿穿三刀明誓忠……忠于教主的呀!"

"你今天才知道江湖险恶?"曹寡妇冷笑一声,"跟他娘的官场那些卖尻官儿一个样儿!告诉你,毗卢院法空和尚师徒,早年都是康熙爷的侍卫出身,那个性寂,还帮着早年的魏军门在毗卢院捉过想造反的假朱三太子杨起隆———一把火烧白了毗卢院,谁帮他重建的庙宇? 其实是死了的魏东亭和武丹两位大军门! 就为了防易主儿有法术,盖英豪才把她安置在毗卢院——你懂吗? 一套一套的,引着易主儿上钩,易主儿还蒙在鼓里——比武,只不过是想和黄天霸争这个头功,在朝廷里卖个大身价罢了!"薛白听得像半夜行道的孤客遇到了鬼,身上汗毛一炸一炸直竖,瑟缩着浑身发抖,只是呐呐自语:"我该怎么办……怎么办……要不要去毗卢院一趟报、报知……"曹氏道:"那里是天罗地网张好了,单等瞎眼儿白投进去呢!"

一阵秋风裹着雨急洒下来,刷刷一阵,又渐渐缓去。

"钱度跟我只是露水恩爱。高国舅跟你也是一样。"曹寡妇抚着酒壶,声音中满是凄楚,"男人们不是东西,可女人又离不了男人。这就是我们的难处。跟你不一样,我和钱度还有了两个儿子……"她的眼一酸,泪水扑簌簌落出,哽着声儿道:"不然,变了家产扔镚儿远走高飞,世上谁也寻不到我们!"

薛白见她难过,想想自家处景,扬州回不得,南京举目无亲,也是心里绞肠刮肚难受,泣道:"我也不愿那样。易主儿待我很厚,我有姿色,国舅爷也待我情分不满——只是眼下这情势,就没法处。"

"蜂虿人怀各自去解,毒蛇噬臂壮士断腕——钱度跟我说过这话。"曹氏说道:"你在南京没有亲友,我和易主儿早已没有往来,她派你和我对切口① 真是上天保佑!不趁这时候儿下贼船,那才是傻瓜呢!——收拾细软钱财,预备好,到时候儿一声走,抬脚轻飘飘去,去到一个连皇上都管不到的地方儿!"

"哪有这样的地方儿?"

"不是没有,是你不敢想。飘洋过海,到交址、爪哇……那几处国里都有我的分号,我都去过,生意好作得很!英吉利,法兰西虽没去过,买卖上往来熟人多得很,他们不讲什么三纲五常伦理道德,更没有三从四德这一套,就是娼妇,只要标致,会唱歌儿,比王爷还吃香呢!只要有钱,能做会挣,就是王八戏子也不下贱——就只不能没,再尊贵的人没钱了瞧着也是猪猡一样。只要有钱就是人上之人,像你这模样体格儿,妆裹起来,就是公爵伯爵见了,保准还要打千儿请安,当众亲你的手,亲你的额头脸蛋儿呢……"

"呀!羞人答答的……"薛白听得神往,却忍不住,红了脸道:"跟男人亲都当众的?那里的女人没丈夫么?我想不出那是个什么样儿……"

曹寡妇哼地一哂,说道:"咱们这搭儿礼仪之邦,明面上人人都是君子,堂皇正大,见了女人钱,都说不爱,背地里什么样儿不知道?——那是人家的礼数,劈如男人偷人家老婆,人人都偷,也就不算偷;女人都是粉头,粉头见粉头也没有什么羞的——跟你说不清,去了自然明白——我们不说这闲话,你觉得我这主意行得行不得呢?"

……"行得。"薛白娘子脚尖儿拧着地,嘤叮答道:"不过要等

---

① 切口:江湖暗语黑话。

等,看他的官司怎么定再说。这会子不到绝路,热刺刺说声走,一者舍不得故土热地,再者也走不出去。"

"我要料理的事更多。当然不能立马就走。"曹寡妇见她应允,松了一口气,"高爷钱爷没事,谁愿意背井离乡? 从现在起,你不和易主儿联络,也不见人,保你安全! 我买一条船,要紧东西装上,说走一风飘儿……"说罢便起身出门。

薛白追着她问道:"曹家婶子,这会子哪里去?"

"去给高老爷讨换蕙绣!"曹寡妇在院中雨地里扬声答应一声,趔脚儿去了。

三十一　勇朵云恃强劫命妇
慧棠儿报惊救孤弱

　　四天之后,高恒为棠儿买的万字璇玑蕙绣织锦图便传送到了北京。高恒送这物件还是沾了那顶起花珊瑚帽子的光,因为乾隆旨意里并没有"革去顶戴"的话,又没有明发,除了尹继善和几个当场聆听旨意的人,整个儿官场上都还不知道。因此,总督衙门签押房的堂官连个顿儿都没打,将高恒给北京的家信和装在卷宗文书给"傅恒"的织锦,同着旨意和尹继善等人的咨文书信,都用八百里加紧直发军机处阿桂手中代转。

　　自入军机处,阿桂从来还没有像现在这样忙碌过。乾隆在北京时还不觉得,军机处里上有傅恒掌总,下有一大群大小章京,刘统勋管着刑部法司都察院大理寺,纪昀管着礼部、翰林院、国子监、内务府。其余工部、户部、吏部都向傅恒负责,他只管个兵部。兼理吏部考功司,已是觉得看不完的文书见不尽的人办不完的事。如今六部三寺一揽子砸到他一人头上,还要照料转递各省的奏折,随时掌握太后、皇后车驾舟船南巡途次行踪,接见外省进京述职升转降黜官员,河防、海防、海关、盐粮漕运、圆明园工程。一处不理一处起火冒烟儿。事到其间,他才真懂得什么叫"日理万机"。起初三更退朝五更来,还沾一沾家,后来觉得赶到家来请示事情的官儿更难打发,索性就住进军机大臣当值房,连轴儿转料理差使。每天倒能睡足两个时辰,还能打一趟太极拳活络活络筋骨。饶是他武将出身,打熬得好身子骨儿,这么拚命办差,一天下来也累得泥巴似瘫软。

　　接到南京递来的一厚叠文书，阿桂立刻停止接见官员，盘膝坐在炕上，命身边的大章京："告诉外头来见的官员，只要不是军机处委办的差使，都到部里汇报，特别有急事的，几句话先写个节略我看，三品以下的官员，你们四个大章京先见——这都安排过的，不要一听要请示我，就带进来接见。"一边说，口里喝着酽茶，一手倒换着看文卷。因见尹继善直寄自己的通封书简上有"亲启绝密"字样，用小刀裁着，又叫过一个太监，说道："这份厚卷宗是六爷的私件，你走一趟送过去给夫人。代我问好。告诉夫人，有什么事要办，跟军机处说一声就成——这一件是高恒大人府里的信，顺便给他也带去。"

　　说罢便不言语，抽出来看，除了尹继善纪昀的，还有傅恒离宁前夜的信，嘱咐自己"任重务繁，大事宜细，中事调协，小事不理。毋浮毋躁雍平持衡，言情无暧昧、处事不以上渎。惟中庸而已矣……"寥寥数语，写得甚是恳切敦厚。阿桂身陷冗繁杂务之中，得这几句"宰相缄言"，真像喝了薄荷油似的心中清凉。感念着傅恒，又拆看尹继善的，却是累累数千言，因内里说到甘肃秋雨，又索来甘肃省的晴雨报贴看，叫章京"查看一下往年这时候甘肃陕西雨量和黄河涨落水情表格"，又要索看清江黄漕交汇处历年秋汛形势。因见纪昀信中提及乾隆"观海兰察夫人雅函，圣颜解颐大笑。知吾弟在京万事百务堆如山积，谨附以搏一噱。兆海二公前赴金川行伍，可请夫人前彼府时加慰恤……"见纪昀述及乾隆处分高恒一事，阿桂便挪身下炕恭敬捧读，却是除了申明旨意，前后首尾一字不提。但既已革职，高恒还能托人递送八百里加紧邮件，便使人大惑不解——而且傅恒不在北京，刚离南京，送傅恒府东西更是匪夷所思……

　　站着发了一会子呆，听着军机处门角大金自鸣钟沙沙一阵响动，"当当"颤悠悠两声，阿桂方才心悟回神，笑着对几个站在一边准备回事的章京、太监道："未末申初时牌了，从天不明一直坐到这会子，头有点晕。我要出去走动走动——你们除了轮班见的人，把今天送来的奏议、条陈、折片整理一下。金川的和与金川军事有关的，河务漕运秋汛水情的，冬小麦备播的、弹劾官员的奏章、各部部务汇报，分门别类理出来，紧要的挑出来。可以不值回去了。下一班来当值的交待一声，我出去两个时辰，天黑之前赶回来。"

"是！"几个军机大小章京躬身应一声便散去。阿桂从桌上挑了几份文书夹在腋下，径出军机处。十几个站在景运门口等着向军机处回事情的外省官员正聚着低声说话，见阿桂踽步出来，忙住了口，一齐打下千儿请安，景运门口的苏拉太监也都一个个控背躬身垂手立定。

被空旷的天街上的凉风一吹，阿桂觉得心头一爽，望着秋空上时浓时淡的云缓缓南移，巍峨的三大殿，飞檐翘翅间"人"字形雁行唳鸣南飞，他深深舒了一口气，笑谓众人："兄弟一人主持事务，太忙乱，让老兄们久候，这里道个歉吧。你们的名字军机处有备档，要是部里转上来，兄弟加意留心就是。实在要当面谈，不要琐细，就是抬爱体恤兄弟的难处——哪一位是台湾知府？"

"卑职在！"一个三十岁上下的官员闪身出来，躬身施礼道："卑职胡罗缨，乾隆十二年赐进士出身——""我看过你履历。"阿桂含笑摆手说道："你任上离得远，还隔着海路，今天我要见见你，一是钱粮，二是倭寇水盗，三是白莲教匪在台湾的门派。我们先谈谈，回程南下，皇上也要召见——这会子我出去有事，不要硬等着，过两个——两个时辰一刻你再进来。"

阿桂说完，出景运门，却见棠儿从慈宁宫东夹道里出来，走了个迎头照面。阿桂不禁一笑，站住了脚，道："嫂子安好！我正要过去请安呢，可可儿的就遇上了！可不是巧么？您这是哪来哪去呢？"棠儿觑着他脸色，凑近了一点，说道："当宰相当得越发成了人精猢狲了，这是迎头碰上了，就说'正要过去请安'！还'可可儿'的，下头人听着你满口子曰诗去之乎者也的，宰相还有这些话，也不怕人笑！当心着点,悠着点办事儿,你瞧瞧镜子,眼泡子都瘀了,颧骨也泛红,好歹也剃剃头乱洗刮洗,既歇了,也祛祛火气儿——我是进去给主子娘娘送一面蕙绣,她虽南去了,我在钟粹宫小佛堂观音像前替她供上——你就不过我府,我正要去府上看弟妹,有要紧话传给你呢！"

"我真的是要去六爷府,顺便儿请安,还有点事情要说。"阿桂一笑,认真地说道:"既这里见着了,我看就不必跑了——你瞧那一帮,"他嘴努了一下景运门内"都等我说话呢！我陪嫂子转一遭,看看海兰察家的,兆惠家的——她们未正经过门,京里没人照应,我一个儿去也不方便。一道儿过去正好。"棠儿笑道:"罢呦！明明是叫我陪你,偏偏儿反说你陪我！人家是越历练越深沉,你倒历练出一张了嘴皮子！"一头说,跟在阿桂身后不远不近往外走,前面善捕营侍卫太监多,二人便不再说笑。

海兰察和兆惠赐的宅子在虎坊桥石虎胡同,坐东朝西两处大宅院相比邻。对门便是魏家大院,都是丹垩一新的倒厦门,沿街粉墙新刷石灰,与周匝栉比鳞次的百老年屋比衬着,显见格外鲜亮。阿桂坐的四人大轿,棠儿是竹丝凉轿塞进胡同里要占多半年巷道,怕别人轿马出入不便,就在胡同口停住了。一群老婆子簇拥着棠儿出来,阿桂却只带了两个内务府的笔帖式,徐步进来。刚转过巷角,便听里边前头隐约人声嚷成一片,接着便听兆惠家哭闹声,广亮门"咣"地一声山响,一个妇人披散头发,黑白红三色羊毛统裙外套绛红袍子,踏着长统皮靴,一手握匕首一手拽着兆惠的未婚夫人云姑娘跨着大步出来,口中员里呜噜大声说着什么,似乎在发怒叫骂。后头紧追着出来的是丁娥儿,还有几个小厮丫环,都是吓得脸色煞白,叫着:"抢人啦！快……快拦住！"棠儿见那妇人一脸凶气,拖着云姑娘直近前来,吓得一个趔趄步儿,忙闪到阿桂身后。胡同里胡同外看热闹的闲人立刻前后围了起来,却没人敢近前。

阿桂脸上的肌肉不易觉察地抽动了两下,兀立不动挡住去路。

他的威势似乎震慑了那妇人一下；那妇人站住了脚步，用尖锐嘶哑的声音叫嚷着什么，却是谁也听不懂。

"你是藏人，对吧？"阿桂凝视着那妇人移时，心中已知大抵缘故，定住了神，不紧不慢问道："会不会说汉话？""会！"那女人高声吼道："你让开！"接着又是一串藏语。阿桂钉子似地当道站着，说道："我也不是汉人，你白骂了。我虽然出兵放马，在金川打到你刮耳崖，曾在战场上和藏人对阵，其实藏人我很佩服的。你怎么欺负一个弱女子？"

"我也是女人！"

"噢！"阿桂怔了一下，哈哈大笑，说道："可是你会弄刀枪，她只会玩绣花针。你懂吗——"他比了一个穿针引线的手势"——会缝衣服的——裁缝——懂吗？一个拿着匕首的人，不应该欺负拿绣花针的人，不应该的！"人满脸不以为然的神色摇摇头。

那妇人竟被他说得有点不好意思，犹豫着看了看文弱的云姑娘，手松了一下，立刻又攥得紧紧的，眼中喷着怒火，厉声说道："我，就是金川故札夫人朵云！他的丈夫现在去杀我的故札，杀我们的兄弟姐妹，抢掠我们的牛羊草地，我为什么不能杀她？"

"啊！朵云——"阿桂目光电火石般一闪，"是金川的女豪杰嘛！一个女豪杰，这样待一个无辜的女人，不好！"他的脸色变得平淡如水，毫无表情地说道："攻打金川是我阿桂请旨发兵的，是朝廷的旨意，你有话应该向朝廷说，要报仇，应该对我，要杀女人，应该杀我的夫人。你松开她，我绝不为难你。你懂么？你的丈夫并不是死心和朝廷作对。你杀掉她，我们连讲和的余地也没有了。以命抵命，是大清律条里明白写的，你不要你的丈夫儿女，不要你的金川草地，白云牛羊了么？那是多好的地方啊！"眼见两个顺天府的衙役已抄她们身后蹑足贴近，阿桂显得更加从容镇静，口中娓娓而言"……那么高的山，山上是终年不化的白雪，雪水从山上淌下，到处都是清澈的溪流，常青的松柏、落叶的乔木，望不到边的草地牧场……拿下!"他突然暴喝一声,那两个衙役猝然之间,饿狼似地猛扑上去,一个一把搡开云姑娘,一个反手便拧朵云胳膊!

这一下乍然变起,连听得发怔的朵云也是毫无防备,反劈被拧,一个急转回身,劈脸向衙役刺去,正中衙役眼窝,那衙役杀猪也价大叫一声:"我的妈呀!"捂着脸翻身倒地,打滚鬼嚎似叫着挣命。那个推云姑娘的衙役回身拔刀,却哪里来得及? 朵云身形飘忽,一个箭步跨上,衙役急蹲下一个扫堂腿,小腿肚子已着了一刀,闷哼一声扑身马爬在地。阿桂身边两个笔帖式见她勇悍,扑上去想帮打,见她咬牙切齿,已摆脱衙役纠缠直扑过来,叫一声:"番婆儿厉害!"吓得腿肚子转筋,竟当地僵立不动!

这一切都在瞬息之间,阿桂见他来势凶险,一个闪身放她匕首直刺过身侧,一只左手已紧紧攥定她左腕,只一扳,已将匕首夺在右手。巷北对面的几个衙役见阿桂已经得手,哇哇叫着一拥而上,登时将朵云按倒在地。阿桂战场马上马下厮杀,是举朝有名的勇将,这几下徒手夺白刃干得干净利索,毫不拖泥带水。棠儿云姑娘丁娥儿尚自惊魂未定,看热闹的人群已是雷轰价一声喝彩:

"好!"

"不要捆。"阿桂见几个衙役揉搓朵云,上绳儿扣枷要锁捆朵云,皱皱眉头说道:"带到海府去,我有问她话处。"因见顺天府知府劳环冰此时也一溜小跑赶来,不等他请安便吩咐道:"把瞧热闹的赶开。你也进海府,先问一问这个朵云。"

于是一众人等步行进了海兰察府,果然里边瓦舍高叠迂路回折,各院天井却不甚阔朗,往往返返几折道门才到正院。丁娥儿请阿桂棠儿云姑娘坐了客厅,仆厮丫头忙着送茶送巾栉。棠儿尚自心有余悸,见云姑娘脸上也是红白不定,因笑谓丁娥儿:"瞧你倒像能得住似的,手不颤脚不软端茶递水。我心里这会子还扑通扑通直跳呢!"丁娥儿抿口儿笑道:"我已经闹过一出子了,我们那口子在德州也这样,那回我是人质。云妹子我们投缘,缺了这一项就补上。我心里细想，不但不怕，还欢喜呢！"

"遇上这种事还欢喜？"阿桂蹙眉笑道："她一刀子下去，我怎么跟兆惠交待？"一眼风劳环冰探头儿，又道："你不必过来，先过去审她。只许问不许打。去吧！"丁娥儿道："当然欢喜。这是替我们前头男人消灾，本该他在前头受的，我们在北京替他受了；又有贵人相助，这不是欢喜事情？明儿我还拉上云妹子到大觉寺上香谢佛爷保佑呢！"

两个女人想想，都觉得有理，竟一齐说道："是！"棠儿道："该他受的，我们替了，真是好事儿。我也去。今儿我见着了，也算我们老爷在金川见着了。"阿桂听她们议的奇谈怪论，却都一脸庄重认真，心里暗笑，一口茶几乎呛出来。听她们十分虔诚地议论个没完，忍不住偷偷看怀表。

"你是忙人，有话说你先说吧。"棠儿笑道："我跟你说的是大事，却不是急事，好歹抽一点空我府里去，跟你细说。"

阿桂道："嫂夫人也忒伶俐，哪里就忙得那样儿了呢？"话是这样说，还是复述了纪昀的信，说了要给云丁二人诰命的话，"……不过要等出兵放马回来。这其实是天子主婚，我也只在戏上见过，本朝还没有先例呢！你们再写信，交兵部直邮四川，他们已经离开南京了。"又笑着对棠儿背诵了丁娥儿的信，笑得棠儿手绢子捂着口咳嗽，指着娥儿说不出话。

丁娥儿却诧异，说："这们写得不好么？怎么夫人就笑得这样？"阿桂笑道："谁说不好？好着呢！万岁爷就是看了信才有旨意的……是谁的手笔？"

"是我，我识几个字……"云姑娘红着脸，忸怩地说道："是她逼着，非叫我按她的原话写嘛……'狗蛋他娘致狗蛋他爹'，写着就觉得似乎不对，可又没什么不对，就照录下来了。"棠儿笑问道："你们狗蛋儿怎么没见？这名字得改改了。他如今跟傅恒一路打仗，按他的位分，打完仗建衙开府，正经八百的提督军门呢！"

说起狗蛋,丁娥儿便皱眉,说道:"皮得很,在学堂不好好听讲书,狼一群狗一伙地领着人下河打水仗,每日回来鼻青眼肿的。背不上书,恨得我打了一回又一回!"阿桂笑道:"是少爷了,该打打了!"说得众人格格儿笑成一片。

"我来没要紧事,就是看看你们有什么需用的。"阿桂笑了一阵,说道:"我忙,别不好意思,到我府跟我家夫人说就成,或者去六爷府也一样。"丁娥儿和云姑娘都没口价称谢,"鸡鸭鱼肉不断顿儿,绫罗绸缎穿不完,还要什么? 人不知足天必罚,中堂爷,六爷府里已经很照应了……"

阿桂点点头道:"那就好。我瞧着使唤人太少了,你们这宅子都照应不来,叫内务府从洗衣局辛者库拨过来二十名宫女,你们一家十个,月例还从内务府出。我再选两个老成点的过来侍候看个门传个话的,也就将就够用的了。"棠儿道:"说的是,要有门上奴才守着,也不得出方才那种事,我回去也给你派几个使唤人,知道你们一时使不起,月例也还从我那头开。海军门兆军门来,你们就有钱了。"阿桂便叫传唤朵云过来。云儿和娥儿便要回避,阿桂道:"这又不是公堂问案,回避什么? 便都坐了听。

一时劳环冰带着朵云一前一后进来。劳环冰一脸尴尬,讪讪站到一边,朵云却是英气勃勃,略带野性的眉毛竖着,昂身立在屋子当中,盯着房角不言语。

"你带刀白昼入民宅,劫持妇女,知道犯的什么罪么?"阿桂问道:"这是帝辇京华,堂堂天子脚下,容你这里撒野?"

朵云轻蔑地一笑,说道:"我们那里老人家就这个样儿——我要为了杀她们,两个拿那个……什么针的,两刀就结果了她们。用得着拖她出来? 我带她出来,是想让北京城的人都来看,都来听我说话。我从金川带五百两黄金跑了多少衙门,请大人引见乾隆皇上。门包钱塞了,收了,没一个人出来见我! 这些猪猡拿了人的东西好像理所当然似的……"她的声气里带了哽咽,随即提高了嗓门问道:"你是阿桂? 你开个数目,要多少钱才能带我见皇上?"

阿桂不禁心下骇然:莎罗奔的夫人在内地投了许多衙门,居然没有一个衙门报上来! 忍着心头一窜一窜的怒火,说道:"这件事回头我叫都察院去查。你的金子一两不少还你! 且问你,见皇上作甚?"

"请皇上退兵。我们金川人的金川,为什么左一次右一次再三派兵打我们?"

"你错了,听我来说!"阿桂道:"溥天之下莫非王土,率土之滨,莫非王臣——不论哪里,无论何人,不听朝廷功令,擅自割据,朝廷都要和兵征剿! 这是个上下尊卑,国家法统一律的大事。凭你这样胡冲乱闯,就能见皇上? 莎罗奔未得朝廷旨意,擅自弑兄夺位,收留斑滚,侵蚀苗徭,扰乱驿道,屡次抗拒天兵,不肯面缚投降,他犯的十恶不赦的大罪——凭你来见皇上,难道就罢兵不成?!"说罢目视朵云不语。

他虽然不是声色俱厉,但这番话慷慨激扬,侃侃而言,句句犀利,几个女人听得身上起栗,竟心里颤儿。朵云却不能全懂他的话,问道:"依着你,怎样才能罢兵?"

"迟了。"阿桂冷酷地一笑,"当时班滚从上下瞻对逃亡金川,你们缚了他去成都,不但没有干戈,还有封赏;庆复讨伐,如不抗拒,面缚大营请罪,可保金川不遭兵火;讷亲再征,举族受降,自锁进京请罪,可免九族之灭。现在十万天兵奉旨征讨,你孤身进京,就想扰乱天听天视?"

"那你说我该怎么办?"

"回去。我可以派人送你到刷经寺。告诉你的丈夫,自己绑了,带着妻儿老小,到北京听问待罪。不然,大兵入金川,鸡犬难留!"

"那就只好打下去!"

"打?"阿桂仰天大笑,"你从金川到南京,从南京到北京,看到的只是天下小小一点。你就是个傻子,也该明白打是什么结果!"

朵云略一思量,已经明白了阿桂的话。她仰起脸来,绝望地凝视着黯黑的天棚,忽然惨笑一声"活佛!这是谁造的冤孽?我……"她纵身向柱猛地扑身撞过去,连柱上房梁上的浮土灰絮都簌簌纷纷落下……人,已是软倒在柱边……

"啊!"阿桂和棠儿娥儿惊乍站起,都是大吃一惊。云姑娘柔弱,竟被唬晕了过去!劳环冰也惊呼一声,急抢两步蹲下身子,试试鼻息,,又抚抚脉搏,查看了一下血殷殷的头部,说道:"桂中堂,她撞偏了,人还有救……"

听见有救,棠儿紧得缩成一团的心才略放松了点,对劳环冰喝道:"有救你愣什么?叫你的人抬她到太医院,就说我的话,一定要好生相待!"

……人抬走了,几个人还在发愣,似乎在作一场噩攀。阿桂搓着手踱步沉吟,良久,长叹一声说道:"嫂夫人说的是。她不是节妇,却是个烈妇……这件事要立奏皇上知道——你不要写信告诉六爷——顺天府派狱婆子看护照料朵云。作势不要紧,送她南京,由皇上亲自发落……"又温语抚慰叮咛了二人一会子,笑谓棠儿:"天快要黄昏了,台湾知府胡罗缨在军机处等我接见,高雄县令是纪晓岚的门生,有个叫林爽文的,在台湾闹白莲教,必得安排一下捕拿的事。我得去了。嫂夫人不是还有要紧事要说么?明儿午饭我回府吃,请嫂子过去说话,我的夫人上回还说,这么许久没见六爷夫人,想得慌呢! ——咱们走罢。"

丁娥儿和云姑娘直送三人出了广亮倒厦门,只见巷道里三步一哨五步一岗,都是顺天府派来的人戒严,阿桂问劳环冰,"是你叫戒严的?这是个偶然事故儿,北京城和穆安详,千万不要弄这些事,一惊一乍如临大敌,反而要起谣言。"

"卑职没有叫这么着戒严。这里没有住大臣,从前防备不周是有的。从今晚起,顺天府增派一队人来巡逻,二位夫人只管放心门户。"劳环冰道。他一向奉职小心,还是冷不防冒出这么件糟心事,连凶手都是阿桂中堂亲自动手拿下的。正不知要如何处分训斥自己，听阿桂这么一说，隐隐对京师治安颇有嘉许之意，不禁如释重负，忙又笑道："中堂爷训的诲的是——卑职这就叫他们散开。"

说罢未及转身，便见和亲王弘昼带着一群太监，有的抬着箱笼，有的提着鸟笼子过来，阿桂对劳环冰匆匆说了句："你回衙办你的差使去吧——五王爷来了，这些人是给他净街的——五王爷吉祥，奴才给您请安了！"棠儿娥儿云儿也都忙蹲身万福。

"别他娘来这一套了。"弘昼笑嘻嘻对阿桂道，又转脸对三个女人虚抬抬手道："三位请起——别闹虚礼儿，我受不了——听太监娃子们说这里出了事。我想，人家男人到前头出兵放马，家里照应不好，我们是做甚子的？"棠儿见他一手挽着个开脸丫头，一手提着个鹌鹑笼子，笑道："王爷真会享福，来串门子瞧客，还带着玩的！"弘昼大咧咧笑道："这得谢谢阿桂，我虽然是留京坐纛儿王爷，阿桂办差没的挑，我乐得清闲自在。我一见麻烦事，一见人跟我说差使求官，脑袋瓜子仁儿都疼——这些箱笼里都是些尺头，还有点银锞子，她两人分了，一人一半。一家两对鸟笼子，一对鹦鹉一对金丝鸟，送她们——兆惠家的，海家的，就叫你主子这么站门口风地说话？也不往屋里让让——真是的！"

丁娥儿和云姑娘还是头一次见乾隆这位亲弟弟。先是紧张，见他散漫不羁，大大趔趔毫无架子，说话随和风趣，又觉好奇，都听愣了。丁娥儿忙道："恕奴婢失礼。奴婢们乍见王爷这么尊贵的人物儿，心里头拿捏——王爷请里头坐。"

"什么王爷不王爷！你们不懂，生在皇帝家，就是王爷；生在乞丐家，就是讨吃的。还不是这回事儿？"弘昼嘻嘻笑着，满不在乎说道，"你们叫进去，本王爷倒不想进去了。六嫂，那些话——你跟我福晋说的那些，跟阿桂讲了么？"棠儿抿口儿微笑，说道："本想遵王爷的命，去跟阿桂弟妹说的，这里遇上了，想说又碰了这么件事，没来及呢！""那就我说吧，你任谁别再提这事儿——这些东西，鸟，搬送海夫人府里,你们滚回府里。"弘昼一头吩咐太监,一头竟从怀里取出一粒干肉喂手里的鹌鹑,"乖乖儿,吃,别吃得太饱,又不能饿得太瘦,你他娘的真难侍候,——阿桂,上我的大轿,咱们走路说话,送你西华门,我回王府去!"众人见他这形容儿,要笑,都不敢。

上了弘昼的八抬大轿,阿桂顿时觉得自己那顶四抬大轿比起来真是寒碜。按清制,文武百官位分再高,在京师重地不能坐八抬大轿。出京巡视倒是允许,但那轿也比不上这轿轩敞适意。柞木轿杠桐木镶板,对面两座,足可坐四个人,中间轿桌旁还可立一个小厮侍候茶水点心,原木色轿厢清漆桐油不知刷了多少遍,视如琥珀触之似玉,两边嵌着大玻璃轿窗,挂着明黄流苏金丝绒窗帘。座儿上还垫铺着丝绵软套,像厚褥子似的又软又松……弘昼笑道:"满新奇不是? 别说你,皇上的銮舆我也搭坐过,也比不了我这轿舒适! 放下机话,这上头还能搭蚊帐睡觉呢! ——轿桌上的点心你随意儿用,回军机处就不再再吃饭了。喏,这桂花糕是今儿上午新打制出来的,——这一碟不要动,是我喂鹌鹑的……"说着,拈了碟子里鸡肉糟黄豆丁儿又喂他手中那只宝贝鸟儿。

"五王爷虽然平素不理政务,据我阿桂看来,打圣祖爷府下的阿哥爷,没一个比得五王爷深通无为而治的。"阿桂在弘昼面前已经熟惯了,毫不客气拈起桂花糕就吃,口中笑说,"五王爷您是通了性命之道啊! 您不理的事,都是奴才们能料理的;您认真要料理的差使,没有一件不是事关军国根本的,也没有一件办砸了的。无为而无不为,这才是真懂了理治之本!"

弘昼抚着鹌鹑羽毛,那畜牲被他伏侍得受用,铁嘴钩爪剔翎抖擞,咕咕舒翅直叫。弘昼笑道:"你这是马屁,也许是你的真心话。千穿万穿,马屁不穿,反正我听得受用! 不过我也知道,不少人叫我荒唐王爷,看戏串馆子,在戏园子里让猴子扮西施登台和戏子们串戏玩儿,恼起来在茶馆里和人揪辫子打架,高兴了喝一碗豆腐脑儿,毛五十两金子起身就走。这只鹌鹑,你知道多少银子? ——八百两！”

“八面两！”阿桂瞪大了眼睛：“那是五个一品京官的年俸！”

“不错。”弘昼爱怜地看着这只小把戏，“还够买五个上上好的妙龄女丫头，置一处宅子，周济一百穷亲戚……我知道它不值。它比人还值钱？不是的。可我适意！《红楼梦》里‘撕扇子千金作笑’，晴雯宝玉是坏人？她撕得高兴！上回马二侉子来，哭丧个脸，说送了纪昀一对鸽子，值三百两。这鸽子听人奏乐，能按着节拍起舞振翅膀。过了几天问纪昀，纪昀说‘味道吃起来和别的鸽子一样’！…甚么都讲究个缘分，一勉强就出错儿的。”

阿桂品味着这位王爷的话，觉得有点匪夷所思，像是玩世不恭，又似乎蕴含着有个道理在里头，一时寻思不清楚话中真意，想着马二侉子曲心奉迎纪昀，纪昀却大嚼会跳舞的鸽子的样子，不禁一笑，说道：“煞风景，纪昀居然也焚琴煮鹤！”弘昼笑道：“这是马二侉子不会想事情。你高兴送了，他高兴吃了，这叫各得其乐。纪昀岂是焚琴煮鹤之人？他是军机大臣，心眼儿成千上万一第一，主子知道了必定大笑一场；第二，告诉众人他不吃马屁这一套——请客人吃老茧皮水角子，是诡谲不是滑稽，处今日之世，没有比纪晓岚这家伙更聪敏世故的了！”阿桂特意地被弘昼叫来同轿而坐，听他说这些不着边际的笑言，略定了下，笑问道：“棠儿嫂子的鸽子也叫人吃了？”

“这正是我要说的话。”弘昼点点头，隔轿窗望着外边暮色的苍茫中向后倒退的街衢，凝视街两旁向轿子驻足垂手鞠躬致敬的行人，他的脸色已没了笑容，幽暗的光亮下，显得有几分忧郁，“还没有宰，但已经有人打这个主意了。你知道，皇后娘娘生过两胎阿哥，头一胎没序名就夭折了，二胎永琏出花儿，九岁上薨了，都没有养住，第三胎这才两岁，太监们弄了个百衲衣送进去，说是给孩子压灾。那奶妈子不放心，先让自己孩子穿了三天，居然惹上了天花！”

……走得稳稳的轿似乎颠了一下，阿桂的脸色变得苍白了：

"这是出天花孩子穿过的百衲衣,有人谋害阿哥!"

"皇后、陈氏、那拉氏一干后妃侍候老佛爷从驾在外,钮祜禄氏主持宫务。"弘昼眯缝着眼,似乎在沉思着什么,声调悠长叹息说道:"睬主儿你知道吧? 就是魏清泰家的姑奶奶,赐名魏佳氏的那一位,怀胎已经八个月,每日挺着个大肚子帮钮祜禄氏料理宫务。钮贵主儿就叫她查问,不料那接百衲衣的奶妈子突然中风,瘫得不能动,不会说话,只能翻白眼儿。几个太监众口一词,都说是魏佳氏接的百衲衣! 这样,黑锅她就背定了。钮祜禄贵主儿叫她说清白,可她又说不清白,只说见过这件百衲衣,谁接的,谁送的她一个也不认的。钮主儿翻了脸,告诉我要关起拷问,我说:'不行! 她怀着龙种,不定还是个阿哥呢——再说,奶妈子最清楚,不是魏主儿的首尾。'她说她主持六宫,有这权。我恼了,拍桌子骂,'你是什么东西? 我坐镇北京,是王爷,是堂皇正大的皇叔——你敢胡来,魏佳氏出事,我就敢叫内务府慎刑司拿你!"

阿桂听得心旌动摇,两只眼炯炯生光盯着弘昼,连大轿已经停落也毫无知觉。听外头太监禀道:"王爷、中堂,已经到了西华门外,请爷们……"

"滚你妈的蛋! 什么西华门东华门? 站远点看着?"弘昼暴怒地朝外吼了一声,接着说道:"咱们就轿里说,慎密些——我一跺脚就回了王府,正遇六嫂和福晋嘀咕,一问,是六嫂进宫,魏氏哭天抹泪向她叫屈,钮主儿让她移到寿宁宫后——那是专门黜罚有罪宫人的冷宫,黑心厨子冰凉炕……四哥——皇上子息上头本就艰难,要再作践一个阿哥,你我将来如何交待?"

"现在移宫了没有?"

"没有。内务府两头作难,里头有贵主儿,外头有我,两头顶着呢!"

"奶妈子现在哪里?"

"打发回家去了。"

　　阿桂仰在软软的座垫上闭目沉思良久,瞿然开目说道:"王爷,这不但是大事,也很紧急棘手的——我的权管不到圆明园。这样,先派几个太监看护那个奶妈子。您随我军机处稍候片刻,我帮您料理这件事。"他按捺着心里的极度不安,压低嗓子说道:"皇上不在,宫里闹家务,全凭王爷作主!"

三十二　军机臣掩鼻听秽闻
　　　　尬王爷夜半闯宫苑

　　阿桂下轿,天已经苍黑,西边的云像一块烧红之后又渐趋冷却下来的无边大铁板,灰褐色的里透着殷紫的光。阿桂见卜智正指挥着小太监往门上挂宫灯,他站住了脚,似乎想说什么。卜智忙迎上来,笑嘻嘻请安道:“中堂爷吉祥! 嘿嘿……园子里钮贵主儿方才打发人,送过来一锅子冰糖银耳燕窝粥,到处寻爷不见……”他瞟了一眼那顶鹅黄顶子大轿,“——敢情爷去了五王爷府了,我让军机处苏拉给您煨了一碗,那东西最是滋阴润肺的……”话没说完阿桂便打断了,问道:“紫禁城这边是你主事儿,圆明园呢?”

　　“回爷的话,圆明园是王忠。有时奏事匣子送过去,都转过我这边送军机处。主子在圆明园,这边的匣子是卜义送过去……”

　　“两处宫掖侍候人,谁掌总儿管事?”

　　“爷说笑话了不是? 当然是内务府。园子里是王耻,宫里是卜义。他们都随驾南去了,没有大各,各处管各处。”

　　阿桂“嗯”了一声,拔脚便进西华门。一边走一边说道:“叫内务府老赵——赵畏三过来一趟!”说着脚步不停地往武英殿前过御河桥,径往景运门内的军机处去了。来到军机处早有几个军机章京迎了上来,有的回说几份本章南京批转过来,有的抱着下边省里送来的亲启案件,有的说接见外官升转调缺时的情形,阿桂只略一驻足,点头道:“凡是明发诏谕,拜折明奏的奏折条陈,交誊本处登邸报,直奏皇上的密折匣子,转通州圣站,仍由通州驿站递送。今天我不再见别人。当值的章京留下一个，其余的事明天再办。"因见胡罗缨站在军机处门口，按了按手笑道："老兄不在内——兄弟事忙，只能谈一刻时分，请进里边说话——"一边说一边进了军机处，吩咐军机处守门太监，赵昆三来了，叫他进来，不用报名。"

其时满宫里太监、军机章京都已知道阿桂空手夺白刃生擒朵云的事，原想听他说希罕儿。见他这样匆忙，料是急着向乾隆奏报朵云和金川事宜，都没有疑到别的上头，却各自整理自家分管文书散去不提。

"劳尊驾久等了，"阿桂因见胡罗缨垂手站在自鸣钟前，满脸拘谨，似乎有点不知所措，笑着让座儿，说道："请茶，随意一点。本来想多谈一会子的，有些急务要处置，要写奏本。只能简约说说了。"说罢升炕端坐。他进军机处，拜访张廷玉、讷亲、傅恒，都有缄言忠告，只要北京城里不起反，军机处房子着火也要从容处置，做什么事想什么事，最忌躁性。尽管此刻心头杂乱纷纷，还是按着性了，做出若无其事的模样儿，听胡罗缨汇报。

胡罗缨已听说阿桂生擒朵云的事，见他气度一如寻常，神凝气端稳坐听自己说话，真是敬慕之极，他看阿桂，真有点高山仰让，景行行止的味道，遂咽了一口唾液，摒气说道："卑职简约向中堂回说。前番军机处奉旨询问，何以粮食仍不能自给。卑职有些无所适从。台湾地处海域，气候湿热，而且夏季台风三日一场五日一阵，小麦根本种不成，稻子产量一亩也就百余斤，垦荒再多，粮食也是不能自给的，恳请中堂奏明皇上，还是每年从福州调运一百万石米，不能再硬行指令种粮了。"

"粮食不能自给，终究不是长远这计。"阿桂一边沉吟，口中道："隔着海，百里汪洋，粮船航运花钱太多，户部算了，一石米要加三两二钱银子，太费了。你有什么好法子，说说看。"胡罗缨道："其实台湾府这个缺一点也不瘦。历届知府都心里有数，那是个蜜糖罐儿，外头粗糙里头甜。大家宁肯朝廷给个小处分，不愿把底细说透了,就怕户部知道了不再供官粮,减了养廉银吃亏。"阿桂诧异地看一眼胡罗缨,却见赵畏三进来,摆手示意免礼道:"你坐一边稍候——什么底细?"

胡罗缨莞尔一笑,说道:"糖!那地方儿甘蔗节儿扔地下就往外冒糖水,一亩甘蔗榨的糖十亩粮食也换不完。中堂说倭寇,倭寇都是日本国的浪人,到台湾发财,一是珍珠二是糖。内地缺糖,台湾缺粮,以粮换糖,两好凑一好,百姓们和官府不闹生分别扭,不但倭患,就是教匪,都是好对付的。中堂,卑职说话直率,放着十倍的利不要,偏逼着人种长得秃子毛儿似的稻,这合算么?"

"说的是,而且透彻。"阿桂不禁含笑点头,历来派去台湾知府的官员,下委时千推万辞不愿去,去了的却又生方变法儿蝉联留任,这蹊跷终于若明若暗有了答案。因又问:"教匪的动势如何?匪首林爽文,听说还不到二十岁?"胡罗缨道:"林爽文今年二十一岁,有些邪术。听说能驱鬼捉狐、念咒聚集狼虫虎豹蛇鼠猫狗之类,在高山族人家乡里串乡治病传道,我派人去拿,都是刁民报信儿逃逸了。整个儿台湾教众大约不到三千人,多是女人老太婆愚昧无知之徒;只要糖类、珍珠海品、大陆丝绸瓷器、丁香胡椒之类物品官府调理控制好,小乱子不敢保,大乱子是出不了的。"胡罗缨见阿桂看表,从怀里抽出一份通封书简,双手捧给阿桂,"这里边的情由很杂,依着中堂的三条,下午我写了个呈文折片,中堂留下参酌。"

"你是真心为政敢说真话的人。"阿桂接过放在案上,下了炕,望着幽幽灯烛,"大抵我已经听明白了。我到南京,皇上召见,还可以上奏,你这个折片我附奏转给皇上……林爽文到内地来过,去过扬州,见过'一枝花',又不知道去向。估约是回台湾了——一定要着力捕拿到案!"胡罗缨忙起身连连称喏。阿桂赏识地看着他,拍着肩头:"你还很年轻,不到三十岁吧?好生做去,差使做得好,自然要升迁的——你可以去了。"竟亲自送他出门,看着他背影消失在宫门灯影里才踅回身,赵三畏早已立起身来迎候。

阿桂看着一桌子待办文书叹了一口气,不再坐下,开门见山说道:"我还要同和亲王出去有事。叫你来,是问魏主儿的事——我没工夫细听。这么大的事,内务府为甚么不报我知道?"

"回中堂您呐!"赵畏三是内务府堂官,是宫里办老了事的老手,他养就了绝好脾气,见阿桂面色不悦,忙陪笑道:"这是六宫都太监的差使,我就好比窑子时打磨旋儿的大茶壶,谁喊都得给人倒开水的!里头卜智老公儿也只知会叫把寿宁宫后头那个荒宫腾出来。我问了才知道是给魏主儿住的。我还问要不要知会军机处,贵主儿的话,'军机处是料理军务政务的,这是家务,与他们互不相干',还说魏主儿又没有降位,只是宫里挪动一下住处,传出谣言唯我是问。您想,这地方任谁抬脚都比我人高,我怎么敢违了贵妃娘娘的旨令呢?"说罢又嘿嘿笑。

"我不但是军机大臣,还是领侍卫大臣,内务府大臣,太子少保。"阿桂脸冷得挂了霜似的看着这位活宝,"天子没有家务,家务就是国务!——浑浑噩噩!"

"是是是!浑浑噩噩……"

"不许腾出冷宫,就说我不许!"

"是!中堂爷作主,事好办——我不怕!"

阿桂见他一脸皮笑,自也知对这色人无可奈何,放缓了声气问道:"这宫里还有园子里的太监、宫女,你都认的?有没有花名册?"赵三畏道:"认——的!咱是老怡亲王的包衣奴才,十二岁就进内务府当差了。别说是人,宫里的耗子我都知道是哪一房的——就是有的宫女,才新进来的,叫不上名字来……嘿嘿……"阿桂见他这般油头滑脑,再气也发不起脾气来,只好一笑,说道:"真是个冥顽不化的宫痞子!"说罢笑容瞬间即逝,接口又道:"跟我一处走一趟——今晚我要看看你肚子里装的什么心肺!"说罢转身就走。

"我这种人哪有什么心肺……嘿嘿……"赵畏三猥猥琐琐跟在阿桂身后往宫外走,"掏出肚子里都是他娘的牛黄狗宝。有心肺的人在这搭里是立不住脚也办不成差的。"他唠唠叨叨,说得嬉皮笑脸,似乎自嘲又似乎是闲话,阿桂却听得心里一动,一边走一边说:"牛黄狗宝也是好药材,不信你到生药铺问问价儿! 不论在哪里作事,能耐大小,无非'天理良心'四个字而已!""那是那是! 那是自然! 中堂爷说的正是我心里想的。"赵畏三一边呵呵笑着走,一边说道:"……这就是中堂爷体恤我们办这些差使的人了……如今不比康熙爷雍正爷年头儿,就这么一片紫禁城,就那么一千多太监两千多宫女,头绪不多好照料,圆明园是一片,承德一片,遵化一片,紫禁城里又一片,上万的人吃饭睡觉,拉屎尿尿,什么乌龟杂鱼的没有? 跟中堂说个难听话,有些事比打翻了茅缸还臭十倍,都得我去料理。比方说,先头我爹在内务府,拿住了偷碟子偷茶盏的,太监打发到奉天皇庄种地,宫女就得进辛者库洗衣裳挑水。如今就是偷了高士奇的字画、纳兰性德的原本真迹词儿,也只不过抽几篾条罢了……一个宫跟一个家一模似样儿,主子们事忙,太监头儿不成器,又都是主子跟前有头脸的,叫我们内务府有什么法子? 嘿嘿嘿嘿……不过家大业大了,事多些,也是常事儿……"

阿桂道:"我要上折子,宫务要调理一下,这样儿,好好一座紫禁城,要弄成拆烂污铺子。偷东西盗卖古董字画的,要从重治罪!"

"其实事事原都有规矩的,自从弄这个圆明园,就乱了套。摊子太大,人也太杂了……"赵畏三一成不变只是个笑,"说起来爷也觉得可笑。昨儿一拨子太监,为争'菜户'吃醋,在御花园里打群架,伤了两个。一问事主,一造儿是那拉贵主儿跟前的赵不仁,一造儿是钮贵主儿跟前的秦不义,我都惹不起。今晚又一起,说起来更脏。两个太监在寿宁宫后空殿搬东西,玩把戏弄屁股,夹在屁股里头拔不出来! 竟他妈的嘿嘿嘿……狗连蛋似地赤条条抬到内务府,叫了太医院的太医扎了一针,屁眼门儿才松开了——中堂爷,这事儿忒入不得外人耳朵了,正要请示怎么发落呢?"

阿桂听得一阵头晕恶心,想呕又呕哕不出。好一阵没言语,加快了步子，直到出了西华门才透出一口气来，问道："有没有先例？"
赵畏三却把"先例"听成了"先帝"，觉得问得不通，又不敢驳回，嗫
嚅着答道："先帝爷最容不得这种事——啊，先前也有这事。玩所
戏的事我早有风闻，因收了一批福建太监，喜欢凿后门儿，宫里就
有些个乱，这种事要不是有这个情由儿，哪里拿得住呢？"

　　"拿住什么了？说给王爷我听听！"二人正说话，弘昼已从北边
转悠回来，他刚在宫墙根儿小解了，掩着裤子问道："别行礼了，又
他娘的出了甚么事？阿桂脸都气青了。"一边说，让阿桂上轿，命赵
畏三随轿步行跟着。

　　阿桂待起轿才把太监"玩把戏"的事说了，叹道："我这个宰相
真配不上主子这样的圣君……我想，我该引咎谢罪了……"

　　"听我说阿桂。"弘昼的瞳仁在时而掠过的宫灯光影里幽幽闪
亮，随着轿身一颤一簸，徐徐说道："清水池塘不养鱼，富生奢，奢生
淫佚，淫生祸乱；乱了，或生革命，或生治理，由穷再富……古来世
事不就这样兜圈儿？水缸里一个葫芦一按就下去，七个葫芦八个
瓢就按这头起那头，拣着大的按下去就是好宰相。太监们日勾子
的事，不要听不要管，叫逮住了打死或撵出去都无不可。只慎密些
儿，传出去忒难听的了——这种事历朝都有，本朝也有，就当听说
狗连蛋了，这么着犯嘀咕？办太医院奶妈子的事，才是个大葫芦
呢！出了岔儿，别说你，我更没法见皇上……"说着，这位万事不愁
的王爷也叹息一声，"我直犯愁，她不识得字，又不能说话不能动，
怎么盘问呢？"

　　阿桂在暗中苦笑，说道："王爷这话是金玉良言，我岂有不感激
的呢？外头官员骄奢淫佚，宫里也是七事八事混帐不堪，军机处现
就我一人，得向皇上有个交待，难道要皇上说出来再谢罪？我与其
说是烦闷，不如说是怕。不是怕哪一州哪一府出事儿，也不怕哪个
地方闹灾，更不怕几个淫贱材儿宫人太监这些脏事——是这些事
总到一处可怕。天上东一团乌云西一团乌云哪一团也不可怕。一

阵风聚起来,雷霆万钧电照长空,顷刻就翻江倒海。王爷,水至清则无鱼,水太浑了,不定哪里就冒出蛟龙水怪,镇压不了的呀!"

弘昼噤了一下,身上一个激凌寒颤。却听阿桂的语调儿变得十分冷静,金石相撞一样铮铮有声:"五王爷,我要您担戴一点事情。"弘昼也定住了心,笑道:"你说的太瘆人,我身上起栗儿呢!担戴什么事,这么郑重其事的?"

"皇上临行,再三嘱托,眯主儿怀的是阿哥,看相的、太医们都这样说……"阿桂咬着下唇沉吟道:"要我关照太医院给她保胎。俗话说七成八不成,正好怀孕八个月,就出这种事,怕是有人故意放坏水儿。左右思量,理事是不智,不理事是不忠。请王爷担戴,无论能否问出结果儿,都要把魏佳氏移到个平安地儿,等到皇上回銮。请皇上自己处置,至于为此种祸,我是不能顾及的了。"弘昼嘿然笑道:"你这是扯蛋话,你这份子忠心,还会种祸?"阿桂沉默良久,闷声闷气说道:"王爷,你看过《八义图》没有?有人搜孤,有人救孤,难道不是的?"

弘昼轻声惊叹一声,说道:"呀!你说的是《赵氏孤儿》这出戏吧?那是权臣乱国,彼有诸候纷争。魏佳氏还没有生产,是阿哥是公主现在不能论定;就是阿哥,上有兄长阿哥,皇上盛年,将来还有乃弟阿哥,诸般不同,不可类比。"阿桂笑道:"要论起戏,我现是'权臣',二提长一个条子可以调动步军统领衙门的兵。正为不是戏,才更是扑朔迷离;正为不能类比,也才更为吉凶不测——瞧准了是救护太子,舍身取义,光照千秋的事,我敢跟王爷杀进宫中救出子母平安!此刻大闹一场,后来风光体面,何乐而不为?王爷,阿桂可不是鼓儿词摊子上的说书先儿!"

几句话犹如电光石火,照得弘昼心里通明雪亮。康熙朝九位阿哥王拼命夺嫡,败死伤残凋零不堪,雍正朝又是三个阿哥,自己玩命地蹈晦,避退三舍当荒唐王爷,三哥与乾隆争位,又身死非命。现在宫中不靖,阿哥们没有长成,后妃们已经各自为自家儿子摆阵势了！……一阵秋风掠过，像是谁在轿顶撒了一把沙土，发出细碎流移的声音，轿夫们似乎谁被拌了一下，俉粗的轿杠闪得"咯吱"一声。弘昼心烦意乱，"嗯"地一把掀起轿帘，骂道："操你妈的！怎么弄的？"大轿已是落下。

"回王爷的话！"护轿的王府管家王保儿不知弘昼为什么突然发怒，忙跑到前面躬身行礼，陪笑道："太医院已经到了——轿子抬得不稳当么？"

"很稳，给我起轿！"

"啊？扎！——请爷的示，抬哪？"

阿桂见他又要起轿，料知这位王爷已掂出了自己话中分量，要搁担子，便起身说道："王爷，放我下轿。"弘昼却一把按住了，说道："你别动——王保儿，派人进太医院问问，原来永瑢阿哥那个奶妈子在哪一房住，连同给她治病的太医叫过来我问话！"

"王爷，这容易办。不过您吩咐起轿，总得有个去处啊！"

"绕着这个太医院给我转圈儿！"

"扎！"

大轿一滑，又动了，阿桂莫名所以地盯着灯影下弘昼时是时暗的脸没言声。弘昼许久才道："我这人毛病多，一时一个新花样儿。有时八抬大轿在王府里抬着转圈儿想事情……荒唐王爷嘛！"他自嘲地说道，一笑即敛。阿桂也便不言语，自顾垂首思索。

太医院院落并不大，轿子绕了一圈半，王保儿迎头拦上来，在轿前禀道："千岁爷，奴才已经打听出来了，奶妈子名叫刘氏。患的中风涌痰。送到太医院已经人事不省，钮贵主儿还派人来吩咐，叫着力救治来着，方才爷的轿到时，她还有口气，这会子已是不中用了。"

"有医案没有？"弘昼目光霍地一跳，扫了阿桂一眼，隔轿问道。听王保儿答称"有"，弘昼定了定神，吩咐道："落轿——你去看着，那个姓刘的嬷嬷是谁瞧的病，一道儿把医案封了，前后救治情形写个备细折片封进去。听我的王命料理！"

王保儿一躬，却不就退，又道："这个新来的医正不晓事。奴才方才说，请他们把医案理出来，说不定我们王爷要看的。他说医案除了给皇上太后皇后和各位贵主儿诊病，都是随看随散的，丢在一大堆包药纸里，收拾着不容易。还说奴才是狐假虎威，想敲他竹杠儿。他说王爷要看，请王爷自个来！奴才说，我生出来就这么个样儿，王爷给的银子使不完，不希罕你们太医院的。几个太医过来帮着他和奴才拌嘴儿，有的还丢风凉话儿，说他们是御医，不是'王医'，王爷病了，去请扬州的叶天士来看好了！黑天瞎火派个奴才来没事找事儿——奴才赌气动粗，骂了几句出来，这会子还气得肚子疼哩！"

"妈的个戾！他们是御医，爷还是御弟呢！"弘昼听得光火，抓掉头上二层金龙顶东珠朝冠"呼"地就掼在轿桌上，几颗榛子大小的东珠的溜溜撒落了轿里，"我是总理王大臣，皇上封的——治不了这个太医院爱新觉罗倒起写！"说罢"嗯"地起身出轿，瞪得大轿一晃，连轿帘子也撕去了半边。

阿桂起初弄不清太医院怎么和弘昼拧上了劲儿，此刻才恍悟过来，尹继善招叶天干要进太医院，是弘昼的授意。太医们一是吃叶天士的醋，二是不知道今晚弘昼也来了，料着王保儿狗仗人势，在太医院说话也未必那样温存，撩得这位天字第一号皇亲御弟大动肝火……急趋出轿，一把拖住弘昼，说道："王爷您是何等尊贵人？这会子光着脑袋闯太医院，传出去不好听！——这些小事，我就能料理，我还嫌小了自己身分呢！明儿军机处出票，免了这个医正就是了……"又问医正名字，王保儿说"叫迟秉仁，背里地都叫他吃病人——大没意思的个家伙，保胎坠胎都会，春药杨梅疮药都造——要不是保住了钮主儿七哥人，他嚣张什么？"

"这不是小事，这是一团近在眼前的大乌云呢！"弘昼下轿时鞋带子绷断了，跟详鞋嫌不适意，索性一脚一只踢脱了，撒丫子脚站在石板地下,对阿桂道:"爷听你说的有理,不亲自去搂这块臭肉了——去一个太监传话,就说阿桂中堂的钧命,姓迟的只会给女人和嫖客大官看病,不会给国家大臣疗疾——上回我叫给三河县令汪清河看痔疮,推阻着不看是不是他?"王保儿应声道:"对,爷的记性真好!"弘昼指着太医院大门对应命的太监道:"——告诉姓迟的医正,迟医正已经不是医正了!"

这无论如何都算不上正规的"钧命",阿桂听得又好气又好笑;万一这太监连"痔疮"都说出去,非闹笑话不可,见太监答应着要走,阿桂叫住了,道:"你去,照我的话说:奉和亲王谕命,太医院医正迟秉仁即着革去顶戴花翎,停职待勘。所遗差使,由副医正戈性孝署理。即着戈性孝将已故宫人刘氏脉案医方整理封存。此命,军机处发,礼部吏部备案,内务府存档——王爷,这么着可好?"

"成! 比我的王命似乎好传点——你去吧!"弘昼笑着,又招过一个太监,问道:"你叫高明? 记得是你常往宫里送东西的。眯——魏主儿住哪座宫?"

那个叫高明的太监打躬连连称是,忙又答道:"魏主儿原住在延祺宫,主子爷南巡去了之后,迁到了仿葡萄牙国宫那边,那边离着北海子略远点,也背风暖和些……""葡萄牙宫,是不是一进圆明园直往北行迎路那座?"弘昼问道。高明忙答:"是!"

"这就好办了。"弘昼满脸笑得开花,对阿桂道:"这里离军机处也不远,我的王府侍卫有马,你骑马回军机处,立刻知会丰台大营,善捕营管带,还有内务府值夜的。我带老赵到园子里,把魏主儿接出来,送十贝勒府,交给十贝勒福晋照看——你也不用再来,只管写信写奏折子报南京皇上行在;我办完事儿,回去熬鹰。嘿! 我新买这头鹰,秃鹫那么大个儿,翅膀一展八尺有余,才一岁多点! 好好熬出来,能叼起黄羊来呢!"说着登轿,说道:"我到圆明园——你快着点——轿夫狗崽子们打起精神走道儿,今晚每人赏十两!"说罢一蹬轿,轿夫们兴奋地"噢"地一声号子,偌大轿子轻飘飘抬起,赵畏三骑马后随，一众人族拥而去。

　　阿桂站着发了一会子愣，才悟出这位亲王貌似七颠八倒，其实是个绝顶聪明之人。打马回到军机处，写手谕命善捕营、丰台大营"放行和亲王八园办差"，又恐宵禁，下谕九门提督衙门"不得干碍和亲王入城办差"，这才真正定下神来，打着腹稿要向乾隆密奏朵云和睬娘一外一内两事处置原由，如何自占地步儿，兀自沉吟感叹。将魏佳氏安置在十贝勒府，阿桂真是做梦也没想到，十贝勒已死几年，福晋是个寡妇，又是先朝夺嫡败落了的人家，且是当今的嫌亲姊姊，不但绝无嫌疑，伏侍必也十分周到，连将来坐月子都不用别人操心。他本就有荒唐名声，大发雷霆折腾太医院中还夹着惦记着回去"熬鹰"，处置即使错了，也依旧不过是"荒唐"而已，绝不会让人疑到他热心政务，连去看望云姑娘、丁娥儿，都想着带上老婆子丫头……看似行为乖戾散漫，其实心思细密得间不容发，敏捷得让人猝不及防，这些都掩在一大堆花里狐哨的"疯癫"之中，这份韬光养晦功夫，真到了炉火纯青的地步……

　　一头思量，先写了朵云的事，前后经过说了，又写"据奴才思忖，莎罗奔此举，似有降伏真意，特委其妻万里颠沛投诉，略可见其诚恳，希冀感动帝心。"写写觉得不妥：太真了，没有留出"圣聪高远臣下愚昧"的余步，涂了改成"彼莎罗奔跳踉小丑，妄施诡计，穷途末路之余，乃为此举以为淆乱视听，而图惑乱军心。奴才已严令机密处置。唯此系军国重务，奴才臣下不得自专，用以密奏皇上，并解皇上行在伏听圣裁决策……"

　　接着又写和弘昼会同处置魏佳氏一事折子，颇费心思才将事情经过写明白。他心里清爽，此事万不能让弘昼承担责任，又无法将自己心里想的黑纸白字直接上陈，单就措词下笔便分外踌躇，好容易将情由陈述出来。瞟一眼自鸣钟，已近亥正时分，这才觉得有点肚饿。阿桂正要叫人送点心，听景运门方向一阵细碎杂沓的脚步响，像是轿子落地的声音"囊"地一声轻响，接着便听隔壁的军机章京苏亚哈德出门问了几句,急步挑帘进来,神色有点张皇地说道:"钮贵主儿来了!"

"什么?!"阿桂正伸欠,懒腰打半截顿住了。

"钮贵主儿来了……"苏亚哈德苍白着脸道:"说请中堂出去见面。"

"就说我……不在!"

苏亚哈德一脸尴尬,嗫嚅了一下,未及说话,便听窗外一个妇人声气说道:"阿桂,我就在这里,你敢说你不在!"

"贵主儿!"阿桂乍听这一声,惊得身上一震,忙挪身下了炕,立在窗前向外打了一躬,又打千儿道:"奴才阿桂给您请安!"见苏亚哈德要退出,忙摆摆手,又指指笔砚,示意他笔录对话,这才从慌乱中定下神来。从容说道:"奴才不敢无礼!"便听钮祜禄氏在外冷笑一声,说道:"还说不敢无礼! 明明人在军机处,当面撒谎,我倒不知道甚么叫无礼了! 你还算是满洲旧人家,还算读过书的人;还算是皇上的臣子!"阿桂只是在给太后请安时曾见过钮祜禄氏一面,看去很端庄稳重的,想不到言语如刀似剑般犀利,顿时心头又一震。他本来已躬着的身子又向下伏了伏,竭力镇静着说道:"奴才不敢为非无礼。裒夜之间君臣有分,内外有别,求贵主儿鉴谅——不知贵主儿仓猝驾幸,有何谕旨?"

钮祜禄氏哼了一声:"有人抄捡圆明园,我这个主事的贵妃弹压不了,自然要逃难,来向你军机大臣求救!"

阿桂低伏着身子,瞳仁在暗中一闪,问道:"是五爷进园了么,他是去料理魏佳氏移宫的事的,难道惊了贵妃娘娘的驾?"钮祜禄氏道:"'惊驾'我何敢当? 五爷拿着你军机处的放行令牌,进御园如入无人之境,抢了魏佳氏就走,这事原来我竟是知道的?"

阿桂咽了一口唾液,说道:"奴才知道。不过,是请魏主儿挪移宫房,没有'抢'的意思。贵主儿原有谕旨令魏主儿移宫别住,奴才不敢违背贵主儿的谕旨和王爷的钧命!"

"你好伶牙俐齿！魏佳氏有罪嫌疑在身，黑天半夜被抢出御园，也不知会我一声，试问你是什么罪？"钮祜禄氏恶狠狠一笑，"你要干预皇上家务？"

"回贵主儿话，奴才不敢。五爷是当今皇叔，又是总理王大臣，无论家务国务，五爷坐镇北京，有这个权！"

钮祜禄氏顿时语塞，半晌，问道："我问你，为甚么这样办？"

"回贵妃娘娘，"阿桂更提了小心，说道："其中原由三言两语难奏明。待皇上回銮，奴才自当奏闻上知。明日奴才让内眷入宫，向贵主儿先行谢罪请安。""'谢罪'二字我不敢当。"钮祜禄氏冷笑说道："请你出来，我带你奉先殿，当着列祖列宗的神像灵位把你'难以奏明'的心思说说！"阿桂道："奉先殿非奉旨不得入内。奴才手上有皇上旨意交办的差使，不得空闲，祈贵主娘娘恕过了。"

钮祜禄氏被他不卑不亢的回话激得怒火万丈，小小一个外臣，大胆擅自下令闯宫抢人，自己亲自来，居然晓晓置辩毫不容让！因厉声说道："既然你不肯出来，我进去，当面说话！"

阿桂心里也冒了光火，亢声回道："不成！"

"为什么？"

"这是军机处！"

"别说军机处，乾清宫养心殿我直出直入，谁敢拦我？"

阿桂绷紧嘴唇，竭力压抑胸中怒气，好一阵才平静下来，却不答钮祜禄氏的话，只高声叫道："当值的太监听着，在铁牌诏令前给贵主儿掌灯！"

"扎！"隔壁几个太监扯着公鸭嗓齐声应道。

钮祜禄氏正怒气勃发间，听得这一声，不禁一怔。惶惑间，两队太监提着四盏米黄西瓜灯打军机处东厢出来，也不言声，走至军机处门东靠墙处，将灯高高挑起。钮祜禄氏日日在内宫转悠，还真的是头一次来军机处，竟不知道这里也树有铁牌。煌煌灯烛下定睛看时，果真有两面回龙镶边狴犴卧底铁牌，一面写着：

谨奉世祖圣祖世宗皇帝遗训,后宫嫔妃妄行干政者,诛无赦!

一面写着:

天承运皇帝制曰:凡王公贵胄文武百官并内宫人等,擅入军机处者,格杀勿论!

都是乾隆一笔极漂亮的颜书御笔,藏蓝底儿嵌金字俱都是满汉合璧,在灯下熠熠闪烁,仿佛在显示经至高无上的威权。钮祜禄氏满脸怒容立刻消散得无影无踪,像雷惊了的孩子似的兀立在铁牌前,哆嗦着惨白的嘴唇,一个字也说不出来。

"怎么,贵妃不向圣谕行礼?"阿桂问道。

钮祜禄氏双膝一软,向铁牌跪了下去,伏在地下轻轻叩首。再抬头时,已是珠泪满腮,说道:"先帝爷,皇上……恕臣妾无知之罪……爷呀……你远在江南,我的委屈向谁诉说?魏佳氏还怀着孩子,万一叫人折腾了,怎么见您呢?……?

她语气诚挚,几乎是如诉如泣。嘤嘤之声透窗而入,阿桂也听得悚然动容,是不是我疑得过分了?因也放缓了口气,说道:"奴才不恭敬了。贵主儿安富尊荣,谁敢给您气受?今晚您到军机处,我就不记档了。至于魏主儿,事出有因,五爷和我也是不得已,夜深了,贵主儿请回驾,我就不送了。"听着钮祜禄氏啜泣着起身远去,阿桂招手要过苏亚哈德手中笔录,略一过目,折好了浇火漆封缄起来,递给苏亚哈德道:"收到我的奏折拟稿箱里——告诉这里值夜的人,连太监在内,谁敢出去胡说传言,别怪我阿桂手辣!"这才又坐下写着奏折写道:

　　回思奴才措置,鲁莽灭裂处在所多有,唯奴才草莽之材,
猥贱粗陋之身,蒙主子不次趋迁,职在枢要,不敢爱身避事,忍
心坏礼,致君父于不明之地,至诚在心而才短,唯以勤密以补
之,其留有疏漏失慎之处,念及君恩,中夜推枕而起,绕官仿徨
不能自安,谨请主子鉴谅之余,加罪处分以稍安奴才之心……
临池感激,思念恋主子情不能自已……

写到这里,他的眼睛潮湿了。

三十三　总督衙温语抚忠良
胜棋楼较艺诱易瑛

　　高恒一到驿馆便被尹继善派人接回了总督衙门。说是"请"，但一去便被叫进总督衙东书房院，接他的人倒是十二分客气，要茶水要点心一昐咐就到，书房里果品什物、笔墨纸砚书应有尽有，床卧窗几俱各明净，光可鉴人。只有尹继善不见，刘统勋不见，连金铁也没来打个照面。只说请"高爷在书房候见，我们大人忙过就来——这院里现在几股子衙门守护，大人没事不要走动，以免误会。"

　　他本极聪明的人，见这阵势，情知已被软禁了。不料，事到如今，已成阶下之囚，谁知成了阶下囚后他反而镇定下来，有吃的拿起就吃，有好喝的端起就喝，时时等着军机大臣传见。他尽自装得没事人似的，但逢这种莫测凶险的大事，他既不知道被抓住了什么把柄，也不知谁来审问，又恐防钱度被拿，两造儿口供不一，心里还是恐慌不安。一时想北京家里，怕还不知自己出了事，一时又怕曹婆子和薛白娘子被拿，经不住三推六问……左右踌思，一会儿心里火烧价燔热，一会儿犹如掉进冰窖里，彻骨寒透。浑身没做痛痒处，急盼着乾隆派人来问话，又怕人来问，竟是不知该如何是好，只索耐抑着性子等。

　　谁知等到深夜，几位大员一个也没露面，第二天一整天，仍旧是好吃好喝供应，依然无人来见。高恒几次踱到院外月洞门口，见两上挺胸凸肚的千总按着腰刀当门而立，黑青着脸翻眼看天的样子，知道想过这道门比登天还难，也就不肯开口，一笑点头便即踅身返回。

　　头夜一眼没眨，第二夜又到将近子时，高恒外面儿上装潇洒，内心里已是熬煎得头晕心跳，脑袋里塞了一团烂絮般，连自己都不知想些甚么了。无奈间，高恒上床曲腿而卧，痴呆呆发愣，眼前一时是尹继善的笑脸，一时是刘统勋的阴沉脸；一时是马家婆娘，一时又是盐税铜船，走马灯般来回旋转，神不守舍间忽然房门一响，外头却是和珅的声气："高爷睡了呢么？ 大人们来看你来了。"高恒像屁股下安着机栝弹簧，腾地坐起身来，忽然觉得自己张皇失态，镇定了一下，起身徐步过去开门。果见院里几盏灯，家人整齐侍立在桂花树下，尹继善当门而立，后边还跟着刘墉。高恒淡淡一哂，说道："谢二公来看，二公请进。"

　　"住在这里还好？"尹继善一边进屋，也不等高恒让便自坐了，又指指桌前椅子道："二位也请坐。"刘墉便也挨着尹继善坐了。

　　高恒灯下打量二人，只见尹继善穿着灰府绸夹袍，套着件古铜宁绸小风边毛巴图鲁背心，目光游移，神色带着忧郁，刘墉一脸庄重里透着严肃，正襟危坐盯着牙板红标满架图书。二人都不喜不怒，即是神情中略带着惫累憔悴。高恒卯足了劲，一肚皮话都咽了回去，遂来个一言不发。

　　"主上现就住在总督衙门。"难耐的寂寞中，尹继善说道，他的口气从来没有像现在这样呆板，"几个军机大臣商议了一下，请你先谈谈——挪到这边住，是为你好，怕你在南京乱走动拜客，不但无益，反而加你的罪戾。这份心思，请高公谅鉴。"高恒冷笑一声，说道："我虽然革职，还没有拿问旨意，且我的爵位还没有革掉。请问，你们这是不是要处置我？"尹继善冷冷说道："不是处置，不是审你，是谈一谈。这院里戒严，不为你，是因为皇上在这里驻跸。高公稍安毋躁，我们平日是私交很好的，来此绝无恶意。你要想明白了！"

　　高恒浮肿的眼泡一闪，问道："谈什么？ 有什么好谈的？ 上届盐政，收入是多少？ 有多少钱粮进项，从我接手，每年上缴国库几何？一本烂盐务帐，我理得干净清楚，我自觉有功无过，吃得饱睡得香——"见尹继善严厉的目光扫过来，他突然觉得有些气馁，叹了口气道："……没什么好谈的。"

尹继善手捧雕花瓷杯，似乎在欣赏杯上的西蕃莲图案，却不言声，刘墉略一次身说道："有的。第一件便是盐务帐目。旧帐本应封存五十年，请你谈谈为什么下令全部烧毁？德州盐务，任事用人，有没有情弊？你都在几处和人合伙做古董瓷器绸缎药材之类的生意？还有，私自贩过国家禁卖物品没有？是自己独作，还是与哪睦官员合作？高大人，这些事我只是提醒你，还有别的事，我们也不是不清楚，要靠你自己说。"尹继善道："你有许多事不可告人，形诸笔墨对之公堂，污天下人耳目，太过失朝廷颜面。我们的意思，最好你自己写出请罪折子，附上你的供单。你自有应得这罪，我们公义私谊两相兼顾——本来今晚还有别的事情，看在我们多年的情分上，就先过来谈谈，你要想想明白！"

高恒听刘墉一番连珠炮价质询追问，已是惊得心中乱成一团，额前冒出密密一层油汗：这些"提醒"没有点出一件实事，没有一件是冲他的"荒淫"来的，而且留着偌大的余地，无论如何也仅仅是提醒而已，就是招供，也很难说从哪件哪笔帐目上说，刘统贺调理出这个混帐儿子真是难缠！……好半日，高恒才从惊怔中定住了心，他明白，只要开口说一件事，就由不得一窝儿全兜出来，千里长堤溃于蚁穴，再也不可收拾……沉吟间"老子不开口，神仙难下手"这句话从心中闪过，钱度是师爷出身，刑名钱粮两通，不知审理过多少案子，他的话不会错！……高恒拿定了主意，心里立时稳当，却不说话，低着头只是叹息。

刘墉和尹继善不约而同对视了一眼，二人都是刑审问案的行家，看这光景，便知道遇上了那种最难料理的对手，两上人会意一点头，都把目光仍盯向高恒，在难堪的岑寂中，高恒真比熬刑还要难受，硬着头皮顶了半顿饭时辰，高恒抽抽嗒嗒哭了，咳嗽抽揥拭泪搌鼻涕，说道："……我确实不成人……给皇上给祖宗丢人现眼，走一处到一地都是……花天酒地……嫖堂子看戏游山逛景……这些都是有的。这些开销，有的是当地盐务上用扫库余银奉迎，有的是……地方官希图奉迎花钱请我的……主子说我'荒淫贪婪'，真是洞鉴万里，明……明察秋毫……高恒再没的辩，革职的年分太轻了……求二位大人转奏皇上，说高恒知罪，求主子将高恒明正典型以肃纲纪而整官缄……"尹继善和刘墉听他开口，却不料是这样一通不着疼痒的表白，都不禁大怒，却不便发作，端着茶水，咬牙沉思听他巧言讳饰，想从其中找到罅隙。

然而高恒却不再说下去了，拭了泪，缓缓坐端了身子，端杯，吹叶儿，吃茶。

"我问的话大人还没有回答。"刘墉说道。

"什么话？"高恒变得绝无脾气，用掩饰不住的轻蔑注目着刘墉，说道："你问我那些我全都听不懂。除了盐务，我不和商人来往生意。"他顿了一下，又道："至于烧帐，当时我上奏了朝廷，里边说，昔日帐目混乱无从整理，难以精心清理，焚旧更新，重加振作为是。'——你去折本处档案柜里一查就明白。皇上还在上面加了'所奏极是，足见高恒精白之心'的朱批。"

尹继善和刘墉同时站起身来端茶一饮。高恒错愕间，也忙起身，却不知说什么好。尹继善道："听你这些话，真是白耗时辰白费心。你聪明得太过头了，把别人都当了苯伯。那份折子，除了证明你还有一条欺君之罪，什么也不证明。"刘墉也道："卑职没有多的话。只告诉大人两件事。第一，已经有旨发往汉阳，就地锁拿钱度。第二，还有十七八处盐道，帐目尚存，盐道已有四人投刑部自首——大人好自为之。"

说罢，二人举手一揖便辞出来。趱出月洞门，沿制府大堂后墙直西穿过，便径直可达西花厅的北书房。沿着卵石甬道向西踽踽走着，两个人一时都没说话，只在经过乾隆居住的琴诣堂时略站了一站,向二门鞠躬致敬了才趋过去。良久,尹继善才透了一口粗气,说道:"八国舅看来是咬定牙根了。"刘墉道:"这是可想而知的。仅官卖私盐这一项,少说也有二百多万两,这是开国以来少有的贪贿大案。皇上整顿吏治,不拿这样的人作伐开刀?"

"二百万"尹继善顿了一下,徐徐踱着步子,思量着道:"你是说,除了填补历年亏空,落入他手的净银吧?还有铜,云南的、铜陵的,四十万斤吧,翻铸铜器,为数也在不少,且不说私挖人参,仅此两项,按大清律,够高恒死一百次!"刘墉一笑,说道:"恐怕只能死一次。我就怕主上舍不得从他身上开杀戒。"尹继善默谋了一下,问道:"何以见得?"

刘墉似乎有些难以措词,嚅动几下嘴唇才道:"他是国戚,素来盐务差使上办得老到熟练,而且有过战功,国家有'八议'定规,他占了三条,而且他的案子如果过堂刑审,牵连的要员恐怕不在少数。皇上虽然整顿吏治,但'以宽为政'还是大宗旨。"正说着,身后有人说道:"以宽为政是指轻徭薄赋,蠲免百姓钱粮,并不指着高恒这样的墨吏!"

二人同时回头看时,竟是乾隆从荷塘那边散步过来,身后紧随着吴瞎子和巴特尔!一惊之下,忙提袍角仗地叩头。尹继善道:奴才们扰了主子的清兴!"

"此时七事八事混淆一片,哪有什么'清兴'?"乾隆望着天上细线般的月牙儿,细白修长的十指交叉握着,指尖轮流按动着指背,仿佛在掩饰心中的不安,口气却缓重平静,'一枝花'的案子未了,高恒钱度的贪贿案子又起波澜,还虑着傅恒一路顺利,不知岳钟麒到没有到汉阳。母后和皇后她们虽不用担心,就怕沿途地方官为逢迎讨好儿太事张致。圣祖爷南巡,也是屡下诏书不得扰民,当时,我是皇孙随驾,在旁冷眼瞧着,地方官供俸,那银子花得真同飘雪花一般,怎么不令人焦虑忧心?"尹继善陪笑说道:"主子且宽圣怀,'一枝花'这次已是网中之鱼,再不得逃脱的,方才刘墉在胜棋楼,还见了黄天霸和盖英豪,只要一声令下,两个时辰不到,就能生擒她!"乾隆看了一眼刘墉,点点头说道:"难为你爷们了,这次差使办得无可挑剔。回北京你父亲休假三个月,你一个月——你们这是到哪里去?"

听乾隆这样赞扬自己父子,刘墉心头轰地一热,多少不眠之夜,辛苦筹划劳作,所有的悬累、疲倦、沮丧和烦心顿入乌何有之级,因乾隆还在徐徐散步,不便叩头谢恩,只深深一躬,暗哑着嗓子说道:"主子宵旰勤政,夙夜堇念天下苍生,臣子岂敢怠忽玩职?不惟是不忠,且对不住自己良知。主子如此关爱有加,敢不勉效愚诚,继之以死!"尹继善道:"这确实是由衷之言,奴才在宦场也是几十年了,像延清父子这样儿,不分时辰不分地方儿,睁眼就盯差使,累到不能睁眼的臣子,真是罕见稀有!刘墉公昨天中午,到现在只吃了一顿饭,今天在胜棋楼看比武,回来又陪奴才见高恒,这又要到西花厅去汇报差使了。奴才自觉办差也算尽心,相比之下,常扪心自愧的……"

"你们到西花厅?朕也一道听听。"乾隆顿了一下,略加快了步子,却接着尹继善的话道:"你们的话都出自至诚,朕心里明白的,刘统勋父子拼命办差,站在朝廷位置,自然是好的。但刘统勋这是一番鞠躬尽瘁的心思,朕又于心何忍呢?你们都在盛年,刘墉还是个青年,朕倒是更嘉许你些,留着把气力精神,作养好身子骨儿,多为朕效力些年头,还要预备为朕的儿子出力,这才是长远之计。惟是罕见稀有,越要珍惜荣养,大事收紧,小事散漫些儿,还要读书养性,这才切符了朕待你们的至诚之恩……天下多少事啊!真正得力的臣子栽培起来多不易呀……"言下不胜感慨。尹继善和刘墉听得心里发酸,抽着咽声回道"是……"满腹感恩戴德的心思,一句不能形诸言语。

一路说着,早到了西花厅东山墙下,已见纪昀、刘统勋、金锉、三人长跪在地迎候,还有在琴诒堂侍侯的太监也都掌灯侧立在甬道旁,英英和嫣红一个提着银瓶,一个捧着银盘也立在旁边。原来他们说话时间,和珅已经报知了乾隆驻跸行在,一众人等绕道儿过西花厅这边侍奉。见乾隆过来,参差不齐向他请安。乾隆因见黄天霸几个人跪在滴水檐下,只微微一笑,吩咐道:"都起来罢。"尹继善便忙抢上一步替乾隆挑帘,又命黄天霸诸人"你们就在廊下,主子有问话时叫进再进。"

"好,好……"乾隆漫不经心说着进了西花厅,随意坐了靠东厢书架前的交椅上。英英忙从瓶中倾出茶水捧上来。乾隆一手接杯,笑着摆手示意免礼命五人在西侧茶几旁就座,说道:"好大烟雾,这必是纪昀造孽! 天气并不冷,嫣红把北窗打开,走一走浊气。"

嫣红忙应一声,放下银瓶便去支起北窗亮窗,又点了几枝烛放在北墙卷案上,屋里顿时亮爽了许多。纪昀笑道:"臣之烟癖,确实无药可医,受臣之熏陶,如今延清公已成吞云吐雾之徒、金铣也渐入佳境,只有尹继善冥顽不灵,不肯感染臣之流毒!"乾隆听得哈哈大笑,说道:"上次金殿奏事,纪昀靴中起火,烧得脚根都焦了,两个月不能行走。傅恒说你是大清的铁拐李,朕说,靴中冒烟纪昀仓皇出殿那情形儿,是个'神行太保'的模样呢!"说着大家都笑。乾隆因见英英银盘中放着盖碗,还有几块细巧宫点,径自起身,揭起盖碗看了看,竟亲自端起,到刘统勋面前,说道:"这碗参汤延清用了它——英英把点心放在刘墉茶几上,他还没吃饭呢!"说罢含笑归座。英英一边摆果子点子,口中道:"主主也还没进晚膳,奴婢再去取一份来,只是参汤一时熬不到火候,得稍等一下。"乾隆摇头道:"不用参汤了。"

屋里的气氛突然变得肃穆庄重起来,刘统勋率刘墉谢了恩,端起碗来,枯瘦得老筋暴起的手抖得厉害,一小口一小口喝着,眼睛凝注着乾隆一眨不眨,仿佛怕乾隆一下子消失了似的。刘墉只拈了一块点心,含在口中轻轻地嚼,泪水扑簌簌直流横溢。众人注视着这场景,心里也热烘烘的,一时都说不出话来。

"说说差使吧。"乾隆道:"五位军机大臣,这里就有三位。金铁和刘墉也都是办差专员,听听参与议论也无不可。继善,你去见高恒情形怎样?"因见纪昀下意识地摸靴筒,双笑道:"你和延清可以抽烟,金铁不许。"纪昀忙道::"臣不敢放肆,待会憋不住再求主子恩典。

尹继善端肃正容轻咳一声,说道:"高恒的案子眉目还不甚清晰。奴才和刘统勋几次商议,派员分赴山东、河南、江西、湖广、四川和陕西各盐道去查。四川因为金川战事,盐务久已败坏,没法查清,陕西是青盐入关扼口,应该能查出些情弊的,但路途太远,回报还没有递来。其余四省帐目毁去十分之九,只有淮安道、开封道、南昌道、这庆道四处帐目齐全,亏空输赢明白。还有几个道虽没有毁帐,但从来没有理过,进出帐单打捆封着,一时很难打理清楚。这样的道有五处。"

"这样看来,认真全体理清是做不到了。"乾隆皱眉吃茶,吐掉一片茶叶说道:"为甚么这九处帐目没有遵高恒指令焚烧呢?"尹继善微一俯仰,说道:"帐目清白的盐道,不肯淌浑水,高恒的指令自然就搁置了。其余的有的是新任盐道,不肯替原任负责;有的盐道留存观望,没有来得及毁帐,有的衙门没有主管。还有一个衙门根本没有拆看高恒盐政衙门的文书,派人去查,他们还不晓得这档子事。"乾隆听得啼笑皆非;一盆烂面糊帐,居然成了"好事"! 想发怒,又怒不起来,鼻息粗重透了口气,说道:"看来要靠混帐整治混帐了——延清公,你有什么见识?"

刘统勋蹙额皱眉,在几旁欠道:"臣心里不好过,也正为主子说的这话。高恒与钱度合伙贩铜,铜船被扣了三艘,他用太湖水师标铳方彪的兵护船,人赃俱获,仅此一项高恒和钱度实得三万银子,其余的铜政司都有帐可查。这已经是死罪。官卖私盐更是令人惊心动魄——虽然毁了帐,但金辉举发四川成都盐道请发运私盐引照,也有铁证。成都道已拿出高恒的亲笔手谕,这一笔帐就是七万银子,高恒得了一半。十八行省二十七盐道,这笔帐算下来抵得朝廷月均入库银两! 当然,这些银子一半要分给合伙谋私官员下层吏属,原来盐务历届亏空的近二百万也是这银子填还的。总落高恒手的,我和继善一估再估慎重衡量,最低不下一百万两,所以,这案子其实是铜政事发,盐政主犯。"

乾隆听得心下骇然,脸色也变得铁青,两手紧握着椅把手,掩饰着心中极度的震怒,良久,方干笑一声道:"原以来他只是荒淫无耻,想不到是这么大一条豺虎,而且上下勾连表里为奸! 朕真是失了眼,原还想再栽培出第二个傅恒呢!"

"君子或不能兼而有才,凡小人莫有不才。"纪昀沉吟着说道,"高恒办差干练精明,和钱度一样,不是无能之辈。其实,失察的是我们几个军机处的臣子。记得两年前主子就说,高恒、钱度似乎德行有亏,叫我们留神,一年前又下密旨,着查实盐务亏空整顿情形。他那样地位,又能干事,且人缘极好,不是主上圣明烛照,谁能疑他是神奸臣蠹?"这话虽不无曲意安慰之意,但确实也不是虚言逢迎。几个军机大臣忙于赈灾征赋、筹划金川军务、官员提调升黜,中间还出了张广泗诮亲的巨案,都没有怎样留心高恒钱度的行为端倪,也是实情。乾隆听了,颜色便渐渐霁和,又问尹继善:"高恒如今怎么说?"

尹继善因将方才见高恒的情形备细说了,叹道:"他是抱了个死猪不怕开水烫的宗旨。这必定是件难审的案子。奴才料着,那钱度是师爷出身,刑名钱粮两法熟透,早已有了串供和攻守之盟。高恒如此刁顽,大约也是因为自觉手脚做得干净,招也是死,不招也是死。他是横下一条心了呢!"乾隆听着,吁了一口气,说道:"此人人缘好朕是知道的,大抵赃官人缘都好。也为他是国戚,替他捧场吹牛的恐怕也不在少! 这个案子不能松手。再难也要水落石出,还是刘统勋来办差,'一枝花'的案子结了,刘墉协同你父亲,哪怕牵扯到亲王贝勒贝子大臣,也要一查到底。财物查抄,今晚尹继善就拟旨发往北京,还有钱度也是一样,所有赃银要全部追回,藏匿缴者一体问罪。待案子审清,诏告天下以示至公到有!"

"臣等遵旨!"刘统勋爷子一同起身躬身答道。乾隆见纪昀又摸靴子,笑道:"要抽你就抽吧,朕一开头就准允了你们的嘛!"

纪昀晃火摺子抽着了烟,浓浓吞了一口,说道:"臣有个见识要奏主子。据才延清公说的,真是骇人听闻。正为如此,臣以为案子要查清,财物也要追回,似乎不必过事张扬。"他看了乾隆一眼,见乾隆沉吟着凝神在听,接着又道:"一来他身分显赫,很招眼,平素又常在人前炫耀圣眷优渥,查出来那么大数目有损朝廷体面。二来,杀他为甚么? 他罪过该死是一头,也要顾及朝野影响。这么大的国课给他一手黑了,别说州县官,就是封疆大吏也会想:我贪这点小意思,比起高国舅真不算回事儿! 如果公布数目小些就另是一种想法:国舅贪污尚且如此,何况是我? 所以逢这样的大案,还是该从全盘周详思虑。其中牵涉到有大员的,暗中退赃,不再重用为上,不宜一一明诏处分。整顿吏治是一篇大文章真文章,也是长文章,积重难返,要一步一步去办,这才致干碍祥和之气。"

这番话说的又是"理中之理",剖析出自肺腑且从大局着眼,众人都听得心下暗服。刘墉原本要打翻延席桌,钻天入地大干一场轰动天下的心思,听得心下冷静许多,只是掂掇:只听说他是博学才士诡谲文人,今日见到真正的宰相城府,这人真不含糊! 正胡思乱想间,乾隆笑道:"这是一袋烟的功劳了! 很好,是老成谋国之言,又合中庸之道,只是不能形诸文字,统勋不要躁急,病深不用猛药,可以与你儿子再精细筹划一下——刘墉,'一枝花'怎么样? 今天你毛先生策划的胜棋楼盛会,见识不少奇人异事吧? 那个卞和玉是什么角色?"

"卞和玉就是易瑛,也就是'一枝花'!"刘墉参议末座,原来就没准备说话,正你头沉思掂量这些当世顶尖人物的识量风韵,冷丁地被点到自己,忙身子一挺大声说道。见几个人都莞尔而笑,他稳了稳神,语调才平缓了。"她这次从扬州来,只带了二十三个人,分住地点已经完全监控起来。自皇上移出毗卢院,她也移了去桃叶渡,身边只有唐荷、韩梅、桥松三个所谓'侍神使者'。管联络的是我们的卧底,一个叫莫天派,一个叫司定劳。"

乾隆听这两个名字,不禁一笑,说道:"好名字——摸天牌死字了!"刘统勋在旁插话道:"都是黄天霸的门生。当日'一枝花'劫夺皇纲,两个诱饵,一个叫史(事)成功一个叫扬(扬)天飞。黄天霸要一还一报。所以起了这两个名字,打入铜陵码头,费好大周折才得近了易瑛身边。"乾隆笑道:"这个黄天霸有性子——明日引见一下——你接着说。"

"是!"刘墉尽力抑着心,稳稳重重说道:"南京盖英豪原是直隶高碑店人,五年关来闯码头,当时易瑛劫银已经败露,官府捉捕各香堂堂主教匪风声正急。他有一身横练硬功,能夏日握水为冰,滚油锅中洗澡,各处地棍游民失了依赖,他乘机夺了南京各行码头盘子,暗地里又和易瑛勾手,也通官府,就叫响了。这次胜棋楼比武之前,家父和尹制台就接见了他,许了他一个千总,并答应不再追究他在高碑店伤死人命案,他也就归顺了朝廷——所有这些些事都是安排停当,专候易瑛自投罗网的。"

乾隆听得高兴,脸上放光,笑道:"叫你们费周折了,其实在扬州也可以拿下的。"金铣说道:"扬州教匪多,容易走漏风声。刘墉发了两个假号令走扬州府,一个时辰后司定劳就得了信儿。所以要诱到南京——"他突然顿住了。诱到南京后很容易捕拿的,但乾隆又视同儿戏,屡次有旨要"晤见",安顿在毗卢院晤见了,仍不许动,还要她随士绅"接见"。皇帝葫芦里什么药,他半点也不清楚,如何敢信口开河?舔一舔嘴唇,冒出一句"这就好了……"

"这次比武易瑛看得很重。"刘墉听他背后议论过,"见这种贼女人作什么?"见他此刻突然刹车,把抱怨生吞了,不禁心中暗笑,接着自己的思路说道:"安排定了打成平手,既顾全两造面子,又留有下一步缓冲余地。为防着易瑛看出马脚，除了黄天霸和盖英豪，手下人一概不知内情。

"卯末时牌，两家师徒都来到胜棋楼前。黄天霸带着贾富春、蔡富清、黄富光，由我和黄富威'领路叫门'。盖英豪是'城东双雄'带路，一个黑矮个子叫'玄武金刚'的，去过库司档(裤子裆)我认得，还有两个长大汉子，一个肤色黝黑，一个白晰，听过名头，才知道是'石头二无常'，盖英豪我原以为必定是个虬髯毛胸高壮伟大的汉子，见了面才见是个文弱书生模样，细眉修目，说话温声温气，有点像女人，也不过三十岁出头的样子，乍一见谁也不会信及他是河北第一飞贼，身负四条人命的亡命之徒！

"两边的人经介绍，看去都客气，黄天霸还和盖英豪拉了拉手寒暄，大家拱手作礼，站在楼前有的看景致，有的说楹联字画，楼中酒菜隔门就能看见，却谁也没进去。我这才知道，江湖原来也有'不吃卯时酒'的规矩。

"我正寻思，父亲说要请端木先生来压阵，怎么没来？身后有人轻轻拍了我肩头一掌，回头看正是良庸，手里握着一卷书——原来他早到一步，坐在楼南向阳处湖岸背《四书》，冲着我一笑说，"毛先儿也来了！方才还和卞先生提起你，几时奉访，请你给我们起一课文王卦，这可不是凑巧？'我这时才留神，卞和玉就站在他身后不远大柳树下，正看着胜棋楼匾额出神。我们只遥遥点点头，互道一声久仰，看众人作为。

"江胡上'文盘'比试是颇有意趣的，并没有穿房越脊飞檐走壁那一套。看上去文质彬彬礼仪揖让间，已经开始较量。尽管内定和好不分输赢，但保不住盖英豪手下这群人不听约束，闹乱了不好收场。胜非胜，败非败，不即不离，若即若离，真戏假作，假戏真演，这才成功。正担心着，果然白无常首先发难，冲黄天霸一揖阴笑着说：'黄爷赏脸，一请就到。江湖上有言"筵无空过，友无空访"，不知黄爷给我们盖爷带的甚么宝贝，给兄弟开开眼！'

"黄天霸只是微笑,没有答话,察富清闪出来,嬉皮笑脸说,'黄爷说了强龙不压地头蛇,得有坎子礼,我给你们带的凤凰蛋!'说着,右手从怀里一把又一把三两个往外掏摸,却都是鸡蛋,足有一百多枚。怀里带这么多鸡蛋,一路从城东走到城西南完好无损,这已经稀奇,作怪的是鸡蛋托鸡蛋,叠叠摞摞在一只手上,像粘住了一处,一个也不落地!"刘墉说着,透了一口气,刘统勋板着脸道:"你简约着些! 叫主子坐听你说古记讲书场儿么?"刘墉忙道:是!"

乾隆正听得入神,笑道:"你这个老延清哪! 自己道学古板,要让儿子也学得一丝不苟! 就是国家大臣,也百色百等的。纪昀诙谐诡谲、傅恒老成精干、尹继善博学风流、阿桂泼辣勤谨,都像你这么枯燥,朕也无味。"刘统勋咽了一口唾液道:"皇上训诫得是! 臣是怕放纵了刘墉。"乾隆道:"讲得很好! 能给你主子破闷儿也不错嘛——接着说下去!"

"臣心里诧异,别人却不怎样惊奇。"刘墉偷瞟了父亲一眼,语气放得庄重了些,接着说道:"白无常看了冷笑一声,说,'这不过是寻常鸡子儿,四文钱就能买一个。这位爷真能拿我爷们开心!'说着,隔着丈许远手凭空一推,蔡富清一个着忙不及,满手鸡蛋全撒落在地下……

"臣想蔡富清这一手是败了,青石板地砸鸡蛋,还不一塌糊涂? 谁知那些鸡蛋都似鹅卵石般结实,落在地下有的琉的有的转,有的玻璃球似的弹蹦乱跳,竟一个也没有破损!

"黑无常嘿的一笑,取起一个鸡蛋,说'这哪里是凤凰蛋,分明是石头蛋嘛',脚踩着一个鸡蛋,毫不费力一拧,周围的石粉屑簌簌响着散开,抬起脚,那鸡蛋竟被他生生嵌进石板中。

"我正发愣,贾富春上前笑说'这就是凤凰蛋与众不同之处! 不信请看——'他脚轻轻在石板上踩了一下,别的鸡蛋安然无恙,嵌在石头里的鸡蛋霍地跳出尺余高! 落在石板上弹了一下仍是完好无损。第二下碰在石板上却一破两半,蛋黄蛋清液滩流在石板上……

"白无常先怔了一下，嘿地一笑，说'这手跳板脚功夫真个少见！凤凰蛋果然与鸡蛋不同。'他蹲下身子取了一个，在手里把玩端详，说'这分明是个熟鸡蛋嘛……'用手轻轻一捏，剥了皮，果然是晶莹白腻光润柔滑一个熟蛋，还微微冒着热气……

"斗到这里，我已经看得目眩神迷，仔细推详格物，件件匪夷所思，又都是亲眼所见。正发愣间，端木在我耳畔悄声说'卞先生出手了……我恐怕也得帮帮忙呢！'我偷看卞和玉一眼，卞和玉站在楼前青石护栏边，手里攥一把细杨柳枝条，温不经心地编着一只精致的柳条篮。我想扰她心神，就踱过去，笑说'先生真有雅兴。此时叶萎枝枯已近中秋，花蓝编出来恐怕未必好看了……

"她只看了我一眼，抿嘴儿笑了笑，说'那要看谁编的，还要看编功巧不巧'，说着，举起花篮。只见丝丝柳条上嫩芽新绽如蕊，青葱油亮，青茏碧翠如仲春新枝！

"我大吃一惊，看地下，被她捋掉的老叶满地青黄褚红斑驳，再看篮子，嫩芽似乎又长了许多，简直不能相信自己的眼睛，说'你……你会仙法！'她说'你想说妖法的罢？妖法仙法都是没有的，世间人只是戏法……'这一瞬间，我觉得她有些忧郁，蹙着眉似乎心事重重，又对我说'你看，他们斗气功玩鸡子儿。其实争的是里边筵桌上那只鸡头，谁吃鸡头，谁就坐定了金陵这块风水地儿'。我忙转身回头就听盖英豪手下那个玄武金刚在说话，声音又尖又沙哑，活像夜猫子叫林，'我们盖爷是主人，凤凰头是吃定了——你吃一百鸡蛋算虎他妈什么本事？我也能！'我定睛一看，地下散落的鸡蛋已只剩了五六个，仍旧是那位皮头皮脸的蔡富清，箕坐石板地下，手抛口吞一口一个，猪八戒吃人参果似的直咽下去……肚子都撑得扣了一口锅似的。

"这情景儿实在可笑，连易瑛也忍俊不禁'扑哧'一声。黑白无常也捧腹大笑，白无常说'这贼肚子真不知什么玩艺做的，这一手

我真服啦！'黑无常笑得打跌，说'这是平素糠攘的了，不是气功，我也服！'

"那蔡富清起身拍拍肚皮，说声'半饱'，双手叉腰蹲裆面向莫愁湖，口中鸡蛋一个接一个喷着激射出去，直飞有十丈远近，竟是一串儿直入湖心。前头显得许多功夫，众人虽然也惊讶，都也还矜持，这时候才齐声喝彩叫一声'好！'

"玄武金刚也说'好是好，不足以服人，我能不湿裤子捞回一个！'说着就挽裤脚到膝盖间，就栏杆间一滑跃进湖中。他是气功是妖法实在难以断定，但旁边就泊着画舫，湖水不浅，却只淹到他脚踝处，淌着水走得疾速，还左顾右盼地寻鸡蛋……

"我正错愕间，一直没有出手的黄富光也下了水，一般模样滑脚漂水直入湖心。眼瞧着二人甩手踏步如履平地，人人看得心旌动摇。这时天近辰时，已经有了游湖闲人，却都被盖英豪手下挡在长廊外，伏栏看得目瞪口呆，一时两个各从水中捞出一个鸡蛋漂水归来。远处看客呼天叫地一声喝彩'好功夫'！

"不料归途走一半，黄富光叫一声'有人暗算！'身子像被人拉了一把，已是淹没过顶，黑白无常哈哈大笑，正想说风凉话，玄武金刚喊了一声'操妈的！'也一般模样沉进水中……

"谁作的手脚？谁也没有下水。易瑛在满意地欣赏她那只翠生生的柳条花篮，端木良庸仿佛刚吃了什么东西，含笑咀嚼着吞咽，边和贾富春闲聊着什么，黄天霸和盖英豪一脸诧异相视不语，其余的人也都似乎满腹狐疑面面相觑……

"一时两人各握一个鸡蛋浮水上岸，赤精裸条地换干衣服，口中啐着乱骂。言语粗俚鄙俗，也回不得主子。

"黄天霸这才开口，笑说：'我们到南京来并不要夺什么龙头盘子。兄弟们玩玩高兴，太认真了就无趣了——我们兄弟有自己的生意，盖兄朋友们多多关照，少不得也有挚见礼回赠。南京地儿藏龙卧虎。我大开眼界，开心得很呢！放心，那只凤凰头，我是断然

不吃的。'黄英豪也笑,说:'兄弟们气盛,没见过大世面。黄兄名震天下,今日一见,如逢故友。我也不争这杯鸡头酒。'

"于是众人各自相揖为礼,还是那个蔡富清,皮头皮脸和盖英豪手下徒子徒孙逢人就握手。奇的是,他每和一个人握手,都放一个屁。嘣叭声响,惹得众人都笑不可遏,被他莫名其妙握过手的,却无不变色,就有人叫喊:'这贼日的,会放屁散功!连我丹田里的气都泄出去了!'"

······

说到这里,纪昀头一个撑不住,呵呵笑起来。乾隆想着当时情形,也笑得浑身乱抖。金铁背转脸控着背直咳嗽。尹继善笑道:"刘墉说差使声情并茂,想不到延清公性情那么严厉,养出个亦庄亦谐的儿子来!"刘统勋皱眉道:"这都是不好生读书养气的过。在市井堆里的小人厮混,练得油嘴滑舌哗众取宠!"刘墉已恢复了常态,无可奈何透了一口气,说道:"父亲训诲的是……儿子一定好生读书。不过,方才向皇上奏的确是实情,儿子一句也不敢捏造。"刘统勋道:"皇上春秋毓华,包容得你。你要晓得自爱自重!"刘墉低了头,说道:"是,儿子记住了……"

"不要训他了。是朕让他讲的嘛——你就敢断言刘墉将来不如你?"乾隆被刘统勋扫了兴,便不再要刘墉讲情由经过,只笑问道:"就这样和息了?"

"是。其实鸡头早已被端木良庸盗吃掉了。"

"易瑛呢?"

"易瑛在黄天霸和盖英豪交手时就不辞而去。"刘墉说道,"当时臣十分留心,又不敢直盯不放,她转到楼后,再没出来。众人进楼时我去约她,已经不知去向。"刘统勋道:"皇上,易瑛和黄天霸两次当面交手,此种场合不宜露面,臣料今晚莫天派那边就会有消息给我们。"纪昀又燃着了烟,慢悠悠说道:"依臣之见,易瑛既在掌握之中,早些下手擒拿为是,黄盖二人虽然合手,保不住盖英豪手下有她的死党。泄露出去逃掉,再捕分外麻烦。”

乾隆站起身来,将辫梢前的辫梢轻轻甩到身后,在轻烟缭绕的烛光下背手踱了几步,说道:“刘墉的差使办得很好。要是各地封疆大吏、部院大臣都能这样实心任事,这个天下哪来许多令朕烦心焦虑的事?——那原来也就不会出‘一枝花’这样的反贼,擒住擒不住也就是件无所谓的事了。”

“易瑛身犯十恶大罪,当然一定要缉拿归案。”乾隆顿了一下,他的脸背着灯,看不清什么神色,声音有点低暗,“朕曾亲眼见她在山东除暴,她杀的正是朕要杀的。这是什么道理?她为什么要造反,锲而不舍地和朝廷作对?你们谁能回答?”

……

众臣子一片默然。

“朕身为天下,不能善听善见。你们捉一个死囚易瑛,朕就不好见她了。”乾隆叹息一声,脸色似喜似悲,对着烛光说道,“先帝爷说过‘天地之大,无所不有,亦无物不可化诲’,‘体天之心以为民’,其实说的和唐太宗的‘载舟覆舟’一个意思。易瑛反桐柏、反江西、反山东,一而再再而三怙恶不悛,总有个缘由的吧?就案刑讯,能问出真话么?”

几个大臣仍然沉默,但他们心里已经明白乾隆执意要晤见易瑛的缘由。但为这点心愿,累得多少人人仰马翻,又觉得太费周折。只纪昀是跟着乾隆到山东的,他玲珑剔透的心思,总觉得乾隆此举特别得出格,而且话语中隐约有出脱易瑛的矜悯心,他抽着苦涩辛辣的关东烟,凝神思量移时,说道:“主上这是尧舜至善明德,俯瞰天下苍生之心,但其中繁琐难办处很多。现今好在与卞和玉已有一面之交,卞和玉尚不知您的身分。待到八月初八,皇上车驾入城,论如何主上也要在车驾上接受南京军民醴酒香花跪迎。万民瞻仰圣容,再晤见就不宜了。臣以为可由尹继善出面,接见捐资绅。皇上屈以亲王身分与筵,防卫周密些,不至于疏露的。”刘统勋道:"筵宴散席,臣即要拿捕易瑛。天下虽无不可化之人,但易瑛身怀邪术,逃逸出走,又到处有教匪掩护。再拿不知要耗多少精神。至于可化不可化,拿住了才能知道——臣职分所在,只知道此人为祸社稷,断然不可轻恕!"

"朕知道你们难处——愿你们也体贴朕之苦心。如今天下比圣祖爷时难治十倍。只是垂拱'无为',花天酒地下去,朕活着就能见到狼烟四起!"乾隆脸色似善似悲,"你们累,不知朕也累,原想早到几日稍事休息,公文奏牍太多,躲进庙里还不是被你们拉回来了?朕累到骨头里,累到心里!"他屏着气息略一沉思,道:"就按刘统勋所奏办理。刘统勋着加领侍卫内大臣,太子太保衔;刘墉着晋刑部员外郎,加侍郎衔;黄天霸以下由刘墉具折保荐叙劳。纪昀把这旨意转阿桂,并发傅恒知道——就这样,今天议到这里。"

乾隆说罢提脚出花厅,望了望一钩新月,没再说什么,径下阶而去。

三十四　桃叶渡盖英豪行诈
秦淮河乾隆帝徇情

　　胜棋楼比武后第四天，易瑛在桃叶度下处接到尹继善具名的全红请柬，邀"卞先生和玉"于申末酉初时牌赶赴文庙，"聊备水酒薄馔敬谨候见"，随请帖还附着与邀缙绅名流的排名录，易瑛看那名单，首位列着"荣养致休原军机大臣、上书房大臣、领侍卫大臣、太子太保张廷玉辅相"的名字，是用凸字烫金特意模压。其余如故相熊赐履的孙子熊孝儒，高士奇的儿了高英，当地名士却是以胡稚威为首，袁枚不以官身列第二，下边还有三四个，易瑛也都不相识。看自己名字时，却列在绅士录名第四，她不禁暗笑：这大约是以捐银多寡排的座次了。

　　拿着两张写得密密麻麻的"排名录"，易瑛嘴角掠过一丝笑容：官场上的事真有意思，排一张名单，不知要耗人多少心血。在位的上下有序：下野的，仍旧大小不乱，有点像卖古董，分年代论资地看大小讲名气毫不错乱……轻轻折起，丢在茶几上，易瑛站起身来，似乎有点无所事事，在铺着水磨青砖的地下徐徐悠散了几步，凭窗向外眺望，想着心事。

　　窗外就是有名的桃叶渡，一带水湾只可有三丈之阔，蜿蜿蜒蜒向东南，与秦淮河交汇相通。河水流得极缓，仿佛是秦淮河的一处河巷，远望平明如镜，近看清澈见底，对岸秦淮歌楼插立如林，院挨院楼接楼几乎是连绵不断。家家歌楼酒肆间上有桥亭相连，下面分院都是逼窄的小巷，石阶依级而下直入清流。此地虽名"桃叶渡"，其实岸边一株桃树也没有，倒是岸柳夹河绵延，婆婆婀娜如烟。南京地气温热，八月天时，远观丛树仍是一碧伤心，不留神细看，根本看不到黄褪了的老叶夹处其中……

"卞主儿又在出神了……"易瑛正心思茫然间，听见身边有人说话，回头看时，不知甚么时候唐荷已经进来，手里端着一个攒花镶云大碟子，放着石榴、葡萄、福橘和几块梅花模压小月饼，还有一包怪味豆，一边往桌上安放，一边说，"南京这地方真怪，前几日下雨，冷得乍骨透心。天一回暖，手里又不离扇子了……您尝尝这怪味豆，像是又换了新样儿，和我们从前吃的不是一个味道呢！""二八月天变无常，不但南京，遍天下也都这样子。"易瑛笑着拈了一粒怪味豆，慢不经心地品味着，"倒是你说的和从前味道不一样儿，说得有意思——你们去夫子庙，和曹鸹儿接到头没有？还有薛狗呢？"

唐荷没有听出易瑛话中弦外之音，说道："我正要回主儿呢——不但夫子庙，连玄武北村我们也都去了。没见曹鸹儿，也没见薛狗的影儿。曹家机坊只留着管帐先生还有几个伙计，都说没听见过薛白这个名儿，曹寡妇两天头里说去扬州进货，坐船去了。我和韩梅也都纳罕呢！"

易瑛心里格登一声：曹鸹儿回避自己，尚在情理之中，薛白怎敢不来联络?！略一思量，又问道："她的机坊还在开机织布么？"唐荷点头，说道："开着机呢！我们就怕她脱逃反水，还进坊看了，没有什么异样。帐房先生说，扬州有一批大买卖，是台湾姓林的带的海外私货，六倍的利，掌柜的就去了。多则半月，少则十天就赶回来。他说了一堆货名，什么法兰西自鸣钟怀表，还有英吉利的织布机什么的，我们也没细问。"易瑛心里不得主意，蹙眉盯着果点盘子，似乎是在问话又像喃喃自语："不对呀……薛白应该有个消息的呀！难道被高恒缠拌住了，出不了门？"

"高国舅那头也打听了，"唐荷说道："驿馆的人说高大人的行李在驿馆，人没在那里住过。听说是住在总督衙门。我们又去衙门打听，那里都刚换防，一个熟人不见影儿。只好就回来了。"

正问得没头绪，乔松推门进来禀说："莫天派和司定劳带着盖英豪一道儿来了，主人见他们不见？""就说我刚出门，"易瑛有些心烦意乱地说道，旋即便改了主意，"走，客厅里去见见他们！"

于是易瑛在前，三人循梯下楼，趄过楼道暗间。寒梅就守在楼下，见她们过来，一掀假墙机栝，一道绘砖墙面翻转过来，已进楼底套间，易瑛笑盈盈挑帘出来，笑道："盖兄，难为你给我安置这么隐蔽的去处。景致好，且是繁华里带着僻静。真谢谢你了！这里确比毗卢院好……"

"易主儿安好！"三个人都在客厅南窗下稳儿坐着，听得声息，早已立身相迎。盖英豪满脸微笑，说道："毗卢院若论轩敞适意，比这里好得多。只是那里是金陵名胜，游人太杂。那个叫'隆格'的主儿知道是谁？"他顿了一下，说道："我才打听到，他就是当今万岁的堂弟，怡亲王弘晓！"

易瑛嘴角的肌肉抽搐了一下，一阵寒意打心底里泛起：《万法归藏》中"法不可恃以制众，术不可施之于贵宗，灵动机巧动于无明，则适足自戕"的话头闪电般从心中划过。弘晓自乾隆四年就已经失势，在庙中施"阴寒穴风"之法居然无效，一直想不透其中原由，以为自己是轻动"无明"。却原来对方是"贵宗"，为厚禄所护！亲王尚且如此，要是乾隆本人呢？思量着，点头道："隆格确实器宇不凡，是个龙子凤孙的气度——那个跟着他的年轻人，在胜棋楼暗中帮盖英豪的那个，他气功很厉害呀！叫什么名字？"

"那是山东端木家的。"盖英豪笑道，"听说在端木门小字辈里，他还算不上一流角色呢！早先前的李卫李制台救过他的命，成全他和陆小姐的婚事，怡亲王慕名相邀，瞧着李卫的面子，才进王府当了护卫武动教习。跟着王爷给皇上南巡打前站了。"他竭力替端木吹嘘着，也不看易瑛脸色，口气一转又道："我来见易主儿是想禀一件事。高恒——高国舅出事了，衙门里一个师爷漏出信儿，有旨

革职查问！扬州知府裴什么的，还有个姓靳的也吃了挂落，都已经
摘顶子锁拿待斟！"

　　乔松和唐荷都吃了一下，连隔门内屋的韩梅也是心头一震。
唐荷脱口说出，问道："薛白呢？就是易主儿说的那个扬州婆娘
——"她没说完，易瑛便用目光止住了，问道："知道为什么事拿了
高恒么？谁举发的？除了裴兴仁靳文魁，还牵连到什么人？'盖英
豪一肚皮心思套问薛白，以利破毁扬州白莲教匪，被易瑛岔了开
去。他咽了一口唾液，按着刘墉的指令，一句也不敢试探打问，说
道："那师爷喝醉了，胡天胡地骂金铗，扫着也骂尹继善，说迎驾搜
罗银子，连师爷们也不放过。说'钱度和高恒的家底子抄了还不够
使？'还说'德州皮忠臣是个狗，疫了，一咬一大片……'还说有个叫
窦什么萧的，给皇上上了密折——别的事再盘问，他也就睡着了，
我也不敢直询硬问。"

　　易瑛目视盖英豪，许久才道："你不问是对的。高恒出事，那只
是早晚的事，他被拿问，我半点也不出乎意料。但这人过去捣弄盐
铜，和我们下头人不少生意上往来，也要防着他乱攀胡咬到兄弟们
头上，叼登大发了。你来报知一下还是该当的。"说罢仍是用目光
审量盖英豪。她一生都在江湖中厮混，深知人心险诈如风波之恶。
南京非扬州之比，盖某不是自己的嫡传信徒，又对总教若即若离，
过去的信徒心腹死的死走的走，留下来的也难以指靠。万一这个
盖英豪暗中叛教反水，设机用谋拿自己献功，那后果真会出现想不
到的凄惨。在去不去赴筵受尹继善接见前，她不能不多想想情势，
细观察一下这个姓盖的。莫天派和司定劳初见她时，也经受过她
这种目光，直觉比之受刑难过十倍，由不得也替盖英豪担心。

　　"易主儿，我劝您一句话。"

　　盖英豪却不似寻常人那样硬熬顶头皮由她盯视，耐了一小会
子，扑地一笑说道："您还是回扬州去吧！南京这地块不好。"

　　"石头城龙盘虎踞，哪一点不好？"易瑛问道。

"'金陵王气黯然收',就的也是南京。"盖英豪的目光毫不退让,微笑道:"你在山东起事夺路向南时,我在保定白昼杀人亡命,早就听过你的名头。你是巾帼英雄,盖某也是豪杰! 但凡事都有个缘分。我觉得我们只是惺惺相惜的缘分。你是赫赫扬场的教主,是龙;我不过是个虫,一条地头蛇。又不是跟你多年南北转辗的人,很难取信于你的。"他温逊廉和,说话慢条斯理,却句句都是单刀直入绝无隐饰,"所以趁我还没有卖你,我亲自礼送你回扬州。你看如何?"

"我几时说不相信你来着?"易瑛盯着他不放,冷冷说道:"你敢是有些心障?"

盖英豪苦笑了笑,说道:"岂止是心障而已? 简直有些害怕! 恕在下直言,你这样盯人,就是无罪,就是心里没鬼,也要让你盯出鬼来,也要自己心虚,疑心自己是个叛教卖友之徒呢!"

易瑛听了呵呵大笑,说道:"不心虚的人也会自疑? 这个话还是头一遭听见!"莫天派道:"盖兄还是豪爽,直言快语! 我和定劳头次见易主儿,也被看得发毛呢!"司定劳道:"我是心里纳闷子,盖兄已经几次见易主了,怎么还审贼似的看人?"唐荷和乔松也站在旁边笑。

"还有两件事要禀易主儿。"盖英豪敛了笑容,说道,"原定八月十五要花子帮、妓女行凑热闹搅混一下,现在看来不宜再闹了。秦淮河歌肆总把头接到南京府的传票,新任知府韩克敬说,皇上在宁期间,所有妓女只能在莫愁湖一带游弋。不能过秦淮河,哪个行院违令,他就封院拿人。花子帮也接到宪牌,所有外地流民,一律到郊外牛头山下玄武湖东集聚。那里安置粥棚,有破庙草庵住宿,城里净街迎驾,一个叫花子不许进城。易主儿,有几家月饼作坊都来说,袁子才派人专买带印梅花模子的月饼——连起来看,风声不好,像是给刘统勋爷们嗅出了什么味儿,得小心从事。我看官府是有了戒心了!"

　　薛白曹氏失踪,高恒被捕,已使易瑛忐忑不安,这一串坏消息,连起来看,几乎与自己当初筹谋得停停当当的"早失太平"计划件件针锋相对,思之愈深,愈觉困难重重无法料理。转思黄天霸来南京,这只鹰犬到底打什么主意?比武不胜不败,又不夺盖英豪的盘子。满南京都是陌生人,连个可以依赖深信的人商量一下,也觉得难乎其难!她突然觉得自己是那样的势单力薄,甚或已经被一股强大无形的力量包围着。身陷重围之中,一点手脚也难以施展……坐在椅上沉吟片刻,说道:"盖大哥,照你这样说,恐怕朝廷已经对我们十分警惕戒备了。刘统勋是个劲敌,韩梅出去看告示,今年中秋所有业主不得夺佃加租,乡里人进城观光瞻礼也都按规矩有人领管——处处他都防到,我们再动就蠢了——所有原定计划一律撤销。咱们也安生过个八月十五,九九重阳之后,你陪我到扬州走一遭。不是要你'护送',我在那里给你预备着一份厚礼,还要带你结识几个新朋友。"

　　"是!"盖英豪听一句答应一声,便起身告辞,"易主儿当机立断,这样作实在是几万弟兄姊妹的福。我知道您的处境心思,方才的话说直白了些,也是请易主儿不要自疑不要见外的意思。路遥知马力日久见人心,盖英豪不才,也是大丈夫——南京的什么玄武金刚、黑白无常,您要见谁就见谁,有什么指令他们听什么指令。连我盖某在内,为兴教护主赴汤蹈火誓不皱眉!——要没别的指令,属下要去了,易主儿的指令得赶紧往下传。"

　　盖英豪辞出去后,易瑛看时,外间天色已经苍暗。司定劳道:"快到晚饭时辰了,隔壁养清斋馆定的素斋,要不要送过来?"

　　"莫兄弟,你,还有韩梅去吃吧!我要出去走走。"易瑛站起身来,"有唐荷乔松跟我就成——天天窝在这小楼上,也憋气得受不得。"

　　说罢三人出了广亮门,但见北边临街一户户人家炊烟袅袅,南边隔河秦楼楚馆琴筝箫瑟调弦试音,排戏练喉声此伏彼起,西风掠河粼波闪烁，扬柳老树风姿犹在，万千柔细如丝的枝条随风荡摆。易瑛蛰居小楼，乍从方丈之地出来，顿觉心爽气畅，种种室闷、郁抑、忧煎、沮丧心绪一扫馨尽。乔松和唐荷似乎心情也畅快不少，一边走，一边轻轻甩臂活络筋骨，乔松道："这位盖大哥真直率，看上去像个秀才呢——先生胡——印中，我瞧着也是个憨厚汉子，可比不上盖大哥呢！"

"是么？"易瑛似笑非笑，折一枝柳条在手中掐着，说道："我也是这样看。不过你们该知道，他可是个秀才出身，省试考入副榜的文人。读书人，心曲如钩口直似笔，我恐怕还有点信不及他。"唐荷笑道："我看这人不藏奸！主人你是一朝被蛇咬十年怕井绳了！"易瑛口中含一节柳条咀嚼着，品那苦味，说道："——今晚我们移居乌衣巷，不到桃叶渡了！"

乔松和唐荷对视一眼，这个易瑛怎么这么多疑？好端端的，就这般样的风声鹤唳？只心想但都没说什么，只默默跟着走路。

"你们心里想着我是怀弓蛇影是吧？我在那里说过重阳节后再走，也都是假的。"易瑛叹道："他虽然看去是直率，但也留下些可疑之处。薛狗来南京，我们一到就问，今日提及，他理应关心，但始终没有向我试探打听。到南京，我们的居住，自己挑的地方他没一处同意的，今天仍说要见谁都可，有什么指令都听，居住地却避而不言。至于说我审量他……他说的确是直率，但我隐约觉得他有点以攻为守的意味。大诈似直大奸若忠，就是胜棋楼比武，细思也有点像在演戏——须防仁不仁，不信直中直。我们被他掌握得太紧了……明白么？"

这样说，一番道理也是剔筋剜骨了。其实乔唐二人也觉得到南京有些身不由已，处处受制约播弄，但也只是"觉得"而已，这样详细理剖，由易瑛说出来，比自己想的甚或更贴切见真。唐荷想，若是盖英豪背教反水，那可真是比刘统勋黄天霸更凶险十倍，心时禁不住打了个寒栗……乔松道："本来心里平平安安的，您这么一说，我也害怕了呢！我想，要真的是主子说的那样儿，该早就出事了吧……"说着，也蹙起了眉头，唐荷道："要是他想我们已经是瓮中之……那个那个，还要一网打尽呢？所以宁可小心些的好，既然八月十五没事可干，趁早儿乘船一水飘，回扬州我们就好办了！"

"一切要如常应付，不要动一点声色。"易瑛已经拿定了主意，说道，"所有那些话，都是我们自己人推敲揣猜，不能看作证据。即是真的，我们应尹继善之邀来宁，现在捕拿，别的准备捐资迎驾的都会吓得缩手。尹继善没那么傻！接见缙绅名录上我见也盖英豪。船预先备好，筵席一终，执礼相别，登船就走。礼节情义俱到，谁也挑不出毛病来——现在走，本来没事，尹继善心里也要起疑的——你们看那座桥桩，这是桃叶渡的正经名胜，唐熙年间不知哪一任糊涂官，说'这么窄的河，还要摆渡？就在这修了一座桥。李制台来南京，下令拆掉的……"

二人正听她谈说安全离开南京，突然中间转了话题，一怔之下才见已经出了桃叶渡冷僻街巷。渐渐麻黑的街衢上了夜市，秦淮河对岸家家楼亭艳灯辉煌，秦淮河水光摇曳间，画舫烛映华彩慢橹轻摇缓缓往来，已上了游客的船上仙乐飘缈，歌女清音中妙曼舞姿绰约可见，附近老城隍庙一带星星点点尽是灯光，到处都是来往观光的游客，这里再说机密事已是大不相宜了。乔松因问："桃叶渡修座桥有甚么不好？主子这话奴才不明白。"

"我也不大明白。听老先生们说，反正是煞风景的意思罢。"易瑛说道。因见几个人正围着一张榜在看，便踱过去，却见是江宁县令袁枚出的启示，两盏红西瓜灯照着，西方余霞未尽，字迹映得清楚：

> 我皇帝以宽为政，理天下惟仁教礼义为大宗。弥年蠲租免赋，彰励教化，黄叟稚童共沐深仁厚泽，虽山野樵父、湖海渔夫均沾盛世德惠。莫不升平舞鹤熙然遵道守法。本令思历年

犯过被罪释放之辈，每有自暴自弃重新陷溺屡赦而屡犯，终致无可自拔，为刑典诉戮，情殊可恨而理有矜悯余地。殊悖上天好生之德，而负我皇上仁育抚天下之至意。特书告示知汝，以此日为始，凡前因罪入狱罚满释放者，至江宁县衙领取思过牌一面。三年循良守律、无犯国法、礼敬蒙化者，即为善补恶之良者，各乡里甲保不得以莠民贱视之。用诚切告。进干及第赏知府衔江宁县令袁枚临颖。

　　旁边有老先生念，唐荷却听不懂，正想问易瑛，旁边有个乡下汉子问身边一个穿袍子的先先生"这是啥黄子玩艺？是免捐布告儿么？"老先生却甚古板，不厌其烦按字按句解释一遍，那汉子还是听不明白，旁边一个油嘴闲汉笑道："好比说——你怪见怪——你姐偷了汉子，教人拿住了。只要三年内不再偷，就算好人了！"那汉子怒道："你娘才偷汉子——我也好比说！"一跺脚气咻咻走了，惹得众人一片哄笑。乔松脸一红，啐了一口，跟易瑛接着串市。

　　夜市上摆的都是地摊。古董、字画、宋纸宋墨、玉佛、观音、鼻塞、烟壶、陈年家具、湖笔、端砚、古琴、围棋子儿还有什么十二生肖玉雕、烙花屏风，南京特有的雨花石一类琳琳琅琅，应有皆有，有点类似北京的鬼市。不过鬼市是凌晨，这却是入夜。满街的游人倘佯巡逡。到处都是灯影闪晃，夹着卖汤饼烧鸡咸水鸭板鸭高一声低一声富有弹性的叫卖者混淆一片，煞是热闹。正看得没兴头，忽然前面有人高声说话，转脸看时原来一个穿着宽大团花灰府绸夹袍的胖子正和一个卖古懂的讲价论真假。

　　"老城隍庙夫子庙一带古董店，哪个不知道我马二侉子？"那个胖子笑说，"你这信陵君虎符见了一百个不止！倒是这一堆雨花石不假。这块秦砖，还有这汉瓦，看着像，也很可疑，一块秦砖要五十两，汉瓦要到一百二十两——你想银子想得犯了痰气了！"

　　易瑛几个人凑过去，那卖古董的黑瘦精神，见来人围观，来了兴头,站起身来举着那块秦砖,唾沫四溅说道:"您老人家这回可是走了眼呢!"用指头弹弹砖块"您听这声音,赛过石磬! 看看这颜色,坚瓷黝黑——真个声如玉色似铁!"随手取起原来坐着的砖头,两砖"嘎"地一碰,秦砖完好无损,新砖却粉碎落地"这就叫货真价实! ——你再看这块汉瓦!"他又一手捡起汉瓦,"这瓦档,魏晋以后有这个花样儿,料泥纹路有这份细腻么? 瓦筒这层土花锈,这纹理;如今哪个坊里假造得来?"他两手一翻,"——您瞧瞧您瞧瞧! 砖上铸的'未央',瓦上是'却非'! 这是什么字中与的! 实话实说,卖砖卖瓦的不是寻常人家,当初也是一品朝贵,上千两银子进的货。不揭人短儿,他败了家等饭开锅,不论贵贱托我出手。这么齐整的汉瓦,我贩老了古董的,也还是头一遭见着。您老是外行,要遇上识家,十倍的价您出手了——一要懂,二要有钱人家,这也讲究了缘分不是?"

"你真个好一张卖狗皮膏药嘴!"马二侉子接过秦砖,凑在耳边敲敲,说道:"这砖是真货,那只瓦太可疑了,我也没见过汉瓦瓦档有涂黄料底色的——二十五两买你的砖,怎么样?"

一块砖还价到二十五两,是中等农户人家一年的衣食,易瑛几个人都是一怔,却听卖古董的说:"您是识货的,五十两不能让价。"

"三十!"

"不行,五十。"

"四十两!"

"五十不让!。"

"这样,我出七十两。"马二侉子笑道,"连那块假瓦一块儿搭给我。再多,也不值,我也没那个闲钱!"

卖古董的叹了一声,笑道:"今儿真个碰到对头了,这瓦真的是从汉墟堆里扒出来的,别的汉瓦都是朱红底色档子,这黄底子色的我也没见过,所以来买的人都说是假。这么着买,您算捉了我的冤大头了——不过,哪个庙没屈死鬼呢? 一百两两件你拿去。再少,咱们买卖不成仁义在!"马二侉子道:"你哄我,我再拿去哄人,世上人不就这么哄来哄去? 一百就是一百吧?"说着窸窸窣窣从袖里摸了一张银票递给卖古董的。易瑛等人正要离开,一眼看见毗卢院相识那个"年先生"踱过来,身后还跟着隆格。再细看,端木良庸和那个鬼头鬼脑的铁头蛟也跟在后头,便笑道:"隆先生年先生! 你们也过来转转夜市?"

"这不是卞先生么?"纪昀见在此地与易瑛觌面相逢,也是猛地一怔,回过神便忙圆场,却先和马二侉子说话,"老马,又买古董送礼了? 老年来给你们绍介一下——这位是隆格贝勒爷,这位是卞和玉先生。别说你是财主,卞先生为迎驾一次捐银十万,特请到南京观光的——卞先生,怎么这几日又不住庙里了?"易瑛笑着躬身央向乾隆一揖,"原来是金枝玉叶,卞某失敬了! ——一个亲戚有笔生意,生拉硬拽叫了去,连告辞也没来得及,爷们鉴谅——也出来走走?"

马二侉子没见过乾隆,三造人邂逅,纪昀自报"老年",又没听说过"隆格"的名头,自是一阵懵懂。但他其实天性极聪颖的,此刻逢场作戏,笑道:"这可真是地角天涯无往不神驰,竟在这里又遇到年老爷子! 和隆爷卞爷见面儿也真有缘——吃饭了么? 我请客,准不敢一报还一报①!"纪昀摇头道:"我们已经吃过了,出来随便走走。大家随意些,往后少不了扰你——你买这砖瓦做甚使? 又要刺哪个龌龊官儿?"易瑛听得也是一笑。马二侉子道:"如今皇上厘清吏台,江南贪官新上任就摘牌子的好几十,谁敢风头上触霉头? 我这是预备着风头过了送内务府老赵的,一百两银子的小意思,嘿嘿……咱做皇商,不巴结好内务府,送的贡货鸡蛋里也能挑出骨头来!"纪昀一点也不想让乾隆在这地方和易瑛盘恒说话,因笑道:"那好那好,大家请便!"

---

① 意指纪昀请马二侉子吃老脚皮饺子的前由。

"既然'地角天涯无往不神驰',此地相逢就是有缘。"乾隆在旁笑道:"一道走走何妨?——老马,这块瓦我看看。"一边说移步踅向西,众人只好跟着,端木转脸黑地里看了一眼,昏暗间杂乱的人群中吴瞎子、巴特尔、黄天霸都混在里头,他什么也没说,不远不近跟在后边。

易瑛也回头看,见黑白无常也跟着,绰约还见盖英豪也在人堆里,不禁一笑,却听乾隆说道:"汉瓦像这么完好的,真没见过——马先生,我用一块汉玉换你的如何?"

"爷说笑话了不是?"马二侉子道:"连砖我也送爷了——这瓦是假的,汉瓦档都是红朱砂抹底儿,作假的不懂,上的黄漆,倒这块秦砖,用来作个砚什么的,底下有字儿,上头雕个蟾蜍蹦塘花样儿,配上紫檀木底座儿,立刻身价百倍!"易瑛道:"马先生有学问!用砖作砚只是个古意儿,使起来渗墨,其实中看不中用。"马二侉子道:"你说的是汉墓砖。秦砖不渗墨。这其实是水渍泥浸了几千年的澄泥砚料,比端砚还格外的有趣,研得下墨块,而且能去掉墨中松油,写出的字能入木三分,端砚就不成。"

乾隆一听是假汉瓦,就递给纪昀。笑道:"你这人很风趣。读过书的吧? 怎么又做皇商?"马二侉子笑道:"家父逼我读《四书》,总背不过来,八股文写起能把人憋死! 倒喜爱读点宋词元曲之类,又似乎过目不忘。十八岁上童生考试还是忝居等外之末。爹把我按到院里不知打了多少竹篾子,有一回真打急了,我说'三爷爷是进士,收受银子罢了官,二叔叔乡试举人,选出来当县令,攀结了个知府,知府贪贿,一查他老人家有份。当官要根子硬,朝里有人好作官,咱们有么? 当官还要面子硬,咱们皇商人家是虚面子,当官得赔银子,是蚀本买卖,当贪官没有银子面子,就是倒霉蛋官儿——士家工商,商在四民里头有什么丢人? 听说有一本什么书里说"看破的,遁入商门;痴迷的,枉送了性命'您道我性命么?"

"看破的,遁入空门,不是'商门'。"易瑛抿口儿笑道:"马先生真有趣。"纪昀说道:"这是读杂书入了魔道。作官有贤有愚有大有小有忠有奸,可以一笔抹倒么? 聪明才智用到正地方,还是比当钱串子商人好。"

"年老先生这话我不敢驳回,父亲也是这话。我们府县训导、教谕①也都骂我'不是东西'。"马二侉子说道,"所以'不是东西'为题,逼我作时文,我写了个破题,两个老头子就气得吹胡子瞪眼,再不管了我。"乾隆因笑问:"你怎么写的?"马二侉子舔舔嘴唇,说道:

> 惟上智与下愚不移。此即'南北',不是东西也。冥顽不灵,朽木难雕,虽教谕亦不是东西,训导亦不是东西!

乾隆纪昀略一品味,突然爆发一阵大笑。易瑛也笑弯了腰,说道:"好……好! 训导也不是东西,教谕也不是东西,大家都不是东西!"又叹道:"真不知皇帝老子怎么想的,偏用时文折腾读书人。我们那里有个老童生,考到胡子白,终究连个秀才也没捞上,恼了,写了篇道情,说:'读书人最不济,烂时文烂如泥。国家本为求才计,谁知道变作了欺人计。三句承题,两句破题,摆尾摇头,便是圣门高弟。可知道三通四史是何等文章? 汉祖唐宋是哪一朝皇帝? 案头放高头讲章,店里买新科利器。读得来肩高背低,口角唏嘘。甘蔗渣儿嚼了又嚼,有何滋味? 辜负光阴,一世里白白昏迷。就教他骗得高官,也是百姓朝廷的晦气!'——虽说自嘲自解,毕竟说的也是实情。"纪昀想想自己当年苦苦钻研讲章墨卷,揣摩考题和试官意向,如今一点也用不上,不禁也笑,说道:"老先生这'道情',也真'道'出其中真'情'。时文不好用,康熙爷废过的,仍旧恢复了。没有别的好法子能替代它呀!"

几个人说说笑笑,清秋月夜中金风爽人。乾隆已混忘了眼前

---

① "训导、教谕":清时设在府县驻地,专门负责读书士子岁考试事宜的官员。

这个易瑛是个屡次扯旗放炮公然造反的"逆贼",不知不觉间竟又踅回到桃叶渡残桥旁边。望着秦淮河对岸与天上繁星衔连相接的灯光烛火,天上新月如钩。不时被荡过的歌般摇成一片碎银,几个人仿佛突然意识到了什么,沉默下来。只有马二侉子毫不知情由,犹自大说大笑,"二叔捐纳候补,写的竹枝词,说'宦海深沉不自由,谈何容易稻粱谋。漠落旅舍尘蒙面,匐匍衙参雨打头。无缝可钻孤客恼,有差难遍上司愁。官厅首领时相见,仰望真同万户侯!'——您以为吃您的老脚皮是说不得的事?多少人还洋洋自得——'我吃过年老爷子的肉!'上回见个游击,说'金制台都赏过我一耳巴子!'那份骄人意态难措难画着呢!"纪昀笑着还要说话,见乾隆和易瑛并肩站在岸堤上各自沉吟,便没接话,马二侉子便也不再言语。此地离喧嚣闹市已远,桨声水影彩灯纷呈中,隐隐听妓女细若游丝的歌声传来:

> 桃叶复桃中直……渡江不用楫。但渡无所苦,我自迎接汝……

"真个六朝金粉,风韵绝俗万载啊!……"乾隆慨叹一声说道,"钱塘潮,秦淮月,发人思古之幽情,令人留连难以忘怀……"

易瑛怔怔望着天光水影,星澄月辉间微风拂衣,浑不觉心在何处,身为何物,点头低沉地说道:"隆先生说得是。这里确实是领略不尽的古今情思。秦淮兴南京兴。洪承畴占南京,头一件先兴复秦淮旧制;李制台大加修葺,尹制台又曲意拓展。一曲歌扇舞袖,缠头金资十万。这里是有钱主儿的天堂。这河里流的不是水,是香奁脂粉,是银子,还有人的悲泪,离合悲愁……"

乾隆品味着她的话,久久才一笑,说道:"你没有在这里挥霍过么?这是才子佳人风流聚会的地方儿,也是——你说的不错一有钱人的天堂。不过,朝廷官员是不能到这里来的,一是格于禁令,二者,要有钱。一年的养廉银子不够春宵一度的。"

……易瑛沉默了一会,突然一笑。

"怎么,我说的不对?"乾隆问道。

易瑛道:"不是不对。我是听着,像是官府等因奉此的公文。"

"怎么说?"

"比如说你是官,我有钱,你请你这里挥霍,用得到你出那几两养廉银子?"

"唔。"

"我有人命官司,债务帐面纠纷,要靠你剖断。你的话就是王法。替你花点钱还不是天经地义?"

"我明白了。"

易瑛笑道:"你未必能领略。那只是个'比方'。三年清知府,十万雪花银。道台呢? 抚、藩、臬呢? 制台呢? ——这是清官,赃官又是什么光景? 啊,隆先生,最富的还是官,不是商人,不是那些漆坊染坊机坊绸缎玉器药材主儿。"乾隆道:"这话恐怕不确。清知府没有十万雪花银,你说的是火耗归公前头的事。你已经知道我是贝勒。我的俸银也没有那许多。卞先生,有钱的还是你们。比如你,为迎驾一次捐资十万。亲王郡王比不上你。"

易瑛听了只是笑。

"你笑什么? 我说的不是?"

"我笑你说的是雍正爷手里的事。乾隆爷如今又一变局,"易瑛笑道:"小起县太爷,大到督抚,钱粮、法司、民政一手遮业。把上头去掉,他就是一方诸候,一方的'皇帝',手里这么大的权,想弄钱还不容易?"

乾隆一下子想到了高恒。在暗中无可奈何地苦笑了一下,说道:"我知道……打官司、赈灾、兴工……里头舞弊很多。""你说的那是赃官,"易瑛沉静地说道:"清官真的靠养廉银度日的也没见过。除了养活家口、照应亲戚朋友,更要紧的是敷衍上司。上司恼了你,你这'清官'也做不成!"乾隆一怔,说道:"清官怎么弄钱,弄钱怎么还能叫做'清官'? 这可真叫奇哉怪也!"

"正项钱粮火耗归公,外项不归公。本城本地建桥修路围提河防,征银子可以取火耗。就是正项捐赋,也有个成色的说头。九成银子说成七成,足纹说成七成五六——比火耗银子还要来得多呢!"易瑛突然一笑,"你是贝勒王爷,下头的事能知道多少? 弄钱的手段多着呢! 上头逼下头当赃官,赃官逼百姓死,或逼急了造反——就这么回事儿。"

乾隆心头忽然一阵愤懑:父亲从当阿哥起,几十年夙夜勤政,好不容易才理顺了钱粮,不叫"变法"其实也是变法,原以为只是官员冒滥报灾,理刑判案时收受赃银,想不到官场为鬼为蜮、机械变诈,又弄出许多匪夷所思的花样,照旧的刮地皮,照旧地从油锅里捞钱! 他的脸色在暗中已变得苍白阴沉,瞳仁在水色月影中闪动着幽暗的光,两手十指交插紧紧握着……不知过了多久,他咬着牙轻笑一声,说道:

"乾隆皇帝不爱钱!"

三十五　一枝花败走明孝陵
燕入云临事再反水

易瑛略偏转了脸,惊异地看一眼乾隆月下的侧影,新剃的头,脑后垂着粗长的辫子直到腰际,颀长的身子玉立在大柳树下,微微翘起的下颚都看得清楚,像铸在月辉浅光浮影中的一尊石像。一刹那间,她觉得这个中年人有一种难以名状的气度风韵,似乎庄重沉浑,又似乎威严允犯,凭着女人的直觉,这是那种最坚稳可靠又令人敬畏的男人。她低下头,没吱声。

"我说的不是吗?"乾隆微笑着转过脸,他的语气已不再那样浊重,变得十分柔和温馨,"我和他都是康熙爷的孙子,自小到大形影不离,我知道他不爱钱,心地很仁厚,待汉人也很好的……"

易瑛有点受不了他凝注的目光,便侧转身望着脚下的流水,低声说道:"你是金枝玉叶龙子凤孙,说这个话是情理当然。我的遭际和你天悬地隔,见到的,听到的和你全然不同。"她笑了笑,抬起头,指着对岸说道:"就像隔着一条河,那边的人什么心境什么言语,我们怎么知道呢?"

"你的遭际? 很苦么?"乾隆问道:"……要是不介意,能说给我听听么?"

"不,我介意。"

"为什么? 我们不是朋友么? 你信不过?"

"不,不为什么。有些朋友是隔岸而立,中间隔着一条过不去的河。就像这桃叶渡,真正懂事的人,是不在这里修桥的。"易瑛的声气显得有些悲凉,似乎在按捺着自己炙热烦扰的煎虑,嚅动了一下嘴唇,咬着牙忍泪不语。

话题似乎枯竭了。两个人在秦淮河畔对面兀立,乾隆仰视,像在天上的繁星里寻找什么,易瑛却在抚着被月色镀了一层淡淡银霜的柳条。天心的皓月,潺潺缓移的流水,远地白苍相间扬子江上的渔火,十里秦淮软红柔歌,都一下子变得那么遥远,宇宙间只剩下了他们两个人,既有一份说不清楚的亲近情愫,但又毫不含糊地心知对方乃是自己的死敌。

天空地阔的岑寂间,忽然传来纪昀和唐荷的说话声,中间还夹着马二侉子嘻嘻哈哈的笑声,渐渐走了近前。易瑛听时,是唐荷和纪昀在争论什么,便问:"你们在那边作么子!说得好高兴!"

"这位年老先生在那儿说笑话儿。"乔松说道,"他是河间人,考中进士,当时有个江南同年,一处吃酒。说'江南才士利如锥,河北名流钝如锤',年先生说'难道我这锤砸不断你的锥?'那才子说'我的是神锥',年先生说'那好,我的就是神锤!'"马二侉子笑道,"后来见河边碗粗一株梅树,我说这么大的梅树少见。老年说'梅花不好,不如他家乡桃树,当不得他神锤一击。'他们又争起来。这位小兄弟爱梅,说'只宜远望,举目似烧村',又举陆放翁的词儿。年先生代桃骂梅,说'恐怕百花相笑,甘受雪压霜欺,争如我年年得意,占断踏青时'!"纪昀也笑说:"《诗经》里说'桃之夭夭',就没讲'梅之夭夭'嘛!"唐荷道:"岁寒三友松竹梅,没听说过松竹桃!"纪昀道:"我即兴就能说个词儿'竹君子,松大人,梅花何独无称呼?为使主人解愁颐,家家梅香都是奴'!"一边说,一边用目光搜寻着端木良庸,却不见影儿。

几个人说得兴头,只有乾隆还浸沉在方才的气氛之中,一点也不想听他们说笑,静静听着,冷丁地冒出一句话:

"桃花、梅花,孰优孰劣,何须批评?音无哀乐,随心而已——我和卞先生谈议的另一绝大题目。卞先生,你不就是'一枝花'——朝廷通缉的易瑛么?"

这一语石破天惊,所有的人心头都像炸了响雷被震得脑子轰鸣不已!乔松唐荷摸腰间时,却是寸铁未携;纪昀出了一身冷汗,张皇四顾,见端木不知么时候已闪身出来,移着步走向乾隆。他噏动了一下嘴唇,竟不知说什么好。马二傍子惊得傻着眼,看看这个瞧瞧那个,懵怔得像个梦游人。易瑛也是浑身一颤,惊得如焦雷轰顶,但她久经大变的人,倏然间已憬悟回神,咬着下唇一笑,说道:"隆爷真能开玩笑儿,像是平地一声雷放了个炮仗!"

"我们主子就爱吓唬人玩儿。"毕竟纪昀聪慧机警过人,此刻如若翻脸,易瑛逃逸已是小事,万一动起手伤了乾隆,甚或把乾隆劫持而去,自己立时就成千古罪人……顾不得细想,嘻地一笑说道:"上回去果亲王府,说王爷和年羹尧案子有牵连,皇上要追究,吓得王爷几天躲家里等人来抄家!卞先生真的是'一枝花',也是要唬得花容失色,'桃之夭夭'的了,哈哈哈……"

纪昀竭尽全力调侃,乾隆自然明了他的用意,他犹豫了一下,似乎想顺水推舟,但高贵的血统和帝王的尊严立即占了由风,因咬着牙哼了一声,冷冷说道:"这种事开什么玩笑? 易瑛——卞和玉;易者变(卞)也,瑛者美玉也。我是识货人,辨得这块璞!"一句话又打哑了纪昀,刚刚活泛了一点的气氛立时又被绷得一触即发。

易瑛沉默,她的面色愈来愈苍白,兀立在堤边,任凭扬柳枝条轻轻拂荡,连她自己心思也是一片混茫,空白得万籁俱寂。

"我们曾有一面之交的,易瑛。"乾隆放缓了口气,"不是毗卢院,是在山东平阴,看过你施法舍药,看过你杀人。离开平阴时,在城门外,我们也像今天这样近对面相视。不过……"他似乎陷入了回忆,在想一件极美好的往事,遂叹息一声,声音柔和得像娓娓谈心,"……当时你是女妆,是傍晚。我们也没有说话……"

易瑛一下子想起来了,杀洪三白虎会众,究竟刀下之鬼叫甚名字,已忘得干干净净,但变服出城,在城门口遇到一个青年,二人伫立相视,这件事几年来时隐时现萦绕心头。连她自已也说不明白,为什么当时互相凝眸那许长时辰又互不言语……此刻一经印证,才知道庙中邂逅,何以会觉得"似曾相识"。但她仍想不明白,这位天璜贵胄为什么此时此刻把话挑得这样明白。沉吟良久,易瑛终于开口说话,她的声音已没了略带男性的那种浊重沙哑,轻柔得像一泓寒溪流水:"……不错,是有这档子事。看来你什么都知道,都预备好了,要动手拿我了。"她向前轻跨一步,"是刀山还是油鼎? 悉听尊便!"

"拿你只是举手之劳。"乾隆见端木良庸趁步儿走近,摆了摆手说道:"你身犯灭族之罪,给你什么刑罚都是该当的。不过那是刑部的事,我们见了几面,也算有缘,现在仍旧是私交说话。我心中有疑,你一个女流之辈,又有道行能耐,乡间不少巫医乐师,朝廷并不禁止。做甚么不好,几次三番啸聚山林公然造反? 造反图谋什么? 你要当女皇帝么?"

易瑛冷冷看着乾隆,没有回答。

"你不肯回我的话么?"

"没法回,回你也不懂! 就如我方才说的,你是河那边的人,这边的事你永远弄不明白!"

"稍安毋躁嘛!"乾隆嘴角吊着一丝冷笑,"五经六艺二十四史我都读懂了。你没有说,就知我弄不明白?"

易瑛冷笑一声,说道:"一个人要活命,每天得几文制钱? 大雪封门灶冰冷,烧几斤柴能勉强度寒? 债主上门,驴打滚算利是什么脸色,听算盘珠儿的人是什么滋味? 恶霸赖债,究寡妇放出去的钱收不回来,又是怎样的心境?"她突然变得亢奋,几乎不能自制,浑身抖着,几乎站不稳身子,月光映着她苍白得毫无血色的脸,直盯盯望着乾隆,似乎在苦笑,又似乎在刻毒地讥讽:"一个弱女子,父母双亡遁入空门,还是免不了风摧雨残。她干干净净一个人,并没有悖了圣人的教化,为什么就容不下她? ——这些事,你懂得多少?!依着佛法饿杀,依着官法打杀,撕了龙袍也是杀,打死太子也是杀——女皇?"她突然失态地对着新月格格起起来,"不错……我是想当一个女皇。可我先得活着,先得是个人。父母生我,总不是为了叫我活不下去吧!"

"你……不要这样……"乾隆听着她的话,那声调里的凄楚、愤恨、忧伤无奈,像一个走投无路的孤魂在荒坟里绝望地呼吁哭泣,自打娘胎落地,无论繁华丛绮罗帷里还是到饥民群中赈荒救济,他还从来没有听到过如此悲怆的绝叫使人如此心寒透骨,禁不住下意识地用手抚了一下双肩,颤声说道:"我……我……可以特赦你!……"

纪昀叹息一声。他没有乾隆那样恸心透髓的悲悯,但也没有想到易瑛的身世如此凄惨。听乾隆轻轻一句话,朝廷费偌大军力围剿数年,耗百万库金,亡数百军士,刘统勋爷子殚精竭虑好容易网到的"逆匪",俱都化作云烟,他又于心不甘。因道:"她犯的罪太大了……这要圣旨才成啊……"

"难道我要不来一道特赦圣旨?"

"……能。"

乾隆却犹豫了,自嘲地微笑了一下,说道:"你们退下回避,我和易瑛这里单独说话。"

"我们可以退下,但端木不成;主子这话奴才不敢奉命。"纪昀一躬身说道。见乾隆无话,乔松和唐荷也退到远处一个大树桩旁,自和马二侉子退到离乾隆五丈远近的一个菜园子边。

马二侉子犹自呆头呆脑,傻子似地看着青黝黝满地萝卜秧儿,问道:"这是怎的了,今晚这场梦做不到头么?""不是梦。听我说——"纪昀眼望着远处两个幽暗的人影,对马二侉子道:"这确是狭路相逢了。你到老城隍庙,刘墉就在那里,把你的'梦'说给他听。就说我的话,请他机断处置!"马二侉子道:"可我不认得刘塘啊!"纪昀道:"他摆卦摊儿,有名的毛半儿,一问就知!"马二侉子恍恍惚惚点点头,大步去了。

　　……

　　人都去远了,乾隆和易瑛都觉得心头舒缓了些。新月如线,繁星满天,虽不甚明亮,对岸楼亭的灯火闪闪烁烁映过来,朦朦胧胧地,将长堤、秋草、杨柳和远处的乌衣巷,都笼罩在若明若暗的褐紫色中,又镀了一层几乎难以辩认的霜色月辉。

　　"良辰美景奈何天,"乾隆听完易瑛诉说起首故事,环眺高远周匝,语气沉重地说道:"此时此心,真没有一字虚设。你……方才听我说要赦你的话,怎么想?"易瑛惨笑了一下,摇摇头,说道:"我压根不信……本来方才那些话,也不该对你讲的。可不知为什么,今天就是想说。桐柏的山水能容我,土匪不能容,只好打出来,天下的百姓能容我,官府不能容,只好亡命山林,信教的徒众能容我,朋友不能容——我不能明白,自己一心清白,守身如玉,平白的就被逼到这个地步,还要蒙'淫贱材儿''邪术害人'的恶名儿! 老天爷这是怎么回事? ——"乾隆惊讶地看她一眼,说道:"你? ——"

　　易瑛没言语,轼轻挽起袖子,一舒皓腕,指着左臂上一个苍暗的斑点说道:"这叫守宫砂。白天看,殷红鲜亮的——是白衣庵我师父点的,不沾男身,除非用烙铁才能烫得看不清它。就为守宫,不坏我的护身术,不知开罪了多少男人,有的还是我的朋友……"她陡地想起燕入云,又想到胡印中,低头叹息了一声。

　　"听着,易瑛。"乾隆没有去细看她的"守宫砂"。缓缓移动着步子,说道:"我手中有很大的权柄,赦你也不是作不到的。但'社稷,重器也',谁都不能因私废公。你我几次邂逅,又有这一夕谈心,这也是造化缘分排定。国家鼎盛,汉唐以来未见,连瞎子也明白这一条。造反,你有一万条理,这一条犯了,就得治你的死罪。赦,有情无理,不赦有理无情。你自思量,该怎么办呢?"

　　易瑛轻轻移着步子,像是想走快一点,又像怕很快走到路的尽头,喃喃说道:"打起反那一日,我就没想过好落局,这我想过。别

看你这里天罗地网,若是逃走,江湖道那么多朋友,大约还不难
——但下一步该怎么办,我真的没主意了。"她突然打住脚步,凝神
看着乾隆,说道:"你既说有缘,我觉得也是的。有一件事拜托你,
依情不依理来办。不知肯不肯?"

"你且说,当办即办。"乾隆也站住了脚。

"我不降,也不再弄这黄子白阳红阳教的了。但我也不甘就
死,要走到一个清净去处……将来若被乾隆老子擒住,不要你来求
情。收了我的骨灰,寻一处好山水地葬了,足感你的大情。"

"你自己寻思,哪一处最好呢?"

"和你讲过的,舍身崖下那块望夫石旁,左有瀑布,右有松竹,
那地方儿很好的……"

乾隆还待往前走,但前面已是乌衣巷,遥遥灯光下人来人往,
熙熙攘攘甚是热闹,于是站定了,转过身说道:"论起风水,还是邙
山。生在苏杭,死葬洛邙嘛……不过,哪里黄土不埋人呢?灵谷寺
吧,那地方紧挨明孝陵,左临长江右依牛头山,不但好风水,且游客
很多,不甚寂寞,寺中暮鼓晨钟,亦能发人深省……"他虽侃侃而
言,心里却是潮涌澎湃,说到后来嗓音也带着哽咽了。

"那……"易瑛深深一躬,"我就先谢你了……今晚很开心。真
的,多少年都没有说的,畅畅快快说了……前面没有两个人可走的
路了,就此作终天之别。"又举手一揖,回身向乌衣巷走去。

乾隆胸中气血翻涌,一颗心直落下沉,望着她踽踽步行,脱口
叫道:"请回步!"

"什么事?"易瑛猛一转身,扎好架势,却没有再动。

乾隆看她紧张,便缓缓走近了她,伸手拍了拍她肩头,说道:
"天无绝人之路。听我一语相劝,不要回你下处,就带你这两个从
人,下桃叶渡,顺流出江,立刻离开南京,这是你唯一的生机!"

"以后呢?"

"出家,你本优婆尼,还归空门去——中原江南虽大,无你容身

之处，可以到……"乾隆思索着，"到奉天，奉天皇姑屯也有一座白
衣庵，里边有康熙爷的一位太妃出家住持。逃到那里，大约主不没
人能难为你了……"

易瑛愕然良久，说道："你要知道，到奉天万水千山！要是我身
边人心不变，南京也能安如泰山，要是人心变了，逃出南京也到不
了奉天！"

"走不走由你，走得出走不出由天。"乾隆摸了摸身上，没带银
子，只有二三十枚赏人用的金瓜子，一把都掏了出来，放在易瑛手
上，语气温馨中带着沉重，"走吧……三十六计，走为上……"他不
再说话，咬着牙沉默。易瑛道："我不能明白，你是亲王啊！为什么
这样作？你不怕株连？"

乾隆不再回答她的问话，掉转头来对端木良庸道："走，我们回
夫子庙去。"说罢疾步而去。

易瑛好像也作了一场梦，怅怅望着渐渐远去的"隆格"的背影，
直到消失在暗中，才转脸对赶过来的乔唐二人道："咱们回去预备
一下，马上离开金陵——"说着趱身便走。乔松犹自嘀咕"这人好
怪，和主儿都说了些什么？"唐荷笑道："我瞧着他呀，是个风流种
子，十有八九对主儿那个那个……没安正经心眼儿！"易瑛恍若罔
闻，也不和二人搭讪，急急转进乌衣巷，回头看看，并无人跟踪。巷
中茶肆未散，酒楼盈座，说书的拍响木讲《三国》、卖芝麻酥饧糖冰
糖葫芦的，妓女们拉客叽叽格格的浪笑，暗陬里孩子们大笑大叫着
捉迷藏……一切太平无事，如同寻常平日，可她却有恍若隔世之
感，直到回桃叶渡村下处上楼，仍定不下心来，易瑛因吩咐韩梅，
"把扬州带来的文书，片纸不留全部烧掉。我们定的船在燕子矶，
收拾一下细软，立即就走！"

"主儿，出去一趟遇了什么事？"韩梅说道，"神色看着有点癔怔
似的——方才司定劳去了乌衣巷，你们过来，没遇见么？"一边说一
边翻弄行李整束文书，"莫天派寻盖英豪去了，袁枚下帖子请捐资

缙绅莫愁湖览胜会文,主儿吩咐过,请盖爷一道儿赴会,好照应的……"就手儿在灯上引火,烧一叠子花名册。乔唐二人此刻不知为什么,心里也不安,过来帮着在面盆里焚那些文卷。

易瑛坐在一旁,心里思量着要不要和盖英豪见面告别,又寻思南京哪些朋友得知会一声,防着株连,出城是一直走水路还是中途弃船上岸……意马心猿思绪杂乱理也理不清楚。堪堪的文卷烧完,便听楼下一阵脚步声,易瑛"唰"地立起身来,问道"谁?!"

"是我,老莫!"莫天派在楼下高声应道,"还有定劳。卞先生,我们打盖爷那回来了!"

"噢……"易瑛松了一口气,才发觉自己心神绷得太紧,大声说道:"你们稍等一下,我这就下去——你们三个,现在改回女装,我们一同下去。"说着便换衣服,穿一件月白滚绣球玄缘儿大褂,套了件银红百褶裙,腰间系一条葱黄绦子,松松兔了个蝴蝶结。对镜理妆,打开发辫,白玉卡叶子铜簪在脑后扣起一个髻儿,略一整鬓脚,打开法兰西造的一瓶儿郁金香油,倒一点,双手对搓着润抹了一下,发际鬓边已是光可鉴人。拿起眉笔想抹,皱皱眉头又塞了袖子里,将胭脂盒儿也装了——片刻之间,已成了亭亭玉立的韵颜少妇。想了想,易瑛又从换下的衣服里掏出那把金瓜子儿,见乔松三人也已改妆完事。却都一色青裙套着浅红比甲的丫头打扮,微微一笑,道:"咱们下楼。"

莫天派和司定劳在楼下等得正没奈何处,见四个人这身行头翩然而出,都怔住了。莫天派张着嘴,眨巴着眼,半晌才问道:"易主儿! 你这是……"

"我们立刻就走。"

"走?!"

"对——现在就离开南京,回扬州。"

莫天派和司定劳不禁对视一眼,司定劳笑道:"主儿可把我兄弟们弄糊涂了——出了甚么事,这么急的? 盖爷那头摆桌子等人呢!"

"叫门口茶馆跑堂的去知会一声,就说——"易瑛顿了一下,"就说我病了,不能过去。二八月乱穿衣,叫他也当心身子骨儿。"

莫司二人情知事有大变,却拿不定主意该怎么办,竟一时僵立如偶,倒是司定劳见机得快,易瑛第二次目光扫来,忙道:"咱们遵教主的命——您说得太急,我都回不过神来呢——请示,走旱路,还是水路? 走水路要预备船呢!"易瑛道:"水路,船早已预备好了。"说着话便往外走,莫天派二人不敢再问,跟在四人身后疾速出来。

街市上依旧平静如常。只是这时分夜已渐深,四位女子的打扮甚招人眼。易瑛想想,还是桃叶渡那边一大片菜园地冷僻些,便踅出巷口。所幸这里地近秦淮,烟花女子常来拉客的处所,没人疑到别的。倒是有两个喝得酩酊大醉的秀才,跌跌撞撞,口里叫着"李香君再世……杜丽娘重生!"胡嘈着要招呼易瑛亲嘴儿,被乔松两巴掌掴得马爬在地——早一溜烟儿走了。

出了乌衣巷,易瑛心里踏实了些,又想起"隆格"这个人。说自己看上了他那是绝无此理,说他看上自己,言谈中又语不涉私。论身分亲情八不沾边,论起"造反"一事,更是冤家对头。自己见人论千论万,连待自己最好的燕人云,也没有说过这么多话,对他竟是满腹凄惶一泻而尽,而他对自己又是甚么心情? 赠金报信,给自己寻出路? ……她喃喃说了句"缘分",摇了摇头;缘分究竟是怎么来的,佛经里讲的是"阿赖邪耶识",这个稀奇古怪的东西真令人莫名所以。

从人中只有乔松唐荷略知底细。韩梅尚在犯糊涂:出门一趟遇了什么事,忽喇叭儿的说走就走。只莫天派司定劳,又诧异又惊慌,再想不出哪一边走风漏气——万一逃掉了这位泼天钦犯,怎么去见干爹黄天霸? 又有什么颜面在刘墉父子跟前说嘴? 担心逃掉易瑛又怕自己露马脚。请示无处请示,商议不能商议。且不知易瑛是否已起疑心。两个人自出道以来,都是在黄家门下最得意的关门弟子,饶是百伶百俐,也都急出一身臭汗来。司定劳是十三太保里年纪最小的,本名黄富杨武功不如十二太保黄富名,却是讨饭泼皮出身,撒溜机警过人,走着路突然哼了一声,窝着腰捂肚子蹲下了身子。黄富名忙停了步,问道:"老七,你怎么了?"黄富扬枯皱着脸,蹙眉缩头,吭哧吭哧就是几个屁,呻吟着说道:"我这人……真他妈的不凑脸……越是上轿……越是腿拧筋……"

"怎么了?"易瑛也不得不停下脚步,远远问道,"你病了?"

黄富扬哼哼唧唧,前气不接后气,说道:"老盖那几个梨不熟,坏了我的肚子……八月生梨赛利刀……哎哟……他奶奶的……屎出来不……尽是屁……"叫着"疼得紧"又回说易瑛,"主儿甭顾我,只管走……不然,五哥背着我也成……"易瑛心中陡起疑云,上前摸摸他额头,趋温冰凉的,又断然不像是装病,因道:"要不然……你两个留下,先看病。等风声过了,我派人来接你们。怎样?"

"我背你走!"黄富名也不是笨人,知道此刻无论如何寸步不能离易瑛,当下便蹲身子,一边对易瑛道:"南京我们熟人太多,这次来又都是定劳出头联络,留下就是送他的终了——好老七,忍一忍儿! 你这讨饭落下的病根儿,老毛病儿,不碍的。来,我背你走!"黄富扬此举一是想拖捱时辰,二是想近乎点好商议对策,因像受了极大感动似的,哽咽着"谢主儿照应",顺势爬上黄富名肩头,说道:"这就累了五哥你了……易主儿,咱们依旧快走!"

易瑛约莫已过亥正时牌,也真是不敢再磨蹭,因道:"都耐点子苦,我们出城东,不走水路了,上了牛头山,到扁担镇有我们的香堂。就好办了。"说罢抽脚便走。

但这一来无论如何不能"依旧快走"了。黄富扬趴在黄富名背上,大声呻吟小声嘀咕,说道:"五哥,我腰带搭包里有鸡爪黄莲,还有几粒紫金活络丹,掏出塞我嘴里——到东城门口翻脸动手……唉哟! ……不要出城,外头情形不明——别怕颠着了我,只管快走!"黄富扬自个真的掏摸了一把腰间搭包,里边却是下酒的茶叶花生豆儿,微微一个坏笑,填嘴里两粒,一边嚼咽,一边想主意,只盼捱到东城门,已经下钥封门最好。

东城门渐渐近了,这地方向西二里是黄天霸初到南京的落脚地裤子裆,西北明故宫侧旁是虎踞关清凉山等冷僻去处,附近并无居民,此刻夜深更显得寂寥阴暗,高大的城墙和箭楼上因张着两盏栲栳大的米黄灯,锯齿堞适合飞檐翘翅都不甚清晰……城门没关闭,十几个守门的兵丁显然已经懈了,伸腿抢胳膊捂着嘴打呵欠的,什么样儿全有。

这个时辰过城门是不要引子牌照,也不盘查的,到灵谷寺上夜香礼佛的人有的步行有的坐轿骑驴,零零星星偶有出入。易瑛心头一松:总算赶在牛炮响前到东门了。她放慢了步子,自忖这身打扮不像香客,口中曼声笑道;"咱们不敢走得太慢了。老爷,姑奶奶二奶奶他们只怕在接官亭等着呢! 南京这地方,要个轿也这么难的!"又回头叫:"莫家的,司家的病怎么样了?"

"好了!"黄富扬一声尖叫,浑似突然被人捅了一刀,一挺身便下了黄富名的背,"嗖"地蹿出去好远。几乎同时,黄富名也一般动作大叫一声,直跃到城门口,二人不由分说,已从呆若木鸡的守城士兵腰间掣出了刀,恶狠狠狞笑着盯视易瑛。黄富名阴恻恻笑道:"淫贱材儿贼婆子,没想到有今天吧?"

十几个守军还在懵懂中,听得迷迷糊糊,看得眼花缭乱。这两个家伙即叫做"莫家的,司家的"显然是这少妇家的奴才,怎么突然疯了,夺刀不杀兵,要杀自家主子? 一个个大眼瞪小眼直脖子探腰,瞧热闹儿似地发呆。

"狗奴才,替奴才作奴才的奴才"易瑛先也是一怔,随即恍若梦醒,此刻才真的领悟乾隆要她不回下处,直接逃出的话,原也不是随口而出。望着这两个人,眼中出火,刚要骂穿,可灵机一动说道:"他两个又疯了——看老爷不剥了他们皮! ——咱们走!"说罢抽身便走。黄富扬急得喝一声:"拿下! ——这就是反贼'一枝花'！——快，快关城门！"挺刀便扑上去。

易瑛四人风摆塘荷似的一齐闪身，已是各人手中多了一条皮线缠藤状软丝钢鞭。唐荷一眼见莫天派没头没脸横刀直搠易瑛小腿，在旁觑得清楚，一个紫鹧翻翅，鞭打身后司定劳，脚尖向莫天派中路窝心上勾去。莫天派一人对付易瑛韩梅二人，在舞得如霾似雾的鞭影中，冷不防一脚踢在小肚子上，顿时向后踉跄两步，一个心乱，左颊已着了韩梅一鞭，不禁大叫"快关城门！"见黄富杨左支右绌，应付唐荷和乔松十分艰难，恶骂一声"小贱妮子——我日我祖宗的！"转刀一个铁板桥，闪过易瑛韩梅双鞭，仰身海底捞月向乔松斜扫一刀。乔桥见机，平地里云雀纵树一个高跃，趁下跌之势王母划簪一鞭向莫天派脑后打去。打得"啪"的一声响，司定劳此时已挨了三四鞭，脖项手臂血流殷红痛彻骨髓，见唐荷犹自抽身护易瑛，师兄受敌三面，也是熬痛不退，死不放手缠斗，拼着又挨乔松一鞭，单刀高擎，使个把火烧天式向乔松攻去，突然"呜"地一声号啕大哭。

易瑛四人不知在江湖上和多少高强对手交过锋，还没见过司定劳这样的手，只有喊叫骂娘呼喝的，偶而也有耍奸狞笑的，像这样临阵，手不停挥地厮杀着，竟有情有致地痛哭流涕的，且是闻所未闻，不禁都是一愣。只这瞬间，司定劳哭着，抽风似双手一抖，两个纸包儿暗器分打易瑛和乔松。易瑛一来无心恋战，二来见莫天派连挨三四下开碑裂石之力的鞭子，竟然眼不慢手不滞，实是功夫令人骇异，司定劳又如此诡诈，便不肯接他的暗器，只用鞭梢扫了一下，那包东西里却是摔炮火药夹着石灰，"啪"地一声爆响，四散开来，顿时白雾浓烟弥漫，硝磺气息刺鼻。接着一声，却是在乔松手碗上炸开，她丢了鞭子向后连翻两个筋斗才站定了，右腕已被烧得焦黑。略一定神，从腰里又抽出一柄匕首杀进战团。

此刻，守城门的兵士们早炸了窝儿，吆喝的吆喝，筛锣的筛锣，上城门的上城门，报主官的报主管，乱成了一团。硝磺白雾中，四男二女倏来倏去,暗影幢幢如鬼如魅,夹着司定劳唱歌似的嚎声,真是要多难听有多难听,要多诡异有多诡异。易瑛以四敌二,堪堪战到略上风,且战且退向城门口移着,想逼退莫天派司定劳夺门而出。偏是这二人熬得疼不怕死,鞭抽脚踢拳打掌拍全然不顾,竟似膏药般贴定了易瑛。易瑛几次抽手,想打倒一个,苦于另一个立即便似黄蜂般奋不顾身扑上相救,都没有成功。厮杀间,猛听马蹄声一片响着近来,黄富名黄富扬越来精神,易瑛一个心乱,鬓边被扫了一刀,殷红的血珠立刻渗了出来。

十几匹马纵跃着箭似的到了,守城的军士此刻才整好行伍,却不知来者是敌是友,倒是守城门的棚长,在城门领衔门见过马上的燕人云,不禁以手加额,擦着冷汗道:"是自家人来了……奶奶的,今晚真邪门了!"因上前招呼:"燕爷,您来了!这六个男女出城,到城门口夺刀自己打起来了……"

来的人为首的是燕人云,还有黄富光黄富宗黄富威三个太保,带着刘墉留在裤子裆策应各路的八九个好手,却都是吴瞎子从青帮里选来帮刘墉办案的。燕人云一头滚鞍下马,一头吩咐:"守城的兵这场子派不用场。整好队一边策应。这六个现在分不出好歹,兄弟们,给我一齐拿下!"他大呼一声"上!"挺剑在手,十丈开外,只中间脚尖略一点地又复跃起,直杀入战团之中,兵士们见他如此轻功,雷袁介高叫一声彩:

"好!"

黄富名黄富扬早已杀得筋疲力竭,见来援兵,刚恰也叫了声"好——"八九个人已蜂拥而上,那燕人云只看了易瑛一眼,大叫"杀呀",挺剑一个燕子抄水,一道孤光曲旋,中途竟无端拐了个弯儿,直刺入黄富名小腿中,黄富扬见那剑又向自己削来,竟是恶狠狠冲颈项而来,吓得"妈呀!"大喊一声,就地一个马爬,连滚带爬退到城墙根,他却极是伶俐,立即悟出燕人云临阵造反,在旁大骂道:"我日你燕人云姐姐了——富光哥,他贼心不改,反了!"

"好贼!"黄富光三人见他一言不发,一剑一剑只是向自己人身上招呼,那黄富名单膝跪地,右臂已被砍伤,只用左手举刀勉强招架,已是凶险万分,黄富光一脚将黄富名踢出场外,用一枝判官笔舞得呼呼生风,打刺点戳直逼燕入云,黄富宗黄富耀也灵醒过来,喊着:"贼婆娘,好贱货,在我兄弟眼里揉沙!"黄富扬斜靠在城墙根,喘息着说"我早看他不是好玩艺儿,狗改不了吃屎……"一边说一边从怀里掏出一枝起火,燃着了,就手里一送。那起火"日"地一声飞起半天中,"啪"地一声脆响爆开了,红黄白紫蓝五色烟花在空中放出夺目的光彩。燕入云知道这是向黄天霸报警,口里喊着"青帮兄弟们,他们都是一路的,统统给我拿下呀!"五六个青帮人物虽弄不明白谁是反贼,但燕入云是受过朝廷封诰的,黄天霸明白指定燕大哥坐纛,加之黄家门里自居名门,一个个蜡头般大样。几个人紧急议了一会儿,决定连黄家的人带"反贼"见人就打。这几位都是青帮里顶尖人物,有使三节棍九龙鞭的,有使刀弄剑的,冲进战阵,呜呼大喊大叫,竟是逢人就下手。

这一来更煞是热闹非凡。燕入云纵跳闪跃一柄剑舞得团雪一般,见姓黄的就下手。乔松三人也专寻黄天霸的五个人,没命地使鞭猛抽乱打。这样一来,亏了受伤的黄富名和黄富扬看得清,一纵身又加进来,黄家五兄弟已反众为寡。成了胶着一团稀奇古怪的拼死打斗仗。在旁的军士虽多,但不知其中情理,只好按兵不动,傻眼看。

只易瑛心里清亮,退进城门洞里,"吮"地卸下梁来粗的门拴,憋着嗓门喊道:"黄家的人开城放贼了!"

……

三十六 情天子火焚观枫楼
侠义女命终颂离歌

　　乾隆离开桃叶渡,没有再到别的地方悠游观览。踽踽回步向
总督衙门踱着,心中犹自思潮翻涌,一时惆怅无奈,一时凄凉悲酸,
一时又觉会心温馨……还夹着莫可名状的担心与希冀。满街光怪
陆离的灯火人群,嘈杂热闹的叫卖呼喝,俱都充耳不闻,纪昀两次
请示"要不要叫个轿子"的话,也都没有答话。直到金铁在门外请
见,乾隆才从遐想中憬悟过来,发觉自己已置身在总督衙门琴诒堂
内,乾隆没有立刻叫金铁进门,眼见英英进上的参汤,他也吩咐"不
用"。接着嫣红便捧上茶来,一边往茶几上安放,一边诧异地觑了
乾隆一眼,说道:"主子,您好像不欢喜?——纪大人,你们转到哪
儿去了,主子敢情是撞了什么?"

　　"你怎么知道朕不欢喜?朕是有点心事。"

　　"是奴婢瞎猜的。瞧着主子有点恍惚,眼睑下头有泪痕似的
……"

　　乾隆这才觉得脸颊颧面上略略紧结,眼角里还噙着泪,忙要热
毛巾揩脸,这才吩咐道:"金铁进来吧!"金铁一提袍角跨槛而入,就
地儿打千道:"奴才金铁给主子请安!听主子在外遇见了易瑛,刘
统勋一急,犯了病儿不能过来。瞧主子气色,倒像不相干似的——
没有受惊吧?"乾隆不禁一个愣怔,诧异地看一眼纪昀,又注目一下
守在天井外阶下的端木良庸和巴特儿,说道:"这么快的耳报神?"

　　"是臣通报刘统勋的!"纪昀双膝"扑通"一声长跪在地,连连叫

叩说道："皇上身莅不测之地,见不测之人。臣职在中枢,护卫有责,又不能当场诤谏,只好差马某向刘中堂尹中堂报警……当时情势主上明了,实是事不得已。臣心中惶惧万分,焦忧如焚……万一易瑛枭獍禽兽之性大发,有伤主子分毫,臣……也是不预备着生还了……"说着,已是泪如泉涌。嫣红英英这才约略知道来龙去脉,听说见了易瑛,都唬得脸色苍白,怔怔盯着乾隆,皱眉不语。

乾隆一笑,双后一合交叉握起,说道:"世上的事,你参不透的多着呢! 老百姓常说'天理良心'天理就是道,良心就是情,一件事除了道理,还有情缘呢! 你还得好生阅历,单读几本子书,不够用。"纪昀叩头道:"这个'阅历'臣没有,也不想有。主上一身系天下苍生安危祸福,岂可以寻常百姓情理而论? 这个话臣不敢奉诏,期期不奉诏!"你这话也在天理良心里。"乾隆噙茶漱口,站起身来,"易位而处,朕也会这么作。朕自己尚且坦坦荡荡无惧无恐,倒唬得你们个个不安,吓倒了刘统勋——走,瞧瞧去!"

纪昀叩头起身,以袖拭泪,叹道:"岂止不安而已,臣真是魂不附体,犹如身在噩梦之中! 直到此时还是骨软如泥——延清公过来了。"乾隆看时,果然两个太监一边一个,架着刘统勋进来,见了乾隆,挣着要伏身行礼,乾隆忙抢上一步,亲自扶住了,心里感动,口中却笑道:"你这是何必? 易瑛也是人,朕射虎杀熊,厮打格斗本领不亚于平常侍卫。真动起手,她未必是朕的对手——你就担忧惊吓到这份儿上……你但凡心思放宽些子,何至于刚过天命之年就衰惫到这份子上? 好生作养点,你还得准备着侍候朕的儿子……"说着,也淌下泪来,扶着刘统勋坐在安乐椅上。

"臣真是无能无用之极……恨不得心剜出来,感恪得主上不要再轻离庙堂……"刘统勋脸色本来黝黑,此时又青又黄,眼泪拭了又出,颤巍巍接过乾隆亲自递来的参汤。略呷一口便放下了,喑哑着嗓子说道,"臣半辈子主管刑部,审过多少凶险狡恶之徒。江湖上死不皱眉的好汉确是尽有的,但更多的都是心狼手辣毫无理义可言之人。主上太仁了，像宋襄公要吃亏的……不说这些了。回来就好，回来就好……"乾隆心里酸热，说道："朕听进去了，听进去了……以后不这样了。""和这个易瑛，没有以后了。"刘统勋道，"臣已下令，所有原定负责缉捕的军队、衙役、南京地方黑白两道，不延时分，水陆两防，立刻动手擒拿'一枝花'！"

乾隆没有言声，微微点点头回到座上，看一眼刚刚从北京阿桂处转过来的奏折，一叠子都取过来，浏览着奏议目录，轻轻又丢了桌子上，说道："今晚和易瑛谈了一个半时辰。说得很多。也很交心，受益心得也很多。朕亲口赦了她。这个事纪昀是知道的，易瑛也已从化。既已从化顺法，擒得到擒不到，也就是件无关紧要的事了。朕放一句话给统勋，你是我大清的中流砥柱，功在社稷。为易瑛这案子焦劳忧勤数年，仅就能使朕与她这平和一晤，也是值的。这个案子可以销掉了。擒到擒不到，都以擒获伏法论绩论劳。"纪昀道："那是主上逢场机变的言语，还是应该以律公办。"乾隆不冷不热地说道："你们自该依律办差。《大清律》三千条，说到根上，依的是三纲五常。所以纲常还管着律条。君无戏言，朕要赦她，恐怕你纪昀难以抗旨。"

纪昀暗中咬了一下嘴唇，说声"是"，没敢再饶舌。刘统勋却道："皇上也应遵道，也是依三纲五常仁教义正，这万里江山世界才治得好。以臣布置，易瑛就是插上双翅，恐也难逃出南京。臣切盼皇上以公天下之心剖理此案，不为易瑛巧言花语所动。"纪昀这才憋出一句"天若有情天亦老啊！"

"道是无情还有情嘛。孔孟之道，源于仁，仁呢？自人之恻隐而来，还是个'情'。有时，人情就是天理。"乾隆不动声色反驳两个臣子，"你们不要以为朕是个滥好人。杀刘康、喀尔钦，还有前头的诺敏，年羹尧，山东的齐氏，朕都参与其事，还有后头的高恒、钱度，恐也难逃王纲。但易瑛其人，有可恕之情。"

"易瑛两次啸聚，三次聚众造反，传布邪教蛊惑民心，动掠府库，擅杀职官。犯的十恶大罪,这样的巨寇,自三藩之乱后仅见,断无可恕之情?"刘统勋听听,乾隆的话怎么说都是开脱易瑛的意思,轻咳一声,在椅上躬身说道,"孔子曰克己复礼为仁。礼就是上下之序有定不紊。臣以为即使易瑛不能生擒,也必要挫骨扬灰,以为后者儆戒。赦掉易瑛,以后部议谋逆大罪,刑部何所措辞以奏天听?"

他虽体气衰弱,精神也显得委顿,但这话说得毫不容让,字字铿强掷地有声,乾隆也不禁点头,说道:"延清说得有理。易瑛现在能否落网尚在两可之间。但以朕思量,她有可恕可赦之情。"

刘统勋纪昀,连同嫣红、英英都用目光注视乾隆。

"她没有立号称王,没有攻城占府,没有想夺江山称帝的心,造反仅为自保。与寻常反贼有所不同。"乾隆说道,"朕……和她谈了很多,原是一个无罪良善女子,被逼受迫一步一步身陷大罪,这又是一条;这样的人上山扯旗放炮,地方官,当地缙绅有罪,朝廷也要分担一点干系,朕也为她分一点责。自从山东河南流窜两江以来,她没有再行起事作乱,言谈之中,颇有悔罪向化之心,这又是一条。几次三番与朕陌路相逢,这次觌面相交,也没存加害之心,既有福缘见朕,良久良语,毫无冒犯,这也是她的福缘。昔日曾静张熙,怀邪书干说岳钟麒起兵造反,论起心地,曾静之恶远过易瑛,先帝不但不诛,而且授职加官。难道先帝也错了? 拿人为什么? 还是怕她造反,审讯刑罚为什么? 也为的'以儆效尤'。她不造反,也没人'效尤',怎么不可恕赦?"

这纯粹是强词夺理,巧言令色出脱易瑛了。尽自乾隆信口雌黄,两个人反觉更难措词驳回。刘统勋咽了口唾液,乾隆自己亲自为易瑛分"罪",臣子还有什么话说? 纪昀却道:"天作孽犹可逭,自作孽不可逭。易瑛大逆作反,公然抗拒天兵,乃是自作孽! 皇上即位之初,即下旨诛戮曾静张熙。今日又要赦易瑛援引此例,臣不能明白。"

"易瑛是天作孽在前,被逼自作孽在后。"乾隆一笑,说道:"这真有点坐而论道的意味了。你是不信理学的,朕也甚厌理学家责人苛刻。先帝不杀曾静,朕杀了。朕不杀易瑛,朕的儿子将来要杀,也由他去。"他为自己辩言奇思妙想得意,喝了一口茶,又复一笑。

刘统勋和纪昀还在搜寻道理说服乾隆,忽然外边一阵急促的脚步声。众人看时,却是尹继善匆匆进来,他脸上尚冒着细细油汗,也不及擦,向乾隆打个千儿,说道:"奴才给主子请安——易瑛,已经被围在城东门外二里的观枫楼上了!"

乾隆心里一沉,易瑛到底还是没逃出刘统勋的手心。他似乎有点心慌意乱,又带着莫名的惋惜,还有一丝既来之则安之的释然,松驰地坐回椅中,说道:"起来吧。慢慢讲不着急。现在情形怎么样?"尹继善起身擦汗,说道:"她走东门逃跑。黄天霸的底线怕城外没有布置,在东门里边动了手。可恨燕人云临阵倒戈助敌,黄家手下几个人弹压不住,在那里一场混战。黄天霸带人搜乌衣巷和桃叶渡,怕她走水路,又到燕子矶提调水师封锁过往船只,见到报警赶去,十三太保黄富扬重伤,十二太保黄富名已经活活累死,青帮的人不分敌我乱打一声,易瑛乘乱夺门出逃。幸亏城外歇架亭驻军接到了刘墉警报,一千多人四面包围,压迫着易瑛五个人退到了观枫楼,现在凭楼据守,抵死不肯投诚!"

"这个燕人云真是无可救药的混帐!"刘统勋两手拍着椅把手,气得脸色铁青,"——喂不熟的狼羔子!刘墉在那里督阵捕拿么?——我要亲自去一遭!"纪昀问道:"惊动了城里百姓没有?"尹继善道:"没有多大惊动。那里居民本来稀少,又是夜里,有几个闲散游人以为是打群架。想看热闹,守城门的兵士把他们挡回去了。"金铽见刘统勋撑着手站起身,忙道:"延清公,你刚刚气色好一点,陪主子这里坐着说话。我和元长去观枫楼。那几个贼男女走了一个,您只管拿我是问!"

乾隆的心绪一下了变得很烦乱,想到方才还和易瑛在秦淮河畔谈心散步,顷刻之间又逢大变,竟尔被困高楼身陷重围,倒像是自己亲手断送了她似的，说不出的一股滋味。因放下手中茶杯，说道："朕也去看看！"尹继善听了无甚说得，但金铁刘统勋听乾隆方才回护易瑛，深恐他当场再赦易瑛，更令人难措手足。刘统勋正要劝阻，纪昀说道："主子依着我说，不去为好。现下情势如山水火，冰炭总归难同炉！易瑛恶贯满盈大罪滔天，该当如此下场——主上，这里满案奏折文书，无论抽出哪一件，都比易瑛的案子要紧得多，您不值夜半三更到那里，亲眼看她受擒就死……"话未说完，乾隆已经向外走。只好跟着出来。尹继善快赶几步出了琴诒堂天井外院，大声道："备马！——把我平日骑的那匹菊花青也牵出来！"说着，便听拱辰台方向三声沉闷的午炮。已是深夜子正时牌了。

观枫楼坐落在南京东门外约二里之遥，沿通往明孝陵神道北侧两箭之遥。北边山坡一株杂树没有，甬道南侧一漫下坡，坡下岭上全是枝繁叶茂的枫林。秋日叶老，登山四望，犹如淹在红海之中，赤潮翻涌叶声如山呼海啸，灈人心目，神道两旁丈许高的石马石羊石象石翁仲像海中游泳的怪兽礁石时起时伏若隐若现，东望长江，浩浩烟水极目天际，西瞻金陵龙盘虎踞坚稳沉实。袁枚游此胜景，因见无亭阁点缀，特特筹金建了这座"观枫楼"，雕甍插天重阁玉宇，上设亮亭，周环回廊，高矗在万顷枫林之中蔚为大观。

但此刻正是子时极深之夜，山高月小风寒露重，乌蓝的天穹隐隐有几片薄云缓缓移动，苍溟的岗峦在虚渺的微霭中起伏不定，仿佛无数魍魉魑魅倏来倏往窜伏跳跃。幽黯阴沉的枫树丛在微风中不安地动来荡去，甬道旁那些巨大的石雕人兽也随树时起时伏，伴着枫林似歌似哭又似哗笑的喧嚣，显得分外阴森。乾隆一路都无话，策鞭攒行，眼里一片恍惚，心中时而茫然，时而又觉得莫名的凄冷落漠。眼见前面密密麻麻的火把，一匝火线围成一个椭圆，半斜在山坡上，似乎谁用金笔在黝黑的大屏上画了一圈，乾隆便料是被围的观枫楼所在了，心里又是猛地一个沉落。果然尹继善在侧旁扬鞭一指，说道："前头就是了！"

一众人加鞭飞驰，顷刻便到观枫楼前，刘墉早已得报，火把丛中满脸油汗迎上来，正要行礼，乾隆一摆手道"免了"。便下了那匹菊花青坐骑。尹继善滚鞍下来便问："情势怎么样？"刘统勋一边踏镫子下马，吩咐刘墉道："小声传令出去，所有火把全部熄掉！你这叫什么？薄薄一个圈子亮给易瑛看！她们武艺精强，选一处突出去，你圈子跟着套她？"

"是！"刘墉忙答应一声，传出号令，折身回来说道："楼上四女一男，燕入云背上挨了黄天霸一刀，伤得不轻。那个韩梅也被黄富清刺了一刀，易瑛三人都带轻伤。现在据楼死守，不肯答话。我想，这么死死围定，待到天明一拥而上生擒他们。夜里不能混战，容易给她可乘之机。"

乾隆望着黑魆魆的楼没言声。纪昀说道："不能等到天明。声势太大了，惊动南京百姓都来围观，这千百人捉四五个人，传扬出去很不好。迎驾日子又近了，添些子谣言，有损风光体面，最好是她能投诚。你们喊话了没有？"

"喊了。她抵死不应声！"刘墉身边的黄天霸一身短打套扣紧身衣靠，手里提着剑，说道："这贼婆娘是有些邪门——几次冲进楼，里头横七竖八摆着桌椅板凳，绊得人筋斗马爬，根本不到了楼梯口。毛先——刘大人说那是奇门八卦什么阵。我也冲进去看了，瞧着是凳子，靠近了就是墙，一堵又一堵，翻来翻去又回到原处……既然要生擒，又不能惊众，只好黎明时动手了。"说话间，黄天霸手下四太保廖富华已提刀到楼下叫阵。他是个黑大个子，嗓门儿又粗又浑，像隔着坛子里边说话，瓮声瓮气喊道：

"姓易的听着！你们现在是瓮中之鳖，还硬撑他妈的什么门面？既然难逃一死，何如出来和老子痛痛快快干一场，当缩头乌龟有什么意思？"

众人静听，楼上似乎多少有点动静。一时便见一双隔扇窗户洞然而开。却是燕入云影影绰绰据窗而立，戟指廖富华道："廖老四,你逞什么英雄? 别说易教主,咱们没有一道玩过? 你们姓黄的哪个是我的对手? 告诉你们,老子要和易主儿成亲,洞房之夜,你少来聒噪!"

易瑛要与燕入云此刻成亲! 楼下人都是一征。乾隆不知怎的,泛上一股妒意,心里满不是滋味,抑着心头火问刘墉:"这个燕入云是不是从易瑛那里投顺过来的那个?"刘墉忙道:"是! 他投顺是为易瑛冷落了他,和另一个姓胡的近乎,他救易瑛,也还是因为旧情不断。"说话间黄天霸一干徒弟们已经起哄大声噱笑:

"真是死猪不怕开水烫,这会子还撑门面办喜事!"

"乌龟配王八,真正是一对儿!"

"笑死我了……这连根蜡烛也不点,就进了洞房……"

"这一回老燕可捡了个便宜货,易瑛恐怕是洞房老手了,不知和多少男人厮混在一起了,如今轮到燕入云了,哈哈哈……"

"你说的不对,老燕是行院婊子里泡出来的,下头杨梅大疮长得烯烂,是一枝花插狗粪堆儿上了……"

哄笑嘲骂侮弄,言语污秽不堪入耳。正闹腾间,突然楼上亮光一闪,一枝火把亮了,接着又一枝点燃起来。众人不知他们捣什么鬼,一时都静下来。便听燕入云惊喜地叫到"守宫砂!"他突然发了狂似的在火把影中又笑又跳,大叫:"易瑛是清白女子——她是我的了! 她是我的了! 我燕入云好高兴,我好有福气——我好有福气!"声嘶力竭的叫声中既有欢愉,又带着凄厉悲怆和绝望,深夜听来使人神颤心栗。

"刘墉你亲自喊话,"乾隆冷冷说道,"说隆格贝勒在这里,问她愿不愿和我再说几句?"

刘墉看了父亲一眼,刘统勋尹继善纪昀金铁等人都沉默不语。他转过身子,照乾隆的原话呼唤了。便见易瑛临窗站定,似乎向下张望,问道:"你还有什么话?"

"我和几位大臣议过,你有可恕之情。"乾隆静静说道。"现在悔悟为时不晚。皈服膺罪，我能保你性命周全！"

……

"那——"易瑛终于开口了，说道，"还有燕大哥，我手下的兄弟姐妹们呢？你能统统赦了他们？"

乾隆绷紧了嘴唇，这次轮到他沉默了。许久，才道："你以为你不降，他们可以幸免？"

"……我问你，为什么单赦我？"

……

易瑛见乾隆沉默不语几乎连想也没想，立即道："谢谢你了。我们缘分尽了……"说着，关上了窗子。

"烧死她！"乾隆脸颊肌肉微一抽搐，冷冷说道。刘统勋几个人心头都是一阵轻松。这样处置真是省事，最干净利落的办法了。刘墉一声号令，几百枝蘸油带火的箭一排排向观枫楼射去。

火，几乎是楼上楼下同时燃起。楹柱、门窗、扶栏、亭柱、平座斗拱、外檐斗拱、槽升子、沾了油处起火，像一朵朵绚丽的彩花，通楼上下闪烁着，忽忽跳跃着，忽然轰地一响，火焰连成一片，整座楼变得火焰山似的，将周匝峰恋枫林照得一征殷红。熊熊火光中，千百人一齐注目，却没见人跳楼逃命。只见窗上几个人影，似乎喝醉了酒般跟跄跌伏，又好似在火中舞蹈。几个女声歌唱在毕毕剥剥轰然作响的燃声中隐隐约约传来：

碧血花！销尽风摧雨折断，魂植谁家……双冢垒垒皆成踏青路，惊心王侯变黄沙。飘风万丈吹黄沙，直连天地伤情地，回首迷茫塔嗟呀……滚滚红尘一刹那，哀哀众生，劫来无奈散天涯……天涯无归处，仍归玲珑玉，化为碧血花……

歌声中那火燃得更烈，白赤红黄五色流金直冲九霄，爆然一声巨响，歇山亭顶坍落，高楼像被烧得稀软的红炭倾圮下来，下火上焰，爆着的火星在空中毕剥作响,书画纸灰像乌鸦一样在空中盘旋着翩翩起落……

"回去吧。黄天霸等人的劳绩,刘墉具本写出奏折……"直到楼坍,乾隆紧得像开水锅里煮着的心才松驰下来,才觉得手心冰凉粘湿全是冷汗。喃喃说道:"君子不近庖厨,今日作一回庖丁……寻出骨灰,埋到灵谷寺去。去吧……我今日真累了……"

但他无论如何是睡不安了。回到总督衙门琴诒堂曲肱仰卧,嫣红英英见他双眸睁得炯炯的,忙着点息香,又请他服一丸定神安魂丹,伏侍着脱了大衣裳,两个人也不敢睡,就在外间隔栅子旁开交线听他招呼。听着外面微微呹呼的风声,乾隆安谧地斜躺在大迎枕上,心中却像万马奔腾千绪纷来心猿之锁既开意马之缰难收,脑海中一时是五彩纷呈的火焰,一时又是毗卢禅院的曲径,秦淮河畔的水月扬柳,平阴县千万人众中易瑛驰骋厮杀的英姿,城前大树下的默然相视……走马灯似的赶走一个过去又来一个。忽然见易瑛搴帘而入,手里擎着一枝蟠螭蚯曲的梅花,对乾隆嫣然一笑,说道:"贵人相反当起而眠,隆贝勒好睡……"

"你从哪里折这枝梅?"乾隆起身笑道:"是送给我的吧?"说着接过梅枝,小心抚那花瓣嗅着清香,易瑛笑道:"从梅园里物色的,我就要走了,交情一场,特来告别。送你万两黄金只怕不稀罕,就送这枝梅罢。"乾隆含笑点头,"走? 你到哪里去?"

"去奉天呀……不是我指点的么?"

恍惚之间,乾隆已经想起来,叹道:"和你在桃叶渡一番话,思量的事很多。一代江山观气数,崇祯非亡国之君,文天祥史可法非亡国大臣,还是亡国了。只有君臣都不是亡国材料才能靠得稳。"

"我也想得很多……"易瑛神色有些黯淡,对面和乾隆坐了,"大清气数没有尽,怎么折腾也是无用。你说的只是官场,如今官场什么气,大约比我知道得清楚;还有个民气,太平日久了,也要生出许多是非;贫富太相悬殊,富的有百年大族,窝里斗还要欺平民,穷极了的越来越多,就想和富的同归于尽。《诗经》里头有这样的话,什么'吾与汝偕亡'不就指这个? 你就像雍正爷,九牛二虎之力扳回吏治,也只稍延时光而已是吧?"

乾隆挥扇一笑,说道:"你说得委婉,细想像画了一幅叫人害怕的画儿。现在是有些糟心事,但朝廷捐赋不重,生业滋繁,岁入抵得康熙爷手里四五倍不止,还是旺相之数。极盛之世,好比大树,树大荫也大,你是树荫下的人,太阳没有晒到。就是矜悯到这一条,所以我才赦你。"易瑛笑道:"你比方得好。我也有比方,极盛之世好比到了山顶峰尖,无论向哪个方向迈步,都是下坡道儿。又好比另一些人,走到锅底谷中,无论朝哪边走都是上坡道儿。大家对头都走,阴阳气数运命交错,周而复始,不过如此吧。"

仿佛之间又似乎和棠儿一处游玩杭州西湖,英英嫣红睐娘同在一舟,春风荡漾间,湖岸姹紫嫣红柳垂如丝,苏堤断桥雷峰宝塔倒影摇曳,平湖如镜水绿似茵间歌扇舞袖,正得意间背后有人拍了一下肩头,回头看却不知什么时候易瑛也在船上,看着乾隆微笑,乾隆惊问:"你怎么到了这里?"

"我来给你唱'碧血花'呀……"易瑛说道,"我的歌不好听么?"

乾隆忽然警悟,易瑛已烧死在观枫楼,张皇之间,棠儿几人都无了踪影,只易瑛乔松几个还有燕人云微笑着逼近自己。情急之下大叫:"巴特儿、端木良庸! 护驾侍卫们哪去了?!"

"万岁,万岁……你睡魇着了……"

……乾隆一个寒战,醒了过来,却仍身处琴诒堂内,原是一梦南柯。晓风清寒透窗而入,檐下铁马晨音聒耳,嫣红和英英两个人一左一右跪在木踏脚前正担心地盯着自己。回思梦境,宛然在目。

一连半个月,乾隆都显得郁郁寡欢,每日批阅奏章,闷着不接见人。除令刘统勋加紧侦讯高恒钱度贪贿两案,明诏"匪首易瑛余党,香堂堂主以上自行到官自首者,概不捕拿治罪,其余徒众一律不问",又迭下圣旨,令卢焯从速修复高家堰至清河的黄河河道,令甘陕晋豫徽五省巡抚，除全力赈济水旱灾民外，自保境内黄河堤岸，"任内若有决溃之事，讳过不报以讳盗论处，决溃即革职，由该抚以家产自行弥补，决不姑息"，又下旨河东河西速备种粮牛具，佘赈无力秋种贫户，"各地秋种冬防，俱由该省督抚责成地方全力安顿，冻饿致死一人，即降等考成。致有因责任不力，导发民变者，惟以锁拿督抚治以玩忽之罪，朕不尔恕！"又令福建设水师缉察道，"专防倭寇水匪上岸滋扰，并缉查沿岸奸民与水盗私相勾连，擅自带货出海者，即行格杀捕拿。至有官员营谋暴利悯不畏死，与盗寇行货银钱交往者，具奏即行正法！"道道旨意言语剀切辞气严厉，即使对亲近臣子也没了调侃之词。

　　他心情仲怔，只在八月初八"御驾临幸"入城时露了一下面，以后就移居鸡鸣寺下的行宫。八月十五在总督衙门醣酒相待缙绅逸老，在席间接受跪拜，只和张廷玉寒暄几句，问了问饮食起居，向众人嘉勉几句，诸如"缙绅业主是朝廷基业根本所在，诸位忠爱君父，疏财急公，朕心甚慰。惟望以生业余财，广为布施穷民，地方百姓安居乐业，是尔等之福"之类的话头。劝酒三杯，即含笑离席。每日只去太后处早晚请安了，就在皇后处闷头批阅奏章。那拉氏等几个后妃借口富察皇后有病，时时过来请安，变着法儿讨乾隆欢喜，乾隆不生气，却也不兜搭她们，只笑说："忙。积的奏牍案卷太多了，你们只管陪老佛爷各处寺观庙院名胜风景游玩去。紧事料理清白，咱们到苏州杭州扬州海宁这些地方痛痛快快地玩儿。准教你们心满意足就是。"

　　待到八月二十七清晨，尹继善接到傅恒的奏折，只看了一眼便站起身来，匆匆去见纪昀。他立即就要赴西安行在，家眷早已搬出总督衙门，纪昀就住在他原来起居的内院，还在北书房的北边，自乾隆搬出，他又从签押房搬回琴诒堂。五个大军机，这座大院落里住了三个，除总督衙门原班人马，北京来的善捕营御林军、内务府太监也负有守护之责。人色甚杂，各有职守，过了几道岗才出了西院月洞门，却见弘昼摇摇摆摆从北书房那边过来。尹继善一怔站住，说道："王爷，您吓我一跳！几时到南京的？怎么阿桂连封信也不知会一声，真是的……"说着就打千儿"奴才尹继善恭叩主子金安！"

"我是鸡巴主子了。"弘昼笑嘻嘻的，一如平日散漫放旷的样子，也不扶尹继善，用扇柄敲了尹继善的脑袋一下，说道："万岁爷才是咱们的主子呢！——是我不让阿桂说，我自己有折子递给万岁了。我和我婆娘一道儿来的，还带了个婆娘，是莎罗奔的——怎么样，够热闹吧？"他手一虚抬，尹继善方站起身来，问道："您要去见纪晓岚？——奴才有点不明白，莎罗奔——""不说这个，咱们走——你见晓岚有什么事体？"

"傅六爷遇刺了。"尹继善说道。

三十七 危世情举纲张文网
伤民瘼奋发求治道

弘昼同尹继善一脚前一脚后走着,听到尹继善的话突然顿住,可很快他就醒过神来,一笑说道:"奴才主子开玩笑有个题目分寸儿,这可是国家大事! 傅恒遇刺你尹元长恐怕不能这么从容。"

"真的是遇刺,不过傅恒没受什么伤。"尹继善道:"是金川部落色勒奔的流民干的。刺客被拿住又被放了。"弘昼更加惊讶,歪着脑袋说道:"这可真够扑朔迷离了,傅恒这个怪家伙——走,纪昀屋里说话!"

纪昀昨晚接见几个省的图书征集局司的人一直熬到鸡叫才和衣而睡,晏睡迟起是他一贯的作派。弘昼和尹继善进来,见刘墉已经端肃坐在外间等候,里边纪昀犹自鼾声如雷,不禁都是一笑。尹继善道:"这是和亲王爷,还不赶紧请安磕头? ——这是刘延清的公子刘墉,票拟已经出了,都察院行走、军机章京、挂右教御史衔。"刘墉便忙行礼。

"罢了罢了! 忙人跟闲人行什么礼!"弘昼满脸嬉笑,竟用扇柄子敲敲刘墉的头,说道:"不用介绍我也知道他是刘统勋的儿,是刘统勋模子里刻出来的,一丝不走样儿——我来看看纪大烟锅子。"说着挑帘进内屋,拧着纪昀耳朵说道:"起来起来! 他娘的也不看看什么时辰,打着呼噜只顾挺尸!"

纪昀黑甜梦酣间被拧耳朵拧醒了,正想发脾气,一眼见弘昼笑嘻嘻站在床前,犹恐看花了眼,揉揉惺松睡眼,一骨碌爬起身来,笑

着伏地请安,说道:"我们家的带着儿子来看我,正逗儿子玩儿,王
爷拧醒了我。您来的真不是时辰儿……请爷外头宽坐,我洗一把
脸就出来。"

弘昼笑着出来,也不拣主位客位,靠西墙亮处大咧咧坐了,问
刘墉道:"延请公平日吃什么药? 问他他不肯说,怕我赏,你说给我
听。"刘墉起初觉得拘束,见他散漫随和,也松驰了些,因问及父亲,
忙起身回道:"寻常只是川贝、冰片、安魂息神丸,应急用御赐的苏
合香酒。喝一小口心跳气闷就缓一点。"弘昼按手命他坐下,说道:
"这里放着神医叶天士,昨晚我头晕心跳,一针就好了——回头请
来好生给他看看。那起子御医没一个及得他的。我要带回北京叫
他主持太医院!"又问:"你这么早过纪昀这边要回差使么?"

"是我叫他过来的。"纪昀用毛巾揩着脸出来,笑道:"查图书查
出大案子了! 有个张老相公,家里藏着崇祯皇帝的玉牒,揪官到
府,他原来姓朱不姓张,还有几份福建递来的逆书,说朱三太子的
长公子现在吕宋,聚兵十万要打回来寻见三太子再兴明朝。抖弄
出来两下一对茬,这个案子比易瑛的还大十倍! 所以叫刘墉过来
核对一下。"

尹继善不禁心头一震,从康熙八年始,"朱三太子"就像梦魇里
的幽魂一样时隐时现,成了历代朝廷天子的心病。在他看来,这连
个平常梦话都算不上,但康熙、雍正到乾隆,听见"朱三太子"就像
半夜遇见了鬼,有一案查一案,拿一个杀一个从不打个迟疑,如今
逆书又查出个张老相公,这人又完了。正想着,弘昼说道:"我算了
算,至少也捉过十四个朱三太子了。顺治十七年,康熙六十一年,
雍正十三年。朱三太子活着也一百多岁了,孙子也老了——你们
奏吧,看皇上什么决断,这事是朝廷的忌讳。"

"王爷和元长怎么一道来了?"纪昀也不愿沿这题目说,笑着一
一奉茶,"您来南京,见主子必定有要紧事。"弘昼似笑不笑,扇骨儿
打着手心漫不经心说道:"我送那位朵云——莎罗奔的夫人来朝天

子。北京下霜了,这里是江南仍旧秀色一片,高处不胜寒,也想来暖和暖和。有些话奏折不好这与,想当面跟皇上奏说。"纪昀笑道:"那一定是要紧话,不敢高声语,恐惊天上人!"

弘昼因将朵云在北京叩阍不成,劫闹兆惠府的事说了,却只字不提魏佳氏移宫情形。尹继善深知这件事不足以惊动这位王爷亲来金陵,也将傅恒弃舟上岸聚然遇刺的经过备细说了。弘昼听了一笑,说道:"她这一闹朵云就更不好办。和张老相公的事一样,事无关情相连,哪个庙都有屈死鬼真是一点不假!"

"不早了,咱们一处去莫愁湖吧。"纪昀掏出怀表看了看,对刘墉道:"张老相公玉牒一案不可忽视,一定要查出他本来姓氏是不是朱姓,是不是假冒的朱三太子。据你上次提审,似乎暗地没有结党聚众的事,四邻具保也说他平日安分,我看就不必当做逆案料理。皇上正在南巡,要有祥和之气,查案子声势越小越好,不要动不动满街都是衙役,善扑营的兵,牵连的太多,下头人好大喜功只图买好,于政局不利。你是方面大员了,要有大局观,不要拘泥到案子枝节里去。黄天霸他们升官心正旺,不要把劲使在这上头,青帮盐帮漕帮江湖黑道里明面维持朝廷,吴瞎子是侍卫,顾不过来,叫他们一处会商一下,由黄天霸接管缉捕拿盗的事。告诉他们,皇上有话,缉拿黑道贼匪同伙,要按野战军功行赏。三年治安太平,封候也是指望得的。就这个话,你去和他们会议。"

刘墉得了指示立即起身告辞,尹继善便也起身,对弘昼和纪昀说道:"我今日过江起程去西安,这也就别过了。昨儿陛辞,万岁爷还说,身边得用的人不多,延清杂务太多,见大家没法分劳他又不肯偷闲,刘墉身上的差使不要砸得太重。纪公雅量高致诙谐多才,除了么务,要上下照应,我们多通信,有事多替我主子跟前担戴。"纪昀一边同着往外走,笑道:"这些何消吩咐?倒是你在江南久了,西安的羊肉泡馍未必吃得消——你带谁去?"

"我带袁枚去。"尹继善道:"他是文官,不好在总督衙门安置。

你跟吏部打招呼,下牌子署西安知府就是了。"纪昀笑道:"会意得,怕是到那边单丝孤掌,连个弹琴下棋的朋友也没有吧?"尹继善和刘墉直送弘昼二人到仪门方才回来,刘墉去北书房,尹继善自预备行装约袁枚同行下述。

　　二人打轿赶往莫愁湖,待到时正是辰牌。行宫就在毗卢院下,是康熙二十三年就开始修建的。康熙六次南巡从来也没住过这里,是怕长江水涨漫堤决溃淹了这处低凹所在。自李卫当总督,江堤加高又加高加固又加固,大条石和石头城相连。雍正十一年百年不遇的菜花汛离堤顶还有丈余,可谓是万无一失。乾隆爱这处景致,上倚寺观可闻暮鼓晨钟,下临莫愁湖可玩胜景颜色,因就住在这里,百年老松翠竹扬柳掩映间红墙黄瓦丹垩一新,遥瞻与北京畅春园仿佛。只是皇帝太后皇后既驻跸于此,关防所禁,莫愁湖黄芦白茅败荷清涟依旧,没了游人画舫点缀,偌大湖面不见片帆舟影,便显得寂寥肃杀,秋风一涌寒波激岸楼亭孤疏,少了几分柔媚。

　　行宫门口等候接见的官员很多,几乎都认识纪昀,见他过来,几个司道小官只远远站着痴望,山东安徽福建江西几个省的巡抚忙就上来请安问好。纪昀笑道:"你们这些家伙,这回买椟还珠了,这是和亲王爷! 喝面糊汤喝醉了么?"几个人忙又跪下给弘昼叩头谢罪,弘昼笑道:"我没穿王爷行头,不怪你们这群王八蛋! 你们吃纪昀恶骂了还不知道。当日苏五奴长得漂亮,人们灌她丈夫酒,死活灌不醉,他男人说'灌酒没用,多拿银子,喝面糊汤也能灌醉了我'——这叫饮糨亦醉。成语,你们晓得么?"说着几个巡抚都笑,弘昼却朝站在彩门旁的一个五品官笑着招手,说道:"这不是归德县的段世德么? 好嘛,五品堂皇当上了,认不的五王爷了! ——几时升发的?"

　　"是是,卑职是段世德。"那五品官忙一溜小跑过来,磕头请安笑道:"王爷一下轿我就认出来了。咱官太小,不能靠前给王爷请安。托王爷的福,今年信阳府出缺,卑职考成'才优',就选出来了……"弘昼笑道:"你给我弄的几只蛐蛐儿,铁头苍背声如嗄玉,好极！连十三贝勒的'无敌大将军'都叫咬断了大腿。先说好,你升官跟我毫不相干。再给我弄几只鹌鹑来,信阳府鹌鹑好玩的。"段世德笑得满脸花,说道:"这好办,回去我就叫小厮们去买。王爷放心,一定不去搅扰百姓,这是卑职的私意儿,谁叫我是王爷旗下奴才呢！"弘昼摇头道:"春天的鹌鹑叫'春草',最窝囊软蛋,秋天的叫'秋白',也罢了。冬天的鹌鹑蛋人暖出来,叫'冬英雄',要养过三年皮老筋强,要常往人堆里带,教它不怕人不怯阵,太瘦没劲太肥了榔槺,养得听见公鹌鹑叫,它就炸翅伸脖子红眼要斗,那才是上好的冬英雄……"

　　他口说手比正说得兴头,卜义从仪门里头小跑着出来,打千儿请了安,微喘着说道:"万岁爷在长春轩,听说五王爷递牌子,叫和纪中堂一道进去呢！"弘昼兴犹未尽地咂咂嘴,对纪昀道:"晓岚,咱们进去。"

　　行宫没有甬道,大小错落的殿宇亭阁都是请江南山子野① 按苏州园林格局建成,一路沿湖朱栏长亭衔接,栏边长板相连,随时可坐可依。卜义带着二人曲曲折折逶迤而行,随手指点着那里是正殿"日升殿",是皇上接见大臣处;左边"月恒殿"是皇后居处;右边"星拱院"是那拉贵主、陈妃何氏魏氏嫣红英英起居;星拱院向西仍叫慈宁宫,是太后住着……说着已见王耻笑嘻嘻迎了出来,便道:"这回廊向西那座压水亭子是仿北京老廉亲王书房造的,皇上日常就在这里批折子见人,叫'长春轩'。"说话间王耻已到跟前,急打个千儿说道:"二位爷进去动静轻些,皇后在轩里弹琴,皇上在那里吟诗呢……"二人略一定神,果然听见琴音叮咚清越掠水而过,轩外庑廊站着一个不足三十岁的青年官员,形容孤峭消瘦面色苍白,戴着六品顶戴。见弘昼盯着他看,纪昀小声道:"窦光鼐。二十

---

① 山子野:有类于今日的建筑师。

二岁中一甲进士,选翰林院庶吉士,现在跟我在四库全书上行走。
头一分弹劾高恒的折子就是他写的。"弘昼点点头没言语,便听琴
音袅袅中乾隆吟道:

> 草根与树皮,穷民御灾计。敢信赈恤周,遂乃无其事。兹
> 接安抚奏,灾黎荷天赐。控蕨聊饷口,得米出不意。磨粉捵以
> 粟,煮熟充饥致。得千余石多,而非村居地。县令分给民,不
> 无少接济。并呈其米样,煮食亲尝试。嗟我民食兹,我食先坠
> 泪。乾坤德好生,既感既滋愧。愧感之不胜,遑忍称为瑞。邮
> 寄诸皇子,令皆知此味……代代应永识,爱民悉予志……

纪昀听着,这诗就温婉藻饰上说,无论如何算不得佳作,但乾
隆句句吟来,悲酸矜悯之情溢于言表,尤至'我食先坠泪'一句,心
凄心颤出于至情至感,听得纪昀和弘昼都心里一阵酸凉,眼中滢滢
泪珠欲垂。正凄楚间,乾隆在轩内说道:"你们三个都进来吧。"于
是弘昼打头,纪昀窦光鼐随后鱼贯而入。

窦光鼐还是头一次离得乾隆这样近,寻常像这一等官员都是
铺伏在地,头也不敢抬,大气也不敢出,他却恭敬叩了头便长跪挺
起身来,只迎门一张硕大宽阔的木榻上乾隆盘膝而坐,榻上矮桌卷
案,垒垒叠叠垛的都是文书奏折,还放着几只小黄布袋,都可只有
通封书简大小,中间还摆着一个深口宽沿的大碟子,里边的黑米煮
熟了,吃得还剩一少半,犹自微微冒着热气。皇后却不在外间堂
内,窦光鼐留神看时木榻北边一色明黄纱幕墙隐隐微风鼓动,才想
到是一纱之隔皇后在里边屋里。

乾隆见他这样瘦弱身躯,跪在自己面前毫无愧怍畏缩之相,不
禁暗想:"此人胆大如斗。"却先不理会他,对弘昼道:"这么远的道
儿,难为你一路不停赶来,也不住驿馆,叫人整日放心不下。兄弟
你这放浪不羁的性子几时才能改?"说着挪身下炉,亲自扶起弘昼,

对纪昀说道："你也起来坐着。"却不理会窦光鼐，又命王耻："给你五王爷和纪大人上茶！"仿佛看不够似的，上下只是打量弘昼，说："似乎瘦了点，不过精神气色看去还好。"

"皇上气色没有臣弟想得那么好。"弘昼接茶不饮，轻轻放在几上，也是一脸兄弟亲情盯着乾隆，"我是个没头神，住驿馆太嘈杂热闹，地方官上手本参见说话，都是些屁。我也真不耐烦听。走一道儿住干店听小人们议论钱粮，评涉朝臣忠奸好歹，说家务甚或听泼妇敲盆子骂街，我觉得比在驿馆里迎来送往听请安说奉迎官面话要受用些子。"一席话说得众人都笑，连满面正色的窦光鼐也不禁莞尔。

乾隆笑了一阵，恢复了常态，指着那盘子黑米，说道："这是安徽太湖县唐家山百姓的口粮，窦光鼐送来的。今天单独召见光鼐，也为说这件事。不但朕，皇后，除了太后老佛爷，所有后妃每人一盘，都要吃下去！朕和皇后两份，皇后身子弱，朕替她进，还没有进完……午膳还接着进黑米，朕要永世记着这米的霉味……"说着深长叹息一声，"那些黄袋子里也是黑米，由内务府分赐诸王贝勒，看着他们吃完它！"他说着，几个已听见皇后在内间隐隐的啜泣声。

"皇上此心乃是尧舜之心。"纪昀听得鼻酸，已是坠下泪来，拭泪跪了说道："太湖县鱼米之乡，乃至百姓受此饥馁，这是宰相之过。求皇上把剩余的米赐臣，臣吃完它，皇上您就不必亲自再吃了……"说罢连连顿首，膝行数步端起宽边盘子，手抓着塞进口中，一边嚼一边流泪，一粒一粒都拈起，吃完了它。窦光鼐直挺挺跪着，也是热泪横流，暗哑着嗓子道："臣奉召见，原是预备着承受皇上雷霆之怒的。皇上体天恤民之心恪属于九重苍穹，仁心已被饥寒草民，臣心里真是感愧无地！'我愿君王心，化作光明烛，不照罗绮庭，偏照破亡屋'。以此心治天下天下无不可治之事！"弘昼也心情沉重，点头道："我从内黄过，内黄百姓有吃观音土的——当然是为数不多。但臣弟想，为数不多也不可轻忽。"

"粮食放霉发黑才分给百姓,要追究地方官失职责任!"纪昀吃惯了肉的肚子,多半盘霉米下去五内不和,恨恨地说道:"为富不仁的劣绅,要榜示四乡羞辱他们!"

乾隆听了点头,说道:"窦光鼐,朕读过你的殿试策论。学问很好,字写得也好,硬直了些,没有点进三元传胪,也为辞气显得激烈,少了雍容之气。你还很年轻,朕寄厚望于你,不要在四库上行走了,回都察院办差,专管民间采风的事。叫你进来不为让你看朕进黑米膳,是给你密折专奏之权,替朕'偏照'一下破亡屋。"王耻听着,已从大顶柜上格里取下一个镀金页子包镶的小明黄木匣子,捧过来弟给窦光鼐,说道:"这把金钥匙窦大人您收着,一把留主子爷那儿,有奏事折子不交军机处,送内务府直呈皇上。密折一定自个亲自写,批下去的朱批看过之后要回缴皇史处存档。请在人记好了。"

"谢皇上恩!"窦光鼐将匣子放在地下,深深叩头,说道:"臣尚有要奏的话。高恒钱度狼狈为奸,含渎收受贿赂肆无忌弹,求皇上早下明诏交付有司严加审谳,以正官缄,示天下至公至明之心!"

乾隆笑着点点头,说道:"你有扬州上的折子朕已经看过。不要着急,要查出与案子有关朕的并案处置。今日还要议别的事,你且跪安,有什么条陈只管写折子奏上来,朕自有曲处。"窦光鼐像抱着褓褓婴儿一样怀着匣子躬身却步退了出去。乾隆望着他的背影,说道:"这是个憨直人,巴特尔跟朕说,每天早晨天不明他必到行宫外望阙行礼的。朕原以为他有些矫情,看来不是,是性子迂了些,不要磨了他的棱角,好生栽培,这又一个孙嘉淦吏贻直呢!"

纪昀忖度,弘昼亲来南京,绝非只为送朵云,必定还有造膝密陈的事,自己不宜听也不愿知道,因见有话缝儿,忙将张老相公家抄出崇祯玉牒的事奏了,沉吟着说道:"刘墉提审张某,臣在一旁见了这人,是个七十岁上下的龙钟老人。年纪无论如何和崇祯的儿子对不上。民间有些人喜爱收藏孤本杂书,不分优劣良莠。明末乱世,李自成把北京紫禁城砸得稀烂,有些文书字画档案失散出去,他收藏了是有的,既没有邀结党羽散布谣言,也查不出与江湖帮会如易瑛等人有涉,以臣之见,似可不以逆案料理,以免有骇视听。"

"朕看这件事未必像你奏的这样寻常。"乾隆大约是累,脸色苍白带着倦容,轻轻辍着茶说道:"这十几天除了批折子见人,把江南图书采访总局查来借来的禁书也随意浏览了几部,有些书说妖说邪朕不介意,有些书读来令人触目惊心。华亭举人蔡显写的《闲闲录》你读了没有?他的《咏紫特丹》句说'夺朱非正色,异种尽称王',称戴名世是旷世'绝才',南明唐王流窜福建,书中纪事都用永乐年号!视庭诤不过一个区区秀才,妄自编写《新三字经》,说元代'发被左,衣冠更,难华夏,遍地僧'吴三桂降我大清说是'吴三桂,乞师清',还有一位老遗民家里搜出三藩之乱时吴三桂的起兵檄文,这个张老相公家藏朱氏玉牒,恐怕未必只是藏藏而已吧?"

这几本书纪昀一本也没有读过,他因乾隆原有旨意,征集图书不分门类所有忌讳一概不追究,有利于民间踊跃献借图书。乾隆这一说与前旨大相径庭,要追究藏书家眷明反清和攸关华夷之辨的悖廖狂妄字句了。这样以来,不但与前面旨意出尔反尔,治起罪来也都要按"大逆"律条穷究酷刑惩治,谁还敢献书?他嗫嚅了一下,鼓起勇气说道:"收上来的书太多了,现在不但文华殿、武英殿也快林垛满了。有些书是前明遗老著述,于本朝确有不敬之词,有些山野愚民不通史鉴不识时务见书就献,以图邀好地方官,其中固然有僭妄狂悖之人,难免也有无心过错的,似乎不必一一穷治,以免人心有所自危。他想了想又加一句"易瑛一案兵连祸接,扰乱数省,公然扯旗聚众抗拒天兵征剿,皇上如天好生之德,尚有矜悯全命之旨,也不穷治党徒。比较起来,也似不宜追究收藏谬书的人。"

"那当然是有所不同的。"乾隆说道,"治天下与平天下攻心为上,治术次这。信奉白莲红阳教连易瑛在内都是被逼无奈铤而走险,愚昧无知芸芸众生,自然可矜可悯。这些人可是要高看一眼,他们手中有笔,心里有学问计谋,食毛践士之辈还在感激君父之恩,他们是无父也无君,恨不得早日天下大乱,岂可等同视之?"他翻了翻桌上案卷,取出一部书递给纪昀,说道:"你纪晓岚是胸罗万卷之人,看没看过这部奇书呢?"

弘昼好奇,扇柄支颐凑到纪昀身边看,见蓝底白字一部新书装订整束,上写:

　　　坚磨生诗钞

便问"这个名字好怪,坚磨生是谁?"纪昀道:"这话出自《论语·阳货》篇'不曰坚乎?磨而不磷'意思是说坚硬之物受磨不薄,受得起折腾——这必是个不安分人写的诗。"

"此人朕和五弟都见过。"乾隆蔑视地一哂,瞥一眼那书,说道:"名叫胡中藻,;官居内阁学士,在陕西广西当过学政,大名鼎鼎的翰林,已经死了的鄂尔泰的高足,诗中自名'记出西林第一门',狂妄自大目无君父,什么样结党营私蝇营狗苟的事都做得出,岂止不安分而已!"

纪昀蓦地一惊:如果再和皇上顶,那就不是"糊涂",而是庇护造作"逆书"的人了。他的作官章程是"顺",皇上变了他也变,这叫"顺变",与皇帝见识不同先尽力寻自己的不是,实在不能"顺的",拣着合适时机从容进言,自己起名这叫"良谏",像乾隆这样学识淹博鸿才河泻的皇帝,外面上看犹如谦谦儒雅风流学士,心里那份自负刚硬其实远过乃父雍正,如果"净谏"龙鳞触圣怒,不但自己倒霉,说不定盛怒之下变本加厉大兴文字狱来,就更苦了。

思量着,纪昀叹息一声,说道:"皇上圣明高瞻远瞩。臣太拘泥,也太喜欢从细微末节词章小句上看人想事情了。胡中藻臣也见过一面,那不是在翰林院,觉得这人满有才,只言谈举止里透着大样——他看人这模样——"纪昀一笑,学着胡中藻枯眉翻眼挽着斜视，像把别人倒转看似的，逗得乾隆和弘昼都呵呵大笑。

"他就这副德行。"纪昀笑色余容犹在，语气已变得郑重，"他写过一首诗'南斗送我南，北斗送我北，南北斗中间，不能一粲阔'我还问过他一统天下何分南北之说？是个甚么意思？他说'诗无达诂'你连这个都不懂。言伪而辩行僻而坚，孔子所以诛少正卯。主上必不冤了他！"说着，随手翻看，想寻出违碍言语迎合乾隆。

但一翻书他立即明白，根本不用自己再来吹求，书上圈圈点点红杠抹勒触目皆是，诸如"虽然北风好，难用可如何""一把心肠论浊清""斯文欲被蛮"……"与一世争在丑夷"——"老佛如今无病病，朝门闻说不开开"……随处加有朱批，血淋淋狂草御笔如"丧心病狂以致如此"！"混帐！""朕之愤满犹如此獠之恨朕"……还有的批反语"这才是好臣子，非'忠臣'不能出此语""好，写得好，骂得痛！"……乾隆捉笑时切齿愤恨之情跃然纸上。纪昀看着这些字句只觉得头一阵阵眩晕，脸色苍白，手也微微抖动，但他毕竟极世故练达的人，颤声说道："这……这……实在是个枭獍！不但毁及先圣，且词气诽谤加诸皇上！此其可以覆载而容，此其可以覆载而容？！"他自己的惊恐忧惧也就掩饰在对胡中藻"悖逆"的意外惊讶和震惊之中了。

弘昼抽出书翻着看了看，他却不像纪昀那样惊慌中带着自疑自危，沉吟着说道："文字上的事看来确是不能一味怀柔，怀柔无度就是放纵。皇上英明，即不作处置也无妨碍，谬种流播传之后世，未必保得住在清代代都像皇上这样天纵英睿，由着他们胡说华夷之辨南北之分，出了乱子就不是小乱子！"他将书呈回桌上，口不停说，"所以乘着极盛之世，这样的书要抄，要烧，这样的人要杀。礼部的人真不知干什么吃的，居然没有见一份折子说这种事情的！"

"晓岚听见了么？这是远见卓识，这是真正的谋国诚言！"乾隆的郁气平复了一些，喝了一大口茶微笑道："先帝在时曾说老五是卧虎，轻易不动爪牙，动起来风云色变，他小事一概不拘，遇君国攸关大事真是杀伐决断一丝不苟。"弘昼忙笑道："臣弟哪来偌大本领，自小跟着皇上一书房读书，听皇上讲经说史偶有心得，口没忌讳而已。倒是说起玩蟋蟀斗鹌鹑恐怕更在行些儿，依旧是个荒唐王爷——还有另一说，臣弟也要奏，烧、抄、杀都是要的，不宜声势太大。皇上，今日乾隆之治自唐尧以来仅见，比贞观之治远远过之。不知皇上记不记得登极之夜，召臣弟那番语重心长的训诫？"乾隆怔了一下，随即一笑，说道："纱幕后头是皇后，晓岚是军机大臣。朕想听听你记不记得。"

弘昼也是一笑，说道："臣弟不敢有须臾忘怀。皇上说了三条，头一条就是要作圣祖那们的仁君，创开辟以来极盛之世，法天敬祖，如果得享遐龄，能做到六十年乾隆盛治之世，心满意足，文治武功要超迈前世；第二条不敢或忘身是满州人血是满州血这一根本，谨防汉人阴柔狡奸积习浸淫；第三条说到臣弟，臣弟不敢复述，总之是凛遵圣训，不敢越礼非为，不因皇上有免死铁卷放纵淫铁。皇上说李世民是英拔千古的雄主，玄武门之变屠兄称帝终是一憾，皇上不学他的忍酷，要以仁孝恪治天下。"

纪昀这才知道，乾隆元年登极之夜，这两兄弟还有这番促膝深谈，其中"满汉之别"的话能让自己听，可见乾隆对自己眷隆信任还在刘统勋之上，本来忐忑不安的心顿时宽了。弘昼也是不胜感慨，笑叹道："私地下，臣弟常把皇上和李世民、朱元璋还有圣祖相比。贞观之治，一年只处决二十九名死囚，除了这一条，皇上处处比他强。朱元璋洪武之治，酷刑整饬吏治，天下贪官闻风股栗，如今吏治不及洪武年间，但民殷国富明主良臣济济明堂，皇上是大拇哥儿！他是——"他比了个小指，"不能同日而语。圣祖文武谟烈堪为千古一帝，但开国不久，接的是前明和李自成的烂摊子，中间又有三藩之乱。若论生业滋繁百务兴隆天下熙和，皇上之治已远过圣祖。这都是'以宽为政'夙夜宵盰呕心沥血所得，皇上您不容易。兄弟虽不管事，心里给您叫好儿呢！"

"兄弟你说的是真情实语。"乾隆说道,"除了你,没人能也没人敢这么披肝沥胆把朕和先贤比较优劣。你不用往下说了,朕已经明白你的意思。除了本朝人毁谤本朝大政的,反清思明的,包藏祸心敌政的,朕不加追究。就像胡中藻这样儿的,也不兴大狱株连,稗官小说除禁毁之外,不作人事牵连——朱元璋是泥脚杆子,世无英雄遂使竖子成名,一个文字狱动辄成千上万杀人,造下戾气也给子孙种祸。就是胡中藻,你们没细看书上朱批,谤及朕躬的也只当他狂吠——对是桀犬吠尧——狗叫不足为意。除有直接干连的,也不大事株连。但若不动刀子煞一煞这股风,由着他们造谣生事,他们就会以为朕是宋仁宗、宋襄公,也是不成的! 你们都讲得很透了——晓岚,就照这番议政,张老相公,还有胡中藻这类案子,你分别拟旨,一件一件斟酌处置!"

文字狱案自孔子诛少正卯,"著春秋而乱臣贼子惧",秦汉以来历朝皆有。纪昀熟透经史当然知道。他也对一些文人不识起倒,著文写诗谤讪朝政甚或厌清思明深觉忧虑,只张廷玉之后,他已是文臣首脑,自觉有佑庇文士责任。一怕兴起文字狱大事株连,二怕下面官员仰顺圣意无端吹求搞得人人自危,方才看乾隆朱批,"亦天之子亦莱衣"本来是称颂乾隆孝顺,只是言语欠庄重,也指为"悖慢已极"。皇帝自己就吹求,他怎么敢直谏,真能作到不事牵连已经很不容易了。当下只好承颜顺旨,陪笑道:"臣告退,回去细看原案奏章,草拟出来呈御览修定。"说着便起身,地见秦媚媚从纱屏后轻步出来,到乾隆眼前耳语几句。乾隆脸色一变,匆匆进了里边。纪昀也不敢离开,听乾隆轻声细语道:"你到底怎么样? 晓岚就在这里,要他进来给你看看脉,好么?"

皇后声气很弱,断断续续说了几句什么,便听乾隆笑着安慰,"晓岚忙,参酌一下也不费什么。你既信得及叶天士,叫进来给你瞧瞧也成……"

弘昼和纪昀这才知道富察皇后卧病在榻,乾隆在这里一边守护照料一边处置军国重务,这样夫妻敦宜,别说皇帝,寻常官员里也极少见的,二人心里一沉,都感动得有些脸色苍白。一时便听窸窸窣窣,似乎乾隆替她掩被角,接着便出来,对纪昀道:"你去见见刘统勋,叶天干给他瞧过,问问此人医道到底如何,如若好,就叫进来给皇后看脉。"纪昀连声答应着叩头退出。

"老五,你写来的专折已经看过了。"乾隆说道:"莎罗奔的夫人现在不能急着接见,恐防乱了傅恒的心。皇后体气本来就弱,一路劳顿,在德州去看苏奴国国王后墓,又受了点风寒,身热不退,宫里那些烦心事她知道了,也有点着急上火——先不忙说公事,进来见见你嫂了吧!"

"是!"弘昼忙一躬身,跟着乾隆进了里间。

三十八　医国手烟徒侍凤阁
莫愁湖风波无奈何

　　纪昀奉旨出来,骑马回总督衙门。思量着如果先见刘统勋,一旦叶天士好医道立时就要传过去,不如先传叶天士在签押房等候,再去问刘统勋较是便当,于是迂道先来签押房。这里尹继善金铁的全班人马都已搬走,这院里住了许多朝廷重臣,暂署总督的江南巡抚范时捷许多日常公务差使在肩,在这里办差不便,没有移过来,因十分冷清,只一个姓牛的师爷管着各地往总督衙门递来的案卷公文,转呈给范时捷。牛师爷孤零零坐着抽烟,见纪昀进来忙起身陪笑请安相迎,见问起叶天士,笑着说:"那是个没头苍蝇,吃饱饭抽足了阿芙蓉膏(即鸦片)就去串朋友,说'特特请我到南京,有个汉子把我叫到毗卢院,原来病人就是他自己! 刘大人的病十年之内没事,贵人劳心常有的,不值我一看。没有病人,闷煞我这郎中!"纪昀想着叶天士邋遢模样儿,不禁一笑,说道:"他这会子在哪?"

　　"在总督衙巡捕司东院呢!"牛师爷道:"巡捕司把总媳妇死了,在东院下房摆桌子请客送丧。叶天士在这院和看马厩的、掏东厕、挑水夫们都混得厮熟。叫扯了去凑热闹儿,请你宽坐,我去叫他去。"纪昀说:"我在皇上跟前坐了半日,也想疏散疏散——你只管忙你的"牛师爷还殷勤着要带路,纪昀道:"我已经听见唢呐远远在响,寻声就能到,你一去这里关门,不好。"

　　说着纪昀出了天井,那笙簧鼓吹隔着几重院隐隐传来。循声逶迤向东,隔着巡捕厅一个大院落,再向东是轿库车库马厩菜窖,还有专供衙门大伙房用肉的屠宰房,自乾隆驻驾衙门都撵了出去。空落落几处大院破轿烂车什器杂物垛得到处都是,纪昀连穿四重院,趄过一道角门,那唢呐声乍然响亮,聒耳震天。看时,是两部鼓吹,各坐一张八仙桌旁,桌上酒水盘杯狼藉,各有四个吹鼓手戴着孝帽子,都是脸憋得通红脖子筋涨起老高,俯仰起落死命直吹。一带居住衙役的矮房前搭着四个席棚,长袍马褂短打扮,衙役服色号褂子,杂色九等人物吆五喝六,都喝得醉眼迷离。

纪昀张着眼挨桌搜杂叶天士,却寻不见。丧主是在衙里站班的,见他进来,起初以为是朋友吊丧,细看是纪昀,吓了一跳,忙离席出来小跑着上前跪叩请安,说道:"小的柳富贵,犬妇新丧,这里举哀,惊动老爷有罪。""生老病死何罪之有?"纪昀乍从华衮庙堂天子驾前到这地处,也觉眼目迷离,自己没来由搅了人家的场,歉疚地一笑即敛,"听见这边乐声哀哀,我是信步走来的——叶天士在么?你和他是亲戚?"

"小的和叶大夫都是扬州人,认了干亲。"柳富贵道,"犬妇产后失调缠病几年,有幸认得叶大夫,专门从扬州赶来治病的,谁知她没福,走半道儿上就去了……"说着便拭泪,"家里不宽裕,送枢回去又得几十两,就这里发送了算了,只是可怜了我的小孙子了……叶大夫也助了几两银子,他老人家也伤心,正在枢前哭呢!"

纪昀顺灵棚望去,纸花白幡间围掩灵床,长明灯前供张水陆丰馔瓜果俱全。那少妇只可在二十仿佛年纪,却被叶天士揭了脸上遮天纸,伏在身边痛哭流涕。几个守灵人直头都是死者长亲和娘家人,见叶天士这般如丧考妣,蹦跳大哭搂身抱头看着个年轻死女人,个个心里厌憎面现尴尬,但叶天士是皇家待诏身分,也都只好忍气吞声。纪昀心里也觉这姓叶的不像话,就是哭自家妻子也不宜这般亲切的,见柳富贵端着灵牌过来,料是请自己点神主,摸摸怀里只有二两银子,都递了上去,便提起朱笔。

"纪大人稍慢!"叶天士突然收泪止哭,拍着膝上灰土过来,对柳富贵道:"你媳妇儿是厥晕,只断了气,还没真死。快着,有纳鞋底儿的锥子没有,取来! 缝衣针也行! 快着,日你妈的愣什么?"

柳富贵仍旧愣着,连吹鼓手也停了乐,一百多双眼痴痴茫茫望着这个医生,像是平地冒出个活鬼。纪昀这才知道叶天士是借哭为名,在那里把脉察诊,想起扁鹊虢太子故事,忙道:"快遵医嘱,别迟疑了!"叶天士急得跳脚,说::快着,多拿些来,越多越好!"

"啊……啊!"

柳富贵似明白似糊涂地答应点头,转脸就跑进屋里,只听呼呼匐匐稀里哗啦乱响,也不知是怎样折腾,却抱着一把锢女犯人用的锢指铁子出来,说"针锥子都他娘的没有,这玩艺也是尖的,成不成?"

"成,将就能用!"叶天士一把劈手夺了过来,攥十几根在手里,就着长明灯焰儿燎烧,直到烫手烫得自己龇牙咧嘴,才放了供桌遮天纸上,纪昀料他必先扎人中穴的,那叶天士却连撕带拽却先脱死人鞋袜,冲着两足涌泉穴一穴一签,咬着牙直攮进去。接着扎刺足三里、尺、关、寸等穴,又叫众人回避,"嗤"地撕开女人衣襟,双乳峰下肩头臂膀下签就扎,有的连纪昀也认不得什么穴,手法之快如高手击剑,直令人目不暇接。叶天士一声不吭,提起笔在黄裱纸上一顿划,说:"抓药去,这边煎水等着!"

柳富贵见媳妇一动不动敞胸露腹裸身在床,实在不好看相,心里孤疑,见儿子呆着发怔,喝斥道:"还不取件衣裳给她盖上!"遂将药方交给一个衙役,说:"好兄弟,帮哥子跑一趟。我这会子腿都是软的。"纪昀一直盯着那少妇,只见似乎颜色不那么蜡黄了,嘴唇因上了胭脂,却看不出有什么异样。叶天士喝着茶悠了几步,又看看那女人,将茶杯顺手一扔,倒了一杯烧酒,走近灵床,却仍不向人中下针,两手一只一个提起耳朵拽了拽,晃得头动,扳开下巴就把那杯酒灌了进去,接着啪啪两个耳光,骂着道:"娘的,我就不信你真死了!"

　　众人看着,有的见他作贱死人,心里愠怒,有的希奇,有的掩嘴葫芦,要笑又不敢。纪昀突然失声叫道:"醒过来了!"胡富贵一惊,死盯着看时,果然那少妇嘤咛一声,似叹息似呻吟又似喘息,星眸微开樱唇翕动,细若游丝般道:"我……这是在哪儿?……"

　　筵席上先是一片死寂,有人喊了一声:"天医星,救命王活菩萨!"接着轰然炸了群,所有的人都围向了叶天士……

　　……纪昀带着叶天士到签押房,一边请牛师爷给叶天士寻新衣服换,一头知会行宫,说叶天士奉召,立刻进去给皇后看脉。又教他三跪九叩大礼,起揖行让制度,这是尹继善教了不知多少遍的,叶天士还是作得差三落四,总归是教不会。纪昀只好说:"多跪,多磕头称是……说话——这个这个……就像没出阁的女孩子,总之是温存些好——像你方才治柳富贵儿媳那作派,使到皇后身上,就便治好了病,也没你的好儿……至于下针用药,辨证治方,该阜么用药,那是不必忌讳的——你的医道我是领教了,君臣分际大如天,我最怕你失仪。"

　　"医病救人要遵医道,无论贵贱分际一视同仁。所以我药铺子名儿就叫'同仁堂'。"叶天士嗫着嘴唇道,"像柳家的那样,尸厥已经三天,扎扎人中,掐掐印堂,那不叫治病,那叫玩人……纪中堂放心,我着意守礼,权当是给我老子娘看病就是。"他鸦片瘾犯了,便忙着寻烟枪,烧烟泡儿。纪昀看着这个有真才实学的活宝,又好笑,又实在担心他失仪,在旁千叮咛万嘱咐,知道说些空泛礼教等于对牛弹琴,只说:"你这样想,是在心礼上近了,我说的是礼貌,要表里一样,望闻问切时当她病人,说话行事要像庙里敬神的香客是吧?"

　　堪堪的说得叶天士"明白",他烟瘾过足,卜义也到了,抬轿喝道扬长而去。纪昀舒了一口气,便赶到北书房来见刘统勋。原想略说几句,亲自赶往行宫照应的,不料一进门就一惊,高恒和钱度正在和刘统勋说话!高恒铁索缠项,钱度木枷在肩,都裹着黄绫,却没有跪,并排坐在木杌子上。刘统勋也不是审案格局,对面在东墙稳儿而坐,刘墉侧立在旁,黄天霸站得略远些,不卑不亢垂手待命。高恒钱度看去气色还好,衣衫整齐,都不显狼狈,只是一个多月没剃头,发辫前都长起寸许长短发。神色都有点惶惶然,像是两只小心翼翼怕落进陷阱里的野兽。见纪昀进来,两个人以为是传旨处置,乍然间惊得身上一个哆嗦,脸色也变得异常苍白,都没有说话。见刘统勋起身让座,纪昀并无异样,颜面这才还过原色来。

“方才见过皇上,皇上叫我过来看看你身子骨儿!”纪昀对刘统勋说道:“叶天士的药用了可还好?”刘统勋忙道:“叶天士说我是缓病,不急躁不劳累就不要紧。他的药用了似乎心里清爽些,不那么气闷,也不见有什么奇效。”

纪昀边听边点头,打量着高钱二人,心中不胜感慨。这是多熟悉的朋友呐,平常见面拉手拍肩诙谐打趣,无话不谈,一转顾间都成了铁索银铛的阶下囚,身分犹如云泥之隔。连说句安慰话,都不知从何说起。

“叫你们来,就是刚才我说的那些话”,刘统勋脸上却是毫无表情,“两个人招供口词不一,都还在狡辩。不但于事无补,很可能会触发圣上雷霆之怒。你们说我刘统勋不讲私交,错了。乾隆十三年我就查出你高恒山海关私吞私盐三千二百两,你诅天咒地誓不再犯,退赃了事,没有举劾你;你钱度从李侍尧借铜三万斤,私卖给铜匠,从中取利差价银子七千两,我也照此办理,赔补了事。就此而言,已经不纯是私交,是我代友负罪,你们自己不知悔改,索性大肆胡为!”他手指敲敲茶几“两个人缴的家产赃私不足四万,这和我们查到的实据离得就远,何况还有许多无帐可查的事!”

高恒钱度都不安地动了一下。铁索木枷略略响动。高恒道:“银钱帐目焚毁是请旨允准的,我和他侍尧、庄有恭、卢焯、勒敏、鄂善、礼部的尤明堂、死了的讷亲互来帐目能记起来的都写出来呈上了。就算供词吧,请老大人召来当场对质,也就明白了。”钱度道:

"我以官经商,确实有罪,向李侍尧借铜两次,除了造佛像,其中差价我使了,李侍尧并不知情。京官清苦,许多事应酬不来。这也是无奈,尽自无奈,也是有罪,不求中堂佑庇,但求中堂代奏请死,若能死前当面向皇上谢罪,死也瞑目!"

纪昀一听便知,二人招供心思不一。高恒想把事情搅得越大越好,攀连得乾隆信任的臣子尽皆不是好人,弄成"法不制众"的局面。钱度却是揽罪于一身,尽量缩小罪名,护着那些有银钱来往的,指着他们在乾隆跟前替自己开脱。纪昀心里骂高恒"笨伯",却也替钱度惋惜,从靴子里抽出烟锅打火抽烟,想镇定自己心绪。刘墉在旁说道:"高恒列出与朝中各位磊人往来帐目,前后三次,数目,时辰,银钱用途,不能自圆其说。"刘统勋道:"今天不和你们说这些——我只想告诉你们,天威难测,天恩难负,天度难量。老实将赃银全数退还国库,据案定罪,量刑斟酌从宽。我还可从中说话——给你们的时辰不多了。交付刑部,三木五刑之下,恐怕你们消受不起。"

"是。"钱度艰难地躬身答道。高恒却道:"就是三木五刑,不清不白加我一身,死了也不服——高恒也要求见皇上,请中堂大人代奏。"刘统勋道:"早就代奏过了,皇上说,每年刑狱入牢的论千论万,顾不过来召见。不过,你二人格外加恩,供单供词随案卷直呈御览。晓岚大人也在这里,他也知道。"

二人便目视纪昀,纪昀只点点头,叹息一声说道:"自古以来,除了忠奸瓦讦水火不容,政争中引出的冤狱。主明世清之时这类贪渎案子,都是自己整垮了自己。你们其实是辜负了皇上的仁德,自蹈火坑。获罪于天,无所祷也,还是从你们自心认罪靠得住些。你犯罪,求皇上饶恕,视皇上是何等主子?"

"你们的案子不在南京审,明天分船解回北京,暂押养蜂夹道狱神庙。"刘统勋道:"叫你们过来也为说知这件事。北京你们朋友多,探狱的人也不会少,不要乱钻刺走门路。认罪招供感动天听,才是唯一的活路。有的人面情上着顾,心里想着落井下石,就算真想救你们,肯定是无能为力的。只剩下这条窄窄一线生机,要断送由你们。"说罢便命黄天霸"带他们去,仍旧分别拘押!"又对刘墉道:"你把榆林卫呈来陕西布政使克扣灾民赈粮的原案文稿,还有布政使阿山的申辩呈文都写出节略。要送皇上御览。原文取过我这里,我再看看。"

纪昀没有听见他父子说事,望着越去越远的高恒和钱度的背影,突然想起在高升酒楼和钱度一道掣签行令呼卢喝雉吃酒的往事,那时都还没有入仕,身无公务心无牵挂,何其兴高采烈,仿佛只展眼间,世事人情面目已经全非……刘统勋叫了两声,纪昀才回过神来,笑道:"我是在想,我那边一个胡中藻案子,一个张老相公案子,还要查一批悖逆文书案子。到你这里,刑名案子钱粮案子,傅恒还出了遇刺案子。主子这次南行,满案都是案子,竟比在京还忙十倍!"

"我已经两天没过去给皇上请安了。虽说奉特旨不必天天过去,可这样忙着臣心里也实在惦记。"刘统勋道:"皇上忙得这样,你跟着,得劝劝不要太琐细了。死了刘统勋,还有张统勋李统勋。"他突然觉得碍口说错了,即时打住,"——咱们一起过行宫去,成么?"纪昀心里萦着怕叶士失仪,笑道:"坐我的大轿吧,走动走动,整日伏案,你照镜子看看,五十来岁的人,比张衡臣看去还老!"

二人刚说要走,远远见两个太监扶着一个白发苍苍的老人蹒蹒珊珊过来,却正是张廷玉。"说曹操曹操到"二人几乎同时想起这句话,不禁相视苦笑,心想,这饶舌老头一开口就若悬河滔滔,又不知会说到什么时辰了。果然,揖让进屋,张廷玉一落坐便开口,说的却是胡中藻:"……皇上来南京第二天召见我,第三天又亲自到我府里看望,都问起胡中藻。又把他的《坚磨生诗钞》给我看。我回奏皇上,这真正是个首施两端的小人。他是我取的举人,鄂西林取的进士,到我跟前说鄂尔泰满人可气,矫情自大,我说鄂尔秦我们并无芥蒂,你在我跟前讲人不好,到人那里必定讲我不好。后来不知怎么就不来见我了。这样无行止无情操的人根本写不出好诗来!"

接着,便从头说起,从尧置"谏鼓谤木",到孔子诛少正卯,西周文王制裁异端邪说立"诽谤律",一直论到南朝文人"轻薄"君主,隋唐五代诗文"谤君骂世"……他精神矍铄,也真精熟掌故好记性,结论却甚奇特"元代享国日短,就是君主不留心民间邪说横流,把诗文曲赋视为小道不足一顾,所以渐渐蛊乱了人心,乱风一起,四方响应,就不可收拾,蒙古人到元代亡国也没有弄清楚,马上可以打天下,不可以治天下!世道人心岂可以等闲小事视之哉!"接着,又讲"谏与谤之别",什么是"归美于君亲""存诚正于心"……刘统勋有案卷在手,还可以边浏览边"嗯"着听,只可怜了纪昀,一个饱读经史修着四库全书的文臣首领,硬着头皮听先生讲"三字经"。

……

张廷玉在总督衙门给两个军机大臣说古记,叶天士给皇后看病出了点麻烦。历来太医给后妃看病,规矩是太医跪在榻外木杌子上,隔帷只伸手出来,凝神抚脉反复思量,然后肃躬退出斟酌方案,交皇帝看了无话,用药了事。

他打定多磕头多行礼,"说话像女人"的宗旨,开初见乾隆也甚融洽。待到看脉,"本色"立刻掩饰不住,切了右脉扶左脉,一时摇头自语喃喃不知说些甚么。一时又沉吟摇头,放下皇后手臂,过来就给乾隆磕头,捣蒜价也不计其数。乾隆倒也不厌这样的人,笑谓弘昼:"你看,这还是元长调教出来的,进门就磕头,磕头不论数儿!"弘昼也笑,说道:"磕头多大礼就不错,这准是纪晓岚教的。"叶天士口无忌讳,说道:"纪大人还叫小的说话像女人一样,这一条真的作不到——小人想禀皇上,要看看皇后娘娘气色,说几句话。问一问病——不知皇上肯不肯恩允?"

乾隆弘昼听纪昀的"要像女人"正在发笑,听他要"恩允"这许多事,都微怔了一下。弘昼道:"皇后娘娘除了病危病急,历来只是看脉治病。你怎么这么格外？太医院的医正主医也没有你这许多啰唣。"

"单就切脉，我看娘娘已是症在肠胃。"叶天士连头也顾不得磕了，直橛橛说道："医者四妙，谓之神、圣、工、巧。望而知之谓之神；闻而知之谓之圣；问而知之谓之工；切脉而知之谓之巧。四妙少了一妙，就是不良医。望、闻、问一概没有，他就是华佗，也只是逞能，拿别人的病试他的运气。我投拜过一个名医，他用五根丝线缚了病人脉，切诊脉象，说是"悬丝诊脉"。大抵富贵人的病，一是胃气弱饮食欠妥，男的说他个暴饮暴食，女的说她个惜福节食，损胃伤脾那是必定的，胃脾伤损，心火上眩，命门下衰，循这个理说症候，永不会说错了。二是淫恣无度，伤了肾，肾伤损志，肾水遭伤，肝火必旺，精神萎靡夜不能眠，肝淤不化暴躁难制，女的说她个呻吟不绝……也是永不会说错的。我想试师傅能耐，抱了一只羊缚起，他也那么胡诌一通！这不是拿人命闹着玩儿？望闻问切，缺一不可，何况缺了三项！或许小的学艺不精，比不及太医本领。皇上身边有的是太医，请他们岂不更便当？"

他这篇高论，前头说的头头是道，并无桀谬之处。毛病在最后一句，在皇帝面前摆起名医架子，直是抢白乾隆。乾隆听他"缚羊"的话正笑，倏地变了脸。弘昼喝道："叶天士你有狂疾么？怎么这样和皇上说话？"乾隆道："食毛践土之辈，谁不知以忠孝为先，你和你父母就是这样说话？！"

"皇上，王爷，医有六不治。"叶天士上了牛脾气，什么学女人当香客统忘得精光，立即顶了上来，"医者易也，随病行药千变万化。七里八表浮、芤、滑、实、弦、紧、洪、微、沉、缓、濇、迟、伏、濡、弱。不但随人而异，还随四时不同。春弦夏敛秋毛冬石。现在是秋天，皇后的脉象看似'浮'，其实是轻录，换在别的季节，那就是浮脉！治病打仗一个道理。统率六军战病，所以信巫不信医不治，形弥不能服药不治，藏气不足不治，衣食不适不治，轻身重财不治。骄恣不论理在六不治之首——懂了吧?"

仍旧是说起病事鞭辟入里,稍带出人事半窍不通,而且直指乾隆"骄恣不论理",像老子训儿子问"懂了吧?"弘昼见乾隆脸色愈来愈阴沉,知道雷霆大怒就要发作,抓耳搔腮思量着解劝。皇后在里间声气朗朗说道:"皇上,赏他医金,叫他去吧!我的病不要紧,你也不值生气的!"乾隆犹未答话,叶天士聆声辨音,跪着梗着脖子向道:"娘娘娘娘!就算不叫小的'望',问您几句成不?"

皇后不言语。

"午后温烧,眩晕,可是有的?"

"……"

"夜梦惊悸,作噩梦,通夜不安,可是有的?"

"……"

"早起心跳,辰时后胸闷不适,可是有的?"

"……有的……"

"夜间盗汗,前胸后背都湿,经癸月月后迟,隔三月又反提前,癸水不时,却又不痛经,可是有的?"

"有的……连前头说的,都是有的……"

叶天士低下了头,手指头抠着砖缝,喃喃呐呐不知说些什么。乾隆和弘昼看着这个怪人,都觉得有点不好收场。叶天士已恢复了平常神态,仍是不住点地磕头,说道:"皇上啊,王爷呀!我这人一见病人就晕头,想着自己就是上皇上了……"他突然变得可怜兮兮的,磕着头说:"我可真是想治病的呀——不叫'望',就不望吧……我写两个方子,头一个服三天,停一天半,连饮食也停了最好,娘娘觉得十分胃口好,想吃,再用第二个方子,吃过药两个时辰,缓进饮食。千万不要自误,千万不要信庸医的话……"磕头着又问:"娘娘瘦吧?脸色不黄是吧?"

乾隆此时已知,此人一心一身都在医术治病上,于世路宦情半窍不通。听他说"想吃","自己就是皇上"这些大不敬言语,也没有再生气,只淡淡说道:"瘦,面色还好。你且写方子,但愿你不自误才好。"

一时药方呈上来,第二个方子寻常,只是当归、黄芪、黄芹、山楂片、枳子、蝉蜕,还特加一句"此方用过一月,再吃高丽参"。头一个方子却与众不同,除了甘草、银翘,还有西蕃莲叶三钱、麻黄一分、积石一分、曼陀罗花一分,用量虽微,却都是通常所谓"虎狼之药",乾隆看了,默不言声把方子交给弘昼。弘昼看了也不敢妄说一句话。

"赏他二十两银子。"乾隆说道,"叶天士你退下吧!"

叶天士这里磕头领赏,乾隆见他要走,又问:"头一个方子是泻的,第二个是补的。你没有弄颠倒了吧?"叶天士忙又磕头,说道:"没有弄颠倒,信不信由皇上!"

他仍旧是礼貌过于繁琐,言语过于无礼,乾隆也拿他没法子,不禁一笑,弘昼摆手道:"去吧去吧!"叶天士又一磕头去了。乾隆便进里屋,揭开帷帐,见皇后挣着要起身,忙按住了,替她掖掖被角,枕头垫得平整了问道:"你怎么样?这会子可好些?还是头晕心闷的么?"

"不妨事的。只晕惯了,一年到头就这样儿。"皇后笑道:"别看我病,这几日你没离这书房,一辈子难得心里舒展。听你在外头见人,你高兴我也欢喜,你忧愁发怒,我就想你仁德聪明,总归有法子的。离着你这么近,这么长时日,真是难得的。"乾隆道:"赶咱们回北京,你移住到养心殿,夏天到圆明园,你也住到我里间,这叫忧患喜幸与共——你觉得这个叶天士医道怎么样?他是山野之人不习礼仪,说话乖谬处多,可以一笑了之的。"皇后摇头着:"这是个有真本领的。他看好的病人多,不讲礼数,寻常人家不计较,惯成了说话没分寸的坏性子。皇上别恼他,这人只是嘴碎,没有歹心眼儿……"

乾隆一笑,说道:"他有几句话,放到别人说,当场就打杀了。

我听得真想捆他耳光,后来也不恼他了。曹操杀华佗,我好学曹阿瞒?——不过,他的方子用药太胆大,我还是要交太医们,让太医院斟酌一下,叫太监们试试,没有大妨碍然后你用——还有,老五上回说的魏佳氏的事,你也甭着急,老五已经保护起来母子平安,等回北京,孩子抱过来你亲自抚养。总归宫里有家贼,家贼闹家务,哪朝哪代都有的,看准了再惩办,惩办就不轻饶。这是你的话,朕听你的就是了。"

弘昼在外听这帝后夫妻絮语对话如琴瑟调和,一片都是仁德温馨,心下也是十分感动。隔着纱幕躬身说道:"娘娘放心,我福晋到灵谷寺给您抽签,是上上大吉的签。傅恒在外遇惊无险签上也都说了。老五这回来南京,是因为闯宫夺阿哥,自知有罪,娘娘不计较,我更放心。还有桩子祥瑞,无锡孙家桥有棵老槐树,已经枯死了,今年忽然枝叶繁茂,更奇的是,老树杈上冒出一丛迎春花,人家就这叫"老槐抱春"。过了正月十五,春暖花开,您的灾星也退了,娘娘陪皇上奉着老佛爷一道儿观赏去。"

"五叔是个放达人。闯宫的事我不但不计较,还感激你呢?"皇后隔纱幕说道,她的声气一时变得分外柔弱"皇上国事忙,阿哥们将来指靠五叔的时辰多着呢。老槐逢春抱树又长,不算稀奇,就长祥瑞,原没有去无锡的打算,御驾一动,得惊动多少人,花多少银子?你该劝皇上别去才是。"弘昼笑道:"南巡是盛典,枯木逢春又槐抑迎春花,不去看看,岂不辜负了上苍赐的祥瑞?银子花不了多少,就是花了,也还是散到百姓家了,娘娘只是个太心细。"皇后听了无话,半晌说道;"叫五婶常进来,我们妯娌们多说说话儿解闷。"

一时弘昼便辞出来,乾隆坐得久了,也想走动走动,和他联袂出了行宫正寝侧书房,沿莫愁湖西岸徐徐散步。

"老五,"乾隆望着碧波浩涉的湖水,一边信步走着,问道:"这里只有我俩兄弟,天下亿兆人民,论亲情远过你我。睐娘的事,你看是哪个女人作耗?"

　　弘昼眯缝着眼,似乎水光有些刺目,眨动了两下,舔舔嘴唇说道:"难说……您知道,我是个散漫人,国家家务都不大理会。这次事到临头,急了眼,先护住阿哥再说。倒不是真的疑钮主儿。那位主儿跟您南下,她不在北京,说她预有安排,不但未必有这胆,也未必有这心智。我想,也不一定就是女人,太监们小人心性儿,和哪个贵主儿心里过不去,造作事端嫁祸于人也是有的……皇上,这事查是要查的,和处置国务一样,得小心着点。弄不好出冤案,后世演出大清的狸猫换太子戏,不好看的。明武宗也出过这种事,不好听。娘娘是个最贤德圣明的。她身子骨儿好,您就没有内忧;阿桂傅恒刘统勋尹继善纪昀,都是良臣,各自料理好差使,傅恒这一仗再打漂亮,您就没有外忧。清官难断家务事,清楚不了糊涂了,防紧些子就是了。"

　　乾隆听了点头,说道:"好兄弟,说的是。易瑛的事已经完了,大小金川我看也容易办。傅恒遇刺。朵云来哭秦庭,足证莎罗奔已经心里慌乱。文事武备,我都尽了最大的力。有人上请安折本,说如今国运如日中天。但'日中而仄'可不警惕? 所以,要把'极盛'的峰尖拨得再高些,一直精进求治,一直到不了这个峰尖。你想,一旦到了山顶,一览众山小,无论朝哪边迈步,都是下坡道儿啊!"

　　一阵秋风掠湖而过,远处胜棋楼,垂钓台回廊曲折,粉墙碧瓦秀亭红阁一折一折的倒影在湖面上荡动,满眼白茫茫水天之间,大片老荷半枯的扇叶半卷起来随波翻涌,和着水声沙沙刷刷澹澹泊泊响成一片。湖水清澈见底,连湖府的水藻也在摇荡,深邃得像墨染的雾。

　　"秋高了,风都带了透骨的凉意。"弘昼看了看行宫门口。那里等着乾隆接见的臣子们已经瞧见他两兄弟,黑鸦鸦跪了一大片。弘昼道:"等着皇上料理的事太多了。请皇上务必节劳荣养。事大役艰,时移世易,万几宸翰,都在皇上肩头。"

　　乾隆着在杨柳树下,任秋风撩着袍子摆角,似悲似喜地看着湖水动荡,良久说道:"天步艰难,我知道。天步艰难也要走下去……不要紧,还是要走下去的……"

弘昼没有说话,行宫的铜马在风中叮咚作响,涟漪秋波一浪接一浪拍岸涌来,忘神之间仿佛又觉湖水没有动荡,像是湖岸在逆水而进似的……

"你去吧,"乾隆说道,"叫他们依官序进来见我。"

1995 年 12 月 9 日于宛